図説
イスラーム百科

Islam
A New Historical Introduction

原書房

本書を、わたしの孫たち —— サミュエル、マックス、レベッカ、アレグザンダー —— に捧げる。彼らがその生存中に、諸宗教間のより大きな相互理解をまのあたりにすることを願いつつ。

口絵：アルハンブラ宮殿アラヤネスの中庭の要塞庭園
グラナダ、スペイン。14世紀。クルアーンは楽園を「川が流れる花園」として描いている。芳香が漂うこの中庭の穏やかなたたずまいは、そうした楽園のイメージをかいまみせてくれる。満々と水をたたえ、冷却装置であると同時に、反射鏡でもあったこの池によってである。静かさと瞑想をうながすそれはまた、心理的かつ精神的ないし霊的な特性もあわせもっている。

図説イスラーム百科
目次

凡例
謝辞　1
はじめに　2
　イスラーム歴史年表　4

第1章　序文　13

第2章　ムハンマド　20
　イスラーム以前のアラビア　20
　ムハンマドの生涯──ムスリムの伝承から　26
　ムハンマドの生涯にかんする史料　36
　ムハンマドの生涯にかんする非ムスリム史料　39
　ムスリムの伝承にみられるムハンマドの生涯と使命の再考　42
　ムスリムおよび非ムスリムのムハンマド観　47
　ムハンマド批判に対するムスリムの反応　49
　偏見とステレオタイプ　53
　ムハンマドの評価　57

第3章　クルアーン　60
　クルアーンの性質と構成　62
　クルアーンの語法　65
　クルアーンのおもな主題　68
　預言者と預言　72
　クルアーンの朗誦と読誦　83
　クルアーンの歴史　85
　クルアーンの翻訳　88
　今日のクルアーン　91
　「無比のシンフォニー」　95

第4章　信仰　98
　イスラームの第1の柱──信仰告白（シャハーダ）　99
　イスラームの第2の柱──礼拝（サラート）　102
　イスラームの第3の柱──喜捨（ザカート）　109
　イスラームの第4の柱──断食（サウム）　112

イスラームの第5の柱 ── 巡礼（ハッジ）　116

第5章　イスラーム法　127
初期イスラーム世界におけるイスラーム法の発展　128
古典期スンナ派のイスラーム法学（フィクフ）── 8-18世紀　130
ヨーロッパ植民地主義の影響とイスラーム法の近代化 ── 18-20世紀　143
今日のイスラーム法　147
将来　152

第6章　多様性　155
多様な背景　156
スンナ派の登場　159
シーア派の台頭 ── アリーの役割　163
ハサンのイマーム座　166
フサインのイマーム座　168
シーア派の分裂　169
シーア派の法　183
イラン・イスラーム共和国
　── 近代国家のイデオロギーとしての十二イマーム派　186
今日のシーア派　188

第7章　思想　192
イスラーム神学　194
イスラーム哲学　202
イスラームの政治思想　205
スンナ派のカリフ制　206
イスラームの思想の近・現代的潮流　209

第8章　スーフィズム　218
イスラームにおける禁欲と神秘主義のはじまり　219
中世におけるスーフィズムの発展　225
スーフィズムの主要概念とシンボル　231
スーフィー教団（タリーカ）　238
中東以外のスーフィズム　246

第9章　ジハード　254
　大ジハードと小ジハード　254
　聖典にみられるジハード　256
　イスラーム法におけるジハード　259
　十二イマーム派のジハード観　262
　近代以前のジハード　265
　19世紀以降のジハード　276
　現代のジハード　281

第10章　女性たち　287
　ムスリム女性と西欧　287
　クルアーンに描かれた女性観　289
　イスラーム法における女性たち　294
　マリアとファーティマ ── とくに崇拝されるふたりの女性　296
　近代以前のムスリム女性たち　297
　近代前期のムスリム女性たち　300
　今日の傑出したムスリム女性たち　303
　現代社会のムスリム女性たち　308

第11章　明日　320
　イスラームの多様な顔　321
　宗教と政治　325
　テロリズムと暴力　327
　社会変容　329
　ムスリムと非ムスリム　331

注　335
用語解説　349
参考文献　365
訳者あとがき　370
図版出典　375
索引　375

凡例

1. 本書は Carole Hillenbrand : Islam. A New Historical Introduction, Thomas & Hudson, London, 2015 の全訳である。
2. 訳文中、クルアーンの引用文は井筒俊彦訳『コーラン』3巻、岩波文庫、2000年、聖書のそれはフランシスコ会聖書研究所編『聖書』、2013年による。
3. 固有名詞の訳については、大塚和夫・小杉泰・小松久男・東長靖・羽田正・山内昌之編『イスラーム辞典』、岩波書店、2001年および日本イスラム協会・佐藤次高ほか編『新イスラム事典』、平凡社、2013年などを参照した。
4. 原著の長い段落は、読者の便を考慮して、適宜改行をおこなった。
5. 訳文中、［ ］は訳注を示す。
6. 原文中、あきらかに誤記・誤植と思われる箇所は、訳者の判断で訂正しておいた。

謝辞

　まず、本書執筆中に筆者がいただいたご支援に対して感謝の言葉を述べたい。本書を刊行してくれたテームズ&ハドスン社では、イアン・ジェイコブズ氏、ルーシー・スミス氏、ジャスミン・バーヴィル氏に満腔の謝意を捧げたい。ジェイコブ氏は最初に本書を書くよう勧めてくれ、その全体的なコンセプトに対する氏の示唆や信頼のおかげで、筆者は執筆を進めることができた。まさに氏は、ほとんどの著者が待ち望む出版人といえる。一方、スミス氏はきわめて親切かつ適切なガイダンスをつねにおしむことがなかった。さらにバーヴィル氏は何カ月ものあいだ、本書のためにきわめて熱心かつ巧みに作業をしてくれ、その編集から出版にいたるまで、細部にわたってうむことなく注意をはらってくれた。筆者はまた、お名前は存じないが、本文を改良するうえでいろいろアドバイスをいただいた編集担当者と、本書のために数多くの感動的な図版を探し出してくれたサリー・ニコル氏にも感謝しなければならない。

　なによりも筆者は、本書の初期の下書きに目をとおし、コメントを寄せてくれた匿名の読者諸兄に心からの感謝の念を表すものである。彼らは筆者が多くのまちがいをおかすことを防いでくれ、筆者が何箇所か重要な誤解を訂正する手助けもしてくれた。ただ、彼らの詳細なご指摘をすべてとりあげて、理想的な本にすることはできなかった。そうすれば本書はあまりにも長大なものとなり、学生たちの参考書には適さなくなるからである。ご寛恕を願うしだいである。

　執筆までの長いあいだ、筆者はまたエディンバラ大学やセント・ルイスおよびダートマス・カレッジの図書館からも多大の恩恵を受けた。さらに長年にわたる友人であるヤシル・スレイマン、トマス・マッデン、シェイラ・ブレア、ジョナサン・ブルーム、ケヴィン・ラインハート各氏にも同様の謝意を示さなければならない。重要な局面できわめて好意的に筆者をサポートしてくれたからである。

　そして夫ロバートは、本書のための図版収集に協力し、本書に役立つ批評をたえずしてくれた。筆者は本書執筆中、時を選ばずかわした議論をこれからもつねに大切に心にとどめおくことだろう。

はじめに

　本書は大学生や一般読者に向けて書かれたものである。学生諸君が本書をとおしてイスラーム世界や比較宗教、イスラーム史、中東などにおけるさまざまな推移を広範に理解してくれる。それが筆者の願いである。また、イスラームの名のもとで起きている複雑な出来事を理解しようとしている多くの一般読者が、本書で言及されている歴史的かつ多様な主題にかんする展望、すなわちムスリムたちが今日世界各地でその信仰をいかに実践しているかを示す展望を調べることで、なんらかの収穫をえてほしいとも願っている。

　筆者は本書でとくにいくつかの要点を強調しているが、そこでは、あまりにも細部にこだわって読者をいたずらに混乱させたりしないよう、広く認められている視点からさまざまな点をみていく。その方が賢明だと思われるからである。しかし、しかるべき箇所では、多角的な視点からの検討もおこなっている。読者にはこうした検討が実質的であり、問題点を明らかにするものであることを理解してもらいたい。また本文の各章はかなり集約的に書かれており、イスラームをその文脈のなかに正しく位置づけるため、本書ではその歴史的・経済的・政治的側面やジェンダー問題をふくむ広範な要素が考察されている。

　本書は11章からなっており、それぞれがイスラームとその実践にかんするもっとも基本的な側面を論じている。当然のことながら、これらの主題は互いに密接にむすびついており、各章はしばしば関連する主題に言及している（たとえばコーラン、すなわちクルアーンはすべての章に引用がある）。それゆえ読者は、本書を読みすすみながら、この巨大かつ複雑な宗教についてより深く、そしてより多くの知識をえることができるはずである。もとより各章はそれに先立つ章を受けて構成されており、最終章では21世紀のイスラームを論じるため、慎重に考えられた見方や評価の仕方が提示されている。あらためて指摘するまでもなく、ムスリムとその信仰は現代世界にとってきわめて重要なものだが、この最終章を読んでいただければ、イスラームの歴史的背景が、ムスリムのみならず、非ムスリムの生活にいかなる影響をあたえているか、そしてそれが現在および将来のイスラームと西欧世界の関係にとってどのような意味をもつかについても、理解してもらえるはずである。

　一方、本書に配された多くの図版は、本文の内容を例証・敷衍するだけでなく、さまざまな場所や文化において、ムスリムの信仰や実践が長期的にどのよ

うに営まれてきたかを知るうえで、視覚的な手引きともなるだろう。それぞれの図版に付されたキャプションの説明もまた、多様なカラー図版をとおして、イスラームをより深く理解させてくれるはずだ。さらに本書にある数葉の地図も、アラビア半島の一介の町で生まれたイスラームが、世界全体で推定16億近い信者を獲得していった発展の経緯を、図版同様、読者に視覚的に示す重要な手がかりとなるだろう。

　とはいえ、イスラームに不慣れな読者に広範な理解をしてもらうため、膨大な資料を手にとりやすい一冊の書にまとめることは挑戦的な作業といえる。それゆえ巻末に本書を書くさいに参照したとくに重要な文献を載せておいたが、それらは読者がイスラームについてさらに読んだり調べたりするさいに役立つはずである。また、本書を執筆するにあたって、筆者は英語以外のさまざまな言語による広範囲な学問を慎重にくみあげ、これまで取り組んできたアラビア語やペルシア語、トルコ語、ドイツ語、フランス語、イタリア語、スペイン語によるアカデミックな研究をも用いてもいる。そこではまたあきらかに高度と思われる先行世代の学問も参照した。

イスラーム歴史年表

＊年代異説あり

570頃-632年　預言者ムハンマドの生涯（本書第2章参照）

632-61年　正統カリフ1～4代の時代。

632年　アブー・バクル初代カリフに。

634年　アブー・バクル病没。ウマル・イブン・アル＝ハッターブ、2代目カリフに。

637年　カーディシーヤの戦い。ムスリム軍、サーサーン（ササン）朝ペルシア軍撃退。

638年　ムスリムのエルサレム制圧。彼らは1099年まで聖都を支配し、キリスト教徒やユダヤ教徒の居住と自由な信仰を認める。

639年　ムスリム制圧地、カフカスや中央アジアまで拡大。

644年　第2代カリフのウマル刺殺。ウスマーン・イブン・アッファーン、第3代カリフに。彼はクルアーンの編纂作業を監督し、最終的にこれを成文・聖典化する。

656年　ウスマーン殺害。アリー・イブン・アビー＝ターリブ、第4代カリフに。

656-61年　カリフの継承をめぐる最初のムスリム内戦。スンナ派とシーア派の分裂へ。

657年　スィッフィーンの戦い。ハワーリジュ派、アリーから権力継承。

661-750年　ウマイヤ・カリフ朝。アラブ人軍事貴族の政権

661年　アリー殺害。ムアーウィヤ、ウマイヤ朝を興し、都をシリアのダマスクスに移す。

680-92年　第2次ムスリム内戦。

680年　アリーの息子で、ムハンマドの孫フサイン・イブン・アリー、ウマイヤ朝第2代カリフのヤズィード1世に反旗を翻すが、失敗。

同年　フサイン、ムハッラム月10日（アーシューラー）に殺害。ここからシーア派の重要な殉教者崇拝開始。フサインの苦しみと死、今もなお毎年アーシューラー祭で回想される。

691年　エルサレムの岩のドーム建設、ウマイヤ朝第5代カリフのアブド・アルマリク（アブドゥルマリク）によって完成。

705年　アル＝アクサー・モスク建立

711年　アラブ軍、ジブラルタル海峡を越えて、ムスリム勢力をヨーロッパに拡大。

712-13年　シンド地方（現パキスタン）征服により、ムスリム勢力をインドに拡大。

714年　シーア派第4代イマームのアリー・イブン・フサイン・ザイヌルアービディーン没。これが引き金となって、ザイド派形成。

732年　ムスリム軍、トゥール＝ポワティエの戦い（フランス中部）で敗北し、ヨーロッパにおけるムスリム勢力の拡大停止。

733年* シーア派第5代イマームのムハンマド・アル＝バーキル没。

744*–50年 第3次ムスリム内戦、アッバース朝によるウマイヤ朝の制圧で終息。

750–1258*年 アッバース・カリフ朝（イラク）

754–75年 アッバース朝第2代カリフ・アル＝マンスールの統治。

756年 ウマイヤ朝の逃亡王子アブドゥラフマーン1世、スペインのコルドバでエミールに即位。

762年 アル＝マンスール、アッバース朝の首都としてバグダードに円形都市建設。

765年 シーア派第6代イマームで、ジャアファル法学派の創唱者ジャアファル・サーディク没。イマーム継承問題で、イスマーイール派と十二イマーム派の分裂。

786年 コルドバの大モスク建立開始。

786–809年 ハールーン・アッ＝ラシードの治世。アッバース朝最盛期。

799年 十二イマーム派から第7代イマームとして認められていたムーサ・アル＝カジム没。

813–33年 活発な文化活動の時代を実現したアッバース朝第7代カリフ・マアムーンの治世。

833–48年 ムフナ（審問）の実施。マアムーン、ムウタズィラ学派による「創造クルアーン」の教義をアッバース朝に課す。

836年 アッバース朝の首都、バグダードからサッマーラに遷都。

864–1126年 シーア派ザイド［アラヴィー］朝、イラン北部を支配。

874年 第11代イマーム没。第12代イマームのムハンマド・アル＝ムンタザル（ムハンマド・アル＝マフディー）、ガイバ（幽隠）、すなわち神によって隠されたと信じられる。これにより、十二イマーム派の直接統治終焉。

893*–1962年 ザイド朝によるイエメン支配。

899年* ウバイドゥッラー・アル＝マフディー、北アフリカでイスマーイール派のイマームを僭称し、ファーティマ朝の開祖となる。

900–1077年 イスマーイール派の分派であるカルマト派、バーレーン支配。

900頃–1000年頃 ムスリム・スペイン（アル＝アンダルス）の文化的・政治的最盛期。

929年 スペインの後ウマイヤ朝アミールだったアブド・アッラフマーン3世、初代カリフに。

941年–現在 大ガイバ。十二イマーム派の信者たちが伝えてきた「隠れイマーム」の教義で、大ガイバが終わると、このイマーム（アル＝マフディー）がこの世に再臨して（ルジューウ）、完全な公正をもたらすとする。

945*–1062年 イラン北部で興った十二イマーム派のブワイフ朝、イラクとイラン西部支配。スンナ派のカリフを名目的な長として保護。

969年 ファーティマ朝、エジプトを征服し、カイロを建設して、現代まで続く世界最古の大学アズハル学院創設。

1017年頃 ファーティマ朝第6代カリフのアル＝ハーキム、宣教者アル＝ダ

ラズィー率いるイスマーイール派の分派グループによって神格化される。このグループは指導者の名にちなんで、ドゥルーズ派として知られるようになる。

1055年　セルジューク・トルコ、アッバース朝の都だったバグダード攻略。

1056*-1147年　ムラービト朝、北アフリカとスペイン支配。

1065-67年　バグダードに、シャーフィイー法学を教えるマドラサ（学院）のニザーミーヤ創設。

1071年　マラズギルトの戦い（アナトリア東部）。セルジューク朝第2代スルタンのアルプ・アルスラーン、ビザンツ＝東ローマ帝国軍を撃破して、皇帝ロマヌス4世ディオゲネスを捕虜に。

1085*-1492年　キリスト教徒によるムスリム・スペインの再征服。これをレコンキスタ（国土回復運動）とよぶ。

1094年　ファーティマ朝第8代カリフのムスタンシル没。その没後、ニザール派が分離し、ファーティマ朝はカイロを拠点とするムスタアリー派と、イラン北西部に移ったニザール派に分裂。

11-13世紀

1095年　クレルモン公会議。教皇ウルバヌス2世、イスラーム世界に対する十字軍派遣とエルサレムの奪回の呼びかけ。

1099年　第1回十字軍、エルサレムを攻略して、ラテン王国建設。

1130-1269年　ムワッヒド朝、北アフリカとスペイン［アンダルス］支配。

1138年　カリスマ的なサラディン（サラーフッディーン）誕生。サラディンはムスリム軍の将軍で、エジプトとシリアに覇を唱えたアイユーブ朝［1169-1250］の始祖。

1146-74年　12世紀のシリアで、ムスリムの「対抗十字軍」勢力を組織したトルコの軍事指導者で、サンギー朝第2代君主だったヌールッディーン・マフムードの支配。

1171年　サラディン、ヌールッディーンの代わりにエジプト征服。これにより、ファーティマ朝が滅亡し、スンナ派が失地回復する。

1187年　ハッティーン（ヒッティーン）の戦いに勝利したサラディン、エルサレム奪回。

1192年　サラディンとイングランド王ヘンリー2世のあいだで和平協定が結ばれ、キリスト教徒の聖地巡礼が認められる。

1206-1370年　モンゴルの中央アジア支配。

1206-1526年　デリー＝スルターン朝による（北部）インド支配。

1212年　ナバス・デ・トロサの戦いでムワッヒド朝が敗北したことにより、スペイン南部の大半がカトリック勢力の手に。

1220-60年　チンギス＝ハン（カン）とその後継者たちのもとで、モンゴル軍の東方ムスリム世界侵略。

1250-1517年　マムルーク朝によるエジプト・シリア支配。

1256年　シーア派イスマーイール派の

分派であるニザール派のアラムート城砦、モンゴル軍によって陥落。
1258年　モンゴル軍、バグダードを攻撃し、バグダード・アッバース朝最後（第37代）カリフのムスタアスィム処刑。これにより、同王朝滅亡。
1260年　マムルーク朝軍、アイン・ジャールートの戦いでモンゴル軍とキリスト教徒諸侯連合軍撃破。
1260年　マムルーク朝第5代スルターンのバイバルス、カイロでアッバース朝再興。
1281-1922年　オスマン帝国。
1291年　アッコが陥落して、聖地からの十字軍追放。

14世紀-17世紀　帝国建設とイスラームの勢力拡張

1368年*　ペルシア詩の傑作であるハーフェズ（ハーフィズ）の詩集『ディワン』完成。
1379-1405年　モンゴル＝テュルク系の帖木児ティムール、中央・西・南アジアへ軍事遠征。
1450年頃　イスラーム勢力、東インド（アジア南東部）の大部分に進出。
1453年　オスマン帝国軍、ビザンツ帝国の首都コンスタンティノポリス攻略。
1492年　カトリック両王のフェルナンドとイザベル女王、スペイン最後のイスラーム城砦のグラナダ攻略［レコンキスタ終了］。
1500年以前　オスマン帝国、ギリシア、ボスニア、ヘルツェゴヴィナ、アルバニアを支配下に。
1500頃-98年　モンゴル族を出自とするシャイバーニー（シャイバーン）朝による中央アジア支配。
1501-1736年　イスマーイール１世を開祖とするサファヴィー朝、イラン世界を統治して十二イマーム派を国教とする。
1514年　オスマン帝国軍、アナトリア東部のチャルディランの戦いでサファヴィー朝軍を破る。
1517年頃　オスマン帝国軍、エジプト、シリア、ヒジャーズ、イエメンを征服。
1520-66年　壮麗帝スレイマン１世の統治。オスマン勢力の絶頂期。
1526-1858年　ムガル朝のインド亜大陸支配により、イスラームの芸術と文化、イスラームと同様に拡大。
1529年　オスマン帝国軍の第１次ウィーン包囲作戦失敗。
1550-57年　コンスタンティノポリスに、オスマントルコの建築家スィナンによるスレイマニエ・モスク建立。
1556-1605年　皇帝アクバルのもとで、ムガル帝国絶頂期。
1571年　レパントの海戦。オスマン帝国の地中海前進阻止。
1588-1629年　第5代シャー・アッバース１世のもとで、サファヴィー朝絶頂期。
1660年頃-現在　アラウィー朝のモロッコ統治。
1683年　オスマン帝国とハプスブルク家の戦争、帝国軍による第２次ウィーン包囲戦の失敗をもって終焉。帝国のヨーロッパ進攻阻止。

18-19世紀

1744年*-現在　ブーサイード家によるオマーン統治。

1794-1864年*　西アフリカ、現在のマリやセネガルの一部にジハード主義国誕生。

1798-1801年　ナポレオンとフランス軍のエジプト遠征。考古・地理学者や科学者たちによる基本的な調査をまとめた『エジプト誌』の刊行（1809-28年）。エジプト学の形成に貢献したこの叢書が、中東にかんするヨーロッパ人の知識の基礎に。

1801-02年　ワッハーブ派、イラクのナジャフやカルバラーの主要なシーア派聖廟破壊。

1804-08年　ナイジェリア北部ハウサ地方の宗教的指導者ウスマン・ダン・フォディオ、ゴビールのスルターンに反旗をひるがえして成功し、19世紀のアフリカで最大規模の国家であるソコト（ソラニ）・カリフ帝国建設。

1805-49年　偉大な近代化推進者のメフメト（ムハンマド）・アリー、エジプト統治。

1857-59年　イギリスによる植民地化に対するインド大反乱失敗。ムガル朝崩壊。

19世紀初頭　オランダのジャワ島支配とそれに対する住民たちの反乱。

1830年　フランス、アルジェリアに侵攻して植民地化。

1839-77年*　オスマン帝国内のタンズィマート改革［恩恵的改革］、プロイセン軍を手本としてトルコ軍の再編と、民族や宗教を問わず、全帝国臣民の生命・名誉・財産の安全をめざす。

1876-1909年　オスマン帝国第34代スルターンのアブデュルハミト2世の統治。汎イスラーム主義（統一イスラーム国家のもとでのムスリムの一体化）の普及。

1878年　イランのパフラヴィー朝創設者のレザー・シャー・パフラヴィー誕生。

1881・83年　フランス、チュニジアを保護領化。

1885-98年　スーダンにマフディー国家建設。

20-21世紀　改革と革命

1905年　イランの立憲革命。

1920-38年　トルコ共和国建設の父ムスタファ・ケマル・アタテュルク、ギリシア軍を打破して、トルコで脱イスラーム改革実施。

1924年　アタテュルク、カリフ制を廃して、世俗的なトルコ共和国樹立。

1925-79年　パフラヴィー朝によるイラン統治。

1928年　ムスリム最大の政治的・宗教的・社会的組織であるムスリム同胞団、ハサン・アル＝バンナー（1906-49）によってエジプトで創設。

1941年　イスラーム協会、サイイド・アブルアーラー・マウドゥーディー（1903-79）によってインドで創設

1945-50年　インドネシアでオランダの植民地支配からの独立をめざした戦い。

1947年　インドとパキスタンが分離し、

ともにイギリスから独立。
1948年　イスラエル国家建設。イスラエル・アラブ戦争。
1950-61年　イスラーム国家の樹立をめざしたインドネシアのダール・アル＝イスラーム（イスラームの家）運動。
1952年　自由将校団のクーデタで、エジプト王政解体。ジャマール・アブドゥル＝ナーセル、権力を掌握して、エジプト共和国第2代大統領に。
同年　世界的な規模でのイスラーム統一国家建設をめざすヒズブ・タハリール（解放党）、パレスチナの裁判官シャイフ・タキエッディーン・ナバハーニー（1909-77）により創設。
1966年　エジプトの急進的なイスラーム主義者サイイド・クトゥブ（1906生）、処刑。
1967年　イスラエル軍、「6日間戦争」でアラブ軍を粉砕し、エルサレム奪取。以後、イスラエルはシナイ半島やゴラン高原など、アラブ人の土地の約20パーセント占領。
1969年　軍人・革命家・政治家のムアンマル・アル＝カッザーフィー、通称カダフィ大佐（1942頃-2011）、リビアの権力掌握。エルサレムにあるアル＝アクサー・モスクのミンバル（説教壇）焼失。アーヤトッラー・ルーホッラー・ホメイニー（1902-89）、「ヴェラヤティ・ファキーフ（法学者の統治論）」を唱え、これにもとづいて、のちにイラン・イスラーム共和国建設〔1979年〕。
1971年　バングラデッシュ、パキスタンからの分離独立。イスラーム政府間の協力を目指した最初の汎イスラーム機関「イスラーム諸国会議機構」創設。
1973年　第2次アラブ＝イスラエル戦争。
1975-90年　レバノン内戦。
1979-89年　ソヴィエト軍の占拠に対するアフガニスタン人のジハード（聖戦）。この紛争によってアフガニスタン社会は混乱し、ムジャーヒディーンが蜂起。イスラエル軍のレバノン侵攻。
1979年　イラン革命により、モハンマド・レザー・シャー（パーレビ国王）退位。イラン・イスラーム共和国の創始者ホメイニーが実権掌握。
1980年　イスラーム主義を唱えるシーア派の政治・武装組織ヒズボラ（神の党）、レバノンで創設。イスラーム聖戦機構、パレスチナでムスリム同胞団により組織。
1980-88年　イラン＝イラク戦争。
1981年　エジプト・アラブ共和国のアンワル・アッ＝サーダート大統領、イスラーム主義過激派のジハード団メンバーにより暗殺。
1982年　シリアのハーフィズ・アル＝アサド大統領、ムスリム同胞団の反対を粉砕するため、中部の町ハマーの大部分を破壊して何千人もの住民殺戮（ハマーの虐殺）。イスラエル、再度レバノンに侵攻。サブラーとシャティーラで、親イスラエル民兵組織「レバノン軍団」によるパレスチナ難民の大量虐殺。

1983年 ヒズボラの「自爆事件」頻発。これによりアメリカとフランスの休戦監視団撤退。

1984年 「ムスリム法のもとで生きる女性たち」（WLML）、女性間の国際的な連帯を促進するためのネットワークとして設立。ハマース（ムスリム同胞団と結びついたパレスチナ・スンナ派のイスラーム抵抗運動組織）とイスラーム聖戦運動、パレスチナの一斉蜂起（インティファーダ）のなかで誕生。

1988年 ウサーマ・ビン・ラーディンら、アルカーイダ創設。ハマース、パレスチナで重要な存在に。サルマン・ラシュディ『悪魔の詩』刊行［邦訳者の筑波大学助教授五十嵐一氏、1991年に大学内で刺殺］

1988-90年 ベーナズィール・ブットー、イスラーム国家初の女性指導者としてパキスタン首相に。彼女は1991から96年まで2度目の首相をつとめた［2007年暗殺］

1989年 ホメイニー、サルマン・ラシュディとその出版人たちに死刑のファトワー（法的見解・勧告）。前者は背教者、後者はイスラームを中傷したとして。ホメイニー没。

1990-91年 イラクのクウェート侵攻に続く第1次湾岸戦争。

1991年 カレダ・ジア、女性初のバングラデシュ首相に。

1993年 ニューヨークの世界貿易センター・ビル爆破事件。オスロ合意（イスラエル・パレスチナ紛争を解決するための第一歩となる協定）

1993-96年 タンス・チルレル、トルコ初の女性首相に。

1994年 ターリバーン、アフガニスタンで台頭し、政治的・宗教的なリーダーシップと内戦の終息を唱える。

1995年 ネジメッティン・エルバカン、イスラーム主義者として初のトルコ首相選出。

1997年 セイイェド・モハンマド・ハータミー（ハタミ）、イラン・イスラーム共和国大統領に選出。アメリカ合衆国との文化・学問・経済面での関係改善はかる。

1999年 ムスリム世界最大のイスラーム組織ナフダトゥル・ウラマーの指導者アブドゥルラフマン・ワヒド（2009没）、はじめてインドネシア大統領に。

2001年9月11日 アルカーイダによって鼓舞されたニューヨークとワシントンDCでの同時多発テロ事件。犠牲者3000人以上。

2001年 アフガニスタン戦争勃発。多国籍軍、アルカーイダを粉砕し、ターリバーンを権力から引き離すためにアフガニスタン進攻。

2001-04年 メガワティ・スティアワティ・スカルノプトゥリ、インドネシア初の女性大統領。

2002年 テロリスト、バリ島のナイトクラブ爆弾攻撃。ジェマ・イスラミアの犯行。

2003年 アメリカとイギリス連合軍、イラクに進攻してサッダーム・フセイン体制転覆。

2004年 アルカーイダ一派によるマドリッド列車爆破事件。国際イスラーム学者・宗教指導者会議でヨルダン国王

アブドゥッラー2世が草し、500人を超えるイスラーム学者が署名した「アンマン・メッセージ」、ムスリム世界の寛容さと統一を訴える。

2005年7月7日　7・7事件として知られるロンドン同時爆破事件。朝のラッシュアワー時にロンドンの地下鉄やバスを狙った自爆攻撃で、56人が命を落とし、700人以上の負傷者出る。

2006年　パレスチナ立法議会選挙でハマース勝利。アメリカとEU（欧州連合）、ハマース主導のパレスチナ政権への直接援助を停止するが、パレスチナ人はなおも国連や他の独立機関を介して援助を受ける。キース・エリソン、アメリカ史上初のムスリム下院議員に（ミネソタ選出、民主党）

2007年　ムスリム世界を代表するすぐれた大学人や政治家、作家、ムフティー（イスラーム法学者）138名（のちに約300名）が署名した書簡「われわれとあなた方のあいだの共通の言葉」、世界各地のおもなキリスト教会の指導者たちに送られ、イスラームとキリスト教の基本的な原理原則（唯一神への愛、隣人愛）を、世界平和への共通基盤とすることを訴える。

2008年11月4日–6日　ヴァティカンと前記書簡の当初の署名者138名、ベネディクト16世に謁見し、カトリック＝イスラーム・フォーラムを樹立するための会議開催。

2010年10月　シリア内戦勃発。反対派、アサド大統領の退陣要求。チュニジアで「アラブの春」起きる。

2011年1月　エジプトのムバーラク大統領失脚。

2011年5月1日　ウサーマ・ビン・ラーディン死亡。

2011年10月20日　カダフィ大佐没。

2013年1月　マリ北部の反イスラーム武装組織援助のため、フランス軍、同国に軍事介入［セルヴァル作戦］

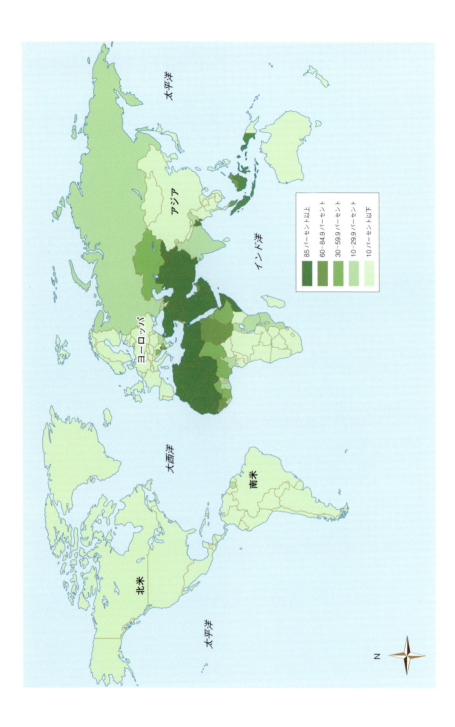

第1章 序文

　われわれは、井戸の四壁だけで世界が終わると信じている「井戸の中の蛙」のように、自分たちの宗教だけがすべての真実を表すものであり、他の宗教は誤りであるなどと考えてはならない。世界の他の宗教についての尊敬に値する研究は、われわれのそれと等しく真実であり、すべてがまちがいなく重要なものなのである（マハトマ・ガーンディー）(1)。

　本書の目的は、何年ものあいだ世界的な規模でのムスリム共同体を構築・統一してきた中核的な信仰や実践、教義をできるかぎり正確かつ客観的に描きだすところにある。こうした基本要素を明確化して分析することで、本書は、ムスリム、つまりイスラーム教徒たちが今日いかにそしてなぜ考え、行動しているかを非ムスリムたちに説明しようとするすべての研究に、不可欠な基盤を提供できるはずだ。

　筆者は過去が現代のイスラームにいかに影響をあたえ、そしてなおも影響し続けているかを示しながら、イスラームの信仰と実践を歴史的に微妙に異なる方法によって紹介したいと思っている。世界中の大部分のムスリムが従う現代のイスラームは、とくにその最初期に起きた一連の歴史的出来事によって築かれた土台にもとづいている。もっとも基本的な信仰や実践は、たしかにこうした歳月のあいだに最終的に定着してはいるものの、詳細はなおも確定的とはいえない。それゆえ、本書は何世紀ものあいだに発展した多様な問題に対するムスリムの信仰や実践を示すとともに、この期間におけるその変容や適応、さらに洗練化のありようを検討することを最重要課題とする。たとえば、近代のムスリム思想家たちは、イスラーム法を近代社会の要請にこたえるものだと解釈してきた（第5章参照）。だが、ある特定の状況のなかでなされてきた神の教えの解釈や適用は、じつはかならずしも一定していない。こうした対応はクル

世界各国の総人口に対するムスリム人口割合（2010年）。イスラームは世界の人口の約23パーセントにあたる約16億近い信者をもつ、世界で2番目の宗教である（最大はキリスト教）

アーン（コーラン）や預言者ムハンマドの言葉、あるいはそのたとえ話のよく知られた文脈にもとづいてなされてきたのである。これらの問題を一貫した歴史的な展望から再検討する。本書の主要な長所はおそらくここにあるといえる。従来の研究では、イスラームの形成期、とくに預言者ムハンマドとその教友たちの時代に意図的に力点がおかれてきた。筆者としては、それだけでなく、たとえば第7章にみられるように、18・19世紀にもかなりの注意を向けている。まさにこの時期こそ、非凡な人物たちがあいついで登場してイスラームの再生や改革がなされた、決定的に重要な意味をもっているからである。それゆえ本書を読んでもらえれば、いずれ読者は、近代のイスラームがいかにして出現したかを理解するうえで必要な、明確かつ歴史的な見方をえることができるだろう。本書はまた通過儀礼や日々の祭儀にも言及しており、ムスリムたちが金融倫理や政治的危機といった今日的な問題にどのように対応しているかも考察している。

　イスラームについて、1冊の書を著すにはさまざまなやり方があり、こうした書に対する不断の需要は、書き手にとってはなによりもはげみになる吉兆といえる。それは西欧のみならず、世界全体で、そして非ムスリムだけでなく、ムスリム自身のうちにも、遅くとも20世紀に世界的に重要性をましたイスラームについて、なおもよく知りたいと願う人々が多数いるという事実を示しているからだ。では、これらの書の著者のあいだにはどのようなアプローチがみてとれるだろうか。幸いなことに、しばしば非ムスリムの著者によってか書かれた多くの書は、現代のイスラームについて記述しており、当然のことながら、それはムスリムたちがどのように生活し、なにを信じ、そしてとくに現代世界において、彼らが演じている大きな役割とは何かを熱心に知ろうとしている今日の読者に、きわめて多くのことを教えてくれるだろう。そうした書を発見することもまた、本書がになうべき重要な使命である。いずれにせよ、イスラームの研究をはじめようとするほとんどの人々にとって —— それが大学の教育課程の一部であると、個人的な関心事であるとを問わず ——、ポスト9・11の世界を理解しようとすることが、イスラームを知ろうとするための推進力となっているはずだ。こうした要請に向きあった書は、あまりにも数が多くて計算できないほどだが、まちがいなく筆者の仕事の糧となってきた。同様に、みずから永遠の宗教的な確実性とみなすものを、世界の人々の前に急いで提示したいと願うムスリムの著者たちが、その信仰にもとづいて慎重に著したさまざまな書もまた、筆者が本書を執筆するうえでおおいに役立った。

本書がたえず恩恵を受けた研究はほかにもある。単一のコミュニティで実践されている独自のイスラーム社会 —— その慣行や解釈は、ムスリム世界のいたるところでみられるものとはしばしば異なっている —— を紹介した著者たちの研究である。あらためて指摘するまでもなく、イスラームは世界規模の宗教であり、西から東へと、モロッコからインドネシアへといたるあいだに位置する国々だけでなく、アフリカやヨーロッパ、さらにアメリカ大陸の多くの地域でも実践されている。この事実はいくらくりかえしてもしすぎることはないだろう。たとえば、ブラジルに住むレバノン人のムスリム社会や、ヘブリディーズ諸島北西側、つまりスコットランド沖合の島に住む、ゲール語を話すパキスタン人ムスリムすらいるからだ。

　そのすべてがおおいに推薦に値するとともに、本書に影響をあたえてもくれたこうした多様な研究を勘案すれば、必然的に以下のような結論が導かれるだろう。すなわち、イスラームをより深く理解しようとして、これらの研究がいずれも唯一正しいと思える方法で記述しているなどと独断的に断言するのは、おそらく賢明なことではない、という結論である。そのかぎりにおいて、本書はこれらすべての先行研究を慎重に考慮し、そこからできるかぎり多くを学びとろうとした努力の成果ともいえる。筆者はまた、これらの研究にみられる使用可能な素材なり資料なりを、できるかぎり網羅・紹介したいと思ってもいる。

　本書の執筆にさいしては、筆者は本文を、一般読者が神話的な怪物に興味をいだくように読んでくれるものにしようこころがけた。それゆえ、おもに専門家だけが関心を向けるような副次的なテーマを論ずる場合でも、あえて魅惑的な迂回路をさけた。と同時に、アラビア語を知らない読者を当惑させるような不要な表記もさけている。同様に、専門用語もできるだけ使わず、またさらなる議論のために脚注を使ったり、余分の情報を積み上げたりするという誘惑も拒否している。本書のような著作は、たとえよくねりあげられているとしても、過重な情報によって押しつぶされてしまいかねないからである。ほとんどのムスリムがなにを信じ、どのようにしてその生涯を送るかということに議論をしぼっている。こうした本書の試みは、現代の学者たちにとっては喫緊の知的関心事ではあるが、通りを行く一般のムスリムたちにとってはしばしば無関心な対象ともなっている、神学や哲学といった特定の主題にかんする記述（第7章参照）が、本書ではなぜ比較的少ないかを説明してくれるだろう。より一般的いえば、筆者は広範な視点にこだわりながら、そして木をみて森をみないといった危険性にたえず気をつけながら、主題を簡明かつ客観的に記述しよう

第1章　序文

としたのである。

　ところで、読者には筆者が何者であり、どのような研究を背景としているを知る権利がある。かつて大学のアラビア語教授をつとめていた筆者は、宗教と文明としてのイスラームの歴史を研究してきた。学究人生の大半をイスラーム研究、たとえばその教義や歴史、文化についやしてきたのだ。ムスリムの中心地で用いられているおもな言語も学び、これらさまざまな主題にかんして得た知識を、学生たちの世代に伝えてもきた。それに対する彼らの反応はしばしば刺激的であり、挑戦的なものでもあった。これまで上梓した著作では、アラビア語やペルシア語、そしてトルコ語の資料を中心に直接もちい、長年イスラーム法や政治思想、スーフィズムを扱う古典アラビア語やペルシア語の宗教文書を教えてきた。さらにイギリスやアメリカ合衆国のみならず、中東でも放映・放送された数多くのテレビ・ラジオ番組にも出ている。

　以上、これまで述べたことはすべて、本書を書くといういささかなりと無謀と思われかねないような行為に、筆者があえて挑んだことを正当化するだろう。筆者自身はムスリムでなく、それどころか、みずからがそのなかで生まれ育ったキリスト教とその文化に個人的に深くかかわってもいる。したがって、筆者はイスラームについて内側の目で個人的な体験を語ることはできない。しかしながら、宗教や文化としてのイスラームに対する賞賛や敬意をみずからの内に深く育まなかったなら、イスラーム研究者としての道を進むことはなかった。それゆえ、本書はイスラーム世界にかんする長年の研究にくわえて、半世紀にわたって主要なイスラーム国を数多く訪れ、何十年にもわたって西欧の学生たちにイスラーム世界のことを教えてきた経験にももとづいて編まれたものといえる。こうした経験の蓄積が、一個人として、そして学者としての筆者に大きな影響をあたえてくれたのである。まさにそれこそが筆者のイスラームに対する理解や姿勢をつくりあげ、みがいてもくれたのだ。本書に何を盛り込み、いかにして素材を紹介するか。その決定もまた、ほかならぬこれらの経験によるといえるだろう。

　ことのついで付言しておけば、ひとりムスリムのみがこのような本を書けるとするのは、たいへんな誤解といわざるをえない。事実、非ムスリム──学生であれ、一般読者であれ、あるいは信仰心をまったくもちあわせていないような人々であれ──から決まって向けられるイスラームにかんする質問を確認したり見さだめたりする場合は、非ムスリム学者を相手にする方がムスリム学者よりやりやすい。しばしばくりかえされる誤解を説きあかし、現在のよ

うなムスリム世界をつくりあげてきた、基本的な出来事や概念にかんする話を紹介することの必要性や欲求。まさにこの必要性なり欲求なりが、本書を上梓する動機となったのである。筆者はまたなにが重要な問題なのかを特定しようと長いあいだ真剣に考え、実際に重要な問題を副次的な重要性しかもたない問題から切りはなした。とはいえ、主要かつ重要な問題をはぶいたりしないように選択する作業は困難をともない、短兵急にできるものではなかった。本書各章は1語の見出しになっているが、それは慎重に考えぬいた末の戦略にほかならない。いわばみずからの思考を集中させるためにそれを選んだのであり、読者が筆者の考えに呼応して、見出しの内容に思いをめぐらしてもらえれば幸いである。読者がいくつかの主題をチェックしたいと思えば、たやすくそれを見つけだせる。これが筆者の戦略である。むろん各章の本文内には、小見出しをふんだんにもちいている。

　本書は一気呵成に読まれる本ではない。真摯な読者に向けて書かれたものであり、読者がさらになんらかの主題を追究したいと思うなら、それにかんしてどこにより多くの情報があるかを教える配慮もしたつもりである。ムスリムたちがなにを信じ、なにが彼らの生き方を律しているか、その本質的な問題を扱っている書は、たしかに過去30年あまりのあいだに数多く上梓されている。だが、ありていにいえば、こうした問題を考えるうえで必要不可欠な情報を提示しているものは、不思議なことにごくわずかしかないのだ。それゆえイスラームに関心がある読者は、ごく簡単な概略、表面的であることをさけえない概略と、一般読者というより、むしろ専門家を対象とした高度な書のあいだの、いわば中間的な領域でのさまざまな論文を探し出すには、かなりの困難を覚悟しなければならない。おおまかにいって、クルアーンや預言者ムハンマド、あるいはイスラーム法を論じ、長さもほどほどの書を見つけるのは、もとより決してむずかしいことではない。ただ、そうした書には、本書の各章を正当化するような他の主題についての言及がほとんどなされていない。かりにそれがなされていたとしても、肝心の情報があまりにも散らばっているため、一般の読者がそれにたどりつくのはかなりむずかしいのである。本書はこのような問題の解決をめざして編集されてもいる。

　本書はまた、現在がいかにして過去によって形作られているかを吟味している。あることを理解するにはこのことを知らなければならないという確信にもとづいての配慮だが、とくにムスリム世界の場合はそれがよくあてはまる。そこではほぼ1400年前に起きたさまざまな出来事が、今日の出来事に直接影響

しているからである。その顕著な事例がスンナ派とシーア派の不和で、本書執筆時に中東で起きた流血の惨事は、そうした不和によって引き起こされたものである（第11章参照）。したがって、本書はムスリムの現在をできるかぎり明確に歴史的な流れのなかに位置づけるため、ムスリムの過去についての基本的な情報を示すことにも力点をおいた。さらにここで強調しておきたいのは、世界の多くの地域でしだいに明らかになりつつあるが、かつてヨーロッパ人やアメリカ人たちがいだいていた単純な考え、すなわちムスリムが中東にしか住んでいないという考えが、今ではもはや通用しないということである。はっきりいえば、そうした考えは真実ではなく、むしろ誤りとさえ断言してよい。今日、世界のいたるところにムスリムが存在しているという事実を考慮すれば、イスラームに対する理解をこれまで以上に深めることがより重要となる。

　本書は、客観性を水びたしにしかねない、と同時にイスラームに対する強力な偏見を生んできた無知の氾濫にたちむかおうとする、1女性のささやかな試みである。くりかえしをおそれずにいえば、その目的はイスラームにかかわるさまざまな事実を整理して、あらためてそれらを解釈するところにある。筆者としてはそれを、歴史が宗教の発展にどのような影響をあたえてきたかをたえず意識することできたえられた、一連の宗教研究にもとづいておこないたいと思う。歴史的な空白に宗教は存在せず、いつ、いかなる地でも同じであるという宗教もまたありえない。イスラーム学者のなかには、一部の信者たちの信仰そのものを代弁するような見方をする者もいるが、前述したように、そこにはクルアーンや預言者ムハンマドの言行にもとづいてそれぞれの見方を検討するという、いつに変わらぬ鉄則がみられない。にもかかわらず、そうした見方が非ムスリムたちのイスラーム理解に影響をあたえてきたのだ。事実、多くの西欧人にとって、「イスラーム」という語は、宗教や社会、文化、さらに支配的な政治体制をさす、物事を単純化した便利な簡略表現としてある。しかし、筆者は本書においてこの語をなによりも宗教的意味で用いている。むろん、社会と文化と政治がそこからけっしてかけはなれているわけではないとしても、である。

　ここではまた、一見マイナーと思えるような用語法についても指摘しておくべきだろう。本文では「イスラーム」と「ムスリム」という、いずれも名詞のみならず、形容詞としても使われる2つの語を明確に区別してもちいるつもりである。この2語はしばしば同義語としてもちいられているが、じつは意味が異なる。前者は精神的・社会的・政治的な次元で人びとの言動を律する、一連

の信仰や制度、実践をさしている。そのかぎりにおいて、「イスラミック（イスラーム的）」という形容詞は、イスラームやイスラームの著作および文化を修飾する。一方、「ムスリム」という語はイスラーム教徒をさす。こうした多様な用語法の例としては、「イラン・イスラーム共和国」や「イスラーム世界」、あるいは「イスラームのシャリーア」などがある。

　最後に、イスラームが今日のメディアでどのように扱われているかについても一瞥しておくべきだろう。有能なジャーナリストたちは、ムスリム世界で起きているさまざまな問題を広範かつしばしば客観的に報告している。だが、一過性の事件も起きており、それらを適切に判断するには、歴史についての詳細な知識にもとづく一定の距離感が求められる。本書での歴史的で他と微妙なちがいがある議論をとおして、読者が探究心と広い見聞、そして批判精神を駆使しながら、不幸にも大衆紙の細切れのニュースや意見によってもたらされる、イスラームやムスリムに対する表面的で信頼できない反論と向き合ってくれることを期待したい。もとより、こうした理解不足をこうむっているのは、ひとりイスラームないしムスリムだけではない。だが、意図的な逆情報や偏見が少しずつつみかさなっていく否定的な影響を過小評価してはならない。とりわけ悲劇的なのは、ムスリムを自称するテロリストたちの政治的な動機によってつきうごかされた残虐な行為によって、つまり、信仰がただちに断罪されるような行動によって、この世界宗教の信用が汚されてきたことである。その結果、多くの非ムスリムからテロリズムとむすびつけられた紋切り型の、かなり誤解に満ちたイスラームのイメージが、広く世界中をかけまわるようになる。しかしながら、それはおよそ16億人の信者をかかえる宗教では決してない。彼らの圧倒的多数はテロリズムとは無縁であり、なによりもこの宗教は千年以上の長きにわたって宗教的な寛容さを示し、コルドバからエルサレムへ、さらにデリーやその彼方へと発展する過程において、他の宗教とも共存してきたという歴史的な伝統を誇りとしているからである。

第2章　ムハンマド

　ムハンマドはイスラームの預言者、人間に対する神の最終的なメッセージを伝えるために選ばれた「預言者たちの封印」である。本章ではムハンマドをその宗教的・歴史的・文化的文脈のなかにすえて数々の偉業を考察し、ムスリムたちが何世紀にもわたってムハンマドの生涯や個性、そしてその意味をいかに理解してきたかを論じる。

イスラーム以前のアラビア

　預言者ムハンマドは、6世紀のアラビア半島という、歴史的にみて特別な時代、特定の社会に生まれている。とすれば、あらためて指摘するまでもなく、こうした背景が彼の生涯やメッセージにどのような影響を及ぼしたかを理解するのは重要なことといえるだろう。

地理
　ムハンマド時代、アラビア半島はどのような状態だったのだろうか。通常、学識者たちはアラビア南部（とくに今日のイエメンに相当するアラビア半島南西端）と半島の残りの地域を明確に区別している。この区別は地理的な要因にもとづく。半島北部には周辺にオアシスを擁する広大な砂漠地帯が広がり、古代の人々から「アラビア・フェリクス（幸福なアラビア）」と呼ばれていた南部は、土地がより肥沃で雨も多く、苦心してつくりあげられた大規模な灌漑システムのおかげで、農業も高度に発展していた。
　このアラビア南部は住民が多く、彼らは前8世紀ごろから定住農耕を営んできた。各地に点在する町は政治機構や芸術、そして農業を比較的高度に発展させてきた。古典期のギリシア・ローマの著作家たちは、サバないしシバ人（およびとくにシバの女王）の名高い豪奢さについて語り、考古学的な出土品はこの地域における成熟した都市文化を証明している。前8世紀の記録に初出する有名なマーリブ（現在のイエメン）の灌漑システムは、驚異的な水利技術の成

オアシス ワディ・バニ・ハリッド、オマーン。水、樹木、日陰、肥沃さ。アラビア遊牧民の目には、砂漠に乏しいこれらすべてが実際以上に重大なものにうつっていた。クルアーンの随所にみられる楽園のイメージは、精神性の比喩へと美化されたこうしたオアシスの構成要素を想いおこさせる。

果として賞賛されていた。イスラームが登場する少し前、それまで数度にわたる修復をへて維持されていたマーリブ・ダムは最終的に崩壊したが［575年頃］、その名声は他のアラビア地域にまでとどいていた。この出来事は、のちにムスリムの口頭伝承に組みこまれ、アラビア半島南部で栄えたサバ王国の衰退を象徴するようになった。やがて、崩壊した王国の人々が大量に半島北部へと移住する。

　アラビア半島の他の地域は、南部とは事情がきわめて異なっていた。これらの地域では人びとの生活はつねに過酷なものだった。広大な砂漠の住民たちは、「砂漠の船」と称されたラクダの飼育とナツメヤシの栽培にささえられながら、不安定な生活を送っていた。だが、ベドウィンとして知られるアラブの［半］遊牧民は、そうした困難にもめげることのない順応性と処世術にたけていた。彼らは砂漠の奥地でラクダ飼いや羊ないしヤギの飼養者として働き、のちにマディーナ（メディナ）とよばれるようになるヤスリブやハイバルといった、オアシス都市周辺の農業地域とも密接にむすびついていた。これらの地域では、農民たちがナツメヤシや小麦を栽培していた。アラビアの砂漠地帯にお

けるパワー・バランスは、ラクダ飼いたちしだいだった。彼らの家畜がより多くの人々をささえることができたからである。オアシスの住民たちの近くで共生していた彼らは、ミルクや肉、獣皮といった遊牧民の産物を、ナツメヤシや小麦、さらに武器などと交換していた。

　一方、アラビア半島の海港は、交易によって地中海やアフリカ、インド洋とつながっていた。マッカ（メッカ）やその250キロメートル北に位置するヤスリブ（マディーナ）などの内陸オアシス都市は、乳香やスパイス、絹、綿のような産品を運ぶ商人たちにとって、陸路の休息地だった。ベドウィン系のアラブ人たちは、星をはじめとする自然の目印をもちいて、域内および広大な砂漠を横断して遠隔地へと向かう隊商を導く術を心えていた。クルアーン自体にも、預言者ムハンマドが属していたマッカの中心的な部族であるクライシュ族が、年に２回の隊商交易で富をえていたとある。次の一文がそうである。「クライシュ族をして無事安泰に、冬の隊商、夏の隊商の慣習を守らせ給う（アッラーのお恵み）」（106・1-2）

政体と社会

　アラビア半島の北部・中部・東部にいたアラブ人たちは、中央集権化された政体をもっていなかった。ベドウィン社会は支配的な政治システムに拘束されるのをこばみ、牧畜民や農民、都市商人たちに等しく適用される部族組織内の伝統的なやり方をたもっていた。氏族や部族は規模も構造も、そして威信も異なっていたはずだ。おそらくその日常生活は小さな部族集団の活動を中心とし、露営地や給水地を共有していた。

　他の遊牧社会と同様、ベドウィンの社会もまた基本的に平等だったが、各部族は首長をひとりいただいていた。彼の地位はその個人的なカリスマに由来した。この首長のつとめとしては、部族を守る、神聖な象徴物を保護する、争いをおさめ、客をもてなすことなどがあった。これら部族間の正義は、こうむった被害と同等の報復をすることによってたもたれていた。まさに「目には目を、歯には歯を」である。こうしたシステムのおかげで、部族の成員一人ひとりの安全のみならず、その家族や財産も保証されていた。

　ベドウィンの部族民は兵力をそなえた社会に住み、みずから武器をたずさえていた。牧草地を手に入れるため争いでは、彼らは他の遊牧民集団ないし近隣部族の土地へと侵入し、ときには都市までも攻撃した。彼らベドウィンにはまた独自の決闘作法があった。そこでは勇気や忍耐、さらには戦士としての能力が称揚さ

れ、それらは宗教的な信仰を形式的に遵守すること以上に重視されていた。

信仰と宗教

かつてベドウィンたちは偶像や石、樹木などの崇拝をともなうアニミズム的な信仰を実践し、おそらくこれら神聖物のまわりを、定められた回数だけ歩いたり走ったりしながら巡拝していた[1]。予言者たち(カヒン)はさまざまなシャーマン的役割をにない、未来を予示し、治療をおこない、水脈を占ってもいた。彼らはまた何箇所かの聖所(ハラムないしハウタ)を崇拝していたが、その一部は管理者がおらず、他の聖所は宗教的な世襲エリートが管理していた。これらの聖所は、避難所や部族間の抗争を処理する中立的な場所としてももちいられていた。それゆえ、聖所とその周域ではいかなる戦いも禁じられた。やがて異教の神々が一部の聖所に祀られるようになる。たとえばフバル神は、マッカのカアバ(カーバ)神殿――黒曜石もしくは隕石由来のテクタイトがはめこまれている立方体の建物――に祀られ、さらに3柱の女神、すなわちアッラートとアル＝ウッザ――いずれもウェヌス(ヴィーナス)などに比定される――、そして運命の女神マナートは、とくにマッカ地方で信仰されていた。これら3女神は、アラビア半島内で広く敬われていた創造神アッラーの娘とされており、毎年その聖所近くでは定期市が開かれていた。

5世紀をすぎると、マッカを支配していたクライシュ族は巡礼に関心をいだ

前イスラームの偶像 有翼ライオン神殿の石彫女神。ペトラ遺跡、ヨルダン、1世紀。イスラームは多神教を厳しく否定し、この写真にみられるようなかなり抽象化された神像であっても、それがおびただしい力を発するかぎり、神を表現するという考え自体すら排斥した。ナバテア語(古代セム系言語)で「ハヤンの女神、ニバトの息子」という銘文が刻まれたこの神像は、エジプトのイシスやギリシアのアフロディテ、ないしローマのウェヌスに相当する女神アル＝ウッザーを表わしたもの。

第2章　ムハンマド

聖地地図　聖都マッカとマディーナへの巡礼案内。インド、19世紀。こうした簡略化された透視図は、いくつかの聖地を標準的な旅行案内図にしめしている。そこでは豪華な枠飾りと金や群青の天上的な配色によって、神聖観が強調されていた。

くようになる。この巡礼は毎年聖なる月にマッカを訪れ、心身を清浄にして、アブラハム（イブラーヒーム）とその息子イシュマエル（イスマーイール）によって建てられたとされる、カアバ神殿の神域（ハラム）を7度まわることで、神々の恩恵に浴しようとするものだった。カアバ神殿を囲むこの神域は、避難所としてもちいられており、そこでは一切の争いが禁じられていた。事実、アラブ人部族がマッカに巡礼したさいは、あらゆる争いが一時停止した。こうした巡礼は前イスラーム時代のマッカ人にとって、富と威信の源泉となっていた。にもかかわらず、これら異教の神々と結びついた形ばかりの宗教の実践は、おそらくベドウィンにとってかなり負担だった。死がさだめられたときにおそってくるまで、真の宗教をもちあわせていなかった彼らは、まさに勇気と持久力をもってみずからの人生を耐えなければならなかったからである。その想いはアラビアの前イスラーム時代［これをジャーヒリーヤ（無明時代）とよぶ］の口誦詩に反映されている。

　遊牧民や都市住民は、誇りと連帯感をうながすアラビア語という重要な絆を同様に共有していた。争いが禁じられているときには、彼らはしばしば部族の成員たちが祖先たちの驚異的な偉業を朗々と吟唱する、アラビア語の詩にともに耳を傾けもした。そうした機会に、アラブ人たちはみずからが帰属する部族への忠誠心を超えた、共通の遺産やアイデンティティをもっていることを互い

に感じたにちがいない。まさにこのような背景こそが、ムハンマドをして、イスラーム、つまりアラビア半島自体を出自とする新しい一神教的な啓示によって鼓舞された、超部族的な共同体の創設を準備させたのである。

アラビアのユダヤ教徒とキリスト教徒

　前イスラーム時代の多神教にくわえて、外部の宗教的伝統がアラビア半島にどのような影響をあたえたかをみさだめることもまた、重要な作業といえる。ユダヤ教とキリスト教は6世紀末期までには半島に、とくに南西部と北部のビザンツ帝国と接する砂漠地帯に入っている。すでに4世紀前葉には、紅海をはさんで半島南部の対岸に位置するアビシニア［エチオピア］のアクスム国王（称号はネグス）が改宗して、王国［100頃-940頃］を強大なキリスト教国家に変えている。4世紀にはまた、イエメンのアデンにキリスト教共同体が複数存在してもいた。一方、半島中央部のオアシス地帯、とくにハイバルやヤスリブ

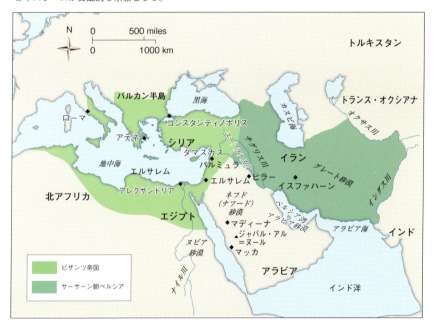

ビザンツ帝国とサーサーン朝の領土地図　630年頃。のちにムスリム軍はエジプトとシリアをビザンツの支配からもぎとり、サーサーン朝の全領土を征服する。それから1000年以上、これらの地ではイスラームが支配的な宗教となる。

にはユダヤ教徒たちがいて、ナツメヤシを栽培していた。半島南部では、フムヤ（一）ル王国最後の王で、ムスリムの伝承ではズー・ヌワースとして知られるユスフ・アサール［487-525］など、おもだった人物がユダヤ教に改宗した。これに対し、イスラーム勃興前の最後のペルシア帝国であるサーサーン朝ペルシアもまた、その国教であるゾロアスター教をアラビア半島南部の沿岸部にもたらし、570年代にはこの地がゾロアスター教へと改宗している。

　アラビアがユダヤ教徒とキリスト教徒の一神教的な伝統から切り離されるまで、イスラームは目立った進出ができなかった。ベドウィンは固有の宗教をもっており、彼らが住む一部の地域は、キリスト教とユダヤ教を奉じてもいた。事実、サーサーン朝イラクやビザンツ・シリアに近い地域のベドウィン部族は、さまざまなキリスト教を受け入れていた。アラブ人たちはまた、旧約聖書や新約聖書に登場するサマリア（ショムリム）［ショムロン］人のことを知っていた。クルアーンはモーセ（ムーサー）の時代にイスラエルの子どもたちを砂漠に誘いだした、あるサマリア人について言及しているが（20-87）［「例のサマリア人がみなを邪道に迷い込ませた」］、クルアーンがアブラハム伝承にもとづきながら、さまざまな預言者について示唆的にふれていることからして、ムハンマドがすでに聖書の物語に慣れしたしんでいた人々に説教をおこなったことは明らかである。

　クルアーンには、ムハンマドがアラビア半島で仲間のアラブ人たちに説いた、唯一神からのメッセージが記されているが、それはキリスト教やユダヤ教とは著しく異なるものだった。これら先行するふたつの宗教とイスラームを隔てようとするのちのムスリムの伝承は、ハニーフ［字義は「真の宗教の信徒」］と呼ばれる存在についてしばしば言及している。彼らはユダヤ教やキリスト教とは無縁で、アラビア半島の前イスラーム的一神教を信仰し、マッカにカアバ神殿を建立したとされる、アラブ人の父祖アブラハムの「純粋な宗教」を実践していたという。だが、そうした考えが実際にどこまで歴史的な現実を反映しているかどうかは疑わしい。前イスラーム時代のアラビアにおける複雑な宗教的実践のことは、まだ十分に明らかとなっていないからである。

ムハンマドの生涯──ムスリムの伝承から

　預言者ムハンマドの聖なる生涯におけるさまざまな出来事は、何世紀にもわたって崇敬の対象となってきた。それに続く物語は伝統的なムスリム伝承に起

源する。それはムスリムの一人ひとりが子どもの頃から教えこまれ、信じてきたものでもある。イエスの中心的な生涯を形づくる重要な出来事が、2000年以上もキリスト教徒の信仰から透けてみえるのとまったく同様に、クルアーンに記されたムハンマドの生涯をいろどるさまざまな物語もまた、はるか昔からこの預言者に捧げられた崇敬と愛の形からみてとれる。

生誕と幼年期

　ムハンマドがいつ生まれたかについては、ムスリムおよび非ムスリムのいずれの資料からも特定できない。だが、おそらくそれは570年頃だっただろう。彼はマッカの主導的なクライシュ族に属する弱小氏族のハーシム家に生まれている。当時、この部族はなおもにほどか名声を享受していたが、その富と力は570年代をすぎるとおとろえていった。ムハンマドは幼少期に孤児となっている。父親のアブドゥッラーは彼が生まれる2カ月前に他界し、母親アーミナもまた6歳のときに亡くなった。クルアーンはこれについてこう語っている。「もともと孤児の汝を見つけ出して、やさしく庇って下さったお方ではないか」（93・6）。こうしてムハンマドは祖父のアブドゥル＝ムッタリブに育てられ、その死後は叔父のアブー・ターリブ［549-619。クライシュ族の商人で、第4代正統カリフとなるアリーの父］に引きとられる。

　若くして商人の道に入ったムハンマドは、富裕な未亡人ハディージャ［555頃-619。父親はムハンマドの祖父のハトコ］に仕え、シリアへの隊商行を幾度も成功させ、595年頃、この未亡人と結婚する。ふたりは2男4女をもうけたが、息子たちは子どものうちに死んでいる。娘たちのなかでもっとも有名なのは、アリーの妻で、ムハンマドの孫ハサンとフサインの母となる4女のファーティマ［606頃-632／3］である。ムスリムの伝承によれば、ムハンマドは預言者としての役割をになうはるか前から、当時の人々からアル＝アーミン（正直者）という肩書きをあたえられ、いさかいが起きれば、調停役としてよばれたという。

預言者ムハンマドの生涯　570年頃―632年

570年頃　ムハンマド、マッカに生まれる。父アブドゥッラーは彼が生まれる2か月前没。

576年頃　母アーミナとも6歳のときに死別。ムハンマド、孤児に。祖父アブドゥル＝ムッタリブ、ついで叔父アブー・ターリブに育てられる。

第2章　ムハンマド

- **595年頃**　ムハンマド、ハディージャと結婚。この最初の妻は彼に息子2人（いずれも子どものうちに死亡）と、ファーティマを含む娘4人を授けてくれる。
- **610年**　マッカの外で瞑想中、ムハンマド、大天使ガブリエルを介して神からの最初の啓示を受ける。
- **613年**　ムハンマド、マッカで民衆に説教開始。
- **615年**　マッカの住民たち、ムスリム迫害開始。こうして迫害されたムスリムの一部、アビシニアに一時避難（最初の移住者）。
- **619年**　ムハンマドの妻ハディージャと叔父アブー・ターリブ没。
- **620年**　ムハンマド、ターイフで説教中に迫害を受け、マッカに戻る。
- **622年**　ムハンマド、当時ヤスリブと呼ばれていたマディーナ（メディナ）に移住（ヒジュラ「聖遷」）。この出来事を記念して、622年がイスラーム（ヒジュラ）暦の元年となる。
- **624年**　ムハンマド、イスラーム初の基本法である「マディーナ憲章」を草する。
- **624年**　ムハンマド、礼拝の方角（キブラ）をエルサレムからマッカに変え、イスラーム暦の第9月を完全な断食月（ラマダーン）に制定。
- **624年**　バドルの戦い。マッカ住民に対するムスリムの最初の大勝利。
- **624-25年**　マッカとのウフドの戦い。ムスリム勢敗北。
- **626-27年**　ハンダク（塹壕）の戦い。ムスリム、マッカに勝利し、ムハンマドのマディーナにおける指導力強化。
- **628年**　フダイビーヤの和議。ムハンマド、マッカからマディーナへの安全な巡礼期間など定める
- **628-29年**　ムハンマド、オアシス都市のハイバルを攻略するが、人頭税（ジズヤ）を納めることを条件に、ユダヤ教徒やキリスト教徒にそこに継続して居住することを認める。
- **629年**　ムハンマド、フダイビーヤの和議を破ったマッカに出兵。マッカの指導者たちと新たな協定締結。
- **629年**　ムハンマド、マッカに凱旋入城し、カアバ神殿周囲にある異教の偶像すべての破壊を命じる。
- **630-32年**　ムハンマド、アラビア全体にムスリム共同体を拡大させるための対策強化。
- **632年**　ムハンマド、個人的な儀礼行為としてはじめてマッカへ巡礼（ハッジ）。「別離の巡礼」として知られるこれは、のちにイスラーム教徒の巡礼モデルとなる。

632年6月8日　ムハンマド、後継者の息子がいないまま高熱を発症して病没。遺骸はマディーナの自邸に埋葬。

啓示と迫害

　中年 —— セム人の伝統では重要な象徴的数である40歳前後 —— をむかえたムハンマドは、マッカ周辺の異教徒たちとその神殿、さらにマッカの同胞たちの貪欲さに強い不満をいだき、マッカを出て、ジャバル・アル＝ヌール（字義は「光の山」）山上のヒラーの洞窟で、長いあいだ信仰について心を集中しての瞑想をおこなうようになる。ここで彼は、大天使ガブリエルを通して、神からの最初の啓示を受ける。それは次のような言葉だった。「誦め、《創造主なる主の御名において。いとも小さい凝血から人間をば創りなし給う》」（クルアーン96・1-2）。これらの言葉はクルアーンの最初の啓示、つまり神がムハンマドにあたえた啓示だと信じられている。ムハンマドはこの啓示に圧倒され、自己不信におちいった。だが、妻ハディージャの愛情に満ちた慰めと激励にささえられ、しだいに自分が神からその使徒として真に召命を受けたと確信するようになる。

　613年頃、ムハンマドはマッカの同胞たちに公然と説教を始めるという強い衝動を覚える。クルアーンの最初期の章（スーラ）を構成する預言者のメッセージは、最後の審判が切迫していることと、手遅れにならないうちに、人間が急いで悔いあらため、唯一神と向きあうことを強調している。こうした呼びかけは顧みられなかった。だが、彼は徐々に少数ながら熱心な信者たち、すなわち「神に絶対的に服従する者」（ムスリムの原義）を集めるようになる。おそらくこの段階になって、彼は自分がアラブ人たちにその悪行のおそろしい結末を警告するよう、神から遣わされた使徒であると思うようになった。

　啓示が続くにつれて、ムハンマドと多神教徒のマッカ住民との溝は深くなり、彼の説教は唯一神の教義をより鮮明にうちだすようになった。そしてそれは、異教徒の儀式や市、さらにカアバ神殿周囲での巡礼などから巨大な利を得ていた、マッカ住民たちの経済的な富をおびやかした。そこで彼らはムスリムを迫害しはじめ、後者の一部は、イスラームの伝統に従って、615年頃、アビシニア[2]に難をさけ、キリスト教徒の王［称号はネグス］に庇護された。だが、ムハンマドは彼らと行動をともにしなかった。ことここにいたっても、彼はなおも自分の氏族や叔父アブー・ターリブから支援されていたからである。

第2章　ムハンマド

峻厳で容赦ない景観　マッカの背後に連なる山なみ。預言者ムハンマドはしばしばこうした山に登り、祈りと瞑想にあけくれた。ムスリムの伝承が語るところによれば、大天使ガブリエルがここでムハンマドに姿を現わし、クルアーンを形作る最初の啓示をさずけたという。

　ムハンマドにとって、619年は個人的にきわめて辛い年だった。妻のハディージャと叔父のアブー・ターリブがあいついで他界したからである。その結果、一族はもうひとりの叔父アブー・ラハブ［549頃-624］──名前は「（地獄の）火の父」の意──が率いることになったが、彼はムハンマドの説教に徹底的に反対した。こうして一族の援助を受けられなくなったムハンマドは、迫害ないし自分の生命への脅威を覚えずにイスラームの教えを広めることができる地を、よそに探さなければならなかった。620年、彼はまずマッカの南東100キロメートルにあるターイフに行き、数日間説教をおこなう。だが、住民たちから嘲笑され、石まで投げつけられて、町から逃げ出さざるをえなかった。それから1年ないしそれ以上たった頃、ムハンマドに幸運が訪れる。宗教的な儀式をおこなうためにヤスリブ（マディーナ）からマッカにやってきた人々が、彼の説教に耳を傾け、イスラームの教えを受け入れて、賢明な仲裁者としての才を活かして解決がむずかしい内紛を処理してくれるよう、彼を招いたのである。ムハンマドはその招待に同意し、マッカにいてムスリムとなった者たちも、小集団ではあったが、徐々にマッカをあとにしていった。この「出マッカ」は、よく組織化されていた。彼らは全員ぶじヤスリブに着いて、同地のムスリムから宿舎を提供された。ただ、ムハンマド自身と親友のアブー・バクル、さらに信仰心の篤い従弟で娘の夫のアリーだけは、マッカに残った。そ

のさい、預言者の敵の目をあざむくため、アリーがムハンマドのベッドに寝た。一方、ムハンマドとアブー・バクルはマッカを去り、町の南方にある洞窟に身を隠した（クルアーン、9・40）。

　622年9月24日、ムハンマドとアブー・バクルは最終的にヤスリブに移った。このことにより、のちにヤスリブはマディーナ・アル＝ナビ（預言者の町）と呼ばれ、その後マディーナと改称する。そして、イスラーム（ヒジュラ）暦が導入されると、この日はムハンマドのマッカからマディーナへの移住、すなわちヒジュラを記念する、新しいイスラーム時代の幕開けを示すことになる。マッカにおけるムハンマドの偉業、まさにそれが新しい宗教であるイスラームの創唱だった。おそらく彼は、このマディーナでイスラーム共同体（ウンマ）を立ちあげてもいる。

初期マディーナ時代　622-26年

　マディーナ在住のアラブ人たちはアウスとハスラジの2大部族に分裂し、互いに敵対していた。この町にはまた大きなユダヤ人一族もいた。ナディル、バカイヌカ、クライザ一族である。マディーナの経済生活に重要な役割を演じていた彼らは、ムハンマドの説教を断固として拒否し、それが彼ら自身の運命とイスラームの展開に重大な結果をまねくことになる。

　マディーナでの次の10年間（622-32年）、預言者は幸いにも自由に説教したり、公に礼拝したり、さらには神政政治的なイスラーム共同体であるウンマを創設できるようになる。そこではイスラームが社会的に大きな重要性をもっていた。ムスリムたちが、新しい信仰に従って共住することを学ばなければならなかったからである。財産も支援もなしにマディーナに移り住み、ムハージルーン（移住者）と呼ばれた新来者たちは、マディーナ社会にとけこまなければならなかった。この問題は、ムハンマドがマッカからの移住者とマディーナのムスリム（いわゆるアンサール）とのあいだに確立した、同胞システムによって解決をみた。

　マディーナ憲章として知られる基本的な文書は、初期のムハンマド伝を書いたムスリムの伝記作家イブン・イスハーク（イシャークとも。704頃-767）の著作［『神の使徒の生涯』］に収載されている。マディーナ時代の第2期ないし第3期のものと思われるこの文書は、仲裁者としてのムハンマドの手腕とともに、マディーナ社会のきわめて多様な要素をむすびつけて、統一されたコミュニティを作り上げようとする彼の試みを明らかにしている。彼にとっては、新

しい環境のなかで、自分とその同調者たちにしっかりした庇護をあたえてくれる社会秩序を構築して、マディーナ住民の動揺をふせぐことが不可欠だった。それゆえ、彼が作成した憲章には、初期の段階ですら、ウンマの基本的な特性があきらかにイスラーム的である、つまり最高の権威が部族を超えるものであり、神とその預言者たるムハンマドに属しているということが明示されていた。この文書はまたマッカからマディーナに移ったウンマについても語っているが、さらにそこではユダヤ教徒やキリスト教徒などの異教徒たちをどう扱うかも考慮されている。事実、マディーナ在住の一部のユダヤ教徒は、のちに勃発するマッカ住民との戦いで、ムスリムとともに武器を取った。しかし、マディーナ憲章の現実的な特徴は、預言者の立場がより強くなり、排他的なムスリム共同体がかつてなかったほどに必要となるにつれて変わっていった。

　ムハンマドがウンマをたちあげているあいだも、クルアーンにみられる啓示は続いていた。マディーナ憲章がマッカ憲章と異なるのは、それがムスリムの行動を個人的かつ共同体的な生活のあらゆる面において語っている点にある。だが、マディーナ時代の正確な編年を作成することはむずかしい。クルアーンは偽善者（ムナフィクン）、つまりウンマ内の危険分子について言及しているが、たしかにムハンマドがウンマに組みこむことを願っていたマディーナのユダヤ教徒たちに、イスラームの啓示を受け入れさせようとした初期の試みは拒絶されており、マディーナ時代に啓示されたクルアーンの多くの章（スーラ）は、彼が敵対勢力の誤った主張にどのように反論したかを示している。クルアーンはまた、ユダヤ人たちがしだいに「迷妄」から目ざめていったことを明らかにし、新しい信仰、つまりイスラームの唯一性と独創性を強調してもいる。ムハンマドは自分の唱える宗教が、アラブ人の祖とされていた息子イスマーイールを介してマッカにカアバを建立した、アブラハムへの真の信仰であると信じて疑わなかった。前述したように、ムハンマドはまた祈祷の方角（キブラ）を、エルサレムからマッカへと変え、さらにイスラーム暦第9月を、断食の月（ラマダーン）と定めてもいる。

　ムハンマドは内部的に調和した共同体をうちたてるとともに、ウンマの存在そのものをおびやかしていた、マッカ人たちの攻撃をしりぞけなければならなかった。イスラームの伝承はこうしたムハンマドとマッカ人の戦いを、一連の戦争として記録している。まさにこれらの戦いが、外部からの攻撃に対する防衛戦としてムスリムが定義するジハード（聖戦）の原型となった（第9章参照）。マッカ人に対するムスリムの最初の勝利である624年のバドルの戦いは、マッ

カの威信をうちくだくとともに、ムスリム精神をかき立てて、新しい信仰が神の恩恵を享受できることを証明した。外部の敵に対する勝利によって、ムハンマドはまたマディーナ内部からウンマをおびやかす要因、とくにユダヤ人を追放するという決心を固めた。そして、マディーナの要塞にいたカイヌカ一族を攻め、やがて彼らはアラビア半島にあった他のユダヤ人居住地、たとえばマディーナ北部のハイバルへの移住を強制され、その財産はウンマに帰することになる。

　さらに624–625年[3]、バドルで敗れたことへの復讐を考えていたマッカ人たちは、3000人からなる軍隊をマディーナに派遣した。指揮官はアブー・スフヤーン［565頃–653頃。マッカの有力商人。630年にムハンマドと交渉してマッカを無血開城し、イスラームに改宗してムハンマドに厚遇された］だった。これを受けて、ムハンマドとその信徒たちは町を出て、マディーナ郊外のウフドと呼ばれる丘に向かった。この地名はイスラームの歴史では呪わしいものとされている。やがて起きたウフドの戦いで、ムスリムたちがマッカ人に敗北したからである。こうして勝利したアブー・スフヤーンは、女神アラートとアル＝ウッザーの像を戦場にもちこんだ。あるいはそのおかげか、戦いのある時点で、数多くのムスリムが戦線離脱した。ムハンマドが倒されたという噂が飛びかったからである。この出来事はクルアーンの第3章144節に関連していると思われる。そこにはムスリムたちが次のように非難されたとある。「ムハンマドも結局はただの使徒。これまでにも随分沢山の使徒が（この世に現れては）過ぎ去って逝った。なんと、彼（ムハンマド）が死ぬか殺されるかしたら、汝ら早速踵を返すつもりなのか」。だが、ムハンマドはたんに負傷しただけであり、戦場を逃げだすことができた。マッカ人はその威光を回復したが、それは一時的だった。せっかくの機会をうまく利用することなく、マッカに戻ってしまったからである。ムハンマドは面目を失ったものの、この敗北は彼と信徒たちにとって貴重な教訓となった。これについて、クルアーンはこう記している。「結局こうしてアッラーは汝らの胸中の思いをお試しなさり、汝らの心中の気持ちを検査し給う。アッラーは人びとの胸の中のものまですっかり御存知」（3・154）。マッカ人と戦うことをしなかったマディーナのユダヤ人たちは、ムハンマドの不運を大いに喜び、そのため、やがて第2のユダヤ人集団であるナディール一族はマディーナを去り、ハイバルなどアラビア半島北部のユダヤ人居住地に移住せざるをえなくなった。

ウンマの強化　626-630年

　まもなく、マッカから新たな脅威がもたらされる。ムハンマドの力がおとろえていないことを知ったマッカ人たちが、626年から627年にかけてハイバルのユダヤ人たちとともに総勢1万もの大軍を編成し、マディーナを占拠すべく進軍したのである。マディーナ内部のユダヤ人たちもまた、この動きに同調しただろう。そこでムハンマドはマディーナの無防備地域の前に塹壕を掘る。こうして攻囲戦が始まったが、塹壕に行く手をはばまれたマッカ軍は、最終的に包囲を解いた。それに続いていわゆる「塹壕（ハンダク）の戦い」が起こり、ムハンマド勢が勝利をおさめる。その余勢をかって、ムハンマドはマディーナに残るユダヤ人集団のクライザ一族に宣戦布告をし、彼らの要塞を攻撃した［627年］。攻撃は容赦のないものだった。イブン・イスハークによれば、クライザ一族の600-900人いたとされる男たちは、ムハンマドが彼らの生死を決める判断をさせるために、同じクライザ一族から選んだサド・ビン・ムアドという人物の審判に従って全員虐殺された。女性や子どもたちは奴隷となった。

　この出来事は、新しいムスリム共同体の発展にとって重要な転回点となった。マディーナからユダヤ人の3集団を追放したあと、ムハンマドは町のウンマをムスリムだけからなるより閉鎖的な組織に再編する。彼はまた、イスラームを受け入れ、神とその預言者の支配下にあるウンマの権威に服従させるため、シリア砂漠の周辺部にいる一部のアラブ人部族に接触してもいる。628年、新たな行動にでる必要性を強く感じた彼は、マッカが徐々に自分を受け入れるようになったことを知って、この重要な町をウンマに組みこもうとする。そこで卓抜した交渉力を駆使し、武力をもちいることなく、同盟を結んで住民たちを味方にした。それから2年以内に、彼はマッカに平和理に入れる基盤を築く。628年にはまた、マッカ巡礼をおこなう意向を公にしている。そしてマッカの聖域のはずれにあるフダイビーヤと呼ばれる丘で露営していたとき、ムハンマドは、ウムラ（小巡礼）をおこなうためにマッカに戻れることをマッカ人ととりきめ、10年を期間として和議をむすぶ［フダイビーヤの和議］。このフダイビーヤでの出来事は、預言者の外交的な勝利だった。わずか6年前にはムハンマドの説教に耳をかさず、町から追いだしてもいたマッカ人たちは、そのムハンマドのみならず、新しい信仰や新しいコミュニティを破壊する代わりに、平等な条件で彼と交渉したのである。

　628年から629年にかけて、ムハンマドはユダヤ人の住むオアシス都市のハイバルを攻略する。これは彼にとってマディーナ以外の最初の征服であり、こ

の町に対する扱い方は預言者の存命中のみならず、死後においてもムスリム征服のモデルとなった。彼はユダヤ人たちを殺戮したり追放したりする代わりに、キリスト教徒と同様に聖典をもつ「啓典の民」として、人頭税（ジズヤ）を納めさえすれば、その地にとどまり、信仰を実践することができるようにしたのである。ムスリムの伝承によれば、ムハンマドはこの頃、近隣の強大な支配者たちに、イスラームへの改宗を説いた書簡を送っているという。ビザンツ皇帝やサーサーン朝ペルシア王、アビシニア王などへ、である。それらの書簡が本物であるかどうかについては、なおも学者のあいだで議論がなされているが、すくなくとものちの世代が参照し、そこにアラビア半島を越えてイスラームを広めようとした預言者の遠大なねらいを読みとっていたことは確かである。同じ時期、ムハンマドはまたキリスト教ビザンティウムやゾロアスター教ペルシアという、当時の二大強国の境界地域に住む者たちをふくむすべてのアラブ人部族に、熱心にイスラーム教徒を送りこんでいた。

　629年、フダイビーヤ和議にもとづいて、マッカ住民はムスリムがウムラ（小巡礼）をおこなっている３日間、町を空けた。この頃には、かつてムハンマドに激しく敵対していたマッカの主要人物たちも、数多くイスラームに改宗していた。だが、マッカの強硬派は依然としてムハンマドをこばみ、和議を破った。そこで629年、ムハンマドはマッカに兵をさしむける。その結果、マッカの指導者たちは彼と和平交渉に入り、停戦協定が結ばれて、すべてのマッカ住民が武器を捨てることになった。

　翌630年１月、ムハンマドは抵抗を受けずにマッカに凱旋入城し、カアバ神殿のまわりに点在していた異教の偶像をことごとく破壊した。ただ、柱に描かれたマリアとイエスの肖像画だけは、ほかならぬムハンマドがその手で隠して破壊をまぬがれたという[4]。この指令の結果は瞭然としていた。多神教は死滅し、一神教が覇権を握ったのである。数週間後、彼はフナイン峡谷で中央アラビア部族の大軍を撃破する。

ムハンマドの晩年　630-832年

　死を２年後にひかえたムハンマドは、残りの日々をマディーナで送ったが、そのあいだ、彼はウンマを拡大し、同時に隊商交易を守るためにシリアへ向かう北方路の安全策を強化した。彼自身、630年にシリア遠征をおこなってタブク［現サウジアラビア北西部］まで赴いている。この年にはまた、多くの部族がマディーナの彼のもとに使節を送り、ムハンマドと協定をむすんでもいる。生

地マッカからマディーナへの重要な巡礼（ヒジュラ）を敢行して10年後の632年、彼はのちに「別離の巡礼」として知られるようになる、最初の巡礼（ハッジ）を行う。そこで彼が個人的に実践した巡礼儀式のすべてが、将来のイスラーム的実践のモデルとなる（本書第4章参照）。こうしてムハンマドはカアバの異教的な儀礼を変革し、アブラハムが建立した神殿をイスラームの名においてふたたび神にささげるのだった。これに対し、神はムハンマドに恩恵を授ける。クルアーンの次の章は、そのさいに神が発した言葉だと信じられている。「今日、ここにわしは汝らのために宗教を建立し終わった。わしは汝らの上にわが恩寵をそそぎ尽し、かつ汝らのための宗教としてイスラームを認承した」（5・5）

　マディーナに戻ると、ムハンマドはヨルダンを横断する大規模な軍事遠征を計画する。指揮は自分がとるつもりだった。だが、まさに出発直前、彼は熱病にかかり、632年6月8日、死去する。遺骸はマディーナの自邸に埋葬された。葬儀は質素だった。あとを継ぐ息子がいなかったため、その死後、だれがムスリム共同体を導くかが、それまでになく大きな問題となっていった。

ムハンマドの生涯にかんする史料

　預言者ムハンマドの生涯について、客観的かつ歴史的な記録を再現することは不可能に近い。しかし、ムハンマドの伝記が定型化し、ムスリムの聖史に焦点があてられるようになるには、さほど長い時間はかからなかった。そこでは、ムハンマドの生涯における重要な段階が、象徴的かつ規範的な意味をもっていた。換言すれば、彼に近い仲間である教友［サハーバ］たちや彼らの後継者たちによって観察・記録された、ムハンマドの言葉や考えのみならず、軍事遠征をふくむ彼の行動もまた、ムスリム共同体全体の規範となったのである。こうした信者たちにとっての聖史は、細部であれ、全体であれ、まさに聖なるがゆえに、容易に分析や変化ないし反論を受けることがない。

伝統的なムスリム史料

　ムハンマドの生涯の聖史を再現するうえで、構成要素を提供してくれる伝統的かつ重要なムスリム史料は3通りある。クルアーンと預言者ムハンマドの言行録（ハディース）、それにイブン・イスハークが書き記した標準的な伝記（スィーラ）である。以下ではこれらの資料を順々に考察していくが、むろん

ムハンマドの生涯にかんする史料

クルアーンの1頁 おそらくアラビア語。羊皮紙、7-8世紀。母音符のない最古のクルアーン書体のクーフィー体で右から左へと書かれている。1頁に24行がせまい間隔で配されているのは初期の書簡形式。文字の間隔もしばしば不安定で、左の余白も不ぞろいである。この文書の解読はむずかしいが、クルアーンにより適しているこうした書体と頁の体裁は、のちに頻出する(イブン・アルバッワーブが1000-01年に編集したクルアーンの58頁参照)。

それらは互いに密接にむすびついている。

　まず、クルアーンからみていこう。この啓示の書を史料としてもちいることは、これまでそこから預言者の生涯の変転を抽出しようとする試みがなされてきてはいるものの、けっして簡単な作業ではない。たしかに、アラブ人の生活にかかわるいくつかの側面を非難することによって、クルアーンは預言者が改革しようとした支配的な社会状況や実践の一部を明らかにしてくれる。だが、クルアーンに示唆されたムハンマドの経歴を継続的にあとづけようとする試みは、ややもすれば雑駁で単純化した結論を導きだしかねない。その章やそこに含まれる個別の節(アーヤ)の編年について、非ムスリム学者とムスリム学者のあいだでなお議論が続いているゆえんである。

　したがって、クルアーンが預言者ムハンマドの生涯を提示しているとは言いがたい。ただ、他の主要なイスラーム資料、すなわちハディース(言行録)とスィーラ(伝記)をむすびつけて読めば、クルアーンがムハンマドの苦難や勝利を記録して、その栄達への道を深く明察していることがわかる。クルアーンの文言が理解しがたい場合でも、ハディースがしばしばそれを明らかにしてくれる。ハディースとスィーラはムスリムの宗教文学では別個のジャンルであるが、預言者にかんする同様の言及が双方にみられることは少なくない。そして、この両者がスンナ(ムハンマドの範例・慣行)〔原義は「先祖が代々踏みな

らしてきた道」。転じて「先祖の先例」、「慣行」（クルアーン 8・38、35：4）］を形作っているのである。

　ハディースには教友たちが伝えたと信じられ、初期ムスリムの次世代によって神聖化された預言者の膨大な量の言行録がふくまれる。そこにはとくにマディーナ時代（622-632年）におけるムハンマドの説教や活動がみごとなまでに詳述されている。しかし、このハディースを資料ではなく、史料として頼るわけにはいかない。それらが実際に600年代初頭にまでさかのぼるものどうかについて、非ムスリムのハディース学者のあいだでなお議論があるからだ。加えて、ハディースの記録はしばしば断片的で寓話のようであり、それゆえ首尾一貫したものとしてつなぎあわせることができないのである。ときにはそれらは互いに矛盾しており、後代の加筆もある。とはいえ、そこからは初期イスラームの儀礼や法が有していた流動性や多様性、進化の過程、さらには、イスラーム時代に入って最初の2ないし3世紀間に、敬虔な学者たちが「真のイスラーム」の道を築くために傾けた努力のあとを忠実に読みとることはできる。やがてこのハディースはイスラーム法の基礎となり、ムスリムの日常生活のあらゆる面での指針となる（本書第5章参照）。スンナ派は、9世紀から10世紀にかけて編まれたハディースの6集成を真正（サヒーフ）とみなしているが、他のイスラーム法学者によって集められた膨大なハディース資料もまた存続している。一方、シーア派もまたムハンマドの言行にかんする独自のハディース集成をもっている。

　スンナ派にせよ、シーア派にせよ、ハディースの重要性はその法的役割にある。そこではムスリムがなにを信じ、いかに行動しなければならないかを、ムハンマドが簡潔ないし詳細にさししめしているとされる。クルアーンとハディースはこうして互いに補完し合い、前者の暗示的な表現が、後者のきわめて豊かな文言によって増幅されている。事実、ハディースは、衣服や宝飾品から、食物や噂話、誓い、はては爪楊枝にいたるまで、また、ジハードや礼拝、巡礼、楽園と地獄、最後の審判、あるいは神の慈悲といった、きわめて重要な霊的時期にかかわる問題など、じつにおびただしい数の主題に対するムハンマドの考えを引用しているのだ。このハディースでは、ムハンマドは好き嫌いがあり、一方で形而上学的な問題、他方で儀礼の細部にこだわる、人間味あふれた人物として語られている。ハディースによれば、彼の声は強く自信に満ちていたという。そこではまた、彼は権威のある立法者であり、すべてのムスリムが日常生活で手本にしようとする理想的なモデルとして描かれてもいる。

ムハンマドの生涯という聖史を復元するのを助けてくれる３番目の重要な資料は、スィーラとして知られる公的な伝記文学である。その嚆矢は８世紀に前述のイブン・イスハークによって編集され、のちにイブン・ヒシャーム（833没）によって完成をみた著作［『神の使徒の生涯』］で、これはかなりの部分をハディースから援用している、複雑だが魅力的な長編伝記である。そこにはムハンマドの一生と人柄にかんする詳細が、奇跡的・神秘的・伝説的な話とともに数多く記されている。以後何世紀にもわたって編集されたさまざまな伝記は、信仰と敬虔さゆえに今もなおもっとも尊ばれている、このイブン・イスハークのスィーラに多くを負っている。

　主題に従って整えられたハディースとは異なり、スィーラはそれぞれの物語を初めから終わりまで語る壮大な叙事詩といえる。ほとんどのムスリムが知っているように、そこにはムハンマドの生涯に起きたいくつもの出来事が、正確かつ一定の順序で紹介されている。前述したように、たしかにスィーラは奇跡譚や伝説で上ぬりされてはいるものの、西欧の非ムスリム学者たちが書いたものをふくめて、近代のムハンマド伝の基盤を築いてきたのである。彼ら学者たちはスィーラの歴史記述に問題があり、それについては十分分析しているが、現実的にほかに資料がないため、スィーラに依拠せざるをえないのだ[5]。

　ムハンマドの生涯を広範に扱っているスィーラを補完するかたちで、焦点をよりしぼって書かれた書もある。たとえばとくに彼の軍事遠征をとりあげた文学［イブン・イスハーク『マガージーの書』。『預言者の書』の原典］や、彼の教友と後継者たちにかんする詳細な人名事典などである。その他の重要な情報源としては、アッバース朝の偉大なムスリム歴史家、とりわけバラーズリー［892頃没。主著は『諸国征服史』］やタバリー［839-923。『使徒たちと諸王の歴史』など］らの著作がある。彼らの年代記は、何世代にもわたって伝えられてきた口頭伝承（ムハンマドの経歴の輪郭とムスリム・コンケストの栄光につつまれた勝利を忘れまいとするムスリムによって、慎重に記憶されてきた）と、今では消失しているが、最初期のイスラーム史料を受けついだ文書の集成とから、二重のインスピレーションを受けていた。これらアッバース朝の偉大な歴史家の一部は「編纂者」でもあった［たとえば、ムハンマドの事績などを集めた逸話集『知識のラターイフ』を編んだサアーリビー（961-1038）］。ほとんどが法学者でもあった彼らは、先人たちが遺した非常に価値のある情報を断片的なものにいたるまで丹念に集め、精査した。これらの断片や逸話群は独自の手法で裏うちされた。それはイスナード［伝承経路］、すなわち特定の出来事の伝承者を、可

第2章　ムハンマド

能ならムハンマドの時代までさかのぼってあとづけ、当該データの正統性を示すための手法である。

ムハンマドの生涯にかんする非ムスリム史料

　過去半世紀のあいだ、西欧の非ムスリム学者たちは、ムハンマドとイスラームの起源について数多くの研究をおこなってきた。彼らの仕事は、前述したように、9世紀のムスリム学者たちによって聖典として編纂されたムハンマドの聖史と、ムハンマドやイスラームの勃興について語っている、7世紀から10世紀にかけて非ムスリムたち —— ユダヤ教徒やキリスト教徒、ゾロアスター教徒たち —— によって書かれた資料を明確に区別している。だが、これらの資料の多くは、ムハンマドの生涯を継続的かつ首尾一貫して語ることができず、詳述もなされていないといううらみもある。しかも、そのほとんどが偏見にとらわれており、独自の課題をもってもいる。とはいえ、そうした語りは、まさに預言者の経歴とイスラームの台頭という出来事について、ムスリムの伝承とは異なる見方をしているがゆえに、吟味されなければならない。

　非ムスリムの歴史的・宗教的文献から明らかなように、ムハンマドは実在の人物だった。彼の経歴にかんする最初期の報告は、660年頃にアルメニア語で書かれた匿名・無題の年代記である[6]。その作者はムハンマドが商人であり、人々に対し、「彼らの父祖アブラハムに顕現した生き生きした神」についてのメッセージを説いたとしている。それはまた征服地についても語っており、ムハンマドの次のような言葉を記している。「アブラハムの神だけを愛し、神が汝らの父祖アブラハムに与えた地に行き、これを所有せよ」[7]。非ムスリムの資料はマッカについてはふれておらず、ムハンマドがアラビア半島にいたとも語っていないが、代わりにパレスチナの重要性は強調している。一方、キリスト教徒の著者たちは、彼らが黙示録的な口調で「神の剣」と表現する征服欲の強いアラブ人によって、その自己像がいかにそこなわれたかをおもに論じている。これに対し、『ズクニン年代記』として知られる書を編集した、8世紀後葉の北メソポタミア出身の著者［トルコ北部ズクニン修道院の柱頭隠者イェシュ。この年代記は天地創造から775年までを扱っている］は、ムハンマドについて次のように記している。「彼ら（アラブ人）のなかから生まれた最初の王は、ムハンマドという名前だった。この王は預言者とも呼ばれた。彼らをすべての宗教から引きはなし、唯一の創造神しかいないということを教えたからである。

(…)アラブ人たちは彼を預言者および神の使徒と呼んだ」[8]

　730年代に異教徒たちについて論争的な著作[9]をものした有名な著者、ダマスコの聖イオアン（ダマスコの聖ヨハネ、ダマスカスの聖ヨアンネスとも。676頃-749）［キリスト教の教会博士で、聖像破壊運動に反対する論陣を張ったことなどで知られる彼は、『知識の泉』（746年）において、ムハンマドを異教徒の「偽預言者」と断じている］は、ムスリムのことを「イスマエリット（イシュマエル）」や「ハガレネス」、「サラケノス」［サラセンの語源］などとよんでいた。そして、イスラームに対する痛烈な非難のなかで、彼は自分がクルアーンを読んでいたことを明らかにしている。

　これらの資料や700年から1000年のあいだに書かれた、とくにムハンマドにかんする他の若干の非ムスリム資料にくわえて、興味深いことに644年に作成されたパピルス文書がある。そこに「22年」という年代が記されているところからすれば、なにかしら重要な出来事が622年に起きたことを示唆している（ムスリムの記録では、この年はヒジュラとイスラーム暦の元年）[10]。さらに、カイロにある墓碑にはイスラーム暦31年のジュマダル・ウッダー月（第5月）第2日――西暦652年1-2月に相当――の日付が刻まれている[11]。恣意的に選んだこれら2例の証拠は、それ自体ではさほどの意味をもたないが、西暦と結びつけられることで、より後代のムスリムの編年にかかわる歴史的な枠組みを裏づけている。

　では、こうした非ムスリムの証拠から、ムハンマドの生涯やメッセージについてどのような結論が導き出され、その結論は一般に受け入れられているムスリムの見解とどのようにかみあうのだろうか。これは非ムスリム学者のあいだでなおも議論されている問題だが、以下のことだけはいえるだろう。キリスト教徒やユダヤ人をはじめとする非ムスリムたちの共同体が、イスラームの台頭とかかわっており、彼らの資料はこうした背景を反映しているかぎりにおいて重要性を帯びている、ということである。とはいえ、そうした資料に過度の信頼をおいてはならない。それらがあきらかに偏見と誤解のレンズを通してイスラームの台頭をみているからであり、ムスリムの著作自体と同様にイデオロギー的な要素にみちているからでもある。

　ムスリムにとって、ムハンマドの生涯の「聖史」は範囲の大小を問わず変更されることはない。キリスト教徒にとってのイエスの生涯の聖史がそうであるように、クルアーンに記されたムハンマドの生涯とメッセージにかんする見解もまた、「通常」の歴史の規範に従ってはいない。この一般に認められている

第2章　ムハンマド

見解が、史実をたなあげしている可能性はきわめて高く、どれほどひたむきな学者でさえ、疑問の余地なくそれを見定めることはできない。つまり、史実と聖史を和解させる方法はないのである。したがって、本書ではムスリムたちによって広く認められているムハンマド観を紹介するが、初期の非ムスリム資料にみられるそうした多様な見解について、つぎはぎ的に言及するだけでは、首尾一貫したもう1枚の絵を描くにはとても十分とはいえないだろう。

ムスリムの伝承にみられるムハンマドの生涯と使命の再考

　その短いがきわめて重要な —— とくに後半の20年間 —— 生涯において、ムハンマドは偉大な勇気と活力、そして洞察力を発揮した。神から託された預言者としての役割をまっとうした彼はまた、政治家や立法者、軍事指導者でもあり、人なみはずれた個人的なカリスマは、生前から現代にいたるまでムスリム共同体に影響をあたえてきた。

預言者ムハンマド
　ムハンマドは同時に数多くの役割を演じなければならず、みごとにそれをまっとうした。だが、彼はなによりもまず神の預言者であり、それゆえその使命を遂行するあいだ、たえず神の啓示を一身に受けたのだった。ユダヤ＝キリスト教の伝統には預言者の長い歴史があるが、彼らは神のメッセージを伝えた人々から、さまざまな苦しみや嘲笑、拒絶をこうむった。ムハンマドもまたしかりだった。マッカで編集された最初期のクルアーンの章は、ムハンマドに託されたさまざまな啓示が、以前の中東地域における一神教の預言者たちが唱えたメッセージ、すなわちこれらアラブ人の預言者とともに聖書に記録されたメッセージに似ていることを明確に示している。しかし、ここで想い起したいのは、ムハンマドが当初は自分を新しい信仰の創唱者とみていなかったということである。預言者としての自覚は、じつは異教徒のマッカ住民たちから嘲りを受けながら、かつてアラビア半島に存在していた純朴な一神教を復元していく過程において、徐々に成長していったのである。マディーナでウンマの指導者となったにもかかわらず、彼の預言者としての役割は終わることがなかった。そして、ヒジュラのあとでもなお、嘲笑や敵対、拒絶を受けつづけた。
　ムハンマド以前の一部の預言者がそうであったように、彼の生涯の多くの出来事はムスリムの伝統、とくにスィーラのうちに奇跡的なものとして描かれて

いる。スィーラが語るところによれば、ムハンマドが生まれる前、ユダヤ人やキリスト教徒の預言者たちは、新約聖書がイエスの降臨をイザヤやそれ以前のユダヤ人預言者たちの預言の実現として解釈していたのと同様に、ムハンマドの到来を予告していたという。こうしてムハンマドは預言者としての正統性をえるようになるが、それは彼が人類にもたらした啓示を信じさせるうえで、きわめて重要なことだった。さらにいえば、イエスの生誕はベツレヘムの星やマリアの受胎告知、処女懐胎といった天上的な予兆によって告知されたとされるが、ムハンマドの場合も同様だった。彼の生誕はしばしばガブリエルのものとされる声によって、母親アーミナに告知されたという。ムハンマドが生まれたとき、アーミナは自分の身体から出て、東西を照らした1条の光を見たと語っている。

　スィーラにはもうひとつ、より有名なエピソードが記されている。ムハンマドがまだ幼かった頃、ふたりの天使が彼の胸を開けて、その心臓を浄めたという。さらに、新約聖書[『ルカによる福音書』2・25—37]には、マリアとヨセフが、ユダヤの律法に従って長子である幼子イエスを捧げるためにエルサレムの神殿に赴いたさい、信心深い老シメオン[抱神者]がイエスを見て抱き上げ、「イスラエルの救い」をまのあたりにしたので、ようやく安らかに死ぬことができると言ったとある。スィーラもまた、ムハンマドが子どもの頃、シリアのバスラでアル＝バヒラというキリスト教の修道士に出会ったと記している。それによれば、この修道士はムハンマドのうちに、彼がキリスト教の伝統で予示された預言者になる徴を認めたという。「彼（修道士）はムハンマドの背中を見て、その両肩のあいだに預言者のしるしをみてとった」

　仲介者の天使ガブリエルを介して、ムハンマドが神から授かった最初の啓示については、イブン・イスハークが劇的かつ驚異的に記録している。それによれば、眠りについていたムハンマドのもとに天使が訪れ、錦の上に書かれた語（クルアーンの最初の言葉［アリフ・ラーム・ミーム］）を唱えるよう命じたという。ムハンマドはなんとかその命をなしとげた。のちにムハンマドがヒラーの洞窟で瞑想をしているとき、「人間の姿をとりながら、翼を広げ、足を大地につけて天空に立つ」ガブリエルが彼を再訪している。

　ムスリムの伝承によれば、ヒジュラの前年、マッカでの説教をそろそろ終えようとしていたムハンマドは、同胞のクライシュ族から激しい反対と迫害に遭ったという。だが、「夜の旅」［イスラー］と「昇天」（ミーラージュ）［字義は「梯子」］のさい、彼は神の後押しで無上の平安をえる。この出来事にかんする

第2章　ムハンマド

　いくつかの伝承――旧約・新約聖書における預言者エリアとイエスの昇天譚と符合する――は、スィーラのうちにみられるが、そこには、ある夜のこと、ムハンマドがガブリエルに寝ているところを起こされ、ブラークという有翼の天馬のもとに導かれたとある。彼はこの天馬に乗って、「天と地のあいだの不思議な事象を見るため」、ガブリエルともどもエルサレムに旅したという。この伝承の重要な目的は、ムハンマドがそこから天上世界へと向かったエルサレムと、彼以前の高名な預言者たち、そして最後の審判をむすびつけるところにあった［エルサレムの岩のドームの地下には、審判の日にすべての魂が集まるとされる］。さらにある伝承は、ムスリムが日に5回の礼拝［サラート］をしているのは、ムハンマドが最上層でアッラーと5回やりとりしたことに由来するとし、別の伝承では、ムハンマドの旅はマッカのモスクから遠方の礼拝堂アル゠マスジッド・アル゠アクサー・モスク［エルサレムの神殿］へと向かったもので、そこで彼はアブラハムやモーセ、イエスに会ったとなっている。

　また、別の伝承によれば、かつてのヤコブと同様、ムハンマドは天にまで届く梯子（ミーラージュ）を見つけ、ガブリエルとともにそれを登ったという。そこには何千という天使たちがいた。彼は最後に楽園の最上層である第7天にまで行きつくが、第2天のイエスとその従兄弟のヨハネをはじめとして、各天でさまざまな預言者と出会う。第7天に着くと、彼は神の玉座の前に立ち、神と言葉を交わした。それから彼は地上に戻る。ここで指摘しておきたい重要な点は、スィーラのなかで、ムハンマドを信頼する神がその証として彼に天上の栄光を示し、さらに昔の預言者たちに会うのを認めたという話が、彼がどん底にいて、弱くしいたげられていたマッカ時代の終わり頃におかれている、ということである。

　こうして何世紀にもわたって受け継がれてきたムハンマドの伝記は、新しい宗教の開祖にふさわしい超自然的なオーラを帯びている。この宗教は、当初は彼の信徒であるアラビア半島のアラブ人だけに向けられていたが、まもなく顕著なものとなって、全人類を対象とするようになった。彼の生涯におけるほとんどの出来事は、奇跡的な出来事もふくめて、マッカで預言者としての重要な役割をになうために戦っていた初期に起きている。だが、こうした出来事は、60年余の生涯最後の10年にしばしばみられた。たとえばイブン・イスハークは、ムハンマドとムスリムによる軍事的な勝利に天使たちが力をかしたと書いている。とすれば、ムハンマドの生涯にかかわるこれら奇跡的な出来事が、イスラーム神秘主義者のスーフィーたちの人生に、かぎりなく大きな影響をあた

えたとしても、なんら驚くことではない（本書第8章参照）。事実、彼らはムハンマドを最初のスーフィーとしてのみならず、できるかぎりその言動にならうべき行動規範ともみなしているのだ。とりわけ彼の「夜の旅」は、神により接近するために彼らが行う瞑想の重要な主題となっているのだ。

指導者・戦士としてのムハンマド

　預言者ムハンマドの生涯と預言者としての経歴をいろどるこの奇跡的な要素——神が彼を認めたことの外面的なしるし——は、さらに指導者としての彼がもっている多面的な能力で裏打ちされている。事実、ムハンマドはその信仰を守り、自分の死後でもそれを広めるコミュニティを立ち上げるということを責務としていた。まさに人々を導くすぐれた長だった。その経歴の初期から、彼は政治家としての手腕と外交力の持ち主としても描かれていた。そうした能力はたとえば居住地を選ぶさいにも発揮された。ムスリムの伝統によれば、内紛状態にあったマディーナで、どこに住むかが特定の派閥に肩いれすることになるため、彼はラクダに一帯を徘徊させ、たまたまこのラクダが立ちどまった場所を居住地にしたという。

　ムハンマドはまた立法者および裁判官としての役割もになっていた。マディーナで過ごした10年のあいだ、彼は大小さまざまな問題を日々解決しなければならなかった。だが、その都度啓示があって彼をささえ導いてくれた。これらの問題と啓示が、クルアーンのなかでマディーナの章［マディーナ啓示］の特別の主題となっている。旧約聖書にあるモーセの律法の書と同様、たとえばクルアーンの第2章［「雌牛」］には、儀礼や掟ないし法のことがじつに多角的に詳述されている。一方、ハディースには、ムハンマドがおこない、その信徒たちが書き記した大量の主張や決定がみてとれる。スィーラの大部分もまた、ムハンマドが法的な問題に時間を割かなければならなかったことを明らかにしている。

　イスラームの聖史では、ムハンマドはときに戦士としても登場する。前述したように、彼はマッカで唯一神のメッセージを説いて同胞のクライシュ族を屈服させ、新しいイスラームの教えに改宗するよう試みたが、目的は半ば達成できただけだった。622年まで、彼は部族の庇護を受けることがなかった。しかし、マディーナに移ったあと、預言者としての使命を達成し、イスラームを基盤とするコミュニティを建設する。それを可能にした唯一の方法は、あきらかにマッカの住民と戦うことだった。クルアーンの章句が明示しているところに

よれば、ムハンマドは当初マッカ住民に武器を向けるのをためらっていたという。血縁のむすびつきゆえである。だが、それが前進するための唯一の方法であることを神から認められたとして、彼は攻撃を準備した。クルアーンはそれについてこう記している。「戦うことは汝らに課された義務じゃ。さぞ厭であろうけれども」（2・216）。仲間のムスリムたちにマッカ住民と戦うことを受け入れさせるのはむずかしかったが、なんとかそれをやってのけた。彼は厳しい決定を下し、その経緯を最後まで見とどけた。困難はさらにあった。アラビア半島では戦いが禁じられていた伝統的な神聖月に、マッカ住民を攻撃しなければならないということだった。だが、ここでもまた彼はこの計画を確信をもって実行に移した。「神聖月について、その期間中に戦争することはどうかとみんながお前（ムハンマド）に訊きに来ることであろう。こう答えるがよい。神聖月に戦ったりするのは重い（罪）だ。しかし、アッラーの道から離脱し、アッラーやメッカの聖殿に対して不敬な態度を取り、そこ（聖殿）から会衆をおい出したりすることの方が、アッラーの御目から見れば、もっと重い罪になる。（信仰上の）騒擾は殺人よりもっと重い罪だ、と」（クルアーン2・217）

　ムハンマドが主役を演じたおもな戦いは3回だけだった。バドルの戦い、ウフドの戦い［625年、クライシュ族のマッカと、ムハンマドを受け入れたマディーナが戦い、前者が勝利をおさめた］、ハンダク（塹壕）の戦いである。このうち、バドルとハンダクでの勝利は神の恩寵が続いていたことの証であり、ウンマの士気を著しく高めた。ウフドでの敗北ですらもが、ムハンマドによって、ムスリムがより強い信仰をもたなければならないとする教訓に変えられた。

　7世紀中葉のアラビアにおいて、まさに何世紀も前のモーセ（多くの奇跡と結びつけられているもうひとりの英雄的預言者）がそうだったように、四面楚歌のムスリム共同体を守り、新しいイスラームの信仰を存続させる方法は、武器をとること以外になかった。これに対し、マッカ住民たちは、自分たちの経済生活と長いあいだ大切にしてきた異教信仰を最後まで戦い守ろうとし、それゆえ彼らはときに武力を用いて抵抗せざるをえなかった。こうして旧約聖書でモーセやヨシュアが先頭に立って戦ったように、ムハンマドの軍事遠征もまた、後代を通じてムスリムたちから宗教の名による神の制裁だとみなされた。

　伝統的な資料、とくにムハンマドのマディーナでの軍事行動を神の聖戦（ジハード）ととらえた『マガージー書』［ムハンマドの戦いの記録書。スィーラの前身］では、彼はムスリム兵たちを指揮し鼓舞するために、戦いの中心に描かれている。ウフドの戦いでは負傷して歯を2本失ってもいるが、彼は臨機応変な

軍事指揮者であり、必要とあれば敵軍ともっともよく戦うためにアドバイスを受け、たとえばハンダクの戦いでは、マッカ住民から攻撃されたさい、いかにしてマディーナを守るかを学びもした。また、バドルでの勝利は高揚した宗教的な熱情によるだけでなく、ムハンマドが戦いに有利な地形をぬけめなく選んだからでもあった。とはいえ、戦いはできるかぎりさけた。つまり、いかなる説得も失敗に終わり、万策尽きたときにかぎって戦ったのであり、630年にはその卓抜した交渉力を発揮して、マッカに平和理に入城しているのだ。

ムスリムおよび非ムスリムのムハンマド観

　クルアーンから現れるムハンマドのイメージは、彼にかんする敬虔な伝記からと同様、きわめて人間的な人物のそれである。クルアーンはこう強調している。「言って聞かせてやるがよい。《わしはお前がたと同じただの人間にすぎぬ》」（18・111）。あらためて指摘するまでもなく、ムハンマドはイエスのような神の子ではなく、聖三位一体とも無縁である。福音書に記されたイエスのような「受難者」でもなかった。彼は罪のない存在としては描かれておらず、人間的な感情をもって幾度なく失敗してもいる人物である。神からわりあてられた預言者の道を進むために神のとりなしを頼み、その道のあらゆる段階で神に導きを求めもしている。彼の敗北や撤退、不首尾は、その勝利と同じようにムスリムの資料に忠実に記録されている。ムハンマドはまた至高の奇跡、すなわちクルアーンの体現者であり、イスラーム的啓示の奇跡性を強調するため、ムスリム学者たちは、ムハンマドが読み書きのできないアル＝ナビ・アル＝ウンミ（無筆の預言者）と考えるようになった。そして、ムハンマド以前の預言者たちにかんする彼のすべての知識は、神から霊感を授かった結果だとするのだった。

　しかし、根本的に人間味を帯びていたにもかかわらず、過去何世紀にもわたって、いや現在ですら、ムハンマドはムスリムたちのあいだで超人的な存在として敬われてきた。彼らにとって、ムハンマドは従うべき規範となっているのである。世界中の多くの地では、イスラーム（ヒジュラ）暦第3月の第12日目［シーア派では同月17日目］に、預言者生誕祭（マウリド・アン＝ナビー）が営まれている。シーア派のイスマーイール派（本書第6章参照）は、この誕生祭のほとんどを11世紀のカイロでたちあげ、それは13世紀からスンナ派が優勢な地域でとくに広まっていった。そこでの祭典は説教やムハンマドをたたえる詩が重要な構成要素だった。イギリスの高名なイスラーム学者だったエド

第2章　ムハンマド

ワード・レイン［1801-76］は、1834年にカイロで営まれた誕生祭について詳細な目撃談を残している。彼はとくに祭典でのスーフィー派の役割に着目しているが、そこには一般人もいて、奇術や砂糖菓子の露店、コーヒー・ショップ、さらには提灯行列といった、付随的な通りのにぎわいやパフォーマンスを喜んでもいたという。年齢や時代を越えて反発の声もあがってはいたが、この誕生祭はムスリム世界の各地で今もなお盛大に営まれる祝日となっている［訳者はパキスタン南西部クエッタ市近郊のカンバラーニ村で、1990年10月初旬に営まれたこの誕生祭を調査している。詳細は蔵持「ミラド＝ウン＝ナビ祭」、『バローチスタン調査概報』、和光大学象徴図像研究会、1992年、16-25頁参照］。

ムハンマドをたたえる頌詩はトルコ語やペルシア語、ウルドゥー語、スワヒリ語をはじめとする多くの言語で唱えられているが、これまでアラビア語で書かれたもののうちで最高傑作は、アル＝ブシリ（1212頃-94頃）の『外套の詩』である。この頌詩には90以上の注釈が付されていた。詩人はそこでムハンマドに感謝の念を捧げている。預言者が夢に現れ、着ていた外套を自分の上に投げかけてくれると、全身の麻痺が癒えたからである。ムハンマドの生誕と

鏡の間［円柱の森］　スペイン・アンダルシア地方のコルドバにあるメスキータ（旧大モスク）［現聖マリア司教座聖堂］内部、8-10世紀。視線を引き上げる連続アーチが、その単純なくりかえしによって見る者にめまいを引き起こす。西欧イスラーム世界最大の規模を誇っていたこのモスクは、円柱を再利用した（以前のローマ神殿やキリスト教会などから）石の森が、縞模様をほどこして重ねあわせたアーチをささえ、これによって天井が一段と高くなっている。

ミーラージュ（昇天）、さらにジハードをたたえる詩は、特別な力をもっているとされ、葬儀や他の宗教的儀礼のさいに読まれている。ムスリムのなかには、この頌詩を1001回唱えれば、終生の祝福を授かり、旅行中、日に１回唱えれば、旅の無事が約束されると信じている者もいる。ムハンマドの核心的な重要性は次の詩句にみてとれる。「ムハンマド（平和と祝福が彼の上にありますように）はアラブ人と非アラブ人の双方の世界、双方の被造物、そして双方の集団の指導者であります。我らが預言者にして、（善を）命じ、（悪を）禁じる唯一の存在…（神から）もっとも嘉され、そのとりなしが…の希望です」

　民衆の信仰では、これらの詩句は預言者ムハンマドに託された基本的な役割への言及でしめくくられている。最後の審判の日に、そのコミュニティのために神にとりなしをしてくれるという役割についてである。中世におけるもっとも有名なムスリム神学者のガザーリー［1058-1111。スンナ派でイスラーム史上もっとも偉大な思想家のひとり。バグダッドのニザーミーヤ学院教授をつとめたのち、スーフィーとして修行を重ねる一方、イスラーム哲学を徹底的に批判した］は、以下の言葉をムハンマドに帰している。「だれであれ神が望まれ、選ばれる者のためにそれを許してくださる限り、私は（とりなしをおこなうに）相応しい者です」。それに対し、神は彼にこう答える。「おお、ムハンマドよ。汝の頭を上げて語れ。汝の言葉は聞き入れられる。とりなしを求めよ。さすれば願いを叶えよう」[12]

ムハンマド批判に対するムスリムの反応

　ムスリムたちはムハンマドに尊敬ないし敬意をいだいているがゆえに、非ムスリムによるムハンマドへの批判や風刺、あるいは中傷に対しては、きわめて強い反応を現在まで示してきた。その事例を中世から１点、現代から３点ほどあげておこう。十字軍がユダヤ教のあとに興ったふたつの宗教、つまりキリスト教とイスラームの対立を激化したときよりはるか前、イスラームにおけるムハンマドのうちけしがたい神聖な地位を強調するエピソードがあった。すでに９世紀、異なる宗教が比較的ゆるやかに寛容され、平和的に共存してもいたことから、「３宗教の地」として知られていたイスラーム時代のスペイン（イスパニア）では、スペイン人のキリスト教徒集団がコルドバの町で公にムハンマドを中傷していた。のちにコルドバ殉教団とよばれるようになる集団がかかわったこの事件［後ウマイヤ朝850年］のことは、ムスリムとキリスト教徒双方の史料に記録されている。それによれば、ムハンマドの名を揶揄した者たちが積

極的に殉教をめざし、いかにしてその目的を確実に達成するかを知っていたという。事実、彼らはさほど気のりがしなかったムスリム当局が、自分たちを処刑せざるをえないようにしむけたのである。

悪魔の詩
　では、現代ではどうか。たとえば1988年に出版されたサルマン・ラシュディ［1947–］の『悪魔の詩』は、大論争をまきおこし、世界中をゆさぶった。すなわち、この書が刊行されたことで広範な暴力事件が生まれ、38人もが殺害されたのである［当時イランの最高指導者だったホメイニー師が全ムスリムに対してラシュディの殺害を呼びかけ、それに続いて各国の翻訳者・出版関係者を標的とした暗殺事件が起きた。わが国でも邦訳者の筑波大学助教授五十嵐一氏が1991年、大学構内で殺害されている］。さらに、イギリスではムスリムたちがこの書を公開焚書し、インドでは禁書となった［著者はインドのムンバイ出身］。『悪魔の詩』をめぐる宗教的・政治的・社会的論争は、これまで夥しい数の書物や論文で取り上げられてきた（ただ、多くのムスリムが実際に同書を読んでいたかどうかは疑問である）。著者のファーストネームであるサルマンは、イスラームに改宗した最初のペルシア人サルマン・アル゠ファリシ［568–657。説教師・兵士で、父親はゾロアスター教徒］と同名であり、姓のラシュディは、人々の敬意を受けていた最初の強力な4カリフをさすラシドゥンからの派生語である。それゆえ、こうした神聖な名前をもつ作家が、その著書に挑発的なタイトルを選んだだけでなく、中世ヨーロッパの敵対的なキリスト教徒たちが、ムハンマドを呼んだ侮蔑的な呼称であるマフウンド［字義は「悪魔」］という名をもちいたことは、ムスリムにとってがまんがならないほど屈辱的だった。それは世界各地のムスリム、とくにイランやパキスタン、インドのムスリムたちの怒りをかい、アーヤトッラー・ホメイニーによるファトワー（法的見解・勧告）がそれに続いて出された。やがてこの書に対するムスリムの意見は、ファトワーに反発し、ラシュディが自分の考えを言う権利を支持するものから、預言者に対する彼の侮蔑的な態度を徹底的に憎悪するものまで、多岐にわたるようになる[13]。一方、ラシュディ自身は『悪魔の詩』がイスラームにかんするものではなく、「移住や変身、分裂した自我、愛、死、そしてロンドンとボンベイ」にかんする書だと主張するようになる[14]。だとすれば、『悪魔の詩』はこれら7つの主題を扱った書としては、いささか理解しがたいタイトルだと結論づけられるかもしれない。

この書のタイトルは、じつはさほど知られていないあるエピソードとかかわっている。伝承によれば、ムハンマドは啓示を伝えるさい、前述したマッカの３柱の女神たち、すなわちカアバで多神教徒のアラブ人から崇拝され、「アッラーの娘たち」として知られていたアル＝ウッザーとアッラートとマナートは、ムスリムの崇拝者たちのために神にとりなすことができたと述べている。むろんこうしたとりなしは、唯一神への帰依というイスラームの妥協を許さない教えをつきくずした。のちにムハンマドは、これがサタンから自分が受けた誤った啓示だったと理解するようになったともいう。真の啓示は神から下されるものであり、それが３女神によるとりなしへの信頼性を決定的に解体したのだ。クルアーンにはこれについて次のような言及がある。「これ、お前たちはどう思う。アッラートやウッザー、それにもう一つ三番目のマナートを。（…）あれは、みなただの名前にすぎぬ。お前たちやお前たちの御先祖が勝手に作り出したもの。アッラーは決してあのようなものを（崇めてよい）とお許しになったことはない」（53・19-20、23）

　ムスリムと非ムスリムとを問わず、中世史や近・現代史を専攻する一部の学者たちは、『悪魔の詩』に盛り込まれたエピソード全体が創作であり、そこにはハディースの集成にかんする言及もないと指摘した。なかには、ムハンマドが唯一神の真の道へと戻るまで、サタン（シャイターン）から誤った啓示を受けていたと言う学者もいる。たしかにムハンマドの死後２世紀のあいだ、初期イスラームの多くの注釈者たちは、イブン・イスハークやタバリーをふくめて、クルアーンの明確な記述と一致するかたちでこの出来事を忠実に記録し、さらにムハンマドの伝記にも、彼が人間の弱さと感情に影響されてあやまちをおかしがちな、ありふれた人物だとする記述があるとしてもいる。だが、シーア派の注釈者たちは、神から選ばれた預言者であってみれば、いかなるあやまちもおかすことはないとする原理原則にもとづいて、こうしたエピソードの信憑性を否定している。たとえばシャハド・アフマド［1966-2015。ハーヴァード大学教授］は、それについてこう書いている。「この出来事の史実性は、近代のイスラーム正統派から強く否定されている」[15]。これに対し、西欧の学者たちはそれが実際にあったことだと認める傾向にあり、ムスリムたちが話を創作したとは考えられないと主張している。

　たとえ真実がどうであれ、ラシュディの小説にかんする論争が、重要かつ現在進行中の問題、すなわち民主主義的な発言をおこない、自由に出版する権利と、異教徒ないしまったく信仰をもたない者が、世界中のムスリムが神聖視し

ている信仰について、発言したり出版したりしようとする権利のバランスをどのようにとるかという問題を、一層きわだたせたことに変わりはない。

デンマークの戯画

　2006年9月にデンマークの日刊紙、2015年1月にフランスの日刊紙がそれぞれムハンマドの戯画（風刺画）を掲載した［訳者あとがき参照］。それはムスリムの感情を激しくさかなでした。世界各地の一部のムスリム集団の反発は激しかった。こうした戯画の公表が、ムスリムの信仰心とムハンマドに対する崇敬心の核心自体を著しく傷つけたからである。その結果、多くの国で暴力事件が起き、一部の抗議者はこれらの戯画を発表した編集者たちを処刑するとおどしさえした。

　西欧の多くの評論家や評釈者は、これらの戯画を悪趣味で児戯にひとしいと酷評した。だが、そのうちの1枚は、埒もない悪戯としてかたづけるわけにはいかなかった。そこではターバンに見立てた時限爆弾を身につけた預言者が自爆犯として描かれ、ターバンの上には、ムスリムの信仰告白［シャハーダ］である「アッラー（神）のほかに神はなし」という文言が記されていたからだ。この戯画は世界中の政治的過激派の少数ムスリム（近年の統計では、ムスリム全体の7パーセント）[16]のみならず、いわゆるサイレント・マジョリティのムスリムにも強い不快感をあたえた。

　なぜ不快感を与えたのか。それは戯画がムハンマドを自爆犯とむすびつけたからだけではない。そこにはほとんどの非ムスリムが気づかない罪がふくまれているからだ。ムスリムたちは長いあいだ、ムハンマドを目に見える形で表現することをさけてきたのである。ユダヤ教と同じように、イスラームもまた彫像や図像をもちいるイメージの宗教ではなく、神と預言者の言葉の宗教である。とすれば、こうした反発は異教の目に見える偶像崇拝を排斥するムスリムたちの当然の動きといえる。あらためて指摘するまでもなく、キリスト教は人物表現を排除していない。それゆえ多くの教会には、イエスの磔刑やその生涯のさまざまな場面、さらにはすくなくとも3世紀にまでさかのぼる長い伝承を彩る聖人たちの彫像や壁画などの造形表現がみられる。

　中世後期という狭い枠でいえば、じつはモンゴル軍の侵攻後の東方イスラーム世界でも、ムスリムによるムハンマドの絵画が大量に生みだされていた。ただ、その一部は顔まで描かれていたものの、後代の手によって、ときにそれらはヴェールをかぶせられ、ときには白く上塗りされたか、色を削りとられたり

した。たしかにムスリム世界では、ムハンマドの肖像画を描くという慣行は深く根をおろすことがなかった。だが、全体的に消滅したわけではない。イランの街角では、今もなおムハンマドの聖画が堂々と売られているからだ。とはいえ、一部のムスリム国では、この種の画を創作したり、販売ないし所有したりすることは禁じられている。今日のムスリムたちは、総じてムハンマドを目に見える形で表現することは厳禁だと考えている。ムハンマドの生涯を描いた古典的映画「ザ・メッセージ」［ムスタファ・アッカド監督、1976年封切］でさえ、預言者の顔は一度もスクリーンに登場していない。その存在がかろうじて感じとれる程度である。こうみてくれば、デンマークの戯画は、その内容はいわずもがな、すでにしてムハンマドを描くこと自体が、ムスリムの強いタブーをおかしているのである。

しかし、戯画はさらに先をいっている。ムハンマドの姿をあからさまに描くだけではなく、最大限彼を揶揄し、最悪の場合は中傷すらしようとしている。まさにそれは西欧のイスラーム嫌悪を強調する空気を背景としているのだ。たとえば、イギリスの日刊紙「ザ・インデペンデント」は2006年２月にこう書いている。「この問題は西欧の無知と傲慢さが結びついた事例である」。同様の指摘は世界中の新聞にみることができる。ロンドンの「ザ・タイムズ」紙にいたっては、議論をさらに拡大し、「現代の多くのヨーロッパ人は、キリスト教のもっとも尊敬に値する特徴 —— しばしば粗雑で無味乾燥な —— が揶揄されるとはまったく考えていない」[17]。多くのムスリムはこうした事態に当然のことながら唖然とし、衝撃を受けながらも、しかし戯画の責任者を殺害するという一部の過激ムスリム集団の反応を認めはしなかった。そのかわり、ムスリム諸国はバターなどデンマークからの輸出品を、短期的ではあったが経済的にボイコットすることを手はじめとして、平和的かつ強力に抗議するという手段を選んだのである。

偏見とステレオタイプ

本章でたびたびみてきたように、あきらかにムスリムたちは、ムハンマドが神に選ばれた預言者、「預言者たちの封印」、そして最終的かつ完璧な一神教の啓示をもたらす存在であるということを、異議なく受けいれている。本書はムスリムではないが、イスラームについてより知見を深めようとする人々を主たる対象としている。ただ、なかには、西欧世界で何世紀にもわたって受けつが

第2章　ムハンマド

れてきた、ムハンマドについての否定的な偏見にかなりそまっている読者もいるだろう。それゆえここでは、ムハンマドにかんするこうした認識や判断のいくつかを検討しておこう。

　基本的な問題のひとつは、人々が今日以上に信仰によって強く規定されていた時代に、非ムスリム、とくにキリスト教徒がムハンマドをどのようにみていたかを綿密に検討しなければならない、ということである。こうした議論ではまた、キリスト教徒やユダヤ教徒が、いかなる信仰も拒否する人々と同様、今日、ムハンマドについてどのように語っているかをも考慮しなければならない。

　ムスリムや非ムスリムの過激派は、中世から現代まで互いの信仰をきびしく非難しあってきた。中世初期から、キリスト教徒による論争的な著作ではイスラームが幾度となく攻撃され、ムスリムの同様の著作でも、キリスト教の教義が一部批判されてきた。こうした教理的なちがいが、ともにアブラハムへの信仰をかかげているにかかわらず、ムスリム＝キリスト教徒間の論争の主題となった。ウマイヤ朝（661-750）以来、歴代カリフの前でおこなわれた両教徒の公開討論や論争的な著作にみられるように、である。たとえば8世紀初頭、ダマスコの聖イオアンは前述したようにムハンマドを「偽預言者」と呼び、ムスリムたちに「神の啓示」を授かったというムハンマドの主張を証明せよと迫っている[18]。この種の論争は、しかし実りの多い対話をめざしたものではなく、いわば論争のための論争だった。

　キリスト教とイスラームのあいだの論争、とくにアブラハムの第2・第3の啓示にかんするそれは、それぞれが伝道宗教ではないとされるユダヤ教とおこなった論争以上に激しかった。その争いはさらに過激さをまし、中東での十字軍時代が終わるまで、つまり14世紀初頭まで、とくにムハンマドに向けられた反ムスリム的な論争は、きわめて悪質なものとさえなった。とりわけ敵意にもえたムハンマド観を作品に登場させたのが、あのダンテ［1265-1321］である。その代表作『神曲』［1321年］の「地獄編」で、周知のように彼はムハンマドを地獄に落としている。ムハンマドを、キリスト教を分断させたため、永遠に呪われた霊魂たちの指導者として描いているのである[19]。

　一方、中世につくられたムハンマドに対する紋切り型の固定観念は、キリスト教ヨーロッパがムスリム世界を植民地化していった19世紀になっても、依然として強い影響力をもちつづけた。これらの否定的なムハンマド像は、しかし今日でもなおわれわれのうちにある。それは自分たちの感情を世界全体に広

くより声高に知らせようとする少数派だけでなく、全ムスリムにあきらかな苦悩を引き起しているのだ。その根本的な問題は、キリスト教徒たちがムスリムの信仰告白の前半部、すなわち唯一神への帰依を示す部分は快く受けいれるものの、後半部分は頑として拒否し、ムハンマドが預言者であることも否定しているところにある。これはムスリムたちがイエス（イーサー）を預言者として困難なく受け入れていることと対極にある。たしかに彼らはイエスを深く敬い、アブラハムまで遡る預言者の系譜において、ムハンマドの直接の前任者とみなしている。それゆえ、イスラームはイエスにかんするキリスト教的な教義、たとえば磔刑や贖罪、聖三位一体の位格といったさまざまな側面を認めこそしないが、イエスを個人としても預言者としても中傷したりしない。たとえばターリフ・ハリディ［1938–。パレスチナ歴史学者］は、その著『ムスリム・イエス』［2001年］のなかで、ムスリムたちが何世代にもわたってイエスに強い愛情を示していたということを能弁に語っている。これに対し、イスラームに先行する信仰をいだいているキリスト教徒たちは、イエスよりあとに生まれたムハンマドの使命を認めようとしない。こうして彼らはムハンマドを「人として」軽視しているのである。彼らは中世を通じてこのような態度をとっていたが、とくにきわめて政治的な状況にある今日でも、なおもそれを踏襲しているのだ。

　キリスト教徒にとって、ムハンマドの生涯を理解するうえでの基本的な障壁は、彼の経歴がイエスのそれと似かよっていないところにある。「平和の王」としてのイエスが自らに課した役割が、ムハンマドが体現した規範的な行動モデルと合致していないからである。ムハンマドがその生涯最後の10年間に自任した「戦士的預言者」という観念を、キリスト教徒が受け入れることはむずかしい。しかし、ユダヤ教徒はもとより、キリスト教徒もまた旧約聖書に登場するモーセやヨシュア、ダヴィデといった代表的な人物のみならず、唯一神の宗教を破壊すると脅かしていた敵対的な異教徒たちと戦った、他の人物たちの生き方についてよく知っている。

　キリスト教徒の理解をさまたげる問題はもうひとつある。それは、自らが説く王国がこの世にないと強く主張したイエスと異なり、ムハンマドが現世の物事に深く関わり、実際に小規模ながらマディーナの神政共同体であるウンマの指導者になったという事実に起因する。西欧の学者が著したムハンマドにかんする書のうち、もっとも有名かつ重視されているモンゴメリー・ワット［1909–2006］の『ムハンマド、預言者と政治家』［1962年。牧野信也・久保儀明訳、新

装版2002年、みすず書房］は、この問題を直接扱っている。だが、ムハンマドの経歴をマッカとマディーナに明確に2分割することは、一部の非ムスリム学者がムハンマドの経歴を理解するうえでの困難をまねきかねない［ワットは1953年に『マッカのムハンマド』、56年に『マディーナのムハンマド』を上梓し、前者を預言者ムハンマド、後者を政治家ムハンマドに向けている］。彼らには、さしせまった最後の審判について黙示録的な言葉で語るクルアーンのマッカ啓示と、ムスリムが日々の生活をいかに送るかを詳細に教えるマディーナ啓示を調和させることがむずかしいからである。ハディースはムハンマドが優れた統治者であり、立法者であるという点を力説している。ただ、迫害された預言者から臨機応変な指導者へというムハンマドの転身は、一部の非ムスリムにはなかなか理解できないものがある。彼らはこう問いかける。一介の預言者が神との強い絆で結ばれただけでなく、法的な問題を扱ううえで不可欠な洞察力と実際的な知恵をそなえ、さらにコミュニティを外部と内部の驚異から守ることがどうしてできたのかと。これに対し、ムスリムは次のように答えるだろう。ムハンマドがきわめて困難な状況にあった新しいコミュニティの維持・運営に意をそそいだからといって、それ自体は、ムハンマドないしその支持者たちが、マッカでのさまざまな啓示に託されていた重要なメッセージを一度たりと忘れたということを意味しないと。さらにいえば、マディーナ時代にムハンマドが神から継続して授かった啓示を彼らに伝えたときですら、ウンマの成員たちは神に従って安心と勇気をえるために、マッカ啓示をたえず想い出し、唱えたはずだとも答えるだろう。

　ここではまた、キリスト教の伝承ではイエスが独身者とみなされていたということも指摘しておくべきだろう。これもまたイエスとムハンマドの対照的な点といえる。ハディースやスィーラでは、ムハンマドが性的なものをふくむ人間的な快楽を享受していたとされているからである。非ムスリムたちは何世紀ものあいだ、とりわけムハンマドが何人もの妻をめとったことを嘲笑の的にしてきた。しかし、ソロモン王は700人の妻と300人の側妻（そばめ）をかかえていたという（『列王記上』、11・3）。古代のイスラエルでは一夫一婦制がおこなわれておらず、それはイスラーム以前のアラビアでも同様だった。歴史的な背景はつねに考慮されなければならないが、たしかに、ムハンマドは多くの妻をもっていたと記されている。彼が最初の妻ハディージャと結婚したのはかなり若い頃で、彼女は15歳年上だったという。ただ、このハディージャが存命中、ムハンマドにはほかに妻はいなかった。やがて彼は多くの女性と結婚する。その数

は10人から12人だったとされる。そのうちの5人は、夫がマッカ住民との戦いで戦死したムスリムの寡婦だった。彼女たちは部族の援助なしに生き延びることができなかった。ここではヒジュラ（ないしムハージルーン）の時期に彼と一緒にマッカを去ったムスリムたちが、すべてを後に残し、一族とのつながりも断ちきったということを忘れてはならないだろう。それゆえ、こうした男たちの寡婦は、結婚の絆以外に庇護や援助を受けることができなかったのである。一方、中世と同様、古代末期の中東の支配者や族長たちは、社会的・政治的な目的で縁組をおこなっていた。ムハンマドの4度の結婚は政治的な同盟の一環としてなされ、その目的は、アラビア半島においてマディーナの権威を強固にするところにあった。彼がもっとも愛した妻［3番目］は、彼の忠実な仲間で、632年にイスラームの初代正統カリフとなったアブー・バクルの活発な娘アーイシャ［614頃-678］だったという。

ムハンマドの評価

　ムハンマドを評価することは、非ムスリムのみならず、ムスリムにとってもきわめてむずかしい。だが、過去14世紀間、ムハンマドがイスラームの信仰と共同体にとってきわめて重要な存在であったということは、だれも否定できないだろう。

　非ムスリムたちはムハンマドに対して偏見をいだいている。ときにそれは彼ら自身気づいていないような先入観でさえあるが、キリスト教徒がイエスとムハンマドを較べるさいは、当然といえば当然だが、平和の道を選び、現世と来世を明確に区別したイエスの方に軍配をあげる。彼らはムハンマドが世界に新しい宗教をもたらしただけでなく、ムスリム共同体を建設して、その新しいイスラームが偶像崇拝の深く根づいた地で生きのび、拡大したということを容易に受け入れようとしないのだ。すぐれた政治家であり、調停者でもあったにもかかわらず、ムハンマドはかつてのモーセ同様、誕生してまもないコミュニティを守るため、ときには戦い、厳しい決定をくださなければならなかった。さらに、これもまたモーセと同じだが、日常生活の多くの側面にかかわる詳細な規則を定め、現実的な問題が起きるたびにそれを解決せざるをえなかった。

　一方、ムスリムたちもまたムハンマドをかならずしも客観的にみているわけではない。彼らは自分たちの預言者を決して批判したりはしない。愛しているからである。ムハンマドに向けた彼らのこうした感情は、彼へのきわめて深い

尊崇の念にもとづいているのだ。多くの敬虔なムスリムは、ムハンマドの名を口にするさい、次のような唱言でしめくくる。「彼の上に平安を」。さらにムハンマドについてなにかを書き記すさいは、この唱言の略であるPBUHの4文字を、自分の名前のあとに記す。他の世界宗教の創唱者と同様、ムハンマドの場合もまたその「史実」と宗教的な伝説とを切り分けることは容易でない。ムハンマドにかんする伝記文学には、史実として解釈される記憶や神話から教義や法にいたるまで、きわめて多様なアプローチがもりこまれている。その生涯はつねに聖史と敬虔なムスリム伝承の中核をしめてきたが、当然のことながら、ムスリムのすべての世代は、自分たちの時代の宗教的・文化的・政治的状況に従って、彼の行動モデルを解釈してきた。ハンマドの言行が、各時代、各ムスリムの日々の生活をつくりあげてもきたのである。民族や慣習が異なっているにもかかわらず、世界各地のムスリムたちは、ムハンマドが一神教における最後の預言者であり、神からの最終的で完全無欠な啓示を世界にもたらしたということを信じている。

　ムハンマドが、多岐にわたってカリスマ的な指導者だったということは疑う余地がない。もしそうでなかったなら、苦難に満ちたそのコミュニティは、彼が始めた事業を推進するための力強さも意志ももつことができなかっただろう。ムハンマドは前進への道を示した。こうした預言者の偉業はまさに目を見張るものだった。前述したように、ムハンマドは人々を率いる指導者や立法者、裁判官、そして軍事的な指揮者となった。彼の晩年までに、アラビア半島の大部分はマディーナの権威を認めるまでになっていた。新しい唯一神教の啓示を伝えたムハンマドは、その啓示を、新しい信仰でむすびついた小規模だが活力に満ちた神政的な信者コミュニティの基盤にすえた。そしてまもなく、このコミュニティは広大なムスリム帝国へと発展していった。一方、ムハンマドが遺したクルアーンは、信者たちの記憶と心にうめこまれ、口承および文書化されて、ムスリムののちの世代へと受けつがれていった。さらにいえば、とくにもちまえの強力な個性によって、ムハンマドは自らが示した神の新たな道を信者たちが進むよう鼓舞したのである。新しい宗教・宗派や信仰が次々と現われては姿を消していった古代末期の複雑な宗教的状況下にあって、イスラームの啓示はこうしてなんとかもちこたえ、ついには世界的な信仰へ、アブラハムの3番目の宗教へと発展していったのだ。

●参考・関連文献

Brown, Jonathan A. C. : *Muhammad. A Very Short Introduction*, Oxford University Press, Oxford, 2011（ジョナサン・ブラウン『ムハンマド概略』）

Cook, Michael : *Muhammad*, Oxford University Press, Oxford and New York, 1985（マイケル・クック『ムハンマド』）

Holyland, Robert G. : *Arabia and the Arabs. From the Beronze Age to the Coming of Islam*, Routledge, London and New York, 2001（ロバート・G・ホリーランド『アラビアとアラブ人 —— 青銅器時代からイスラームの登場まで』）

Lings, Martin : *Muhammad. His Life Based on the Earliest Source*, Inner Traditions International, New York, 1983（マーティン・リングス『ムハンマド —— 最初期資料によるその生涯』）

Schimmel, Annemarie : *And Muhanmad is His Messenger. The Veneration of the Prophet in Islamic Piety*, University of North Carolina Press, Chapel Hill, NC., 1985（アンネマリー・シンメル『そしてムハンマドは彼の使徒である —— イスラームにおける預言者崇拝』）

第3章 クルアーン

　かりに我らがこのクルアーンを山の上に落としたなら、山はみるみるうちに畏まり、アッラーの威厳を恐れて真二つに割れてしまうことだろう（クルアーン59・21）[1]。

　最初読んだだけで、圧倒されるような感覚が畏怖へと変わる（サハル・エル＝ナディ）[2]。

　神はさまざまな聖典を通して困難を意図的に広めた。その目的は、我々がより大きな注意力をもってそれらを読みかつ学び、そして自らの知力が限られたものであるということを適切に認めて、慎みを忘れずに行動させるところにある（教皇ピウス12世）[3]。

　本章ではイスラームの聖典であるクルアーンを吟味する。16億あまりのムスリム[4]がなぜクルアーンに深い愛情と尊敬をいだいているのかを理解し、さらになぜ彼らがクルアーンを自分たちの生活の基本的な手引きとし、いかにして彼らが神により近づくことができるのかを知るためである。ムスリムたちにとって、クルアーンは神が人間に示した変化しないと同時に変化しえない完全なものとしてある。クルアーンのなかで、神は人間たちにいかにして彼らが生まれ、いかにして神による創造に着目し、いかにして互いに行動すべきかを説いている。こうしたメッセージは男女を問わず、すべての世代、すべての身分に適用される。そしてこの聖典はイスラームが世界宗教へと発展していくにつれて、イスラームのあらゆる特徴、すなわち信仰や儀礼、法、神学、さらに神秘主義の基盤となっていった。それゆえ、イスラームにかんするすべての議論において、クルアーンが至高の重要性をもっているとすれば、その全文を参照しなければならないだろうが、ここでの議論はクルアーンのテクスト自体とかかわる問題を中心的に扱いたい。
　ファティハ（開扉・開端）と呼ばれるクルアーンの第1章は、ある意味でクルアーンのエッセンスとムスリムの日常生活に対するその重要性を集約してい

ひかえめな華麗さ ポケットサイズのクルアーンの豪華に装飾されたファティハ（開扉・開端）。有名な書家イブン・アルバッワーブ［1022没］が、きわめて判読しやすい筆記体で紙に筆写したもの。バグダード、1000年頃。ファティハの勇気づけるような文言は、キリスト教徒の「主の祈り」同様、ムスリムにもよく知られている。これらの書は個人の信仰をうながすものとしてある。

るといえる。そこでは素朴な言葉によって、ムスリムたちが神の慈悲と偉大さをたたえるよう説かれている。彼らは罪をおかす機会をさけ、正しい道を進むよういましめられてもいる。そのかぎりにおいて、ファティハはまさに細密画によるクルアーンであり、イスラーム信仰のエッセンスにほかならないのだ。それはムスリム崇拝全体の不可欠な一部であり、敬虔なムスリムは旅に出るまえにそれを唱える。生まれたばかりの赤子の耳に、そして臨終を迎えた者の耳にもふきこまれる。以下は、そのはじまりの言葉である。

　　讃えあれ、アッラー、万世の主、
　　慈悲深く慈愛あまねき御神、
　　審きの日の主宰者。
　　汝をこそ我らはあがめまつる、汝にこそ救いを求めまつる。

願わくば我らを導いて正しき道を辿（たど）らしめ給え、
汝の御怒りを蒙る人々や、踏みまよう人々の道ではなく、
汝の嘉（よみ）し給う人々の道を歩ましめ給え。

クルアーンの性質と構成

　クルアーンとは「朗誦すること」ないし「読誦すること」を意味する。ムスリムはこれを聖なるクルアーン（アル゠クルアーン・アル゠カリム）として頼り、唯一かつ奇跡的なものとみなしている。同様のものは以前も以後も存在しなかった。それをまねようとしても、徒労におわる。神は言っている。「もし万一汝らにして、我らが僕（ムハンマド）に下した（天啓）に疑問を抱きおるならば、まずそれに匹敵（たぐ）うべき（他の天啓）を一くだり、さあここに出して見よ」（2・23）。落書きの類やわずかな銘文をのぞいて、クルアーンが聖典の形で書き記される前からのアラビア語の文書は残っていない（ムスリムの伝承によれば、クルアーンが最終的にまとめられたのは、632年にムハンマドが没して20年ほどだった頃だったという［この編纂事業はムハンマドの秘書だったザイド・イブン゠サービドを中心になされた］）。

　イスラームの登場以前に書かれた韻文ないし散文をふくむ文字資料もまた見つかっていないが、言語学的にみても、クルアーンはまさに驚くべきものといえる。それは論理の書でもなければ、合理主義的な論文でもない。前述したように、それは610年頃からムハンマドの死の直前までの約23年間、神から彼に授けられたさまざまな啓示をふくむ精神的ないし霊的な書なのである。ときにそれは矛盾したり、曖昧だったり、あるいは謎めいた啓示を展開させてもいる。かと思えば、きわめて明確なメッセージを伝えてもいる。

　長大で数多くの書き手による書をふくむ聖書と異なり、クルアーンは短く、敬虔なムスリムからはただひとりの書き手、すなわち神自身によって書かれたと信じられてきた。これは非常に重要なちがいである。ムスリムはまた、クルアーンの内容が神からムハンマドに、天使ガブリエルを介して授けられたと考えている。こうしたクルアーンは、ユダヤ教のトーラー（律法）やキリスト教の福音書を強化し、完璧なものにしたものだと主張する。この聖典はまた、これら先行する2通りの一神教的な啓示を包括し、それにとって代わる最終的な啓示でもあるという。

　クルアーンは30に等分した巻（ジュズウ）に分かれており、これによりそ

れを唱えることがより容易になる。たとえば断食月のラマダーン期間中、ムスリムはこれをすべて声を出して読誦することになっている。クルアーン全体は114の章（スーラ）に分かれていて、最初の章である短い祈祷文のファティハをのぞいて、これらの章の多くは長いものから短いものへと順に配列されている。しかし、章はときに長さが著しく異なっており、あるものはわずか数行たらずなのに対し、もっとも長い第2章は286節（アーヤ）もある。ただ、イスラーム学者のカール・エルンストが指摘しているように、「いかに、そしてなぜ章がこのように配列されたかは、だれにもわからない」[(5)]のだ。章のなかでは、節がそこで語られている内容より韻の構成を優先して配置されている。ときにこれらの韻は「神はすべてを知り、すべてに通じている」という定式的な文言をもちいる。また、各章には題名がつけられている。「牝牛」や「蜘蛛」、「復活」、「勝利」などのようにである。これらの題名はもともとの章にはついていなかったが、しばしば本文の内容を示す重要な手がかりとなっている。それゆえムスリムは、通常は各章をその番号ではなく、むしろ題名でよぶ。

　ムスリムはまた、現在みるようなクルアーンの構成が、神が望んだとおりに正確に配列されたと信じて疑わない。ただ、これら章の配列は2つのおもなパート、すなわちムハンマドがマッカで610年頃から受けるようになった神の啓示を記したパート［マッカ啓示］と、622年のヒジュラのあとにマディーナで受けた啓示のパート［マディーナ啓示］と分かれているが、その内容は正確に年代を追ったものではない。こうしたクルアーンの章やそこにふくまれる一群の節を、マッカ啓示とマディーナ啓示という広範な2カテゴリーにあまりにも

啓典宗教　「ブルー・クルアーン」の1葉。インディゴで染色された羊皮紙。9–10世紀。劇的なまでに伸縮した文字が神秘的なリズムを刻み、読誦法を示すことで、聖典の尋常ならざる謎をたくみに喚起している。クルアーンにはほかにもサーモンピンクやサフラン、レモン・イエローなどに染めあげられたものがあるが、おそらくそれらはビザンツの青みがかった紫色の古写本をまねているのだろう。

第3章　クルアーン

固定的に分類するのは、おそらく単純すぎるといえるだろう。だが、ある程度の普遍化は可能である。

現代の研究者たちはムハンマドへの啓示を4期に分けている。1-3期は610年から622年のあいだで、その最初のマッカ時代に属する章は、神のメッセージとともに、最後の審判が来るまえに神に帰依することの火急さを説いている。第2のマッカ時代では、神による創造や楽園と地獄、さらに神の預言者たちを無視する者たちを待ちうけている恐ろしい罰を主題とする。そして3番目のマッカ時代には、「移行期」として分類してもよい、より長い章ないし節がふくまれる。その時期は、おおむねムハンマドがマッカの住民に説教を始めたときから、マディーナへのヒジュラをおこなうときに相当する。このパートは説教の形をとっており、そこでは昔から伝わる物語をもちいての預言者たちによる教訓が反映されている。

啓示の第4期は、622年から632年にかけてマディーナで編集された章で、ムハンマドの社会的な行動や立法について多くがさかれている。それによれば、彼は生まれたばかりのムスリム共同体の指導者として、新しい責任をになうための導きを必要としていたという。このマディーナ啓示は、ムスリムとキリスト教徒、とりわけマディーナのユダヤ人全体とのあいだの関係が、しだいに悪化していったことを強調している。もっとも長いこのマディーナ啓示はクルアーンの前半に、より短いマッカのそれは後半にそれぞれおかれている。

クルアーンの最初の啓示は、第96章の冒頭だと信じられている。そこでは中年期をむかえた預言者ムハンマドが、マッカ郊外のヒラーとよばれる洞窟で瞑想に入るため、隠遁生活を始めたことが語られている（本書第2章29頁参照）。天使ガブリエルが神からの啓示をたずさえてムハンマドの前に姿を現わしたとされるのが、まさにこの時期だった。

　　誦め、「創造主なる主の御名において。
　　いとも小さい凝血[6]から人間をば創りなし給う」。
　　誦め、「汝の主はこよなく有難いお方。
　　筆もつすべを教え給う。
　　人間に未知なることを教え給う」と。（96・1-5）

この章はさらに、人間が悔いあらためず、自ら額づいて神に近よらなければ、地獄に落ちる危険をまねくとも警告している。

クルアーンに記されている最後の啓示（5・5）は、632年6月に没する直前、ムハンマドが預言者としてのつとめをはたしたことを、神が誇らしげに認めたものと一般に考えられている。「今日、ここにわしは汝らのために宗教を建立し終わった。わしは汝らの上にわが恩寵をそそぎ尽し、かつ汝らのための宗教としてイスラームを認承した」。ムハンマドがうちたてた宗教が、イスラームとよばれるようになったことを示す一節である[7]。

クルアーンの語法

　クルアーンには多岐にわたる語法がもちいられている。もっとも有名なクルアーン翻訳者であるイギリス人学者のアーサー・アーベリー［1905-69］は、クルアーンが「散文でもなければ韻文でもない。いわばその両者を融合させたものである」[8]と指摘している。クルアーンの一部は韻をふんだ美しい散文で書かれており、その文字列は頭韻と半階韻のパターン示している。たとえば前述した第96章の最初の2節は、行末の語が似かよった音をふくむように、アラビア語でより厳粛に書かれているのだ［以下のアルファベット表記は、クルアーン本文の行末にくるアラブ語の転写］。

　　誦め、「創造（khalaqa）主なる主の御名において。
　　いとも小さい凝血（'alaqin）から人間をば創りなし給う」。
　　誦め、「汝の主はこよなく有難いお方（alakramu）。
　　筆（bi'l-qalami）もつすべを教え給う。

　おそろしい大変動の最後の審判の到来を語る、第99章（「地震」）や第81章（「巻きつける」）の最初の2節を声を出して読誦する。それはきわめて強力なインパクトをもっている。

　　大地がぐらぐら大揺れに（zulzilat）揺れ（zilzālahā）、
　　大地がその荷（athqālahā）を全部吐き出し（99：1-2）

　　太陽が暗黒（kuuwirrat）でぐるぐる巻きにされる時、
　　星々が落ちる［その光（inkadarat）を失う］時（81：1-2）

第3章　クルアーン

変貌した古代　シリア・ダマスカスの大モスクにあるモザイク、715年以前。ビザンツ様式というより、むしろローマ様式で建築物や風景を描いたウマイヤ朝の職人たちは、来世で祝福される者たちを待つ巨大な樹木や豪華な王宮、清らかな流れなどをもりこんで、クルアーンの記述にみあった楽園の意味を伝えた。

　前述したように、クルアーンはそれぞれの内容に適合するように、長さとリズムが異なる節群に分けられている。たとえば、最後の日にかんする記述には爆発的なまでの感情のたかぶりがみてとれる。その語りの様式は、旧約聖書の『ヨシュア記』［預言者ヨシュアに率いられたイスラエルの民が、異民族を退けて約束された地カナンに定住していく歴史を描いた］でもちいられたそれを想いおこさせる。一方、法的な禁止を語る場合は、条約や公文書のかたぐるしい言葉づかいをもちいている。

　クルアーンの最初期の章はさながら神託を読むようで、そこには強力な印象をあたえる冒頭の章句や、ムハンマドやその聴衆たちに向けて発せられた短いが鋭い警告などが記されている。これらの章は詩的で力強く、その激しさで聴衆の心をつかんではなさない。それらは神の慈悲のしるしであるみごとな創造を力説しているが、人間は罪をおかし、急いで悔いあらためをしなければならないと説く。最後の審判がせまっているからである。そこではまた、よこしまな者が前髪をつかんで引きたてられる地獄の業火と、何本もの川が流れる楽園

の光とが対比されてもいる。さらにクルアーン後半のマッカ啓示は、のちのちまで記憶に残る —— とくにそれが朗誦されるときに —— 尋常ならざる響きとイメージをふくむ。たとえば第82章1-5節をみてみよう。そこでは黙示録的な津波のイメージをよびおこして、最後の審判の日に訪れる大変動の序曲が語られている。

　　大空の裂け割れる時
　　星々の追い散らされる時、
　　四方の海、かたみにどうと注ぎ込む時、
　　すべての墓が発かれる時、
　　どの魂も己が所業（の結末）を知るであろうぞ、為たことも、為残したことも。

　これらの行は、アラビア語原文の押韻をふんだ反響するような詩句をさらに強力なものにしている。マッカ啓示の章はいずれも長くはなく、なかには節が数行だけのもある［「日さし傾く頃」、「カウサル」、「助け」は各3節］。しかし、声をあげてそれらを読誦すれば、たとえ翻訳であっても、聞き手に爆発的な効果を与える。その理由を理解するのは決してむずかしいことではない(9)。
　一方、マディーナ啓示の章は嵐のあとの静けさを思わせる。それらは多くの場合マッカ啓示より長く、より直截的に書かれている。そこではムスリムが日常生活のさまざまな側面でいかに身を処すかが語られている。どのように神を崇拝し、他のムスリムのみならず、非ムスリムにどのように接するか、などである。さらに儀礼的な浄化や祈祷、あるいは巡礼をどうするかといった、信仰にかかわるイスラームの他の側面についても、詳細な指示が数かぎりなく記されている。こうした章の法的な特徴は、旧約聖書の『出エジプト記』から『申命記』までに、とくに『レビ記』にもりこまれたモーセの律法 —— たとえば儀礼的な浄化 —— と多くの点で符合している。ユダヤ教と同様に、イスラームもまた律法の宗教と正当によばれてきた。法のおかげで、ムスリムは正しい日々が送れるからだ。
　だが、クルアーンの他の章には、はるかに多くの複雑なメッセージがふくまれている。それらはきわめて象徴的な言葉をもちいながら、さらなる熟考を求める。その有名な事例が、スーフィーに好まれている「光り」とよばれる神秘的な章（24・35）である（本書第8章223頁）。

第3章　クルアーン

アッラーは天と地の光り。この光りをものの譬えで説こうなら、まず御堂の壁龕(へきがん)に置いた燈明か。燈明は玻璃(はり)に包まれ、玻璃はきらめく星とまごうばかり。その火を点すはいとも目出度い橄欖樹で、これは東国の産でもなく、西国の産でもなく、その油は火に触れずとも自らにして燃え出さんばかり。（火をつければ）光りの上に光りを加えて照りまさる。アッラーは御心のままに人々をその光りのところまで導き給う。

神光の比喩　ガラス製のモスク用ランプ、シリア、1330年頃。マムルーク朝のある酌人のために作られたもので、上部左右に彼の家紋の杯がみられるが、胴部に記されたクルアーンの一文が闇のなかで輝き、祭具としての宗教的な重要性を強調している。

別の節（31・27）では、神の知恵の不滅の力と豊かさが強く示唆されている。クルアーンの文章はまた、それについて熟考する者にさまざまな解釈を可能にしている。とすれば、この一文はそうした多様性の象徴としてみなすこともできるだろう。

かりに地上の樹木が全部筆であったとしても、海は現にあるものに更に七つの海を加えたとて、アッラーのお言葉を書き尽くすにはまだ足りまい。まことにアッラーはお偉く、賢くおわします。

クルアーンのおもな主題

クルアーンは他のアブラハムの宗教、すなわちユダヤ教とキリスト教にもみられる主題を数多くふくんでいる。まさにクルアーンはこうした伝統のなかに位置しているのだ。したがって、旧約・新約聖書とクルアーンのあいだには、相違点もあるが、はっきりした類似点もみられる。その顕著な主題が、唯一神と創造神、そして最後の審判である。

唯一神

　クルアーンは、神が唯一であるということをつねに主張する。神に仲間はいない。神は神々の中の一者ではなく、3神のうちの一者でもない。神が唯一である（タウヒード）というこの妥協を許さない絶対的な主張こそが、クルアーンの中心的なメッセージである。イスラームが7世紀におけるアラビア半島、とくにマッカの多神教や、キリスト教の聖三位一体を激しく攻撃した理由がここにある。

　クルアーンでは、神はときに一人称や二人称、さらに三人称で語られている。神はまたその属性を暗示する99通りの「美名」（20・7）をもつとされる。神の人間に向けた慈愛は、2通りの名前、すなわちアッ＝ラフマーン（慈悲深い）とアッ＝ラヒーム（慈愛深い）で示される。こうして各章は、「慈悲深く慈愛あまねきアッラーの御名において」という冒頭の文言から始まるのである。

創造神

　クルアーンはまた、天地や天体から星々、大海、さらに地表をはう生き物たちにいたるまで、万物を創造した神の偉業をこの上もない言葉で称えている。たとえば「お情けぶかい御神（アッ＝ラフマーン）」と題した第35章は、神の創造の偉業に対する讃歌となっているが、リフレインを駆使したこの讃歌は、人間のみならず、神によって創られ、ジンとして知られる妖霊にも向けられたものである。「これほどの主のお恵み、さ、そのどれを嘘と言うのか、お前も、お前も」[10]。おそらくこの印象的な章のうち、もっとも注目すべき節は以下である（55・26-27）。

　　（地）上のものはみな儚く消え、永遠に変わらぬは威風堂々たる主の御顔のみ。

　あらゆる被造物はその創造主を崇拝する（16・49）。事実、神は天使やジン、そして人間を創った。神はジンを「燃えさかる炎」で（15・27）、人間は「陶土、すなわち黒泥を形どったものを用いて」（15・28）創った。クルアーンはそう記している。

　創造における神の最高の偉業は、人間を生み出したことである。この人間は神が自らの息を吹きこんだ（38・73）ことから、すべての霊や天使よりも上位

にある。神はまた天使たちにさえ、自ら地上の管理人としたアダムにひれふすよう命じた。だが、サタンは「死すべき者（人間）」にひれふすことをこばんだ。そのため、神のもとから追放され、最後の審判まで呪われるようになったという（38・74-77）。アラビア語で「イブリース」や「シャイターン」とよばれるサタンは、こうして人間の誘惑者として地上をさまよい、神にそむくようささやきかける。一方、神は人間に地上を管理する責任をあたえる。人間には考える能力が備わっているからである。ただ、人間は本来的に善良だが、状況しだいで誤った道に進んだりもする。新約聖書と異なり、クルアーンには原罪やそれにともなう贖罪という考えはない。ジョン・エスポジトはこれについて次のように指摘している。「（イスラーム）には磔刑から復活へというイエスの贖罪の犠牲を必要とする神学はない」[11]。最後の審判にのぞむすべての人間は、神のまえで自らのおこないに対して責任を負う。そして、救いは神に服従する行為によって単純かつ完全にえられるとする（ムスリムとは「神に絶対的に服従する者」の意）。

　神は全知全能であり、あらゆるところに存在する。神は男女を問わず、人間がどこに住み、なにをしてきたかだけではなく、個々人の心の奥底になにがあるかも知っている。「お前たちのそのせわしない動きも、お前たちの行き着く宿もアッラーは全部御承知」（47・19）。不信心者に対する神の怒りは、おそろしく徹底して破壊的である。「信仰に背を向け、アッラーの道を塞いで（一生を送り）、信仰もないままに死んで行く者は、決してアッラーに赦して戴けぬ」（47・34）。クルアーンにはまた、かつて神の方を向いて服従するよう命じられたにもかかわらず、それに従わなかったコミュニティに対してあたえたきびしい罰にかんする証言も数多くのっている。さらにそれは、神から遣わされた預言者サーリフの言葉を無視した、不従順なサムードの部族にふりかかった運命のことを、聴衆たちに想いおこさせてもいる（91・14-15）。

　　罪の報いに神様は彼らを圧しつぶし、平に伸してしまい給うた。
　　後はどうなと、構いはせぬ、と。

　こうして神は不従順な者たちに、冷酷無情なまでにおそろしい罰をあたえたという。

最後の審判

　最後の審判をさす表現として、クルアーンはさまざまな言葉をもちいている。「(その)時」、「決算の日」、「最後の日」、「裁きの日」、「復活の日」、「集まりの日」などである。審判の日、死者は墓から掘りだされる。「(大地の裂け割れる時…)すべての墓が発(あば)かれる時、どの魂も己が所業(の結末)を知るであろうぞ、為(し)たことも、為残したことも」(87・4-5)。その日、すべての死者は集められる。「我らが主よ。汝こそはかの疑いの余地もない日(最後の審判の日)にすべての人をお集めになる御方」(3・9)。そして、生前の行為が秤で量られ、悪行より善行をなした者は神の右手におかれ、報われておおいなる歓喜とともに楽園に入る。これに対し、善行より悪行を多くなした者は神の左手におかれ、地獄の業火で焼かれることになる。

　では、この審判の日はいつ来るのか。クルアーンの時間は編年的でなく、線的に推移したりもしない。そのメッセージはつねに最後のときに焦点があてられ、さしせまった神の裁きはかならずしも明確ではない。神がそう思うときにたちあらわれるのだ。

　　天地の秘儀はアッラーの司り給うところ。(天地最後の)時に起るは正にまばたき一つの間、いや、それよりもっと近いかも知れぬ。まことにアッラーは全能におわします(16・77)。

　この強力なメッセージは人間の心に畏怖と不安をよびおこし、遠い将来の好きなときではなく、ただちに、この瞬間に罪を悔いあらため、神の方を向かなければならないと警告する。とすれば、ムスリムにとっての最後の日の救いは、神の赦しを求めて正道(42・48)を歩み、神の法に従いながら合法的なものを忠実に守り、禁じられたことを避けるというところにあるといえる。

　では、こうした最後の審判とははたしてどのようなものなのだろうか。この恐ろしい審判について語る多くの章節は、修辞的なインパクトと黙示録的なイメージによって恐怖感を演出する。たとえば、適切にも「復活(アル＝キヤマー)」と題された第75章は、神の裁きが不可避であるとしている。

　　［人間は］「復活の日とはいつのこと」と訊いている。だが、よいか、いざ目が眩んで、月は光りを失い、太陽と月が一つに集まってしまったら、その時こそ、さすがの人間も言うであろう。「どこぞ逃げ場はないものか」

と。いや、いや、逃げも隠れもないものか（75・6-11）。

クルアーンでは、楽園と地獄のイメージがきわだった対照をなしている。それをよく示しているのが第47章［「ムハンマド」］である。この章では、神が自分を信じる者、正しい行いをする者を守ると約束している。確実に彼らを楽園に導くというのである。これに対し、不信心者には地獄落ちが待っている（47・12）。楽園での信者たちは清らかな川の水や乳、ワイン、さらにきわめてすみきった蜜を飲める。だが、断罪された者は「常とわまでも火の中に住みこんで、煮えたぎる熱湯を飲まされ、それで内臓がずたずたに裂けてしまう」（47・15）。不吉な「恐ろしい出来事（アル＝ワーキア）」と題された第56章には、最後の日にかんする印象深い記述がみられる。とりわけその最終節は死にゆく者についてこう語っている。

> その者がお側近くに召される人々の一人であったなら、休らぎと、美き薫りと、至福の楽園。
> またもし右組の一人なら、「ようこそ、右組のお方」。
> だが、もし嘘だ嘘だと言い張って、迷いの道を行った人々の一人であったなら、煮え湯のご馳走、劫火の火あぶり（88-94）。

預言者と預言

しばしばユダヤ＝キリスト教的伝統に影響された非ムスリムのイスラーム学者は、クルアーンを年代学的なわくぐみからみている。あらためて指摘するまでもなく、クルアーンは旧約・新約聖書の次にくる第3の一神教的啓典である。当然のことながら、こうした見方は、とくに聖書にも言及がある預言者たちのクルアーン的物語について、イスラームとそれに先行するユダヤ教およびキリスト教との比較を余儀なくさせる[12]。ユダヤ教徒とキリスト教徒たちは、聖書にある有名な物語のイスラーム版をしばしば批判してきた。クルアーンが「これらの物語を誤解している」というのである。だが、これら3通りのアブラハムの宗教に共通する物語や伝承の豊かで多様な遺産、聖書の記述よりはるかに大量の遺産に照らしていえば、そのような見方はあきらかに適切さを欠いている。この遺産はイスライリーヤットとよばれるが、これはアラビア半島各地でよく知られていた中東のフォークロアと同様、ユダヤ＝キリスト教の伝統

に由来する物語や伝承である。ただ、ここでは想起しておきたいのは、ユダヤ教やキリスト教の歴史が、われわれが聖書を通して信じてきたほど直線的ではないということである。

　クルアーンは旧約聖書に言及されている預言者たちにかんする素材を大量にふくんでいる。その「物語」はしばしば聖書で語られているものとは異なっているが、クルアーンでの語りの詳細は、多くがユダヤ人の伝承にみてとれる。ミドラシュ［旧約聖書の注釈］——とくにアガダー［ラビ文学の物語・伝承］——やタルムード［ユダヤの法律と伝承の集大成］などにである。これらユダヤ人に向けられた神聖な教訓や注釈の書は、まさに伝承の宝庫といえる。一方、クルアーンの見方によれば、洗礼者ヨハネやイエス、マリアといったキリスト教の重要人物は、マタイやマルコ、ルカなどの福音書のみならず、各種の黙示録——新約聖書の「ヨハネの黙示録」だけではない——や近東の神秘的なグノーシス（霊知）主義の教義に起源するという。

　あらゆる預言者は、罪を悔いあらためて神と向きあうのに必要なメッセージを人々にもたらす。そのメッセージにそむいたものは、来世でおそろしい責め

中国版聖書物語　ラシッド・アッディーン［1247-1318。イル・ハーン国の政治・財政顧問で歴史家］、『集史』、イランのタブリーズ、1314年。この写本に描かれたいくつかの要素は、ユダヤ＝キリスト教的伝承に従って、自ら選んだ者を助ける神の奇跡的な介入を強調している。ここでは極東的な要素がみられる。たとえば、巨魚が中国の気力に欠けた鯉に変えられ、水の表現は伝統的な中国画のそれとなっている。

苦を受けることになる。アブラハム（イブラヒーム）やイシュマエル（イスマーイール）、イサク（イウハーク）、ヤコブ（ヤアクーブ）、モーセ（ムーサー）、さらにイエス（イーサー）の名前を列挙しながら、クルアーンはこう記している。「われらは彼らの間に誰彼の差別はしません」（2・136、4・150）。こうしてクルアーンでは、ムハンマドのほかに28人の預言者の名をあげている。彼らの多くはその物語が聖書で語られているところから、ユダヤ人やキリスト教徒に知られているが、そこには前述した名前だけでなく、ヨナ（ユーヌス）やアーロン（ハールーン）、ソロモン（スライマーン、スレイマン）、ダビデ（ダーウド）などの名前もある。ただ、ヨセフやモーセ、あるいはイエスにかんする長い語りとは異なり、他の預言者たちは彼らとの多少のかかわりを簡単にしめす程度でしか言及されていない。こうした言及はしばしば次の一文から始まる。「汝はムーサーの話を知っているか？」、「汝はヌーフ（ノア）に起きた出来事を覚えているか？」。モーセやノアなどの話はかなり知られていたため、あらためてくりかえす必要がなかった。それらの話は道徳を示したり、警告を発したりするのにもちいられた。そこではクルアーンがいかにして先行する一神教の、とくにユダヤ教の伝統を受けついだかを明確に見さだめることができる。

　クルアーンはまた中東以外ではほとんど知られていなかった、他の宗教的人物たちの話にも言及している。たとえばルクマーンやサーリフ、フードといった、イスラーム以前にアラビア半島で説教をおこなっていた一神教のアラブ人預言者たちである。彼らは真の一神教の道をふみはずした厄介な部族に神のことを語っていたという。これら部族の人々は神が遣わした預言者が説く神のメッセージをこばんだため、神によって罰せられたともいう。クルアーンは、これら預言者たちをその言葉が顧みられずに無視される警告者として描いている。第43章「光りまばゆい部屋飾り」には、それについてこう記されている。「遠い昔の人々のところへも我らは、数え切れぬほど預言者を遣わしたが、みな、預言者が現れるたび、きまったように嘲いものにした」（6-7）

　一方、クルアーンはアブラハムについて数多く言及し、とくに重要な人物としている。アブラハムが、息子のイシュマエルとともにマッカのカアバ神殿を建立したからである（2・125-127）。ムハンマドが受け入れたのは、まさに「純正な信仰の人」ムハンマドの宗教だった（2・136）。こうしてイスラームは、まさにアブラハムの無垢ないし素朴な一神教をとりもどしたのである。事実、クルアーンのなかではアブラハムはハニーフ——真の一神教に到達した

者——とされる規範的な人物となっている。ムハンマドは人々に言っている。「今こそわしは、天と地を創造し給うたお方のほうにきっぱりと顔を向けた。今やわしは純正信仰の人、多神教徒の仲間ではない」（6・79）。ハニーフとはユダヤ人でもなければキリスト教徒でもなく、いわんや多神教徒でもない。すべての人間は生まれたときから必然的にこの純粋な一神教、つまり真の信仰に対するユダヤ教的、キリスト教的、あるいは多神教的な解釈によって歪められた一神教を受け入れているのだという[13]。

ヨセフ

クルアーンの第12章「ユースフ（ヨセフ）」は、全体がヨセフの話にかんす

克服された誘惑 ユーセフ（ヨセフ）がポティファルの妻ズライハから逃げている図。イランの詩人サアディ［1210頃–91頃］の『果樹園』を描いた細密画で、ビフザード［1450頃–1534頃］の署名入り、ヘラート、1488年。これは旧約聖書の「創世記」を神秘的な言葉で再解釈したもので、楽園への階段（ミラージュ）を想い起こさせる。ズライハは王宮を建て、エロティックな壁画に飾られた隣接する7部屋をとおってユーセフを導く。だが、その誘惑は徒労に終わる。ここでもちいられている緑色と赤色はそれぞれ聖性と熱情を象徴する。

るもので、章題も彼にちなんでつけられている。クルアーンでは第19章の大部分がマルヤム（聖母マリア）にささげられているが（後述）、それを除いてひとつの話題だけがとりあげられ、独特の連続した話が語られているのは、この章だけである。たしかに、第12章で語られているヨセフの話は、いくつかの点、たとえば彼の背景をさほど詳細かつ連続的に語っていない点で、旧約聖書（「創世記」）のそれとは異なっているものの、それ以外はきわめて似かよっている。その記述法は話の一部を強調してもいる。そこではユースフは嫉妬深い兄弟たちによって井戸に投げこまれたが、たまたまとおりかかった隊商によって救い出されたとある。やがてユースフはエジプトの高官――「創世記」［37］ではファラオの侍従長ポティファル――に捨て値で売られた。高官は妻（ズライハ）にユースフの面倒を命じた。だが、妻は彼に欲情をいだいて誘惑しようとする。ユーセフがその攻勢をさけようと戸口まで逃げたとき、後ろから追いかけてきた妻が彼の襦袢を引きちぎった。たまたまその戸口に高官が立っていた。それに気づいた妻は、ユーセフが自分を襲ったと非難したが、襦袢が後ろから引きちぎられていたため、彼女が嘘をついていることは明白だった。そこで高官は妻に罪の赦しを請うよう命じて言った。「ほんとうに、お前は罪深い奴だぞ」[14]。やがて、町の女性たちが高官の妻の陰口をしはじめたため、彼女は女性たちを宴にまねいて長椅子にすわらせた。そしてそれぞれにナイフをあたえた。おそらくこれは果物を切るためで、伝統に従えば、この果物はオレンジだったはずである。それから彼女はユーセフを呼び、みなに給仕させた。クルアーンはこの場面を次のように書いている。

> 一同は彼を一目見るなり、まあとばかり感嘆し、思わず手を切ってしまった。そして、「あれえ、これは人間じゃない。どうみたって、たしかに貴い天使様だ」などと言う（12・31）。

のちに、［無実だったにもかかわらず］投獄されたユーセフは、旧約聖書にあるように、同房の囚人が見た夢を解釈する［やがて釈放された囚人からユーセフの夢判断の正確さを聞かされた王は、彼に自分の夢を解釈させ、それが7年間の凶作を暗示していることを知る。それにより、王の信頼をえた彼は無実をかちえて、王に重用されるようになる］。クルアーンでは、ユーセフは父祖のアブラハムやイサク、さらにヤコブの宗教に従う高潔な人物として描かれている。彼の話は信仰や敬虔さがむくわれるという教訓を語るもので、さらにユーセフ（ヨセ

フ）は、信心深い人物の完璧なモデルとしてさまざまな形で描かれてもいる。

モーセ

　クルアーンは、モーセに他のいかなる前イスラーム的宗教者よりも大きな関心を向けている[15]。彼にまるごと捧げられた章はなく、彼ひとりについて綿々と語られているわけでもないが［ただし、第28章「物語」はモーセ（ウーサー）が主題］、全体で136箇所に言及があり、ときにはかなり仔細な内容もみられる。その大部分はマディーナ啓示にあり、ムハンマドが同地のユダヤ人たちと接触していた時期の話がおもである。そこでのモーセに対する言及は、旧約聖書の周知の話を下じきにしているが、細部が異なっている場合もある。クルアーンではモーセが耐えたさまざまな苦難や、彼が預言者としての使命を果たす過程で神から受けた援助が、ムハンマド自身の経歴に前兆として反映されているからである。

　クルアーンには、モーセは生まれてすぐに箱（旧約聖書ではパピルスの籠）に入れられて大河［ナイル河］に投げこまれたとある［ただし、クルアーンには「箱」の記述はない］。こうして流されてきた彼をファルアウン（ファラオ）の妻（旧約聖書ではその娘）が見つけ、育てるようになる（26・18、28・9）。モーセの姉［ミリアム］はこの嬰児をつねに気にかけ、母妃に代わって自分が面倒をみるようにした［モーセを実母のもとに返した（28・13）］。のちにモーセは預言者のメッセージをもってファラオを訪ねるが、ムハンマドがそうであったように、「妖術師」（10・76）だとして非難されてしまう。ファラオから預言者の徴を示すよう求められると、モーセは手にしていた杖を大蛇に変えて預言者であることを証明した。やがて神はモーセとイスラエルの子たちをファラオから解放し、ファラオとその軍隊をなぎ倒して、安全に紅海を渡らせた（7・136-137、10・90）。

　荒野をさまよいながら、モーセはひとりで40日間過ごした。彼が不在のあいだ、人々は黄金の牛を敬うようになる。神はそうした偶像崇拝をとがめてこう言うのだった。「我らがムーサー（モーセ）と四十夜間の契約を結んだ時のことを（憶い起こせよ）。（あの時）汝ら、ムーサーの不在に乗じて（黄金の）犢（の像）を立てて拝み、かくも大いなる不義を行った。それでもなお、我らが汝らを赦してやったのは、ただひとえに汝らにも感謝の念が起こるかも知れぬと思ったればこそ」（2・51-52、7・148）。荒野ではまた、神によるさらなる奇跡がモーセに示されている。「天上の糧と鶉」を人々に授け（2・57。「出エジプ

ト記」16章参照)^((16))、モーセから水を求められると、神は彼に杖で岩を砕くよう命じた。すると、たちどころに12の泉から水が噴き出した（2・60）。

　こうした物語は、ムハンマドにとって安心の糧となるものだったろう。モーセとその民を庇護したように、神は自分にも確実に同様の手をさしのべてくれるだろう（とりわけモーセは一神教徒として描かれている）。ムハンマドと同じく、神はモーセに「聖典と（善悪の）識別（の基準）」（2・53）を授けているからだ。

イエスの母マリア

　クルアーンでは、聖母マリア^((17))はイエスのことが語られるときはかならず言及されている。イエスがつねに「マルヤム（マリア）の息子イーサー（イエス）」と表記されているからである^((18))。マリアにあたえられた別称のひとつは、「アル＝アドフラー（処女）」である。彼女はまた神に従う者、神の貴い召使、あるいは真理の厳格な擁護者ともよばれている。クルアーンにもっとも重要な女性の典型として登場するマリアはまた、名前でよばれる唯一の女性でもある（本書第10章296頁参照）。

　クルアーンには、マリアの生涯における3通りのエピソードが詳述されている。彼女の生誕と薫育、受胎告知、そしてイエスの出産である。マリアの生誕前、彼女の母は神に娘を捧げると誓い、次のように言っている「主よ、わが胎内に宿ったものを妾(わらわ)は汝に捧げます。なにとぞ妾からこの（ささげ物を）お受け下さりませ」（3・35）。やがてマリアが生まれると、母はあらためて神に言う。「主よ、妾の産んだ子は女でございました。（…）そして妾はこの子の名をマルヤムとつけましてでございます」（3・36）。第3章「イムラーン一家」にはさらに、神がこの幼子を慈愛をもって受け入れ、立派に育てたとある。エルサレムの神殿でマルヤムの世話をしたのは、ザカリーヤー［洗礼者ヨハネの父親］だった。彼はマルヤムが神殿にいるあいだ、つねに神からの食べ物がそのかたわらにおかれているのを見て驚いた（3・37）。

　クルアーンの第19章は「スーラ・マルヤム（マリアの章）」とよばれる。ここにはキリスト教徒ならだれでも知っている受胎告知の話が載っている。マルヤムが家族と別れて（神殿の）東側に引きこもっていると、たくましい男の姿をした「聖霊（天使ガブリエル）」がやってくる^((19))。聖霊は彼女に、自分が「無垢な息子」を授けるために神から遣わされた使いだとうちあける。そこでマルヤムがたずねる。「なんで妾(わたし)に息子なぞできましょう。妾は男に触れられ

預言者と預言

東洋の受胎告知 アル＝ビールーニ［973-1050以後］『古代民族年代記』、イランのタブリーズ(?)、1307年。この黙示録的なヤコブ原福音書は、マリアが神殿のカーテンに使う紫色の衣 —— イエスの死の暗示 —— を織っているさいに、天使からメッセージを受けとるさまを描いている。ここでは、マリアがクーフィー体に似せた文字が刻まれたイスラーム風のアーチの下にすわっている。マリアの顔や結跏、さらに天使ガブリエルの頭光、はためく飾り帯など、仏教的な要素もみてとれる。

たことのないからだ。淫らごころもないものを」（19・20）。聖霊は自分がガブリエルであるとは名のらなかったが、子どもを授けるのは神にとってたやすいことだと言って、マルヤムを安心させるのだった。以上が、聖母誕生の物語のクルアーン版である。

　しかし、クルアーンにおけるイーサー（イエス）の誕生譚は、新約聖書の福音書とは異なっている。受胎して産み月が近くなると、マルヤムは人目を避けて引きこもる。そして、陣痛のあまりの苦しさにナツメヤシの幹に寄りかかり[20]、苦痛に耐えかねてこう叫んだという。「ああ、こんなことになる前に死んでいればよかった」（19・23）。すると、下から嬰児イーサーの声がする。そう悲しまないでほしい。そして、神が彼女の足元に小川を作り、ナツメヤシの木をゆすれば、その実が落ちてくると言うのだった。こうしてマルヤムは神から奇跡的に食物と水をあたえられた。やがて彼女はイーサーをつれて一族のもとに戻った。だが、彼らはマルヤムを「大変なことをしでかした」と非難する。そこで彼女はわが子をさし示すと、この幼子は口を開き、こう言うのだった。「私はアッラーの僕（しもべ）です。（アッラーは）私に啓典を授け、私を預言者にし

て下さいました。(…) ああ祝福されたわが身よ、私の生まれた日に、やがて死に逝く日に、そしてまた生きかえって召される日に」(19・30-33)

以上がクルアーンにおけるマルヤム譚の全容である。こうしたマルヤムの物語が暗示的に語られているところからして、クルアーンを朗誦するムハンマドに耳を傾けている者たちが、すでにその物語を知っていたことは明らかである。ただ、マルヤムの話はさほど長くはない。彼女をすばらしい女性として語る。これが核心であり、それゆえ彼女がイーサーの母にふさわしい存在だとするのである。ここには新約聖書の福音書における受胎告知とキリスト降誕の話との類似が明確にみてとれる。とりわけクルアーンは処女懐胎を説いている。つまり、マルヤムを神に選ばれた高徳で純潔なみごとな女性として描いているのだ。しかし、イエスが生まれたとされるベツレヘムの馬小屋や羊飼いたちの訪問、さらに3博士の祝福などにかんする言及はない。大工ヨセフについても同様である。

イエス

クルアーンでは、アダム（アーダム）の場合と同様、イエス（イーサー）の父親のことはふれられていない。イエスはただ、マルヤムの息子イーサーと記されているだけである。だが、ムハンマド前の最後の預言者とされ、救世主（アル・マシーフ）という名誉の称号をあたえられている[21]。彼は神からの「まごうかたない神兆を携えて」(43・63) やってきたが、人々は彼をあざわらった。クルアーンでは、アッラーがイエスより以前に啓示の書である律法（モーセの書）を下し、彼には福音書をあたえたとする。「さらに我らは (…) マルヤムの子イーサーに (…) 福音書を授けた。これは正しい導きと光明とを含む（聖典）であって、それよりさきに（啓示された）律法の固めとなり (…)」(5・46)。イエスはまた自分のあとに来るもうひとりの使徒に期待を寄せていたともする。

> マルヤムの子イーサーがこう言った時のこと、「これ、イスラエルの子らよ、わしはアッラーに遣わされてお前たちのもとに来たもの。わしより前に（啓示された）律法を確証し、かつわしの後に一人の使徒が現れるという嬉しい音信を伝えに来たもの。その（使徒の）名はアフマド」と (61・6)。

アフマドとは「讃えられる者」で、アラビア語ではムハンマドと同じ語根に由来する。それゆえ、ムスリムはこの名前が預言者ムハンマドを示唆するものとみている。

　ところで、前述したように、クルアーンではイエスはマリアと密接に結びつけられている。ふたりは神からのおどろくべきしるしであり、だれもが従うべき手本ともみなされている。「神兆」（23・50、21・91）という表現がそれである。イエスはまたさまざまな奇跡を行ったともされる。たとえば天使はマリアにこう告げている。イエスは泥で鳥の形を作り、それに息を吹きこんで命をあたえ[22]、さらに目が見えない者やハンセン病者を癒し、アッラーの許しがあれば、死者さえも蘇らせる、と（3・49、5・110）。

　イエスはまたカリマ・ミン・アッラー（神の言葉）とも呼ばれている。第3章「イムラーン一家」のなかで、天使はマリアにこう言っている。「（お前は）神から発する御言葉を（産みまつるであろう）。その名はメシア。マルヤムの子イーサー」（3・45）。この一文にかんするあるムスリムの解釈によれば、イエスが「神の言葉」とよばれるのは、彼が生まれたのは人間の父親の介在というより、むしろ神の命令によるものだからだという[23]。しかし、新約聖書の「ヨハネによる福音書」の冒頭に、「初めにみ言葉（ロゴス）があった」という文言があるところからして、おそらくそこにはキリスト教の影響をみてとることができるだろう[24]。

　こうしてクルアーンではイエスに深い敬意が示されているにもかかわらず、キリスト教徒が彼に託した中心的な教義ははっきりと否定されている。イエスは決して神の子ではなく、聖三位一体の1位格でもないとされているのだ。

> 救主イーサー、マルヤムの息子はただのアッラーの使徒であるにすぎぬ。また（アッラー）がマルヤムに託された御言葉であり、（アッラー）から発した霊力にすぎぬ。されば汝ら、アッラーとその（遣わし給うた）使徒たちを信ぜよ。決して「三」などと言うてはならぬぞ。（…）アッラーはただ独りの神にましますぞ。ああ勿体ない。神に息子があるとは何事ぞ（4・171）。

　クルアーンはさらに話を一歩進め、イエスが聖三位一体の教義を否定したと述べている。たとえば、アッラーがこうイエスにたずねる場面である。「これ、マルヤムの子イーサー、汝みなに《アッラーではなく、このわしとわしの母親

とを神として崇めよ》などと言ったのか」と。(イーサー)がお答え申すには、《ああ何んというもったいないことを。私がなんでそのようないいかげんなことを申しましょう。もし私が本当にそのようなことを口にしたことがあるとすれば、汝はすでにご存知のはず》」(5・116)

さらに、イエスの磔刑を否定するクルアーンの第4章「女」にある1節(4・57)の意味をめぐっては、非ムスリム学者と一部のムスリム学者のあいだで大きな論争をよんでいる。その1節とは以下である。

　(ユダヤ人たちがイエスを)どうして殺せるものか。どうして十字架に掛けられるものか。ただそう見えただけのこと。

この1節について広く受け入れられているムスリムの解釈によれば、イエスは殺されていなかった。預言者だった彼ではなく、別人が磔刑に処されたとするのである[25]。だが、クルアーンはさらに、次の「アッラーが御自分のお傍に引き上げ給うたのじゃ」(4・148)という一文が強調しているように、イエスが神によって楽園に引き上げられたとまで語っている[26]。より後代のムスリムの伝承では、イエスの磔刑についてさまざまな説がある。これは「代替伝説(サブスティテューション・レジェンド)」として知られるものだが、それによれば、イスカリオテのユダがイエスの代わりに十字架にかけられたという。

以上のことから明らかなように、クルアーンは、多くの点で福音書の記述と似かよっているものの、数多くの教義面で独自のイエス像を描いているといえる。

ムハンマド

当然のことながら、クルアーンにはムハンマドの生涯をいろどる一連の出来事が詳細に語られている。史実の証拠にもとづいてその伝記を作成するのは不可能だが(本書第2章参照)、ムハンマドは預言者の長い系譜におけるひとりではなく、「預言者の打留」(33・40)、つまり最後の預言者とみなされている。神によって遣わされ、讃えられた彼は証人であり、吉報をもたらす者であり、さらに警告者であり、「世を照らす燈火(ともしび)」(33・46)でもあるという。

クルアーンでは、ムハンマドが自信喪失や迫害にあったさい、神が彼と一緒にいて慰め、安心させたとしている。まさにムハンマドは崇高な使徒だったともいう(81・19-22)。そこでは彼はさまざまな奇跡的な出来事、たとえば時間を超えた体験 ── 第17章冒頭に記されているマッカからエルサレム、そこ

から神が住まう第7天と向かう「夜の旅」——と結びつけられているものの、一介の死すべき人間にすぎないとされている。クルアーンはまた預言者ムハンマドの身近にいた、奴隷から彼の養子となったザイド（33・37）や妻たち（33・50）といった人々、さらにその生存中に起きた出来事、たとえば615年ないし616年にビザンツ軍をうちやぶったペルシア軍の勝利（クルアーン30・2-3）などについてもふれている。

クルアーンの朗誦と読誦

　ムハンマドが生まれた社会では、先人たちの栄光につつまれた功績を想いかえしたり、彼らの偉業を好意的ないし批判的な聴衆にとうとうと語りかけるという、詩や物語の口承文芸の伝統が昔から確立していた。あらためて指摘するまでもないだろうが、クルアーンの各章もまた、それが文字に書き留められるようになるまでは声を上げて朗誦されていた。ムハンマドの生存中、クルアーンが声高らかに唱えられていた。そう考えても別段驚くにはあたらない。事実、クルアーンのなかには、それにかんする証拠がある。神がムハンマドにしばしばその啓示を語り、唱えるよう命じたとする記述である。たとえば、第112章「信仰ただひと筋」は、次のような冒頭句から始まる。「告げよ、《これぞ、アッラー、唯一なる神》」。また、預言者に下された最初の啓示の章とみなされている第96章「凝血」の第1節には、こう記されている。「誦め、《創造主なる主の御名において。いとも小さい凝血から人間をば創りなし給う》」。天使ガブリエルを介してムハンマドに伝えられた最初期の啓示については、第53章「星」に言及がある。

　　（ガブリエルが）遥かに高い地平の彼方に現われ、と見るまにするすると下りて近づき、その近さはほぼ弓二つ、いやそれよりももっと近かったか。かくて僕にお告げの旨を告げたのであった（53・7-10）。

このとき、ムハンマドは耳と目で神を体験していたという。

朗誦
　ムスリムの資料は、クルアーンの朗誦を聴く信心深い信者たちが強い衝撃を受けたということを、しばしば熱情的に語っている。クルアーン自体、

こうした朗誦が生み出す強力な効果を記録している。「この人たちが使徒（ムハンマド）に啓示されたもの（クルアーン）を聞くとき、見るがよい、真理を認めて、感激の涙が目に溢れる」（5・83）。数多くの伝承（ハディース）もまた、ムハンマド自身によって唱えられた聖典の音の美しさを記している。たとえば、ムハンマドがクルアーンの第95章「無花果」を朗唱するのを聴いた者は、「これほど美しい声での朗唱をこれまで耳にしたことがない」と言ったという[27]。

クルアーンの朗誦は、ムスリム社会においては高い評価を受ける技術であり、精神的かつ物質的にもむくわれるとされている。つねに聖典を伝えるもっとも信頼できる方法だとみなされてきたそれは、聴衆たちの心と体をゆさぶり、感涙にむせびさせるもので、部分的には強い音楽的な調子に裏うちされた明確な旋律を帯びている。老若男女を問わず、朗誦者はテンポや抑揚、休・停止法、リズム、発音などにかかわる正式な規則（タジウィード）に従うよう訓練されるが、そこではさらに儀礼的な清浄さや完全な集中も求められる。こうしたクルアーンの朗誦はイスラームの信仰や実践、教育、そしてむろん、たとえばラマダーン期間中の信心や巡礼の根幹としてもある。とりわけエジプトとインドネシアではこれら朗誦者が名声を勝ちえている。とすれば、クルアーンの朗誦が信仰に新たな力を吹きこむ強い道具となったとしても、別段驚くことではないだろう。

クルアーン全体は114章からなるが、そのうち29章はアラビア語独自の文字［神秘文字］から始まる。クルアーンが声を出して朗誦されるとき、それはつねに不可欠な部分として本文に組み込まれる。また一部の章は単一の文字から、たとえば第68章「筆」は「N（ヌーン）」から始まる。第19章「マルヤム」と第42章「相談」の冒頭には、5文字がならんでいる［後者の場合はH.M.'S.Q（アイン・スィーン・カーフ）］。これらの文字についてはさまざまな解釈や理論が出されている。筆記者の名前の頭文字だとする説や、神秘的な意味が隠されているとする説などである。だが、これら謎めいた文言の意味と目的は、非ムスリム学者のみならず、ムスリムの学者にとっても依然として不明のままである。

一般にムスリムはクルアーンを暗記し、声をあげて読むことに慣れ親しんできた。クルアーンを暗唱できる人物、すなわちハーフィズは大いに尊敬され、おそらくその数は数十万にのぼる。サウジアラビアの監獄では、昔から囚人たちにクルアーンが教えられており、1987年と90年に定められた法令では、クルアーン全体ないしその一部を学んで暗唱できるようになった囚人は、刑期を

短縮されるという[28]。ドバイでも同じことがおこなわれている。ここでは毎年クルアーンの朗誦大会が開かれ、監獄でクルアーンを学ぶ囚人にも参加資格があたえられている[29]。

クルアーンの読誦

　クルアーンはなるほど大著というわけではないが、それを読むことは容易でない。19世紀のトマス・カーライル［1795-1881。スコットランドの批評家・歴史家。『フランス革命』（1837年）や『英雄崇拝論』（1841年）などの著作で知られる］は、それに対して手きびしいコメントをしている。「クルアーンの読誦は、私がこれまで手がけたやっかいな仕事と同様に骨がおれるものである。（…）ヨーロッパ人がそれをやり遂げることができたとすれば、それはひたすら義務感による」[30]。むろんカーライルがクルアーンを読んだとしても、彼にはイスラームにかんする理解も知識もなかった。クルアーンは一気に50頁も通読するような書ではない。それはゆっくりと、できればアラビア語で、段落から段落へ、章から章へと読まれるべきものなのである。読者は言葉の意味に思いをめぐらせ、その趣旨を理解できるよう、各節をゆっくりと敬意をいだきながら読まなければならない。だが、こうした読み方に対しては、否定的な意見が出されてきた。それは今も同様だが、ムスリムの注釈者たちがクルアーン全体のそれぞれの章はもとより、ときには個別の節についての解説書を書いてきたという事実に照らして考えれば、速読法と予見的な意見にもとづいてクルアーンの性質にかんする全般的な主張を行うことは、軽率とのそしりをまぬがれないだろう。

クルアーンの歴史

　クルアーンが編集・成文化された方法をめぐっては、多くの理論や伝承がある。

伝統的なムスリムの考え

　ムスリムの伝統的な考えによれば、神はムハンマドに対してその啓示を一気に示したわけではないという。それは口頭で、とぎれとぎれに現われたともいう。こうしたクルアーンの一部は、ムハンマドがそれを彼の教友（サハーバ）たちに伝える過程で書き記され、さまざまな一族や部族に保持されてきた。ク

ルアーンのメッセージもまた記憶されていた。前述したように、アラブ人は声を出して詩を朗唱する長い伝統をもっており、彼らのなかにはおどろくべき記憶の持ち主もいた。初代カリフのアブー・バクル（634没）は、ムハンマドの教友のひとりだったザイド・イブン・サービト［610頃-660］に、「人々の心からだけでなく、パピルス片や平板な石、ヤシの葉、動物の肩甲骨と肋骨、さらに皮革や木片から」[31]、クルアーンの啓示を集めるよう求めたといわれている。

　ムスリムの教えでは、ムハンマド自身は読み書きができず、そのため啓示に接したさいは、耳にしたことを「復唱した」とされている。たしかにアラビアでは知識と文化を伝達するために口承が優越していた。とすれば、そうした伝統が啓示自体の時代からクルアーンのテクストをたもちつづけることができたということを、ムスリムがなぜ信じているかが容易に理解できるだろう。

　ムスリムの一部の伝統によれば、成文化された聖典のクルアーンは、前述したようにアブー・バクルの時代に集成されたという。だが、より広く受け入れられている説では、第３代正統カリフのウスマーン（在位644-656）の時代に、クルアーンの多様な版がすべて集められ（それまで新しいムスリム帝国では、朗誦されるクルアーン本文の異同が各地で拡大していた）、ムハンマドの筆耕者だったザイド・イブン・サービトと、預言者の身近にいた者たちが、最終的にこれらを聖典にまとめたとされる。そして、その写しが主要な地方都市に送られたのである。こうして編纂されたクルアーンをえたことによって、新しいムスリム共同体内の一体感がはかられ、一方、それまでの聖典は、おそらく本文に微小なちがいしかなかったはずだったにもかかわらず、もちいられなくなった。

　そもそもクルアーンは「創られた」ものなのか、それとも「創られたものではない」、つまり、神と永遠に共存するものなのか。この問題をめぐって、中世のムスリム学者たちは激しい論争を重ねていた。とくにそれが激しかったのは、アッバース朝第７代カリフのマアムーン（786-833）［在位813-833。弟と内戦を繰り広げ、王朝衰退の因をつくった］が自ら創造説陣営にくみした９世紀だった（本書第７章参照）。別のグループや著名な唱道者たちはこの説を厳しく否定し、非創造説を展開した。後者の見解はスンナ派ムスリムに受けいれられ、原初のクルアーンが楽園の「保存の良い書字板」にあったとする信仰が普及をみた。

近代のクルアーン研究

　クルアーン本文の初期の歴史については、知るべきことはたしかに多い。初期イスラーム時代のもっともきわだったモニュメントとして、エルサレムの岩のドーム［内径20.3メートル、高さ20.5メートル］がある。イスラーム（ヒジュラ）暦72年（西暦692年）の竣工時にとりつけられた、全長240メートルもあるその青銅板の碑文には、クルアーンの一文が刻まれている[32]。この碑文は、1927年、スイスのイスラーム学者マックス・ファン・ベールヒェム［1863-1921。アラビア語の碑文研究で一時代をきずいた］によって発表されたが、それに言及するクルアーン学者は少なく、そこからいかなる結論も導き出されていない。多くの東洋のクルアーン学者は、最終的に問題の碑文から顔をそむけるようになっているが、それがイスラーム研究にいかなる意味をもっているのかを明らかにする作業は、将来の研究にとって喫緊の課題といえる［近年では、英訳（2007年）も出ているクリストフ・ルクセンベールク（筆名）『エルサレムの岩の洞窟のアラブ語碑文再解釈』（2005年）などの研究書がある］。

　クルアーンの断片はおびただしくあるが、そのうちの一部は8世紀、いや7世紀にまでさかのぼることがわかっている。たとえば1972年、イエメンのサナアにあるグレート・モスク［ムハンマド時代に建立されたとされる］の屋根裏部屋から、粗布の袋に入れられていた断片が発見され、大きな反響をよんだ。それにかんする考察はまだほとんど公刊されていないが、袋の中にはクルアーンの断片的な文言を記し、刻んだパピルスやコインがあり、その文言は建物の碑文にもあった。おそらくこれらは、クルアーンがムハンマドの没後1世紀以内にすでに存在していたことを示す明確な証拠といえるだろう。放射性炭素の年代測定（C14）が、1枚だけではあるが、クルアーンの紙葉の作成年代を95パーセントの確率で645-690年と算出しているからである。ムハンマドが632年に没したところからすれば、これはきわめて興味深い年代といえる。

　19世紀にドイツで東洋学が隆盛して以来、西欧の多くの研究者は聖書研究でなじみのある言語＝テクスト分析法をもちいながら、世界中でクルアーンの編集史を調べてきた。優れたイスラーム研究者であるイェール大学のゲアハルト・ブヴァリンク教授［1939-］にならって、この研究分野は「年代問題の地雷原」[33]とよばれてきた。1970年代からは多くの非ムスリムの東洋学者たち、たとえばジョン・ウォンズブラ［1929-2002］やパトリシア・クローン［1945-2011］、マイケル・クック［1940-］らが、非ムスリム資料を駆使しながら、イスラームの勃興やクルアーンの起源、つまり、どこでいつそれが書き記された

かといった問題にかんする急進的な理論を提唱するようになる。彼らの理論はムスリムの学会では承認されていないが、とくにウォンズブラは、クルアーンの本文批判を論争するための「学派」を立ち上げ、その本文がおそらく8世紀末までは確立していなかったと主張している[34]。西欧の非ムスリム学者たちから提起されたこれらの問題、とりわけクルアーンの伝達力学については精査の必要があるが、こうした研究は、しかしクルアーンの本文自体や、世界中のムスリムがいだいているクルアーンへの愛情や敬意に対して、さほど大きな影響をあたえたりはしなかった。

　一方、慎重さと敬意をもってクルアーンに接する一部のムスリム改革派の研究者たちは、その本文解釈と歴史研究のために新しい方法を模索していた。たとえば、エジプトの有名なクルアーン学者ナスル・ハーミド・アブー・ザイド［1943-2010］は、クルアーンの時代的変遷を研究し、その本文の一部はムハンマドが生存していた歴史的な文脈のなかで分析されなければならないと強調した。だが、1992［1995？］年、彼は背教者の汚名を着せられて、結婚までもが無効だと宣告されてしまう［1996年］。こうして彼はヨーロッパへの亡命を余儀なくされ、オランダに移住することになる[35]。

　西欧の学者たちがとくに近年になって提起したクルアーン問題の多くは、たしかにムスリムの聖典に対する敬意をいささかもそこねてはいない。多くのムスリムは、むしろ歴史的な理解という名目でクルアーンを切りきざみ、その細部にこだわる西欧の学問的な伝統を侮辱とさえ考えているのだ。イギリスの東洋学者アーサー・ジョン・オーベリ［1905-69。クルアーンの英訳者］はこうしたクルアーンの本文批判を、「預言者の雄弁という大海を、歩行者の分析という指ぬきで測ろうとする野望」[36]と断じている。そして、「歩行者の分析」、つまりありふれた単純な分析では、クルアーンの本文にだれもが認めるような変化をもたらすことはなかったとさえいいきっている。

クルアーンの翻訳

　聖書はヘブライ語やアラム語ないしギリシア語の原典からラテン語訳［ヒエロニムスが405年頃に完成したとされるウルガタ聖書］、さらにそこからヨーロッパの言語に翻訳されるという長い旅路をたどったが、英語をもちいる人々に向けては、1611年に出たジェームズ王欽定訳があり、これがプロテスタントの標準聖書となっている。それに対し、クルアーンの翻訳はよりゆっくりとし

たものだった。西欧における最初の翻訳は、イングランドの学者チェスター（ケットン）のロバート［翻訳家・ナバラ王国パンプローナの助祭長。アル゠フワーリズミー（9世紀）の代数学などの翻訳でも知られる］が、1142年から43年にかけて完成させたラテン語訳で、のちにこれは英語やフランス語、ドイツ語をはじめとするヨーロッパ各国語に翻訳された。

　だが、いったいにムスリムたちはクルアーンが翻訳不可能だと信じている。それはクルアーンが奇跡の書であり、アラビア語のクルアーンとしてこの世界に現われたものだからだという。「こういうわけで我ら（アッラー）はこれをアラビア語の神託として下してつかわした」（13・37）。イギリスのイスラム学者ムハンマド・マーマデューク・ピクトホールが、1930年に上梓したクルアーンの英訳書序文で認めているように —— この翻訳はイスラームに改宗したイギリス人による最初の試みである ——、ムスリムたちはクルアーンの翻訳はその意味の解釈や説明の域を出ないと主張している［ピクトホール（1875-1936）は教育者・ジャーナリストで、D・H・ローレンスらから高い評価を受けた小説家でもあったが、1917年、ノッティンクヒルのムスリム文学会での講演後、イスラームに改宗した］。彼は自分の訳業について、次のように記している。「それはクルアーンの意味を、そしてもしかするとその魔力ないし魅力を英語で紹介する試みにすぎなかった」(37)。さらに彼は、信仰心を明確にしながら、「そのインスピレーションとメッセージを信じないかぎり、だれであれ聖典をはっきりと紹介することはできない」とまでいいきっている(38)。

　そうした批判は、たしかに初期のラテン語訳クルアーンについてはあてはまるだろう。その翻訳は、あきらかにクルアーンのメッセージが誤りであるということを立証しようとする目的でなされたからである。だが、近年、言語的にも宗教的にも、そして文化的にも多様なバックグランドをもつムスリムおよび非ムスリム学者たちがなしとげた、みごとな数多くのクルアーン翻訳にかんするかぎり、ピクトホールの批判はおそらくいきすぎといわざるをえない(39)。これらはすべてさまざまな形でクルアーン本文の複雑さや神秘性を理解するという、進行中の作業に寄与しているのだ。たとえば前記オーベリーのクルアーン翻訳である『解釈されたクルアーン』［1955年］は、一部から聖典を文字どおり翻訳していないとの批判を受けてはいるが、原典のアラビア語がもつ力と崇高さをかなり忠実に伝えており、ムスリムたちからも正当に高い評価をえている。ムスリムではなかったものの、オーベリーはその翻訳書の序文の末尾を、熱をこめてこうしめくくっている。「訳者としては原典のすばらしさをどこまで反映さ

せられたか心もとないかぎりだが、本書の読者がこの解釈からなにかを学びとり、喜び、そしてなにほどか精神を高揚させることができるよう祈るものである」[40]。

　クルアーンを現代の言語に翻訳することはむずかしい。西欧の多くの人々は「神聖なるもの」という語がもっている意味の多くを失っているからである。また、クルアーンの世界観の基盤にある「禁じられた」（ハラム）や「許された」（ハラール）といった概念が、21世紀ではその響きの多くを失くしているからでもある。

　ムスリムの多くの宗教集団には、クルアーンを翻訳するという考えに対して強い抵抗があった。翻訳ではイスラームの儀礼や典礼で使いものにならない。彼らは今でもそう信じて疑わない。彼らにとってクルアーンのアラビア語の響きは神聖かつ荘厳で、まねができないものだからである。つまり、クルアーンのアラビア語による朗誦のみが権威をもっているというのだ。だが、アラビア語の行間に書かれたクルアーンのペルシア語による「逐語訳」は、すでに10世紀ないし11世紀には知られており、オスマン帝国時代の1726年には、最初のペルシア語訳クルアーンが、イスタンブールにあったアルメニア人（非ムスリム）の印刷所から出版されている。それからしばらくして、ウルドゥー語やマライ語、中国語の翻訳も出るようになった。そして1933年、改革主義のムスリム学者アフムード・シャルトゥート［1893-1963］によって画期的な決定がなされる。1958年にナーセル大統領によってカイロのアズハル大学機構総長に任じられる彼は、クルアーンの翻訳がアラブ人以外にも有益であり、そうした翻訳にも神の言葉がふくまれるとしたのである。

　今日、西欧のアラビア語を知らない多くのムスリムは、クルアーンがさまざまな現代語に翻訳されることの必要性を、前例はないが切実に感じている。たとえば、クルアーンの英語訳はこれまで相当数あるが、一部は21世紀に出されている。これに対し、ムスリムたちによるクルアーンの翻訳はかなり原文に忠実であり、そのキー・ワードもたもっている。それだけに非ムスリムには理解困難な訳文だった。ただ、全体的な状況は、1734年にイギリスの東洋学者ジョージ・セール［1697-1736］が上梓して高い評価をえたクルアーンの最初の英訳以来、かなり進展している。イスラームに対する深い学識と関心をもっていた彼は、その翻訳書の序文で、「敬虔なキリスト教徒なら、あきらかな改竄の危険を見分けることができる」[41]として、読者を安心させている。

　今日、イスラームへのかなりの数にのぼる改宗がなにほどか新たな社会現象

となっている、スウェーデンなどのヨーロッパ諸国では、さらなる翻訳が求められるだろう。そうした需要を受けて、たとえばクルアーン初のルーマニア語訳が2006年に出されている。本書は2004年に刊行されたすぐれたムスリム学者M・アブデル・ハリーム［ロンドン大学東洋・アフリカ研究学部教授］の『新訳クルアーン』をもちいているが、この翻訳はアラビア語を知らない現代の読者に適した英文で書かれている。

今日のクルアーン

　人生のあらゆる面で導きを模索しているムスリムたちにとって、クルアーンはいわば最初の手引きとしてある。「信仰心のある人々には正しい道案内ともなり恩寵ともなる」（クルアーン16・64）。それは、とくに困難時に唱えられるべき霊感の源泉でもある。彼らムスリムはなんらかの問題に直面したさい、神の導きを求めてクルアーンを開く。一部の章には、特別な祝福の呪力（バラカ）が宿っていると信じているからである。たとえば第36章「ヤー・スィーン」は、通常瀕死の人ないし故人に対して唱えられるが、神の恩寵を得ようと願うムスリム個人は日々これを唱えてもいる。

　クルアーンはまたムスリムたちに、両親や子ども、さらに孤児たちにも親切にするようさとしてもいる。日常生活においてなにをすべきか、すべきでないかにかんするその数多くの規範・規則は、一貫して精神的な特徴をもっている。神や最後の審判に対するムスリムの信仰はまた、日々の生活にもとづく信心として理解されなければならない。それゆえ、豚肉やアルコールにかんするクルアーンの禁則や、儀礼的な純潔、結婚、離婚などを含む社会生活上の重要な面にかんするその規則は、だれもが従わなければならないのである。

クルアーンの神聖な性

　今日、ムスリム世界におけるクルアーンへの敬意は、西欧における聖書へのそれよりはるかに深い。クルアーンはなおもひとつの奇跡とみなされているのだ。修正はいっさいなされず、唯一規範的な版だけが存在しているのである。子どもたちは伝統的な学校で伝統的に、つまり西欧世界がはるか昔に失った実践や口頭によってクルアーンを学んでいる。そこでは教師がまずクルアーンの一節を朗誦し、子どもたちが口をそろえてそれをくりかえしたのち、教師がそのあやまちを訂正する。それゆえ、わずか7歳の子どもがクルアーン全体を暗

第3章　クルアーン

記しているようなことも、けっしてまれではない。記憶の妙技がそれほどでない子どもまで含めれば、その数はどれほどになるか。こうしてクルアーンは、成人になるまでにムスリムの心のなかで共鳴するようになる。伝統的にキリスト教徒が多数をしめる国々での聖書には、もはやみられなくなった現象といえる。今日、はたしてどれほどのキリスト教徒が、聖書本文の1パーセントさえ暗唱することができるだろうか。

　クルアーンの神聖な地位は、日常生活のなかで重視されている。宣誓を司式するさいは1冊のクルアーンがもちいられ、病人にはそのいくつかの章句が唱えられる。クルアーンは床にじかにおいてはならず、通常はつねに清潔な布につつんで部屋の頭より高い場所に安置される。それにふれてよいのは、ムスリムが儀礼的に清浄な時だけである（本書第4章参照）。したがって、2005年5月、キューバのグアンタナモ湾米軍基地内にある収容所で、クルアーンに対する冒涜行為［ムスリムの囚人たちを尋問するさい、クルアーンをトイレに投げいれたり、引きちぎったりした］が報じられ、世界中のムスリムがこれに抗議するた

幼児教育　子どもたちにクルアーンを教える教師、スネリ・マスジット（ゴールデン・モスク）、パキスタン・ペシャワール、2010年。ムスリムの子どもたちはしばしば歌いながらクルアーンを学ぶが、おそらくこれはシリアの修道士たちがキリスト教典を朗々と唱えていたことに由来する学習法だろう。こうして7歳の子どもでも、しばしばクルアーンを暗記できるようになる。

めに立ちあがった事件は、けっして驚くべきことではない。

霊的な啓示の書としてのクルアーンは、主題ごとに構成されたものではなく、過去から現在までさまざまに解釈されてきた。ムスリムが直面する問題に決定的な回答が用意されているわけでもない。それゆえ、クルアーンが現代の数多くの問題にどう対処すべきかということについては、議論の余地がかなり残されている。たとえば、遺伝子組み換えによる作物や幹細胞研究といった問題に対してである。だが、そこにはより伝統的かつ積年の問題もある。とりわけムスリムたちは、何世紀もかけて、だれが正統的にムスリム共同体を統治するかという問題を議論してきた。クルアーンにはこのきわめて重要な点にかかわる指示がないからである。

初期の段階からすべての時代をとおして、敬虔なムスリムたちはクルアーンにかんする学識豊かな注釈をおこなってきた。これらの注釈はクルアーンの曖昧な語や章句の意味を論じ、それぞれの節が書かれている背景を描いている。だが、霊的な啓示の書の特性として、クルアーンの一部はなおも謎めいている。聖書に対してはすでに19世紀からおこなわれている一種の本文批評を、はたしてムスリムの学者たちが認めるようになるかどうか、今のところは不明とするほかない。

言語、科学、芸術

何世紀にもわたって、クルアーンの言語は書き言葉と話し言葉のいずれにおいても、高度な正則アラビア語の基礎となってきた。その引用や反響がじつに頻繁に文学や日常的な言葉づかい、さらに政治演説にももちいられてきたゆえんである。おそらくクルアーンは神の見えざる力とみなされており、世界中のムスリムにとって生活のあらゆる面での指針であると同時に、彼らを唯一のコミュニティにむすびつけている。事実、アラブ人が何世紀にも及ぶオスマントルコの支配という軛から解放されることを模索していた20世紀初頭、アラブ・ムスリムとキリスト教徒は全アラブ人に対するクルアーンの統一力を認めていた。

ほとんどのムスリムにとって、クルアーンはそれが人間のさまざまな知の領域や体験を論じていることから、近代科学と共存できるものとしてある。一部のグループはさらに議論を一歩進めて、近代の科学理論はすでにクルアーンのうちにみられる、もしくは予示さたものだと主張しようとしている。一方、クルアーンはつねにイスラーム法の主たる基盤となっており、たとえばマレーシ

第3章　クルアーン

石に刻まれた聖典　クッワト・アル゠イスラーム・モスク、デリー、1192年建立。インドのムスリム関連建造物には、しばしばその壁にクルアーンの章句が長々と刻まれている。デリーがイスラーム勢力に征服された［1180年代］直後に建てられたこのモスクは、ペルシア語で「25体の偶像神殿の廃墟に建立された」と宣言している。こうしてモスクは改宗と凱歌の装置、さらに聖地の代置となっている。

アのように、それを政体の基礎にしようとしている国さえある。

　クルアーンから引用した章句は、周知のようにイスラーム建築の主要な装飾様式としてもちいられている。建築物にふさわしいと判断されて特別に選ばれたそれらは、建物の出入口や壁、モスクの説教壇や他の箇所、マドラサ（学院）、霊廟などに碑文としてきざまれている。モスクの場合、これらの章句は特権的な場所、すなわちミフラーブ（マッカの方角に向けて壁に組み込まれたアーチ形の壁龕）に隣接する場所にみられる。また、いわゆる「玉座の節」（クルアーン2・255）［「（…）その玉座は蒼穹と大地を蓋ってひろがり、しかも彼（アッラー）はそれらを二つながら支え持って倦みつかれ給うこともない」］の章句は、壁や剣、織物、タイルなどにきざまれ、あるいはおりこまれている。インドのいくつかの墓所では、クルアーンの全文が壁に書かれており、クルアーンのかなり長い章句が刻まれた建物も数多くある。それはまさに建物自体がこの聖典の象徴的なコピーとなっていることを意味する。また、こうした章句は中世の武具や護符にもみられるが、その目的は魔除けにある。これに対し、きわ

めて繊細なクルアーンの写本は初期イスラーム時代から作成さるようになり、その書体は角ばった美しいクーフィー体からより華やかな草書的なものへとうつっている。

おそらくイスラームほど聖典が多方面に用いられている文化はほかにないだろう。その聖典クルアーンはいわば偶像的なものであり、陶製皿から金属製香炉まで、布地からカーペットまでの日用品を神聖化し、家庭に祝福をもたらす。これとは対極的に、その壁に福音書の1章さえ刻まれているような教会が世界のどこかにあるとは考えにくい。

「無比のシンフォニー」

いったいに非ムスリムはクルアーンを聖書と対照させながらみている。こうした見方によって、かなりのことが発見されるはずである。いわゆる「アブラハムの宗教」であるユダヤ教、キリスト教、そしてイスラームは、前述したように終末や最後の審判、預言者の多様な物語、さらに数多くの倫理的・法的な教義に関して、きわめて似かよった考えを共有している。だが、このような比較はおのずから限界がある。

クルアーンは、たしかにユダヤ教やキリスト教と分け合う豊かな一神教の遺産を受け継いではいるものの、旧約・新約聖書とクルアーンには顕著なちがいがある。イスラームはそれが非妥協的な一神教であり、儀礼的な清浄さをきびしく唱える点でユダヤ教と似ているが、ムハンマドが預言者であることを強く確信している点で、ユダヤ教とは一線を画している。事実、前述したように、マディーナのユダヤ人たちはそうした主張を容赦なく拒絶していた。一方、クルアーンのメッセージはキリスト教のそれともかなり共通している。たとえば処女懐胎やイエスの復活にかんする教義などである。しかし、イスラームはイエスの神格や聖三位一体の教義については完全に否定しているのだ。

> 彼ら（キリスト教徒）は、アッラーをさし措いて、仲間のラビや修道士たちを主とあがめている。それからマルヤム（マリア）の息子も。唯一なる御神をのみあがめよと、あれほど固く言いつけているのに（9・31）。
> かしこくも（アッラーは）天と地の創造主にましますぞ。妻もないのにどうして息子があり得よう。一切は（アッラー）の創り給うたもの。その上、何から何まで全部御存知（6・101）。

第3章　クルアーン

　クルアーンは特定の地で特定の歴史的時期に登場している。別段驚くことではないが、それは7世紀におけるアラビア半島の社会状況を反映していた。その社会は、ムハンマドの説教が尋常ならざる改革と変化をもたらす影響力をもっていた社会であり、たとえばクルアーンは当時みられた女児虐殺の慣行を激しく非難している。こうしたアラビア半島の多神教という背景全体のなかでイスラームが発展し、まさにその背景こそが、妥協を許さない一神教を唱えるクルアーンのメッセージに重要な性格をつけくわえたのである。一方、預言者が生きた部族的な状況を理解するには、クルアーンの社会的な禁令がいかにして影響を与えたかを見さだめなければならない。

　クルアーンの数多くの啓示をより深く洞察するには、本文を虚心坦懐に読む必要がある。その方法は無数あり、レベルもさまざまである。そこには7世紀のアラブ社会を照らしだしてくれる当時のコメントもふくまれる。むろんそうした資料は、時代を超えてあらゆる人々に有効かつ普遍的なメッセージを伝えてもくれる。クルアーンをゆっくりと慎重に読む者は、宗教的な深いインスピレーションをもったその特徴にかならずや心うたれることだろう。ましてムスリムにとってみれば、クルアーンとはまさに不可欠な手引きなのである。それは彼らにたえず精神的な慰めや安心、そして助言をしてくれる。この世と来世について考えさせてもくれる。さらに、一連の教義的・倫理的・社会的指示を明確に示してもくれる。多くの非ムスリムはクルアーンのメッセージに敵意や怒りといった面をみてきたが、ムスリムならそれにこう答えるはずである。神の慈悲と慈愛はクルアーンの1章を除くすべての章の冒頭に言及されている、と。

　アラビア語を理解できるかどうかはさておき、ムスリムたちはイスラームの神聖な言語でクルアーンを聴きたいと思っている。そうでなければ、クルアーンのメッセージはなにかにくるまれたようにしか聞こえてこない。実際のところ、世界各地に住むムスリムの大部分はアラビア語のクルアーン全体を理解できない。にもかかわらず、彼らはその力を感じとり、その響きに感嘆する。スーフィズム学者のフリートホフ・シュオン［1907-98。バーゼル出身のドイツ人宗教学者で、『イスラーム理解』（1963年）や『諸宗教の形態と本質』（2002年）などの著作がある］は書いている。「彼らは原因を知らずに結果に生きている」[42]。一方、イスラーム改宗者のマーマデューク・ピクトホールにとって、クルアーンは「模倣を許さない無比のシンフォニーであり、まさにその響きによって、人々は感涙にむせび、エクスタシーを覚える」[43] ものとしてある。

とすれば、本章を「玉座の節」の引用でしめくくるのがふさわしいだろう。そこにはクルアーンの精神や唯一神の偏在性と全能さが具体的に描かれているからである。

> アッラー、此の生ける神、永遠の神をおいて他に神はない。まどろみも睡りも彼（アッラー）を掴むことはなく、天にあるもの、地にあるものことごとくあげて彼に属す。誰あって、その御許しなしに彼に取りなしをなしえようぞ。彼は人間の前にあることもうしろにあることもすべて知悉し給う。が、人間は、（その広大なる）智恵の一部を覗かせいただくのもひとえに御心次第。その玉座は蒼穹と大地を蓋ってひろがり、しかも彼はそれらを二つながら支え持って倦みつかれ給うこともない。まことに彼こそはいと高く、いとも大いなる神（2・255）。

●参考・関連文献

Abdel Haleem, M. A. S.: *The Qur'an. A new Translation*, Oxford University Press, Oxford, 2004（M・A・S・アブデル・ハリーム『新訳クルアーン』）

Cook, Michael: *The Koran. A very short Introduction*, Oxford University Press, Oxford, 2000（マイケル・クック『クルアーン —— 超簡便入門』）

Ernst, Carl W.: *How to read the Qur'an. A new Guide, with select Translations*, Edinburgh University Press, Edinburgh, 2011（カール・W・エルンスト『クルアーン読解法』）

Esack, Farid: *The Qur'an. A short Introduction*, Oxford University Press, Oxford, 2002（イサック・ファリド『クルアーン —— 簡便入門』）

Sell, Michael: *Approaching the Qur'an. The early Revelations*, White Cloud Press, Ashland, Oregon, 1999（マイケル・セル『クルアーンを読む —— 初期啓示』）

第4章 信仰

　イスラームは純粋な一神教である。それは明確な倫理システムと変わることのない宗教研究の伝統をもってもいる。クルアーンのように神の唯一性を強調する聖典はない（イスラームに改宗したイギリスの若い学生ヤフヤの談）[1]。

　本章ではムスリムたちがなにを信じ、その信仰と実践がいかにして彼らの生活を形づくっているかについて手短に検討する。後段の章ではそうした信仰と実践がもつ多様な特徴をさらに深く掘りさげて分析するつもりである。それゆえ、以下では信者たちによって経験されたイスラームの核心を扱うことにする。はたしてなにが彼らの信仰をつくり、どのように彼らは唯一神を崇拝しているのか。

　ムスリムの伝承によれば、預言者ムハンマドが没してまもなく、初期ムスリムの宗教生活のある重要な側面が強調されて、信仰を象徴するものとなったという。実践をはっきりと規定したことで彼らの神崇拝が強化され、コミュニティのアイデンティティがはぐくまれていったというのだ。こうした崇拝義務（イバーダート）はイスラームの五行（アルカン）――信仰告白、祈祷、喜捨、断食、マッカ巡礼――として知られる[2]。これら五行［5本の柱］を遵守することは、いかなる集団や宗派に属していても、ムスリムにとって絶対的な必要条件とされている。この遵守は法にのっとっておこなわれるため、対外的な行動を必要としないが、このように信仰の柱を信奉することは信者たちにとって喜びであり、幸せでもある。そして、それはまた彼らの生活に深い精神的な意味をあたえてもくれる。これについて、中世のムスリム学者ガザーリーは以下のように簡潔に指摘している。「すべての崇拝行為は外側と内側、外皮と種の双方をもっている」[3]

　これらの柱がいかにして遵守され、それが何を意味するかについては、9世紀以降に著されたイスラーム法関連書に詳細に説かれているが、ムスリムがみずからの生活を営むわくぐみは、毎日ないし臨時に実践されているかどうかにかかわらず、こうした柱をまとめておこなうことによって形づくられているのである。

イスラームの第1の柱 ── 信仰告白（シャハーダ）

　信仰告白は宗教コミュニティの宗規にのっとった信条形式で、イスラームの第1かつ最重要な柱である。そこでは次の文言が唱えられる。「アッラーのほかに神はない。ムハンマドは神の使徒（ラスル・アッラー）である」。この証言は、神に服従してイスラームへの改宗を望む者が、証人の前で3度声を上げてくりかえす。また、すべてのムスリムはシャハーダを唱えてから、日々の祈りをはじめる。

　シャハーダは単純かつ短い唱言であり、2つの部分からなる。最初の唱言である「アッラーのほかに神はない」は、純粋で妥協を許さない一神教の表明である[4]。このメッセージはムハンマドがなおも多神教徒［ムシュリク］が多かったアラビア半島の同胞たちと、キリスト教徒たちに向けられたものである。イスラームでは、唯一神だけがもっているものになんらかの実体ないし人物があやかると主張することは、呪うべき罪とされる。この罪はアラビア語でシルクと呼ばれる。こうした主張をおこなったのは、「アッラーの娘たち」として知られ、ムハンマドの宣教時にカアバ神殿で崇拝されていた、マッカの3女神を信奉する異教のアラブ人たちである（本書第1章23頁参照）。さらに、「アッラーのほかに神はない」という唱言はまた、キリスト教の教義である聖三位一体とイエスの神性に対する強力な挑戦でもある。

　一方、シャハーダの後半部「ムハンマドは神の使徒である」は、ムハンマドの預言者としての地位、すなわち神の使徒であることを確認・有効化するものである。アラビア半島の母国では、自らが神から授かった啓示を伝える真の預言者であるというムハンマドの主張は、異教の同胞たちから非難され、一笑に付された。かろうじてアラビアのわずかなユダヤ人だけが、ムハンマドが説教を通じて伝えたメッセージを受け入れようとしたにすぎなかった。彼の死後、キリスト教徒たちもまた彼が預言者であるとする主張を疑った。今日、一部のキリスト教徒は、たしかにシャハーダの前半部で示される一神教を支持しているものの、一般のキリスト教徒は、シャハーダ後半部で表明されているようなムハンマドの位置づけを受け入れない。それでも世界中で16億人近くいるムスリムは、祈りのさいに、ムハンマドが神の使徒であるとする信仰を確認しているのである。

第4章　信仰

　神が唯一の存在であるということ（タウヒード）は、イスラームのもっとも重要な考えである。それゆえ、クルアーンはイエスに神性をあたえることは由々しき罪だと非難している。

> これ啓典の民（キリスト教徒）よ、汝ら、宗教上のことで度を過してはならぬぞ。アッラーに関しては真理ならぬことを一ことも言うてはならぬぞ。よくきけ、救主イーサー（イエス）、マルヤム（マリア）の息子はただのアッラーの使徒であるにすぎぬ。また、（アッラー）がマルヤムに託された御言葉であり、（アッラー）から発した霊力にすぎぬ。されば汝ら、アッラーとその（遣わし給うた）使徒たちを信ぜよ。決して「三」などと言うてはならぬぞ（三位一体の否定）。差し控えよ。その方が身のためにもなる。アッラーはただ独りの神にましますぞ。ああ勿体ない。神に息子があるとは何事ぞ。天にあるもの地にあるものすべてを所有し給うお方ではないか。保護者はアッラー独りで沢山ではないか（4・171）。

　イスラームは、この神の唯一性という中心的な教義をユダヤ教と共有している。伝承にあるように、神がシナイ山でモーセに啓示として授けた最初の十戒は、まさにこのメッセージだった。「お前はわたしのほかに何ものをも神としてはならない」（旧約聖書『出エジプト記』20・3）。クルアーンで神の唯一性を説いた重要な章は、第112章「信仰ただひと筋」である。そこにはこう記されている。

> 告げよ、「これぞ、アッラー、唯一なる神、
> もろ人の依りまつるアッラーぞ。
> 子もなく親もなく、
> ならぶ者なき御神ぞ」（112・1-4）。

　シャハーダの核である「アッラーのほかに神はない」という唱言は、アラビア語の碑文にもっとも数多く頻出している。それはモスクの礼拝室にもみられ、さらに多くの国では、ムスリム王朝が発行した鋳貨にも刻まれている。こうしてこの唱言はムスリム共同体に広まり、人生における神の役割をたえず喚起しているのだ。
　ムスリムの学者たちは何世紀にもわたってシャハーダの根本的なメッセージ

を吟味し、ムスリム共同体にそのより深い意味を説きながら、より広範な信条文を書いてきた。たとえばガザーリーによれば、「神は本質において唯一者であり、パートナーをもたず、ただひとりで、類似者はなく、不滅で、敵対者もいず、匹敵する者もいない。(…) 神は最初であり、最後でもある」(5) という。ガザーリーはまたシャハーダの前半と後半部が一緒に唱えられなければならないと強調してもいる。つまり、シャハーダは「使徒の証人による〈ムハンマドは神の使徒である〉という唱言を伴わないかぎり」(6)、不完全かつ脆弱なものだというのだ。

シャハーダの質的な重要性については、15世紀にガザーリーのイランから遠く離れたアルジェリアで活動していた、ムスリム学者のムハンマド・イブン・ユースフ・アッ＝サヌースィ［1435？-90］が、雄弁かつ熱情をこめて以下のようにまとめている。

> 啓示によってシャハーダは心の中にあるイスラームの表現となっており、それを外れてはだれであれその信仰を受け入れられない。それゆえ、理性的な人間はしばしばシャハーダを想い起こして、そこに含まれる信仰箇条を心に刻まなければならない。そうすることによって、これらの信仰箇条とその意味が肉と血にまざりあうのだ。そして神が望むなら、彼（信者）はそれらのうちに際限のない神秘と驚異を見るだろう(7)。

アッ＝サヌースィはまた、次の点も明確にしている。すなわち、ムスリムがシャハーダの後半部を唱えれば、その文言が、初期の預言者たちに対する信頼や彼らが説いた内容を要約していることに気づくはずだ、と。「ムハンマドがそうしたすべての真実を確認するために登場しているからである」(8)。そういうのだ。

では、いかにしてシャハーダを実行するか。すべてのムスリムは真摯な心がまえをもち、意味を適切に理解しながら、それを正確に記憶し、声を出して唱えなければならない。理想的には、ムスリムは毎日そして生涯を通じてシャハーダを唱え、自らの経験をとおしてシャハーダの重要性を確認・深化させなければならない。それが場所と時間を問わず、つねに力と有効性をもっているからである。さらにシャハーダは、人間がいつわりの神を敬ったりせず、ひたすら唯一神と向きあうよう後おしもする。クルアーンはそれについてこう言明している。「アッラー、此の生ける神、永遠の神をおいて他に神はない」（2・

255)。一神教としてたしかにイスラームは厳格なものだが、シャハーダはムスリムの日常生活の基盤となる信仰のもっとも大切な枠組みを表現し、要約しているのである。この教義はイスラームの柱の他のすべてをつらぬいている。

イスラームの第2の柱 ── 礼拝（サラート）

　礼拝はイスラームの柱で2番目に重要なものである。この儀礼的な礼拝では、あらかじめ決められた所作がムスリムによる神への服従として要約的に示され、祈りの言葉が神に対する彼らの義務として想起させられる。こうした礼拝は頻繁かつ規則的になされ、それによってムスリムは、世俗の悩みや心配が自分をとりまいているにもかかわらず、その生命や人生のより深い意味を忘れまいとする。また、集団祈祷の実践は世界各地のムスリムのむすびつきを強化し、それがムスリム世界全体で同じ形態をとるところから、家を遠く離れていれも、さながら家庭での儀礼に参加しているかのような慰みをみいだすことができるのだ。

　「祈ることとムスリムであることとは同義」というムスリムの諺に従えば、たしかにムスリムは毎日幾度となく祈らなければならず、それが彼らの礼拝の中心的な儀礼となっている。たとえ日常生活がどれほど多忙であっても、規則的に神を思う。こうした礼拝によって、彼らは立ちどまり、霊的な真理と自らの神への献身について思いをめぐらす。近年のイスラーム改宗者の多くは日に5回、キブラに向かって礼拝をおこなうことで、その生活に規律と意味があたえられたと述べている。

　ムスリムは思春期から礼拝を行うと考えられているが、じつはすでに7歳になると礼拝をするよう督励される。彼らムスリムの礼拝には2種類ある。個人的な祈り（ドゥアー）は時を選ばず行われ、特別な決まりに従うこともない。これは原則的に称賛や懇願、あるいは悔悟といったような内容をふくまない。特定の所作とも結びついていない。それに対し、日に5回、アラビア語でなされることになっている儀礼的な礼拝（サラート）は、内容と所作に厳格な規則があり、それに従わなければならない。

サラートにおける儀礼的浄め

　ムスリムは、礼拝の前に儀礼的な浄め（タハーラ）を行うことを基本とする。そうしなければ、礼拝が無効となるからだ。それゆえすべてのモスクには

イスラームの第2の柱——礼拝（サラート）

給水場や洗い場が設けられており、彼らはそこで礼拝の準備をする。イスラームの規則に従えば、ムスリムは祈りの前に体を洗わなければならない。浄化の方法には小浄（ウドゥー）と大浄化（グスル）の2種類がある。前者では流水で顔や手、前腕、踝をふくむ足、さらに水で頭髪の汚れをとる。もし性行為やイスラーム法で身体的な汚れとされる行為をした者は、大浄をおこなわなければならない[9]。全身を口や鼻の中まで洗わなければならない。月経中の女性は汚れの状態にあるとされ、やはり大浄が必要となる[10]。同様の決まりは出産後40日までの母親にも適用される[11]。

サラートを行うためには、ほかにもいろいろ決まりがある。男女を問わず、清浄な身体と同様、清潔な着衣が必要とされる。男性はへそからひざまでを露出してはならず、女性は顔と両手を除いて全身をおおわなければならない。彼らが立ったまま祈りを唱える地面もまた清められていなければならない。それ

礼拝の準備　足を洗っている男性、ニュー・モスク、イスタンブール。イスラームでは、しばしば外的＝身体的な実践が内的＝精神的な次元を帯びているとされる。水槽や洗い場、給水場などすべてが儀礼的浄化にもちいられている。一部の近代的なモスクには、より洗練された施設が備わっている。ほとんどのトルコ人が属しているハナフィー派［スンナ派イスラームの法学派］は流水の利用をすすめている。

第4章 信仰

荒涼とした単純さ 砂漠で礼拝する遊牧民。チュニジア・ドゥー。ムハンマドは言っている。「世界全体が汝のモスクである。どこであれ1時間の礼拝を行うと思う場所で祈れ」。砂漠での礼拝時、ムハンマドは槍をキブラに向けて砂につきたて、砂で身を浄めた。この写真が示しているように、こうした礼拝の厳格さは今も生きている。

ゆえ、モスクでは定期的に掃き清められた絨毯が、それ以外の場所では個人用の礼拝マット［サラートセッジャーデ］が頻繁にもちいられている。旅行中、浄めのための水がない場合は、初期のムスリムたちが住んでいた砂漠を想い起こさせる砂で代用してもよい[12]。

　浄めの方法は詳細に定められているが、それはサラートの内的かつ精神的な次元をも強調する。ムスリムはこれによって心の浄化を思いえがき、汚れた考えをとりのぞいて神の礼拝にそなえることができるようになる。ガザーリーはこの儀礼的な浄めの深い意味と精神性を強調し、こうした重要な準備行為がおざなりや皮相的なものであってはならないとしている。ガザーリーはまた、身体を洗い浄めるさい、特定の祈りを唱えなければならないと指摘したあとで、結論的にこうアドバイスしている。「人が浄めのあいだに祈りをすべて唱えれば、その罪は全身から除かれ、浄めが承認されるだろう」[13]。

サラートの実行

　サラートはマッカのカアバ神殿を向いておこなわなければならない。この方

向、すなわちキブラは通常モスクではミフラーブと呼ばれる壁龕(へきがん)で示されている。ムスリムが礼拝時にモスクにいなかったり、礼拝の方向をまちがえたりしても、その礼拝は神の意にかなうだろう。礼拝するという彼らの意志は誤りでないからだ。

　日に5回、すなわち夜明け・正午・午後・日没・夜半の礼拝は、ムアッジンがミナレットからコミュニティに呼びかける（現在では拡声器も利用されている）。礼拝の呼びかけ（アザーン）の言葉はアラビア語で唱えられ、それは日に5回、ムスリムが住む世界のいたるところで聞こえくる。

　　アッラーフ・アクバル
　　アッラーは偉大なり（4度くりかえし）
　　アッラーのほかに神はなしと私は証言する（2度）
　　ムハンマドは神の使徒であると私は証言する（2度）
　　いざサラートへ来たれ（2度）
　　いざ救いへ来たれ（2度）
　　アッラーは偉大なり（2度）
　　アッラーのほかに神はなし。

　さらに、この唱言の6行目には、「礼拝は睡眠に勝る」［2度。早朝の礼拝時のみ］がくる。シーア派の土地では、4行目に「アリーがアッラーの友［アッラーに続く方］であることを私は証言する」が2度唱えられる。さらに6行目には「いざ至善をなすために来たれ」がくわわる。

　かならずしも義務ではないが、モスクでは他のムスリムと一緒に礼拝するのが望ましいとされている。ただ、ムハンマドが言っているように、世界全体はモスクであり、それゆえムスリムはどこででも、そして必要ならひとりで祈ってもよい。ムスリムの女性たちもモスクで礼拝できるが、それは女性専用の回廊もしくはロープで仕切られた箇所でおこなうことになっている。あるいは家で礼拝してもよい（本書第10章305-306頁参照）。

　日に5回の礼拝は厳格に規定されている。たまたま礼拝ができなかったときは、あとでそれをうめあわせしなければならない。ただ、旅行中の場合は、正午と午後の礼拝、日没時（マグリブ）と夜（イシャ）の礼拝をそれぞれ1回にまとめておこなうことができる。また、スカンディナヴィアやロシア北部のように、昼夜の時間が季節で著しく変わる地域に住んでいるムスリムは、礼拝時間をある程度変更してもよいとされている。

第4章 信仰

左：楽園への扉　大モスクのミフラーブ。コルドバ、961-965年。ビザンツの援助でつくられたモザイクが、エルサレムの岩のドームに見られるような植物をあしらった装飾文様によって来世を想起させ、放射線状の頭光が祈るカリフたちを照らし出しているようでもある。そして、青と金色できざまれたクルアーンの碑文が天上界を演出している。この扉の背後には小さな部屋があるが、その用途は不明である。

下：集団礼拝　金曜日の礼拝に参加した男たちの列。トゥナフン・モスク、イスタンブール。大規模なモスクでは、礼拝の指導者（イマーム）——ここでは左手の白衣姿の人物——がミフラーブの前に立ち、背後の壇上に一定の間隔でならぶ補助的な礼拝指導者たちとともに、会衆全員がいっせいに礼拝をおこなうのを導く。

　礼拝中、ムスリムは神と直接向きあう。イスラームには神と信者を仲介する司祭がいない。モスクでの金曜日正午の礼拝には男性がかならず参加することになっているが、女性にはその義務が課されていない[14]。礼拝はイマームと呼ばれる指導者によって司式される。彼はひときわ目立つ場所、すなわち列を

なしてならぶムスリムの会衆たちの前に立つ。彼はマッカの方向を示すミフラーブと向きあい、したがって、礼拝中、会衆は彼の後姿だけを見ることになる。やがてイマームは厳格な規則にのっとって一連の所作をおこない、その背後にいる会衆たちが一斉にあとから同じ所作で祈る。会衆が大人数の場合は、補助的なイマームが、一歩しりぞいた会衆たちからよく見えるように一段高い壇の上に配置される。これは会衆の動きにともなう押しあいへしあいや口論、さらに混乱をさけるための措置である。それにしても、数千という数の信者たちがいっせいに同じ儀礼的所作を行うのをまのあたりにすれば、だれであれ感動を禁じえないだろう。それはムスリムの一体性と連帯感を強力にしめす象徴ともいえる。

礼拝法

　ムスリムの礼拝単位はラクア（ラクアト）とよばれる。それはいくつかの基本的な所作や姿勢からなる。すなわち、立位のままで両手を肩の高さで広げ、次に両手を両膝にあてがって上体を傾ける。それから背を起こし、頭を下げて跪拝し、伏位のまま、頭や両手・両膝を床につける。そしてこの所作をくりかえしたのち、座位に戻る。以上がラクアの全体である。これら一連の所作はムスリムによる神信仰の特徴を象徴している。たとえば立位は、最後の審判で、人間だれもが神の前でその裁きを聞くときの厳粛な姿勢を想い起こさせる。また、低頭は神の赦しをこう所作、跪拝ないし平伏は神をたたえる所作である。クルアーンはこう記している。「さ、お前たち、信徒の衆、跪き、ひれ伏してお前たちの主を崇めまつれ。善行にはげめ。そうすればきっといい目を見られよう」（22・77）。

　ラクアの回数は一日のいつおこなうかで異なる。通常は夜明けに２回、正午と午後、夕方に４回、そして日没時に３回である。このラクアは原則的に実践が義務となっているが、ほかにも仕事中や病気、あるいはそれを実践したくないならしなくてもよいラクアもある。いずれのラクアも「神は偉大なり（アッラーフ・アクバル）」という唱言からはじまり、続いてファティハ（開扉）［本書第３章61頁参照］とよばれるクルアーン最初の章が朗誦される。

　　讃えあれ、アッラー、万世の主。
　　慈悲深く慈愛あまねき御神、
　　審きの日の主宰者。

第4章　信仰

> 汝をこそ我らはあがめたてまつる、汝にこそ救いを求めまつる。
> 願わくば我らを導いて正しき道を辿らしめ給え。
> 汝の御怒を蒙る人々や、踏みまよう人々の道ではなく、
> 汝の嘉し給う人々の道を歩ましめ給え（1・1-7）。

　信者たちは立ったままこの章を唱える。最初の2回のラクアではクルアーンの章句を、続いてタクビールと呼ばれる唱言「神は偉大なり」を唱える。頭を下げるときには、静かに「強大なるアッラーに栄光を」と3回くりかえす。次に、体を起こして立位のまま、「アッラーは彼を讃える者に耳を傾ける」と唱え、そのあとに「我が主よ、すべての称賛は主のもの」という応唱が続く。それからタクビールを唱えながら平伏低頭し、その姿勢のまま「栄光あれ、崇高なる我が主よ」と3度くりかえす［原著にある以上の唱言は、定型とは多少異なる］。彼ら信者たちは平伏低頭の前後にタクビールを唱える。
　以上の記述は礼拝法を必然的に省略したものだが、イスラーム法の主要な4スンナ派のそれぞれは独自に礼拝法を定めている（シーア派の礼拝もまたしかりである）［スンナ派は日に5回、シーア派は3回の礼拝を行なう］。その主たる意図は、礼拝が所作と宗教的な祈願、そして唱言の複雑なむすびつきをしめすことにあり、そこでは反復が重要な要素となっているのだ。

特別な礼拝日

　預言者ムハンマドは金曜日をムスリムの特別な礼拝日に選んだ。毎週この曜日を記念するため、心身ともに健全なムスリムの成人たちは金曜日の正午にモスクで営まれる集団礼拝に参加する[15]。クルアーン第62章「集会」には、それについてこう書かれている。

> これ、お前たち信徒のもの、集会の日（金曜日）の礼拝に人々を呼ぶ喚び声が聞こえたら、急いでアッラーのお勤めに赴き、商売なぞ放っておけよ。その方が身のためにもなる。と言ってもお前たちにはよくわからないかも知れないが（62・9）。

　この金曜礼拝が始まる前、イマームが伝統的に説教壇の上から2番目の段に立って説教（フトバ）を行う［この説教者をとくにハティーブという］。そこでは精神的な進言にくわえて、政治的ないし社会的なテーマがとりあげられるこ

イスラームの第3の柱——喜捨（ザカート）

俗人に面会する聖職者 モスクの説教者。アル・ハリーリー［1054-1122］著『マカーマート（集会）』の挿画、バグダード、1237年。ここではミンバル（説教壇）に立つ説教者が、激しいヤジにもかかわらず、政治的な忠誠を言葉に表わしながらフトバを行っている。その黒い衣やターバン、黒い壁板、巻かれた旗などが、黒色をシンボルカラーとする当時のアッバース朝に対する説教者の忠誠を示している。

ともある。

ムスリムの年間を通しての礼拝にはまた、特別の時期がある。ラマダーン月の終わりを告げるイード・アルフィトル（本章115頁参照）と、巡礼月であるズー・アルヒッジャの10日［マッカ巡礼の最終日］に営まれる2大祭［イード］のときである。さらに、葬儀やコミュニティ全体とかかわる神への雨乞い儀礼でも礼拝が行われる。追加的な礼拝はいつでも好きなときにしてもよいが、とくに深夜におこなうことがすすめられている。

イスラームの第3の柱 —— 喜捨（ザカート）

イスラームの教義は、2通りの慈善的贈与を定めている。自発的な贈与（サダカ）と義務的な贈与（ザカート）である。このうち、後者が第3の柱とされる。イスラームにおける喜捨はおそらく自発的な慈善行為としてはじまったが、徐々に義務的なものへと変わっていった。

ムスリムにとって、喜捨は自分の所有物が神から貸しあたえられたものとい

第4章　信仰

うことを想い起こさせる行為としてある。つまり、彼らは財産管理人にすぎないというのである。個人的なレベルでいえば、自分の財産の一部を無償でさしだすことは、神の恩恵に感謝する行為、つまり崇敬の行為であり、貪欲さや吝嗇から自らを浄める手段ともなっている（ザカートの字義は「浄めること」）。一方、コミュニティのレベルでは、喜捨ができる者たちによるザカートは、社会的なつながり・調和・安心を強めるとされる。

　クルアーンは信心深い者がその富をおしんではならないとしている。「これ、信徒の者、自分で稼いだよき物と、我ら（アッラー自称）が汝らのために大地の中から出してやったものを惜しみなく施せよ」（2・267）。とりわけすすめられているのが、慈善行為をこれみよがしに誇らしくするのではなく、むしろ隠れておこなうことである。「汝ら、己の施しごとを、目立つようにしても勿論結構、だが、そっと隠して貧乏人にくれてやるならもっと自分の身のためになり、その功徳で（前に犯した）悪事まですっかり帳消しになる」（2・271）。ムハンマドの言行録（ハディース）にはまた、しかるべきときに義務的な喜捨をおこなわなった者たちに対する警告がみられる。それによれば、彼らは最後の審判でおそろしい罰をうけるという[16]。

伝統的な喜捨

　ザカートがイスラーム初期に実践されるようになったいきさつを知る上で、クルアーンはいくつか手がかりを提供してくれる。たとえば第2章「牡牛」では、ムスリムがおこなうべきザカートについて、短い章句ながら3度語っている。「定めの祈禱を正しく果たし、施しをこころよく出し、跪拝（きはい）する人々と共に跪拝せよ」（2・43）。ザカートについてのはるかに詳細な説明はハディースにあり、それを下じきにしたイスラームの法律書は、喜捨のさまざまな特徴にかんして、正確かつ包括的なガイドラインを提示している。

　では、だれがザカートを受けるのか。これについてのイスラーム学者たちの考えは、クルアーン第9章「改悛」の60節に多くを負っている。「（集まった）喜捨の用途は、まず貧者に困窮者、それを徴集して廻る人、心を協調させた人、奴隷の身受け、負債で困っている人、それにアッラーの道、旅人、これだけに限る。これはアッラーのおとり決め」

　貧者を援助するために喜捨をおこなう義務を負っているムスリムは、ニサブ（喜捨に先立ってそれをおこなえるだけの最低限の財産）をもっている、良識のある健全な成人でなければならない。収入がニサブを超えるすべてのムスリ

ムは、こうして毎年、貧者のためにその財産の一定額を寄付しなければならない。いいかえれば、貧しいムスリムは喜捨をしないでよいことになる。つまり、公平感がこの規則の基礎となっているのだ。

　ザカートはムスリムが太陰暦の２年以上所有している財産に課される。イスラームの初期には喜捨が強調されたが、それはムスリム世界のさまざまな時代、さまざまな場所におけるそれぞれ社会の経済的・社会的状況とむすびついていた。ザカートにかんする古典的なイスラームの法学書が、穀物や果物といった農産物にくわえて、家畜、さらに金や銀、貴重品を喜捨の対象としていたゆえんである。

現代の喜捨

　当然のことながら、ムスリムの法学書にみられる規則の多くは、もはや現代の都市生活に直接適用されたり、関係づけられたりはしていない。それは敬虔なユダヤ教徒がモーセ五書（旧約聖書の最初の５書）の一部に明記された燔祭のための詳細な規定を、もはや遵守していないのと同様である。イスラーム時代初期のムスリムにとっては、たとえばその所有するラクダの数に応じてどれほどのザカートをすべきかを知ることが重大事だった。しかし、現代のムスリムは大多数が農業に従事しておらず、都市に住む彼らは、もはや小麦や米をはじめとする食料品に課せられるザカートの正確な量を知る必要がなくなっている[17]。

　今日、スンナ派が定めている公式のザカート拠出率は、太陰暦１年ごとの財産の2.5パーセントとなっている。一方、シーア派の十二イマーム派はその収入［ないし純益］の５分の１をおさめる。これがフムスとよばれる税である。この義務はクルアーン第８章「戦利品」の次の一文にもとづく。「汝らによく心得ておいてもらいたいのは、どんな戦利品を獲ても、その五分の一だけは、アッラーのもの、そして使徒のもの、それから近親者、孤児、貧民、旅人のものであるということ」（８・41）。今日、富は多岐にわたる要素から構成されるものとされており、その範囲には、畜産物や農産物から、商いや債権、株券などから得た利益までがふくまれる。

　現代のムスリムは世俗法が求める納税と、貧者や困窮者を援助するためだけにもちいられるザカートを区別している。多くのムスリムは神聖な断食月であるラマダーンをザカートの供出時期に選んでいる。特別な月におけるこの善行にたいする報奨が、より大きなものになると信じているからである。だが、今

日、ザカートはしばしば自発的におこなわれ、それをおこなうおこなわないかは個人の意識の問題となっている。

通常、ザカートは特別な委員会によって徴収され、貧者や困窮者に適切と思える形で分配される。ムスリムが人口の過半数をしめるサウジアラビアやパキスタンといった国では、今もなおザカートは義務となっており、国家がこれを集中的に集めている。さらに、クウェートやヨルダン、バーレーン、レバノンなどのムスリム支配国では、ザカートは自発的だが、国家によって統制されている。その結果、これらの国々ではザカートが広範囲にみられる。

今日、ムスリムの浄財は、地震や津波といった自然災害にくわえて、違法に建築された高層ビルの倒壊や化学兵器の使用など、人間の貪欲さや不正に苦しむ何百万もの被害者に対する緊急援助のために、ザカート・ファンドとして使われている。

イスラームの第４の柱 ── 断食（サウム）

ムスリム大陰暦の第９月にくるラマダーン月、世界中のムスリムはいっせいにイスラームの第４の柱である断食（サウム）を遵守する。これは全信者に対して定められた義務である。だが、それは儀礼的な義務ではなく、むしろ深遠な宗教的意味をもつ行為といえる。ラマダーンはムスリムにとってきわめて特別な月で、この時期、彼らは神が他のいかなる時よりも自分の身近にいると感じるのである。たしかに断食月は連日身体にきつさをおぼえるが、それにもかかわらず、一般的にムスリムはだれもがこうした経験によって大きな祝福をえることができると考えている。期間中、彼らの心には日を追うごとに楽しい雰囲気が、そして興奮や高揚感すらもが生まれてくる。彼らは自分たちが精神的な教えを学んでおり、イスラームに対する信仰と責務を新たにしていると感じたりもする。自分たちの身体は浄められているとの確信もいだく。こうしてラマダーン月の毎日、夜明けから日没まで空腹と喉の渇きにたえながら、世界中の無数の人々と心がひとつになるのだ。この信仰の柱を個人的かつ職場で公然と実践することで、今日のムスリムたちは世界というキャンバスにおける彼らの信仰の強さを主張し、無数の非ムスリムがそれに注意を向けている。

サウムの起源

ラマダーンの歴史は、ムハンマドの時代にまでさかのぼる。アラビア半島で

は断食の慣行は、彼と同時代の多神教徒たちがよくおこなっていた。これについて、クルアーンにはムハンマドが自分に従う同郷人たちに向けた次のような言葉が書かれている。「これ信徒の者よ、断食も汝らの守らねばならぬ規律であるぞ、汝らより前の時代の人々の場合と同じように。（この規律をよく守れば）きっとお前たちにも本当に神を畏れかしこむ気持ちが出来てこようぞ」（2・183）。妻ハディージャのためにマッカから北へ向かった旅のあいだ、ムハンマドはキリスト教の隠修士たちがアラビアやシナイの荒野で、断食をふくむ精神的な苦行をおこなっているさまを耳にし、あるいはまのあたりにしたはずである。彼はまた、ユダヤ人のモーセがシナイ山で40日ものあいだ飲食をまったくせずにすごした話や、イエスが同じ期間、荒野に逼塞していた話をよく知っていた（セム人の伝統では、「40」は「数多く」を意味していた）。

ムスリムの伝承が語るところによれば、マディーナに移ったムハンマドは、ユダヤ人の贖罪の日（ヨム・キプール）をムスリムの断食日とした。しかし、彼はのちにイスラーム太陰暦の第9月（ラマダーン月）全体を、ムスリムの断食期間とする。この重大な決定は、クルアーンに記されている啓示に由来するものだった。「コーランが、人々のための（神からの）御導きとして、また御導きの明らかな徴として、また救済（善悪、正邪の区別）として啓示された（神聖な）ラマザン月（こそ断食の月）。されば汝ら、誰でもラマザン月に家におる者は断食せよ、但し丁度そのとき病気か旅行中ならば、いつか別の時にそれだけの日数（断食すればよい）」（2・185）

純粋に実践のレベルでいえば、マディーナにムスリム共同体を設けたさい、ムハンマドがラマダーンを断食月に選んだのは巧妙で先見の明があることだった。この月が交戦中であっても部族が互いに武器をおく、イスラーム以前から休戦の月だったからである。だが、ラマダーンの選定はじつは深い、そしてもっぱらイスラーム的な重要性をもっていた。イスラームの伝承によれば、クルアーンがムハンマドの魂に完全に降りたのが、610年、ライラ・アル゠カドル［定め（力）の夜］と呼ばれるラマダーン最後の10夜のうちの一夜だった。これについて、クルアーン第97章「定め」はこう記している。「我らはこれを定め（カドル）の夜に下した。定めの夜とはそもなんぞやとなんで知る。定めの夜こそ千の月にもまさるもの」（97・1-3）。こうしてラマダーン月の第26-27日に祝われるこの夜は、イスラーム暦のうちでもっとも神聖な夜とされる。

第4章　信仰

サウムの実践

　ラマダーン月の断食には厳格で詳細な決まりがある。前述したように、健常なムスリムの成人は、男女を問わず、この月のあいだ、日の出から日没時まで毎日断食をしなければならない。しかし、ムスリム社会の一部構成員は、しかるべき理由があればこの義務を免除される。高齢者や病人、思春期前の子ども、旅行者、重労働の従事者、妊娠中ないし乳児をかかえた女性たちなどである。高齢者の年齢がいつからか、明確ではないが、こうした区分はたしかに先見の明があった。イスラーム法の精神内でその規定を自在に変えることができるからである。断食は個人の生命が危険にさらされているときや、女性が月経にある場合は禁じられている。ラマダーン期間中の数日間に断食ができないこれらの成人は、後日、同じ日数を断食するか、困っている人に食事を提供するかしてそれをおぎなうことになる。クルアーンはこう言っている。「（この断食のつとめは）限られた日数の間守らなければならぬ。但し、汝らのうちの病気の者、また旅行中の者は、いつか他の時に同じ数だけの日（断食すればよい）。また断食をすることができるのに（しなかった）場合は、貧者に食物を施すことで償いをすること」（2・184）

　ラマダーンの断食には、毎日日の出から日没まで、すべての感覚的快楽、たとえば飲食や喫煙、性行為、さらに音楽鑑賞などを自制することもふくまれている。ムスリムは日没後ただちに断食をやめ、ムハンマドの例にならって、ナツメヤシの実と水を飲食し、それから主食をとるようすすめられている。日中は断食、日没後は家族や友人たちと共食する。こうしたラマダーン期間中の反復が、まさにムスリムの共同体意識と社会的な連帯を堅固なものにしているのである。

　神聖なラマダーン月には、ムスリムはまたよこしまな考えや行動をつつしみ、期間中の毎夜、特別な祈り（サラート・アル＝タラーウィーフ）を唱えるといった、付随的だが敬虔な行いも実践することがすすめられている。この例外的に長い祈りはラマダーン期間中だけ唱えられるもので、回数は20ないし32ラクア。夜明けの礼拝まで一定の間隔をあけて夜どおし、さらに夕方は日没時の礼拝後に唱えられる。4回ごとのラクアのあと、ムスリムが個人的な祈りをあげる時間もある。礼拝を先導するイマームたちにとって、このサラート・アル＝タラーウィーフは実質的な忍耐力のテストともなっている。ふだんよりはるかに数多くのラクアを指導することにくわえて、彼らイマームたちはクルアーンの長い章句を選び、祈りにそえてこれを読誦する。ただ、彼らはし

イスラームの第4の柱――断食（サウム）

断食後の愉しみ ハーフィズ詩集『ディワン』の細密挿画、ヘラート（？）、1527年（？）。ラマダーンが始まる前、宮廷で音楽や料理、ワインを愉しむ人々。伝統的に長老らが三日月を見て――ここでは着かざった廷臣たちが宮殿の屋上に集まって三日月を祝っている――、ラマダーンの開始日を決定していた。詩文に付されたこの挿画にはバラの花がみられるところから、開始日は初夏であったことがわかる。

ばしば交代で礼拝を指導しなければならない。

　さらに、クルアーンはラマダーンが終わるまでにすべて読まれなければならない。イスラームの伝統によれば、クルアーンが章とは別に30の巻［ジュズウ］と7の小巻［ヒズブないしヘジブ。ジュズウを半分にしたもの］に分けられているのは、このことに由来する。ラマダーンはイード・アルフィトル（断食破りの祝宴）とよばれる祭りをもってにぎやかに終わる。そこではムスリムは最上の服をまとい、キリスト教徒がクリスマスで行うように贈り物を交換し、モスクに詣でる。そして、家族や友人たちと特別の食事をとって、断食の終わりを祝うのである。

前述したように、断食はラマダーン月の新月が見られるとき、もしくは前月、つまりイスラーム暦第8月のシャーバン月が30日すぎたときに始まる。一日の断食は陽光が地平線に現れたときに始まり、日没時に終わる。イスラーム暦は太陰暦を採用しているため、ラマダーンの断食は毎年11日早くなり、その時期は約33年で一巡する。ラマダーンが夏になる場合、中東やアフリカ、アジアの熱帯地域に住むムスリムたちには、渇きという重大な問題をかかえる。さらに、ムハンマドが知らなかった、そして彼の死後、イスラーム法学書も刊行されてこなかった北方の国々に住むムスリムは、ラマダーンが夏になると、昼間の時間がきわめて長く、それだけ断食をしなければならないという厳しい現実をかかえてもいる。

こうした問題に関心を示してきたイスラームの学者たちは、今日、柔軟性と人間性を発揮してその解決策を見出している。それを示しているのが以下のファトワー（法的見解・勧告）である。「我々は昼時間が長く、夜時間が短い北極圏と南極圏に住むムスリムが、ラマダーンの断食をおこなうにさいして2通りの選択肢があると考えている」[18]。一方は、「昼夜の時間がほどよく釣り合っている」マッカやマディーナと同じ時間に断食をおこなう。もう一方は、これら僻遠の地に住むムスリムが、適度な時間で断食をおこなっているもっとも近い国々にならうとするものである。むろん、これら2通りの宗教的・実践的な選択肢のうち、ファトワーが最初の方をすすめているのは意外ではない。しかし、2012年のロンドン・オリンピックは、ムスリムの選手たちに重大な問題を提起した。競技期間がラマダーンと重なっていたからである。これに対する選手たちの対応はまちまちだった。ある者は成績を度外視してまでラマダーンを遵守し、ある者は前述の免除規定を利用したのである。

実際のところ、断食にかんする法は基本的に人間的なものである。それがこの法の精神であり —— 字面ではなく ——、これによってムスリムは、まえもって予測できなかった状況にあっても、自分の意志にしたがってラマダーンを守ることができるのだ。

イスラームの第5の柱 —— 巡礼（ハッジ）

ムスリムの巡礼は、マッカときりはなすことができない。マッカが預言者ムハンマドの生地であり、イスラームの中心都市でもあるからだ。イスラームの儀礼と想像力を組織化したこのマッカは、信者たちが預言者やマッカに、さら

に信仰と家族のネットワークをとおして互いにむすびつく、世界的なコミュニティを形作る結節点ともなった。ムスリムであるということは、毎日マッカを向いて5回礼拝をおこなう同宗者たちとつながることでもある。そのマッカは、毎年イスラームの第5の柱である大巡礼、すなわちハッジをおこなう何百万ものムスリムを世界中から引きよせている。

　ハッジは、ズー・アルヒッジャ［巡礼月、イスラーム暦第12月］に行われる［8日から10日まで］。目的地はいうまでもなくマッカの大モスク（マスジド・アル・ハラーム）だが、付随的にミナーとアラファト山、そしてそのあいだにあるムズダリファ［ジャマラートの投石用の小石集積場所］も巡礼地である。この巡礼の規定はクルアーンにもとづく。「そして誰でもここまで旅して来る能力がある限り、この聖殿に巡礼することは、人間としてアッラーに対する（神聖な）義務であるぞ」（3・97）

歴史的背景

　巡礼儀礼の基本的な背景と意味を理解するには、イスラームの伝承でアブラハムが果たした役割を知ることが肝要である。しかし、これはユダヤ＝キリスト教の伝承にみられるもの、たとえば『創世記』に描かれているものとは異なる。ムハンマドは自らをアブラハムの後継者とみなしていたことからして、この巡礼の基盤は、すでにムハンマドや彼の同時代人に伝わっていたアブラハムの伝承とむすびつけて考えなければならない。

　ムスリムの伝承におけるアブラハムの話には、きわだった特徴が2点ある。とりわけ注目したいのは、アブラハムが純粋な一神教徒（ハニーフ）として神を崇拝している点である。前述したように、カアバとして知られる石の建造物を建てるようにという神の命令を伝えたのが、ほかならぬアブラハムだったという。ハッジを定めたのもアブラハムとされている。これについて、クルアーンはこう語っている。

> 我らイブラーヒーム（アブラハム）のためにこの家（聖殿）の位置を定めてやった時のこと、「わし（アッラー）とならべて他の何ものも拝んではならぬぞ。お廻り（聖殿の周囲を7回廻ること）する人々のため、立って念ずる人々のため、跪きひれ伏して祈る人々のため、わしの家（聖殿）を浄めるのがお前の役。万人に巡礼の呼びかけをなせ」（22・26-28）。

第4章　信仰

　ムスリムの伝承ではまた、ハガル［サラの女奴隷。のちに妻］とイシュマエル（イスマーイール）も重要視されている。伝承が語るところによれば、神はアブラハムの最初の妻サラ（サライ）の嫉妬を避けるため、彼にハガルとイシュマエルをつれて逃げるよう命じたという。そして、しばらくのあいだ、妻子をアラビア半島においてくるよう指示したともいう。イシュマエルはのどの渇きを覚えて、むなしく水を探した。そこでハガルはマッカにある小さな丘のサファとマルワのあいだを7度往復した。そして、最終的にハガルの祈りにこたえて、ガブリエルが天使の翼で地面をたたくと、ザムザムの奇跡の泉が出現した[19]。

　イスラーム以前、アラブ人たちはマッカのカアバ神殿に巡礼をおこなっていた。彼らはその周りに偶像をならべ、そこを異教崇拝の場とした。彼らの儀式や儀礼は、クルアーンでは空疎で無意味、そして神を不快にさせるものとして酷評されている。「聖殿での彼らの礼拝といえば、ただやたらに口を鳴らし手を拍くだけのこと。さ、汝ら、充分天罰を味わうがよい。今まで無信仰にふけって来た報いとして」（8・35）。ムハンマドは2度、すなわちヒジュラ暦7年（629年3月）と10年（632年3月）にマッカに巡礼しているが、彼はこの巡礼を新しい形につくりかえ、神聖なものとした。そして、そのさいに彼がおこなったことが、あらゆるムスリムの行動モデルとなったのである。

生涯1度の経験への出立
アル・ハリーリー著『マカーマート（集会）』の挿画、バグダード、1237年。旗を翻らせ、太鼓を打ち鳴らし、トランペットを吹きながら、着飾った巡礼者が意気揚々とマッカに向けて出立する。ラクダの背の天蓋に覆われた鞍は、おそらくクルアーンを運ぶ布製の輿だろう。

イスラームの第5の柱——巡礼（ハッジ）

巡礼の必要条件

　ムスリムは男女を問わず、条件が許すかぎり、一生に1度はマッカ巡礼をしなければならない。マッカおよびその周域で、彼らは数日間、詳細に規定された儀礼を行うことになっている。一生のうちに1度以上巡礼してもよい。ただ、これは称賛に値するが、むろん義務ではない。また、すべてのムスリムがマッカ巡礼を許されているわけでもない。巡礼者を名のりたいものは身体が頑強な成人だけであり、しかも旅をするのに十分な資力があり、そのあいだ、家族を養うだけの資力もそなえていなければならない。巡礼をしなくてもよいムスリムもいる。精神疾患者や囚人、子ども、同行する男の家族がいない女性などである。

　中世におけるマッカへの旅は、大部分のムスリムにとって長く苦しいものだった。くわえて、なんらかの事故で巡礼月の所定の期日までに到着できなかった場合、次の巡礼をおこなうまで丸1年待たなければならなかった。それゆえ慎重な計画が不可欠であり、余裕をもった日程が必要となったはずである。巡礼にはさまざまな儀礼が複雑にくみあわさっているため、多くのムスリムは生涯でもっとも重要な旅に出発する前、長い時間をかけてそれらの儀礼をどうおこなうかを学習し、さらにその内的な意味を理解しようとする。

　マッカに着くと、巡礼者たちは喜びに満ちあふれる。彼らにとって、生前に

法悦の礼拝　カアバのマジュヌーン（憑依者）。ニザーミー［1141-1209。ペルシアの叙事詩人］、5部作『ハムザ』のうちの「ライマとマジュヌーン」挿画、ヘラート、1490年頃。ほとんどの巡礼者が2枚の白い長衣「イフラーム」をまとっている。これにより、民族や富、社会的地位などのちがいが消しさられる。この挿画では、中世の詩人たちから花嫁のヴェールと呼ばれた、カアバ神殿の鮮やかな色の絹製覆いが黒一色で描かれ、クルアーンの章句や山形模様が金糸で強調されている。こうした覆いは今もエジプトで毎年作られている。

119

カアバ神殿を見ることは、来世で神に拝顔できる約束となるからだ。そこでは、一連の巡礼儀礼に参加するため、すべての巡礼者は自らを特別な清浄状態（イフラーム）［イフラームには巡礼服や免罪の意もある］に置かなければならない。

ハッジは巡礼者の敬虔な信仰告白から始まる。男性たちは特別な巡礼服ないし巡礼衣——縁縫いのない2枚の布からなり、その1枚はへそからひざまでゆったりとたらした布、もう1枚は左肩をおおって、右肩で結ぶ布——をまとう。女性たちにはこれと同様の巡礼服着用の規定はないが、手首からくるぶしまでおおう服をまとい、顔は出してもよいが、髪は隠さなければならない［身分の上下や富の多寡を反映させないこれらの着衣は、平等意識の顕在化とされる］。巡礼時のこうした特別の着衣は、儀礼に精神的な特徴をあたえている。ガザーリーによれば、そこには信者にとって宗教的な重要性があるという。彼は言っている。「巡礼服は巡礼者が埋葬時にくるまれる屍衣を想いおこさせる。（…）神の館（カアバ神殿）に向かう旅が終わらないかぎり、彼は屍衣にくるまれたまま、神に会いに行かなければならない。これは確かなことである」(20)。一部のイスラーム法学派は、他のことは認めないが、巡礼にかんしては、たとえ月経中であっても女性が巡礼するのを認めている。

イフラームの状態に入ったときから、巡礼者はいくつかの行動を自制しなければならなくなる。性行為や髪・爪を切ること、髭剃り、香水の使用などである。論争をしたり、争ったりすることも禁止である。この儀礼的な清浄状態に入ることを望むムスリムは、だれでも礼拝を2ラクア行い、特別な唱言を朗誦［タルビーヤ］する。「御意のままに、アッラーよ、御意のままに」［アッラーよ、あなたの御許に馳せ参じました、あなたの御許に馳せ参じました］。ムスリムはその巡礼中、アブラハムが唱えたと信じられているこの言葉を何百回とくりかえし唱える。

巡礼者はまだ家にいるあいだ、もしくはサウジアラビアに最初の一歩を印した段階でも、巡礼に不可欠な儀礼的清浄の状態に入るようになる。しかし、巡礼を早めに切り上げるさしせまった理由がないかぎり、巡礼者はそのすべての儀礼と過程をまっとうしなければならない。カアバ周辺の聖域に足を踏み入れた瞬間から、巡礼者は巡礼儀礼を厳格に遵守することになる。ただ、それぞれのイスラーム法学派はこれらの儀礼がどのように遂行されるか、細かい点で異なる主張をしており、こうした異同については、イスラームの法律書が多くのページをさいて論じている。

イスラームの第5の柱——巡礼（ハッジ）

世界の中心カアバ神殿　マスジド・アル・ハラーム（聖モスク）、マッカ。この神殿は608年に建立されて以来、しばしば修復されてきた。ムスリムにとって、それは規定された礼拝の方角、すなわちキブラを示すものとしてある。巡礼の義務的な一部として、巡礼者は神殿の周囲を反時計まわりに7周しなければならない。こうして同時に100万ものムスリムがマッカに集まり、定め（力）の夜（ライラト・アル＝カドル）のあいだ礼拝をおこなう。

ハッジの日程

　巡礼月のズー・アルヒッジャ月7日、マッカの聖モスクでは特別な儀式がおこなわれ、翌8日、いよいよハッジの行事が始まる。8日は熟慮の日であり、イフラーム状態にある巡礼者たちが最初の行事、すなわちカアバ神殿をまわる巡行をおこなう。これは時計の針とは反対方向に7週するもので、神の玉座をめぐる天使たちのそれを模した行為である。それから巡礼者たちは神殿の東壁［南東角］にはめ込まれた古い黒石に触れ、接吻する。これは神への服従ないし帰依を象徴する。おびただしい人々が集まっているため、巡礼者全員が黒石に直接ふれたり接吻したりすることは不可能だが、神殿を向いて離れた場所から同様の所作をおこなう。次に彼らは「走りの場」まで行進する。マッカ郊外のここで、巡礼者たちはサファとマルワの丘のあいだの距離の7倍を走る。伝

承によれば、ハガルが息子イシュマエルのために水を探して7度往復したのが、この2つの丘のあいだだったという。走ったあと、彼らはザムザムの泉水を飲み、ミナーの谷に向かうが、ムスリムの伝承に従えば、巡礼者たちによるサファとマルワ間を走ることは、彼らの悪行と善行、罰と赦しのあいだの往来を象徴するものとなる。

　ズー・アルヒッジャ月の9日――立ちどまり［悔い改め］の日（ヤウン・アル・ウクーフ）と呼ばれる――、巡礼者たちはアラファト［楽園から追放されたアダム（アーダム）とイブ（ハワー）が再会した場所、またそのラフマ山はムハンマドが最後の説教を行った地とされる］に赴いて正午から日没までとどまる（かならずしも立っている必要はない）。これは厳粛な日で、一日中「御意のままに、アッラーよ、御意のままに」というタルビーヤがたびたび唱えられる。この日の終わる頃、巡礼者たちはアラファトとミナーのあいだに位置するムズダリファの谷に向かう。彼らはそこで一夜を明かす。ムスリムたちはアラファトに集まった人々のおびただしい数が、最後の審判の日にエルサレムの外の平原に集められ、神の裁きを待つあらゆる人間の魂のそれを暗示すると考えている。

　翌10日のイード・アル゠アドハー（犠牲祭）は、ムスリム世界における大規模な祝祭日である。巡礼者たちは小石を集め、ミナーに戻って、いわゆる投石儀礼にのぞむ。彼らはそこで花崗岩の3本の柱に石を投げなければならない。これらの柱は、ムハンマドが悪魔に石を投げつけたことを記念する場所を示す。巡礼者たちはヒヨコマメ大の小石を定められた数だけ手にし、うしろ向きにそれぞれの柱に投げつける。

　彼ら巡礼者たちは、ハッジ最終日にラクダや羊、ヤギなどの家畜を生贄として捧げる。巡礼儀礼の期間は最短で5日、最長で6日である［最終日からさらに2，3日はミナーにとどまる］。イフラームの状態は、男性が髭をそり、女性が頭髪の小さな房を切り落として終わる。こうして巡礼者はハッジの公的な日程をすべて消化し、神からの大いなる恩寵に浴することになる。

　だが、イスラーム法が定める巡礼はハッジだけではない。より短期のそれは、ウムラ（小巡礼）とよばれる。それはしばしばハッジ（大巡礼）の前におこなわれるが、一年中、いつでも都合のよい時期におこなうこともできる。ただし、ウムラはイスラームの柱としては分類されず、したがって義務的なハッジの代替とはなりえない。この小巡礼は1時間ないし30分程度で終わるが、そこにはカーバ神殿の7度の周回にくわえて、サファとマルワのあいだの歩きと走りによる往復もふくまれる。小巡礼はまたムスリムが体調不良の場合や死

亡した場合、身代わりとしておこなうことができる。

　近代、いや中世ですら、こうした巡礼はより頻繁にみられた。たとえばスペイン出身のムスリムたちは、巡礼のために2年近く家を離れたりもしたはずだ。とすれば、マッカへの巡礼の旅は、尋常ならざる現実だった。しかし、驚くことに、多くのムスリムは目的地がはるか彼方にあるにもかかわらず、なんとか都合をつけて出発したのだ。西はスペイン、東は中国、マレーシア、インドネシアを出自とする彼らにとって、距離自体は数多くの問題のひとつでしかなかった。いくつもの苦難にたえ、さまざまな危険に遭遇し、費用もかなりかかった。経済的な困窮が留守家族にのしかかりもした。いつ帰れるかさえ分からなかった。それでも彼らは出立した。14世紀の有名なムスリム旅行家・探検家であるイブン・バットゥータ［1304-68。ペルシア出身。21歳でマッカに巡礼し、以後30年間、アフリカからアジアにかけて旅をして、『諸都市の新奇さと旅の驚異にかんする観察者たちの贈り物』（1355年。邦訳『三大陸周遊記』、前嶋信次訳、角川書店、1961年）を著している］はこう力説している。「私の内なる克服し難い衝動に突き動かされて」[21]

　現代世界における巡礼の受けいれや管理は、極端なまでに複雑化している。だが、サウジアラビア政府は巨額の資金を投入し、おびただしい数の巡礼者がより速やかかつ安価にハッジの旅ができるよう、環境をととのえようとしている。同国の統計によれば、2012年のムスリム巡礼者数は316万1573人に達しているという。当局は巡礼本番の最初の3日間、つまりズー・アルヒッジャ月の8日から10日にかけての一連の行事を活気づけ、たとえば10日のイード・アル・アドハー（犠牲祭）では、前述したように、何百万もの巡礼者が石柱に小石を投げつけ、家畜を供犠に供することができるようにしなければならない。そしてこの3日間、300万を超える巡礼者を毎日巡礼箇所で受け入れなければならない。こうしたことは、巡礼を運営するうえでの管理と民衆操作の壮大な挑戦といえるだろう。

ハッジの意味

　イスラームの5番目の柱は、ムスリムにとって生涯最大の旅をふくむ。聖都や聖人の墓へ巡礼するということは、ユダヤ教やキリスト教でも古くから行われている。中世をとおして、キリスト教徒の無数の巡礼者はカンタベリーやアッシジ、サンティアゴ・デ・コンポステラ、ローマ、そしてとりわけイエスの受難があったエルサレムを訪れて礼拝するため、しばしば徒歩で旅をした。今

第4章 信仰

巡礼者の誇り 巡礼宿。エジプト・ルクソール。正面が素朴な民衆絵画で飾られたエジプトの農家。入口近く、マッカ背後の山並みとともに描かれた巡礼服の人物──おそらく家主──がカアバ神殿で祈っている。左上の船は、彼を聖地に運んだものだろう。

日でも一部のキリスト教徒たちは巡礼をおこなっている。だが、ムスリムとは異なり、膨大な数が定められた月に聖地巡礼をしているわけではなく、それを義務づける教義もない。これに対し、イスラームの当初から、ムスリムは規範にのっとって巡礼をおこなってきた。

　人間的な次元でいえば、巡礼時のさまざまな儀礼に参加することは強化の行為にほかならない。それは富の多寡や性別はもとより、出身地も民族的な帰属集団も問わず、全信者たちの一体化を目に見える形で示すことでもあるのだ。そうした巡礼儀礼をまのあたりにする。それは素晴らしく心を鼓舞するようなスペクタクルであり、圧倒されるような、そして感動的なまでのインパクトを帯びている。帰国した巡礼者は今もなおハージュ［女性はハージャ］という称号をえて、仲間のムスリムたちから大きな尊敬を受ける。より深い次元でいえば、彼らのマッカへの旅とそこでの体験は、彼らの人格を変え、留守宅に残る家族にマッカの祝福を伝えることができる。ハッジに行く前は中途半端な信仰しかもっていなかった多くのムスリムでも、強い精神性をいだいて戻って

くるのである。

　興味深いことに、中世の順路地図ではマッカが世界全体の中心におかれている。多くのムスリムは、毎日その方角に向かって祈るマッカへの聖なる旅がもっている精神的な重要性を、なんとか表現しようとしてきた。地図の中心に配されたマッカの位置は、まさにそうした目には見えない精神性を雄弁に物語っているのだ。多くの巡礼者はマッカ巡礼の経験を「帰宅」とするが、それは来世でなにが魂を待ちうけるかを予示する。

　ムスリムの解説・解釈書は、これまで何世紀にもわたって、巡礼の詳細な儀礼から象徴的な重要性なり精神的な意味なりを読みとってきた。だが、多くの巡礼者はこうした豊かな特性を調べたりせず、気づいてもいない。彼らにとって、ハッジ儀礼の集団的な性質や、ムハンマドがかつて歩いた地を自らも歩くという経験、そしてそこから生み出される激しい感動こそが、その心と魂を喜びで満たしてくれ、それゆえにハッジは一生のうちで忘れがたい重大事となるのである。2011年、ある若いムスリム女性はこう述懐している。「ハッジはたんなる儀礼以上のもの、そう、変革なのです。ハッジのすべてが自己変革への闘いであり、そこでは自分のエゴを解体し、神のしもべとして謙虚さを受けいれるのです」[22]

　以上の五行を遂行することは、信者たちにとってさまざまな意味を有している。だが、いずれの場合でも、いかにしてこれら中核的なイスラームの義務を果たすかについては、クルアーンやイスラーム法学書に明記された定めがある。まさにこうした枠組みがムスリムに大きな安心と慰めをあたえるのだ。そして、五行に宿る神秘を徹底的に調べようとする者にとっては、個人的に省察・熟考する機会が際限なくある。世界各地のムスリム共同体には、当然のことながら解釈や伝統に違いがみられるが、それらは五行をともに忠実に遵守することによって生み出される団結力や一体感をそこなうものでは決してない。

● 参考・関連文献

Cornell, Vincent J.: "Fruit of the Tree of Knowledge. The Relationship between Faith and Practice in Islam", in Esposito, John, L. (ed.) *The Oxford History of Islam*, Oxford University Press, Oxford and New York, 1999, pp. 63-105（ヴィンセント・J・コーネル「知恵の木の果実──イスラームの信仰

と実践」)

Al-Ghazali, Abu Hamid : *Inner Dimensions of Islamic Worship*, trans. Muhtar Holland, Islamic Foundation, Leicester, 1983(アブー・ハーミド・アル・ガザーリー『イスラーム崇拝の内的次元』)

Rippin, Andrew ; *Muslims. Their Religious Beliefs and Practices*, Abingdon, Routledge, 2005, pp. 103-117(アンドルー・リッピン『ムスリム —— その信仰と実践』)

Watt, W. Montgomery : *Islamic Creeds*, Edinburgh University Press, Edinburgh, 1994(W・モンゴメリー・ワット『イスラームの教義』)

Wolfe, Michael, ed. : *One Thousand Roads to Mecca. Ten Centuries of Travels Writing about the Muslim Pilgrimage*, Grove Press, New York, 1999(マイケル・ウォルフ編『マッカへの1000の道 —— 10世紀にわたるムスリム巡礼旅行記』)

第5章 イスラーム法

　今や我らは汝を立てて御命の大道に置いた。されば汝はこの道(シャリーア)をどこまでも辿って行けばよい（クルアーン　45・18）。

　シャリーアをもつ国々では、彼らは石を投げつけて女性たちを殺害している（カンザスシティー選出上院議員スーザン・ウェーグル）[1]。

　シャリーアは個人の生活と法の理念型としてあり、ムスリムをひとつのコミュニティに結びつける。それは神意を具体化したものであり、このシャリーアを受けれ、適用することで、現世の調和的な生活と来世での至福が保証される（イラン人学者セイイッド・ホセイン・ナスル）[2]。

　シャリーア（Shari'a）の語源は、その重要性を端的に示している。それは水場もしくはそこへ向かう道、神からあたえられたもの、生命を付与する方法（道）などを意味する。ユダヤ教において「道」を原義とするハラハーがユダヤ法をさす語としてもちいられ、初期キリスト教徒たちが彼らの宗教全体を「道」として語っていたのとまったく同様に[3]、敬虔なムスリムもまたシャリーアと呼ばれる「道」に従っている。しかし、それは外部から強制された義務ではない。その道を喜んで奉じる個人の内面から出てくるものなのである。
　イスラーム法としてのシャリーアは、ムスリムの宗教的・社会的生活のすべての面、たとえば神との個人的なつながりや仲間たちとの交友関係に意味と構造をあたえる。ムスリムがなにをすべきか、してはならないかを教える。日常生活の一歩一歩がシャリーアの指針に従って決定される。それが理想なのである。キリスト教徒は、イエスがユダヤ人の律法学者[4]から向けられた難問に答えたように［「皇帝（カエサル）のものは皇帝に、神のものは神に返しなさい」『マタイによる福音書』22・21ほか］、しばしば現世の義務と神に帰すべきものとを区別している。それとは対照的に、シャリーアはムスリムの義務をその日常生活と宗教的（強制的）義務の双方に関係づけている。
　本章では、スンナ派のイスラーム法を歴史的な文脈から検討し、それが実際

にどれほど複雑で多様であるかを示したい。また、スンナ派ムスリムが何世紀にもわたってシャリーアの理想を解釈してきた、そしてその解釈が現在ではどうなっているかを、さまざまな角度から分析したい（ジハードにかんするシャリーアについては本書第9章、女性にかんする問題は第10章を参照されたい。また、シャリーアの詳細は第6章で検討している）。

初期イスラーム世界におけるイスラーム法の発展

　マディーナ時代のはじめから、預言者ムハンマドは立法者だった。生存中、彼の決定は絶対的なものだった。しかし、彼の死後、より詳細な指針を必要だとする声がムスリム共同体にすみやかに広がり、初期のカリフ（ムスリム全体の統治者）とその地方統治者たちは、社会的・経済的、そして精神的な新しい問題に直面し、むずかしい判断をしなければならなくなる。それゆえイスラーム法は、最初から未経験の難問に対応しなければならなかった。これら最初期の支配者たちは、ムハンマドがおこなったように動き、ムハンマドが語った話を堅持して規範とした。だが、さまざまな問題を現実的に解決するには、真にイスラーム的な原理原則と思われるものにもとづく、新しい確固とした法的な土台づくりが必要となった。

ハディース
　ウラマーと呼ばれる初期のイスラームの学者たち［法学者（ファキーフ）やハディース学者（ムハッディス）など］は、真の信仰心をいだいて新しいイスラームを忠実に信奉していた。彼らの日常生活全般が頼りとする寄港地は、いうまでもなくクルアーンである。だが、クルアーンは啓示の書であって、法律の論考ではない。事実、全体で6346節のうち、法を扱ったものは500節たらずである。さらに、ムスリムの日常生活にとってもっとも重要な聖典であるにもかかわらず、そのなかではっきりと法に言及している、もしくはそこから派生している裁定もわずかである[5]。それゆえ、初期の法学者たちは真のイスラーム的な指針原理と思えるものをつくりあげようとした。そのさい、彼らが典拠としたのがクルアーンとは別の聖なる源泉、すなわちムハンマドが教友たちに語ったことや彼が実際におこなった、あるいは教友たちのあいだで無言のうちに認められていた行動などを慎重に思い起こしてまとめた、言行録としてのハディースだった（本書第2章37-39頁参照）。こうして彼らは礼拝や巡礼といっ

た個別の問題について、クルアーンの言葉を増幅させ、個人および新しいコミュニティ双方の宗教生活全般にかかわる行動規範を作成するようになる。

　ムハンマドの死（632年）から2世代のあいだ、この言行録は、とくに彼が生涯最後の10年間を送ったマディーナではなお新鮮なものだった。しかし、ムスリム共同体が発展するにつれて、この記憶装置はよりしっかりと記録される必要にせまられる。それが忘れ去られてしまったり、より遠い地のイスラーム改宗者がその存在を知らなかったりするという事態をさけるためである。こうして初期のウラマーたちはハディースを集成し、ムハンマドの言行にかかわる所説が正統かどうかを確証することを規準とする、ハディースの校訂研究が発展するようになる。だが、所定のハディースが真実であるとみなされるには、その証言がムハンマドないし教友たちまでさかのぼりうる一連の信頼できる伝達者が不可欠だった。初期のイスラーム学者イブン・ハンバル［780-855。バグダード出身のハディース学者で、スンナ派4法学派のひとつハンバル派の名祖］は、ムハンマドの教友の位置についてこう記している。「教友のどれほど端に位置する者でも、ムハンマドを見なかった世代よりは信頼できる」[(6)]。ハディース集成のなかでもっとも貴重なのはムハンマド・アル＝ブハーリー（810-870）［マッカでの研鑽後、諸国をめぐって16年間に60万のハディースを収集したとされる。スンナ派最高の真正集『サヒーフ・アル＝ブハーリー』の編者］と、イマーム・ムスリム（817／821-875）［『サヒーフ・ムスリム』の編者］のそれで、そこに集められた数千ものハディースは、包括的な法体系（法理論）のための確固とした基盤を提供した[(7)]。

　632年から750年のウマイヤ朝の崩壊まで、歴代のカリフはクルアーンやハディースに深く傾倒していた法学者階層の台頭を助けとして、やがてシャリーアとなる基盤を徐々に発展させていった。しかし、そこにはあきらかな困難もあった。8世紀初頭までに、ムスリムの領土はスペインからインドまでの広大な地域に拡大し、その距離ゆえにコミュニケーションが困難となり、領域全体を越える法的問題の解釈に必然的に不一致がみられるようになったのである。こうしてダマスカスやクーファ、バスラ、マディーナなどの主要都市を拠点として、マズハブ ── 字義は「（法の解釈）法」「「従うべき道」」 ── とよばれるイスラーム法学派が発展した（本章133-135頁参照）。

非ムスリム的慣例の影響

　イスラーム法のさまざまな実践法は、イスラーム以前の各地に存在していた

伝統的な法体系に大きく影響された。事実、イスラーム法の多くはユダヤ法を背景としており、あるいはまた征服地に存在していた法と実践、とくにローマ法を基盤としていた(8)。

　キリスト教の教会法が古代ローマの法典に多くを負っていたのと同様に、近代以前のイスラーム法もまた、それが発展するにつれて非ムスリム的要素を帯びていった。中東のムスリムが多数をしめる国々にヨーロッパの植民地勢力が到来するまで、イスラーム法は前イスラーム時代のさまざまな慣例、すなわち土地の慣習や統治者が作成した行政布告などがまざりあった慣例とともに発展した。カーヌーン（世俗法）が多くの地でイスラーム法と併用されてもいた。ムスリム世界の初期から、シャリーア法廷とは異なる法廷もたしかに複数存在していた。そのなかでもっとも知られていた法廷が、マザーリム［原義はアラビア語で「不正行為」］である。この前イスラーム時代の伝統では、裁判が統治者自身によって実施されていた。セルジューク朝の偉大なペルシア人宰相だったニザーム・アルムルク（1017／18-92）［バグダードにニザーミーヤ学院を創設したことなどでも知られる］は、有名な『政治の書』を著しているが、そのなかで彼は同王朝3代目スルターンのマリクシャー［在位1072-92。セルジューク朝最盛期の支配者］にこう進言している。「王は過ちを償い、迫害者から補償を引き出し、裁きを行って正義を示し、さらにいかなる仲介者も挟まずに、直接臣下からの言葉に耳を傾けるため、着座していなければならない」(9)

古典期スンナ派のイスラーム法学（フィクフ）―― 8-18世紀

　ウマイヤ朝（663-750年）の実際的な法支配は、徐々にアッバース朝（750-1258年）の中央集権的な権威にとってかわられ、後者はその新しい首都バグダードを拠点として、イスラーム法をより秩序だったものに体系化していった。イスラームの法体系における古典的な原理原則が形づくられたのは、まさにこのアッバース朝の時代だった。

フィクフとスンナ

　フィクフの原義はクルアーンにみられ、イスラーム時代初期にはそれは「理解すること」ないし「明敏なこと」(10)を意味していた。だが、やがてそれは「イスラーム法学」という特殊な意味をもつことになる。イスラームのあらゆる宗教関連学問のなかで、ほとんどのムスリムはなにが正しい行いかを決める

古典期スンナ派のイスラーム法学(フィクフ) —— 8-18世紀

のは、イスラーム法学であるということに同意している[11]。フクム(法規程・法規則)[特定の事象に対してムスリムの対応を定めた規定]は、そうしたフィクフにもとづくが、ときにそれは修正や破棄ないし逆転されたりもした。

　実質的な法源としてのクルアーンの指示は、最初に考慮されていた。たとえば結婚や離婚、姦通、飲酒、相続、資産、窃盗、殺人といった問題にかんして、である。たしかにクルアーンの規定は、さまざまな時代や地域で起きる多様な法律問題を十分に包摂しえなかったが、クルアーンは神のために法律を定める権利をムハンマドに認めている。その第3章「イムラーン一家」に次のように記されているからだ。「アッラーと使徒(ムハンマド)の言いつけに従えよ。さすればお情けをかけても戴けよう」(3・132)。それゆえ、スンナ(先祖たちが確立した慣行に従う行動様式)[12]という伝統的なアラブ部族の概念に慣れ親しんでいた法学者たちは、この語をムハンマドの行動範例、つまり人々がいかに身を処すべきかを指し示す、預言者の規範的な行動を意味するも

研究集団　アル・ハリーリー著『マカーマート(集会)』の挿画、バグダード、1237年。画面左手のふたりの主役が白熱した学問的議論のさまを鮮やかに呼び起こし、議論を間近で夢中になって聴く聴衆も描かれている。当時、スター的な学者は、セルジューク朝の宰相ニザーム・アル＝ムルクによって始められたマドラサ(学院)に高給でむかえられていた。ここではまた豪華な調度品や、画面右手で涼風を送りこむためにファンを動かしている人物にも注目したい。

のとして、徐々に再解釈するようになった。こうしてムハンマドのスンナはその正統な言行録であるハディースと結びつけられ［抽象的概念であるスンナの実質的な内容を示すのがハディース］、クルアーンにみられる特定の法文を明確にしたり、敷衍したりするうえで権威のある手引きとなった。ムスリムの偉大な思想家・歴史家で、政治家でもあったイブン・ハルドゥーン（1332-1406）［チュニス出身で、イスラーム世界最大の学者とされる。壮大な『歴史序説』（3巻、森本公誠訳、岩波書店、1979年）と『イバルの書』を著し、その歴史的社会理論は後世の研究者に大きな影響をあたえた］は、クルアーンとスンナの位置を以下のようにまとめている。「伝統的な学問すべての基盤は、クルアーンの法的素材とムハンマドの慣習的な言動（スンナ）にあり、後者は神とその使徒によってわれわれにあたえられた法である」[13]

法体系の原理原則

　イスラーム法を最初期に体系化したとされるシャーフィイー（767-820）［パレスチナ出身で、伝承集『ムスナド』を編纂し、『母なる書』を著してもいる。スンナ派4大法学派のひとつシャーフィイー学派の名祖］は、以下の4要素を中心に理論を組み立てた。クルアーン、スンナ、イジュマー（合意）、キヤース［類推などにもとづく厳密な推論］。このうち前二者は法源、後二者はより方法論的な基盤ないし法の適用原則である[14]。イジュマーは、ある特定の時代にウラマーたちのあいだで合意された法的判断をさすようになった。有名なハディースに、「わがウンマ共同体は決して誤ったことに合意しない」とあるからだ[15]。所定の裁判官は法的問題にかんする裁定を公表し、いかなる法学者もそれに説得力のある異議を唱えず、だれもが同意すれば、合意ということになった。一方、類推の原則には確立された法を新しい状況に適用することがふくまれる。こうした類推で有名な事例としては、飲酒にかんするものがある。クルアーンは飲酒を「悪魔の所業」とよび[16]、ナツメヤシの実で作ったワインを飲むことは、ハディースのなかで禁じられている。ワインやビール、ウイスキーといったアルコールの摂取はこれらの聖典には言及がないものの、ウラマーはそれを禁じている。ナツメヤシ・ワインが人を酔わせるところから、他のアルコール飲料もまた類推によって禁じられているのだ。

　人間の個人的および社会的活動は、シャリーアにおいて5通りのカテゴリーに分類されている。義務（ファルド、ワージブ）、推奨（マンドゥーブ）、許可（ムバーフ）、忌避（マクルーフ）、禁止（ハラーム）がそれである[17]。このう

古典期スンナ派のイスラーム法学（フィクフ）──8-18世紀

ち、義務的な行為は2種類ある。礼拝のまえの禊（みそぎ）のような個人的義務と金曜日のモスクにおける集団礼拝（本書第4章参照）や、より小規模なジハード（同9章参照）を実施するのに、十分な数のムスリムがいるような場合に遂行される義務である。ここには5通りのカテゴリーを「よい」行いや「悪い」行いに分類するといった粗雑な単純化はみられない。むしろシャリーアは微妙な可変的尺度をしめしているのだ。

　法体系には別の定めもいくつかあり、それらはシャリーアの範囲内で許されている。イジュティハード（法学者による決定に向けての独立した類推の行使）［法源にない問題に対する法学者たちによる立法と教義の決定］[18]、マスラハ（公共の利益のための決定）がそれである。ウルフ［ないしアーダ］（慣習法・慣行）の役割もまた重要で、法学者たちはシャリーアに違反しないかぎり、ムスリム世界各地の慣習法や昔からの伝統を維持することをある程度まで柔軟に認めた。ただし、そうした慣習法や伝統をウルフという語で呼んでいたということは、それらがシャリーアの教義と明確に区別されていたという事実を明確にしめしている。

法学派

　イスラーム時代の初期、法学生たちはムスリム世界の主要都市にいる有名な学者たちのまわりに集まった。ときには法律の知識を習得するため、長旅もいとわなかった。いくつもの法学派（マズハブ）が生まれ、あるいは姿を消したが、11世紀までにはスンナ派の正統4大法学派──ハナフィー、マーリク、ハンバル、シャーフィイー──が確立され、現在に及んでいる。これらはいずれも法学派に固有の特徴をつくりあげた初期の法学者を名祖とする。アブー・ハニーファ（767没）、マーリク・イブン・アナス（801没）、そして前出のイブン・ハンバルとシャーフィイーである。彼ら法学者たちの弟子は特定の法律専門家ではなく、記録された過去の法例にもとづいて慎重に構築された方法論に忠実に従っていた。この方法論は、クルアーンやスンナの研究に自らを捧げてきた多くの敬虔な人々が、何世代にもわたってねりあげてきたものである。ウラマー──フカハー「フィクフ（イスラーム法学を解釈する者）」ともよばれる法学者たち──の各集団は、やがて方法や意見を共有して強固なものとなり、長い発展の最終段階である法学派を形成することになる[19]。

　イスラーム法は動的であって静的ではなく、柔軟であって硬直したものではない。ムスリムの法学派は、ときに細部としか思えないようなことはもとよ

り、考え方に不一致や著しいちがいがあったりしても、多くの場合、他の学派に寛容だった。たとえば、結婚契約書は広い地域で作成されていたが、法学派はそれについてたがいにかなり異なる見方をしていた。ある現代の学者によれば、「（結婚の）申し入れと受け入れの言葉づかいが詳細な法的議論を生み出し」、「通常、結婚の申し入れは男性側からなされなければならないが、一部の法学者はそれを女性の後見人がすることを認めていた」[20]という。一方、法的意見は些事にまでかかわっていた。たとえばトルコ史研究家のコリン・インバーは、オスマン帝国のイスラーム法学者エブース＝スウド（1490頃-1574）にかんする著作で、同性愛者の遺産の分配といった曖昧な問題を扱うことは、かなり知的な・た・の・し・みだったとしている（イスラーム法のもとでは、男女それぞれに権利があった）。イスラーム法に対する知識は敬虔さのしるしであり、名望につながる指標でもあった。彼らオスマン帝国の法学者たちは、たとえば、皇帝スレイマン1世〔在位1520-66。たびかさなる戦いに勝利した帝国最盛期のスルターン〕の息子たちの割礼式（1530年）などの宮廷祝宴で、花火や模擬戦争、さらに豪華な食事のかたわら、スルターンの前で議論をおこなったりしたものだった[21]。

　ハナフィー法学派はとりわけ重要な存在だった。アッバース朝（750-1258）のみならず、現在のイランやイラク、シリアを征服したセルジューク朝（1040-1194）をはじめとする、トルコのさまざまな王朝からひいきにされていたからである。一方、カイロを都として広大な領土を治めたトルコのマムルーク朝（1250-1517）のもとで、スンナ派の4大法学派は全盛期をむかえることができた。1517年にこのマムルーク朝を崩壊させたオスマン・トルコ（1300-1922）は、ムスリムの中心的な地全域を支配するようになる。その公式な法学派はハナフィーだった。こうしてハナフィー法学派は、16世紀までにトルコはもとより、バルカン半島や中央アジア、さらにインド亜大陸にまで進出するようになる。これに対し、マーリク法学派は西方に向かい、1492年のキリスト教徒によるレコンキスタ（失地回復運動）までスペインの支配的な法学派となり、現在では北・西アフリカの主要な法学派となっている。シャーフィイー法学派はアラビア半島と東アジアの一部、のちにはマレーシアやインドネシアでも知られ、ハンバル法学派は今日アラビア湾岸地域を主たる拠点としている。このハンバル法学派は、信奉者の数こそ決して多くはないものの、ムスリム世界の宗教史で重要な役割を演じた。とりわけそれは、同学派のイブン・タイミーヤ（1263-1328）〔迫害や投獄という苦難にもかかわらず、神と人間との絶

古典期スンナ派のイスラーム法学(フィクフ)——8-18世紀

預言者は進言した。「汝ら、知識を求めて中国にすら赴け」とアル・ハリーリー著『マカーマート(集会)』の挿画、バグダード、1237年。ここでは法学者たちが激しく議論しあっている。その背後には、書物が積みかさねられている(これらの書物はしばしば安全のために鎖でしばりつけられていた)。ひとりの人物に原典を筆写させる代わりに、大勢の人々に書きとらせるという慣行によって、文書の伝達がより正確になり、巨大な図書館の発展がうながされた。

対的な不同性やクルアーンおよびスンナへの回帰を唱え、神秘的な神と人間との合一を否定して、スーフィズムや世俗権力におもねるウラマーたちを非難した〕が活躍した14世紀と、アラビア半島でイスラーム改革をめざしたワッハーブ運動が興った18世紀に絶頂期をむかえた(本書第7章211頁参照)。

　ムスリムが「イスラームの家」と呼んでいた地、すなわちスペインからインドまでを最大版図とした広大なムスリムの居住地域には、政治的に分断されたにもかかわらず、18世紀末にヨーロッパに植民地化されるまで、イスラーム法が一部適用されていた。そう断じても、おそらくまちがいではないだろう。たとえば14世紀の偉大なムスリム旅行家のイブン・バットゥータは、ムスリム世界での28年間におよぶ旅での知見を記録しているが、その生地であるモロッコや、しばらく滞在したはるか彼方のインド洋のモルディヴ諸島で、法学者や裁判官(カーディー)としても活動した〔イスラーム法学者の息子だった彼は、マーリク法学に精通していた〕。

第5章　イスラーム法

シャリーアの適用

　カリフはスンナ派の伝統にのっとって、シャリーアの至高さの象徴として行動した（本書第7章206-208頁）。シャリーアを適用・擁護するうえで責任をもっていたのである。彼は、ムスリムの同胞たちを十分に従わせなければならなかった。とはいえ、自らもまた服従するシャリーアの代弁者にすぎなかった。「イスラームの家」における世俗の権力が軍事的な侵害者の手にあったときですら ── とくに8世紀以降 ──、スンナ派のムスリムたちはどこでも、カリフを看板としての指導者ないしイスラームの普遍性の象徴とみていた。軍事的な遠征では、ムスリムが獲得した土地を統治する者におすみつきをあたえるため、カリフを立てなければならなかった。

　スンナ派の法律は法学者（フカハー）が管掌しており、彼らはその法律を明確にし、求められた問題にファトワー（法的見解・勧告）をしめし、宗教裁判

公正な裁き　アル・ハリーリー『マカーマート（集会）』の挿画、エジプトないしシリア、1335年頃。ここでは狡猾そうな裸足の悪者が、ターバンの上にタイラサン（フード付きのマント）をまとい、疑いの眼差しを向ける裁判官に平伏している。言葉がなくても、ふたりの手と目が彼らの複雑なかかわりをしめしている。

古典期スンナ派のイスラーム法学（フィクフ）—— 8-18 世紀

学究生活 ブン・ユースフのマドラサ（学院）、モロッコ。多くが教師宅に設けられていたマドラサは、ここでは小規模で家庭的な雰囲気をかもしだしている。きざまれた木と漆喰、さらに幾何学模様のタイルをそなえた人目を引く魅力的な外観が、奥まった学生寮の厳粛さと好対照をなしている。

所ではもちこまれた事案の審理もおこなった。シャリーア裁判所はアッバース朝の全域に設けられ、裁判官が管轄した。こうした裁判官はすでにウマイヤ朝時代にも存在していたが、アッバース朝時代のような体系的かつ徹底的に活動していたわけではなかった。スンナ派の4大法学派のうち、3法学派は、アッラーが男女に優劣をつけ、「（生活に必要な）金は男が出すのだから、この点で男の方が女の上に立つべきもの」（4・34）とするクルアーンの章句の解釈にもとづいて、女性を裁判官にすることに禁じる傾向にあった。これに対し、ハナフィー法学派は女性を裁判官に任命していた。

　中世のムスリム社会では、法学者たちはしかし完全な独立を享受していたわけではなかった。支配階級の支持を必要としていたからである。反対に、権力をにぎった者たちは自分の地位を正当化するために法学者を必要とした。法学者たちは支配者にシャリーアに従って統治する義務を思いおこさせた。彼らは

第 5 章　イスラーム法

総合マドラサ　ムスタンシリーヤ・マドラサの中庭。バグダード、1227－34年創設。アッバース朝の最後から2番目のカリフだったムスタンシルが、ムスリム世界全体に自らの権威を的確に伝えるために建立したこのマドラサは、スンナ派の4大法学派のそれぞれに等しいスペースをあたえたが、それは大胆かつ混淆的な英断だった。それは前例のないほどの広い宿泊設備を誇り、キッチンや図書館までそなえていた。

またしばしば支配者と庶民とのあいだの橋渡し役もつとめた。

　11世紀から、法律家を志す者たちは、とくに特定の法学派の法体系を教えるための教育機関であるマドラサ（学院）で学ぼうとした。この学院のカリキュラムは法律だけに限定されたものではなく、そのカリキュラムはクルアーンや神学、ハディース、さらにアラビア語の文法をふくむ宗教諸学全般にまで及んでいた（イスラーム神学と哲学については本書第7章参照）。アッバース朝の第36代カリフだったムスタンシル（在位1226-42）の開明的な統治のもとで、1232［1234？］年、スンナ派の4大法学派の教育を主体とする、有名なムスタンシリーヤ・マドラサがバグダードに創設されている。これはカリフによって建てられた最初のマドラサだった。それ以前に複数の法学派のために創設されたマドラサはあったが、このムスタンシリーヤは事実上最初のスンナ派

の総合マドラサであり、自らの庇護のもとで全方位的なムスリム共同体をつくりあげようとする、シャリーアの表看板としてのムスタンシルのねらいを象徴するものだった。それはまた1220年からのモンゴル軍の破壊的な侵攻の影響から生まれた喫緊の責務でもあった(22)。ひとつのマドラサに4大法学派を受け入れるという方針はまた、14世紀にトルコのマムルーク朝によって創設されたカイロのマドラサでも採用されている。

　イスラームの法体系にかんする現代の著作は、その発展を単純化して、法体系がいきなり完璧な形で現れたと記述する傾向にある。だが、すでに述べておいたように、初期イスラーム時代には、スペインからインドまで、イスラーム法はたえず進化しつづけていたのである。前任者たちが直面したさまざまな法律問題をふりかえった後代の法学者たちは、かつてかわされていた知的な議論のきわめて活発で複雑でもあったはずの問題を、しばしば平明な言葉で精緻なものにしたにちがいない。それが彼らの仕事だったのだ。

法学書

　ムスリム世界の図書館には、法体系にかんするアラビア語の書が無数所蔵されている。それらの多くは手稿の形式をとっており、時代と場所を問わず、きわめて似かよった体裁で書かれている。同じ法学派のなかでは、17世紀に編まれた法学書は、10世紀に編集されたものとほぼ同じである。

　こうした法学書の体裁は、大略2通りに分類できる。一方は神崇拝と結びついた行為にかんするもの（イバーダート）［儀礼的規範］、他方はムスリム同士の人間関係を扱ったもの（ムアーマラート）［法的規範］である。これらの書は信心深いムスリムがシャリーアに定められた義務、すなわちイスラームの五行（本書第4章参照）をいかに実践するかだけでなく、食べ方や浴場でのふるまい方、交易や幸せな結婚生活の送り方、ジハードでの戦い方、ムスリムの地に住む非ムスリムの扱い方について、さらに他の明示された数多くの規定についても、きわめて詳細な教えを示している。そこには説明を要しないほどささいなことはなに一つとしてない。ただ、たとえば声を張り上げて祈るのか、それとも優しい声音で祈るのか、「神は偉大なり（アッラーフ・アクバル）」と唱えるさいは腕をどの高さまで伸ばすのか、といったような問題については、法学派間にちがいがみられる。法学書はまた通常クルアーンの章句の引用から始まり、ついで適切なハディースが引用される。それから各章の主題にかんするかつての法学者たちの考えへと叙述がうつり、さらにしばしば微に入り細をうが

第5章　イスラーム法

った彼らの考えがくわえられている。

ファトワー

　ムスリムの法学者たちは、法学書を参照したり記憶したりすると同時に、民衆一般ないし個人にかかわる問題に自分の意見を述べるようつねに求められていた。ムスリム共同体内の統治者もムスリム個人も、特別な問題についてはムフティー、すなわち法的勧告ないし意見書をあたえる資格のある法学者に相談したはずである。たとえば遺産相続や離婚といった家族の問題や、スンナ派のスルターンが、シーア派に対して小規模のジハードをおこなうことが正当化どうかといった重要な政治判断について、である。クルアーンやスンナを参照し、類推や大多数の意見の指針に従いながら、学識者たちは自分の意見を求めてきたひとりないし複数の人物に、独自の推論をもちいてファトワー（法的見解・勧告）を出す。このファトワーは「イエス」ないし「ノー」の一言だけでも、あるいは何頁にもわたる文章でもよい。必要なら、問題はシャリーア法廷にまでもちこまれ、裁判官が裁定を下し、ときには罰則を科すよう命じたりもする。ただし、こうしたファトワーは裁判での必要条件ではなかった。裁判官は裁定にさいしてそれを考慮に入れこそすれ、かならずしもそれに従う必要が

社会的ハブ　コーヒー・ハウス「エル・フィシャウィ」。ハン・ハリーイ、カイロ。タバコの場合と同様、イスラーム法学者たちは当初コーヒーの登場に驚きを禁じえなかったが、まもなく両者は広く受け入れられるようになった。そして、紅茶やコーヒーを飲ませるチャイハナは男たちの社会的交流（無駄話を含む）や物語の朗読、喫煙、さらにはバックギャモン遊びにとって、格好の場となっていった。

なかったからだ。

　ハンバル派の法学者イブン・タイミーヤの数多くのファトワーは、いずれも力がこもっている。ある有名なファトワーのなかで、彼は1299年から1301年にかけてシリアをおそった、モンゴル軍の2度の侵攻を激しい口調で記録している[23]。ガーザーン・ハーン［1271-1304。イル・ハーン国第7代ハーン。財政改革やマルムーク朝への遠征などで国力を拡大する一方、モンゴル史の編纂事業をおしすすめた］が、1295年にイスラームに改宗しているにもかかわらず、タイミーヤはモンゴル人をムスリムとしてついに受けいれることがなかった。彼の主張によれば、モンゴル人はシャリーアをもちいず、自分たちの法体系であるヤサ［チンギス＝ハーンが制定したとされるモンゴル帝国の基本法］に従っているからだという。こうして彼はモンゴル人を「敵」とよび、ムスリムは彼らに対するジハードをおこなわなければならないと公言している。イブン・タイミーヤはまた、祖国であるムスリム・シリアに住む少数派のシーア派住民たちを徹底的に敵視し、彼らがモンゴル軍に力を貸していると非難した。事実、彼は1300年、地元のシーア派たちに対するジハードに参加し、その攻撃を認めるファトワーを発してもいる。

　ファトワーはムスリム社会に新しい問題が起こるたびに必要となった。それゆえ、法学者たちは時代がたつにつれて、ムハンマドの時代には特段さわぎたてるまでもなかった、いや存在すらしていなかった問題を裁くという仕事と向きあうようになる。その興味深い事例が、16世紀に登場したコーヒー・ハウス［チャイハナ］の法的な位置づけである[24]。コーヒー（アラビア語のカフワは「ワイン」を原義とするが、「コーヒー」をさす語としても用いられていた）が中毒性のある飲み物であるゆえ、禁止すべきかどうか、また、社会の不穏分子が集まって、危険な政治問題を論じるかもしれないようなコーヒー・ハウスの存在をはたして認めるべきかどうか、そうしたことが問題になったのである。この問題をめぐっては激しい議論がかわされたが、16世紀中葉までに反コーヒー・ハウス勢力はその戦いに敗れ、やがてコーヒー・ハウスはオスマン帝国のみならず、それ以外の地にも広まっていくのだった。

罰則

　シャリーアにはフドゥード（字義は「限界」）として知られる一群の規定（固定）刑が含まれる。これらは広義的に「神が人間の自由に対して設定した限界」と定義することができる[25]。クルアーンに明記されているように、こ

第5章　イスラーム法

うした罰則は他のみせしめとなるように公開で執行されてきた。クルアーンやスンナには一部の犯罪に対する特定の罰則が明記されている。たとえば、クルアーンには姦通が充分に立証されたさいの罰則として、以下のように記されている。「姦通を犯した場合は男の方も女の方も各々百回の笞打ちを科す」（24・2）。窃盗の罰は、腕を切り落とすことだった。「泥棒した者、男でも女でも容赦なく両手を切り落としてしまえ」（5・38）。クルアーンはそう規定している。一方、シャリーアはこうしたフドゥードの刑罰を科すにあたって詳細な証拠を求めている。ただ、実際のところ、これらの刑罰が執行されたのはまれだった。

聖書が語っているように、石打ち刑［ラジム］はユダヤ人のあいだでは一般に行われていた[26]。ムスリムもまたこの慣行をとり入れたが、クルアーンは、不信心者たちの前の世代が、彼らに真の宗教を教えるために神から遣わされた預言者を殺害したような場合にのみおこなわれた、石打ち刑について言及している。今日、ムスリムのみならず、非ムスリムもまた、イスラーム法にみられるように、性的な不品行と石打ち刑とをしばしばむすびつけている。クルアーンの言葉「ジナー」は婚姻制度の埒外での性的交渉、つまり姦通を意味するが[27]、この行為はクルアーンとハディース双方において厳しく断罪されている。「それから、姦通に近づいてはならぬ。これは実にいまわしいこと、なんと悪い道であることか」（17・32）。クルアーンはこういましめている。立証された姦通に対するクルアーンの罰則（むち打ち100回）は、しかし4人の善良な男性証人が性交の現場を目撃していることを条件としており、それゆえこの規則はほとんど適用されることがなかった。前述したクルアーン第24章では、次のように定められている。「れっきとした人妻に（姦通の）非難をあびせながら、証人を四人挙げることができない者には、八十回の笞打ちを科す」（24・4）。強姦された女性にはこうした罰則は適用されない。なお、クルアーンには姦通を働いた者に対する石打ち刑にかんする言及はない。

しかしながら、ハディースの約10箇所には、姦通を犯したかどで捕らえられた男女に対して、ムハンマドが命じたという石打ちの刑を科すことが言及されている[28]。ハディースのこの定めは根拠がかなり薄弱だったにもかかわらず[29]、石打ち刑自体は姦通行為に対する罰則として法体系にくみこまれた。ただ、性交の目撃証人4人を立てるという条件は、石打ち刑が頻繁におこなわれることへの予防策として考えられていた[30]。

現代における石打ち刑の問題は、ムスリムのフェミニズム学者や活動家、さ

らに人権組織から激しい反発をまねいている。2003年にノーベル平和賞を受賞したシリン・エバディ［1947—。弁護士・人権活動家で、イラン初のノーベル賞受賞者。だが、反体制派だとしてノーベル賞のメダルが政府によって没収された］は、人権の擁護とともに、クルアーンに姦通への罰則としてその言及がないという事実にもとづいて、石打ち刑の廃止をさけんでいる。クルアーンに従えば、姦通への攻撃は、道徳心をもち、現場にいあわせて、性交の行為そのものを目撃したと宣誓する、4人の証人による自発的な告白もしくは証言によって立証されなければならない。彼女はそう主張するのである。しかし、ここで重要なのは、イスラーム法は妊娠を姦通の証拠として言及していないにもかかわらず、しばしばそれが姦通をおかした女性を告発する証拠としてもちいられているということである[31]。

　18世紀にヨーロッパの植民地主義と西欧思想の影響が及ぶようになるまで、たしかにイスラームの法体系はイスラーム宗教諸学のうちでもっとも権威のある分野であった。それは神学以上に重視され、哲学よりもはるかに高く評価されていた。むろん時代によっては、たとえばイブン・スィーナ（980-1037）［ラテン語名アヴィケンナ。サーマーン朝の首都ブハラ近郊に生まれた哲学者・医師で、全20巻の百科事典『公正な判断の書』を著している。アリストテレス哲学と新プラトン主義を融合させたとされる彼の思想や医学は、近世まで西欧世界に影響をあたえた］や前出のガザーリー、さらにイブン・タイミーヤなど、宗教諸学のひとつ以上の分野に精通していた中世の有名なイスラーム知識人たちによってもたらされた、他の知の領域と重なりあってもいた。だが、イスラーム法は彼らの学問の中心にあった。18世紀まで、ムスリムの法学者たちは、そのマズハブ（法学派）が忠実に維持してきた伝統を後継者たちに伝えることを自分の義務とみており、自分が直面した法律問題を解決するため、自分の裁量で規則を最大限創造的に適用することに全力をつくしたのである[32]。

ヨーロッパ植民地主義の影響とイスラーム法の近代化——18-20世紀

　ヨーロッパ列強の法体系とムスリム多数派の国々におけるシャリーアとの関係は、ほとんど変わることなくひとつの視点、つまり植民者たちの視点から語られている。こうした語りによれば、植民者たちがムスリム諸国に来住して支配し、それから土着の法を廃して、代わりにヨーロッパの法、たとえばナポレ

第5章　イスラーム法

オン法典やイギリスのコモンローを導入したともいう。たしかにこの見方はすべてが誤りではないが、あきらかに一方的であり、歴史を単純化したものとのそしりをまぬがれない[33]。だが、実際のところ、植民者の総督や行政官、裁判官たちはシャリーアの存在を知り、ムスリム法学者たちがいることを重大視した。おそらく彼らは植民地にヨーロッパの法を課そうとし、そうすることに成功した。だが、それには限界があった。これらの地でおこなわれているシャリーアの一部の規定と自分たちの訴訟手続きを、何とか整合させなければならなかったからだ。さらに、この時期にみられた法改正は、つねに植民者たちの法と結びついていたわけではなかった。法学者たちが重視された理由がここにある。

18−19世紀

　外国の影響によってさまざまな変化が生じた最初の地は、18世紀のインド

オスマン帝国の最盛期　スレイマニエ・モスク。イスタンブール、1550−57年建立。市街を見下ろしてそびえたつこの壮大なモスクは、カリフおよびスルターンで、スンナ派の庇護者でもあり、ヨーロッパで畏敬されていた壮麗帝スレイマン1世の栄光をたたえて建立された。たくみに景観設計されたこれは多目的な施設で、礼拝や戦闘、教育、さらに葬儀などにもちいられる14の建物からなっている。

とオスマン・トルコだった。これらの国ではヨーロッパをモデルとする商法や刑法が確立し、一般裁判所は民事や刑事事案を扱うようになる。英領インドの初代総督をつとめたウォーレン・ヘイスティングズ（在職1773-84）[1732-1814。イギリス東インド会社の書記から身を起こし、総督離任後、不正を働いたかどで告訴されるが、無罪を勝ちとって、最晩年に枢密院議員となった]は、植民者による改革を準備した。イギリスの植民地政府は、イスラーム法が殺人に対する処罰をできるかぎり広く認めるやり方を好まなかった。こうした処罰には、ときに殺人犯が死刑に処されるかわりに、犠牲者の家族につぐないをすることを認めていたからである。それゆえヘイスティングズは、このイスラーム法を廃止し、以後、インド帝国の法的臣民のだれかを殺害した場合は、帝国が訴追し、判決をくだすようにした[34]。これにより、犠牲者の家族は殺害者の家族に復讐することが原則的にできなくなった。

　ムスリムの法学者は、その独自の法的伝統を改革するため、しばしば積極的に植民地政府に協力した。ポスト・コロニアル時代になると、入植した法律家たちも、定着したマスラハ（公共の利益）[イブン・ハンバルが最初に提唱したとされる]という考えを引きよせつつ、とくに家族法の分野で、シャリーアの規定と近代の世俗国家のそれとを調和させることができた。ムスリムの改革思想家たち、たとえば、インドのサイイド・アフマド・ハーン（1817-98）[インドのムスリム社会改革者。セポイの反乱で没落したムガル貴族の末裔で、ムスリムの反英思想を否定し、ムスリム連盟の思想的基盤となった]や、エジプトのムハンマド・アブドゥフ（1849-1905）[アズハル学院に学び、のちに官報の主幹をつとめ、民族運動をささえる指導的なウラマーのひとりとなった。教育改革にも尽力した]などは、ヨーロッパの法体系を伝統的なイスラームの法体系以上に好んだ。とりわけアブドゥフの考えは影響力を発揮した。1899年、彼はエジプト最高のムフティー[シャリーアの解釈・適用やファトワーを出す資格があたえられた宗教指導者]となり、シャリーアの重要な改革に着手した。そのさい、彼は家族や個人にかかわる法をそれまでよりもゆるやかに解釈するため、学識に富んだ個人的判断（イジュティハード）をもちいた。ある法学者によれば、アブドゥフは「イスラーム近代改革の主たる建築家として広く敬われていた」という[35]。

20世紀

　19世紀末から、大部分のムスリム世界におけるイスラーム法は家族法の分

野のみを扱うようになった。20世紀初頭にはさらなる変化がみられるようになる。オスマン帝国崩壊［1922年］直前の1917年、ハナフィー法学派だけでなく、同じスンナ派の3法学派に依拠して家族法が定められたのである。この法はエジプトやシリア、イラク、チュニジア、モロッコ、さらにパキスタンといった他のムスリム諸国にも影響をあたえた。これらの国では、法学者たちがそれまでシャリーアによって規定されていた結婚・離婚法を改革するため、個人的な判断を原則としてもちいた。新しいトルコ共和国（1923年建国）は20世紀初期のイスラーム世界において、完全な脱イスラーム化と法体系（スイスの民法にもとづく）を実現した唯一の国家だった。それをおこなったのが初代大統領のケマル・アタテュルク（1881-1938）である［彼は1924年に宗教学校やシャリーア法廷を廃止し、25年には神秘主義教団を解体している］。

　一方、アラブ世界の重要人物となっていたアブドゥル・ラッザーク・アフマド・アッ＝サンフーリー［1895—1971。1926年にフランス留学から帰国してカイロ大学で法学を講じ、49年から54年まで国務院院長をつとめた］らが草した、新しいエジプト民法典が1949年に施行される。これはフランス民法典をモデルとし、エジプトの既存の法やシャリーアの一部を参照したものだった。サンフーリーはのちにクウェートやイラクでも新しい法典の編纂を託されている。こうして1930年代まで、アラブ世界の法体系は同様の歩みをたどることになる。アルバート・ホーラーニー［1915—93。イギリスの歴史学者］はそれについてこう指摘している。「刑事・民事・商事にかんする訴訟は、ヨーロッパの法律と手続きに従って決定され、シャリーアとそれを施行する裁判官の権限は個人の地位にかかわる問題に限定されていた」[36]

　レバノンの法学者ソビ・マフマッサーニ（1909-86）もまた変化の支持者で、イスラーム法が現代社会のさまざまな条件に適応すべきであると主張した。「イジュティハードの扉は法的に資格があるあらゆる者に広く開かれていなければならない。誤り、すべての誤りは無定見な模倣と思考の制約に由来する。正しいのは、イスラームの法体系の自由な解釈を認め、思考を開放して、それが真に科学的な創造性を発揮できるようにすることである」[37]。イスラームをなおも奉じながら、マフマッサーニはムスリムの同胞たちに「真の科学」と「明敏な思考」に従うよう訴え続けた[38]。さらに彼は、ポスト啓蒙主義のヨーロッパと似かよった志向をとりいれて、宗教が個人的な問題のために存在し、法が世俗的な国家に属するものであると主張した。ムスリムは「宗教に属するものは宗教に、［世俗の］世界に属するものは世界に」[39]差し出さなけれ

ばならない。ムスリムが無知と後進性を克服するには、この方法だけしかないというのである。イスラーム法を過去の手かせ足かせから解放することをめざすという衝動は、インドのイスラーム法学者アサフ・フィゼー（1899-1981）［外交官や作家としても活躍した、近代イスマーイール研究のパイオニアのひとり］は、「狂信的な行為によって窒息させられていた」当時のイスラーム精神について語り、近代のイスラームでは宗教問題と法律問題を引きはなすことが不可欠だとしている[40]。

今日のイスラーム法

　今日、イスラームは地球規模で広まっているが、ムスリムが過半数ないし少数の国々で、シャリーアがいかに、そしてどの程度適用されているかを概括することはきわめてむずかしい。ただ、これらの国々では、国民の大部分が西欧で施行されているものとさほど変わらない法律に従っており、ムスリムが過半数のすべての国では、婚姻や相続にかんするシャリーアの見解が法典に明記されている。一方、ムスリムが少数派の地域では、さまざまな国がイスラーム法の条項をたもちながら、国内の統合問題について独自の対応をおこなっている。

食の規制

　イスラーム化の当初から、ムスリムたちはユダヤ人やキリスト教徒、および啓典をもつ他の宗教コミュニティの食物をとることが認められていた。このことについて、クルアーンはこう記している。「今日、まともな食物は全部汝らに許された。また聖典を戴いた人たち（ユダヤ教徒とキリスト教徒）の食物は汝らにも許されており、汝らの食物も彼らに許されておる」（5・5）。これに対し、動物はムスリムないしユダヤ教徒の掟にのっとって清浄にほふられなければならず、ムスリムの精肉商もまた、非ムスリム国家の衛生法を遵守しなければならない。周知のように、ほとんどのムスリムはアルコール類を飲まず、豚肉も口にしない。

金融

　ムスリムはまた高利貸しを禁じられている。負債に利子［リバー］を課すことを禁ずるクルアーンの言葉は明確である。「アッラーは商売をお許しになった。だが利息取りは禁じ給うた」（2・275）。こうしてクルアーンは高利貸し

第 5 章　イスラーム法

で蓄財するのではなく、慈悲深い施しをすることを強調する。高利貸しに容赦はしないが、自分の富を他人にあたえる者をほめてはげましてもいるのだ。「自分の財産を、夜となく昼となく、ある時はそっと隠し、ある時は堂々と人前で施してやる人たち、そういう人たちは神様のみもとで（立派な）報酬がいただけよう。怖しい目に逢うことも、悲しい目に逢うこともなかろうぞ。利息を喰らう人々は、（復活の日）すっと立ち上がることもできず、せいぜいシャイターン（サタン）の一撃をくらって倒された者のような（情けない）立ち上がり方しかしないであろう」（2・274-275）。金融取引では、ムスリムは誠実でなければならないが、非ムスリムをパートナーとして仕事をすることは認められている。

　ただ、現代のイスラーム金融にかんするムスリム学者たちの考えはかなり異なっている。たとえばアリ・ハーンとヒシャム・M・ラマダーンは、2011年に刊行したイスラーム法の実践にかんする共著『現代のイジュティハード』で、以下のように述べている[41]。イスラーム法によれば、利子が課される融資は禁じられているが、これは利子が不可欠な西欧の信用経済と相反するものだというのだ。ハーンとラマダーンはまたカタールやバーレーンのペルシア湾岸諸国やマレーシアでは、ムスリムの金融・資本市場が設けられており、顧客たちは融資システムや投資、さらにシャリーアに即しての有価証券などを活用してきた。こうしたセンターはムスリムと非ムスリムの顧客を引きつけているとも指摘する（後者は世界の銀行家たちによる不正と貪欲さに目をさました）。さらに、もうひとりのイスラーム法学者であるマレイハ・マーリクは、2012年の年次報告で、HSBC投信――HSBC金融グループのイスラーム部門――がイスラームの貸付金を拡大するため、利子を求めないとするイスラーム法の原則をもちいてきたことに言及している[42]。

　一方、アメリカで活動している有名なトルコ人経済学者のティムール・クラン［1954-。デューク大学イスラーム学教授］は、ムスリムの理想化された金融形態に激しく異議を唱え、ムスリムのなかでも利子のやりとりはかなり昔からあったと主張する。そして、利子は多様な金融戦略にまぎれこんでおり、そこでは古典期のムスリム法学者たちが、難題を扱うために、しばしば「ヒヤル」（計略）とよんでいた昔からの方法をもちいていたと指摘してもいる［たとえば、利子の禁止規定に抵触する利息付き金銭貸借を合法的な売買という形で行うことなど］。さらにクランは、とくに驚くべきことではないが、西欧にいる多くのムスリムが独自の判断にもとづいて、金融問題を実利的に処理し、もはや利

子の禁止規定を守っていないとも論じているのだ[43]。

アメリカ合衆国とイギリスにおけるシャリーアと国法の論争点

　シャリーアは、世界中の非ムスリムのあいだで最大の動揺や敵意を引きおこしている、イスラームを知る上で中心的な問題といえる。それは世界的にみて決定的に重要な問題となっている。「アラブの春」（本書第11章参照）という未曾有の出来事が起きた新しいエジプトのみならず、他の政治的な変革を体験した国々やヨーロッパなどで、である。さらにアメリカ合衆国でもシャリーア論争の暗雲がテネシーやカンザス、アラスカといった州に立ちこめている。各国首脳もまたこの問題について発言してきた。たとえば2006年12月、当時イギリス首相だったトニー・ブレアは、「強制的な結婚やシャリーアの移入、そして女性がモスクに入ることを禁じること」は、「一線をふみはずしている」と言っている[44]。だが、この種のおおまかな発言は誤解をまねく恐れがある。今日、非ムスリムが気をもんでいるのはシャリーア全体ではなく、そのうちの2つの規定、すなわち女性の扱い方と極刑や両手の切断といった過酷な刑罰だからである。彼ら首脳はそれ以外のシャリーアの内容については、ほとんど知らないのだ。

　2011年、アメリカでシャリーアに対する「さらなる論議と参画」をうながすことを目的とする調査がなされ、シャリーアとアメリカの州法との「抵触」にかかわる訴訟事件が数多く分析されている[45]。そして、23の州における50例を分析したのち、報告書は「州の公共政策になじまない」法的決定がかなりあると結論づけている。こうして分析された事例のなかには、シャリーアにもとづく名誉の殺人や「イスラームを冒涜したとされる者」に対する攻撃、「機関ないし個人に対するジハード的な暴力」もふくまれていた。これらすべての事例において、被告たちはその犯行の動機が「シャリーアないしイスラーム法によってかりたてられた」と明言しているという[46]。同報告書はまた、アメリカの国内法と抵触しないかぎり、ムスリムが合衆国内で「個人的で敬虔な宗教的慣行」[47]を実践することになんら問題はないとまで述べているが、その対象を「制度化された信頼できるシャリーア」[48]を唱える人々とする。さらに報告書は、サンプルとして選んだ事例は、あくまでも「氷山の一角」にすぎないとも指摘している。

　一方、イギリスでは、当時英国国教会の最高位だったカンタベリー大主教で、神学博士でもあったローワ・ウィリアムズ［在位2002-12。ローマ教会によ

第5章　イスラーム法

る同性愛者への按手や結婚の祝福、女性聖職に反対したことでも知られる］が、2008年2月、シャリーアの一部をイギリスの法体系に組みいれることは不可避だと公言して、各方面からの非難をあびている［この発言は2月7日のBBB放送の番組でなされた］。だが、その言葉を正確に引用すれば、大主教はこう指摘しているのである。すなわち、すでに他の宗教法が一部適用されている事例がある以上［シャリーア法廷やユダヤ原理主義裁判所が存在していて、法的な拘束力こそないものの、当該教徒たちの民事訴訟の調停などを行っている］、イスラーム法のいくつかの規定と「建設的なおりあい」をつける余地があるはずだとする[49]。前述したように、こうした大主教の考えは多くの批判をあびた。だが、それはしばしば文脈をはずれたものか、たんなる誤解によるものだった。彼はイギリスにキリスト教以外の裁判所があることに言及しているが、これは正しい。かなり以前から、イギリス在住のユダヤ人たちは離婚から商取引にまでいたる、多岐にわたる民事上の紛争を解決するため、彼らの宗教裁判所であるベト・ディーンに頼ることができたからである[50]。

　たしかに、キリスト教徒はもとより、ユダヤ教徒やムスリムも、ある程度の宗教法を適用することが認められ、そのシステムが広く機能している宗教機関をイギリス国内にもっている。この事実はあまり知られていない。にもかかわらず、2001年9月11日のアメリカ同時多発テロ事件、そして2005年7月7日のロンドン同時爆破テロ事件以来、ムスリムに対する反発の空気は、イスラーム4UK［2008年に組織され、2010年1月にイギリス内務省から非合法テロ集団に指定］やアル・ムハジルーン［1983年にマッカで組織され、86年にイギリスで活動を開始したが、2005年に国内追放］をはじめとするイスラーム過激派による、「イギリスのイスラーム化」といった威圧的な声明によってあおられ、イギリス国民がいだくシャリーアの紋切り型で敵対的なイメージが、さらに強いものになっているのだ[51]。

ムスリムのシャリーア観

　アメリカで長年教鞭をとっていたパキスタン人のリベラルな神学者ファズール・ラーマン［1919-88］は、1960年代、イスラーム社会の法がクルアーンやムハンマドのスンナ（言行録）の倫理的な教えにもとづかなければならないが、同時に現代の状況にも留意しなければならないとして、次のように主張した。「こうして法は変化する社会状況に適合し、その倫理的な価値もつねにもちつづけるだろう」[52]。アフガニスタン出身のイスラーム法学者ムハンマド・

カマリ［1944-。マレーシア国際イスラーム大学教授］もまた、ラーマンと同じ考えである。彼は言っている。「特定・不変の言葉で伝えられるクルアーンやスンナの法的内容は、ごく一部でしかない」。そしてこうもつけくわえる。「クルアーンとスンナの大部分は、異なる方法をもちいれば、かなりの程度まで解釈・発展させることができるのだ」(53)。

ナイジェリアやアフガニスタンといった世界の一部で権力をにぎったムスリム過激派は、シャリーアの施行を告げて住民たちのあいだに恐怖心をかきたてるため。まさに鳴り物入りでフドゥード（固定刑）をさかんに実施してきた。そうすることで、彼らの体制に正統なムスリム国家としての信憑性をあたえるかのように、である。こうした状況のもとで盗賊たちは手を切断され、姦通が露見した者たちは石打ち刑で殺されるか鞭打ち刑に処されている。さらに、女性たちには厳格な着衣規定が課されている。そこでは、過去何世紀にもわたって編纂されてきたイスラームの法律書にみられる、慎重な表現だが微妙にちがう言いまわしによる膨大な数と多岐にわたる判例が、20世紀に場所をもたず、ほとんどのムスリムが拒絶する暴力的で不名誉なまでに単純化されたイデオロギーのためにはらいのけられるか、無視されているのだ。

前述したように、今日、非ムスリムたちはシャリーアをしばしばそのフドゥードと一体のものとみなす傾向がある。このような無定見な見方は、ターリバーンのような集団による声明や行動によって、修正されるどころか、かえって強化されているのだ。アフガニスタン出身の作家で、アメリカに亡命したカレド・ホッセイニ［1965-。タジク人の医師・国連高等弁務官事務所親善大使］の一連の小説(54)は、祖国でなされているムスリム過激派の蛮行を雄弁に告発した。1988年にノーベル文学賞を受賞したナギーブ・マフフーズ［1911-2006。カイロ出身の作家。代表作に『カイロ３部作』（塙治夫訳、国書刊行会、2011-12）などがある］もまた、祖国エジプトのフドゥードのことを鋭い言葉で語り、フドゥードが実施されている同じ社会で、たとえばワインが売られ、賭博場が旅行者のために設けられているというダブルスタンダードを批判した(55)。ムスリムが過半数を占めるほとんどの国では、これらの刑罰は採用されておらず、法体系のなかにも組みこまれていない。たしかにサウジアラビアやパキスタン、イランといった国々では、シャリーアを国法とし、上記の刑罰も公式に行われている。だが、カマリはこうした刑罰がきわめてすみやかに、あるいは熱狂的に執行されているわけではないと指摘する(56)。

前出のマレイハ・マーリクによる2012年の報告書は、イギリス在住のユダ

ヤ教徒やキリスト教徒、さらにムスリムの少数派が、彼らのコミュニティにもとづく法の一部をなす実践のいくつかを、イギリスの法体系に適合させようとすることは理にかなっているとし、それは少数派の法的秩序を通じてなしとげることができると主張する[57]。報告書はまた、ユダヤ教徒やキリスト教徒、ムスリムたちがすでに幾度か宗教会議を開いて、信仰コミュニティ内での民事訴訟を扱っていること、彼らの代表と国家の法的機関とのあいだで建設的な対話がなされていること、さらに宗教裁判所と民法のあいだに「ダイナミックな関係」ができていることなどを強調してもいる[58]。

今日、倫理的な問題は、イスラーム法の専門家たちにとってまちがいなく重要な関心事であり、彼らは同じムスリムのためにクルアーンやスンナを再解釈している。その格好の例が、犬に対する見方である。彼らはシャリーアに従って、伝統的に犬を汚れたものとみなしてきた。しかし、アメリカに在住するイスラーム法学者カリード・アブ・エル＝ファドル［1963－。クウェート出身。現在カリフォルニア大学ロサンゼルス校ロースクール教授］は、犬を敵視するハディースは信頼できないとする。事実、この問題について、彼はムハンマドが犬の前で祈っていたことを伝える、より信頼できるハディースがあるとしているのだ[59]。

一方、イギリスでの犬に対するムスリムの姿勢もまた変化がみられる。最近まで盲導犬をともなう視覚障害者たちの入店や乗降をこばんでいたレストランのオーナーやタクシー乗務員が、ムスリムの宗教指導者と障害者権利委員会のあいだでもたれた会議のあと、彼らの受けいれを認めるようになったのである。こうして今では盲導犬がモスクにまで入れるようになっている[60]。

将来

イスラーム法は有機的で生きた特徴をもっており、決してすたれて固定し、変化もしないような法などではない。歴史はわれわれにその変遷を教えてくれる。だが、現代の教条的なイデオロギーはこの真実をねじまげ、世界中の他の多くの法体系と同じように、イスラーム法もまた変化の過程にあるという重要な事実をおおいかくしている。

過去何世紀にもわたって、シャリーアの意味を研究してきた世界各地の専門家たちは、シャリーアを社会に適合するように解釈するという、一種のプラグマティズムをかなりおこなってきた。ムスリムが多数派をしめる国だけではな

く、少数派の国でも、法学者たちは現代の世界におけるイスラーム法と世俗的な国家システムとの関係について、多岐にわたる考え方をしているのだ。各国はこの問題についてさまざまな解決法をとりいれているが、そうした解決法は東西両世界における16億近いムスリム、とくにそのうちの半数をしめる女性たちの生活に、これからも重要な影響を及ぼしつづけるだろう。

では、現代のイスラーム法学者たちはイジュティハードを行使して、ある時代と場所で生まれて多少とも時代遅れになったイスラーム法の一部、とりわけ姦通や窃盗にかんするフドゥードを、法律書からすべて消しさるのだろうか。ムスリム学者たちは生命倫理や臓器移植、妊娠中絶、避妊、さらにインターネットといった新しい問題を、はたしてどのように扱うのだろうか。中東では「アラブの春」によるさまざまな出来事が起こり、その結果として、非宗教的な政治立法組織から混淆的な組織をへて、それぞれの国がシャリーアに基づく政府として認めるようなものにいたるまで、多様な政体や法体系がまちがいなく生まれつづけていくだろう。たとえばヨルダンの政体は混淆的で、シャリーアに立脚しているものの、そこにフドゥードの適用はふくまれていない。

ただ、あるシナリオだけはありそうにない。すなわち、一部のジハーディスト集団（過激派）は今もなおカリフ制を唱えているが、この体制の復活をめざす強力な運動が生まれる、という可能性である。しかしながら、現代の領域国家が深く根を張って、ときに愛国的な忠誠心が普遍主義をめざすムスリムの熱望より強くなったとしても、ムスリムの包括的なコミュニティであるウンマという概念は、なおも多くの信者たちの心をゆさぶるはずだ。彼らムスリムたちはその精神的な日常生活において、たしかにシャリーアに従いながら唯一神を崇拝し、仲間たちに対する身の処し方を決める。そのかぎりにおいて、シャリーアはまさにコミュニティをむすびつけているのである。

● 参考・関連文献

Dien, Mawil Izzi : *Islamic Law. From Historical Foundation to Contemporary Practice*, University of Notre Dame Press, Notre Dame, IN, 2004（マウィル・イッジ・ディーン『イスラーム法 —— 歴史的基盤から現代の実践まで』）

Gleave, R. : *Scripturalist Islam. The History and Doctorines of the Akhbari Shi's School*, Brill, Leiden and Boston, MA, 2007（R・グリーヴ『聖典主義者のイスラーム —— アフバール派の歴史と教義』）

第5章　イスラーム法

Hallaq, Wael B. : *A History of Islamic Legal Theories. An Introduction to Sunni Usul al-Fiqh*, Cambridge University Press, Cambridge, 1997（ワーエル・B・ハッラーク『イスラーム法理論の歴史 —— スンナ派法学入門』、黒田壽郎訳、書肆心水、2010年）

Kamali, Mohammad Hashim : "Law and Society. The Interplay of Revelation and Reason in the Shariah", in John L. Esposito (ed.), *The Oxford History of Islam*, Oxford University Press, Oxford and New York, 1999, pp. 107-154（ムハンマド・ハシム・カマリ《法と社会 —— シャリーアにおける啓示と理性の相互作用》、ジョン・L・エスポジト編『「オックスフォード」イスラームの歴史1』、小田切勝子訳、共同通信社、2005年所収）

Khadduri, Majid : *Al-Imam Muhammad Ibn Idris al-Shafi's al-Risala fi Usul al-Fiqh. Treatise on the Foundations of Islamic Jurisprudence*, trans. Majid Khadduri, The Islamic Texts Society, Cambridge, 1997（マジード・ハッドゥーリー『ムハンマド・イブン・イドリース・アッ＝シャーフィイーのイスラーム法源論』英訳）

第6章　多様性

　神はわれわれにそれぞれが異なりながらも、互いに共生することを学ぶよう命じられた（http//islamtogetherfoundation. Blogspot.com）［現在このアドレスは削除］。

　神は正義であり、われわれに独自の方法で正しくあるための自由意志をあたえられた（ムハンマド・アサドのクルアーン第6章159節にかんする注釈より）。

　今日、ムスリムは中近東をはじめとしてヨーロッパやアメリカ大陸など、地球上のいたるところに住んでいる。とすれば、632年にムハンマドが没してから何世紀ものあいだにイスラームの教義や儀礼がかなり変化したとしても、べつだん驚くことではないだろう。われわれはメディアがイスラームについてあれこれいうことに慣れている。イスラームとはなにか、ムスリムたちはなにをしているのか、さらにこの種の包括的な一般化についてなどである。唯一神がムスリムをむすびつけて一体化しているという考えはまた、自らの政治的・宗教的動機からこうした印象を最大限世界に伝えようとする、一部のイスラーム学者たちによって増幅されている。だが、今日のイスラーム世界がもっている複雑さをある程度理解するには、イスラームの歴史をかなりさかのぼってみていくことが肝要である。本章の目的はここにある。現代の諸問題ないし危機と対応させたり、あるいはその解決法をみつけようとしたりするため、歴史から有名なエピソードや運動をよびおこそうとする今日のムスリムにとって、過去はきわめて身近なものとしてある。

　本章ではまた、シーア派の信仰や実践を詳細に検討する。たしかに世界中のムスリムのうち、どれほどがシーア派なのか見さだめるのはむずかしい。だが、彼らがその10–15パーセントをしめていると仮定すれば、ひかえめに見積もっても、イランやイラク、バーレーン、シリアといったムスリム多数派国[1]や、ヨーロッパ、アメリカ、オーストラリア、南アジア、アフリカなどのコミュニティにいる彼らの数は、少なくとも1億5000万はいるだろう[2]［ワシント

第6章　多様性

ンのピュー研究所による2009年度の統計では約2億人〕。ここであきらかに重要なのは、彼らの信仰が非ムスリムによっても知られており、スンナ派のそれと区別されているということである。

スンナ派とシーア派はイスラームの中核的な信仰、すなわちクルアーンや預言者ムハンマド、さらにイスラームの五行にかんする信仰や実践を共有している。だが、周知のようにこれら両派にはいくつかちがいがある。単純にいえば、シーア派とスンナ派を分ける主たる教義は、前者のイマーマ —— ムハンマドの直接的な系譜に属する指導者（イマーム）にのみあたえられるカリスマ的な権威 —— にかかわる。シーア派にとって、ひとりイマームだけがコミュニティで権威をもつ。彼だけがムスリムの教義と法の権威をもった本源だとされる。スンナ派がカリフをイスラーム法（シャリーア）の守護者だとするのに対し、シーア派はイマームをそれ以上の存在とみる。本章で後述するように、シーア派はまたスンナ派にはみられない独自の特別な儀礼も発展させた。これらの儀礼は彼らの歴史における重要な出来事、とくにムハンマドの孫で680年に殉教したフサインの死を記念して営まれている。

多様な背景

ムスリムの90パーセント近くがスンナ派に属している。とすれば、当然のことながら、スンナ派のなかにかなりの多様性があると想定すべきだろう。ただ、こうした多様性がそのままスンナ派とシーア派の分裂をまねいたとする、メディアの短絡的で紋切り型の考えに組みしてはならない。たとえば、モロッコとムスリム世界のもう一方の端に位置するインドネシアは、宗教的な立場や実践を異にしているにもかかわらず、いずれも強固なスンナ派なのである。ムスリム多数派の国々に住むスンナ派の人々は、ときに外部から攻撃を受けるかもしれないといった誇大妄想的な被包囲心理を増幅させ、他のムスリムから自分たちを切りはなしている。一方、シーア派はしばしば地元の慣行を重視しており、それゆえ同じ宗派でも国ごとにきわめて様相が異なる場合がある（本書第5章参照）。こうした違いが、なにをもってスンナ派ムスリムというのか、さまざまな違いをどこまで認めるかといった内部の議論をあおっているのだ。本章の章題から明らかなように、中世のみならず、現代においても、スンナ派の考え方にはかなりの異同がみられる。たとえば、アメリカ合衆国在住のすぐれたイスラーム法学者カリード・アベール・ファドル〔前出〕は、厳格なイスラームを激

しく批判している。人権問題の専門家でもある彼は、現代世界にとってのスンナ派ムスリムの存在を明確に解きあかしたことで知られるが、そのアプローチは、アルジェリア出身の学者ムハンマド・アルクーン［1928生。ソルボンヌのイスラーム哲学教授］のそれと好対照をなしている。アルクーンは、2010年に没するまでフランスに住み、フランス哲学や知的理論、文化論争といった背景のなかでイスラームを論じた。彼はまた近代主義的なイスラーム研究を唱えてもいた。さらに、前出のアミナ・ワドゥードやモナ・シッディキ［1963-。カラチ出身のムスリム学者で、エディンバラ大学イスラーム・異宗教間研究教授］などのすぐれた女性スンナ派研究者もまた、アメリカとイギリスという大西洋の両岸でジェンダー問題やクルアーン解釈について発言している。しかし、これらすべてのヴァリエーションはスンナ派ムスリムの枠内に問題なくおさまっているのだ。

とはいえ、こうした「スンナ派」を一個の存在として扱うのは、キリスト教を統一的な世界的現象とみなすことと同様、重大な誤りといえるだろう。一般的にSunniという語は、Christianという語とまったく同様に、たんに名前だけの者から敬虔な信者にいたるまでの、きわめて広い信仰と実践を包括している。本書の大部分は、複雑なスンナ派をとりあげているが、むろん本章だけで中心的なスンナ派ないし少数スンナ派の信仰や立場をまとめようとするのは、きわめて表層的な試みといえるだろう。それゆえ、スンナ派がいろいろな問題に対してなにを感じ、なにを考えているかを知ろうとする読者には、本章冒頭の言葉と本書巻末の索引を参照してもらいたい。

イスラームにおける多様性と差異の問題を語るにさきだって、重要なことがひとつある。すべてのムスリムがなにを共有しているかを想い起こすということである。この基本的な共通土壌は非ムスリムのみならず、一部のムスリムからですら──とくに「アラブの春」以降の混乱時に──忘れ去られている。ほとんどすべてのムスリムはその背景や社会、言語を異にしながらも、神聖な信仰や考え、儀礼などを共有しており、まさにこのことが彼らのあいだに強い一体感を生み出している。前述したように、こうしたイスラームの中心には唯一神（タウヒード）への信仰がある（本書第4章参照）。さらに、ムスリム世界にとって、アラビア語のクルアーンが拘束力をもっていることに疑いはない（第3章参照）。くりかえしをおそれずにいえば、クルアーンはムスリムたちの不可欠な行動指針であり、彼らに精神的な安らぎや安心のみならず、進言さえあたえてくれる。現世と来世を考えさせてもくれる。ムスリムに一連の明確な教義的・倫理的・社会的な教えを授けるクルアーンは、そうしたことを独特の

第6章 多様性

力をもった言葉によっておこなうのだ。それゆえ人々は預言者ムハンマドを崇敬する（第2章参照）。イスラームのほぼ誕生時から、ムハンマドはクルアーンで一個の人間と明記されているにもかかわらず、ムスリムの信仰の中心となり、以後もその位置にとどまってきた。彼はアラブ人だけの預言者だけでなく、中東の人々だけの預言者だけでもない。これについて、クルアーンはこう言っている。「これ、預言者よ、我らは汝を証言者として、嬉しい音信の伝え手として、警告者として遣わした」（33・45）。イスラームが世界宗教となっている今、この言葉は信者たちにとってより重要な意味をもっているのだ。

さらにいえば、イスラームの五行すべてを実行する信者は、さながら櫛の歯にも似ている。これらの行——信仰告白、祈祷、喜捨、断食、マッカ巡礼——は、スンナ派、シーア派双方が実践している。たとえば、集団で行う礼拝は厳密に時間が定められており、ムスリムの連帯意識を強化する。また、巡礼は人生を変える経験であり、その目的地であるカアバは、ムスリムの世界的な連帯の象徴となっている。このようにムスリムが共有する基盤には膨大なものがあり、それは彼らのあいだのちがいをはるかに凌駕している。

スンナ派とシーア派の分布。濃淡の緑色は、2009年現在でスンナ派とシーア派が人口の50パーセントを超える国々

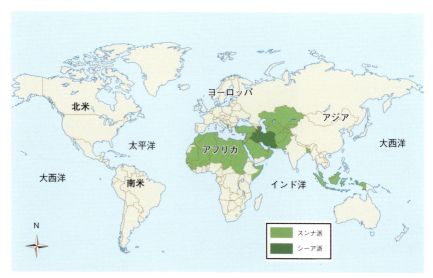

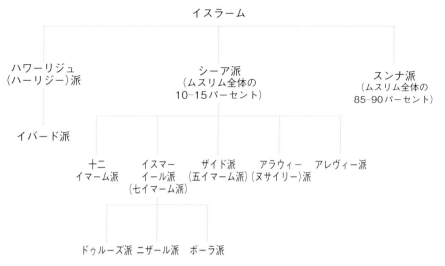

イスラームの宗派・分派 ムスリムの大部分はスンナ派で、18世紀にアラビア半島で生まれたワッハーブ派を含む。シーア派はその教義の系統によって多くの下位宗派に分かれている。ただし、ハワーリジュ派の流れをくむ穏健なイバード派は、スンナ派にもシーア派にも属していない。

スンナ派の登場

　ムスリムの信仰と実践の多様さは、おそらく632年に預言者ムハンマドが没して以降、ムスリムのあいだでイスラームを実践する正しい方法について、さまざまな解釈がなされたことに起因する。イスラームであれ、他の世界宗教であれ、およそ集団なるものはつねに政治的な目的や思想を有しているが、さまざまな個人や家族、集団から構成されていたムスリム共同体は、ほとんどその当初から、信仰や統治の方法にかかわる問題について、異なる考えをもっていた。こうして信者同士が分裂し、やがてそれらはスンナ派やシーア派だけでなく、より小規模なセクト的宗団へと細分化していった。そして、イスラームが到来する以前にそれぞれの地域で営まれていた宗教の影響を受けた結果、ムスリムの信仰や実践に新たな違いが生まれもした。こうした影響は今もなおみられ、たとえばインドネシアやボスニア、カリブ海諸国、インド、ナイジェリア、サウジアラビア、アメリカ合衆国在住のムスリムのあいだには、きわめて大きなへだたりがみられる。一方、キリスト教徒やユダヤ教徒、仏教徒、ヒンドゥー教徒、さらに無神論者たちの近くにいて、アニミストの儀礼にくわわっ

第6章　多様性

ているムスリムたちは、事例こそ多くないものの、世界の一部地域におけるイスラームの実践法に影響をあたえてきた。

ムハンマドの死後、最初期のムスリム集団はしばしば行き場を失ったが、その状態は長くは続かなかった。新しい宗団をつくるか、別の宗団にくわわったからである。こうした変遷にかんするわれわれの知識は漠然としており、おそらくはかなり簡略化されたものにとどまっている。この知識は大部分がのちのスンナ派の書に由来しているが、これらの書はイスラーム内の初期宗団を回顧的に、だがあまりにも単純化して紹介しているからである。その著者たちは、これら新しい宗団を異端とみなしている。たとえば、ムハンマドの死後30年以内に、若いムスリム共同体がハワーリジュ派として知られる周縁的な分派として生まれている［本書第9章266頁参照］。彼らはもっとも有得な人物がコミュニティを指導すべきだと考え、その人物はかならずしもムハンマドの一族や、コミュニティ全体から選ばれた人物にかぎらないとした。そして、彼らの考えに同意しない者はけっしてムスリムではなく、殺害されてしかるべきだとも唱えた。この初期ムスリムの非妥協的な宗団は、以後約2世紀にわたって初期の歴代カリフから迫害された。それゆえ彼らは遠い地、たとえばオマーンやアルジェリアに逃れ、その末裔たちはイバード派の呼称で今もなお存在している——ただし、彼らが他のムスリムに対する戦いをやめてからすでにひさしい。

ある意味で、スンナ派を当初から活性化させた運動はなかった。むしろ同派はムスリム共同体の主流として徐々に発展したといえる。こうした初期宗団における歴史的な重要性は、スンナ派が個人的・政治的・教義的な差異や異端（非正統）に対して自らを組織化し、中東のキリスト教やユダヤ教、さらにゾロアスター教といった他宗教の教徒との言葉や文書による論戦を通じて、イスラーム内に多数派とての地歩を築くことができたところにある。スンナ派はまた、派閥主義、とくにのちにシーア派と呼ばれるようになる宗団が広めた、まったく異なるイスラームの信仰モデルと対峙する過程で、自らを明確に規定し、強化してもいった。

スンナ派とシーア派のおもな違いは、当初はだれがムスリム共同体を指導するかという問題にあった。この指導者はいかなる資格をもつべきか、彼が遂行すべき義務とは何か。これが問題の核心だった。622年にムハンマドがマディーナに設けた最初のコミュニティは、彼のカリスマ的なリーダーシップのもとで統一されていた。ムハンマドは神から遣わされた預言者であり、それゆえム

スリムの指導者だった。マディーナにおける彼のコミュニティは、以来つねに理想化されてきた。まさにこれこそが、ムスリムの指導者が手本にしなければならないモデルだった。だが、ムハンマドが没した瞬間から、その死の悲しみにうちひしがれた信奉者たちのあいだに深い亀裂がはしる。スンナ派の信仰によれば、ムハンマドは死後のことについていかなる指示も残さなかったという。前述したように息子ふたりはいずれも早世し、後継者をだれにするかという意向も示さなかった。あとに残された者たちは対応に苦慮した。

　この間の一連の出来事を語るスンナ派の伝承 —— 今日の支配的な見方 —— は、以下のとおりである。ムハンマドの死後、彼にもっとも近い教友の一部が集まった。そのなかには、ムハンマドの義父［9歳の娘アーイシャを56歳のムハンマドに嫁がせている］で、マッカからのヒジュラ時には彼に従い、ともに洞窟にのがれた忠実な親友でもあったアブー・バクルもいた。ムハンマドの身内でもうひとりの重要人物であるウマル（第2代カリフ）が、アブー・バクルの両手を広げ、自分の手でそれにふれる、つまりバイア（忠誠の誓い）［語源は「売買」］と呼ばれる儀式をおこなったとき、ムハンマドの他の教友たちはそれに従い、アブー・バクルがムハンマドの後継者（ハリーファ、カリフ）であるとの宣言がなされたという。スンナ派は、回顧的にこの出来事をムスリム全体から認められている指名だとしている。まさにこのアブー・バクルの後継者指名によって、カリフ制をしくスンナ派が誕生したのである。ただ、ここで強調すべきなのは、カリフがけっして預言者としてはみなされていなかったということである。ムハンマドが最後の預言者だからである。とはいえ、こうしたスンナ派のカリフはムスリム共同体の指導者であり、その責務は信仰を保護し、クルアーンとスンナ（ハディースに組みこまれたムハンマドの言行録で、スンナ派の呼称の由来）[3]にもとづくイスラーム法を支持し、ムスリム世界の境界を守り、かつ拡大するところにあった。

カリフ制の歴史

　ムハンマドの死後1世紀をまたずして、スペインからインド北部、さらに中印国境付近にまで広がるムスリム世界の大帝国がひとたび建設されると、カリフの地はアラビア半島から最初はイラクのクーファ、ついでダマスカス、さらに8世紀後葉にはバグダードの新市街に移され、何世紀にもわたってそこに座を置くことになった。こうしてバグダードの地名は、教皇がローマと同一視されたのとまったく同様に、スンナ派ムスリム共同体の至高の指導者としてのカ

第 6 章　多様性

征服の１世紀　この地図はウマイヤ朝時代末期（750年頃）のムスリム支配下地域の版図をしめす。

リフの代名詞となる。だが、バグダードのスンナ派カリフは10世紀までにその政治力の多くを失い、歴代カリフたちが享受してきた宗教的権威は、スンナ派法学者層のウラマーの手に移った。カリフは1258年、バグダードがモンゴル軍によって劫掠されるまで残ったが、すでにその地位は宗教的かつ法的なお飾りでしかなかった［カリフ制はウマイヤ、アッバース朝に継承されたが、モンゴル軍によって、アッバース朝カリフは処刑された］。それ以後、カリフ制を復活させようとする試みが、最初はマムルーク朝のスルターンによってカイロで、ついで［1571年にマムルーク朝を滅ぼした］オスマン帝国によってコンスタンティノポリスでなされた。だが、このカリフは７世紀から９世紀までの全盛期のそれと似て非なるものだった。そして1924年、トルコ共和国の建設者ムスタファ・ケマル・アタテュルクは、脱宗教＝世俗的国家を標榜して、カリフ制を象徴的に廃止するのだった。

シーア派の台頭 ── アリーの役割

　前述したように、シーア派と他のムスリム集団をおもに分けるのは教義上の問題、すなわちムハンマド一族の系譜につらなり、イマームと呼ばれる子孫たちに生まれながらにあたえられるカリスマ的な権威（イマーマ）をめぐる問題である。シーア派にとって、この問題はムハンマドの存命中に始まっている。彼らの見方によれば、ムハンマドは自分の後継者として従弟で娘ファーティマの婿、そして孫のハサンとフサインの父親アリー・イブン・アビー・ターリブを指名したという。アリーはそのきわだった資質によって、シーア派のみならず、全ムスリムからたたえられ、敬われたという。彼はシーア派の信仰や教義のなかで特別な位置を占めており、事実、シーア派を意味するShī'iteや Shī'a、シーア派に属する人々を指すShī'ī といった表記は、すべてイスラーム史の最初期にできた表現、つまり「アリー派」（Shī'at 'Alī）に由来するのだ[4]。

シーア派の聖画　アリー像、トルコ・イスタンブール。この巨大なポスターは、イスラーム芸術が宗教的な図像を忌避するという常識に挑戦している。その燃えたつような光背は、ビザンツ様式の聖画にみられる金箔を思わせる。ここではまた、アリーの鋭い眼光と、イスラームの神聖な色である緑が強調されていることに注目されたい。

第6章　多様性

　だが、アリーがムスリム共同体のカリフとなるには、ムハンマドの死から24年待たなければならなかった。彼が656年にその座に着くまえには、3人がカリフの任にあった。アリーのカリフ在任期間は短かったが、その期間はかなり混乱しており、ムスリム同士の2度の有名な戦い、すなわちラクダの戦い（656年）とスィッフィーンの戦い（657年）が起きている。そして661年1月、イラクのクーファにあるモスクで殺害され、彼のカリフ位は終わった。だが、シーア派にとって、こうした話はイスラームに対する真の神意を表わすものではない。彼らの考えでは、アリーこそが最初からウンマの指導者になるべきだったという。では、いかにしてアリーはシーア派の宗教的な伝統において、これほどまでに重要な役割をになうようになったのだろうか。なぜシーア派は、アリーが預言者ムハンマドの正統な後継者であり、ムスリム共同体の指導者だと信じているのか。

　シーア派は一連の出来事を次のように語る──。ムハンマドは妻アーイシャの家で他界した。それは誕生してまもないムスリム共同体にとって悲劇的・破壊的な打撃となった。すでに少しふれておいたが、ムハンマドは息子ふたりに先立たれていた。では、だれがコミュニティを指導するのか。これが緊急の課題だった[5]。ムハンマドの後を継ぐのにもっともふさわしいのがアリーだとする主張は、きわめて印象的なものだった。幼くして孤児になったムハンマドは、アリーの父親である叔父のアブー・ターリブに育てられる。やがてアリーは最初のイスラーム信者のひとりとなった。ムハンマドの伝記編纂者のイブン・ヒシャーム［本書第2章39頁参照］は、アリーが最初のイスラームを受け入れた男性だったとしている[6]。ムハンマドがマッカからマディーナへヒジュラ（聖遷）を敢行したさい、アリーは預言者の代わりにマッカに残り、危険を顧みずにムハンマドのベッドで寝ていたという。のちにマディーナでムスリム共同体がつくられると、彼はムハンマドの娘ファーティマと結婚する。伝承によれば、軍事的才能と勇気の持ち主だったアリーは、バドルの戦いで、敵軍の3分の1を片手で殺したとされる。ウフドとフナインのあいつぐ戦いでは、ムハンマドを守り、ハイバルの戦いでは、鉄扉を盾代わりにもちいたともいう［これらの戦いについては、本書第2章参照］。さらに彼は、ムハンマドの代わりに重要な任務をまっとうし、ときにはムハンマドの書記役もつとめた。ムハンマドがマッカ市民と結んだフダイビーヤの和議［628年。フダイビーヤはマッカ郊外の地］では、彼が和議書を草し、631年には、ムハンマドからミナー巡礼者たちに対するクルアーン第9章の朗誦と、マッカにある偶像の破壊を命じら

れている。

　アリーの一族的な結びつきや敬虔かつ勇気のある行動は、スンナ派とシーア派双方から崇めているが、後者はさらにそれを一歩進め、632年3月16日のエピソードについて次のように語る。ムハンマドがマッカへのハッジ（別離の巡礼）から戻ったこの日、ガディール・フンムの池のほとりで立ちどまり、鞍で説教壇を設けた。そして、アリーの腕をとって自分の脇に立たせ、彼が自分の後継者であり、ムスリム共同体の指導者になるだろうと宣言して、こう言ったという。「諸君、分かってほしい。アリーと私の関係は、アーロンとモーセの関係と同じだということを。ただ、わたしのあとに預言者は現われないだろう。私の亡きあと、アリーが諸君のワリー（守護者）［聖者とも。クルアーンでは「神の友、親しい友人」］となる。だれであれ、わたしをマウラー（主人）［保護者・被護者］とする者には、アリーがウムラーとなる」

　この伝承は、スンナ派によるアリー崇拝の中核となっており、イマーム制に対する同派の教義的なかなめでもある。こうして同派はワリーという語をアリーと関連づけて解釈し、彼がコミュニティの守護者であり、ムハンマドの後継者として明確に指名された唯一の存在だとする。ほとんどのシーア派によれば、スンナ派の歴史解釈における最初のカリフ3人——アブー・バクル、ウマル、ウスマーン——は、簒奪者だったという。ムハンマドの知識を受けつぎ、それをムスリムの信者たちに解きあかしたのが、ほかならぬアリーだったというのである。

　こうしたアリーの説教や手紙、格言などは、11世紀にシャリフ・アッ＝ラディ［970－1015。バグダード生まれのシーア派学者・詩人］が編んだ、大著『ナフジュル・バラーガ（雄弁の道）』にまとめられている。シーア派にとって、アリーはムハンマドにつぐ人物であり、純潔で神に導かれ、誤ることのない信仰の持ち主だった。最後の審判の日へいたる道を歩む人々のとりなしをおこなおうともした。数多くの奇跡的な偉業を帰せられた彼はまた、ムスリムのカリグラフィーではライオンとしてしめされている。

　シーア派はアリーに対する崇拝を公にしているが、ムスリムが可能なら生涯1度はおこなうべきとされるマッカ巡礼と同様、バグダードの170キロメートル南に位置する都市ナジャフ［クーファ南西郊にあり、刺殺されたアリーの遺体埋葬地］に、敬虔な巡礼［ジヤーラ］をおこなうようすすめている。シーア派にとって、ナジャフはイスラーム第3の聖地とされる。そこにはアリーの霊廟が建っているからである。ムスリムは簡素な墓に埋葬されたムハンマドになら

第6章　多様性

宗教的熱誠　17世紀以降に主要施設が建立されたナジャフ（イラク）のアリー霊廟。為政者たちによって寄贈された金色のドームは、シーア派の主要な霊廟の典型で、そこで祈れば、ほかの場所よりも効力があるとされている。いくつかの霊廟には、何世紀にもわたって収集された彼らの宝物を安置する博物館もある。鳥の大群——とくに聖性の象徴とされる鳩——がそこにやってきては、信者たちから餌をもらっている。

うべきとする勧告にもかかわらず、今日、アリーの霊廟は金箔もまばゆいドームがそびえる壮大さを誇っている。このナジャフへの巡礼は、ムハンマドの生誕日や他の重要な生誕祭と同様、アリーの誕生日と命日におこなうようとくにすすめられる。シーア派は、イスラームの真の知識がアリーと彼の子孫たち、つまり同派のイマームたちに対する崇敬からのみえられると考えている。ムハンマドの精神がいわば彼らに及んでいるとするのだ。ここで注目したいのは、シーア派のモスクから礼拝の呼びかけ［アザーン］がなされると、スンナ派の唱言の最後に、さらに「そしてアリーは神の友（ワリー・アッラー）」という文言が追加されているということである。もしムスリムの訪問者が見知らぬ町に来て、モスクのミナレットからの呼びかけにこの言葉が入っているのを聞けば、そこがシーア派の地であることをただちに理解するだろう。

ハサンのイマーム座

ムスリム共同体の初期の歴史は大きな社会変動を幾度も経験し、シーア派もその成立直後から、紛争や対立、そして迫害とむすびついていた。彼らは自分たちだけが真の信者であり、ほかは誤った道を行くか、もしくは正しい道からそれているとみなしていた。彼らはウマイヤ朝の覇権を認めなかった。この王朝はマッカの異教徒で、当初ムハンマドと対立していた有力な商人のウマイヤ家［クライシュ族の名門］を出自とし、のちにその一部はイスラームに改宗し、661年から750年まで、シリアを拠点としてムスリム帝国全体を支配するようになった。

シーア派が最初のイマームとしたアリーの死後、当時36歳ないし37歳だった長子のハサン［624-669］がイマーム位を受けついだ。権力の奪取をねらってい

シーア派の簡略図 シーア派のイメージに覆われた厚紙の巻物。イラク・カルバラー、1765年頃。一部は想い出、一部は瞑想を目的とするこの図には、アリー（ライオンと剣）やファーティマ（手）、ブラーク（ムハンマドを天へと運んだ馬）、説教壇（ミンバル）、来世（絹の喪）、巡礼者用の輿（マフマル）を載せたラクダ、イマーム崇敬（足跡と建物）、ハッジなどが描かれている。

第6章　多様性

たウマイヤ家のシリア総督ムアーウィア［603頃-680］の軍事力におびやかされていたハサンは、661年［アリーがハワーリジュ派によって暗殺された年］、総督がクーファのモスクでカリフの位につくという要求をこばんだ。シーア派の伝承によれば、ハサンがそうしたのは政治をきらい、流血をさけてウンマ内の平和を促進しようと望んでいたためだという。こうして彼はマディーナに隠棲し、669年ないし670年に同地で没するが、おそらくそれはムアーウィアの教唆による毒殺だった。シーア派はハサンをその死まで第2代イマーム、正統カリフだったとしている。だが、ハサンの退位をめぐっては歴史的な報告がさまざまあり、それらを整合させることはむずかしい。そのうちの多くは、ハサンの退位時にはかなりの金が支払われたといい、さらに幾度も結婚しているところから、「アル＝マトラク（離婚者）」とのあだ名をつけられていたとも指摘している[7]。

フサインのイマーム座

　680年、クーファにいたアリー一族の信奉者たちは、アリーとファーティマの次男で、ムハンマドの孫、そしてシーア派の聖史で2番目の重要人物となるフサイン［626-680］に自分たちの指導者になるよう説得する。この年、ウマイヤ朝のムアーウィアが没し、その子ヤズィート［645-683］がカリフの座を世襲したが、彼らはそれを不法だとして認めなかった。こうしてフサインはしぶしぶ申し出を受け入れ、ヤズィートを倒すため、一族と72人の信奉者とともにクーファに向かった。だが、クーファから40キロメートルほどにあるカルバラーの平原で、ウマイヤ朝のクーファ総督ウバイダッラー・イブン・ズィヤードが派遣した4000もの兵士たちに待ち伏せされ、攻撃を受ける。多勢に無勢。くわえてクーファの支持者たちからも見捨てられ絶望したフサインは、同道した男たち全員（77人）ともども虐殺されてしまう。男でかろうじて生き延びたのは、当時11歳ないし12歳だった息子のアリー・ザイヌルアービディーン［658-713。戦闘時に病の床にあった彼はダマスカスに連行されてヤズィートの奴隷となったが、数年後に解放され、学問の世界に生きた］だけだった。ウマイヤ軍はフサインの野営地を荒らし、女性や子どもたちは捕虜となったのち、マディーナに帰された。イスラーム（ヒジュラ）暦では、この忘れられない出来事は61年ムッハラム月［第1月］10日、西暦680年10月10日に起きたとされている［シーア派はフサインの殉教日をアーシューラーと呼ぶ。なお、アーシューラーとはアラビア語で「10」の意］。

こうしたおそろしい虐殺を許したクーファの住民たちは、かつてムハンマドがその顔に接吻をした、フサインの切断された頭部をまのあたりにして泣き叫び、自分の胸をたたいて、彼を助けなかったことを深く後悔するようになる。これらいわゆる告解者たち（タウワーブーン）は、殉教者フサインに許しをこうた。シーア派の悔悟・追悼祭［タアズィーヤ］は、この重要な出来事に由来する。彼らシーア派にとって、フサインは「殉教の王」となり、彼のパッション（情熱・受難）と死は、ときにイエスの最期にくらべられてもいる。11世紀のシーア派歴史家シャイッフ・ムフィード［948／950-1022］はこう嘆いている。「つねに毅然としていた彼（フサイン）は、喉の渇きを覚えていたさい、不当にも殺された。（…）その日、彼は58歳だった」[8]。ヨーロッパ啓蒙時代の偉大な歴史家エドワード・ギボン［1737-94。大著『ローマ帝国衰亡史』で知られる］もまた同じ思いで、フサインの死が「きわめて冷淡な読者の同情をも呼び覚ますだろう」[9]と書いている。カルバラーにあるフサインの霊廟は、世界中のシーア派がもっとも訪れる聖地となっている。多くの人々がこの地に埋葬されることを願い、その目的を達成するためいかなる努力もおしもうとしていないという[10]。

シーア派の分裂

　シーア派はすべての人々が同じ宗団に属しているわけではない。今日、「シーア派」という語は、一般に信者数がもっとも多く、もっとも話題になることが多い十二イマーム派をさすだけにもちいられる傾向がある。彼らの多くはイラクやインド、そしてとりわけ十二イマーム派を国教としているイランにいる（後述）。ほかに主要な集団としては、十二イマーム派より早く形成されたザイド派とイスマーイール派がある。

　シーア派イマームの神聖な系譜は単系的に始まり[11]、フサインの息子で、第４代イマームだったザイヌルアービディーンが713年に没するまで続いた。それ以後、シーア派内に幾度か亀裂が走り、その結果、さまざまな下位集団が生まれた。その一部はすでに姿を消しているが、いくつかは今も存在している。

ザイド派

　初期のシーア派内で最初の主要な分裂によって分離し、形成された宗団がザ

第6章　多様性

イド派である。同派はまた五イマーム派とも知られる[12]。彼らが第4代イマームの継承者に反対したからである。宗団の呼称は、ムンマハドの玄孫（やしゃご）［アリーの曾孫］で、740年にクーファでウマイヤ朝カリフに対して反乱を起こし、失敗して殺害されたザイド・イブン・アリー（698頃生）［ザイド派の第5代イマーム。対立していた十二イマーム派第5代イマームのムハンマド・アル＝バーキルは異母兄。処刑地はクーファ］に由来する[13]。ザイドの死後、信奉者たちは彼を真のイマームとみなした。ザイド派は、他のシーア派宗団の考えとは異なり、アリーの息子だったハサンとフサインののち、イマームの座を主張することができる権利はムハンマドからの特定の系譜には属さないとした。その座はアリーの一族全体に属するものだったからだという。ザイド派は正しい導きを確実に手にするため、そのコミュニティに宝物をふたつ残したというムハンマドの言葉を引用する。「神の書と系譜」がそれである。ここで強調すべき重要なことは、同派が十二イマーム派とは異なって、隠れイマーム［ガイバ（幽隠）。最後のイマームが死ぬことなく隠れており、いずれ再臨するという一種の救世主（マフディ）待望思想］を信じず、彼らのイマームが無垢で無謬だともしていないという点である。ザイド派はまた独自のイスラーム法源をもっており、神学にかんしては、スンナ派ときわめて近いと自認してもいる。

　初期イスラーム時代、ザイド派は積極的に軍事行動をおこなった。真のイマームは実際に剣の力で自分の地位を確立した。彼らはそう信じていた。たしかにイマームの座は、さまざまな資質のなかでもとくに宗教的な知識をもつ、十分に資格のある候補者が指揮した武装蜂起によって確立されるべきものだった。ザイドの死後、彼の一族による反乱が起きたが、いずれも失敗に終わった。その結果、彼らは迫害をさけるため、ムスリム世界の遠隔地に移った。やがて、第2代イマームのハサンの子孫たちによって、ふたつの国家が建設される。一方は、イラン北部のカスピ海地方で864年に樹立されたもので［アラウィー朝］、その接近困難な立地のおかげで、彼らは生き残ることができた。もう一方は、897年にイエメンのサーダに建設され［ズィヤード朝］で、そこでは歴代イマームが1962年まで国を治めた。最後のザイド派イマームとなったムハンマド・アル＝バドル［イエメン王国最後の国王。父王が他界した1962年にクーデタで国を追われた］が1996年にイギリスで没すると、ザイド派にはイマームがいなくなった。だが、イエメンには同派の信者がなおも約500万人いるとされる。

シーア派の分裂

力強い記念物としてのモスク アル゠アクマル・モスク、カイロ、1125 年。ファーティマ朝の王宮脇にあるこのモスクは、宗教的・政治的な宣言ともいうべきもので、おそらくは宮廷礼拝所や教育機関、さらに預言者ムハンマドの孫フサインが入るための墓として建てられたと思われる。その連続する装飾文様は放射する光をイメージさせ、刻まれた文言はアリーの一族をたたえ、「あらゆる不信心者に対する勝利」を神に祈っている。

イスマーイール派

シーア派内のより大きな分裂は765年に起きた。これにより分離した宗団がイスマーイール派である[14]。彼らは中世初期にはきわめて活動的かつ政治的だったが、13世紀以降は穏健でひかえめなシーア派のムスリム共同体へと変わっている。同派が出現した背景はなおもはっきりしていないが、それは765年に没した第6代イマームのジャアファル・サーディク[699／702生。シーア派法学の基礎を築き、同派の思想を広めた]のあとをだれが受けつぐべきかをめぐって、意見の対立があったことと無縁ではないだろう。彼の長男イスマーイール・イブン・ジャアフィル[712／22-755頃]は、自分がその後継者として第7代イマームになると主張した。この主張を受け入れた者たちが、イスマーイール派ないし七イマーム派として知られるようになる。

このイスマーイール派の存在は、899年にひときわめだつようになる。それは、のちにムハンマドの娘の名をとってファーティマ朝とよばれるようにな

第6章　多様性

る、シーア派の新しい王朝の創始者ウバイドゥッラーことアブドゥッラー・マフディー［ウバイド・アッラーフとも。カリフ在位909-934］が、北アフリカでアッバース朝カリフに対抗するカリフ制を樹立し、自分がムハンマド・イブン・イスマーイール［イスマーイール派の開祖イスマーイールの子］の子孫であり、真のイマームであると主張したときだった。そしてファーティマ朝第4代カリフのムイッズ［在位953-975］の時代、王朝はエジプトまで勢力を拡大し、969年、カイロに新しい首都を建設して最盛期をむかえることになる。イスマーイール派はカリフの統治下で軍事的にも活発化し、ムスリム世界全体を掌握して、独自のイスラーム解釈を課そうとした。さらに彼らはほぼ2世紀にわたって地中海を政治的に支配する。だが、1171年、対十字軍の偉大なムスリム英雄のサラディンないしサラーフッディーン（本書第9章271-272頁参照）によって彼らの支配は終わりを告げる。サラディンはエジプトを再建する一方、旧ファーティマ朝の他の支配地はバグダードのスンナ派カリフに忠誠を誓わせた。それ以前、ファーティマ朝はより広域的な宣教努力に失敗していた。

イスマーイール派の多様性

　ファーティマ朝第6代カリフのハーキム［在位996-1021。冷酷・厳格な治世を敷いたが、数々の奇行や暴虐ぶりを発揮したともいう］の時代には、すでにイスマーイール派から小規模な分派が生まれていた。彼は1009年、エルサレムの聖墳墓教会を破壊したことで中世ヨーロッパのキリスト教世界に知られたが、一部のイスマーイール派は、彼の生涯を教宣者ないし布教者ダラズィー［ブハラ出身。カイロでハーキムの寵愛を受け、その神格化に貢献したが、反対派によって殺害されたとされる］の説教を通じて明確化している。1021年にハーキムが謎めいた失踪をしたのち、信奉者たちは新しいグラート（極端派）、すなわちドゥルーズ派[15]を組織する。彼らは迫害をさけるため、シリア北部やレバノンの山岳地帯に拠点を移し、現在もそこにとどまっている。

　同じイスマーイール派の分派で、ドゥルーズ派よりはるかに有名なニザール派は、1094年、カイロのファーティマ朝主流から分かれている。彼らはイラン北部ダイラム地方のアラムート要塞に拠点を置いた。このシーア派の過激宗団は、一般にはアサッシン（暗殺教団）という侮蔑的な呼称で知られるが──暗殺（assassin）という語はこの呼称に由来する──、彼らはその秘教的な教義（隠れた意味と特殊化された知をもとめる思想）に引きよせられた知識人のみならず、より正しい社会の建設を約束して、一般民衆にも訴えかけ

た。そして1095年から1124年のわずか30年間に、ニザール派はカリスマ的な指導者ハサン・サッバーフ［？-1124。ニザール派の初代教宣者。最初ファーティマ朝に仕えて布教活動を行うが、1094年、カリフの後継者問題で同王朝と決別し、絶対的権威への服従や暗殺戦術を説いてセルジューク朝スンナ派に対抗した］のもとで、およそ50件におよぶ有名な暗殺をあいついで敢行した。彼らの犠牲となったのは、つねに政府高官や軍事的・宗教的な重要人物だった。その暗殺行為はきまって真昼、しばしば金曜日［集団礼拝日］のモスクの中庭でなされた。ハサンの没後、ニザール派はかなり勢力を弱め、コミュニティも孤立化していった。だが、暗殺教団という悪名は、モンゴル軍がアラムートに進撃し、同派の拠点を破壊する13世紀まで残った。以後、ニザール派は身を隠し、今日まで生き延びているが、彼らはもはや好戦的な方針をとらず、むしろイスラームを独自に、しかしひかえめに解釈して存続をはかっている。

　イスマーイール派のもうひとつの分派としては、ボーホラー派[16]がある。1171年頃、彼らはまずカイロからイエメンに移り、ついでインド亜大陸に定着して、以来、その地を主たる活動拠点としてきた［前身はイスマーイール分裂時に結成されたムスタアリー派で、インドでボーホラー派（字義はグジャラート語で「買う、商う」）とよばれるようになった］。パキスタンや東・西アフリカにも住んでいる彼らは、外部世界からはほとんど知られていないが、病院や学校の建設など、多くの慈善計画に資金を提供している。

イスマーイール派の信仰と実践

　イスマーイール派は当初から秘儀を守っている。彼らはだれでもが手にできるクルアーンの外部的な解釈と、ひとりイマームだけが知ることができる秘教的な内的真理とを区別する。中世に最盛期をむかえた同派の秘教的な教義の一部は、グノーシス主義や新プラトン主義のような、隠れた知を強調する前イスラーム的な信仰体系に影響を受けていた。イスマーイール派の見方では、歴史は循環するものであり、7000年ごとの各周期は預言者や「仲介者」、そして永遠のイマームとともに始まるという。この7という数字は象徴的なものである。同派には7代のイマームがいたからである。神は人知を超えた存在で、世界とそのなかのすべてのものは、神から直接流出しているともいう。

　イスマーイール派はタキーヤ、つまり自分の信仰を意図的に隠すことを実践している。敵対的な周囲のなかで信仰をたもって迫害をさけるため、他の信仰をいだいているようにみせかけたのである。まさにそうした理由によって、彼

らは自分たちが十二イマーム派であると主張したりもした。第6代イマームのジャアファル・サーディクにナッス（継承者の指名・叙任）の資格があるとする教義は、イスマーイール派にとって決定的に重要なもので、この教義によれば、イマームの座の継承者選択は時のイマームによる指名のみに従うということになる。ひとり彼だけが神から包括的な知をえているからである。

　今日、イスマーイール派のコミュニティが、その中世の先駆者たちの晦渋な哲学思想に大きな関心をいだいているとは思えない。いや、中世においてすら、イスマーイール派は、彼らのエリートたちの複雑な哲学的教義を保ちながら、多くの信仰や儀礼を他のシーア派宗団と共有していた。そして、フサインの追悼行事には、単独もしくは他のシーア派宗団と参加した。同派の金曜礼拝は、モスクではなく、ジャマーアト・ハーナ（集会場）とよばれる特別な施設で行われる。この施設はまた共同体の社会的センターとしても用いられている。そのかぎりにおいて、イスマーイール派は活気に満ちた礼拝をともなう宗団だともいえる。同派はまた教義の解釈をイマームに託し、後者は信奉者たちに定期的に指示をだす。ニザール派の現在の指導者は、第49代イマームのアーガー・ハーン4世カリーム・アル＝フサイニー（1936生）[在位1957-。ジュネーヴ出身の実業家でもある。アーガー・ハーンとは1818年採用されたイマームの称号]で、世界全体で1500万人いるとされる同派信者を導いている。彼は教義問題にかんする指針をだすが、それは無謬で、だれもが彼に従わなければならない。アーガー・ハーンは開明的で寛容なムスリム指導者で、世界の宗教間の平和と相互理解を訴えている。また、数多くの教育的・文化的・慈善的なプロジェクトを支援し、女性たちの全面的なコミュニティ参画に好意的でもある。そんな彼に、信者たちは収入の10分の1を送っているが、そのひかえめな声は、いったいに西欧のメディアからみすごされている。

　イスマーイール派はきわめて評判のよい宗団で、彼らが定着した世界中の異質な社会によくとけこんでいる。中東やアフリカ、アジア、ヨーロッパ、そして北米などの25カ国以上では、宗教的な少数派としての日々を送っているが、東洋の伝統的なイスマーイール派共同体からニューカマーが西欧に来ると、彼らはマッカからの最初のムスリムがマディーナの同胞たちから親しくむかえられたように歓迎される。たとえば2001年、アフガニスタンのイスマーイール派信者たちは、はじめてカナダに移住したさい、預言者ムハンマド時代とまったく同様にアンサール（援助者）とよばれていた、地元の同宗者たちの援助を受けている。

シーア派の分裂

カリスマ　信者たちの中央に立つアーガー・ハーン。背景はパミール高原の雪景色。預言者ムハンマドの直系の継承者とされるこの第49代イマームには、強い絆でむすびついたイスマーイール派共同体の真剣な眼差しが向けられている。彼はイマームとなった1957年以来、共同体をみごとに導いてきたが、同時に教育的・文化的なプロジェクトや環境問題、慈善活動にその日々をささげている。

　インド亜大陸のイスマーイール派共同体は、イマームにかかわる詩や歌を大量に集めていた。ジナーンとよばれるそれらは当初は口頭で伝えられ、のちにシンド語やグジャラート語、ヒンディー語、パンジャブ語といった、インドのさまざまな言語で書きとめられたものである。しばしば神秘的な内容のこれらジナーンは、イスマーイール派の過去を語り、信者たちに倫理的な教えを示しており、その詩は音楽の伴奏ともども、インドやパキスタン、東アフリカだけでなく、さらに今では多くのイスマーイール派共同体がある西欧でも、同派の重要な宗教儀礼の一部をなしている。ただ、ジナーンは原語で朗誦されなければならない[17]。同派の信者たちが金曜礼拝に行くと、こうして彼らはアラビア語で朗誦されるクルアーンにくわえて、イマームからのさまざまな訓戒や原語で読まれる祈祷文を耳にすることになる。

十二イマーム派

　今日、十二イマーム派はあきらかにシーア派最大の宗団である。イスマーイール派と異なり、同派の遠い過去についてはよくわかっていないが、現代世界ではきわめて顕著で、とくにイランとイラクでは戦闘的な宗団として知られる。

第 6 章　多様性

歴史と教義

　ザイド派とイスマーイール派がアリーの異なる系譜を選んで枝分かれしたあと、残ったシーア派（十二イマーム派として知られるようになる）にとってのイマームの系譜は、874年までたたれることなく続いた。スンナ派当局はシーア派のこのイマームの系譜を警戒し、当時のカリフは11代イマームのアル＝ハサン・アル＝アスカリ［846-874］を投獄してしまう。そして同じ年、アル・ハサンは後継者を残さぬまま獄死する［毒殺説もある］。シーア派にとってそれはゆゆしき事態だった。だが、アル＝ハサンはじつはムハンマド・アル＝ムンタザルという名の息子を残していた、ということが信じられるようになる。十二イマーム派の伝承によれば、ムハンマドはある時点で投獄中の父親のもとからつれ出され、第12代イマームになることを宣言したという。そして彼はある秘密の場所で育てられ、イマームの4人の代理ないし使者（サフィール）を介してのみ信者たちと接触したともいう。同派の教義におけるこのくだりは小さなガイバ（幽隠）〔ガイバトゥル・スグラー〕──ムハンマドが神に隠されているが、地上のどこかでなお存在している期間──とよばれている。

　941年、これら4人のうちの最後の代理は、死の床でムハンマドが死んではおらず、世の中との一切の絆を断ちきって、大きなガイバ〔ガイバトゥル・クブラー〕に入ったと告げる。そして、終末時に剣をたずさえ、マフディ（救世主）として、つまり最後の審判と復活の日に先立って、全世界のために正義の時代の到来を告げることを期待された人物として戻ってくるはずだとも言った。この期待はやがて十二イマーム派の信仰となり、彼らは今もなお第12代イマームの到来を待っている。

　第12代イマームのガイバは、しかし信者たちにある問題を投げかけた。彼らがムスリムとしてこの世で生きていく上で直面するあらゆることに、もはやイマームからの指針をえられなくなったからである。彼らはイスマーイール派と同様、自分たちのイマームが教義については無謬だと信じていた。だが、隠れイマームの指針がいかなるものであるか、どうすれば知ることができるのだろうか。こうして徐々にではあるが、学識者や隠れイマームの進言を解釈できる資格をもつ者たちが、不在のイマームに代わって共同体を指導していくようになる。おそらくそこには存命中のイマームたちが行っていたような、あるいは彼らに代わってなされたような直接的な政治行動はもはやなかった。そして、大ガイバの教義は長い時間をかけて十二イマーム派の政治色を弱め、その信者たちは法学者たちによって導かれる日々を静かに送るようになった。

　同派によれば、善と正義の神は指導者不在の共同体を去ることなく、イマー

ムの座についてなんらかの決定をおこなってきたはずだという。この指導者、つまりイマームは、クルアーンの真の意味と予言者ムハンマドの言行を解釈する能力を授けられているともいう。こうした能力はアリーとその11代におよぶ後継イマームたちのうちに見いだせる。そして、「神の光」の体現者であるイマームたちが、共同体の精神的・政治的指導者となる。前述したように、彼らは無謬であり、十二イマーム派は前出のタキーヤ（本章173頁参照）、すなわちしばしば迫害され、何世紀にもわたって目立つことをさけてきた宗団のきわめて現実的な教義を信じている。

　こうした十二イマーム派の様相が劇的に変化したのは、重要な歴史的時期を幾度か経験したイランにおいてであった。たとえば1501年、そこでは新たにサファヴィー朝［1736年まで］が興り、同派を国教としたのである。この重大な展開によって、イランは16世紀の他のムスリム強国、つまりオスマン朝のトルコや中東、ムガル帝国のインドといったスンナ派の強固な国々と明確に距離をおくようになった。19世紀には10人ほどの小規模な法学者エリート集団が、シーア派信者たちの日常生活を導いた。彼らはマルジャア・アッ＝タクリード（模倣の源泉）［十二イマーム派の最高有識者］という称号で呼ばれた。こうした展開の後押しによって、強力かつ中央集権的な宗教的リーダーシップが生まれていくのだった。だが、十二イマーム派の法学者たちが実際に統治する政治国家が登場するようになるには、後述するように1979年まで待たなければならなかった。

アーシューラー

　10世紀は多少とも正当に「シーア派の世紀」と呼ばれている。シーア派の儀式がバグダードのスンナ派カリフ朝に導入されたからである。シーア派最大の祝祭であるアーシューラーは、962年から今日まで公的かつ盛大に営まれている[18]。

　フサインの死は長いあいだシーア派の宗教的経験にとっての主たる情緒的要因となってきた。毎年イスラーム（ヒジュラ）暦第1月、つまりムハッラム月の10日（アーシューラー）は、彼の殉教を追慕する10日間の哀悼行事のクライマックスにあたる。この行事はフサインの遺児アリー・イブン・フサイン・ザイヌルアービディーン［658-712／14］時代のマディーナまでさかのぼる。フサインの悲劇の語りと彼の死を悼む哀歌をふくむこのアーシューラー祭は、最初マディーナのイマーム家で営まれ、のちにイラクのナジャフやカルバ

第6章 多様性

鞭打ち苦行 ムハッラム月10日のアーシューラー祭で、金属製の鉤がついた鞭で自分をたたく信者たち。カルバラー、イラク。この日、シーア派の信者たちは680年のカルバラーの戦いで、クーファの不実な人々から見すてられて戦死したフサインを追悼する。黒い、ときに緑の苦行衣をまとった彼らは、罰として自分を傷つけながら、哀歌とともに通りを行進する。

ラー、イランのクンムやマシュハドなどにある歴代イマームの霊廟が、宗教的な参詣や巡礼の中心地となった。これらの霊廟では職業的な語り部がフサインの殉教譚を会衆に朗唱していた[19]。シーア派ブワイフ王朝［932-1062］の支配下にあった10世紀のバグダードでは、アーシューラーは公的な哀悼日として布告され、商店は黒布でおおわれた。やがて1501年に権力を掌握し、十二イマーム派を国教としたた強大なサファヴィー朝［1736年崩壊］のもとで、アーシューラー祭は盛大なものとなった。

　フサインの殉教祭における集団的な哀悼儀礼には、のちに殉教劇（ターズィイェ）もくわわるようになった。この殉教劇では敵役が赤い衣をまとって散文を唱え、英雄たちは白と緑の衣を着て詩を唱える。行進では劇の参加者たちが水をこうことになっているが、これはフサインとその一族がカルバラーの戦いで訴えた喉の渇きを象徴する。17世紀以降にイランを旅したヨーロッパ人やオスマン人たちは、こうした行事に魅せられて詳細な報告書を書いている。オ

スマン帝国から戻ったある旅行者は、1640年、イスファハーンの殉教劇がそれを見ている群衆に与えたインパクトについて描写している。フサインとその子どもたちの殺害劇をまのあたりにして、彼はこう書いている。「見物人のだれもが泣き叫んでいた。フサインを崇拝する数百人もが胸を叩き、手にした剣やナイフで自分の頭や顔、さらに身体を傷つけていた。イマーム・フサインへの愛ゆえに、彼らは自ら血を流したのだ。こうして緑の草地は血に染まり、さながらケシの生い茂る野に変じたようだった」[20]

こうしたフサインの殉教劇はイラクやイラン、インドの多くの都市の通りで今も毎年上演されている。見物人たちは劇のなかでなにが起きるかよく知っているが、それでも劇を見て、そのなかに没入するほどに、激しい感情に襲われる。ムハッラム月の最初の9日間、上半身を黒ないし赤く塗った男たちの一団が、自分の髪毛を引き抜いたり、剣を手にし、ときにはそれで体を切りつけたり、鎖を引きずったりしながら通りを巡行する。これがアーシューラーの序曲である。フサインの死はまたロウゼ［字義はアラビア語で「庭園」］の集会でも追悼される。［ロウゼ・ハーニーと呼ばれる］この集会の参加者たちは、フサインの生涯と死を歌ったり語ったりする。これらの行事は十二イマーム派にとって信仰の中核をなしており、スンナ派と彼らを明確に分けるものとなっている。それは教義の違いよりはるかに重要な深い亀裂といえる。

では、鞭打ち苦行は正真正銘のものなのか、それともたんに象徴的なものなのか。たしかにそれはしばしば本格的におこなわれているが、通常そこには救急車が待機している。しかし、若者たちは自らが引き受ける鞭打ちがコミュニティ全体のための贖罪であり、神が祝福してくれる特権だと考えてもいるのだ。そこで用いられているのは鎖や剣、ナイフなどで、着衣は白い屍衣である。どれほど小さな村であっても、男たちが鎖を引きずり、いっせいに自分の胸をたたきながら進む追悼行列の音が遠くからでも聞こえてくる。女性たちはこの行列に参加せず、熱心にそれを見守っている。2004年、筆者はイスファハーンでフサインの殉教劇を観たことがある。参加者たちは筆者をおおいに歓迎してくれ、筆者と同行者たちを招いて特等席にすわらせ、上演を見せてくれた。芝居はすべて野外劇場で行われ、台詞は拡声器で観客に告げられていた。そこでは本物の馬まで登場し、いずれも明るい色の衣装をまとっていた[21]。

こうした殉教劇や霊廟参詣、儀礼、神話、さらに詩などをとおして、殉教者フサインの記憶はシーア派信者の心につねに新鮮なものとしてとどまっている。前述したように、彼らにとって最大の情緒的中心はひとつの出来事にあ

第 6 章　多様性

る。カルバラーでのフサインの死がそれである。彼らはフサインがこうむったことを追体験しているのだ。このイマームの死は全コミュニティのための自発的な自己犠牲とみなされており、それを追悼することは、そこに参加するすべての人々に精神的な報奨をもたらしてくれるという。シーア派が歴史的にいかに苦しんできたか。それはなおも生々しい記憶としてある。より後代のイラン史では、アーシューラーとその随伴行事が、専制的な政府に反対する民衆動員にも使われていた。

シーア派の聖なる門口
　イラクの少なからぬ都市、たとえばナジャフやカルバラー、カーズィマイン、サーマッラーには、イマーム 6 人の霊廟がある。これらの都市はアル＝アタバート・アル＝ムカッダサ（聖なる門口）とよばれる。イラン・イスラーム共和国の初代指導者アーヤットラー・ルーホッラー・ホメイニー［1902–89］が、1965 年から 78 年までの亡命期を送ったナジャフにはアリーの墳墓があり、カルバラーはフサインの埋葬地である(22)。この両都市はシーア派のもっとも重要な参詣地とされる。一方、カーズィマインとサーマッラーには、いずれも 9 世紀に活躍した他のイマーム 4 人の墓がある。
　これら 4 都市は十二イマーム派信者のみならず、タジキスタンやアフガニスタン、さらにパキスタン北部に住むイスマーイール派信者の信仰生活にとっても、重要な役割をになっている(23)。そのいずれかの都市に参詣したシーア派信者は、そうしたときのために記された特別な章句を読みながら、イマームたちの墓のぐるりを歩いてまわる。そして墓の鉄格子をたたいて神聖な誓いを立てる。キリスト教徒の巡礼者が昔からエルサレムやルルド、ローマ、サンティアゴ・デ・コンポステラでしてきたように、シーア派の信者たちもまた、イラクから追悼ないし薬効をもつとされる小さな聖遺物をもちかえる。水と混ぜて、アブ＝イ・トゥルバトと呼ばれる小ぶりのレンガを作るク＝イ＝カルバラー（カルバラーの土）は、病人や瀕死の人々を癒すと信じられているからである。資金的に余裕のある人々は、これら聖地のいずれか、とくにワディ・アル＝サラーム（平和の谷）と呼ばれる広大な墓地があるナジャフに、自分の遺骸を埋葬してくれるよう求める。この墓地は、シーア派信者たちのだれもが、たとえインドのような遠隔地からでさえ、死者をそこに送りたいと望んでいるほどなのである。
　これらの聖都が長いあいだシーア派の知的生活の中心であったとしても、な

んら驚くことではない。そこでは学者たちが集まってさまざまな教義や法をつくりあげていたからだ。しかし、予想どおりではあるが、残念なことに、こうした都市は最大限の宣伝効果をねらってしばしば政治的な爆弾テロの舞台ともなってきた。たとえばサッダーム・フサイン（サダム・フセイン）大統領の時代だった1991年、ナジャフ霊廟のゴールデン・ドームが被害にあい［フサインに対するシーア派信者たちの反乱］、街もまた21世紀に優れたシーア派の指導者になるはずの人物が数多く殺害される舞台となった。一方、2006年にはサーマッラーの霊廟が爆弾テロで被害を受けている。

周辺的なシーア派宗団

　アラビア語のグラートという語は「極端派」を意味する。この語はイスラーム史の最初期から、多数派によって彼らの信仰ときわめて異質とみなされた少数派に対してもちいられてきた。これらの宗団はしばしば他の宗教的伝統、たとえばグノーシス主義やキリスト教などの影響を受けており、一部はその宗教的な特徴をムスリムの聖人たち、とくにアリーに由来するとしていた。シーア派の周辺に位置づけられる2宗団はアラウィー派とアレヴィー派である（レバノンのドゥルーズ派については、本章172頁参照）。

アラウィー派

　グラート宗団のうち、アラウィー派はシリア西部やレバノン、トルコ南東部に存在する。ヌサイリー派とも呼ばれていた［第1次大戦以前］同派は、9世紀にシーア派本流から分かれたグループに属している。当時、彼らは十二イマーム派を名のっていたが[24]、その複雑で異教的な信仰と通過儀礼は、あきらかにグノーシス主義やイスマーイール派、さらにキリスト教の要素をふくんでいる。とくに顕著な異端的教義は、アリーの神格化である[25]。

　2000年に没するまでシリア大統領をつとめたハーフィズ・アル＝アサド［1971年就任］は、アラウィー派だった。1970年、シリア空軍の指揮官だった彼は、クーデタで実権をにぎった。以後、彼の仲間のアラウィー派信者たちは、同国の少数派（12パーセント程度）だったにもかかわらず、政府や軍隊の要職を独占するようになった（彼らは長い兵役経験をもっていた）。その状態は現大統領である息子バッシャール・ハーフィズ・アル＝アサドの時代になっても変わりはない。

第6章　多様性

アレヴィー派

　アレヴィー派は現代のトルコにおいてきわめて重要な少数派である。同国の信者数は最小限の見積でも700万から800万人おり[26]、そのうちの20パーセントあまりがクルド人、残りはトルコ人である。そんな彼らの信仰と願いがいかなるものかは、もっと知られなければならない。彼らが中東の中心国であるトルコにいるためだけではない。今日多くのトルコ人がドイツで働いたり、定住したりしているが、多くがアレヴィー派だからである。

　近年まで、アレヴィー派は理解がむずかしいとされてきた。教義が口頭で伝えられてきたことにくわえて、宗教的少数派のつねとして、秘密主義を守ってきたためでもある。だが、11世紀から、トルコ系遊牧民が中央アジアからアナトリア、さらにバルカン半島にまで長期にわたって移動する過程で、アレヴィー派は多くの文化と接触するようになった。多くがあきらかにシーア派にもとづいているものの、同派の信仰にはキリスト教やシャーマニズムの影響もみられるゆえんである。一方、儀礼の実践面では、スーフィズムとかなり共通している。こうした同派の信仰はアレヴィーの聖人たちによって世代を超えて伝えられたが、彼らは自分たちの系譜をスーフィーの聖人ハジュ・ベクタシュ（本書第8章245頁参照）まであとづけている。このハジュ・ベクタシュの系譜について、彼らは第6代イマームのジャアファルおよびアリーをへて、ムハンマドにまでさかのぼると信じて疑わない。信者たちはまた、アリーを愛する者は友、愛さない者は敵だとみなしている。あらためて指摘するまでもなく、彼らはアリーをムハンマドの正統な後継者であるとし、スンナ派の伝承における最初のカリフ3人と、フサインの殺害にかかわっているとして、ウマイヤ朝も呪わしいとするのだ。

　アレヴィー派の信者たちは、このフサインを追悼するため、ムハッラム月に12日間の断食をおこなっている。飲酒が禁止ではない彼らはモスクで礼拝したりもしない。彼らの主要な儀式であるサマーウ［トルコ語はセマー］はジェメヴィ（集会場）で営まれ、そこではデデ［イスラーム神秘主義者たちの長］が礼拝を指導する、この儀式がはじまる前、礼拝者たちはカルバラーのことを思い起こし、敬虔な章句を唱える。こうしたフサイン崇拝は、抑圧と不正、苦痛、そして悲しみの歴史であり、それが少数派としての同派の集合意識を象徴してきた。サマーウ儀式では、男女が音楽に合わせて儀礼的なダンスを踊るが、そこではまた儀礼的な飲食もおこなわれ、ワインないしラキ［ブドウやプラムを原料とする強い蒸留酒］も飲まれた。このサマーウはあきらかに多くをス

ーフィー儀礼に負っており、と同時に、キリスト教の聖体拝領も反映している。

今日、アレヴィー派は公開度がより高まっており、さまざまな儀礼を公共の広場で営み、テレビ放映すらおこなう。学校で子どもたちに彼らの信仰を教えたいと望んでもいる。ドイツ在住のアレヴィー派信者は数をましている一方、なおも他人とは没交渉を守る傾向にあるが、より宗教色の薄いアジェンダを受け入れるようになっている[27]。

シーア派の法

初期のシーア派がさまざまな下位宗団に分裂したとき、これら新しい「セクト」、すなわち十二イマーム派やイスマーイール派、ザイド派は、すでに多少とも異なる法体系を互いに有していた。ハディースの主要部分を、彼らの初期のイマームたちを介してアリーないしムハンマド自身にまでさかのぼらせるといったように、多くの点で共通する特徴をもっていたにもかかわらず、である。これらシーア派の法学派は、イスラーム法の基本的な問題について、スンナ派の法学派（本書第5章参照）とは異なるところから出発している。とすれば、シーア派法学の特別な特徴にかんするいくつかの議論を検討していくことは重要だろう。

スンナ派法学とシーア派法学の重要な違い

スンナ派とシーア派はいずれもクルアーンの構成概念を、重要な法的原理を確立するための主たる法源としている。だが、両派はイスラーム法の二番目の法源、つまりハディースによって詳述・明確化された、ムハンマドの範例であるスンナをいかにもちいるかで異なる。シーア派のハディースは、預言者の一族（アフル・アバイト「お家の人々」[クルアーンに2度用いられている表現。「家の者たちよ、アッラーは汝らから不浄を取除き、汝らを清めようとされる」（33・33）ほか]）にかかわる表現に重要な意味をあたえている。シーア派のハディース集成にはまた、スンナ派のそれにはない主題が数多くみられる。

法学上のもうひとつの違いは、シーア派がキヤース（類推）とイジュマー（合意）にかんするスンナ派の考えを否定しているところにある。その代わり、シーア派は合法か否かを決めるさいに、彼らのイマームの絶対的な権威を認めている。前述したように、十二イマーム派は第12代イマームのガイバ（幽隠）

を教義とするが、換言すれば、彼らを導く存命中のイマームがもはやいないことになる。それゆえ、イマームが「不在」のあいだ、法を解釈するためには宗教者階層にその権威を委任することが不可欠となった。この階層を主導したのが高位の法学者たちである。一方、十二イマーム派についで数の多いイスマーイール派は、アーガー・ハーンという称号をあたえられた生きたイマームたちの系譜を有しており、法解釈における彼らの権威は、代々絶対的なものとして継承されている。

シーア派法学の歴史

現存するシーア派の最小宗団であるザイド派は法学者たちを輩出しているが、彼らは、創唱者であるザイド・イブン・アリー［本章169-170頁参照］の主張にもとづいて、同派の法学を立ち上げることに関心をいだいていた。その法学はシーア派のハナフィー学派のそれと近似していた（第5章133-134頁参照）[28]。ザイド派法学の最初の業績は、「アル＝マジムーアル＝カビル（大集成）」である。ザイド自身のものとされる主張や法的判断からなるそれは、ザイドの側近のひとりだったアブー・ハーリド・アル＝ワシティが、8世紀に編んだとされている[29]。

イスマーイール派の主要な原典としては、『イスラームの支柱』と題されたカーディー・ヌウマーン［？-974。ファーティマ朝イマーム（カリフ）に仕え、948年に大カーディー（裁判官）となる］の大著がある。スンナ派の法学書と同様、この書は2部構成となっており、第1部は神に対するムスリム個人の宗教的義務、第2部は男女それぞれの社会全体とのかかわり方をとりあつかっている。これはイスマーイール派法学の重要な書となった。

一方、十二イマーム派法学の歴史は、極端なまでによく資料化されている。同派の第6代イマームであるジャアファル・サーディク（765没）は、前述したように、その主張と法判断が十二イマーム派法学の多くの基礎をなす人物とみなされている。同派の法学がしばしばジャアファル学派と呼ばれるゆえんである。しかし、同派の法学の最終的な解説は、10世紀にイランのゴム（クム）［現在、十二イマーム派の教学センターとなっており、イマーム・ホメイニー国際神学校がある］で始まる。ふたりの学者、すなわちアル＝クライニー（864-941）とイブン・バーバワイヒ（923頃-91）が、この地を拠点として数千におよぶシーア派のハディース伝承を集め、分析しているからである。クライニーは『カーフィーの書』をまとめているが、1万6199のハディースを収めたそれは、

十二イマーム派ハディースのもっとも権威のある伝承集とされる。同派の法学書はまた、ブワイフ朝（932-1062）の統治下で十二イマーム派信者たちのコミュニティが繁栄していたバグダードでも編まれている。このバグダードのシャイフ・ムフィード（948-1022）［十二イマーム派最高の神学者（ムスカッリム）で、旧来の伝承至上主義に理性を導入しようとした］は数多くの著作をものしたが、それらは今もシーア派系マドラサにおける法学カリキュラムの中核となっている。

　13世紀と14世紀には、イラク中央部のヒッラが十二イマーム派法学が発展する上での中心地となる。ここであげておきたいふたりの法学者は、つねに大きな尊敬の眼差しが向けられていたムハッキク・ヒッリー（1205-77）と、アーヤットラー（字義は「アッラーの徴」）の称号を十二イマーム派の学者としてはじめてあたえられた、アッラーマ・ヒッリー（1250-1325）である［ムハッキクは今もなお学校教育でもちいられている『イスラーム法規』の著者、アッラーマは十二イマーム法学のアッラーマ（大学者）で、イル＝ハーン朝第8代君主オルジュイットゥをシーア派に改宗させたひとり。スンナ派をふくむ前代のさまざまな学問的遺産をとりこんで、十二イマーム派共学の総合化をはかった］

　アッラーマの時代から現在まで、法学者がアーヤットラーの称号を授けられるのは、試験や証明書によってではない。彼が属する学者コミュニティのなかで、この称号に値するとの声望が総意となった場合である。とりわけアッラーマは大きな声望をほしいままにした。個人的な判断（イジュティハード）の原則を法的に有効なものとして十二イマーム派の法学に導入し、のちにシーア派法学者たちが従うべき道を用意したからである。彼はまた自分自身の解釈・判断を示す学者（ムジュタヒド）がもつべき特別な能力を特定化してもいる。そして、このムジュタヒドが無謬ではなく、自分の意見を変えることが許されており、彼が発するファトワーはその生存中にかぎって拘束力をもつと力説してもいる。まさにこうした考えによって、十二イマーム派の法学思想は柔軟性と力強さをたもちつづけたといえる。

　法律家の道を歩もうとする十二イマーム派の信者たちは、カウンターパートであるスンナ派と同じ道をたどり、ナジャフやゴムにあるようなシーア派のマドラサで十二イマーム派の法学を学んだ。彼らはそこでクルアーンやシーア派のハディース集成、さらに法体系の原理原則にかんする詳細な知識を会得した。もうひとつの選択肢として、彼らはまたイラクのナジャフとカルバラー、イランのゴムとマシュハド［十二イマーム派の第8代イマーム、アリー・リダー

の霊廟を中心に発達した宗教・商業都市]、さらに十二イマーム派が勢力をもっていた他の地域のホウゼないしホウゼ（神学校）で、法律や自分がいだいている信仰の他の側面について学ぶこともできた。こうして十二イマーム派は1501年にイランの国教となり、以後、法学＝宗教学者階層は強大な聖職者団体を形づくるまでになる。

一時婚

　十二イマーム派がスンナ派や他の主要なシーア派宗団 ── イスマーイール派とザイド派 ── と分裂する原因となった法学論争は、ムトア婚（一時婚）［字義は「楽しみ・喜び」］の慣行についてだった。スンナ派もシーア派も、当初ムハンマドが長期の旅や軍事遠征に出ているムスリムにかぎって、このイスラーム以前の古い慣行を認めていたことに合意している(30)。ムトア婚とは期間を定めた男女間の短期契約で、その間、男性は女性と性的関係をもつことが許されていた。所定の期間が終わると、ふたりは関係を精算する。女性が寡婦産ないし報酬を受けとるという条件で、である。女性の部族は以前彼女に対してもっていた権利を一切失うことなく、ムトア婚によって生まれた子どもは母親とその家族にもとにおかれる。

　スンナ派の見解によれば、のちにムトア婚は男性に正嫡の子どもを授けなかったためすたれたという。それに対し、十二イマーム派は、ムハンマド一族の系譜を継ぐ彼らのイマームたちの教え、すなわち明確にムトア婚を認め、それをあつかう規定を示す教えを数多く集めている。ただしここでは、シーア派の他の2宗団が、スンナ派と同様、この慣行を「あからさまに隠された売春」(31)だとして否定している、ということを付言しておくべきだろう。

イラン・イスラーム共和国
── 近代国家のイデオロギーとしての十二イマーム派

　今日の世界において、シーア派が国家イデオロギーとなっている国はイランだけである。1979年に起きたイランのイスラーム革命はたんなる政体の変革ではなかった。それは十二イマーム派の歴史に新しく力動的な段階の到来を告げたのである。アーヤットラー・ホメイニーがナジャフ［およびフランス］での長い亡命から戻り、イランの実権を掌握したとき、彼は王政を廃し、代わりに神政政治をしいた。この革命によって、バザリス（商店主階層）と手を握ったシ

イラン・イスラーム共和国──近代国家のイデオロギーとしての十二イマーム派

権力の座についた聖職者 1979年2月19日、歓呼の声でイランにむかえられたアーヤットラー・ルーホッラー・ホメイニー。彼は世界最強の神政国家となる新しいイラン・イスラーム共和国の押しも押されぬ国家元首となった。941年以来ガイバ（幽隠）にある第12代イマームの来臨を待つあいだの代理人として、彼はあえて訳せば「特定法学者の神的監督権」となるヴェラーヤテ・ファキーフを開始した。

ーア派の法学者集団にささえられた、戦闘的な十二イマーム派体制が力をえた。

ホメイニー統治下の新しいイラン政府は、シーア派シャリーアの厳格な解釈にもとづいていた。ホメイニーがそのもっとも有名な書[32]で論じた、ヴェラーヤテ・ファキーフ（特定法学者の神的監督権）とよばれる教義は、ムスリムの法学者たちが宗教的権威にくわえて、政治的な権威でもあることを宣言する。神への服従の表現として、だれもがつねに彼らに従わなければならなかった。こうして今日、この教義は新しい政体の礎となっている。そこではイスラーム法の重要さが強調されている。はたしてホメイニーが、こうした教義をひとりの学者（彼自身）だけに向けようとしたのか、それとも上級の十二イマーム派学者全体に向けたのかどうかは、かならずしも明確ではない。しかし、十二イマーム派のイスラーム法を厳密に遵守することが、革命以後、イラン政治の中核をなしてきたということだけははっきりしている。重要なのは、ホメイ

第6章　多様性

ニーがヴェラーヤテ・ファキーフの複数形をもちいたことがない、という事実である。たしかにこの言葉はひとつ以上の解釈ができる。だが、おそらくホメイニーはそれをひとりの法学者、つまり彼自身による統治を意味するものとみていた。それによってシャリーアによる統治を確実なものとし、十二イマーム派の聖職者団が行政・立法・司法にかかわる問題の責任を引き受ける、新しいイスラーム国家をきりひらこうとしたのではないか。

権力の座についたホメイニーは、イランをきわめて厳格な体制国家としたが、この国家は外側の世界に対し、たとえば、年齢のいかんを問わず、すべての女性にヒジャーブ（ヘッドスカーフ）をかぶるよう義務づけるといった、一般的にイスラーム法とむすびついた外見的なシンボルをとりいれた。いうまでもなく、1989年にホメイニーが『悪魔の詩』の著者サルマン・ラシュディを断罪し、死刑を宣言した「ファトワー（法的見解・勧告）」という語は、以後世界中で知られるようになった（本書第2章50-51頁参照）。それ以来、ポスト1979年のイランのシーア派聖職者たちは、学究的な法学書を熟読するたんなる孤独な学者の状態から遠く離れ、自分たちの法的見解を広めるため、賢明にも機会をとらえてインターネットをもちいるようになっている。そして今では多くのアーヤットラーが自分のウェブサイトを有し、聖都のゴムにいたっては「イランのIT首都」というラベルが貼られるまでになっている。

だが、ホメイニーはシーア派の儀礼にはほとんど関心を示さなかった。個人的に「アーシューラー祭」を主宰することもなかった。事実、彼は真に重要なのはイスラーム法であるとして、民衆が信仰心や熱情を示すことを思いとどまらせもしたようだ。

こうした傾向は、彼の後継者で1939年生まれのアリー・ホセイニー・ハメネイ（ハーメネイー）［第2代最高指導者で、第3代大統領（在任1981-89）］の時代になっても変わらなかった。だが、今日のイランでは、1年のうちの1日だけでなく、毎日のようにタクシーや一般自動車、貨物自動車がそのフロントガラスにアリー［やホメイニーおよびハメネイ］の肖像画を貼りつけており、ポスターや屋外広告板にも彼の肖像があしらわれている。アリー崇拝はこうしてなおも明確に生きているのだ。

今日のシーア派

　さまざまなイスラーム宗団につけられた教義的なラベルは、慎重に扱う必要がある。くりかえすようだが、十二イマーム派は世界のシーア派のなかで最大規模の信者数をもっており、今日シーア派といえば通常は彼らをさすまでになっている。だが、いうまでもなく彼らだけがシーア派なのではない。前述したように、ザイド派やイスマーイール派もまたシーア派であり、さらにより少数の宗団もある。これら小宗団のうち、もっとも知られていない宗団のひとつがアラウィー派だが、じつは2011年以降、シリア内戦のニュースでしばしば登場するのが同派なのである。

　これもすでにみておいたが、スンナ派とシーア派との主たる亀裂因は、もともとはだれがムスリム共同体を指導するかの解釈のちがいにあった。しかし、シーア派はその分裂過程においても、救済史や重要な暦日、追悼儀礼、霊廟、ハディース集成書、さらにイスラーム法の定式化などを独自に発展させた。

　では、シーア派とスンナ派とは何が異なるのか。この問いに対する多くの非ムスリムの答えはあまりにも漠然としており、正確ともいえない。こうした理解不足は政治問題についてもみてとれる。たとえば2006年のニューヨーク・タイムズ紙で、ジェフ・スタイン［1944生。コラムニスト・ノンフィクション作家］は、ワシントンの高官たちがこの問題について著しく無知・無関心であることを暴露している[33]。彼の一文を引用していえば、CIAによるムスリムのスパイ補充や情報分析活動を分析する、下院情報小委員会の委員長をつとめていたある共和党女性議員は、スンナ派とシーア派の違いを知っているかと質問された。そして、アルカーイダ［主体はスンナ派］の指導者がどの派に従っているのかを尋ねられて、こう答えたという。「アルカーイダはもっとも過激派です。それゆえスンナ派では…。まちがっているかもしれません。でも、わたしは正しいと思います」。こうした宗教的リテラシーは今日の重要な問題といえる。それが強大な力をもつ者たちにみられる場合はとくにそうである。

　シーア派は伝統的に自分たちを、世界中でしいたげられている恵まれない数百万人の訴えを支持する存在だと考えてきた。専制君主や貧者を搾取する者たちと戦ってきたからである。フサインの話はこの信念によく合っている。彼は苦しみを味わい、暴君に対して立ち上がろうとする人々にとっての象徴的な人物だった。シーア派の祝祭にみられる極端なまでの感情的な高揚は、参加者た

ちの先祖がたえしのばなければならなかった迫害の記憶と、世界の戦争で破壊された地域におけるシーア派とスンナ派のあいだの、今も続く緊張感によって増幅されている。

　今日、シーア派イスラームは世界的な現象となっている。その活力の源泉は、まちがいなくこれからも続くであろう多様性にある。シーア派の信者たちは中東のムスリム多数派の国々だけでなく、世界各地のコミュニティに住みながら、彼ら独自の特性や実践を守っている。政治的な大変動や経済的な諸問題によって大規模な移住を余儀なくされたシーア派のコミュニティは、ロサンゼルスやトロント、ロンドンなど、広域に拡散しながら発展をとげ、今ではインターネットやメディアのおかげで、彼ら同士の世界を横断してのコミュニケーションが容易になっている。これら移住者と故郷とのむすびつきは、とくに非ムスリムが圧倒的に多い遠方の地で、信者たちがいかに生活するかを指導するマルジャー［マルジャー・アッ＝タクリードとも。字義は「習従の源泉、模倣の鏡」］——中東におけるシーア派イスラーム法の最高権威——の支援によって維持されている[34]。

　宗派間の対立が続いたあと、何世紀にもわたって中東のスンナ派とシーア派はむしろ協調的に共存した。だが、21世紀初頭のいわゆる「アラブの春」の余波によるさまざまな変革によって、両宗派のかつての対立があらためてかきたてられ、その結果、平和と宗教的協調の可能性は悲劇的に遠のいたように思える。しかし、視野を広げて世界全体のムスリムをみれば、あきらかに両派の信者たちはさらなる分裂より統合へと向かっているといえる。そして将来、そうした動きが確固たる希望の土台を築くはずである。

●参考・関連文献

Daftary, Farhad : *A short History of the Isma`ilis*, Edinburgh University Press, Edinburgh, 1998（ファーハド・ダフタリー『イスマーイール派小史』）

Halm, Heinz : *Shi`ism*, Edinburgh University Press, Edinburgh, 2004（ハインツ・ハルム『シーア派』）

Madelung, Wilferd : *Arabic Texts concerning the History of the Zaydi Imams. Tabaristan, Daylaman and Gilan*, Franz Steiner, Wiesbaden, 1987（ヴィルフェルト・マドゥルンク『ザイド派イマームの歴史にかんするアラビア語文献——タバリスターン、デイラマン、ギーラーン』）

Shaykh al-Mufid : *Kitab al-irshad*（*The Book of Guidance*）, trans. I. K. Howard, The Muhammadi Trust, Horsham, 1981（シャイフ・アル゠ムフィード『導きの書』）

Newman, Andrew : *Twelver Shiism. Unity and Diversity in the Life of Islam, 632 to 1722*, Edinburgh University Press, Edinburgh, 2013（アンドルー・ニューマン『シーア派十二イマーム派──632年から1722年までのイスラーム史における一体性と多様性』）

第7章 思想

　議論を整理し、疑いを一掃することによって宗教的な教義の真実を証明することを可能にする科学（ペルシアのイスラーム神学者イージー［1281-1356］著『イスラーム神学の徳礼賛』）[1]。

　自分たちの方が、より深い知性と内省をもっているとして、他者よりすぐれていると信じる人々がいる。しかし、彼らはイスラームがその信者たちに課した宗教的な義務をすべて放棄してきたのだ（ガザーリー『イスラーム哲学者たちについて』）[2]。

　イスラームの社会と文化を歴史的な視座から語りながら、神学や哲学、さらに政治思想の分野でムスリムたちがおこなったさまざまな貢献まで見わたせる書は、ほぼ皆無といってよい。イスラームの宗教的な知識という点で最上位にくるのは、まちがいなくイスラーム法だろう（本書第5章参照）。しかしながら、イスラームの神学と哲学もまたイスラームの進歩におおいに貢献してきた。中世のイスラーム神学者たちは、カリフやスルターンの宮廷で中心的な神学概念について議論を戦わし、神学論文も数多く著して、重要な教義を最終的に確立するのに一役かった。一方、イスラーム哲学の分野は、傾向として知的エリートたちの領分ではあったが、ムスリムの思想家たちがその著作をとおしてかなりの貢献をしている。やがて彼らの著作は、スペインのトレドにあった翻訳学院の学者サークルにまでとどけられてラテン語に訳され、ついには中世のキリスト教世界に広く流通するようになった。イブン・スィーナー（980-1037）やイブン・ルシュド（1126-98）といったムスリム哲学者は、ヨーロッパではそれぞれアヴィケンナ、アヴェロエスとよばれた。一方、ヨーロッパではガゼルの名前で知られたガザーリー（1058-1111）や、イスラーム哲学を知の危険な分野とみなしたイブン・タイミーヤ（1263-1328）などの学者は、論理的な哲学推論を道具としていかにもちいるかを学び、哲学を攻撃している。
　だが、イスラームの政治思想と同様、イスラーム哲学は最高の一部ムスリム知

識人たちによって洗練され、なおもそうであるように、きわめて重要な論争の舞台、そしてムスリム社会の統治法に大きな影響をあたえる分野となった。本章ではそうしたイスラームの神学と哲学の展開を別々にみていく（ただし、中世の大部分、両者の関心事は重複していた）。まず、イスラーム神学を一瞥していこう。

イスラーム神学

　すでにくりかえし指摘しておいたように、ムスリムはムハンマドを神から啓示を授かった預言者とみている。この預言者は、しかし体系的な考えをする思想家ではなく、のちに彼の神学的な枠組みをめぐって、さまざまな議論をよぶことになった。彼が信奉者たちに向けた基本的なメッセージは、超越的な唯一神が万能であり、人はその神に従わなければならないというものだった。だが、ムハンマドが残した小規模なコミュニティが、異なる宗教や文化をもつ諸国を征服しながら広大な帝国へと発展するにつれて、ムスリムたちにはイスラームについての教義的な疑問、すなわち非ムスリムから彼らに向けられた疑問とムスリム自身が問うべきだと気づいた疑問に対する答えが必要となった。

　イスラームで「神学」をさす語として一般的にもちいられているのはカラームであり、これは文字どおりには「（神の）言葉」を意味する。その用法は、イスラーム時代の初期に神学問題が口頭でなされたという事実に着目することで明らかになる。筋のとおった議論によって不一致を解決する手法である「弁証法」という語は、周知のようにアリストテレスに由来するが、それはカラームにさらなる意味をくわえている。こうした言葉のやりとりにくわわった者たちは、しばしば口角泡をとばして信仰とかかわる重要な問題を議論した。とくに7世紀と8世紀には、ムスリムの学者たちがその新しい宗教を、他の宗教の信者たち、とりわけユダヤ教徒やキリスト教徒たちを相手に擁護しなければならなかった。ここで指摘しておくべき重要なことは、イスラーム神学者たちが関心をいだいていた多くの神学上の問題、たとえば神の特性や悪の問題、人間の自由意志や（運命）予定説［アウグスティヌスの唱えた後二者は、カルヴァンをへて、17世紀以降のヨーロッパにおいてイエズス会とジャンセニスト（ヤンセニスト）との激しい神学論争をまきおこした］といった問題が、ユダヤ教やキリスト教の思想家たちの関心事でもあった、という事実である。ただ、イスラームの新しさは、ムスリムたちの主張にあった。不完全なものだと彼らが考えている旧約聖書や新約聖書に、クルアーンがとって代わるという主張である。イス

第7章　思想

荘厳な施設　ダマスカスのウマイヤド・モスク（グレート・モスク）［現存する世界最古のモスク］、シリア、705年建立。このモスクは、最初はアラム人の嵐神、ついでユピテル神の神殿、さらに聖ヨハネに捧げられた教会となった。3本の身廊と切妻屋根の正面、そして四方を囲まれた中庭は、キリスト教教会のかなり昔からの構成要素だったが、現在ではそれがほとんど想像できないほどに改築され、南北の方向軸をもつモスクとしてイスラームの儀礼にもちいられるようになっている。

ラームは最後の啓示宗教であり、ムハンマドは「預言者たちの封印」だというのである。それゆえ、ムハンマドのあとに預言者はありえない。こうした考えは、長期にわたって確立されたきた他の一神教の信者たちに対する大胆な主張だった。

　おそらくイスラーム神学は7世紀後葉のウマイヤ朝シリア（661-750年）で徐々に形づくられ、750年以降にアッバース朝［750-1258年］支配下のイラクでかなりの確立をみたと思われる。当時、新しいムスリム帝国の一部となっていた東方のキリスト教徒や、ペルシアのゾロアスター教およびマニ教を相手にムスリムたちは論争術をみがいた。前述の神学上の諸問題はすでにユダヤ教やキリスト教、ゾロアスター教、さらにマニ教の思想家たちの関心を引きつけていたが、やがてムスリムの思想家たちもそれに向きあうことになる。

　彼らはそこで外部からの敵対的な批判から新しい信仰を守り、と同時にこれ

らの問題に対するムスリムの「正しい」答えがどうあるべきをを明確にうちだすため、独自のイスラーム的見解を示す必要を感じた。

　こうしてダマスカスやバグダードのカリフ宮で、ムスリムとキリスト教徒が互いに神学を討論する場がもたれた。キリスト教神学者のダマスカスのヨアンネス（ダマスコのイオアンとも、676頃-749）は、しばらくのあいだウマイヤ朝カリフの宮廷で徴税官をつとめていたが［祖父のまちがいか。ただし、ウマイヤ朝の書記官をつとめていた父親の死後、彼も宮廷に仕え、706年頃に修道士になったとされる］、やがて彼は『あるキリスト教徒とサラセン人の論争』を著して、キリスト教徒がムスリムと対話するさいにはどのように対処するか、いかにして相手を納得させるような答えをするかといったことを示唆している。キリスト教の総主教テモテ［東方シリア教会総主教ティマテアオス。在位780-823］は781年にバグダードのカリフ宮でおこなわれたこの種の論戦に参加したことを記録している［アッバース朝第3代カリフのマフディ（在位775-85）の時代に開かれたこの討論会では、テモテとイスラームの精神的・世俗的な指導者としてのカリフ自身が対決した］。

　もうひとつの神学問題は、イスラームにとってより本質的なことだった。だれがムスリム共同体の一員となる資格があるのかという問題である。イスラーム神学の学問的基盤は、こうしてムスリム共同体内部の党派同士や他宗教信者との議論を重ねていく過程で形をととのえていった。

　ムスリムの法学者たちは核となる教義を確認し、どれがイスラームの正統であり、どれが異端なのかを判断した。イスラーム法や聖典を深く学んだ彼らは、ムハンマドのハディースに、キリスト教徒同様、ユダヤ教徒もまた71ないし72の宗派に分かれていると書かれているのを知っていた。ハディースにおいて、ムハンマドは自ら立ち上げた宗教が無条件かつ統一的なものであると主張する一方で、こうまで言いきっている。「わたしの共同体は73に分かれるだろう」[3]。別のハディースはまた、ムハンマドの言葉として、これら73の宗派のうち、ただひとつを除いて、他はすべて地獄に追いやられることになると明言している。

初期のイスラーム神学者集団

　カダル学派は8世紀に登場したイスラームの思想家集団である。彼らは人間が自由意志を有していると唱えた。彼らの考えによれば、神は人間が自分の望むことを自ら決定できない場合、徳のある行動をするようしいるのだという。それとは反対に、ジャブル［字義は「強制」］学派と呼ばれるもうひとつの集団

第7章 思想

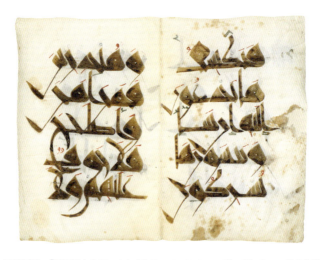

イコンとしての言葉 『子守のクルアーン』[ムスハフ・アル=ハディナ]の二つ折り版羊皮紙。チュニジア[おそらくカイラワーン]、1020年。各頁(44.5cm × 60cm)は5行からなり、ときに1語が長い。肉太でヘラ状の手書き文字が極細の斜線とあいまって、威圧的なまでの力を放ちながら頁面を進んでいく。ここでは馴染み深い文言が不慣れなものとなっており、解読にはかなり時間がかかったはずである。まさにそれが瞑想の一助となる[このクルアーンは、チュニジア・ズィール朝の王子の子守りがラマダーン月にカイラワーンの大モスク(シディ・ウクバ・モスク)に寄進するため、当時カリグラフィーの第一人者とされていたアフマド・アル=ワラックという製紙業者に注文したとされる]

は、人間は自分がおこなうことを選択できないとする[自由意志を認めない]。この両派はまもなく姿を消すが、彼らが登場したことで、神学上の問題、すなわち、神そのものと、人間と神との関係にかんする問題に多少とも関心が向けられるようになった。

　カダル派やジャブル派以上に重要な集団は、ムウタズィラ学派[字義は「身を引く人々」。8世紀前葉にバスラで設立された]である。カダル学派の影響を受けた彼らは、「正義とタウヒード(神の絶対唯一性に対する信仰)の者たち」を自称していた。この学派はムスリムの形而上学的な教義のために独自の体系を創り出そうとして、とくに神はその正義において、人間が自由意志をもつことを認めなければならず、そうでなければ、神は自らがあらかじめ人間にそうするよう定めた行為に対して、人間を罰しなければならなくなると主張した。

　ムウタズィラ学派は「クルアーン創造説」[クルアーンの言葉は神が創ったとする説]という思想によって知られる。当時はクルアーンが神とともに永遠に

存在するものであり、それゆえ創られたものではないとする風潮が一般的だった。827年、アッバース朝の知性派カリフ・マアムーンは、創造されたクルアーンというムウタズィラ学派の教えを、スンナ派アッバース朝の公式な方針とし、それがあらゆるムスリムを拘束することになると宣言する、前例のない法令を公布した。そして、すべてのムスリム裁判官（カーディ）はこの教義を受けいれるよう命じられ、考えが試されるとも述べている。この試験をこばんだ者ないし教義に異を唱えた者は、死刑に処される危険があった。これがミフナ（試験、異端審問）とよばれるものである［マアムーンがミフナを833年に実施した真のねらいは、彼がカリフ権を神授・絶対のものであるとしてイスラーム世界に君臨しようとしたところにある。だが、スンナによる治世を主張した反対派の激しい抵抗にあった］。

　卓越した法学者アフマド・イブン・ハンバル（780-855）は、この「クルアーン創造説」の教義に反対した。神学を毛ぎらいしていた保守的な法学者だった彼は、イスラームの真理は理性の行使にではなく、初期イスラーム時代の敬虔な祖先たちから受けついできた伝統に従うところにあると考えていたのだ（ハンバル法学派については、本書第5章参照）。カリフの意をくんだ裁判官たちから尋問されたとき、彼は教義の受けいれをこばみ、以後数度にわたって投獄されることになる。

　きわめて評判の悪い教義を国内に押しつけようとしたマアムーンの試みは、しかし短期間で終わった。と同時に、神学者たちもまたムスリム民衆から悪評をかった。こうして850年、第10代カリフのムタワッキル［在位847-61］はマアムーンの政令を廃止して、公式の教義は「創造されないクルアーン」のそれであると宣言する。素朴な信者たちにとって、ムウタズィラ学派弁証学の脇道を行くような複雑な理論は、意味のない枝葉末節的な神学だと思えたはずである。イブン・ハンバルはビラー・カイファ（いかに・問うことなく）の教義をもって、より安全な道に戻ろうとした。この言葉は、信者たちが人知を超えたところにあるクルアーンの章句を問題視してはならない、ということを意味する。ムウタズィラ学派はイスラーム神学における最初の本格的な学派だったが、しかし長続きはしなかった。一般的な伝承主義的ムスリム学者や信者たちを遠ざけてしまったからである。

アシュアリーとその後継者たち

　クルアーンやハディース、さらに法学とならんで、宗教諸学の包括的な部門

としてイスラーム神学を真に立ち上げたのは、アシュアリー（873／4-935／6）だった。もとはムウタズィラ学派の信奉者だったが、突然その立場を変えて、伝統的なスンナ派の陣営に移ったと思われる。だが、ムウタズィラ学派から会得した方法論は堅持した。彼の教義的な位置には瞑想神学とよばれるものがきざみつけられており、たとえば自由意志と予定説という両極端の見方について、彼は妥協的な解決策を見出している。神は人間の行動をあらかじめさだめたが、人間はそうした行動がなされる前にその責任を自ら「得る」とするのである。アシュアリーと後継者たちはまた、神には顔や手があるとする［擬人神観（タシュビーフ）］といったクルアーンの擬人化的な記述を、「いかにしてを特定することなく」[(4)]、文字通り受けいれなければならないとも主張した。

アシュアリーに帰せられる信条は、以後長く存続した。それは真のスンナ派信仰を示すことを目的とし、当時の、そして以後のスンナ派の教義的な基盤を見事に集約したといえる。初期キリスト教の中核的な信仰を示した「使徒信経」と同様、アシュアリーの長い信条はスンナ派の信仰を形成するさまざまな教義を列挙している。それは以下のように始まる。

> 伝統とスンナの信奉者たちの見解概略。
> 彼らは神とその天使たち、神の書およびその使者たち、さらに神に由来し、信頼の置ける（権威）が神の使徒［ムハンマド］——神が彼を祝福し、平安をあたえてくれるように——に対し、何ひとつこばむことなく信仰を告白している。彼らは万能の神が唯一にして永遠であり、アッラー以外に神はなく、アッラーが仲間も子どももたず、ムハンマドがアッラーの召使で使者であること、そして楽園と地獄の業火が実際にあり、（最後の審判の）時が間違いなく訪れ、神が墓にいる者たちを蘇らせるということを知っている。

こうしてはじめに神とその天使たち、神の書およびその使者たちに対する信仰が強調される。天使たちのことはクルアーンの多くの箇所に言及がある。たとえば第35章「天使」の冒頭には、次のような一文がある。「讃えあれアッラー、天地の創造主。天使らを使者に立て給う。その翼は二つ、三つ、また四つ」。この章句からすれば、天使たちは神によって生み出されたことになる。これら天使たちにはしばしば名前がつけられており、一部はユダヤ教徒やキリスト教徒に知られた名である。ガブリエル（ジブリール）やミカエル（ミーカ

イスラーム神学

最後の審判でラッパを吹く大天使ガブリエル カズウィーニー［1203頃-83］『被造物の奇事と存在物の珍事』、バグダード、イラク、14世紀後葉。ムスリムは最初にクルアーンの啓示をムハンマドに授けた（スーラ96）として、とくに「天使たちの孔雀」ガブリエル（ジブリール）を敬っている。翼の端にドラゴンの頭をつけたこの造形は、黄道十二宮の第9星座である射手座から借りたもので、ラッパが枠をつきやぶっていることで、その音がわれわれの世界にまで響きわたることをあらしている。

ーイール）などである。一方、ハールートやマールートは堕天使で、バビロンで人間に魔術を教えたとされる天使だが、さほど人口に膾炙していない[5]。いずれもクルアーンでは、ソロモンの時代に悪魔の教えに従ったユダヤ人の不信心者を非難する一文（2・102）に、一度だけ登場しているだけである。とりわけクルアーンは神の天使と使者たちがアッラーのかたわらにいると明記している。「アッラーと、その天使たちと、その使徒たちと、ジブリールとミーカール（天使ミカエル）とに対して敵となる者は、アッラーこそ、そのような無信仰な者どもの敵にましますぞ」（2・98）。アシュアリーの長い信条では、神の唯一絶対性が、迫りつつある神の審判の確実さとともに強調されている。さらにこの信条では、「クルアーンは神の言葉であり、創り出されたものではない」という明確な言明が続く[6]。

　アシュアリーの後継者たち、とくに11世紀のジュワイニー［1028-85。イマーム・アル＝ハラマイン（「2聖都の導師」の意）とも］と、彼よりはるかに有名

第7章　思想

になったその弟子ガザーリー（とくに本書第8章参照）は、イスラーム神学にアリストテレスが発展させた論理的な立論を道具として導入し、これにより、この神学は、のちに聖トマス・アクィナス［1225？-74］が13世紀にキリスト教神学にとりいれたのと同様の、厳密で合理的かつ理性的な基盤を手に入れることになった。事実、ガザーリーは中世のヨーロッパでしばしば「ムスリムのアクィナス」とよばれた。だが、ジュワイニーとガザーリーは神学者としてよりもむしろ法学者として紹介されている。おそらくそれは、11世紀までにすでに神学が最盛期をすぎていたという事情もあったのだろう。中世の他の学者たちがそうであったように、ガザーリーもまた宗教諸学の多様な分野に精通していた。彼の最後の書『神学と大衆の切り離し』は、きわめて力強いメッセージを発信しているが[7]、そのなかで彼は、ほとんどの人々にとってこの危険な学問に身をゆだねることは、害あって一利なしとまで主張している。

　それでも神学は中世後期まで細々と生きながらえた。だが、イージー［1300頃-55］やタフタザーニー［1322-89／90］といった14世紀の学者たちが著した著作は、ほとんどがこの学問に新しいアプローチをもたらすというより、注釈（あるいは注釈の注釈）にかぎられていた。

イスラーム神学の中核的教義

　イスラーム神学の中核的な教義は、いうまでもなく妥協することのない絶対的な一神教、つまり唯一神への信仰（タウヒード）にある。イスラームにおける神の超越性は、キリスト教の聖三位一体に代表される三神一座観や、2つの基本原理、すなわち古代イランのゾロアスター教や地中海地域のマニ教に刻印されていたような、神と悪魔、善と悪の二元論といった考えをすべて排除する。

　とりわけクルアーン（第112章）で神の唯一絶対性が強調されその特性はさまざまな言葉で表現されている。「アッラーの（99の）美名」は重要な教義となっているが、クルアーンは「アッラーのもっとも美しい名前」に言及している[8]。たとえば「アッラー…そのほかに神はない。ありとあらゆる美名をひとつにおさめ給うお方」（20・8）のようにである。ムスリムの数珠［アラビア語でミスバハ］は一般に珠数が99個あり、個人的な礼拝時には、信者はアッラーの99の名をくりかえす。だが、この数はすべてではない。さらに人間から隠された名前が3通りあるからだ[9]。ガザーリーはこれらの名前にかんする考察を書いているが、そこで彼はこうした名前がなにを意味し、実際にクルア

ーンにあるのか、それとも暗示だけなのかといったことを解きあかそうとした。これらの美名には「至高者」［37番目］や高貴者［66番目］、「慈愛者」［83番目］などがふくまれる。

　もうひとつの教義は、ムハンマドにあたえられた「預言者たちの封印」という称号にかかわる。前述したように、この称号は彼が神の啓示を伝えるために派遣された預言者の系譜の最後の存在であることを意味するが、クルアーンの第33章には、ムハンマドに先行する主な預言者たちにかんする言及がある。「我ら（アッラー）預言者たちから、すなわち汝から、ヌーフ（ノア）から、イブラーヒーム（アブラハム）、ムーサー（モーセ）、マルヤムの子イーサー（イエス）から、契約を取るにさいしては、がっしりとした契約を取っておいた」（33・7）。だが、ムハンマドはこうした高貴な系譜において、ひときわきわだった預言者だったとされる。クルアーンに「（ムハンマド）はもともとアッラーの使徒であり、預言者の打留であるにすぎぬ」（33・40）とあるように、彼は預言者全体の究極だったからである。

　クルアーンの奇跡的な特性をさすイジャーズは、イスラーム信仰の鍵となる概念で、その意味は、いかなる人間もクルアーンの比類のない言葉をまねることができない、というところにある。中世の初期アシュアリー学派に属していた神学者バーキッラーニー［940頃-1013。マーリク学派の法学者でもあった］は、クルアーンの非模倣性について古典的な論考をものしているが、クルアーンには、ムハンマドに授けられた啓示が模倣できると考える者たちに、クルアーンの章句に比肩できるような文章を書くよう要求する場面がある（2・234、10・38、11・13）。彼らにはそれができなかった。これを受けて、クルアーンはこう記している。「もし万一汝らにして、我らが僕（ムハンマド）に下した（天啓）に疑念を抱きおるならば、まずそれに匹敵うべき（他の天啓）を一くだり、さあここに出して見よ」（2・23）。第11章13節はより直接的に書いている。「それなら、これ（クルアーン）と同じような（啓示の）文句を十ばかり、でっち上げて作れるものなら作って見せるがよかろう」

　ムハンマドが自らを預言者と呼ぶのは神からあたえられた奇跡であり、それゆえ敵対者は沈黙せざるをえなかった[10]。「ナビー・ウンミー（無筆の預言者）」という表現はムハンマドについて用いられたが、イスラーム時代の初期のムスリムたちにとって、この表現は彼が読み書きもできなかっただけに、かえって啓示の奇跡性を強めることになった[11]。

　神の特性や預言者、そして現代人にはいささか理解しがたく信じがたくもあ

るテーマ、すなわちクルアーンが創られたのかそうでないのかといったテーマの解明は、イスラーム史の一時期、重大な政治的背景ともむすびついて喫緊の課題となった。初期キリスト教において、イエスの人性をめぐる議論がさまざまな集団間で沸騰したとき、エリート支配層と意見を異にする者たちはときに進んで自らの信仰に殉じた。イスラームの場合もまた同じだった。

イスラーム哲学

　アラビア語で哲学をファルサファ（falsafa）という。これはギリシア語のフィロソフィア（philosophía）を借用した語で、アラビア語自体には哲学をさす固有の語はない。この事実は、ムスリムの法学者たちが哲学を宗教諸学内の正統かつ適切な研究分野として受けいれるさいに、どれほど困難を覚えたかを集約的にものがたる。

　アッバース朝第7代カリフのマアムーン時代（在位813-833）、「知恵の館」（バイト・アル＝ヒクマ）がバグダードに設立された。ここはいわば翻訳センターで［図書館と天文台が併設されたこの施設のおもな教授陣は、シリアのネストリウス派や単性論派のキリスト教徒、ハッラーン出身のサービア教徒などだったという］翻訳活動がさかんになされ、バグダードに名声をもたらした。そこではギリシアの重要な古典、たとえばガレノス［130頃-200頃。医師・哲学者で、実験生理学の創始者］やディオスコリデス［40頃-90。医師・薬理学者・植物学者］、エウクレイデス［ユークリッド、前3世紀。数学者・天文学者］、アルキメデス［前287頃-前212頃。数学者・物理学者］、プトレマイオス［2世紀。数学者・天文学者・地理学者］などの著作が、西欧哲学の要でもあるプラトンやアリストテレスの一部の著作ともども、ギリシア語原典から、ときにはシリア語を介してアラビア語に翻訳された。パフラヴィー語［サーサーン朝ペルシアの公用語］やシリア語、サンスクリット語の文献もまた訳された。こうしてムスリムの学者たちは古典的なギリシア哲学が発展させた思想にふれるようになる。ときにこれらアラビア語の翻訳書はスペインでラテン語に重訳され、ヨーロッパの他の国々へと伝わった。その結果、ほとんどのムスリムが関心をいだかなかったギリシアの偉大な古典著作者たちが、ヨーロッパの偉大なルネサンス思想家たちに知られるところとなり、西洋史における重要な画期のひとつとなった［なお、知恵の館自体は、10代カリフ・ムタワッキル（在位847年-861年）以降に急速的に衰え、1258年のバグダードの戦いで、バグダードの市街ともどもモンゴル軍に破壊

世界的な医学 狂犬にかまれた人物。ディオスコリデス『医術』のアラビア語版、イラクないしシリア、1224年。この書は古代後期の標準的な薬学手引き書で、アラブやペルシアの伝統、さらにインドの医術を紹介するサンスクリット語の文献などからの素材を加味して、アラブ世界で数多く出版された。

アラブ風ギリシア人 神学校風景。ムバシシール [ダマスカスに生まれ、生涯の大半をエジプトで送った著作家]『金言集【知恵の金言と最上の名言選集】』、シリア（？）、13世紀初頭。時代錯誤ではあるが、ターバンをかぶったアリストテレスが、学生たちの戸惑いもそのままにアストロラーベ（天体観測器）を誇示している。830年頃にアッバース朝カリフのマアムーンがバグダードに設立し、一流の名高い教授陣を揃えた知恵の館は、ギリシアの学問をアラビア語の翻訳をとおして後代に伝え、やがてこれがヨーロッパ・ルネサンスの基盤となった。

された]。

　750年頃から、イスラーム哲学は宗教諸学の1分野として台頭する。たとえば「アラブ人の哲学者」と呼ばれた9世紀のアル＝キンディー［801頃-？。ギリシア語は解さなかったが、広闊な学識によってクルアーンの教えとギリシア哲学

第7章　思想

の融和を図った］や、中世ヨーロッパでアル＝ファラビウスないしアルファラシウス、あるいはアヴェナサルともよばれた10世紀のアル＝ファーラービー［870頃-950。トルキスタン出身で、新プラトン主義の影響を受けた。その知性論や流出論はイブン・スィーナーの先駆とされる］といった学者たちは、自らアリストテレスの弟子をもって任じていたが、ことムスリム世界にかぎっていえば、彼らの影響はいったいに関心を同じくする小集団に及んだだけだった。哲学に関心を抱いていたこれらの学者たちは、しかし視野の狭い専門家たちではなかった。たとえばバグダードの宮廷で官吏をしていたイブン・ミスカワイヒ［936-1030］は、『アッバース朝カリフ制の失墜』とよばれた世界史を著し、さらにプラトンやアリストテレスの思想にもとづいた有名な『道徳の修練』も刊行している。

新プラトン主義の影響

　イスラーム哲学の発展にとってはるかに重要だったのは、新プラトン主義（ネオプラトニズム）の思想であった。この主義の主たる人物は、3世紀のエジプトに生まれ、ローマで活動したプロティノス［205-270］である。ムスリムの哲学者たちにとって鍵となる著作は、アリストテレスが著したとされる『アリストテレスの神学』［9世紀にアラビア語訳された偽書］で、事実そこには、プロティノスのもっとも重要な著作である『エンネアデス』［弟子ポルフュリオスがまとめた哲学論文集］の一部がパラフレーズされている。この新プラトン主義は神がある特定の時に世界を創造したとする考えをとらず、代わりに、神──「一者」［ト・ヘン。無限の存在］──による絶えざる「流出」という考えを提唱した。この流出によって、神の下にいくつもの階層が創造されたというのである。そして、一者の下には神意があり、そこから世界霊魂が発出する。そしてこれがさらには人間の霊魂を、そして最後に物質（質料）自体を生み出したとする。

　ムスリム最大の新プラトン主義哲学者は、イブン・スィーナである。中世ヨーロッパでアヴィケンナと呼ばれた彼は、数多くの学問を修得し、とくに医学を専門とした。そのもっとも有名な医書『治療の書』と『医学典範』は、ヨーロッパでは17世紀になっても教育用に使われた。だが、新プラトン主義の哲学と、神がしかるべき時に世界を創ったとする啓示宗教の主体を接木することはむずかしい。それゆえ、哲学者たちがムスリムの伝統主義的な学者たちからの激しい攻撃にさらされたとしても不思議はない。

イスラーム哲学の多くを宗教諸学に組みこむことには失敗したが、それは中世のムスリム学者たちに足跡を残した。たとえば彼らすべてのうちでもっとも有名だったガザーリーは、哲学自体の主張をこばむための道具としてアリストテレスの論理学をとりいれ、『哲学者の矛盾』という題名の書すら著している。さらに、はるか遠くのスペインでは、アヴェロエスとしてヨーロッパで知られたイブン・ルシュドが、いささか奇をてらった語呂あわせ的な題名の『矛盾の矛盾』を上梓してもいる。

　それにしても、ムスリム哲学者たちの考えが、彼らの属する社会以外にはほとんど影響をあたえなかったにもかわらず、正統派のスンナ派学者から軽んじられ、あるいは拒絶されていた中世のキリスト教ヨーロッパで非常に尊ばれたというのは、まさに皮肉としかいいようがない。ムスリム世界内部のイスラーム哲学自体は、中世後期のシーア派の内部よりうまくいっていた。「哲学的スーフィズム」[12]として規定されることになるイルファーン［神秘的哲学。本来は神的体験によってえる真知ないし神および実在についての直感的知識をさす］という名のもとで、イランでは哲学が神秘的な伝統に組みこまれた。そこでとくに重要だったのが、イスファハーン学派の代表格だったムッラ・サドラー（1572-1640）である。スーフィー照明派のシャイフルイシュラーク・スフラワルディー（1154／55-91。本書第8章参照）の影響を受けたサドラーの仕事は、スーフィーの信仰と哲学、そしてスーフィズムを融合させたものだった。それは同じ時期、スンナ派が優勢な国々で停滞状態にあった哲学とは好一対をなしていた。

イスラームの政治思想

　ムスリムの学者たちは哲学の他の分野にも関心をいだいていた。実際的な倫理・道徳とみなされたものの多くは、イスラームの法学書で扱われた（本書第5章参照）。一方、政治哲学の分野では、「第2の師」［「アリストテレスの次位」の意。数学者・音楽家でもあった］として知られたアル＝ファーラービー（870頃-950）が、理想都市にかんする興味深い書、『有徳都市の住民がもつべき諸見解の原理』を著している。この書は同じ主題を扱ったプラトンの偉大な書『国家（共和国）』に多くを負っている。理想都市には社会的なヒエラルキーがあり、四肢をはじめとするさまざまな部位が特定の機能をもち、脳が全身を統御する人体同様、理想都市もまた、それぞれの構成要素が社会のしかるべき場

所にあって密接に結びつきながら作用しているという。これにより、すべての市民は幸福を手に入れることができるともいう。

さらにアル゠ファーラービーは国政にかんする別の著作［『完全国家論』］で、神が世界を治めるのと同様に、もっとも完全な人間である哲学者が国家を治めるべきだと主張してもいる。これは基本的にプラトンの「哲人王」［『国家』に登場する理想的君主］の考えである。さらに形而上学的な問題について、アル゠ファーラービーは新プラトン主義の考えに基づいて、クルアーンにあるアラビア語の用語法を発展させた。こうした彼の哲学的な用語法はラテン語に訳され、トマス・アクィナスが翻案してもちいるようになる。

政治思想論のもうひとつの分野が、「君主の鏡」を扱った一連の書である。これらの書は、中世のヨーロッパでニッコロ・マキャヴェッリ［1469‒1527。フィレンツェの外交家・政治家］の有名な政治論である『君主論』［1513年］などが評判を呼んだように、中世のムスリム世界でも、その初期段階からカリフや王侯たちの宮廷で人気があった［この君主論の先駆けとしては、たとえば聖ミカエル大修道院長だったスマラグドゥスの『王の道』（810年頃）や、オルレアンのヨナスの『王の教育について』（831年頃）などがある］。こうしたムスリムの「鏡」は、統治や王権の特性に対する広範なこだわりを示している。これらは哲学者や大臣、法律家たち、さらに息子や後継者への進言のために統治者自身によっても書かれた。

スンナ派のカリフ制

政治哲学は、スンナ派カリフ制の制度化をめぐる重大かつ数多く議論されてきた問題に法的な根拠をあたえた。宗教的統治者の制度化は、ムハンマドが後継ぎを指名せずに他界した632年から続く、長い系譜に属する後継者（ハリーファ）という考えにもとづいていた（本書第6章159頁参照）。彼の死後、友人で義父でもあったアブー・バクルが初代カリフに選ばれたが、ムスリムたちはイブン・ヒシャーム（833没）が『預言者の生涯』で記録したその後継演説を誇りとともに記憶している。「わたしが神とムハンマドに従うかぎり、わたしに従え。わたしが神とムハンマドに従わなければ、諸君もわたしに従うな」[13]

カリフという語は、のちに全ムスリム共同体のなによりも大切な一体性とむすびつけられるようになる。そこでのカリフの職責は、イスラーム法（シャリーア）を強化し、信仰を庇護し、ムスリムの地の境界を守ることにあった。ス

スンナ派のカリフ制

シンボルの言葉 ダマスカスで鋳造されたと思われるウマイヤ朝のディナール金貨。684年頃。この金貨に刻まれた人物はおそらくウマイヤ朝第5代カリフのアブドゥルマリク［在位685-705］で、正面を向き、明らかに権力を表す剣を斜めに構えている。金貨の縁に刻まれているのは、ムスリムの信仰告白であるシャハーダの文言である。

ンナ派のカリフはシャリーアの代表であり、それを適用・擁護する上での責任をになっていた。しかし、彼はシャリーアの上に立つ存在ではなく、あくまでも他のあらゆる人々と同様、それに従わなければならなかった。

9世紀後葉から、都バグダードにいたスンナ派のカリフたちは政治権力を失い、彼ら自身のテュルク系護衛兵たちに屈従する。やがてペルシア軍、のちには中央アジアから来襲したテュルク系遊牧民［1038年にセルジューク朝樹立］に支配されるようにもなる。だが、1258年にモンゴル軍がバグダードを制圧し、カリフ［ムスタアスィム（第37代カリフ即位1242）］が殺害されてスンナ派のアッバース朝カリフ制が終焉するまで、カリフは世俗の統治者たちと独立した法学者集団の支配を受けながらも、最後の宗教的・法的権威をたもっていた。名目上の長ではあったが、いわばムスリム世界全体のスンナ派共同体の一体性を象徴する存在としてとどまっていたのだ。それゆえ軍事的な君主たちが自らの正統性を訴えるには、カリフの力を利用しなければならなかった。カリフはまた外国からの使節の歓迎式典など、重要な儀式を主宰したりもした。

カリフ制の性格と特徴にかんする本格的な議論は、アッバース朝時代初期の8世紀に始まっている。カリフは至上の存在なのか、カリスマ的で、共同体の法を定める権威なのか、シーア派が考えているように、教義と法にかんしては無謬なのか、法学者たちの合意［イジュマ］に服するのか、そして他のすべての者と同様、クルアーンやムハンマドのスンナに従うのか（本書第6章161頁参照）。しかし、実際は王朝の意向によって調整された政治的現実が、だれがカリフの座に座るのかを命じた。それどころか、一部のアッバース朝カリフは自分の軍隊に殺害され、この軍隊は一族の成員をただちにカリフの座につけた

りもした。1258年にモンゴル軍によってバグダードが陥落したのち、マムルーク朝の第5代スルターン・バイバルス（在位1260-77）［軍人奴隷（マルムーク）としてエジプトのアイユーブ朝につかえ、のちにモンゴル軍と十字軍を相手に幾度となく戦勝し、アイユーブに代わるスンナ派イスラームのマルムーク朝の基盤を磐石のものとした］は、崇高なカリフ座の廃絶をこばみ、実質的にはマムルークの支配下で、カイロを名目ばかりのスンナ派カリフ制の新しい拠点とした。1517年にエジプトとシリアがオスマン軍に征服されると、今度はテュルク人がその役割を引き受け、カリフ座はあらためてコンスタンティノポリス、のちのイスタンブールに移される。なにほどか法制上の擬制だったこのカリフ座は1924年まで存続するが、この年、新しいトルコ共和国の初代大統領のケマル・アタテュルク（1881-1938）が最終的にそれを廃止する。これにより、632年から存在し、1300年もの長いあいだムスリム的心性の重要な部分を占めてきたひとつの制度が終息したのである。

　シリアのムスリム改革者ムハンマド・ラシード・リダー（1865-1935）［法学者・ジャーナリスト。ムハンマド・アブドゥフの弟子となって、時代に即したイスラーム法解釈や近代科学の必要を説いた］は、アタテュルクによるカリフ制廃止直前の1932年、『カリフ制あるいは最高イマーム職』を著す。彼はカリフ制を歪めたムスリムの宗教［＝法］学者たちの堕落を非難し、この敬うべき制度の廃止をトラウマとみる。それによってムスリム世界の中心的な表象が失われるからだという。こうして彼はカリフ制の考えを支持しつづけた。近代世界のカリフはすべてのムスリムのためにイスラームを解釈し、近代のムスリムの社会をいかに統治するかについて、彼らの政府を導く。彼はそう信じていた。

　だが、強制的にカリフ制を廃止することと、ムスリムの心からその記憶を消し去ることとはまったく別物だった。20世紀の多くのムスリム思想家たちは、近代的な衣装をまとわせてカリフ制を復活させるという考えをいい加減に扱った。前述のムスリム同胞団とその分派のひとつである（イスラーム）解放党［イスラーム国家の建設とエルサレム解放を目的として1949年にヨルダンで結成された政党］は、新しいカリフ制の樹立に好意的である。それはまたウサーマ・ビン＝ラーディン（1957-2011）の代理人であるアイマン・アッ＝ザワーヒリー［1951―。カイロ郊外で生まれた外科医・眼科医。14歳でムスリム同胞団に入り、イスラーム国家の建設とカリフ制の復興のためには武装闘争も辞さない過激派のジハード団にくわわって逮捕された。釈放後、アルカーイダに移り、ビン＝ラーディン後のアルカーイダ司令官（アミール）と目されている］は、9・11のアメリカ同

時多発テロ事件以後、アルカーイダの攻撃は、それが「イスラーム世界の中心」にカリフ制をもたらすものでないかぎり、「たんなる不穏行動にすぎない」と書いている[14]。一方、アルカーイダは2005年に始めた定例のインターネット・ニュース番組を、「カリフ制の声［サウト・アル・カリーファ］」と命名している。穏健な多くのムスリムもまた、ムスリム共同体の失われた貴重な統合シンボルとして、カリフ制にノスタルジーをいだいており、そうすることで、ムハンマドとその後継者たち、すなわち第4代までの正統カリフの規範的な聖なる時代を想い起こそうとする。さらに一部の現代ムスリム思想家たちは、イスラーム恐怖症(イスラモフォビア)や西欧覇権主義といった新しい形の逆境に直面して、ムスリムの連帯と抵抗を強化するためにカリフ制復活の必要性を力説している。

イスラーム思想の近・現代的潮流

　今日、世界中のムスリム思想家たちは、自分たちの宗教について認識可能な信仰と見方を共有しているが、あきらかにその多様さと数には著しいものがある。キリスト教やユダヤ教共同体に属しているグループの場合と同様に、特定の運動体ないし動向が、他のそれらよりイスラームに「忠実」であるといえば、まちがいになる。以下では、近代のイスラーム思想にみられるこうした潮流のいくつかを、その歴史的な先例を考慮しつつ検討していきたい。

原理主義的思想家たち
　いわゆる「原理主義(ファンダメンタリズム)」は、イスラームの世界ではくりかえし登場している現象である。過去何世紀にもわたって、ムスリム社会内ではさまざまな運動が起こり、互いになんらかの中核的な特徴を共有してきた。原理主義を広める人々は、自分たちが社会の腐敗とみなすものに対する懸念を示すため、そうした行動をとっている。そして、「原点」への回帰、つまりムハンマドとその教友たち、さらに632年から663年までの4代の正統カリフたちが実践していた純粋なイスラームへの回帰を訴える。彼らイスラーム原理主義者たちはまた、ムスリムの信仰実践におけるさまざまな変革ないし刷新が、真のイスラームを汚してきたと主張してもいる。たとえば内部的にはスーフィズムによって、外部的にはキリスト教（中東）やヒンドゥー教、仏教、アニミズム信仰（インドネシアやアフリカ）などの異教によって引き起こされた変化は受けいれられない、というのである。さらに、外部からムスリムの儀礼にもちこまれ、浸透してい

第7章　思想

民衆の信仰　シャフザダ霊廟の女性たち。イラン・カズヴァン。霊廟への参詣はムスリム社会、とくにシーア派の人々が広く感じている必要性にこたえるもので、そこではしばしば個人の信仰心が感情的な言葉で表されている。アリーやフサインへの熱を帯びた祈願、より一般的には、イマームやその子孫たちからのとりなしのよびかけが、こうして個人の必要に応じてなされるのである。

る実践、たとえば霊廟への参詣やこれらの霊廟に埋葬されている「聖者」たちへのとりなしの祈り、そしてなによりもそうした霊廟施設そのものを非難している。ムハンマドは何の特徴もない素朴な墓にさりげなく埋葬されており、したがって、ムスリムである以上、それにならうのが正しい道ではないか。彼らはそう考えているのだ。

　イスラーム原理主義の歴史的に重要な時期は、シリアの法学者イブン・タイミーヤ［本書135頁参照］の活動期だった。彼は実際に自分がくわわっていたスーフィズム自体ではなく、その宗教的文脈における過度の禁欲・苦行や奇跡論、さらに音楽を激しく攻撃した［スーフィーたちから神人同型論者として非難された彼は、権力者と一部つながっていた彼らによって、1305年、カイロで投獄されている］。タイミーヤはまたシーア派とも極端なまでに対立した。そこではイスラーという語がキーワードとなっている。これは真のイスラームとみなされているものの再建ないし復元を意味する。必要とあらば、この目的を遂行するために小規模なジハード（聖戦）もさけてはならない（本書第9章参照）。こうして唯一純粋なイスラームがあると主張する人々が、スーフィーとよばれ

る。今日、その考えを世界におしつけようとする彼らの戦い（ジハード）は、西欧の世俗主義や物質偏重主義、差別、さらに腐敗とみなされるものに対する抗議でもあるという。ただし、20世紀末にアフガニスタンに登場したターリバーンは、イスラーム運動のむしろ極端なモデルといえる。

　一方、ムハンマド・イブン・アブドゥル＝ワッハーブ（1703-91）［イブン・ハンバルやイブン・タイミーヤの影響を受けた急進的法学者］の指導下でアラビア半島に生まれ、ムスリム社会の浄化を目指したワッハーブ運動［ワッハーブ主義は他称で、自称は「ムワッヒドゥーン（一神論者たち）」］は、スーフィズムやシーア派をきびしく非難し、クルアーンの専一的な権威や預言者ムハンマドの道に回帰することを主張した。その創唱者のマニフェスト書『神的一性の書』には、だれをムスリム共同体の一員にするべきかという基本的な問題が強い口調で述べられている[15]。時期を同じくして、インドのシャー・ワリー・ウッラー［1702-62。デリー出身のイスラーム神学者。スーフィーの学者を父にもち、マッカやマディーナで学んだのち、ムガル帝国末期のインド・ムスリム社会の緩やかな改革を唱えた］もまた、アブドゥル＝ワッハーブと同様の立場をとったが、彼はそれをよりおだやかな言葉で発現した。

　ムスリム同胞団（アル・イフワーン・アル・ムスリムーン）は1928年、エジプトでハサン・アル＝バンナーが結成したものである［バンナー（1906-49）はカイロ近郊でイマームを父として生まれ、スーフィズムや反英独立運動などに参加したのち、「イスラームのために奉仕するムスリムの同胞たち」をスローガンに同胞団を立ち上げた］。そのメッセージは、真のイスラーム社会を創出するため、クルアーンやハディースの指針にもどるというものだった。今日、同胞団は世界中に支部がある。だが、組織内の武闘派が1948年12月、ときの首相ヌクラシを殺害し［同首相が同胞団弾圧策をとって、指導者たちを逮捕させたたため］、翌49年2月には、その報復としてバンナーが［王党派の秘密警察によって］暗殺されている。やがてムスリム同胞団は地下にもぐらざるをえなくなる。だが、それ以後も同胞団はエジプトはもとより、国外にまで強い影響力を及ぼしつづけた。そしていわゆる「アラブの春」［本書第11章参照］。2010年にチュニジアにはじまり、多くのアラブ諸国に吹きあれたこの政治的な抗議の嵐は、とくにその影響力を克明に示すものだった。

　エジプトの思想家サイイド・クトゥブ（1906-66）［作家・詩人・教育者で、

第 7 章　思想

ムスリム同胞団のイデオローグ。徹底した反世俗主義を唱えた彼の思想は、イスラーム過激派に決定的な影響をあたえたとされる〕もまた、純粋なイスラームへの回帰を唱え、社会のモデルとしてイスラーム国家の樹立を主張した。だが、1966 年、第 2 代エジプト大統領ガマール・アブドゥル・ナーセルの政治に反対して処刑されてしまう。それ以前、ムスリム同胞団の筆頭スポークスマン役をつとめていたクトゥブは、西欧の物質偏重主義に対する自らの考えを、有名なクルアーン注釈書『クルアーンの影』で明示している。そこで彼は、イスラームが生の完璧なシステムであること、神の法がこの地上に確立されなければならないこと、そしてまさにそれこそが神の民を治めるために基盤であるべきことなどを力説している。彼は 2 年あまりアメリカに住んだが、そこでまのあたりにしたライフスタイルに強く反発した。たとえば、アメリカ人を一種の「神経の興奮と獣の浮かれ騒ぎ」(16) を楽しむ人々と断じている。さらに彼はエジプトの支配者ファラオとモーセを比較し、自分にとってはモーセがムスリム統治者のモデルであり、ファラオはイスラームを破壊しようと望む専制君主の

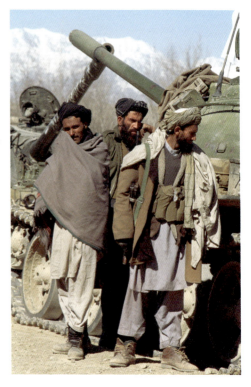

ターリバーンの兵士と戦車　アフガニスタン・カーブル、1995 年。宗教的なスローガンや揃いの軍服めいたものがないことは注目に値する。独特な髪の毛も彼らの信仰を示す外見的なしるしとして奨励されている。ターリバーンの原義は「神学生」だが、実際にはそれとはほぼ無縁である。だが、1996 年から 2001 年までアフガニスタンを実効支配していたターリバーン政府は、ヴェールの着用から音楽の禁止に至るまで、彼らのきびしい「イスラーム主義」を強化していた。

縮図だともしている。

　これに対し、インドに生まれたサイード・アブイ・アラ・マウドゥーディ（1903-79）［パキスタン人思想家］は若くしてジャーナリストの道に入り、1933年、ハイデラバードで刊行されていた月刊誌《タルジュマン・アル＝クルアーン（クルアーン翻訳者）》の主幹となる。1941年、イスラーム主義の政党ジャマーアテ・イスラーミー［イスラーム協会。のちにバングラデシュ最大の政党となる］を創設した彼は、47年、インドから分離独立した新しい国家パキスタンに移住し、新たなイスラーム国家の建設に尽力しようとした。だが、ジャマーアテ・イスラーミーとともにさまざまな政略にまきこまれ、一途な思想のためにしばらく投獄のうきめにあう。そんな彼の最大の功績は、一般人のために公用語のウルドゥー語でのクルアーン注解書を編集したことである（本書第9章277頁参照）。

　より最近のワッハーブ派で影響力があった人物は、サウジアラビアの大ムフティーの地位にあった、アブドゥル＝アズィーズ・イブン・アブドッラー・イブン・バーズ（1910-99）である。この地位により、彼はイスラーム法にかかわる問題にファトワー（法的見解）を出す責務を帯ていた。前述のアブドゥル＝ワッハーブには、『イスラームを無効にするもの』という題名の著作があるが、今日これはウェブ上にアラビア語と英語で『イスラームを無効にする10の問題点』としてアップされている。これもまたイブン・バーズの仕事である [17]。そのなかで、彼はアブドゥル＝ワッハーブの思想を現代的なものに改訂して、今日的な要求に沿うものとする一方、なにをもって合法的にムスリムないし無信仰者と呼ぶかという問題にきびしい姿勢をとった。この書はまたユダヤ教徒やキリスト教徒を、そしてイスラエルを支援するアメリカ人やヨーロッパ人を攻撃してもいる。

近代化の思想家たち

　イスラーム原理主義者の立ち位置とは対照的に、一部のムスリムは変化と向かいあってこれを受けいれ、それによって現代世界の文脈においてイスラーム信仰のさまざまな面を修正・再解釈しようとしてきた。こうしたアプローチは19世紀に進展し、そこからとくにサイイド・アフマド・ハーン（1817-98）［インドのムスリム思想家。ムガル帝国の首都デリーの貴族出身］や、ジャマール

ッディーン・アフガーニー（1838-97）［マドラサで教鞭をとりながら、イスラーム世界での外国統治を拒み、絶対君主制より法治国家の優越性を確信していた］、さらにムハンムド・アブドゥフ（1849-1905）［前出］といった人物が登場した。こうした思想家たちの広範な影響力を知るには、かれらの経歴をよりくわしく一瞥しておかなければならないだろう。

まず、サイイド・アフマド・ハーンはインドにおけるイギリスの統治をいかに考えるか、そして植民地化された祖国でムスリムはどこに位置すべきかという問題に取り組んだ。ただ、1857年から59年にかけてのインドの反乱［セポイ（インド人傭兵）の乱、第1次インド独立戦争］では、イギリスを支持した。イギリスによるインド統治の方が、多数派のヒンドゥー教徒たちによる支配よりイスラームに利があるとみたからである。彼がアリーガル［インド北部］に創設した学校［1875年の創設当初はムハマダン・アングロ・オリエンタル・カレッジと呼ばれ、1920年にアリーガル・ムスリム大学として正式認可された］は、スンナ派、シーア派、さらにヒンドゥー教徒の別なく学生を受けいれた。そこでのカリキュラムはとくに科学に重点をおいていた。卒業生［パキスタン大統領アユブカーン（在任1958-69）など］がいずれインドのばらばらになったムスリムたちの指導者となる。それがサイイド・アフマド・ハーンの願いだった。さらに彼は、近代社会の要請にこたえるため、イスラーム法を厳格な解釈から解放する必要性を唱えてもいた。

イスラーム近代化の父と呼ばれるジャマールッディーン・アフガーニーは、拡大しつづけるヨーロッパ列強の侵入に抗するため、ムスリム世界を統一かつ再活性化させる方法として、汎イスラーム主義という考えを発展させた洞察力のある知識人だった。アフガニスタン［イランとする説もある］のアーサダバードで生まれた彼は、中東の数多くの言語に精通しており、イスラームの中核的な原理原則をいささかも失うことなく、ムスリム社会を近代化させようとした。強い反英主義者、より一般的にいえば反帝国主義者でもあった彼は、インド滞在中にサイイド・アフマド・ハーンの思想にふれ、やがてペルシアのシャーとオスマン帝国のスルターンから顧問として迎えられた［前者のガージャール朝第4代シャーのナーセロッディーン（在位1848-96）は、近代化をこばんで専制を進め、意見が対立したアフガーニーをトルコに追放するが、その弟子に暗殺される。後者の第34代オスマン帝国皇帝アブデュルハミト2世（在位1876-1909）は、

即位年に自らミドハト憲法（オスマン帝国憲法）を制定しながら、のちにこれを停止して［1877年］、専制君主となった。同じ汎イスラーム主義を標榜するアフガーニーに対しては、その弟子によるシャー暗殺事件もあって不信感をいだいて投獄さえしたが、のちに庇護者となった］。論争好きで、行く先々で歯に衣を着せぬ知識人として知られたアフガーニーは、伝統的なイスラーム文化と西欧の近代的な科学・思想とを結びつけたムスリム社会をきずこうとした。

一方、政治の前線では、アフガーニーは汎イスラーム主義を信奉し、西欧列強の植民地主義に反対するため、ムスリム世界を統一しようとした。彼はまたラシード・リダー（本書208頁参照）やムハンマド・アブドゥー［1849-1905。1882年、エジプトの民族主義運動（アラービー運動）に連座して国外追放となり、パリでアフガーニーと雑誌『固き絆』を発行している］といった思想家に大きな影響をあたえたが、著作はきわめて少ない。わずかにフランスの思想家・宗教史家エルネスト・ルナン［1823-92。近代合理主義的な観点から書かれた『イエス伝』で知られるが、植民地主義については進化論的文明論によって肯定・支持した］にあてた手紙が遺されている。1883年にルナンがパリで行った講演に対する反論で、ルナンはそこでイスラームが科学と哲学の障害になっていると批判した。この手紙で、アフガーニーはすべての宗教が科学や哲学の研究に不寛容であり、そのさまたげとなっているという点でルナンの考えに賛同している。だが、彼はさらにこう指摘してもいる。「ただ、キリスト教がイスラームより何世紀も前に登場していることを了解するとしましても、ムハンマドの社会がいつの日かその束縛の鎖をうちくだき、西欧社会の流儀のあとで、文明の道を断固として歩むだろうという期待を禁ずることができません」[18]

ムハンマド・アブドゥーの場合は、19世紀のエジプトにおける近代主義的な研究で、もっとも影響力をもった学者だと広く認められている。1897年に同国の筆頭ムフティーとなった彼は、近代のムスリム社会をきずく基盤となる合理主義を発展させようと力をつくした。彼の書『マナール注解』は、弟子のラシード・リダーが主幹をしていた機関誌《マナール（灯台）》［1898年にカイロで創刊されこの雑誌は、イスラーム精神と近代文明の融合を提唱して、1940年まで刊行された］を典拠とするもので、そのねらいは、すべてのムスリムのためにクルアーンを明確にするところにあった。つまり、それまでのわかりにくく、衒学趣味的なクルアーン解釈にととのった注解をつけようとしたのである。

より近年では、フランスで学問を修めたベルベル系アルジェリア人のムハンマド・アルクーン（1928-2000）［ソルボンヌのイスラーム研究所長や学術雑誌《アラビカ》の主幹をつとめたイスラーム・ネオモダニスト。代表的な著作に『クルアーン読解』や『イスラーム的理性の批判のために』などがある］がいる。彼はムスリムが近代科学と歴史的方法論を受けいれてそれらを自らの信仰に組み込み、再解釈すべきだと主張した。おそらくこのアプローチは、宗教的な真理の象徴的な解釈――字義通りの解釈とは反対の――へと向かった。こうした考えはかなり非政治的なものだが、彼はまたあまりにも多くのムスリムの言説が、支配のイデオロギーと彼が呼ぶものを強調してきたと批判している。そして、これらの言説をもちいる代わりに、ムスリムはそれぞれ自分の生を変えるため、クルアーンの霊的な力に精神を集中させるべきだとも説いた[20]。

以上いろいろとみてきたように、過去150年間、イスラーム世界のはるか西方からインドにいたるまで、ムスリム思想家たちのあいだには知的な活動や論争の面でさまざまな動きがあった。だが、そのすべては政治的に苦しい時代に新しい信仰の道をきりひらこうとすることを、ともに緊急の課題としていた。そんな彼らのあいだでなされる論争はなおも続いているだけでなく、容易に利用できる電子媒体のおかげで、速さと量も増幅しているようである。

●参考・関連文献

Adamson, Peter and Taylor, Richard C.: *The Cambridge Companion to Arabic Philosophy*, Cambridge University Press, Cambridge, 2005（ピーター・アダムソン&リチャード・C・テイラー『ケンブリッジ版アラブ哲学入門』）

Crone, Patricia: *Medieval Islamic Political Thought*, Edinburgh University Press, Edinburgh, 2004（パトリシア・クローン『中世イスラームの政治思想』）

Euben, Roxanne L. and Zaman, Muhammad Qasim (eds.): *Princeton Reading in Islamist Thought. Texts and Contexts from al-Banna to Bin Laden*, Princeton University Press, Princeton, 2009（ロクサン・L・ユーベン&ムハンマド・カシム・ザマン編『プリンストン版イスラーム思想読本――アル＝バンナーからビン・ラーディンまでの文献と文脈』）

Griffel, Frank: *Al-Ghazali's Philosophical Theology*, Oxford University Press,

New York, 2009（フランク・グリフェル『ガザーリーの哲学的神学』）

Leaman, Olive and Rizvi, Sajjad : "The Developed Kalam Tradition", in Tim Winter (ed.): *The Cambridge Companion to Classical Islamic Theology*, Cambridge University Press, Cambridge, 2008, pp. 77-96（オリーヴ・リーマン＆サッジャーダ・リズヴィー「発展したカラーム伝統」、ティム・ウィンター編『ケンブリッジ版古典的イスラーム神学入門』所収論文）

第8章 スーフィズム

　確乎たる信仰もった人々にはこの地上にさまざまな神兆がある。それからお前たち自身の中にも。お前たちこれが見えないのか（クルアーン50・20-22）。

　イスラームはヒンドゥー教やキリスト教におとらぬほど、世界に神秘主義者を送りこんできた（ガーンディー）[1]。

　スーフィズムはイスラームの内部的かつ神秘的な思想である。この神秘主義を完全に満足のいくかたちで定義することはつねにむずかしい。それを定義しようとする者はだれでも克服しがたい問題に直面する。神秘的な体験自体が、個人的で直裁的かつ表現しえないという特性をもつものだからである。そうした神秘体験を伝えることが可能になるのは、きわめて象徴的な言葉をもちいる場合のみで、たとえばアラビア語にあるような、「メタファー（比喩）は究極の現実に架けられた橋」［ナイジェリア北部のスンナ派ハウサ人の女性詩を解析したB・B・マックの書名から］という深遠な象徴的表現によってである。神秘主義を語るさいは、通常2通りの説明がなされてきた。すなわち、外面的には人間の魂が神により近づくために上る道ないし梯子として、そして内面的には人間の心のなかにある神を見つけるための模索として、である。このいずれも象徴的な説明はむろん互いに結びついているものの、人間の言葉ではとうてい把握しえないような、きわめて奥深い霊的真理のごく一端を、しかも不十分に表わしているにすぎない。

　世界の主要な宗教には、唯一者かつ超越者である神もしくは他の名で呼ばれる至高の存在と、直接かつ緊密な接触を経験した有名な人物が何人もいる[2]。さまざまな宗教に登場する神秘主義者の報告は多少とも共通性をもっているが、そこにはまた明確なちがいもみられる。神秘体験が独自の儀礼や理念、さらに倫理体系をもつ個々の宗教的な伝統内部にうめこまれているからである。イスラームでタサウウフとよばれる神秘主義的伝統もまた、その例外ではない。

　通常英語で「スーフィズム」と訳されるタサウウフは、字義的には「スーフィーになること」を意味する。この語自体はアラビア語の「スフ（羊毛）」に

由来すると思われるが、もともとは初期のムスリム禁欲者たち（世俗の快楽を慎んでいた宗教者）がまとっていた粗い毛織の外衣［スーフ］を指していた[3]。だが、時代が経つにつれて、タサウウフはより一般的にイスラームの神秘主義を示すようになった。スーフィー自身は神［＝真理］へと向かう「道（タリーカ）」という語を象徴的にもちいている。イスラーム的な思考体系においては、道のイメージはかなり明確なものとしてある。シャリーアという語が、ムスリムの日常生活のあらゆる側面を律する広範な法の道として解釈されているからだ。ただ、タリーカはそれとは対照的に、信者たちが神の究極の真理を経験するために進むせまい道として考えられている。

　イスラームの神秘主義は最初期から存在していたが、ときにそれはさまざまな困難や敵対、迫害に遭遇した。偉大なムスリム思想家の多くが実際はスーフィーだったにもかかわらず、それはイスラームの主たる教義的な発展の外にあると考えられてもきた。イスラームのもっとも成功した布教者たちもまたスーフィーだった。彼らはアラビアやペルシア、さらにトルコ語圏の土地を越え、勇躍サハラ以南からインドネシアにまでイスラームのメッセージを広めた。近東内部では、のちにオスマンをはじめとする中世のムスリム王朝が積極的にスーフィズムを後押しし、スーフィーの指導者たちを宮廷に迎えて庇護しただけでなく、軍事遠征のさいは彼らを随行させた。とりわけスーフィーは、宗教論争の法的・神学的な複雑さが理解できなかった民衆にとって、宗教的な慰めの主たる源泉としての役割を果たした。今日、スーフィズムは一部のムスリム国家から追放されているが、他の国々ではなおも活発に活動を続けており、非ムスリムの西欧世界でも多くの信者を獲得するまでになっている。

　本章ではそうしたスーフィズムがいかにして現われ、さまざまな国でどのような形態をとっているか、さらにその鍵となる考え方や実践などを考察し、同時にスーフィーの神秘主義者や思想家たちの著作についても一瞥したい。

イスラームにおける禁欲と神秘主義のはじまり

禁欲主義

　イスラームにおける最初期のおもな瞑想者たちは、ムスリム共同体の集団的な宗教的慣行が、自分たちの宗教的な要請にとって不十分だと考えた禁欲（＝苦行）者だった。さしせまった神の最後の審判をおそれた彼らは、世俗の快楽に背を向けることによって、個人的な救済をより確実なものにしようとした。

自分の罪の重さを強く感じ、のがれようもない地獄の業火に恐怖心をいだいていたからである。こうして彼らは断食や祈祷をおこない、隠棲して瞑想した。そのなかには有名な知識人ないし学者（ウラマー）たちがいた。彼らは厳格な個人的信仰や禁欲行為と、モスクで、そしてカリフの宮廷ですらおこなった、イスラーム法を構造的に進化させようとする公の発言とのあいだに、なんら矛盾をおぼえなかった。

　8世紀から10世紀にかけて、禁欲にかんする著作は数十点編まれている。これらの著作はいずれも役割モデルとしての預言者ムハンマドとイエスに焦点をおいていた。また、ムハンマドの教友たちや、8世紀の敬虔なウマイヤ朝第8代カリフ・ウマル2世［在位717-720］についての言及もある。これら禁欲者たちは過度なまでのあらゆる身体的試練や苦行を自らに課したが、「神を見てよい」という神意がないかぎり、彼らはなおも神から「ヴェールをかけられていた」という。

　初期のムスリム禁欲主義のモデルとして卓越していた、半伝説的な歴史的人物は数多くいたが、そのうちのひとりであるハサン・アル＝バスリ（642-728）はとくに影響力があった。禁欲主義者であり、裁判官や説教者でもあった彼は、まさに非凡な人物だった。中世の宗教文献にはそんな彼にかんする逸話がいくつもとりあげられている。それらによれば、マディーナに生まれた彼は、ムハンマド自身を知っている人々と出会い、当時としてはかなり長い生涯のあいだ、瞑想や禁欲、さらに自制を実践したという。そして毎日自分の良心をふりかえり、カリフをふくむ同胞のムスリムたちに、現実の財産に対する世俗的な態度や執着のもつ危険性について、臆することなく警告した。彼は言っている。「この世界には最大限の注意をはらえ。それは蛇にも似ていて、さわればやわらかいが、その毒は死にいたらしめるからである」[(4)]。実際、ハサンは現世が一時的な宿りにすぎず、それゆえ来世にそなえなければならないということに気づいていた。おそらく彼自身は神秘主義者ではなかったが、彼の雄弁な演説や説教、格言などを好んで引用する後代のスーフィーたちからは、そのひとりとみられている。ハサンはまたもっとも有名な説教のひとつで、最後の審判のおそろしいイメージを喚起している。「アダムの息子たちよ、大食漢め、大食漢め、お前たちはひとりで死ぬだろう！　ひとりで墓に入るのだ！　そしてひとりで復活し、ひとりで裁きを受けるのだ！」[(5)]

　当時、多くの者たちは、ウマイヤ朝の支配が最初期のカリフたちの深い信心からかなり離れてしまっていると感じていたが、多くの場合、こうした説教を

するたびにハサンはカリフの怒りをかうという危険をおかしたのだった。

スーフィズムの起源

　イスラームにおける神秘主義的伝統の起源については、かなりの議論がなされているものの、スーフィズムの始まりについてわかっていることは、大部分が10世紀以降の文献に記されている断片的な証言にのみ由来する。ただ、ムスリムたちがイスラームの誕生当初から神秘的な体験をしていたということは十分ありえる。その最初期のある時点で、禁欲・苦行が魂の浄化という長い過程の予備的な段階となり、これによりスーフィーたちは神を知り、神を愛して、生前ですら神に近づこうとしたのである。

　かつて西欧の一部学者には、スーフィズムをキリスト教、とくにシリアの修道院でおこなわれていた、禁欲・苦行の影響を受けた結果生まれたとみる傾向があった[6]。だが、そうした見方は、イスラームの神秘主義的特徴が最初から存在していたとする説に正当にとって代わられている[7]。この特徴は、ムハンマドのヒラー洞窟での霊的体験以降、ムスリムの宗教的体験に不可欠な一部と

織り込まれた祈祷文　西アフリカの織物、19世紀。身につけて護符として用いられたと思われるこの織物は、ひとつの言葉を幾度となくくりかえす一般的なスーフィーの実践行為を示している——ここでは「アッラー」が2397回反復されている。キリスト教や仏教にも同様の連祷がおこなわれているが、その目的は同じで、瞑想をうながすところにある。

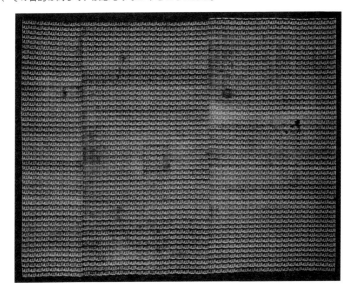

第8章　スーフィズム

なっているからだ。それゆえ、スーフィズムは外部から移植されたものではない。しかし、632年以降、ムスリムたちがアラビア半島と北西部で接するキリスト教の優越諸国を支配すると、おそらく彼らはシリア砂漠にいたキリスト教の修道士たちの外見をとりこむようになった。粗毛の外衣をまとったり、禁欲的な苦行をまねたり、というようにである。

　東方教会のキリスト教徒たちが、幾度となくイエスス（イエス）の名前をくりかえす「イエススの祈り」[主イエスス・ハリストス、神の子よ、我、罪人を憐れみ給え]をもちいたのとまったく同様に、初期のスーフィーたちもまた崇拝や信心の高揚時に神の名をくりかえし連祷した。この行為はズィクル・アッラー（神の想起）と呼ばれた――ズィクル（唱念）とよばれる祈祷儀礼（本章241-242頁参照）とむすびついていたことから。クルアーンは礼拝の価値を強調しているが、その一方で、神の想起はより重要だともしている(8)。さらに、神と人間とのあいだに梯子があり、人間の魂がそれを上るという考えは、ユダヤ教のヤコブの梯子[『創世記』28・12]をはじめとして、数多くの宗教にあるが(9)、イスラームにおいても同様の梯子のイメージがあきらかにとりこまれている。ムハンマドの昇天（ミーラージュ）に登場する梯子で、それは神へと向かう人間の魂の忘我的な動きを強調する象徴となっている[ペルシア文学最大の神秘主義詩人ジャラールッディーン・ルーミー（1207-73）の有名な詩にも、「天の梯子」と題した作品がある]。

クルアーンの重要性

　個人的により神に近づくことを模索するムスリムたちの主たる発想の源は、クルアーンのなかにあった。敬虔な人々が、この邪悪な世界からしりぞいて個人的な信仰をうながす章句をクルアーンのうちに探すようになったのは、おそらくムハンマドの没後まもなくのことだった。彼らはクルアーンを身近において日々の生活を営み、この聖典の言葉を光としてすべてを見ることができるようになったという。預言者の言行を手本とするために聖典をもちいたともいう。彼らスーフィーたちにとってムハンマドは最初のスーフィーであり、それゆえすべてのスーフィーは、ムハンマドを行動規範としなければならなかった。最初期のスーフィーであるアブー＝カーシム・ジュナイド（830-910）[神秘的な合一体験（ファナー）にもとづく陶酔型のスーフィズムを批判して、覚醒（サフウ）と存続（バカー）を重視し、スーフィズムと社会的規範の両立をはかった]は言っている。「すべての神秘的な道は、使徒（ムハンマド）の足跡をたどる

者を除いて閉ざされている」⁽¹⁰⁾

　一方、クルアーンの章句を解釈するという営為、すなわち解釈学は、スーフィー文学の基本的な部分を形作った。たとえばスンナ派のクルアーン注解者ムカーティル・イブン・スライマーン（767没）は、クルアーン第24章「光り」の神秘的で美しい章句から、ムハンマドの光にかんする考えを発展させている。この章句は神が偏在し、全知であることを以下のように述べている。

> アッラーは天と地の光り。この光りをものの譬えで説こうなら、まず御堂の壁龕に置いた燈明か。燈明は玻璃に包まれ、玻璃はきらめく星とまごうばかり。その火を点すはいとも目出度い橄欖樹で、これは東国の産でもなく、西国の産でもなく、その油は火に触れずとも自らにして燃え出さんばかり。（火をつければ）光りの上に光りを加えて照りまさる。アッラーは御心のままに人々をその光りのところまで導き給う（24：35）。

　この章句に従えば、神は自ら象徴的な言葉で光を語っていることになる。その輝く光は強力でいくえにも重なっており、まさしく神秘的な知の特性のようだという。同じ章句はまた、ムカーティルに、ムハンマドがヒラーの洞窟で神の啓示を受ける直前、地平線上にまばゆいばかりの光を見たということを想い起こさせてもいる。その登場時から今日まで、こうしてスーフィーたちはこの章句の多様な意味を深く考えてきた。

　8世紀初頭には、スーフィーたちは自分たちの、もしくは自分の身になにが起きたか表わすことができない他の人々の神秘体験を表現するため、クルアーンの用語にもとづく「言語」を体系化する。前述したように、クルアーンは信者たちに邪悪な現世を去って神に向きあうよううながし、さらに神の名を心に刻んで、たえずそれを唱えるよう忠告している。神を信じ、愛せよ。信者たちはそう命じられてもいるのだ。それゆえ、クルアーンのなかには自制としての断食や夜の礼拝、清貧の功徳を支持する文言がふんだんにある。ハディースのなかにもまた、ムハンマドの禁欲・苦行についての証言が数多くみられる。とくに彼がまだマッカにいた時期や、マッカを去って断食や夜の礼拝をおこなっていた時期にである。

ラービア

　すべての初期スーフィーのうちでもっとも愛されていたひとりが、バスラに

生まれた女性神秘家のラービア・アダウィーヤ（715頃-801）[禁欲と反省による霊肉の浄化を求め、「神への愛」という理念を最初に唱えたとされる]である。宗教的な伝承によれば、彼女の父親はすでに娘を3人もうけていたため、彼女を「四女（ラービア）」と命名したという。奴隷に身を落としていたとき、主人が彼女の聖なる資質を認めて解放したとされる。やがて独身のまま、最初は砂漠で、のちにはバスラで隠遁生活に入った彼女は神秘家となり、そのまわりに弟子たちが集まるようになった。伝記が語るところによれば、断食をおこなって昼夜の別なく神に祈っていたというが、ラービアの場合、女性であることが名声や信望をさまたげなかった。いくつかの伝承は、彼女が敬虔な男たちをしのいでおり、ハサン・アル＝バスリですら彼女を訪れるようになったとしている。あるとき、そのバスリから結婚観をたずねられた彼女は、神を通してのみ生きるようになって以来、結婚は自分にとってなんの意味もなくなったと答えたという[11]。

　ラービアの言葉は後代の多くの著名なスーフィーや学者によって引用されている。ムハンマドの妻アーイシャやその娘ファーティマが崇敬されていることからすれば、女性が初期のもっとも重要なスーフィーとして位置づけられたとしても、何ら驚く話ではないだろう。ただ、ここで興味深いのは、ラービアが聖母マリアに比定されてきたという事実である。

　たしかに、ラービアは神の道が神への愛を通じて求められるということを悟った最初のスーフィーではない。だが、後代のスーフィーたちはとくに彼女から影響を受けている。ラービアは神へのひたむきな愛をそこなう世俗のこだわりをすべてとりのぞき、神への純粋無垢の愛がいくつかの段階をへて成就すると説いた。そこには3通りの愛の排除もふくまれる。他の人間に対する愛（彼女はたびかさなる求婚をすべてこばんだとされる）、カアバすらふくむモノへの愛、そしてムハンマドへの愛である。また、最後の審判観によって動機づけられた神崇拝も拒絶した。彼女は言っている。「神よ、私が地獄の恐れからあなたを崇拝するなら、地獄で私を焼きつくしてください。私が楽園への希望からあなたを崇拝するなら、私を楽園から除いてください。そして私があなた自身のためにあなたを崇拝するなら、私に永遠の美しさを出しおしみしないでください」[12]。ラービアの説く愛は、こうして神そのものに集中していた。さらに彼女はある感動的な祈りにおいて、次のように唱えたという。「神よ、この世における私の活動全体と、この世のありとあらゆるものに対する私の欲望全体は、あなたを想い起こすためのものであり、来世におけるありとあらゆるも

のに対するそれらは、あなたと会うためのものです」(13)

中世におけるスーフィズムの発展

900年頃までには、数多くの禁欲的で神秘的な実践や信仰、概念が、広大なムスリム帝国各地で発展をみた。スーフィーの理論家たちは、かならずしも自ら神秘的な体験をしたわけではないものの、名状しがたいものを表現しようと試みた。以下ではそうしたスーフィズムの発展を演出した中心人物を数人紹介しておこう（象徴的な言語をもちいたり、専門的な用語をつくりだそうとしたりした彼らの試みについては、本章208頁を参照されたい）。

　ここではまずスーフィーを2通りに大別しておこう。「自制型」スーフィーと「陶酔型」スーフィーである。一般的に前者のグループは宗教的・法的エリート層に受けいれられていた。彼らはイスラーム法の規範に適応させるべく慎重に組み立てられた、スーフィーの道と神への愛という考えを発展させた。これに対し、「陶酔型」スーフィー集団は、後述するように忘我的な声を発し、宗教施設からきらわれているようにみえる。これら両集団の神秘体験はきわめてにかよっているが、「自制型」スーフィーはよりひかえめにふるまい、著述をおこなった。その典型は前述したジュナイドである。事実、彼は神との神秘的な合一

忘我嗜好？　イランの彩色図、17世紀。マーブル紙を想起させる技術をもちいて描かれたこの幻覚的な絵は、リズミカルな渦によって神秘的な旅をイメージさせる。イブン・アラビー［1165-1240］が唱えた存在一元論を世に知らせた画面のなかでは、創造された形状が互いに融解しあい、わくからはみでる構図が無限性を示唆している。

体験を語ったり書いたりすることの危険性に気づいており、その教えはスンナ派イスラームに深く根づいていた。彼によれば、スーフィズムとは心を浄化し、神智によって上昇するとともに、シャリーアを敬いながらムハンマドに従うことだという。こうして彼はシャリーアとスーフィズムの道の調和的な共存の必要性を強調した。そして、一部のスーフィーが大胆にもイスラーム法をまったく無視しようとした極端な行動に対し、注意深く反対したのだった[14]。

　こうした神との神秘的な合一や神への神秘的な愛といった考えは、唯一神を強調する正統なイスラーム信仰の本流からはずれたところで、徐々にスーフィズム内の一部の重要人物たちを多少とも動かすようになった（と思われる）。中核的なムスリム信仰を守り、おそろしいシルクの罪（人ないし事物が神の絶対的・超越的な唯一性にそむく大罪）を冒す危険を避けるため、ムスリムは神が人体の中に住むことができるという考えをこばみ、それゆえキリスト教におけるイエスの受肉観を認めることはしない。ムスリムはまた神と人間が一体化しうるという考えも禁じる。そのためスーフィーは、自らの神秘体験を述べるさい、慎重に言葉を選んで、神の近くに「到達する」（ワスル）、もしくは「神の唯一性を完全に理解する」（タウヒード）とするのだ。

バスターミー

　スーフィズムの形成期は、有名な人物をふたり輩出している。いずれも神に対する忘我的・経験的な知をもつ「陶酔型」スーフィーで、そのひとりはアブー・ヤズィード・バスターミーないしビスターミー（804-874／77／78）である。彼の名声ないし悪名の大部分は、神のなかで「自らを喪失する」という自らの体験を語った忘我的な言葉［シャタハート］に由来する。彼の師はアブー・アリー・スィンディーとよばれるが、この名前は師ないし彼の家族が現在のパキスタン南部、スィンディー地方の出身であることを示している。ただし、これをもって、バスターミーがヒンドゥー教ないし仏教に精通しており、彼を介してその影響がスーフィーに及んだとする十分な証拠とするわけにはいかない。彼の言葉とヒンドゥー教の聖典になにほどか類似性がみられるとしても、である。ある資料によれば、バスターミーがスィンディーにイスラームを、スィンディーがバスターミーに「宗教の真理」を教えたという。

　おそらくバスターミー自身は何も書き残しておらず、それどころか、忘我状態が過ぎ去ると、なにを口走ったか思い出すことさえできなかったという。しかし、彼の話を聴いた者たちは、その話を口承で伝え、後代の書き手たちがこ

れらを集めて書き記した。バスターミーは神について神秘的な知をもっている者は、ムスリムの法学者よりすぐれていると主張した。これらの法学者たちは、机上の学問を伝えた先行する法学者たちと彼らを結びつける知識の鎖に隷従しているからだという。そんな法学者たちに、バスターミーは直接こう語ったとされる。「諸君は自分の知識を死者から手に入れた。しかし、われわれは不滅の生きた唯一者から知識をえている」[15]。忘我状態に入った彼はまた、さながら自分が神にでもなったかのように語ったともいう。彼は「神で満たされ」、もはや彼は存在せず、ひとり神だけがそこにいた。「私は蛇が脱皮するように、自分自身を捨てた。それからわたしは目を上げて見る。自分が神となったことを」[16]

　バスターミーはこの世を幻影だとしてしりぞけた。彼が口にしたとされるもっとも有名な言葉がある。「われを称えよ！わが偉大さに勝るものはなし」と「われは神なり」である。神がバスターミー自身の口を借りて語るために顕現したとするこれらの言葉は、多くの人々に衝撃をあたえただけでなく、非難・中傷をかきたてもした。しかし、彼は一般のムスリムに説教をおこなおうとはしなかった。生涯の大半をペルシア東部バスタームの自宅[17]、もしくは人里離れた庵あるいはモスクで送り、訪れるのは彼のカリスマ的な存在を体験しようとする者だけだった。これにより、彼は個人的ないし法的な攻撃をさけることができた［バスターミーは神秘主義の究極的な修行形態を、神との「合一滅却境（ファナー）」に求めたことで知られる］。

ハッラージュ

　スーフィズムのもっとも有名な殉教者であるアブー＝ムギース・フサイン・イブン＝マンスール・ハッラージュ（857頃-922）の生涯は、スーフィズムの歴史における一種の転回点とみなすことができる。ペルシア南部に生まれた彼は、バグダードに出て、穏健派スーフィーのジュナイドやその弟子たちの知己をえる。だが、やがて彼らと意見を異にするようになり、ペルシアに戻る。それから卓越した説教者としてムスリム世界各地を旅し、多くの信奉者を得て、幾度も奇跡をおこなったという。彼はまた幾度となく冒涜的な言葉を発し、そのためにバグダードの多くの有力者と争ったともされる。記録にある彼の忘我的な発話には、たとえばわざわざマッカまで行かなくても、自分の心のなかでも巡礼をおこなうことができるとする言葉もある。ハッラージュに帰せられるとりわけ有名な忘我的な言葉としては、「私は（神の）真理である」があるが、

こうして彼は自分に神の称号のひとつを与えた。この言葉はイエスの言葉、すなわち「私は道であり、真理であり、命である」[『ヨハネによる福音書』14・6]と比較されてきた[18]。

事実、一部の者たちはハッラージュにイエスのイメージをみていた[19]。たしかに両者には類似点が認められる。運命によってエルサレムに導かれたイエスと同様、ハッラージュもまた熟慮の上でバグダードの敵対勢力にわが身をさらしている。また、両者ともももっともおぞましい磔刑によって処刑されている。伝えられているところによれば、彼の破滅を招いたのは、忘我状態における発話だけが原因だったわけではないという。数多くの意見に怒りをぶつけたためだというのだ。それゆえ、政治家やスンナ派のカリフ、宗教法曹家たちは、だれもが一般民衆に対する彼の雄弁の影響や、彼がスーフィズムを広めようとした方法を恐れた。彼らはそれがムスリム共同体全体の安定を脅かすと考えたのである。いや、仲間であるはずのスーフィーの一部ですら、ハッラージュに反対した。スーフィズムをエリートたちだけの忘我的な道として守ろうと腐心していた彼らは、イスラーム法を無視しているとして、ハッラージュを非難したのである。こうして彼は[カリフから不信仰宣告（タクフィール）を発せられて]逮捕・投獄され、拷問にかけられたあと、922年、磔刑に処された。彼に従っていた信者たちは、同様の迫害を避けるため、遠隔の地に散っていった。「陶酔型」スーフィズムはハッラージュとともに死滅したわけではなかった。だが、のちにスーフィーの道を選んだ者たちは、シャリーアの定めから外れて、その姿をあまりにも前面に押し出しながら活動し、あるいは活動しているとみられることに危険をおぼえるようになった。

ムハースィビーとマッキー

この時代にはまた、スーフィズムののちの理論的な発展にとくに影響を及ぼした著述家がふたりいる。ムハースィビー（781–857）[ジュナイドの師]とマッキー（996没）である。伝統的な宗教諸学に没頭していた彼らは、スーフィズムを中世ムスリム社会の本流に徐々に組み入れることを重要視し、のちの世代が読んで吸収し、実践するための著作を書き残した。このふたりがとくに大きな影響を与えたのが、後出の有名なアブー・ハーミド・ガザーリー（1058–1111）である。

バグダード・スーフィーであるムハースィビーの思想を解く鍵は、「自省[ムハーサバ]する者」を意味するその名前にある。彼の著作はハサン・アル゠バ

スリに多くを負っており、クルアーンやハディースを支えとするバスリの考えすべてに依拠して、彼は信者たちが自分の外側で営まれるさまざまな儀礼に表面的に従うのではなく、自らの信仰をつねに誠実に遵守し、内面の行動動機を詳細に吟味しなければならないと強調している。そして、「苦悩の住まいであり、不安と悲しみの地である」[20] この世界から逃れ、最後の審判の恐怖と真の信者たちだけが楽園に入れるという約束を、たえず心にとどめておかなければならないともする。こうした内面の真剣かつ精神的な修養ないし神に対する瞑想によってのみ、信者は神の恩寵を受けいれるために心を開くことができるともいう。

一方、ムハースィビーより１世紀後のマッキーは、ムスリムの信仰には外的および内的の２通りの次元があると説いた。この双方は不可欠であり、相互依存的かつ相補的でもあるという。偉大な書『心の糧』のなかで、彼はイスラームの五行を吟味し、そのそれぞれに内面的な意味を与えている。これはムスリムの伝統的な法学書に似た構成となっているが、それらよりはるかに優れている。とりわけ「心観」は、書名からもわかるように、彼の考えの中核をなすものである。人間に神の知をあたえ、神の真理を明らかにするのが心だというのだ。これは学者の学問や知的な論証、さらに伝統よりもむしろ宗教的な確信にもとづく信仰といえるだろう。

ガザーリー

スーフィズムの歴史に大きな足跡を残したのは、おそらく古典期イスラームでもっとも有名な学者だったアブー・ハーミド・ガザーリーである。今日ですら、彼はアラブ世界や彼の故郷のイランのみならず、インド亜大陸やマレーシア、さらにインドネシアでも多くの崇敬を受けている。彼がスーフィズムにかかわったのは、その考えがとくに新しかったからではなく ── 実際にそうではなかった ── 、自らの考えを体系的・構造的かつ雄弁に示すことができたからである。ガザーリーにとって、真の知に向かうスーフィーの道は、啓示的なイスラーム法の踏みならされた道、すなわちシャリーアからの離脱を意味しなかった。それどころか、外部の宗教的な実践を真摯に遵守することは、内的な信心の不可欠な一部だという。この点を彼は大著『宗教諸学の再興』で強調し、スーフィズムはフォーマルなイスラームの代替物ではなく、それを補完するものだと説く。『再興』はしたがってムスリムの大部分に向けられただけではなく、スーフィーたちにも向けられているのだ。そしてそこには、イスラー

第8章　スーフィズム

ム法が無視されかねないという考えをもつ者たちもふくまれる。

　端的にいえば、ムスリムはすべからく信仰（イスラーム）の外的な徴を重視すべきということになる。しかし、それも神々しいまでに照らされた心 ── スーフィズムの内的な火 ── のなかで、直接的かつ忘我的に神を瞑想しないかぎり、決して十分ではない。ガザーリーはそのことをよく知っていた。彼はまた信仰が内と外の面をもっていて、双方が必要不可欠で相互に依存しながらバランスをたもっていると考え、内面の特徴を「心の活動」とよんだ[21]。こうした「除幕」を経て到達した内面の確信にもとづく信仰は、伝統や理性にもとづく信仰を凌駕するともしている。さらに以前のマッキー同様、ガザーリーはイスラームの五行を吟味し、そのそれぞれに内面的な意味をあたえようとした。

　ガザーリーは中世イスラームにはめずらしい自叙伝も書いている。『誤りからの救うもの』[22]である。小編ではあるが、それはスーフィズムを強力に擁護するものだった。これを書いた1095年頃、彼はセルジューク朝でもっとも重要なマドラサだった、バグダードのニザーミーヤ学院の院長をつとめ、スルターンやカリフとも親交を結んでいた。いわば生涯の絶頂期にあった。にもかかわらず、現在ならノイローゼと呼ばれる精神的な危機におちいっており、その処方として文学的な手段をもちいたのである。しかし、途中まで書きつづけた彼は、突然語りをやめてしまう。「神が私の舌を動かなくした」[23]というのだ。それからまもなく、彼はバグダードを去り、10年間、スーフィーの修行者としてムスリム世界各地を巡歴し、ダマスカスやエルサレム、さらにマッカを訪れ、ペルシア東部の生地［トゥース］に帰る。他界の数年前に書かれた自叙伝は人の心を動かす精神的な自画像だが、そのなかで、彼はこの書にもりこまれた知識のすべてをもってしても、自分がもっとも望んでいたこと、つまり神の知をえようとするうえで、なんら役に立たないということがわかったと述懐している。精神的な危機のあと、ガザーリーは読者たちに対し、「スーフィーがひたすら神の道に従う者であることを確信した」[24]と明言できるまでになる。時代のもっとも有名な学識者によるこの言葉は、スーフィズムにとって力強い後押しとなった。ガザーリー自身は決してスーフィーにならなかったとする者もいるが[25]、彼の積極的なスーフィー擁護は、先行するムハースィビーやマッキーの仕事のいわば集大成であり、その努力は穏健なスーフィズムを正統イスラームに組み込むうえで一助となった。

スーフィズムの主要概念とシンボル

　スーフィーは神との合一をめざす自分たちの奮闘を、言葉でもって説明しようとしたが、この試みは、彼らの霊的体験に固有の枠組をあたえることを目的とする、さまざまなシンボルをもちいてなされた。そうした試みをふりかえれば、彼らは不可解で単純すぎ、あるいはときに馬鹿げているとすら思えるが、重要なのは彼らが真の信仰精神を書いたということである。

スーフィーの道

　スーフィーの理論家たちは、霊魂が神へと向かう神秘的な旅の地図を描こうとした。意識こそしなかったものの、彼らの著作は旅人がスーフィーの道を進むさい、ある程度異なる順序があるとし、すべてが位階的かつ霊的な梯子段ともいうべき「マカーム」［神秘階梯・行為規範。複数形はマカーマート］と、「ハール」［神秘的状態・心理的変容の連鎖。複数形はアフワール］について語っている。たとえばクシャイリー［986-1072。スーフィーの法学者・神学者で、シャリーアとスーフィズムが両立すると説いた］は、11世紀に著したスーフィズムの概要書［『クシャイリーの論攷』］において、43通りのマカールと3通りのハールを列挙しているが、サッラージュ［861-1003。ホラーサーン出身のスーフィーで、スーフィズム綱要書の『閃光の書』だけが伝わる］は7通りのマカールと10通りのハールを挙げているだけである。詳細はことほど異なるものの、これらスーフィー理論家たちはいずれもクルアーンから言葉を借用して、マカーマートに「悔悛（タウバ）」や「心との闘い」、「恐怖」、「感謝」、「忍耐」と名をつけている。ただ、これらのマカーマートは、修行者が厳格に順序を追って到達することを意図しているのだろうか。そこのところはかならずしも明確ではない。一般的に言って、ひとつのマカームは個人の努力によって到達・維持できると考えられていた。これに対し、ハールは神から恩寵としてあたえられ、少なくとも人の一生のあいだ、心につかのまだけ宿るとされる。クシャイリーは言っている。「ハールは神からの賜り物、マカームは獲得物である」[26]

　スーフィーのさまざまな神秘家や著作者たちは、神の道の多様な側面を強調している。ラービアが語るところによれば、スーフィーの神秘的な愛の中心的な教義、つまり神への愛は築くことができるという。一方、ガザーリーは神の知を人間に授けるのは心だとしている。この文脈からすれば、心とは胸のなか

に位置する生体器官ではなく、人間がそれをとおして臨在する神の美しさを凝視する器官ということになる。こうした凝視ができるとき、それは幸福の絶頂期となる(27)。人間の心ないし霊魂について語るさい、スーフィーの著作家たちは好んで鏡をシンボルとして引きあいに出す。熟考に登場するこの鏡はしばしば金属製である。通常心は汚れて錆びついており、罪と欲望が染みついてもいる。それゆえ、神の知を受けいれる器となるには、心は（物質的世界の）錆を落として磨かれなければならないという。

　修行の道の最終段階に達したとき、スーフィーたちは完全に神と一体化し、自分自身をすべて失う。ファナー［字義は「消滅・消融」］と呼ばれるこの状態は、死によってのみ恒常的なものとなる。スーフィーは生きていても一時的にそこに到達することができる。「自制型」のスーフィーであるジュナイドはこうした状態について語っているが、その口調はつねに慎重であり、抑制的なものだった。ひとたびファナーをえた者がやがてもとの姿に「戻って」、神を遠くから熟視するようになる。苦心しながらそう示唆することで、彼はゆるぎない神の唯一性を冒涜したとか危うくしたとする非難をあらかじめ回避した。ジュナイドは次のように説く。

> 一時姿を消したあと、彼（スーフィー）はふたたびもといた場所に戻る。彼は実際に彼でなくなったあと、彼自身となる。彼は神のうちに存在し、自分自身のうちに不在だったあと、自分自身と神のうちに存在するようになる。それは、彼が神の圧倒的な支配への陶酔を離れ、覚醒の明晰さにいたって、自分のうちに瞑想をあらためてとり戻したからである。こうして彼は、あらゆるものをしかるべき場所において、それらを正しく評価することができるようになるのだ(28)。

　ジュナイドと他の「自制型」スーフィーたちは、神と人間との必要不可欠な区別を維持し、神の絶対的かつ完全な唯一性を保ちながら、ファナーを周到に定義した［彼らはファナーを正気と自制からかけ離れた状態であり、スーフィー修行の唯一の目的ではないとしている］。もうひとりの有名な「自制型」スーフィーであるアブー＝ハサン・アリー・フジュウィーリー［990頃-1077。ペルシアのガズナに生まれ、ラホールで没した。主著はペルシア語による最初の神秘主義関連文献とされる『隠されたるものの開示』］は、スンナ派ムスリムであることとスーフィーの道に従うことは両立できるとしている。そして、ファナーについて

はこう語る。「(ファナーは) あらゆるものを火によって燃やし、その本来の特性に戻すが、本質だけはそのままにしておく」[29]

　ムスリム社会の安定を脅かしかねない —— とくにその秘密がシャリーアの「広い道」を分断ないし混乱させる —— という危険に気づいていたスーフィーの著作家たちは、外面的な儀礼の有効性を傷つけることなく、真の宗教の内面性を強調して、神との神秘的な合一へといたる条件を懸命に明確化しようとした。そして、スーフィーたちによる神のなかでの自己の完全な消滅体験が、シャリーアが求める信仰の外面的な儀礼の遵守をやめることを意味しないとも主張した。

内的現実の発見 —— スーフィーの神智学

　辞書的な定義によれば、神智学とは「霊的な忘我や直観、あるいは特殊な個人的関係によって神の知を得ること」を表明する哲学だという。この定義はスーフィズムに見事に合致する。スーフィズムが内的な現実の模索をふくんでいるからである。クルアーンは神を見えるものと隠れたものとしてこう述べている。「彼(アッラー)こそは最初なるもの、最後なるもの。外なるもの、内なるもの」(57・3)。スーフィズムの道を歩む信者たちは、「外皮」から内側の「核」へと移動する。クルアーンはまた信者たちに次のように語りかける。「確乎たる信仰をもった人々にはこの地上にさまざまな神兆がある。それからお前たち自身の中にも。お前たちこれが見えないのか」[51・20-21]。スーフィーによれば、神は自分に似せて世界を創造した。そして、外見や教義、法の世界の背後には、その真の基盤であり、真の意味をそれにあたえる現実があるという。

　ガザーリーが登場するまで、スーフィズムには理論的・哲学的な体系化が欠けていた。彼が全体的に書いたとされる『光の壁龕(へきがん)』は、光の神秘的な性質を念入りにつくりあげ、スーフィー神智学(イルファーム[原義は「神秘的霊感」])を十分に成長させた。これは存否的な要素と哲学的な要素を結びつけたきわめて複雑かつ変化に富んだ概念である[30]。以下ではこのスーフィー神智学の運動にかかわったふたりの主要な人物、すなわちスフラワルディーとイブン・アラビーに焦点をあてることにする。

スフラワルディー

　シハーブッディーン・スフラワルディー(1155-91)は、同じ名をもつ他の宗教家と区別するため、マクトゥール(殺された者)と通称されている。そのもっとも重要な著作『照明哲学』のなかで、照明学派(イシュラキヤー)の理

第8章　スーフィズム

論をうちたてたが、アレッポの領主で、彼の庇護者でもあったスーフィー、アル＝マリク・アル＝ザーヒル［1216没。アイユーブ朝の開祖サラディンの3男］の父の怒りをかい、異端の嫌疑で投獄され、獄死した［原文はザーヒルによって投獄・処刑されたとしているが、誤り］。ギリシアやペルシア、さらにイスラーム的要素をかけあわせたスフラワルディーは、最初の絶対的な光の本質がつねに照明［イシュラーク］の源泉になっていると主張した。世界のあらゆるものは神の光［諸光の光］から発生し、神の被造物である人間はこの光に回帰することによって救われるとする。こうした人間と神の距離は、照明ないし闇の度合いに符合する。

　一方、スフラワルディーの天使論は、きわめて複雑だが興味をかきたてるものである。彼が説くところによれば、神の光は無数の天使の位階をとおして下降するという。霊魂はそれぞれ自分の守護天使をもっているとする彼は、プラトン哲学からの理論モデルに従って、霊魂はかつて天使の世界に存在していたと考えた［光と闇の対比はゾロアスター教の二元論から］。やがて人間が誕生すると、霊魂の半分は天上界にとどまるが、あとの半分が下降して人体という闇の牢獄に入り、天上界の半身との再結合を切望するとする（新プラトン主義の影響については、本書第7章204-205頁参照）。

　スフラワルディーにとって、存在とは光である。それは絶対的な光で、天使たちが縦横におりなす無数の層をへて創造世界に到達するという。人間はこの存在の光を認め、接近しなければならない。つまり、自我の闇から自分自身を解き放ち、光につつまれればつつまれるほど、人間は神に近づくことができるというのである。スフラワルディーはその寓意的な話のひとつで、こう語ってもいる。すなわち、人間の霊魂は西方の暗い井戸のなかで自分を見つけ、太陽が上り、純粋な光の住まいである東方の故郷を忘れてしまった。やがて故郷を思い出して帰郷の途につき、最終的に知恵の地であるイエメンにたどりつき、大天使たちと出会うというのである。物質的な西方の闇と光り輝く東方という対比は、「西方流刑」という彼の考えを象徴している［このことから、彼は「東方照明学の祖」とされる］。

イブン・アラビー

　「もっとも偉大なシャイフ（長老）」として知られるムヒーッディーン・イブン・アラビー（1165-1240）の経歴は、知識と悟りを求めて広大なムスリム世界を縦横に旅した、中世の多くのスーフィーたちの経歴を集約している。スペ

イン南東部のムルシア地方に生まれたふたりの女性スーフィーのもとで学んだあと、エジプトやシリア、イラク、アナトリアを旅し、最終的にダマスカスに定住する。その旅の過程で、彼の影響が広まっていった。彼は多くの著作をものしているが、そのうちの『叡智の台座』は預言者たちや彼らに啓示された叡智を扱っている。ガザーリー同様、体系的に書くことにたけていたイブン・アラビーは、数年間瞑想にあけくれ、マッカで幻視体験をしたとされる。著作によれば、40歳 ── イスラームの伝統で重要な年齢［ムハンマドが啓示を授かった年齢］── のとき、夢に金と銀の煉瓦で交互に築かれたカアバ神殿が現われたが、1箇所だけ、金と銀のレンガが入っていなかったという。彼はこう続ける。「私はこの2つの紛失したレンガの場所に、自分がはめ込まれるさまをまのあたりにした。私自身が2つのレンガだったのだ。これにより、壁は完成し、カアバは完璧なものとなった」(31)

やがてイブン・アラビーは、ムハンマドとまったく同様に、自分が預言者たちの封印だと主張するようになる。人間が到達できる最高の位階、つまりムスリムの霊的位階において、ムハンマドのすぐ下に位置する「ムハンマドの聖徒の封印」に達したというのである。彼はまた『マッカ啓示』を著しているが、500章からなるこの大著は、完璧な神観と世界観を示す試みであり、彼の言葉によれば、神からある天使を介して彼に伝えられたものだという。彼の鍵となる思想は「完全人間論」［霊的合一を達成した人間の理想像。もうひとつの中核的思想として「存在一性論」がある］で、これは人類と世界の原型であるムハンマドだとする。この完全人間は神が顕現する手段でもある(32)。

多くのムスリムにとって、こうした考えが壮大なものであると同時に、イスラームの教えに反するようにも思えたとしても不思議はない。イブン・アラビー自身、ムスリムの宗教諸学に深く通じていたにもかかわらず、である。それにかんする議論はなおも続いている。

たとえば雄弁をもって知られる学者セイイッド・ホセイン・ナスル［1933-。テヘラン近郊出身で、イランの近代教育提唱者。現在ジョージ・ワシントン大学イラン研究教授］は、イブン・アラビーの思想を即断しないよう注意を喚起し、シャリーアを当然のこととして受けいれた読者たちが、イスラーム法の内面的な実在性を理解するようよびかけている。

イブン・アラビーの仕事は、しかし次の世代のスーフィーたちに大きな影響をあたえた。今日の多くのスーフィーにとって、彼は尊敬すべき重要人物となっている。事実、彼らはスーフィズムという語が、イブン・アラビーによって展開さ

れた世界観にのみもちいられるべきだとまで言いきろうとしているのである。

スーフィーの詩と散文にみられるイメージ

　別段意外なことではないが、スーフィズムについて書いた最初期の著者たちは、イスラームの啓示の言語であるアラビア語を選んだ。この選択によって、彼らの著作がムスリム世界各地で最大限の読者を獲得することを確実にした。だが、ペルシア語地域 ── 現在のイラン、トルコ、アフガニスタン、中央アジア、インド北部 ── でもスーフィズムが知られていたため、まもなくペルシア語による関連書も登場するようになった。スーフィーの著作家たちは同派の有名な人物の伝記や評伝を著し、さらに実用的かつ民衆用の信仰入門書のなかで、スーフィズムの考え方や儀礼を説いた。

　そうしたなかにおいて、詩の韻律と雅語は神秘的な主題を語る上できわめてふさわしいものであり、詩的な表現は超越的な真理に美しいイメージをあたえることができた。たとえば高名なアラブの詩人イブン・アル＝ファーリド（1181-1235）［カイロで生まれ、没した彼は、長い隠遁生活のうちにムハンマドの幻視を見たとされる。聖者］は、次のような象徴的な詩句を書いている［『ワインの歌』］。「神の愛でられし者を追慕して、われらはブドウの木が作られる以前からすでにワインを飲んで陶酔していた。満月はそのための杯だった」[33]。ここではワインが神への愛、ブドウが物理的な世界、月がムハンマドの光り輝く精神をそれぞれ象徴している。人間の霊魂が神のなかで消滅することを象徴するためにしばしば用いられるもうひとつの表現としては、愛される者を炎にたとえる詩句がある。愛する者がさながら蛾のようにこの炎に引き寄せられ、最終的にそのなかで焼かれるとする詩句である。

　ガザーリーもまたアラビア語とペルシア語の著作の中で、スーフィーの象徴的なイメージを広範にもちいている。そこで彼は、この世界が束の間で永続せず、ひとり神のみが永遠に存在すると強調した。クルアーンもこう語っている。「（地）上のものはみな儚く消え、永遠に変わらぬ威風堂々たる主の御顔のみ」（55・26-27）。ガザーリーはまた、この世が不誠実で欺瞞的であるがゆえに、避けなければならないとも主張する。人間の美しさは不完全なものであり、人を迷わす。この世はヴェールをかぶった娘にも似て一見美しいが、ひとたびヴェールをはずすと、醜い老女の顔が現われるというのだ。

スーフィズムの主要概念とシンボル

現代アメリカでもベストセラー詩人となっているルーミーの霊廟　コンヤ、トルコ、建立13世紀以降。円錐形の屋根と縦溝つきの穹窿は、中央アジアの遊牧民のパオないしテントを思わせる。ルーミーはアフガニスタンからアナトリアまで彷徨した。彼はペルシアでもっとも愛された抒情詩人で、その壮大な詩集『精神的マスナヴィー』は、ウィットと知恵、逸話、さらに深遠な神秘的思想の宝庫で、神に憧れる深い大海にたとえられている。

ルーミー

　13世紀にモンゴルが中央アジアとペルシアを征服・統治した時代、おそろしい破壊がなされたにもかかわらず、これらの地ではペルシア語によるきわめて見事な詩が開花した。スーフィーの大詩人ジャラールッディーン・ルーミー（1207-73）は、モンゴル軍の侵攻を知ってアフガニスタン東部の生地バルフから逃げ、現在のトルコ中部のコンヤに落ちつく。彼のもっとも有名な作品は、2万6650もの詩句からなる『精神的マスナヴィー』（神秘主義叙事詩集成）［マスナヴィーとは脚韻を多用した詩形のこと］で、後代の多くのスーフィー著作家たちは、これを「ペルシア語のクルアーン」とよんだ[34]。それは印象的かつ神秘的なイメージに満ちあふれ、イスラームにかんする深遠な知でつつまれている。そのなかで、彼はきわめて象徴的な言葉をもちいて神に愛でられた者［ムハンマド］との合一を願っているが、イスラーム法の重要さもまた見失っていない。こうしたルーミーの詩の鍵となるイメージは、葦の縦笛（ナイ）である。それは人間と神との原初の合一をノスタルジックに回想させるものであ

り、その憂いを帯びた音色は、クルアーンに「まことに我々はアッラーのもの。我々はやがてアッラーのお傍に還らせて戴ける者」（2・156）とあるように、神とともにあった原郷へ回帰することを願う霊魂を象徴している。前記の『マスナヴィー』からはさまざまな意味を読みとれるが、神への到達を思い描いたルーミーのイメージは、いかなる理論的な説明よりも印象深い。「それから汝は地上と決別する。汝の家は天上に用意されるだろう。天使の国を越えよ。そして大海に入れ。汝の水滴が海の滴となるように」[(35)]

　14世紀には、いかにしてスーフィーへの道をたどるかを信者たちに教えようとした、トルコの著作家アフラーキー［1286／91-1360。出生地不明。コンヤで学んだ天文学者で、薬剤師でもあった］が、ルーミーにかんする奇跡譚を語るようになる［『アフラーキーのマナーキブ』］。このことはすでに立証されているが、それから数世紀のあいだ、多くの言語で書かれたスーフィズムの詩が、その鍵となる宗教的考えを中東以外のムスリム世界へと広めた。遠隔地にいる詩人たちが、トルコ語やウルドゥー語、シンド語、マライ語、さらに他の東南アジア各地の言語で神秘的な詩を書きだすようになったのである。

スーフィー教団（タリーカ）

　タリーカとは「道」を原義とするが（本章219頁参照）、のちに集団や秩序、さらにスーフィズムの特別かつ内面的な道を歩む教団を意味するようになった。10世紀から13世紀にかけて、スーフィズムは適応性を発揮して、組織性を高めていった。重大な政治的不安の時期、とくにムスリム世界の東側がモンゴル軍の侵略による被害をこうむっていた時期、ムスリム社会は、おもに無教育階層から支援を受けたスーフィー指導者たちの増幅する役割から多くの恩恵をえた[(36)]。これらの指導者たちが信者たちのためにスーフィーの行動や実践様式をととのえ、発展させたからである。11世紀のフジュウィーリー［前出］は12のスーフィー派について言及し、そのうちの10派を「正統」、2派を「異端」としている。だが、後者については、おそらく彼の個人的な見解が反映されたものといえる。明らかなのは、スーフィズム各派がマッカやバグダード、バスラといった重要な宗教センターで発展していったということである。そこにはムスリム世界全体で聖者とされていた人物を中心に、スーフィーたちの集団がいくつもあった。そして12世紀に入ると、これらの集団は独自の教義と

儀式を備えたタリーカへと発展していった。また、エジプトやシリア、アナトリアには、13・14世紀に女性たちのタリーカが存在していた。

　スーフィーたちのタリーカは、その活動が国家から支援を受けていたものから禁じられていたものまで多岐にわたる。スンナ派イスラームのなかにしっかりと組み込まれていたタリーカや、シーア派と結びついていたタリーカなどで、なかには「民俗イスラーム」やヒンドゥー教、キリスト教、さらにはこれらの組み合わせから信仰や実践をとりいれたタリーカすらあった。こうしたタリーカは統治者から軍隊および職人にいたるまで、社会のあらゆる階層に広まった。大規模な組織になると、ムスリム世界の各地で結成された。ただ、当然のことながら、小規模なものの影響力はより限定的だった。

　タリーカの成員はイスラームの重要な宣教者だった。彼らは暴力的に改宗をせまるのではなく、交易商人たちとともにシルクロードを、あるいは海路で東西を旅し、北アフリカやサハラ以南、インド、中央アジア、さらに東南アジアへとイスラームを平和裡に広めた。先々のコミュニティの要請に応じて聖職者としてのつとめを果たし、地元民とともに生活しながら改宗させたのである。

組織とイニシエーション

　それぞれのタリーカは、代々その創設者の後継者によって主宰された。やがて、スーフィーの礼拝や住居といった特別な施設や集会所が建てられるようになるが、それらの呼称は地域ごとに異なっていた[37]。これらの施設はある意味でキリスト教の修道院とにていたが、成員たちは一般的に妻帯していた。法学者たちのなかにはこの施設を認めない者もいた。たとえば12世紀のイブン・アル＝ジャウズィ［1256没。ハナフィー派の法学者］は、モスクの仲間のムスリムたちと交流せず、リバート［修道所。ジハードのための砦］で無為に時をすごすスーフィーたちを激しく非難している。だが、この施設に住むスーフィーは数少なかった。他の成員たちは毎週日常的な仕事を遂行しており、しばしばリバートで営まれる儀礼に参列していた。リバートでは信仰書の学習や礼拝、クルアーンの読誦、さらに神秘的な詩の朗読などがおこなわれていた。クルアーンのほかに、信者たちは重要なスーフィーの注解や教訓的な詩を学んだ。彼らはまた結社の正確な（師弟関係の）系譜——いわゆる「鎖」［スィルスィラ］——を、ムハンマドにまでさかのぼって学んだ。スーフィーには女性でもなれたが、通常彼女たちは他の女性スーフィーから教えを授かり、独自の儀式を営んでいた。

第8章 スーフィズム

飛び跳ねる礼拝 セマーリヤ教団の金曜ズィクル(神の想起・讃美)、オンドゥルマン、スーダン。椅子に座ったシャイフ・ハサン・カリバラーが手を叩くと、スーフィーの成員たちがクルアーンの章句を歌ったり、神の名を唱えたりしながら一斉に跳び上がる[これはジキルダンスと通称されている]。ただし、ズィクルの形態はタリーカごとに異なる。

　タリーカへの加入は、「鎖」の一部になることを象徴的に意味した。イニシエーション儀礼では、志願者は強く手をにぎられ、あるいは差し出されたシャイフの数珠の片端をつかむことで、結社への加入が認められる。こうした「鎖」との結びつきは、それによって志願者が霊的な道をさらに先に進めるということを象徴的に意味する。イニシエーション儀礼ではベルトも重要視される。また、一定数(3、4、7ないし8)の結び目をつくる儀式は、加入者をタリーカに組みこむ。さらにより見た目でインパクトがあるのは、着衣である。志願者たちは毛織物を身にまとうが、これは彼らの禁欲的な日々を象徴する。のちに彼らは、スーフィズムに加入したことのシンボルとして、布をつぎあわせたヒルカと呼ばれる外套を着る[通常は修行を導く師から授けられる]。一方、かぶり物やターバンのさまざまな形状と色は、それぞれが属するタリーカの成員であることを特徴づける。そして、イニシエーション儀礼が終わると、結社の新しい加入者には免状が授与される。

礼拝と実践

　タリーカ成員たちの集団礼拝は、ズィクルと呼ばれる儀式形態をとる。スーフィズム研究者のセイイッド・ホセイン・ナスルは、ズィクルを「人間が神へと回帰するスーフィズムの重要な霊的技法」であり、「生命自体のリズムと一体化した礼拝」としている[38]。すでに述べておいたように（本章222頁参照）、ズィクルではリズミカルに制御された息つかいとともに、神の名をくりかえしながら、神が讚美・想起される。それはまた静粛ないし大声を出して、ひとりないし集団でおこなわれる。集団でのズィクルはクルアーンの章句朗唱と祈祷から始まる。儀礼を主宰するのは、結社の精神的な指導者である。一方、スーフィーが単独でズィクルをおこなう場合は、数珠をもちいる。そのさい、彼は

神への道　スーフィー集会図、ヘラート、1490年頃、ビフザード作（？）［ビフザード（1455頃-1535頃）は14世紀のイスラーム世界を代表する画家］。瞑想やズィクル、音楽、さらに酒や麻薬といった興奮剤とともになされるダンスは、身体を日常的な現実から解き放ってより深い自己へと向かわせ、最終的に神秘的な高揚へといたらせる。ここではスーフィーたちが瞑想し、感涙にむせび、失神してもいる。頭上にあげた手や投げ捨てられたスカーフ、乱れた着衣、むき出しの頭などが、そうした彼らの自己放棄ないし忘我のさまをしめしている。

第8章　スーフィズム

神の名の幾度となく唱えるが、おそらく回数は数百にもなるはずだ。

　12世紀にタリーカが組織されて以来、ズィクルは整備され、スーフィーたちは儀礼時の礼拝にさまざまな要素を導入するようになる。聖者たちに対する加護の祈りや香、コーヒーなどで、ときには興奮剤も用いた。コーヒーを飲む慣行はイエメンのスーフィー集団から他のムスリム世界へと広まった。おそらくそれは、夜間の礼拝などのために、人々を覚醒状態に置く上で有用だったためと思われる。イエメンではコーヒーが神秘体験をうながすと信じられていた。おそらく同地のスーフィーたちは、コーヒーを飲んで、同時に祈りの言葉（ヤー・カウィ「おお、強大な唯一者よ」）を同時に唱えていた。アッラーの99の美名（本書第7章200頁参照）から切りはなして発音すれば、カウィ（qawi）はアラビア語［の一部］でコーヒーを指すカフワ（qahwa）の音と酷似している。シャーズィリー教団［モロッコ出身のアブー・ハサン・シャーズィリー（1196頃-1258）を開祖とするタリーカで、エジプトを中心にムスリム世界全域に広まった。イエメンではコーヒーの伝播にこの教団が大きく寄与したとされる］はとくにコーヒーを多用することで知られる。この教団を出自とするある聖者にいたっては、コーヒーだけで晩年を送ったとされている。「体の中にコーヒーを入れたまま死ぬ者は、地獄の業火を浴びないですむ」からだという。

　前述したように、モスクでの金曜礼拝では、祈祷と説教、そしてクルアーン朗唱がおこなわれている。この形式はスーフィーたちのズィクル儀礼ときわだった対照をなしている。彼らにとって、ズィクル時に楽器や人声の歌からなる音楽を聴くこと［サマーウ］は、彼らが忘我体験への道を進む上で役立つとされる。この霊的な「聴音」は、見せかけだけの結果となるのをさけるために十分に制御されなければならず、参加者たちはあらかじめシャイフ（長老）から倫理的かつ精神的な指導を受ける。ただ、音楽によって引きおこされる忘我的な精神状態は完全に自発的なものであって、強制されてはならない。その音楽は縦笛や太鼓などの楽器をもちいてかなでられる。単独での縦笛演奏はとくに好まれている。それが人間の原初の状態への郷愁のみならず、魂と神との合一への願いをも呼び起こしてくれるからだという（本章237-238頁参照）。天体間に調和的な関係があると想定し、地上の音楽に天球の音楽の響きを聴いた一部のイスラーム哲学者と同様、スーフィーたちもまた音楽を霊的なものとみている。初期スーフィーのひとりであるズーン＝ヌーン・ミスリー［796-859。名前は「巨魚の主エジプト人」の意。異端の廉でバグダードに投獄され、釈放後、カイロに戻って没した。錬金術師・魔術師との伝承がある彼は、グノーシス（霊知）

やヒエログリフの秘密にも通じていたとされる］は言っている。「（音楽を）聴くことは、心を揺さぶって神の姿を見させる霊妙な力を働かせることである」(39)

　一部のスーフィー教団では、歌とダンスが一緒になっている。そのもっとも有名な事例が、後述するメヴレヴィー教団［開祖はルーミー］の旋舞である。これまで旋舞の意味については、ときに不可解な言葉をもちいたり、スーフィーの陶酔体験におけるさまざまな段階での旋舞と跳躍を結びつけたりして説明する試みが、いろいろなされてきた(40)。

5　大教団

　ムスリム世界の各地には数多くの教団（タリーカ）があった。一部は消滅してすでに久しいが、なかには現在もなお活動しているものもある。以下ではそのうちの教団を5例とりあげ、多様な信仰や実践を検討していく。

カーディリー教団

　最初の大規模教団であるカーディリーは、12世紀に、バグダードのハンバル派法学者で説教者でもあった、アブドゥルカーディル・ジーラーニー［1077-1166］によって創設されている。彼はモスクやいくつかのスーフィー集団で神秘的な説教をおこなっていたが、その宗教的な資質はみごとなものだった。クルアーンの全文を記憶し、50歳になるまで禁欲・苦行を続けた。そして精神的な準備ができると、明晰かつ平明な言葉で一般人に教えを説くようになった。彼の名を冠したこの教団はスンナ派イスラームに確固たる基盤をもち、後代の教団の発展に大きな影響をあたえるとともに、イスラーム世界に広まった。

ナクシュバンディー教団

　ナクシュバンディー教団は［第7代（？）シャイフの］バハー・アッディーン・ナクシュバンド（1318-89）を名祖とする［教団の創設者はアブド・アウハーリク・グジュドゥワーニー（1179／80ないし1220没）。12世紀後葉に中央アジアのブハラで組織され、当初はホージャガーン教団と呼ばれた］。ナクシュバンドはブハラ近郊にあるペルシア語地域に生まれた。墓所があるブハラは彼を守護聖人にいただいており、重要な参詣地となっている。同教団は中央アジア内で発展しただけでなく、ムスリム世界各地に教勢を拡大した。自制・抑制的で、シャリーアに忠実に従うナクシュバンディー教団のスーフィーたちは、静寂なズ

第8章 スーフィズム

宇宙舞踏 デルヴィーシュ（ダルヴィーシュ）の旋舞。イスタンブール。写真は、メヴレヴィー教団 —— 呼称はジャラールッディーン・ルーミーの尊称であるメヴラーナー「われらが師」から —— の成員たちが、トレードマークである旋回舞踊を披露しているところ。彼らは目に見えない太陽のまわりを回る衛星のように軌道を描く天球からの、耳には聞こえない音楽に合わせて踊っているようにも思える。だが、こうして踊りながら、彼らはつねに、そして確実に神に接近している。まさにこれは生身の人間が演じる、文字どおり生きているメタファーといえる。

ィクル、つまり口ではなく、心のズィクルをおこなっている。この教団はオスマン帝国で人気があったが、インドやパキスタンでは主要なスーフィー教団となっており、インドネシアでもかなり強い影響がみられる。

メヴレヴィー教団

　マウラウィー教団（より一般的にはメヴレヴィー教団ないし踊るデルヴィーシュ派として知られる）は、1273年にジャラールッディーン・ルーミーが没したのちに創設されている。創設者のひとりは彼の息子スルタン・ヴェレト［1226-1312］である。トルコ語の呼称であるメヴレヴィーは、ルーミーのアラビア語尊称であるメヴラーナー「われらが師」に由来する。教団の拠点はトルコのコンヤにある［ルーミーがルーム・セルジューク朝のスルターンだったカイクバード1世（在位1219-37）の招きでコンヤに移り住み、没するまでこの地で活

動したことによる。なお、コンヤのルーミー霊廟は、1927年にケマル・アタテュルク政権によって閉鎖されている〕。彼らはその系譜をアリーにまでさかのぼらせている。シャイフの職位は世襲である。旋舞儀礼〔サマー〕の音楽には葦ないし竹（茎）で作った笛（ナイ）の演奏がともなう。

　メヴレヴィー教団は、太陽のまわりをまわる衛星ないし惑星の運行を象徴する、有名な霊的旋舞で世界的に知られる。旋舞儀礼は円形の部屋で式次第にのっとって厳粛に営まれる。若者だけでなく、高齢の男たちもくわわる踊り手たちは、交互にシャイフのもとに進み出て、その手にキスをする。長いスカート状の衣をまとった彼らは、軸足の左足をまわし、右足で回転する。目を閉じたまま両手をあげ、幾度となく「アッラー」と唱えながら旋舞をおこなう。この軽やかなダンスは美しい笛の音をともなうが、彼らはそれによって創造主のハーモニーを表現できると考えている[41]。

ベクタシュ（ベクタシー）教団

　ベクタシュ教団の名祖であるハジュ・ベクタシュ〔1270頃没〕は、ペルシア東部ホラーサーンの出身。1240年代に現在のトルコに移り住んだが、彼のメッセージはその地のテュルク系遊牧民たちにすみやかに広まったという。16世紀にはオスマン帝国の歴代スルターンが、常備歩兵のイェニチェリ軍団同様、ベクタシュ教団と近い関係を結んだ。この教団の成員たちは同じ宗教、同じ儀礼、歌、神格化された化身としてのアリーに対する信仰を分かち合っていたが、やがて教育を受けた都市の彼らは、農村部の無文字の仲間たちから離れていった。そして、フリーメイソンと結びつき、1826年に教団が公式に活動を停止すると〔オスマン帝国第30代皇帝マフムト2世（在位1080-39）の命による〕、ベクタシュ教団は秘密結社化し、儀礼を夜に営むようになる。その儀礼では、シーア派十二イマーム派のイマームたちを象徴する12本のロウソクが灯された。そこにはヴェールを脱いだ女性たちの姿もみられた。このスーフィー教団はトルコやアルバニアを含むバルカン半島でとくに影響力があった。なお、デトロイトにあるアルバニア人共同体は、郊外にベクタシュ教団の修練場ないし集会所をもっている。

リファーイー教団

　「吠えるデルヴィーシュ派」と呼ばれるリファーイー教団は、イラク東部のワスティ地方で生まれたシャイフ・アフマド・アリー・リファーイー〔1116-

82／83］を名祖とする。シャーフィイー派の法学者として教育された彼は、説教や祈祷、さらに詩文を書いたとされる。彼の名を冠したこの教団は、おそらく彼が定めたわけではない非正統的な儀礼を発展させたと思われる。リファーイー教団の儀礼は、長老(シャイフ)が発する長く震えるような叫び声と、それに対する成員たちの返答からはじまる。そして、彼らは腰をおろし、前後左右に頭を揺する。その儀礼は長い叫びで終わる。記録によれば、成員たちは忘我状態で熱した鉄を口の中に入れたり、焼き串を頰に刺したり、くだいたガラスを飲みこんだりするといった奇行をおこなったという。

迫害と復活

多くのムスリムにとって、前述した信仰や実践は全体として受けいれがたく、一部のスーフィー教団はムスリム世界で断罪されもした。いくつかの地域、とくにサウジアラビアでは、教団は一切認められず、学者のあいだでスーフィズムが論じられることもない。現代トルコの創設者であるケマル・アタテュルクもまた、教団を廃止し、トルコの世俗化・脱宗教化を目指した彼の努力に抵抗したスーフィー指導者たちを追放した。だが、メヴレヴィー教団は今日、トルコでの復活へ向けた試みを許されており、コンヤでは毎年ルーミーの命日［12月17日］に、民俗舞踊団として人々に旋舞を披露している。ルーミーがアフガニスタンを去って家族ともども移り住んだトルコでは、彼に対する記憶になおもおとろえはみられない。同地のルーミー霊廟は、現在トルコ政府から補助を受ける博物館となっているが、その上を覆う円錐形の屋根と縦溝つきの穹窿は、河床に生える葦を視覚的に示唆する[42]。トルコの5000リラ（旧紙幣）には、片面に真面目な顔をしたアタテュルク、裏面には温和な笑みを口元に浮かべたルーミーが、旋舞を踊る3人のメヴレヴィー信者と彼の墓所を覆う緑色のドームとともに描かれていた[43]。

長いあいだ、スーフィー教団はその外側にあるより広域的なコミュニティを元気づけたり、支援したりする、より民衆的な宗教的実践のためのもうひとつの場を形づくってきた。ウラマーたちの批判にもかかわらず、多くの人々は今も存命中のスーフィー・シャイフからの祝福を求め、聖人視されたスーフィーの墓所を訪れて祈っている。

中東以外のスーフィズム

　アラブや旧ペルシア世界におけるスーフィズムにかんする議論は、これまで数多くなされてきた。しかし、スーフィズムが世界の他の地域にあたえた大きな影響を考えることもまた、きわめて重要である。前述したように、スーフィーたちが東西両世界を遠くまで旅し、多くの人々のみならず、統治者やその臣下たちにイスラームを広めたからである。

南アジア

　イスラームが南アジアに伝わったのは8世紀初頭である。この地での最初の教団（タリーカ）は、チシュティー教団だった[44]。この教団は中央アジアやアフガニスタンから征服者たちによってもたらされ、デリー・スルターン朝（1206年から1526年までインドを支配した5つのイスラーム王朝）のもとで教勢を拡大した。そこでは愛と慈悲というスーフィーのメッセージが、ヒンドゥーのカースト制度下で恵まれなかった人々を引きつけた。12世紀中葉に教団をラホールやラージャスターンのアジュメールにもたらしたのが、名祖となったムイーヌッディーン・チシュティー［1141-1236］である。チシュティー教団の儀礼には、讃歌とインド音楽がまぜあわさった宗教歌謡であるカウワーリーがみられるが、同時にイスラーム法への厳格な支持も唱えられる。このカウワーリー音楽の創始者とみなされているのは、詩人で音楽家でもあったアミール・クスロー［1253-1325。インド北部パンジャブ地方出身で、父親はテュルク系武将。デリー・スルターン朝に仕え、「インドのオウム」とよばれた］である。16世紀には、ムガル帝国第3代君主のアクバル1世［在位1556-1605］がチシュティー教団を大いに賛美したとされる[45]。

　そして、こうした崇敬が、1620年代まで遡る有名なムガルの細密画を生み出すことになる。たとえば次頁の細密図は異世界を描いたものだが、ここでは金色の光背に光り輝く老いた皇帝ジャハンギール［ムガル帝国第4代君主。在位1605-27］が、有翼のケルビム（天使）たちにつきそわれて砂時計の玉座に鎮座している。だが、その砂はまもなくつきそうである。皇帝の前には彼に謁見する4人の人物も描かれている。その最上段の人物はシャイフ・フサイン・チシュティーで、苦行者のようにやせ細り、大きな白髭にわくどりされたその顔は、あきらかに聖性の象徴として意図されている。

247

第8章　スーフィズム

　皇帝はチシュティーに1冊の本を手わたしているが、おそらくそれは彼の君主生活を詳述したものだろう。シャイフの下には、ターバンをつけたオスマン帝国のスルタンがひかえている。さらに彼の手前にはイングランドとスコットランド・アイルランド王のジェームズ1世［イングランド国王在位1603-88］がいるが、その姿は彼の時代の肖像画［ジョン・ド・クリッツが1605年頃に制作］から正確に写しとったものである。一方、画家自身は左下の隅にそっと描かれている。画面の上下には、以下のようなペルシア語の銘文みてとれる。「ヌールッディーン・ジャハーンギール・シャー、アクバル・バードシャーの息子／彼は神の恩寵を通して姿と精神において皇帝である／彼の前に立つのはどうみても王たちにみえる／しかし、実際には僧の方をみている」［原著補足。訳文は池田直子氏による］。

聖人たちによる感化　ビチットゥル作『スーフィーに本を贈るジャハンギール』、1615-18年、アグラ（？）、インド、1615-18年。皇帝の光背は太陽と月を合体させたもので、彼の称号「宗教の光」を示唆する［ヌールッディーンはアラビア語で「真実の光」の意］。ここでは彼は時の王として描かれており、天使たちが玉座にこう刻んでいる。「神は偉大なり。王よ、あなたの統治が千年続かんことを」［原著補足。訳文は池田直子氏による］。宮廷画家のビチットゥルは、つつしみ深く皇帝の足置き台に署名している。

中東以外のスーフィズム

多宗派の霊廟 13世紀以降に建立されたニザームッディーン・アウリヤーの霊廟、デリー、インド。この奇跡をなした聖者は、インドの多くのムスリム霊廟と同様、多宗教の信者たちも引き寄せている。こうした事例は遠く離れた地、たとえばパレスチナのナビー・ムーサ廟［字義は「預言者モーセ」。エリコ近郊のモーセ埋葬地とされる地に13世紀に建立された霊廟］にもみられ、そこではムスリムのみならず、ユダヤ教徒やキリスト教徒もまたひとしく歓迎されている。

インド亜大陸やその他の地で、スーフィーのカウワーリー音楽はなおも演奏されており、スーフィーの聖者廟にも参詣者の姿は依然として絶えることがない。デリーやアジュメール、ファテープル・シークリー［インド北部ウッタル・プラデーシュ州にあり、アクバル帝によって建設された都市］では、スーフィーの儀礼や聖者廟への参詣がさかんである。たとえばデリーでは、チシュティー教団の聖者で1325年に没したニザームッディーン・アウリヤーの霊廟中庭が、今も教団信者たちの参詣地として、クルアーンの朗唱や瞑想、寡黙なズィクル、さらに音楽をともなう旋舞儀礼の舞台となっている。聖者の命日にはとくに盛大な行事がみられる。有名なスーフィーの聖者を祀った霊廟であるにもかかわらず、他の宗教の信者も礼拝をおこなっている。事実、これらの施設は異なる宗教間の一体化と団結に資しているのである。民衆のレベルでいえば、イスラームとヒンドゥー教のあいだでは、ムスリム厳格主義者たちの非難をよそに、これまでかなりの相互的な交流がなされてきた。

第8章　スーフィズム

東南アジア

　イスラームの東南アジアへの伝播は交易網、とくに東アフリカやオマーン、さらにインドから海路によってなされた。ジャワ島への最初の宣教師は、商人たちとともに陸路と海路でやってきたスーフィーだった。研究者たちの定説によれば、20世紀以前のインドネシアのイスラームは、スーフィーが圧倒的だったという[46]。16世紀には、アチェ・スルタン朝に仕えていたスマトラ島出身のスーフィー、ハムザ・パンスリ［1590没］がマライ語で神秘的な詩を創作した[47]。東南アジアの学者たちは定期的にマッカ巡礼を行い、一部は長年マッカにとどまってイスラームの宗教諸学の深遠な知を修得してもいた。

　そのなかの重要な人物が、1704年にスマトラ島南部のパレンバンで生まれたスーフィー、アブド・アル＝サマド・アル＝パリンバニである。彼の著作はガザーリーやイブン・アラビーに多くを負っており、イスラームの学問が東南アジアに伝わるのに力をつくしている。このインドネシアにおけるスーフィの信仰実践は、農村部や都市の知識層のあいだで今もよくみられる[48]。

忘我的知の守護者　イスタンブールのスーフィー、セネガル。セネガルではムスリムの約92パーセントが、クルアーンとハディースのみにもとづいて教えを説く、ティジャーニー教団に属している。眼光鋭い写真のマラブー（アラビア語でムラービト。信仰を守るスーフィーの戦士）［元来は聖戦の兵士と禁欲的な隠者としての性格を併せもつ修道士をさした。モロッコでは民衆的聖者を意味する］はきわめて霊的な人物で、星をあしらった衣をまとい、神の99の美名を唱えるための数珠を手にしながら、クルアーンと魔除けの図を開いている。

アフリカ

　イスラームがアフリカに伝わったのは非常に早く、エチオピアにはムハンマドの時代、エジプトと北アフリカには彼の死後まもなくである。やがてイスラームはモロッコから山脈を越えて西サハラへ、さらにエジプトから西アフリカへと広まったが、後者はマリの金を求めて旅をするサハラ横断隊商とともに伝播した。おそらくスーフィーは商人たちに同行した。ときには彼ら自身が商人ですらあった。マリの伝説的な都市トンブクトゥは1100年頃に建設され、やがてイスラーム学者と活発なスーフィズムの中心となった。ここにはスーフィーの聖者たちを祀る霊廟が数多く建立されている［1988年、世界文化遺産登録］。だが、2012年、強硬路線をとるイスラーム主義者たち［指導者はサラフィー・ジハード主義組織のアンサール・アッディーン］によって、これらスーフィー霊廟の一部が破壊された。

　スーフィーの信仰と実践はとくに西および東アフリカで人々を引きつけた。今もなおこれらの地域全体ではさまざまなスーフィー教団が活動している。とくにティジャーニー教団は西アフリカ最大のスーフィー教団である。1815年にアルジェリアで生まれ、スーフィーのアフマド・ティジャーニー［1737／38-1815。彼はムハンマドの幻視体験によって18世紀後葉にこれを創設したとされる］を名祖とするこの教団は、貧者たちの援助を活動目的としていた。一方、エジプトには現在、教団やモスクを管理する中央政府機関［ワクフ（宗教管財）省］が置かれており、60を超える教団が正式な法的地位をえている。ソマリアではカーディリー教団がきわめて強い影響力を発揮してきた。スーフィズムはまた、北アフリカやサハラ以南地域でも活発で、そこでは前述のシャーズィリー教団がもっとも人気を集めている。

欧米

　スーフィー教団は欧米でも盛んに活動しているが、その多くはなおもイスラームの伝統にしっかりと基盤をおいている。これらの教団は昔からスーフィズムがとりいれてきたさまざまな象徴をもちい、とりわけルーミーの詩やイブン・アラビーの思想に影響を受けている。2003年に刊行された季刊誌《スーフィー》に掲載された詩が、その好例である。そこにはこう書かれている。「最終的にこの道はわれらを平穏な場所に、われらがアッラーの名をくりかえし唱えるがズィクルの場所に、もはやわれらが存在する必要のない場所に、そしてわれらが過去への旅を始める場所につれていく。われらはアッラーから来

第8章　スーフィズム

て、アッラーへと戻る」[49]。イングランドのオックスフォードにあるムヒッディーン・イブン・アラビー協会もまた、南アフリカやイギリス、スペインにあるアラウィー教団同様、さかんに活動を展開している。

　今日、スーフィーという語はしばしばかなりルーズかつ不正確にもちいられている。かつてスーフィーはイスラームを実践するムスリムをさしていたが、現在のアメリカでは、イスラームの信仰告白をしないまま教団に入ることが許される傾向が多々みられる。はたしてこれはスーフィズムと呼べるのだろうか。当然の疑問である。ナスルが指摘しているように、イスラームとはクルミに似ていて、その外殻はシャリーアで、仁は教団（タリーカ）、そして油脂は目にこそ見えないが、いたるところにあり、これがハキーカ（リアリティ、真実在）だという[50]。シャリーアとスーフィー教団は相互的に依存しており、それゆえ正統なイスラームを避けてスーフィズムへといたる近道はない。書店にはしばしばスーフィズムにかんする書が、イスラームのそれと異なる棚にならべられている。あたかも両者が無関係でもあるかのように、である。だが、真のスーフィズムは新しい時代の宗教ではなく、イスラームの外では存在しえないのである。

　1930年代以降、スーフィズムはヨーロッパの多くの知識人を引きつけ、今もなお一部の著名人がそれに引きよせられている。しかし、イブン・アラビーの信奉者たちが積極的に奉じる知的なスーフィー思想と、礼拝時に朗誦や音楽、踊りを用い、聖人に神へのとりなしを願う祈りをささげる、中東やインドネシア、そしてアフリカの多くの地でのそれとのあいだには深い溝がみられる。とはいえ、こうしたスーフィズムの両面は、さながらイスラームという織物の縦糸と緯糸のように、新しい形を生み出せるということをくりかえし示してきた。そうした展開はこれからも続くことだろう。

●**参考関連文献**

Ernst, Carl W. : *Sufism. An Introduction to the Mystical Tradition of Islam*, Shambhala Publications, Boston, MA., 2011（カール・W・エルンスト『スーフィズム —— イスラームの神秘的伝統への入門』）

Karamustafa, Ahmet T. : *Sufism. The Formative Period*, Edinburgh University Press, Edinburgh, 2007（アフメト・T・カラムスタファ『スーフィズム —— その形成期』）

Lings, Martin : *What is Sufism ?* , University of California, Berkeley and Los Angeles, 1975（マーティン・リングス『スーフィズムとは何か』）

Renard, John : *Seven Doors to Islam. Spirituality and the Religious Life of Muslims*, University of California, Berkeley and Los Angeles, 1996（ジョン・ルナード『イスラームへの7つの扉 —— ムスリムの精神性と宗教生活』）

Watt, W. Montgomery : *The Faith and Practice of al-Ghazali*, Oneworld Publications, Oxford, 2000（W・モンゴメリー・ワット『ガザーリーの信仰と実践』）

第9章　ジハード

　これ、信徒のものよ、わし（アッラー）がお前たちに、酷い天罰を蒙らずにすむようなうまい儲け口を伝授しようか。それには、アッラーと使徒を信じ、アッラーの御為に財産も生命も賭して戦うこと（クルアーン、61・10-11）。

　ムスリムすべてにとって重要なジハード（字義は「努力・奮闘」）という概念は、伝統的に大ジハードと小ジハードのふたつに分類されている。前者は内面的な努力、後者は一般的に戦い（聖戦）と解釈される。呼称から分かるように、前者は後者よりも重要とみなされている。それはムスリムが自我を克服するため、つまり自分のなかにある利己的な性向と世俗的な熱情を消し去るために個人的かつ内面的に努力し、それにより正しい生涯を送れるとする。これとは対照的に、小ジハードは信仰を守るための努力を、したがって戦いを意味する。ムスリムは理想的には預言者ムハンマドとその忠実な教友たち、およびイスラーム史における他の模範的な宗教者たちをモデルとして、大・小のジハードを同一人物の生涯に共存させるべきだと考えている[1]。

大ジハードと小ジハード

　9・11以後のムスリム世界と欧米において、ジハードの概念は重要なものとなっているが、残念なことに欧米ではその意味が一般に誤解されている。非ムスリムの大部分は大ジハードの内面的な次元を知らないのである。

大ジハード
　別段意外なことではないが、大ジハードにかんする議論は、ムスリムの宗教的・政治的著作より、スーフィーの古典的な論文のうちにより多くみられる。事実、ジハード観はスーフィーたちのクルアーンやハディースに対する経験な熟考によって進化してきた。前章でとりあげた初期スーフィーのムハースィビー（781-857）は、神の道におけるほとんどの奮闘は心の中に生じるとしている[2]。一方、フジュウィーリー（990頃-1077）は、そのペルシア語によるス

ーフィズム論の一部を「卑しい魂の苦行」に捧げ、ハディースの人口に膾炙した以下のような文章を引いている。「ムジャーヒドとは神のために自分自身と全力で戦う者である」、「われわれは小ジハードから大きな戦い（大ジハード）へと戻った」。そして、「大ジハードとは何か」と問われたムハンマドは、こう答えたとする。「それは自分自身に対する戦いである」。そしてフジュウィーリーは、ムハンマドが「卑しい魂の苦行の方が、不信心者に対する聖戦より勝ると言明した」と結論づけている(3)。とすれば、大ジハードは人間の内面的かつ霊的な発展に向けて、複雑だが豊かな道を用意するものといえるだろう。より高潔な生へ向かう営為は大ジハードと呼ばれ、そして、この営為がわれわれ人間を傷つけ、神の近くへ向かう道をふせぐ悪やあやまちに対する終わりのない戦いをともなうゆえに、そうよばれることは正当といえる。にもかかわらず、今日、ジハードにかんする議論はほとんどが著しく小ジハードに集中している。それは欧米の非ムスリム学者のみならず、ムスリムの思想家についてもあてはまる。大衆紙にいたっては、大ジハードを議論の対象にすることさえしていない。エジプトのすぐれた神学者で、現在カタールで活動しているユースフ・アル＝カラダーウィー（1926-）［国際ムスリム学者連合議長や、世界で6000万人の視聴者がいるという、カタールの衛星放送局アルジャジーラの人気番組「シャリーアと人生」のメイン・コメンテーターなどとして活躍し、120冊以上の著作もある］は、こうしてジハードの概念が戦闘に縮小・限定されていることをなげいている。

　ガザーリーの『宗教諸学の再興』は、日々の信仰実践とそれに付随する倫理的な課題ないし努力目標を説いており、中世およびそれ以後の手引きとしてもっとも知られていた。この膨大な書は、ムスリムが神および同宗の人々に対していかにふるまうかを詳細かつ正確に論じている。それはまた法学書を思わせる構成となっているが、精神的な次元までふれている。当然の流れとして、そこでは大ジハードについての考察もなされ、それをイスラームの五行とむすびつける。この五行はムスリムの人生の主たる道しるべとして理解されており、大ジハードは五行のもつ深く多様な実践的・精神的な含意を達成するための継続的な営みだとするのだ。

小ジハード

　非ムスリム、とくにキリスト教徒たちは、かねてよりイスラームを剣の宗教と考えてきた(4)。たとえばある西欧の軍事史家は、イスラームが「聖戦（ジハード）を教義とする」ところから、「世界の宗教の中でもっとも好戦的」な宗教

だと断じている[5]。こうした解説者はイスラーム史やその土台となる教義に対して、基礎的な知識をもっていないといわざるをえない。たとえば2008年に世界各地で実施されたギャラップ世論調査によれば、軍事的な過激主義に好意的なムスリムは、全体のわずか7パーセントにすぎないという[6]。

　アスマ・アフサルーディン〔現インディアナ大学教授〕が近著の中で指摘しているように、ユースフ・アル＝カラダーウィーもまた「戦闘」が今では「ジハードの優先的な意味になっている」ということを認めている[7]。とすれば、この種の考えがイスラームの聖典のなかでどのように定められ、さらにそれが理論的・実際的にいかにして変化してきたのかを、多少とも子細に検討しなければならないだろう。

聖典にみられるジハード

クルアーン
　ジハードについて、クルアーンは24箇所でふれているにすぎず、そのほとんどはジハードの精神的な側面を強調している。その格好の例が第2章218節にある。「本当の信仰をもつ人々、そして（マホメットと共にメッカからマディーナへ）遷行し、アッラーの道に勇敢に戦う人々、そういう人々だけはアッラーの御慈悲が期待できようぞ」。ここでは殺戮を伴う現実の戦いを意味する語としてはキタールがもちいられている〔キタールとは人間の欲望や憎悪、復讐心などに起因する戦争や殺戮、およびそれにともなうさまざまな行為をさす〕。それゆえ、ジハードとはかなり異なるものである。

預言者ムハンマド伝におけるジハード
　クルアーンの注釈者たちは、この聖典の意味や曖昧さを理解し、説明しようして、いくつかの章句を伝統的に預言者の生涯における特定の出来事と結びつけてきた。それゆえクルアーンは古今東西のすべての人々に対する永遠のメッセージをもっているだけでなく、ムハンマドがいかなる人生を送ったかを映し出す鏡ともなっているのだ。彼が神から啓示を授かったのは、危機の時代だった。その生涯はマッカを基盤としているが、ジハードをおこなったのは、おもにムハンマド自身の個人的な経験や説教によって、イスラームのメッセージを広めるためだった。だが、そこには困難な精神的奮闘（ジハード）がともなっていた。最初期のムスリムが異教のマッカ住民による敵意や社会的な排斥、部

族によるボイコット、攻撃、さらに迫害に直面していたからである（本書第2章参照）。事実、ムハンマドの生命そのものが危機に瀕していた。622年のヒジュラ（聖遷）、つまりムハンマドがマディーナに移ったのち、その地で誕生したばかりのムスリム共同体にとって、物理的な戦いが重要な問題となった。ムハンマドはそこにイスラームの原理原則にもとづく新たな神政政治的な社会秩序を打ちたてたが、町の内と外の敵と戦わなければならなかった。とりわけマッカの住民たちは彼の死を望んでいた。彼らはムハンマドを攻撃するために軍隊を送り込んだ。それゆえ、新しい信仰と新しい宗教は力によって守られなければならなかった。そしてそれは神に認められた。

　非ムスリム、とりわけイエスを平和の主としていたキリスト教徒たちにとって、預言者＝戦士という考えは受けいれがたいものだった。しかし、一部が新約聖書に組みこまれている旧約聖書には、ユダヤ人の預言者、すなわち唯一神のメッセージを不信心者たちに説くために神から遣わされ、神の民を守るために戦ったアブラハムやモーセの有名な故事がある。おそらくムハンマドはこうした先行宗教の戦いの伝統をよく知っていた。だが、アラビア半島の彼の部族社会内でも、部族間の襲撃や戦闘はつねに生命を守り、きわめて過酷な物理的環境の中で生き延びるための苦闘の一部となっていた。とはいえ、ムスリムたちは、アラビアの好戦的な部族同士の伝統的な戦いとムハンマドの軍事的な苦闘は、後者が宗教的な性質を帯びていたという点で異なっていると考えている[8]。まさにこの後者こそが神の道なのである。

不信心者の改宗

　クルアーンは外部の敵に対するのと同様、ムスリム共同体の内部抗争においても、状況打開のための交渉が肝要であると強調している。重要なのは一体性を守って暴動を統御するだけでなく、ムスリムの友愛を想いおこすことだというのである。それについて、クルアーンにはこう書かれている。「なんと言っても信者はみな兄弟。お前たちにしても、自分の兄弟二人となればどうしても仲よくさせねばならぬはず」（49・10）、さらにクルアーンの「マッカ（メッカ）啓示」——ムハンマドがマッカにいたさいに授かった啓示——は、信者たちに迫害を耐え忍び、報復しないよう諭している。一方、「マディーナ（メディナ）啓示」——ムハンマドがマディーナで新しい共同体を建設するため、立法者・政治的指導者として活動していた時期のもの——は、反撃を支持している。このマディーナ啓示にはいくつか矛盾点があり、ある節はムスリムが

第9章　ジハード

攻撃された場合のみ戦うことを認め、ある節は積極的な攻撃行動を命じているのだ。あきらかにそこでは、政治的・歴史的な現実がある程度方針を規定していたといえる。

　イスラームは「現世」をさけたりはしない。ムハンマド自身、キリスト教の伝承におけるイエスと同様、現世の政治から離脱することを唱えたりはしなかった。イスラームの誕生直後から、彼の信奉者たちは信仰や実践のみならず、自分たちの共同体も維持しなければならなかった。それゆえ、7世紀のアラビア半島における多神教的な状況のもとで、彼らが脆弱で小規模な共同体を守るため、ときに武力をもちいざるをえなかったとしても不思議はない。そうしなかったなら、イスラームはあきらかに存続することができなかっただろう。とはいえ、クルアーンは全体的にみて殺戮を認めていない。それが強調しているのは、強制的な改宗というよりは、人間が従うよう神が定めた、自然宗教としてのイスラームのメッセージに引きよせられた、個人の自発的な改宗なのである[9]。

ハディース

　イスラームの第2の聖典であるハディース、すなわちムハンマドの言行録（本書第2章参照）は、ジハードについてより多くを語っている。これらのハディースは何世紀にもわたって学者個人や集団──スンナ派、シーア派、スーフィーほか──によって編纂され、その結果、そこにはジハードについても広い視野からの言及がなされるようになった。多くのハディースはジハードの利点を能弁にたたえている。神の道で1日だけでも戦う方が、1000日間断食するよりも価値がある、といったようにである。ムハンマドのよく知られたハディースの一文は、こう明言している。「神はその道でだれが傷ついたかをよく知っている。しかし、復活の日がくると、彼の傷から流れ出た血は、たしかに血の色をしているが、その香りは麝香のそれとなるだろう」[10]。殉教者の血はそれが麝香の香りを放つゆえに、神にはとくに大切なものだった。こうした言挙げはこの世と来世とを結びつける。クルアーンはジハードの道で斃れた殉教者が楽園に入れば、麝香の香りを発する神酒を褒美としてあたえられるとうけあっている（83・25）。

　ジハードは結末の首尾にかかわらず、つねに称賛に値する。ただし、それは特定の条件下で遂行されなければならない。ハディースはジハードのさまざま面に注意することが肝要だとしているが、そこには現実的な準備や、高齢者お

よび婦女子の殺害禁止といった戦闘規範の遵守、戦利品の公正な分配、捕虜や使者の扱いについても明記されている。むろん、ジハードに真摯な動機があることは基本だとする。そして、神の道で命を落とした者には、楽園で殉教の甘美さが約束される。ハディース集成はまた、神の道で斃れた殉教者の遺骸は洗われたり祀られたりしてはならず、慣習に従って屍衣でつつんだりせず、殺害されたときの着衣のまま埋葬されなければならないともしている。こうしたハディース集成は規範を体系化しているわけではないが、おそらくその基本的な規定は、後代の法学者たちがジハードにかんする独自の原則を確立するうえで重要な指針となったはずである。

イスラーム法におけるジハード

　ジハードにかかわる古典的な法理論は、ムスリム帝国がアッバース朝のもとで最大版図に達した9世紀に始まる、スンナ派のハディース集成から発展している[11]。それ以前、ムスリムの法学者や裁判官たちは現実主義や常識だけでなく、とくに信仰心やクルアーンの原理原則に従おうとする真摯な欲求、そしてムハンマドの規範的な行動などにもとづいて判断を下していた。当時、戦争行為は征服をなしとげる唯一の方法ではないとされた。事実、ムスリムの史料が記録しているところによれば、多くの都市や土地は合意文書をかわして征服者たちに服従したという。しかし、ある地域の征服が戦いをともなった場合、カリフとその軍隊指揮官たちはそこに明確な規範を定めようとした。こうした規範づくりは、おそらく実際の戦闘時のみならず、和平協定を結ぶときにも不可欠な作業だったはずである。まさにそれこそが、ムスリムの法学者たちがその法学書において論じることになる、古典的なジハード論の背景をなしていた。これら学者たちはイスラーム台頭後の2世紀間に活動したが、それはムスリム帝国の版図が多少とも固定された時期、つまり11世紀にテュルク系遊牧民が来襲するまでだった[12]。

古典的なジハード論

　ジハードの概念を立ち上げた法学者たちの出発点は、例によってクルアーンだった。だが、しばしば短いないし矛盾のある言述は、ジハードにかんする数多くのハディースに言及することで増強・補完される必要があった。しかし、これら2通りの法源、すなわちクルアーンとハディースはこうした新しい問題

第9章　ジハード

に直接的な解答をあたえてくれなかった。そこで学者たちは他の法源である合意（イジュマー）と類推（キヤース）をもちいた。それでも問題が解決しない場合は、彼らはその個人的な判断ないし解釈（イジュティハード。本書第5章133頁参照）に頼ることが正当だと考えた。古典的な法体系（フィクフ）の書にあるジハードの章は、関連するクルアーンの章句とハディースからの引用に多くを負いながら、いずれも凡庸なパターンと内容からなっており、互いにかなりにかよっていて、著者の法学派にも無頓着だった。だが、やがて全体がジハードに向けられた書が編まれるようになる。現存するその最初期の1冊が、アブダッラー・イブン・ムバーラク（797没）の『ジハードの書』である[13]。

　中世のムスリム神学者や法学者たちによれば、世界全体はふたつに分けられるという。「イスラームの家」（ダール・アル＝イスラーム）と「戦争の家」（ダール・アル＝ハルブ）にである。これらの概念については数多くの解釈がなされているが、そのうちのある解釈に従えば、「イスラームの家」はムスリム支配下のすべての地とかかわる。そこではムスリムが多数派を占め、イスラーム法がしかれている。住民の中には、ムスリムの君主と契約を結んだ非ムスリムもある程度含まれる。これらの非ムスリムは特定宗派の人々、とくにユダヤ教徒とキリスト教徒で、彼らは啓典の民として知られていた。彼らは人頭税を納める代わりに、「イスラームの家」内でその信仰を実践することが許されており、庇護を受けることもできた。したがって、ジハードがそんな彼らに対して仕掛けられることはないが、その社会的地位はムスリムより下であり、なんらかの社会的・宗教的な掟を甘受しなければならなかった。これら啓典の民に対する掟は、のちにクルアーンに特別の言及がない他宗教の信者たち、たとえばゾロアスター教徒や仏教徒にも適用されるようになる。

　一方、「戦争の家」についていえば、この象徴的な表現は、非ムスリムの政権下でムスリムが少数派でしかなく、非イスラーム法が優勢な地を意味した。ひとりムスリム共同体のカリフだけが、こうした「戦争の家」に対するジハードを呼びかけ、導くことができた。このジハードは共同体全体の集団的な義務とされた。そして、ジハードを適切におこなうため、細分化された掟もつくられた。ジハードの直接的な目標となった人々には、攻撃に先だって、つねにイスラームを受けいれるよう求めた。彼らがそれに応じた場合、ただちに敵視は終わった。受けいれをこばむと、彼らはムスリムの掟に服従し、人頭税を納めなければならなかった。それもこばんだときは、ムスリムは彼らを攻撃しなければならなかった。アラビア語はこうしてジハードをおこなう人々と他の戦争

や暴力行為にくわわる人々を区別し、それをさす語としてハルブ（戦争）とキタール（闘争）をもちいている。そして、不法な戦いをするとみなされた人々[14]は、イスラーム共同体の敵とされた。

古典的理論の修正

　8世紀以降、カリフ帝国の分断化が進むにつれて、アブー・ハニーファをはじめとするムスリムの法学者たちはジハードの意味を拡大し、その結果、ジハードは戦争ではなく、むしろ平和を生み出すための戦略を意味するようになる。こうして法学者たちは第3の領域、すなわちダール・アル＝スルフ（和平の家）ないしダール・アル・アフド（協約の家）を唱えるようになる。これらの語は中間的なカテゴリーで、ムスリム共同体と契約を結んでカリフに人頭税を納め、独自の政体を維持することが許された地を意味する。まさにこの戦略こそが、中世のムスリム国家と非ムスリム国家間の商業的な接触に、法的なお墨つきをあたえるようになったのである。また、実際的にそれは休戦を可能にしたが、あくまでも休戦は一時的なもので、最大でも10年を超えることはなかった。ムスリムは一方的にその休戦をこばむことができたが、その場合は敵に前もってこれを通告しなければならなかった。

　ジハードの理論は何世紀にもわたって改変された。ムスリム共同体内における戦いの認可などである。たとえば11世紀、アル＝マーワルディ［975-1058.シャーフィイー派法学者］は、スンナ派カリフの統治形態にかんする有名な書［『統治の諸規則』］を著しているが、その中にはジハードの正統な攻撃目標として、叛乱や背教者、さらにシーア派が明示されている。さらにより有名なムスリムの思想家イブン・ハルドゥーン（1406没）は、戦争を4分類している。それによれば、最初のふたつは「対立関係にある敵同士ないし近隣部族間のとるに足らないいざこざ」と「蛮人同士の略奪欲求から生じる戦争」で、これらは不法である。あとのふたつは、共同体内部の叛乱を鎮圧するためのジハードと戦争で、いずれも正当だという[15]。だが、古典的なジハード論は包括的でもなければ、詳細にいたるまで明確化されているわけでもなかった。それに加えて、これらの理論はムスリムが少数派の非ムスリム諸国に対する独自のスタンスを曖昧なままにしており、イスラームが世界的に広まった今日、ムスリムの法学者たちにとって無視しえない大きな問題となっている。

第9章　ジハード

十二イマーム派のジハード観

　十二イマーム派（本書第6章参照）の学者たちは、ジハードを彼らの信仰の中心においた。同派の初期神学・法学者であるイブン・バーバワイヒは、「ジハードは神が人類に課した宗教的義務」だと書いている。さらに、もうひとりの法学者シャイフ・ムフィード［948頃-1022。生涯200点以上の書を著したとされる十二イマーム派の代表的神学者］はこう明言している。「ジハードはイスラームの基盤を強化・維持する」(16)。十二イマーム派のジハード観は一部スンナ派と共通しており、たとえばジハードを集団的な義務だとする。しかし、重大な危機がムスリム共同体を脅かすときは、それは個人的な義務［ファルド］となる。十二イマーム派とスンナ派はまた、戦闘ジハードを免除すべき者たちのカテゴリーを列挙しているが、双方とも、ジハードという語は戦闘だけではなく、宗教的な知識を探究するといった奮闘・努力もさしているとする。シーア派の第6代イマームのジャアファル・サーディクに帰せられるハディースは、審判の日には「秤に乗せられる学者たちのインクは、殉教者の血よりも重くなるだろう」と記している(17)。

　しかし、ジハードについての十二イマーム派とスンナ派の教義には重要なちがいもみられた。前者はジハードの指導者が神に指名された正統な権威、つまり隠れイマーム（本書第6章170・176頁参照）にのみ属していると考え、それゆえ、アリーとフサインが殺害されたのち、彼らは12代目のイマームが戻ってくるのを待ちながら、支配的なスンナ派の政体に対しては消極的なスタンスをとった(18)。だが、こうした考えは徐々に修正されていく。十二イマーム派のコミュニティが自らその存続を確実にしなければならなくなったからである。同派の古典的なジハード論における最初の重要な修正は、1067年にアル＝トゥースィー［995-1067。法学者・伝承学者で、『律法規定の修正』など150点あまりの著書があるとされる］によってなされている。彼は防衛的なジハードなら、イマームが不在でも戦ってよく、その責任は法学者が負うということを主張したのである。

　こうした見解は、のちの支配者たちからしばしば無視されたものの、以後、十二イマーム派によるジハード論の基礎となった。そして1501年にサファヴィー朝［1736年まで］がペルシアを支配下におくと、シャー（王）・イスマーイール1世［在位1501-24］は自らをイマームの末裔であると宣言し、スンナ

派のオスマン人に対するジハードを行う資格があると考えた。オスマン人たちもまた、サファヴィー朝の人々が不信心者であると断じ、彼らに対して報復のジハードを興した［1514年のチャルディラーンの戦い］。後代のカージャール朝［1796-1925。サファヴィー朝滅亡後にイランを統一したイスラーム王朝］のもとで、イスラーム法の解釈に唯一責任を負っていた法学者たちは、十二イマーム派のジハード、とくに1803-13年と26-28年のロシアに対して興した戦争に重要な役割を演じた。こうして彼らが発したファトワーは『ジハード論』として集成されたが、それはジハードにかんする新しい考え方をしめすものだった。彼らはまた隠れイマームに代わる実質的な統治者としての宗教的エリートを定め、十二イマーム派の法体系においてジハードの義務の重要性を強調した[19]。

アーヤットラー・ルーホッラー・ホメイニー

イラン・イスラーム共和国の建設者であるアーヤットラー・ホメイニー（1902-89。本書第6章186-188参照）は、イランのシャー［皇帝モハンマド・レザー・パフラヴィー］および、彼が「巨大な悪魔」と名づけたアメリカに対する自らの抵抗運動に、民衆の広い支持をえた。彼はまたムスリムによるエル

サラディンの後継者？ イランの紙幣。ホメイニーのプロパガンダはイラクとイスラエルを打倒する願いとむすびついていた。彼は「エルサレムの日」を制定し、毎年それをポスターや切手、貨幣などの印刷・発行によって祝い、これにより反十字軍ジハードと岩のドームの結びつきが想起された。このメッセージは、写真の紙幣が当時もっとも一般に使われていたものであったところから、全イラン人にとどいた。

第 9 章　ジハード

失われた世代　テヘランのゴレスターネ・ショハダ。イラン・イラク戦争（1980-88年）で命を落としたイラン人たちに捧げられた墓地。赤い旗、バラ、チューリップ、そして血が噴き出す泉の絵が、フサインの殺害という遠い昔からの、だがなおもイラン・シーア派の心を揺さぶる殉教を強調している。

サレム解放を目的とする反シオニズムのジハードを後押しした。1980年代のイラン・イラク戦争時、イラン軍の兵士たちはイラクからエルサレムへといたる道を示した地図をあたえられたという。ホメイニーはラマダーン最後の金曜日を「エルサレム（ゴドス）の日」としているが、「世界エルサレムの日」を記念して1980年に発行されたイランの有名な切手には、アラビア語とペルシア語、そして英語で「エルサレムを解放しよう」の文言が記されている。今日、ムスリム世界全域では、聖都の真髄ともいうべき岩のドームを図案化した切手によって、この「エルサレムの日」を祝っている。これらの切手には、奪還したエルサレムに入城する馬上のサラディンを描いたものもある（後述）。

ホメイニーのジハード解釈は包括的なもので、それによれば、「イスラームの聖戦は偶像崇拝や性的逸脱、略奪、抑圧、そして虐待に対する戦い」だという[20]。イランとイラクの仮借ない対立は同じムスリム国家である両国を戦争に導いたが、ホメイニーはこれをジハードとよんだ。テヘラン郊外の彼の霊廟近くの墓地には、この戦争で命を落とした無数の青年や少年たちの墓がある。

彼らは楽園に向かっていると信じながら、しばしば裸足で地雷原の上を歩いた。その墓石には、それぞれ血のように赤い色でジハードについてのクルアーンの章句が、戦死したムジャーヒド（戦士）の写真とともにきざまれている。

近代以前のジハード

　近代以前のジハードはいかにしてなされたか。その事例をいくつか一瞥するだけでも、それが帯びている多様性や持続性が明らかになる。むろん、これらの事例では他の要因、たとえば政治的・社会経済的な要因がそれなりの役割を果たしているが、ここで重要なのは、ムスリムの歴史家たちが当時の、もしくは数世代のちの著作において、ジハードをどのように考えていたかということである。

アラブ・コンケスト ── 7・8世紀

　ムハンマドの没後、軍事遠征のいくつかは中世のムスリム著作家たちからジハードと呼ばれた。その契機となったのは、632年から711年にかけてのアラブ人帝国の誕生だった。現代の一部の歴史家は、征服の時代では気候や社会経済的な要因がもっとも重要だったとしているが、他の学者たちは、一般的に多くのキリスト教徒がコンスタンティノポリスから宗教的な迫害を受けるより、ムスリム支配下での生活を選んだと考えている。ムスリムの宗教的な寛容さは地元のキリスト教徒やユダヤ人を引きよせた。これは今日の紛争を考えるとき、一考に値する点である。学者の中にはさらに、ジハードという手段がベドウィンの諸部族に武器を取らせ、新しい征服地を建設するためにもちいられたとしている[21]。

　では、こうした異常な現象において、ジハードはいかなる役割をになったのだろうか。それについては、征服の時期が明確に語っている。これらの征服はムハンマドの死後、時をおかずに巨大な波となってはじまった。たしかにベドウィン軍の隊列がすでにジハードの精神に染まっていたとは考えにくいが、ムハンマドに近い信奉者集団にはおそらくそれが浸透していたはずである。ジハードへの衝動が初期の軍事的な成功において重要な役割をにない、それによってアラブ人が敵対勢力を圧倒するイデオロギーをえたということを否定するのはむずかしいだろう。ムハンマドをよく知っていた人々が実践していたイスラームは、こうして萌芽的なアラブ人国家の建設を可能にした。初期の征服劇を

演じ、軍隊を鼓舞したのが、まさにこの小集団のエリートたちによるジハードだった。のちにイブン・ハルドゥーンが指摘しているように、遊牧民の攻撃性と団結は、強力な宗教的衝撃によって燃え立たされたとき、つまり神の道での戦いを標榜したとき、もっとも効力を発揮したのである。

イランのハワーリジュ派 ── 7-9世紀

だが、誕生してまもないムスリム共同体の脆弱な一体性は、やがてジハードをさまざまに解釈する集団の台頭によっておびやかされる。たとえば、ムハンマドの没後30年もしないうちに組織[22]されたハワーリジュ（ハーリジー）派がそれである（本書第6章160頁参照）。彼らは「神にのみ従って統治する」という神政政治スローガンをかかげていた。この厳格なイスラーム観によれば、コミュニティを指導すべきもっとも有徳な人物は、かならずしもムハンマドの一族ないし全共同体から選ばれた者ではないという。そして、自分たちと信仰を共有しない者はだれであれムスリムではなく、殺害されるべきだと考えていた。ハワーリジュ派による指導者たち、とくにアリーの殺害をもって、学者たちは同派を最初のムスリム・テロリスト集団と呼んできた。同派の軍事的攻撃は、彼らがスンナ派カリフからの迫害をのがれてムスリム世界の遠隔地へと逃れるまで、1ないし2世紀続いた。

ハワーリジュ派は、長い口承詩の伝統をもつアラブ部族を主たる出自としていた。だが、彼らの詩は部族の美徳をたたえるというより、むしろジハードのメッセージ、つまり神の道で戦死した仲間の戦士たちの篤信と勇気をたたえるものだった。あとに残された者たちは、殉教をなしとげられなかったことを深く悔やんだ。ハワーリジュ派の戦士たちは進んで戦死することを望んだが、同派の詩人たちは彼ら戦士たちが昼はライオンのように戦い、夜は葬儀で泣く女性たちのように祈ったと書いている。だが、戦士たちにとって、死は絶望をもたらすものではなかった。それは楽園に入ることであり、そこでは先に入っている兄弟たちに再会できるからである。

中央アジアのサーマーン朝 ── 819-1005年

ムスリム帝国の境界地域 ── ビザンティウム近郊、スペイン、ヌビア、中央アジア ── は、「イスラームの家」を守り、さらにその領土を拡大しようとするジハード戦士たちを引きつけた。10世紀のムスリム世界で最東部にあった国家は、ペルシア人のサーマーン朝だった[23]。この地理的な利点ゆえに、

近代以前のジハード

同王朝のスンナ派君主たちは代々、中央・内陸アジアのテュルク系遊牧民から東部国境を守る上で決定的な役割を果たした。10世紀のふたりのムスリム地理学者、すなわちイブン・ハウカル［バグダード生まれとされる彼は、943年からイスラーム世界全域を旅し、『諸道路と諸国にかんする書』、通称『大地の姿』を著している］と、ムカッダシー［945頃-91。エルサレム出身。20歳のときにマッカに巡礼してから、地誌研究に向かったとされる。主著は『諸国にかんする知識の最上の区分』］は、国境地域の風俗を詳細に記述している。彼らはまたリバートと呼ばれる施設についても詳述しているが、これらの施設──一部が国境を守るための軍事的要塞、一部がスーフィーの修道所──は、ムジャーヒドゥーン［単数形はムジャーヒド］ないしガーズィー［異教徒襲撃戦士］として知られる戦士たちを泊めるために建てられたものである。この戦士たちはイスラーム世界各地から、不信心者ないし異教徒へのジハードにくわわるため、この地に集まってきた。今日、多くのムスリムの若者がターリバーンやウサーマ・ビン＝ラーディンの支持者たちとともに戦う学ぶため、アフガニスタンやパキスタンに集まっているようにである。もちろん今となっては、イスラーム世界の東部国境地域にかんするこうした記述が、過去の神話的ジハードをどこまで懐古的に空想化したのかを精査するのはむずかしい。だが、ロシアの考古学者たちはこの時代までさかのぼるリバートの遺構を、中央アジア各地で数多く発掘している[24]。

アフガニスタンとインド北部のガズナ朝──977-1186年

ガズナ朝による軍事遠征は、中世のムスリム史料にみられるジハードとは対照的である。テュルク系マムルーク（奴隷軍人）の有力アミール（将軍）だったアルプタギーン［926-963］が建国したこの強大なムスリム国家は、第5代君主のザブクティギーン［在位977-997］のとき、ガズナを拠点としてアフガニスタンやイラン東部、さらにインド北部の一部を支配下においた。この王朝の歴代カリフたちは、インド北部のヒンドスタン人たちを多神教徒とみていた。こうして999年から1027年にかけて、王朝のもっとも有名な君主マフムード［カリフ在位998-1030］は、インド北部を17回も攻撃し、これを正当なものだとした。

彼の宮廷歴史家たちはこれらの侵略をジハードと規定したが、その真の動機はヒンドゥー教の君主たちから莫大な戦利品を手に入れることだった。事実、マフムードはヒンドスタンを攻撃して、偶像崇拝と思われる芸術作品を破壊し

第9章 ジハード

模範的なムジャーヒドとしての君主　インドへの道にある橋を渡るガズナ朝のマフムード。ラシードゥッディーン［1249／50-1318］のペルシア語による世界史『集史』、タブリーズ、イラン、1314年。ガズナ朝で「ヒンドゥー・クシュ」（字義は「インド人殺し」）として名をはせたマフムードは、インド北部に17回ものジハードをおこなった。それにより、彼は莫大な富と後代の伝説や賛美詩に名声を残すことになった。

ただけでなく、さらにインド人君主たちから膨大な富、たとえば宝石や貴金属などを奪いとった。軍隊用にと、象も数百頭獲得している。ペリシア語を話す宮廷詩人たちがこうした所業をほめちぎったにもかかわらず、マフムードとその後継者たちが、イスラーム法に定められているように、インド北部の支配者たちにイスラームを奉じさせようとしたかどうかは不明である。しかし、今もなおパキスタンでは、マフムードはジハード戦士（ムジャーヒド）の模範とみなされている。

北アフリカとスペインのムラービト朝 —— 1056-147年

　中央アジアからはるか遠くのムラービト朝は、ベルベル系の部族連合体で、北アフリカの大部分とムスリム・スペインの一部を征服した[(25)]。彼らのジハード観はアラビア語で「リバートに住む人々」を原義とする呼称に明らかである。創設者はイブン・ヤースィーンと呼ばれた神秘的な人物である［マーリク学派の法学者だったイブン・ヤースィーン（1058年暗殺）と彼の教説を支持する者たちは、モーリタニアのセネガル川にある島にラバート（要塞）をきずき、そこにこもって修道生活を始めた。そこから彼らは「ムラービトゥーン（要塞を拠点とする者たち）」と呼ばれ、これが王朝名となった］。彼の名Yasinのyaとsinは、クル

アーンの一部の章の冒頭にくるいわゆる神秘文字である（本書第3章84頁参照）。彼は厳格なスンナ派マーリク法学派（同第5章133頁）を信奉し、ハイ・アトラス山脈［モロッコ］に住む、文字通りヴェールをかぶったベルベル系サンハジャ人［8世紀からモーリタニア北部に国家を形成していた］の戦士たちに、領土拡張を目的とするジハードのメッセージを執拗に説いた。そして、1958年に殉教者（シャヒード）として没するまで、サハラ各地を侵略した。

イブン・ヤースィーンの後継者である君主ユースフ・イブン・ターシュフィーン（在位1061-1106／07）は、北アフリカの広大な地域を支配下におさめ、モロッコに新しい都マラケシュを建設して、ムスリム・スペインを攻撃した。ムラービト朝はジハードを呼びかけたが、その攻撃対象にはアフリカの異教徒のみならず、意外なことに、北アフリカとスペインのムスリムも入っていた。彼らは信仰心が薄いため、「再イスラーム化」しなければならない。それがジハードの口実だった。

中世のアラブ年代記では、イブン・ヤースィーンはそれまで、そしてその後の多くのムスリム改革者と同様、厳格さと篤信の化身として描かれている。けっしてワインを口にせず、歌妓たちの歌に耳をかたむけず、狩りなどのひまつぶしもしたりはしなかったという。ムラービト朝は、最盛期にはスペイン北部のサラゴサからガーナにまで版図を拡大したが、あきらかに好戦的になっていた同王朝のジハード精神は、重要なムスリム都市のトレドが1085年に陥落したことを含む、キリスト教徒による段階的なスペイン再征服（レコンキスタ）によって、いっそうかきたてられた。

シリアのハムダーン朝君主サイフ・アッダウラ──916-967年

10世紀に入ると、中央アジアから無数のムジャーヒドが、長い旅路をものともせず、シリアに来て、毎年のようにビザンティウムへのジハードを仕掛けていた、ハムダーン朝の有名なシーア派君主サイフ・アッダウラ（サイフッダウラとも。字義は「王朝の剣」）の軍隊にくわわった。中央アジアと同じように、ビザンツとの境界地域にいた彼らは、篤信家たちからの寄付で支えられていたリバートに起居した。サイフ・アッダウラはアレッポにあった彼の小規模な国家から、麾下の軍隊を率いてビザンツ人に40回以上の攻撃をおこなった。962年からは、老体にもかかわらず、担架に乗ったまま戦闘を指揮した。そして967年に没すると、遺骸は真の殉教者として埋葬され、霊廟に安置された。その頬の下には、ある遠征から持ち帰った土の煉瓦がおかれたという。そんな

第9章 ジハード

彼を詩人や説教者たちはほめたたえた。もっとも高名な古典期のアラブ人詩人ムタナッビー［915-965。「言葉の魔術師」と称された宮廷詩人で、ゲーテがその詩を愛読していたとされる］は、サイフ・アッダウラがビザンツの小要塞ハダタ［現トルコ南東部］を奪取したことをたたえる、次のような頌歌をささげている。

> あなたは互角の相手をうちやぶっただけの王ではなかった。
> 多神教をうちやぶる一神教…。
> あなたを介して、彼（神）が不信心者を両断するのだ(26)。

さらに時と場所［アレッポ］を同じくして、962年、説教者イブン・ヌバータ［985／5没］が説教壇からサイフ・アッダウラに向けて、より大規模なジハードを象徴的に語る感動的な説教を行っている。「神の道でゆらいだりしないかぎり、神があなたを見捨てることなど想像できようか。それゆえ、ジハードのためにイスラーム徒の鎖帷子を身につけ、神を信ずる者たちの鎧で武装せよ」(27)。こうしたサイフ・アッダウラの故事に鼓舞されたシリアやパレスチナのムスリムたちが、のちに十字軍を迎え撃つことになる。

十字軍時代のジハード ―― 1098-1291年

中世のジハードでもっとも有名なのが、十字軍の脅威に対するムスリムの反撃である。これはムスリム世界の辺境ではなく、まさにその心臓部、すなわちマッカとマディーナにつぐイスラーム第3の聖都エルサレムをねらった脅威だった。第1回十字軍の戦士たちがシリアとパレスチナに来襲したのは1098年だが、それはムスリムが分裂して弱体化し、彼らが十字軍に対してジハードをおこすことが容易にできなかったときである。アル＝クドゥスないしアル＝クッズ［エルサレムのアラビア語名］出身のアラブ人地理学者のムカッダシー［前出］は、シリア人についてこう記している。「住民たちはジハードに意気ごみを示さず、敵と戦う活力ももちあわせていない」(28)。それゆえ、第1回十字軍の熱狂的な軍隊は、1099年、住民を無残に虐殺したあとで、エルサレムをやすやすと掌握することができた。

しかし、西欧キリスト教徒の熱気とはにつかわしくない烙印［「臆病（小心）者の十字軍」］を押されることになる新たな十字軍［1001年］は、最終的にムスリムたちの心ををかきたてて、再びジハードを想い起こさせ、彼らの地から、とくにエルサレムからこの歓迎されざる余所者たちを一掃するため、同じ旗印

のもとに団結させた。それから2世代あと、シリア・スンナ派の聖職者たちとテュルク系君主のヌールッディーン［ヌール・アッディーン、ルデインとも。字義は「信仰の力」。サンギー朝第2代君主（在位1146-74）］との同盟によっておこした注目すべきジハードが、十字軍［第2回十字軍（1147-48年）］に大勝利をおさめることになる。

そして1187年、ヌールッディーンの後継者としてジハードを率いた、クルド系の指揮官サラディン［1137／38-93。エジプト・アイユーブ朝の始祖］がエルサレムを再制圧する。中世のムスリム年代記は、ヌールッディーンとサラディンを、異教徒に対する個人的かつ精神的ジハードと公的なジハードを、分かちがたく結びつけて導いた人物として描いている。戦いに勝利してサラディンがエルサレムに凱旋入城したのは、くしくもムハンマドがこの町から昇天［ミーラージュ］した記念日だった。そのようすは彼のジハードの最高の瞬間として描かれている[29]。1250年からは、マムルーク朝の歴代スルターン ―― 強固なスンナ派支配者 ――、とりわけその最大の指導者だった第5代スルターンのバイバルス・アル＝ブンドクダーリー［在位1260-77。通称アッ＝ザーヒル・バイバルス。在位中、シリアやモンゴル、十字軍を相手に70回近く戦い、そのうちの約半数を自ら指揮して、アラブ世界を代表する英雄と称えられた］はジハードを続行し、その結果、同王朝は1291年までにムスリムの地から十字軍を追放することができた。

十字軍時代、シリアとパレスチナにおけるムスリムの指導者たちは、信者たちのジハード熱を高いレベルに保つため、多岐にわたる手段を駆使した。たとえばヌールッディーンは、ジハードの書や説教、ハディースの集成、さらに聖都を称える著作 ――「エルサレム讃歌」シリーズ ―― などを支援している。だが、おそらくもっとも刺激的だった文学は、前述したようなヌールッディーンとサラディンを称えるために書かれたジハード詩だった。サラディンの伝記を書いたイマードゥッディーン・アル＝イスファハーニー［1125没。シャーフィイー法学派学者で、自然科学や論証神学などにも通じていた詩人。代表作にサラディンに捧げた『シリアの稲妻』などがある］は、次の文言をヌールッディーンに帰している。「私が望むのはジハードだけである…。ジハードを戦うことのない人生は、（無為の）ひまつぶしにすぎない」[30]。一方、1283年に聖地を訪れたイブン・ジュバイル［1145-1217。バレンシア出身のムスリム旅行家］は、対キリスト教徒ジハード詩にみられるような詩法を用いて、次のようなサラディンを鼓舞する詩を書いている[31]。

第9章　ジハード

あなたはどれほど長く敵（キリスト教徒）のあいだを行き来していたのか。
茂みを行き来するライオンのように。
あなたは敵の十字を力で破壊した。
なんとみごとな破壊者なのか。

　ほかにも、十字軍の残虐さからムスリムの女性たちを守る必要性を訴えた詩もある。聖地奪回の切望と同様にジハードのイメージに満ちたこれらの詩は、楽園でムジャーヒドを待つ報奨を生き生きとした言葉で描いている。

ジハードの英雄イブン・タイミーヤ ── 1263-1328年

　1291年、十字軍はムスリムの地から追放されたが、ムスリム世界は別の次元のジハードに目を向けるようになる。それまでのおよそ200年間、イスラームは西欧からの攻撃を受けただけでなく、東からのよりおそろしいモンゴル軍の猛攻をこうむり、1258年には、スンナ派アッバース朝の都だったバグダードが破壊された。だが、1291年以降、ジハードはより内省的かつ精神的なも

鮮紅色の旗　ムワッヒド朝の戦旗、スペイン、1212年以前。このジハードのシンボルは、「われは神のなかに悪魔からの逃げ場を見つける」を示す。その主たる銘文（クルアーン61・10-12）は、聖戦で戦死した信者が楽園に入れることを約束している。図柄は中央に護符的な星々や他の天体モチーフを配しており、現代のクルアーンの表紙とかなりの共通点がみられる。

近代以前のジハード

行進する信仰の戦士たち　アル・ハリーリー著『マカーマート（集会）』の挿画、バグダード、1237年。さまざまな色の軍旗と小旗、そしてアッバース朝の色である黒を基調とした巨大な幟が、シャハーダ（ムスリムの信仰告白）を明確に示している。さらに鳴り響くラッパと太鼓の音が音楽的な効果を加えている。おそらくこれはナウバないしファンファーレを奏する高官おかかえの軍楽隊（タブルハーナ）だろう。

のとなった。「イスラームの家」もまた他の世界に対してその門戸を閉ざし始めた。そこでは、モンゴル来襲の破壊的な衝撃を自ら体験したハンバル派の法学者イブン・タイミーヤの著作を通して、ジハードが将来イスラーム世界を外部からの軍事的干渉から守る戦いと解釈された。

　だが、イブン・タイミーヤはより急進的なジハードの変革を唱え、他の民族や宗教、とくにキリスト教徒やモンゴル人との接触によって引き起こされた精神的な汚れをムスリム社会から一掃するため、より大規模なジハードを興すべきだと主張している[32]。彼はまたシーア派に激しい敵意をいだき、同派がモンゴル軍に内通していたと非難した。さらに彼は数多くの実践や考え方を断罪してもいる。霊廟の参詣や聖者崇拝、異教徒との宗教儀礼の共有、神学、哲学、めだつ着衣、バックギャモン（西洋すごろく）、チェス、音楽などである。

第9章　ジハード

　イブン・タイミーヤは超俗的な宗教者ではなかった。それどころか、社会や政権と深くかかわり、しばしばマムルーク朝のスルターンやその側近たちから意見を求められてもいた。ときに彼の進言は軍事指導者を喜ばせ、ときにその怒りを買って投獄されたりもした。一方、彼は幾度となくだしたファトワー（法的見解・勧告）のひとつでジハードの目的を定め、「宗教全体が神に属するように」、自ら神の道で戦うとしている。そして、このファトワーでは、預言者ムハンマドが敵をどのように扱い、いかにして当時の危機を克服したかについても言及している。イブン・タイミーヤの考えによれば、マムルーク朝は多くの敵、とくにアルメニアのキリスト教徒などの異教徒と同盟を結んだモンゴル人から攻撃されているという[33]。しかし、多くの法学者はモンゴル人に対するジハードを望んではいなかった。1295年に彼らがイスラームに改宗したからである。これに対し、彼はそのファトワーの中で、クルアーンやスンナに照らしあわせてみれば、モンゴル人はムスリムではないと結論づけている。彼らはシャリーアのみに従うことをせず、なおも独自の法体系をもちいているではないか。イブン・タイミーヤはそういうのである。こうした考えからすれば、モンゴル軍やその同盟軍に対するジハードは宗教的義務ということになる[34]。

　その膨大な著作において、イブン・タイミーヤはジハードが共同体の義務であり、敵が攻撃をはじめたら、ジハードはムスリム一人ひとりの義務になると論じている[35]。ジハードの重要性にもかかわらず、クルアーンが言及しているように、実際にジハードをおこなう前、不信心者たちにイスラームを奉じるようによびかけ、軍事的な紛争を未然にふせがなければならないとされていた。しかし、イブン・タイミーヤのなかでは、サラディンの時代を特徴づけていたエルサレム奪還のためのジハードへの圧倒的な思い入れは、すべての逸脱した信念や外部からの汚染をとりのぞいた真の宗教のためのジハードにとって代わられていた。

　とすれば、彼がワッハーブ主義（本書第7章211頁参照）と同様、近代に幾度となく登場したイスラーム改革運動のモデルとなったとしても、さほど不思議なことではないだろう。

オスマン人 —— 1299／1301-1922年

　14世紀からアナトリア（現トルコ）全域を容赦なく制圧していったオスマン人にとって、コンスタンティノポリス（コンスタンティノープル）をそれ以上キリスト教の支配下に置いてはならず、ひとりビザンツ皇帝にそれを託すと

いうことが至上命令となった。こうして1453年5月29日、オスマン軍は武力をもってこの都市を陥落させる。それは多くの点で中世トルコ最大の軍事的偉業であり、当時のおびただしいムスリムの著作がそれをたたえた。ジハードの思想がこの戦いを記述するさいにどのように用いられたかをしめす典型的な事例が、16世紀の宮廷年代記者サアド・アッディーン［1536／37-99。オスマン帝国王子ムラト3世の師傅もつとめた歴史家］の書『歴史の王冠』にある。オスマン帝国第7代スルターンのメフメト2世［在位1444-45、51-81。コンスタンティノポリスの攻略を始めとして領土を拡大し、「征服者」と呼ばれた］は、「天上軍」とともに戦いながら、コンスタンティノポリスを征服するため、ジハードの規矩を定めた。「彼は勇気という森に棲むこれら恐ろしい血まみれのライオンたちを叱咤し、〈戦え〉という命令の普遍性と、聖戦を歌った詩句にある神の約束の意味を彼らに教えた」[36]

コンスタンティノポリスを奪還した後、オスマン人たちはバルカン半島と同様、伝統的にムスリムの領土だった広大な地域を支配した。やがてこの領土はウィーンにまで拡大したが、1683年［第2次ウィーン包囲］、彼らはそこからの撤退を余儀なくされた。そして1914年、帝国のスルターンはトルコの枢軸国側に組しての第1次世界大戦参戦を、ジハードと銘うつにいたる。

以上、たびたび紹介してきた歴史的事例は、他の多くの事例と同じように、小ジハードがいかにして新しい政体の建設や軍事的征服を後おしする原動力としてもちいられたかを示している。これらのジハード運動は既存のムスリム領土の防衛や、ムスリムの新しい地域への拡張の手段として理解・説明されてきた。こうした事例研究から明らかなように、イスラームの過去の記憶は、おそらく現代の理論家やジハード支持者が利用可能な、思想と役割モデルを提供できたはずである。

19世紀以降のジハード

1798年［ナポレオン1世がエジプト遠征をはじめた年］から1914年まで、ジハードは外部からの新たな脅威、すなわちヨーロッパ列強がムスリム領土を植民地化しようとする企てを前にして、あらためてよびさまされ、再解釈された。これにより、ジハードは台頭しつつあったアラブ・ナショナリズム勢力の馬具となり、イブン・タイミーヤの例にならってムスリム世界から外的な汚染すべ

てを一掃し、クルアーンとハディースの教えにのみもとづく、純粋イスラームへと戻ろうとする人々によって最大限利用された（ムハンマド・イブン・アブドゥル＝ワッハーブやシャー・ワリー・ウッラー、サイイド・クトゥブといった近・現代のムスリム思想家たちが、ヨーロッパ列強の植民地主義にどう反応したかについては、本書第7章209-211頁を参照されたい）。

　この時代、ジハードはムスリム世界の西アフリカからインドネシアまで、各地で散発的に呼びかけられた。そこにはリビアのイタリア植民地化に抵抗したサヌースィー教団［イスラーム神秘主義「ネオ・スーフィズム」の改革運動を受け継いだ教団で、創始者はアルジェリアで生まれ、マッカでイブン・イドリースの薫陶を受けたムハンマド・サヌースィー（1787／89-1859）］のジハードや、スーダンを支配したトルコ人やエジプト人に反対し、のちにイギリスの占領軍と戦ったマフディー教団［1881年にマフディー（救世主）を自称してスーダンの宗教運動を指導した、ムハンマド・アフマド（1844-85）を創始者とする教団］、さらにアラビア半島におけるワッハーブ派が興したジハードもふくまれる。

　一方、サハラ以南のムスリム・アフリカでは、宗教＝政治的な戦いがジハードとみなされていた。たとえば、ナイジェリア北部、ハウサ諸王国の都市国家ゴビールに生まれたウスマン・ダン・フォディオ（1754頃-1817）は、敬虔なムスリムたちを集めて共同体をつくり、1804年、そのイマームに選ばれて、ソコト・カリフ帝国を建国している。預言者ムハンマドにならった人生を送ろうとした彼は、1804年から08年にかけて、ゴビールのスルターンにジハードをおこなって成功している（ただし、自らはその軍事行動にくわわらなかった）。ウスマンは後半生は多くを著作と教育にあて、晩年、新しい国家のかじとりを息子と身近な弟子たちにたくした。

　ヨーロッパ列強の植民地主義に抵抗したのとまったく同様に、伝統的なムスリム運動は第2次世界大戦後のアメリカ合衆国の勢力拡大にも反対した。ムスリム諸国家の腐敗した統治者たちに対しても軍事遠征をしかけ、ムスリム社会のあらゆるレベルでの急進的なイスラーム化に先立って、統一的なムスリムの建設を模索した。たとえば、ムスリム同胞団の指導的な理論家で、1966年に国家反逆罪で処刑されたサイイド・クトゥブは、彼が「多神教徒」と呼んだ人々——キリスト教徒やヒンドゥー教徒、さらに共産主義者たちを含む——に対する何世紀にもわたるジハード対決を信じていた。つまり、彼は世界的な規模でのジハードを夢みていたのである。

　だが、すべてのジハード・レトリックが宗教に基盤をおいていたわけではな

い。イラクの非宗教的な独裁者だったサッダーム・フサイン（サダム・フセイン、1937-2006）は、その脆弱なイデオロギーを強化するために多数の神話をでっちあげ、アメリカ＝イスラエル共同謀議と名づけられたものに対するより大規模な戦いが必要だとも唱えた。こうして彼は、宗教的な保証書をあきらかにもっていなかったにもかかわらず、おりにふれて西側世界に対するジハードをよびかけたのである。

サイド・アブール・アーラー・マウドゥーディー

　ムスリム世界への西欧列強の侵略に抵抗したもうひとりの重要な人物は、南アジアの多作で知られたマウドゥーディー（1903-79）［本書第7章213頁参照。ちなみに、彼は120点以上の著作やパンフレットを上梓している］である。パキスタンのマドラサ（宗教学校）で教育を受けたムスリム急進派、とくにアフガニスタンのターリバーンにその影響は絶大なものがあった。彼が創設した［1941年］イスラーム復興運動の政党ジャマー（ア）テ・イスラーミーは、イスラームの価値観を促進する立憲的なイスラーム政権をめざした。マウドゥーディーの思考の中では、ジハード観がきわめて重要な役割をになっていた。その著『イスラームのジハード』の第5版は、ジハードという語を血染の剣でカリグラフィー化した強烈なイメージを表紙としているが、彼はそこでイスラームが世界全体の宗教であると力説している。

ムハンマド・ウマル

　宗教的な権限を行使するという主張が激しい議論をよんだもうひとつの事例が、ムハンマド・ウマル［ムラー・オマルとも。1950／62-2013。アフガニスタン南部カンダハール近郊出身のパシュトゥーン人］のそれである。彼は1994年、アフガニスタンの地方軍閥を除くためにターリバーンを創設し、15年におよぶ戦いの後、強く求められていた安全な日々をもたらそうとした。彼はまた真のシャリーアの再建を唱えてもいる。そうした彼に合流したのは、パキスタン各地のマドラサで学んだ学生たちだった。この集団の考えは徹底して排他的なものだった。彼らが認めるイスラームだけが、自分たちの宗教だとしたのである。

　1996年、ウマルはカーブルを占拠してシャリーアを厳格に施行するアフガニスタン・イスラーム首長国を樹立し、自らその首長であるアミール・アル＝ムウミニーン［字義は「信徒たちの長」］——かつてカリフだけに用いられてい

第9章　ジハード

た称号——となり、支持者たちに忠誠を誓わせた。しかし、そのジハード観は、ターリバーンの権威を受けいれないすべてのムスリムをも敵とするというところまで拡大された。こうした経緯はカレド・ホセイニの一連の小説に生き生きと描かれているが［1964年にアフガニスタンのカーブルで生まれたホセイニは作家・医師。父親は外交官。1980年、家族とともにアメリカに亡命した。自叙伝『凧を追う人』（2003年）などがある］[37]、バーミヤンの磨崖仏を破壊させたのが、このムハンマド・ウマルだった。

ウサーマ・ビン・ラーディン

ウサーマ・ビン・ラーディンは1996年、アフガニスタンでムハンマド・ウマルと合流している［スンナ派のパレスチナ人神学者で、ソヴィエト連邦によるアフガニスタン侵攻に対するムジャーヒディーン運動を組織化した、大学時代の恩師アブドゥッラー・アッザー（1941-89）のよびかけに応じた行動］。それ以前、彼はソヴィエトがアフガニスタンに樹立したマルクス主義政府とアメリカ合衆国主導の西側同盟を打倒するため、幾度となくおこなわれたアフガニスタン・ジハードで際立った活動をくりひろげていた。

ウサーマ・ビン・ラーディンは自らファトワーを出しているが[38]、ジハードを呼びかけるさいに伝統的に求められた宗教的な資格はなんらもちあわせてはいなかった。明らかに彼はイスラーム法が定めているようなカリフではなく、ムスリム国家の長でもなかった。演説ではクルアーンの章句を引用したり、ムハンマドの戦いに言及したりしていたが、古典期のジハードの法的ルールには関心がなかった。彼はごく単純にジハードの概念をとり入れ、それを自分の目的にあうようねじまげたのである。あきらかになっているかぎりでいえば、彼の狙いはおそらくふたつあった。まず、そのいわゆるジハードはサウジアラビアの体制を転覆させること（これはしばしばみすごされている）、もうひとつは世界におけるアメリカの力を弱体化させることことだった。

9・11のアメリカ同時多発テロ事件以前、ウサーマ・ビン・ラーディンは「十字軍」に対するジハードについて語っており、中世の十字軍にかんする反キリスト教的説教をひきあいに出しながら、西欧列強の帝国主義や植民地主義を攻撃していた。1998年、彼はユダヤ・十字軍に対するジハードのための国際イスラーム戦線結成をよびかける声明を出す。実際のところ、ヨーロッパのユダヤ人たちは中世の十字軍でなんら重要な役割を演じておらず、むしろ進軍途中の十字軍によって、多くのユダヤ人が虐殺されている。この事実は、しか

19世紀以降のジハード

上：現代の過激派によるジハードの象徴 サウジアラビアの裕福な、だが反体制派だったウサーマ・ビン・ラーディンは、テロリスト細胞のネットワークとともにアルカーイダを強化し、2001年9月11日のペンタゴンとニューヨークの世界貿易センタービル・ツインタワーへの攻撃を計画した。しかし、10年におよぶ大規模な集中的捜索ののち、彼はついに追いつめられ、アメリカ軍によって殺害された。

下：諸国民の願望 「ハラム・アル＝シャリーフ（神殿の丘）」の航空写真。エルサレム旧市街、7世紀以降の建設。イスラーム化されたエルサレムの重要性を拡大するというウマイヤ朝の戦略の一部として、歴代のカリフたちはさまざまな宮殿や門、さらに既存のキリスト教モニュメントを凌ぐアル＝アクサー・モスク［別名「銀のドーム」。写真前景］と岩のドーム［同後景］を建立した。救済史に名高いこの古都をよみがえらせてイスラーム化するために、である。

し彼にとって問題ではなかった。彼はまた、自分の故国であり、イスラーム発祥の地でもあるサウジアラビアに軍事基地を認められていたアメリカ軍を、「バッタのように拡散して、農園の富をむさぼり、だいなしにする十字軍」と記している。エルサレムを目標としたジハードとそのアル＝アクサー・モスクの解放は、彼の公的な声明のなかにくりかえし出てくるテーマだった(39)。

　ウサーマ・ビン・ラーディンによるジハードのよびかけにはさまざまな引用がみられるが、それらは彼の意図を正当化するため、慎重に選ばれたものだった。クルアーンやハディースの引用にくわえて、彼はハワーリジュ派の詩を朗々と朗唱し、初期イスラームの有名な軍事的勝利の数々、たとえば強大なペルシア軍に対する勝利を声高らかに礼賛した。初期のムスリムがペルシア軍を破ることができた以上、超大国のアメリカに対する現下の戦いも勝利することができるはずだ。彼はそう主張した。そんなウサーマにとって、ジハードはアメリカやヨーロッパだけでなく、パキスタンやアフガニスタン、パレスチナ、イラク、チェチェン、フィリピン、カシミール、スーダンなど、いたるところで展開されるべき世界的なものだった。

アルカーイダ
　アルカーイダは定義がむずかしい集団である。呼称は「規則、原理原則、モデル」[「基地・基盤」]を意味するが、それは一枚岩の組織を意味せず、その首脳部は、イスラーム政権とアメリカのいずれを主要な攻撃目標とするべきかで、意見が対立している(40)。しかし、その影響力はとくにパキスタンやアフガニスタンのアルカーイダ支配地域にあるマドラサで強い。

　このマドラサを拠点として、アルカーイダは世界のいたるところに分散し、たえずその細胞や模倣的な地下組織を鼓舞して新たな勢力を産みだす(41)。それが彼らの計画だった。これら集団の役割は、たしかに一部が反植民地主義のイデオロギーを受け継いでいるものの、「自由の戦士」のそれに十全に合致してはいない。だが、アルカーイダに鼓舞された集団は、アメリカに対するジハードやアフガニスタンおよびイラクでの戦争、さらに彼らがグローバリゼーションや世俗化、西欧の唯物主義とみなすものへの攻撃に影響をあたえたイデオロギーを共有している。彼らの武器はテロや暴力、そして恐怖の雰囲気つくりである。そのテロリストたちは公共の場を攻撃し、それをメディアを通じて喧伝し、インターネットで世界中に発信してもいる。一部の人々は2011年のウサーマの殺害によって、アルカーイダの力が弱まったと考えているが、じつは

彼はテロリスト全体の指導者ではなかった。後に続く者たちを鼓舞する存在でしかなかったのだ。したがって、彼がいなくなっても、アルカーイダの鵺のような本体は、なおも世界中に脅威を与え続けており、世界宗教としてのイスラームの名誉をそこなう力をたもっているのである。

現代のジハード

　では、現代のムスリムにとって、ジハードはいかなる意味をもっているのだろうか。敬虔なイスラーム集団内部で、その解釈は国ごと、体制ごとに異なっている。スンナ派とシーア派、近代主義者と原理主義者のあいだでも異なっている。一般的な多くのムスリムにとっても、ジハードのもつ法律論的な複雑さは理解できないものとしてある。西欧の非ムスリムが聖戦（十字軍）という言葉を使うのとまったく同様に、ジハードとはしばしば修辞的な語、つまり危機的状況におけるスローガンの域を出ないのだ。事実、西欧社会と同様、ムスリムが多数派を占める国々のメディアもまた、ジハードという語をその複雑な意味を深く考えることなしにもちいているのである。

　一部のムスリムはジハードが不変の概念だと主張しているが、たしかに神の道で努力・奮闘し、自らを精神的に改革するための大ジハードは、ムハンマドの時代からムスリムの信仰心を喚起する戦いとしてあった。他のムスリムたちはまた、小ジハードがそれ自体異なる時代や場所に順応できることを示してきたとしている。自衛ないし攻撃のための戦いにかんするクルアーンの言葉は、イスラーム史において多様な解釈がなされ、ときにそれらはあらたな展開をみせ、ときに共存したりもした。それゆえ、現代のジハード解釈が中世に優先していた解釈と異なっているということは否定できない[42]。

　今日の一部過激派の場合、彼らなりに解釈したジハードに対するいちずな関心ゆえに、ムスリムの日常生活を下ざさえしているはずのイスラームの五行ですら、影が薄くなっているように思われる。だが、それはほんとうにジハードなのか。1980年代にアフガニスタンに侵攻したロシア人と戦ったムスリム・ジハード参加者の息子は、ポスト2001年のテロリスト攻撃を次のように非難している。「われわれはジハードを知っている。それはムスリムにとってきわめて貴重で名誉のある戦いだったが、アルカーイダのやり方ではない。父なら、自国に住む市民を攻撃するなどということには完全に反対したはずだ…。それはジハードではない」[43]

第9章 ジハード

　むろん、古典期のフィクフ（法体系、法判断、法規則））の書にみられるジハード観は、21世紀の空港や航空機、列車、駅舎、ショッピング・モールにおける計画的な虐殺行為まで論じているわけではない。過去何世紀にもわたってムスリムの法律家たちが書き記し、つくりあげてきたジハードの掟は、特定の明確な手順によって規制されている。とりわけそうした掟には、女性や高齢者、病人、子どもを庇護しなければならないと明記されているのだ[44]。

現代ムスリム思想家たちのジハード論

　エジプト人ウラマーのユースフ・アル＝カラダーウィー（1926生）は、おそらくもっとも優れた、そしてもっとも権威のあるスンニ派の法学者・説教者である。彼の記念碑的なアラビア語による著書『ジハード法』は1400頁を超える大作だが、そこで彼は現代におけるイスラームを守ると同時に、さらに野心的にイスラームを考え直すことすら試みている[45]。だが、9・11同時多発テロやイギリスの7・7ロンドン同時爆破事件を非難したとして、イスラーム過激派から攻撃されてきた。一方、パレスチナ人の自爆テロを支持したため、アメリカ合衆国からは入国を禁止されている。

　これに対し、シリアのイスラーム学者ワフバ・ズハイリ［1932-2015。イスラーム法学者・説教者・イマーム］は、戦闘と直接かかわりがないかぎり、財産の破壊は禁じられると主張する。彼はまた、戦争が非ムスリムたちをイスラームに強制的に改宗させるため、あるいは彼らの宗教ゆえにおこなわれてはならないともしている。そして、クルアーンは人類の多様性をたたえているとして、人々の宗教的・文化的アイデンティティが現代世界の紛争の主因だとする考え──「文明の衝突」論［サミュエル・ハンチントン］──を否定した[46]。

　いわゆる「イスラーム」過激派を非難する声をあげているもうひりは、クウェート出身のイスラーム法学者カリード・M・アブ・エル・ファドル（1963生）である。彼によれば、イブン・ハルドゥーンやその中世の先駆者たちの著作を的確に想い起こし、これら過激派、とくにジハードからほど遠い不法かつ罪深い戦争（ハルブ）をおこなう過激派を、ヒラビスないしムハリブン［字義は「無辜の人々を殺害することで社会に恐怖をもたらす反社会的な暗殺者集団」］とよぶべきだという。

　さらに影響力のあったシリアのスンナ派聖職者ムハンマド・サイイド・ラマダーン・アル＝ブーティー（1926-2013）は、その著『イスラームのジハード。いかにしてそれを理解・実践するか』において、ジハードの本質は戦闘とは無

縁であり、自分の卑しい面に対する個人的な奮闘にあると強調する。そして、大ジハードと小ジハードの違いを木のイメージを用いて次のように明言している。「このジハードの水源はいかなる条件下でも年中変わることのない（木の）幹と結びついており、戦闘と呼ぶ一種のジハードはいわば（木の）地上部分で、季節や気候に応じて花をつける」(47)。

アル＝ブーティーはさらに続けて、大ジハードは神の書をつねに熟考することによって育まれなければならないともいう。ジハードを語るとき、多くの人々は自分たちに滋養物をあたえてくれるもともとの木の幹を知らないまま、戦闘しか考えない。ジハードの精神的な次元がそうしたムジャーヒディーン（戦士たち）には欠けている。彼はそう批判するのだ。そして、「神が命じる永遠のジハードと、今ではかなり一般化して、少なからぬ若い世代を引き寄せている（イスラーム）革命」との大きなちがいに注意するよう訴えた(48)。

自殺と「殉教」

現代において、殉教とは何か。国の解放を求めてなされる暴力的な手段とテロリズムのちがいは、今日かならずしも明確ではなくなっている。ある場合では、暴力に訴える運動指導者たちが合法的な政権のメンバーとなっているからだ。たとえば南アフリカや北アイルランドがそうである。あるいは、スリランカのタミル人やスペインのバスク人といった民族的少数派は、自治国家を建設しようとして過激派が暴力的な手段に訴えていた(49)［前者では「タミル・イーラム解放の虎（LTTE）」（1975年–2009年）、後者では「バスク祖国と自由（ETA）」（1959年–2011年）がテロ活動をおこなっていた］。LTTEは前世紀から今世紀にかけて20年以上にわたって何百回という自殺的攻撃をおこなっており、それは世界中の過激派組織による攻撃を合わせたよりも数多い(50)。国籍や信仰を異にする多くの人々が、こうして自分たちの理想を求めて暴力行為をおこなうようになっているのだ。

ムスリムを自称する世界各地の過激派は、自分たちの信仰と暴力的な活動の中心に、軍事的・物理的なジハード観をいだいている。これら組織のメンバーたちはいずれも、無辜の人々を殺害したり、彼らが「神の道のジハード」であると信じている「殉教死」として、自らを犠牲にしたりすることをいとわない。イスティシュハード（殉教を求めることないしその行為）の最初期の事例は、現在のレバノンやイスラエル、イラクにおけるシーア派内でみられた。だが、今やそれはアフガニスタンやパキスタン、さらにはヨーロッパやアメリカ

第9章　ジハード

合衆国など世界各地のスンナ派過激派にまで広がっている。その誘因となった事件が、イラン＝イラク戦争時に起きたイラン人少年ムハンマド・ファーミダの死だった。1980年11月、ムハンマド少年は胸に手榴弾を巻きつけて、イラク軍の戦車の前で自死したのである。少年はアーヤットラー・ホメイニーによって国民的英雄にまつりあげられ、他の若者たちも同様の行動をするよう鼓舞された。今日、彼の墓はテヘラン郊外にあり、参詣地となっている[51]。

　ジハードの名でおこなわれている近年の攻撃は、国家主義的な目的をもっているとは思われない。それらはアメリカ合衆国やイギリスによるイラクおよびアフガニスタンへの介入、パレスチナ人の苦境、さらに西欧的価値観などに対する抗議であり、ムスリムたちの「敗北感や欲求不満、差別感」を掻き立て、その「民族至上主義的なピューリタニズム」を活気づけているのである[52]。

自爆テロはイスラーム的か？

　自爆行為を勇気ある行動ないし抵抗行為とみるムスリムは多少いるが、スンナ派やシーア派の多くはそれを断罪してきた。しかし、この問題についての考え方は多様である。

　ジハードと殉教との結びつきは、クルアーンやハディースのなかにはっきりと示されている。しかし今日、自爆者たちが殉教の名誉と楽園での約束された場所を得るとの思い込みによって、他人を攻撃しながら「神の道」で自らも命を絶つ。はたしてそのようなことがいかにしてありえるのだろうか。そうした行為をイスラーム的だと彼らが主張するのは、ゆがめられた解釈によってではないのか。イスラームの聖典類には、彼らの信念を裏づけるような紛れもない根拠があるのだろうか。おそらくないだろう。それゆえ、一部のジハード戦士は自爆テロを語るさい、しばしば「自殺的攻撃」ではなく、イスティシュハードという語を用いている。事実、一部の者たちはこの行為をイスラーム法によって正当化しようとしているのだ。

　だが、多くのムスリムは、たとえば9・11の同時多発テロのようないわゆる「殉教作戦」が、殉教にかんするイスラームの教義を歪めて解釈したものとみなしている。無辜の人々の意図的な殺害がキリスト教では認められていないのとまったく同様に、9・11同時多発テロは、イスラームの殉教モデルとは似て非なるものがある。イスラームにはかなりの数にのぼる殉教者がいる。とりわけムハンマドの孫であるフサインがそれで、殺害された彼は「殉教者たちの主」と呼ばれている（本書第6章参照）。彼とは対照的に、イスラームの自爆

テロリストたちは、男であれ女であれ、自らの行動によって死んでいる。だが、クルアーンでは、前述したように殉教はあくまでも神の道に従いながら、戦場でジハードを戦うことでなしとげられる。こうした戦いで落命した者、敵によって殺害された者が楽園を約束されるのである。

　とすれば、イスラームの名においてジハードを戦うと表明した9・11グループや近年のテロリストたちの行動は、楽園へと向かう高速道路でなされた英雄的な殉教などではない。単なる自殺なのである。ここで重要なのは、イスラームでは自殺が厳しく禁じられているという事実である。クルアーン自体に自殺を禁じた箇所はないが、ムハンマドは数多くの説教でそれについてふれている。

その他のジハード

　今日、ジハードという語にはかなりの濫用がみられるが、それは攻撃性と干渉が認められた勢力ないし軍隊に対する力強いスローガンとしてもちいたりもされている。一部の人々にとって、ジハードのよびかけは、たとえばパレスチナにおけるように特定の政治的焦点をもっている。ムスリムの圧力団体のなかには、アメリカ合衆国のグローバルな経済力や政治的な支配に対し、強い倫理的なスタンスを示すものもある。近年組織された「対コカ・コーラ・ジハード」がそのひとつで、それは世界を席巻するアメリカの象徴的な生産物に損害を与え、この飲料を何百万ものムスリムの伝統的な飲み物ととりかえようとする企てにほかならない。今日こうしたリストには、一般個人の、さらには政府機関や部署のコンピュータをハッキングする、サイバー・ジハードもくわえてよいだろう。ちなみに、最近刊行された『i-Muslims』は、アルカーイダがみごとなまでに卓越したスキルを駆使して、いかにして世論に影響をあたえ、そのねらいをおしすすめているかを明らかにしている[53]。

　イスラーム史が示しているように、ジハードは複雑かつ多面的な様相を帯びており、それだけにイスラーム内部で大きな議論をよんでいる。彼らムスリムはペンのジハードと心のジハードについて語ると同時に、市民ジハードや非暴力ジハード、人道主義的ジハード、環境ジハードなども話題にしている。こうした今日の議論すべては、闘いないし戦いとしてのジハードを実際にどのように定義するかを理解させてくれる合法的かつ重要なものである。たとえば「十字軍」という語は、喫煙十字軍、つまり喫煙撲滅運動にももちいられているが、現代のジハードはそれ以上にいかなる武力ないし暴力をともなってはならないのだ。

第9章　ジハード

　歴史を無視し、現在だけに目を向けて、政治用語としてのみジハードを扱う。そうしたジハードの扱いはあまりにも単純であり、したがって欠点をふくんでいるといわざるをえない。西欧世界のメデイアで語られるジハード論は、まさにこのタイプである。だが、大半のムスリムたちのジハード観は、スンナ派やシーア派の学者たち、近代主義者や伝統主義者たちが、純粋な信仰心を抱きながら何世紀もかけて苦心して精緻化してきた教説にもとづいている。こうして1000年以上の歳月をかけて手にいれた知恵を具体化したこの教説は、成り上がりの指揮官やテロリスト、あるいは扇動家たちによって軽々しくはらいのけられてはならないだろう。

●参考・関連文献

Asfaruddin, Asma : *Striving in the Path of God. Jihad and Martyrdom in Islamic Thought*, Oxford University Press, Oxford, 2013（アスマ・アスファルッーディン『神の道での闘い ── イスラーム思想におけるジハードと殉教』）

Cook, David : *Understanding Jihad*, University of California Press, Ithaca, NY, Berkeley, CA and London, 2005（デーヴィッド・クック『ジハード理解』）

Devji, Faisal : *Landscape of Jihad. Militancy, Morality, Modernity*, Cornell University Press, 2005（ファイサル・デヴジ『ジハードのランドスケープ ── 好戦性・道・徳性・近代性』）

Peters, Rudolph : *Jihad in Classical and Modern Islam. A Reader*, Markus Weiner Publishers, Princeton, NJ, 2005（ルドルフ・ピーターズ『古典期・近代イスラームのジハード読本』）

Zaman, Muhammad Qasim : *Modern Islamic Thought in a Radical Age. Religious Authority and Internal Criticism*, Cambridge Uneversity Press, Cambridge, 2012（ムハンマド・カシム・ザマン『過激期の近代イスラーム思想 ── 宗教的権威と国際的批判』）

第10章　女性たち

　それをあるがままに見てみよう。ニカーブは滑稽だが、その背後にあるものは不気味だ（ジョン・スミス、イギリスのジャーナリスト）[1]。

　（カイロのタハリール広場で）私ははじめて女性が男性と同等なのを感じた（ナワル・エル・サーダウィ、エジプトのフェミニズム作家）[2]。

　イスラームの女性の地位については、近年さまざまな角度から研究され、語られている。他の章と同様、本章の目的もまた、歴史的な展望とともに現代における文化的な展望を紹介するところにある。西欧のほとんどの人々にとって、今日、ムスリム女性にかんする重要な問題として、ヴェールの着用がある。だが、イスラーム文化の内側からみれば、この問題は単純なものであり、西欧で最大限の注意を引きつけるほどの価値をもたないということはたしかである。もとよりムスリムの女性問題は、一般人の目に映るその外見についての素朴な議論よりはるかに広範なものであり、波乱にみちた展開をしめしている。

ムスリム女性と西欧

　イスラームにおける女性問題は、長きにわたってデリケートなものだった。イスラームに対する西欧の根づよい否定的な固定観念は、この宗教を強制結婚や名誉の殺人といった虐待的な実践と関連づけてきた。こうしたイメージは非ムスリムたちの心にいつまでも残り、西欧のメディアによるイスラームの扱い方によって増幅していった[3]。そして今日、イスラームは外部からはその宗教的な信仰より、むしろジェンダーやセクシャリティとかかわる慣行によって判断されている[4]。

　ムスリム女性にかんする西欧の固定観念にもまた根づよいものがある。これまで西欧では、彼女たちがイスラームの社会的位階において、たとえ奴隷の位置ではないまでも、低い地位にあり、実際には過去も現在もまず父親の、つい

第10章　女性たち

服装センス　ベイルートの崖道を散歩する女性たち、レバノン。西欧をふくむ多くの国々と同様、女性たちにとって、あきらかに着衣は気軽な社会的交流をさまたげる障害ではない。それゆえ今では、全身をヴェールでおおった女性がミニスカート姿の友人とつれだって歩くさまもみられる。行動の仕事を決めるのは彼女たち自身である。

で夫の所有物であると広く考えられてきた。だが、状況はそれよりはるかにより複雑で、多岐にわたっている。彼女たちは選挙権を認められず、高等教育も受けられず、さらに多くの職業から排除され、男たちと同様に自分の財産をもつことを禁じられてきた。西欧人たちはこうしたことを忘れてはならない。

　ムスリム社会のジェンダー問題は、西欧の言説では通常、女性の人権と性的解放といった価値観と激しくぶつかるものとして表現されている。そこではどうやらひとつの方向を引きよせているように思われる。つまり、「ムスリム女性の解放」こそが、19世紀のヨーロッパの植民地政府のねらいであり、現在もなおそれは西欧列強の中東介入の目的の一部になっている、という方向である。だが、こうした「使命」は、イスラーム主義グループから激しい反発を買ってきた。その結果、これらのグループは、立法化や公然たる暴力によって、ムスリムの女性たちがどこに住むかを規制し、彼女たちが何をしてよいか、どこに行き、何を着るかを頭ごなしに命じる自国の長い慣行を維持する、という決意をことさら強いものにしているのだ[5]。しかし、より最近では、第三勢力がムスリム社会内部から新たな方向性を導き出している。後述するように、

288

多くのムスリム男性にささえられたムスリムのフェミニズム団体が、世界中のムスリム女性のため、男女同権を明確にうちだそうとしているのである。

　ムスリム社会はかなりの多様性をもっており、それゆえ、いかにももっともらしい包括的な一般化をすることはできない。しかし、西欧社会ではとくにいくつかの問題点が悪評をかっている。ヴェールの着用や一夫多妻、そして婚外の性的不品行などである。西欧の人々、とくにそのメディアにとって、こうしたきわめて敏感な分野での証拠を誇張したり、誤って伝えたりすることはあまりにもたやすい。しかし、イスラームにおける女性について語る際は、どのムスリム国の話であるかを明確にすることが肝要である。ムスリム世界の一部の貧しい地域における一般的な慣習をもって、ムスリム全域でそれがみられると即断してはならない。キリスト教徒が多数派をしめる国々のだれもが、遠隔地の宗団──たとえば機械や服のボタンを罪深いものとして使わないペンシルヴァニアのアーミッシュ──によって、キリスト教のなんたるかを表現しようとは思わないのと同様に、非ムスリムもまたアフガニスタンのターリバーンのグロテスクでゆがんだ慣習や、ナイジェリアないしパキスタンの農村部で、罪のないレイプ被害者にあたえられる野蛮な措置などをひきあいにだして、イスラームの女性の扱い方を判断したりしないよう注意しなければならないのだ。

クルアーンに描かれた女性観

　まず、ムスリムの教えの基本的な原点であるクルアーンからはじめよう。そうすることが基本的な手続きだからである。クルアーンの女性観はおもなものでも2通りある。一方は霊的な領域、つまり人間が現世と来世で神と結ぶ個人的な関係、もう一方は、クルアーンに数多くみられる日々の行動規範にかかわる。

霊的次元
　霊的な次元でいえば、クルアーンは男女を同じレベルに明確においている。その霊的な可能性という点からすれば、男女はいずれも神を知って仕え、楽園に達することができるという。それについて、クルアーンはこう明言している。

　　すべてを神にお委せした男と女、信仰深い男と女、言いつけ守る男と女、誠実な男に誠実な女、辛抱強い男に辛抱強い女、慎みぶかい男に慎みぶか

第10章　女性たち

い女、施しを好む男と女、断食の務めを守る男と女、陰部を大切にする男
と女、いつもいつもアッラーを心に念ずる男と女——こういう人たちには
アッラーは罪の赦しと大きな御褒美を用意してお置きになった（33・35）。

　周到な反復を多用したこの荘重な章句は、だれもが誤解できないような書き
方で、神の前では男女が霊的に平等であることを印象的に強調している。その
最後の文言である「大きな御褒美」は、クルアーン全体をとおして楽園をさす
ためにもちいられているが、とくに留意すべきなのは、女性たちもまた楽園を
約束されているということである。この章句は、ムスリムの女性たちからイス
ラームが彼女たちになにを期待しているのか知りたいとたずねられたさい、ム
ハンマドが答えた言葉だという。

　クルアーンは、楽園が男たちだけに約束されたものではないとしている。そ
の第2章25節には、信仰心をいだき、善行をなすものすべてに楽園が約束され
るとある。「彼らはやがて潺湲（せんせん）と河水流れる緑園に赴く」。他の章句は、金糸の
刺繍がほどこされたきわめて美しい絹の緑衣と玉座で憩う信者たちについても
語っている。第36章55節にはまた楽園に値する人々にかんする言及もある。「あ
れ見よ、楽園に入れて戴いた連中は、今日、楽しみごとに忙しい。女房ともど
も涼しい木陰にしつらえた豪華な臥牀」。楽園には夫と妻が一緒にいるというわ
けである。それについて、クルアーンはこう述べてもいる。「さ、楽園にはいる
がよい。お前たちも、お前たちの妻も。それはよい気持ち」（43・70）

　しかし、それと同時に、クルアーンは信心深いムスリムの男たちが「隠れた
真珠さながら」の「目すずしい処女妻」（56・22-23）とともに楽園で報われ、
「それからまた、つぶら瞳の美女たち」（44・54）を妻としてあたえられると
している。

社会的次元

　聖書や他の世界宗教の聖典と同様、クルアーンもまたさまざまな読み方や解
釈が可能であり、しかもそれらは時代によって変わる傾向にある。それゆえ、
クルアーンを歴史的な文脈から解釈することが必要となる。クルアーンが登場
した頃の社会は、女性の扱い方や地位、役割などにかんする規定がかなり以前
に確立されていた。そうしたクルアーンの女性にかかわる記述は、たしかに一
部が時代の制約を受けており、それらはムハンマドとイスラームのメッセージ
が生まれた初期の慣習とむすびついていた。たとえば、クルアーンの第81章

8-9節は、前イスラーム期の女児虐殺が、審判の日に断罪されるであろうと明確に述べている。

結婚と離婚

　旧約聖書に記述のある社会は、長いあいだ一夫多妻だったとされてきた。たとえばソロモンは700人もの正妻を擁していたという。イスラーム化以前の7世紀のアラブ社会は多様な結婚慣習を営んでおり、クルアーンにおいて一夫多妻婚の問題がいかに語られているかを考えるときは、こうしたことを念頭におかなければならない。クルアーンの「女」と題された第4章は、この問題を考えるうえできわめて重要である。ムスリムの結婚制度において、男たちは「女性たちを管理する」。さらに、女性たちを訓育しなければならない（4・34）。性的関係をもつ時期も男たちが選ぶ（2・222）。クルアーンはさらに理想的な結婚に望ましい資質もあれこれ指摘している。温和さや調和、互助などである。

　一方、クルアーンは男たちが妻を4人までもつことを認めているが、その条件として、すべての妻を平等に扱うことができる場合にかぎるとも力説している。「もし汝ら（自分だけでは）孤児に公正にしてやれそうもないと思ったら、誰か気に入った女をめとるがよい。二人なり、三人なり、四人なり。だが、もし（妻が多くては）公平にできないようならば一人だけにしておくか、さもなくばお前たちの右手が所有しているもの（女奴隷）だけで我慢しておけ」（4・3）

　ここではまた、クルアーン第4章3節に記されているような特殊な状況についても想起しなければならない。たとえば、625年のウフドの戦いでムスリム軍がマッカ軍に敗れ、ムスリムの男たちが70人以上戦死したあとのことである。男が4人まで妻をもてるとしたクルアーンの認可は、ウフドで夫を失った寡婦たちに名誉ある結婚と同時に、彼女たちやその子どもたちに社会的な庇護をあたえる契機となった。クルアーン第4章3節は、社会的な義務として、こうした特殊な状況下で男たちに最大4人の女性をめとるよううながしている。この推奨は、歴史の正念場にあった小規模なムスリム共同体の厳しい社会的危機に対する重要な解決策として、そしてイスラーム以前のアラビアで、多様かつまとまりなく営まれていた結婚制度を、あきらかに改善したものとしてみることができるだろう。

　同じ第4章3節の後半部は、一転してあらゆる年齢のあらゆる男たちに向けられている。夫が数人の妻を同等に扱えなければ、ひとりしかめとってはならない。そう断言しているのだ。これは一夫一婦制が優先的であるということを

あきらかにしめすものである。事実、同章129節では、一夫多妻婚で公平を実現することは不可能だという現実的な表現とともに、一夫一婦婚の優越さを強調している。「大勢の妻に対して全部に公平にしようというのは、いかにそのつもりになったとてできることではない」

　一方、クルアーンは離婚を認めている。だが、それは例外的な状況においてのみである。夫婦間の不和を解消するため、あらゆる努力がなされなければならないとしたうえで、離婚の際にとるべき手続きにくわえて離婚した妻やその子どもたちに対する夫の責任についても言及している。すなわち、夫は「いよいよ定めの期限になったなら、彼女たちを家に置いてやるなり、別れるなり、いずれにしても公平を旨として振舞うよう。自分の仲間から二人だけ、正しい人間を証人に立て、アッラーに向かって立派に証言するよう」（65・2）、というのである［離婚された妻は3カ月間「待機」し、その間、夫は自由に復縁させることができた（33・49）］。

着衣

　ムスリムがなにを着るかにかんするクルアーンのおもな指示は、第24章と33章にある。たとえば前者の30-33節は、男女それぞれの信者たちに次のような言葉を向けている。「お前（ムハンマド）、男の信仰者たちに言っておやり、慎みぶかく目を下げて、陰部は大事に守って置くよう」。そして、女性にはこうつけくわえてもいる。「外部に出ている部分はしかたないが、そのほかの美しいところは人に見せぬよう、胸には蔽いをかぶせるよう」。中世のムスリム注釈者たちは、早い時期からこの一文をきわめて厳格に解釈しているが、「外部に出ている部分」がなにかは特定していない[6]。

　ただ、有名なクルアーン翻訳者のムハンマド・アサド［1900-92。ウクライナ出身のユダヤ人で、イスラームに改宗したジャーナリスト・思想家・作家・政治理論家。20世紀のヨーロッパ・ムスリムで最大の影響力をもっていたひとりとされる。クルアーンの英訳である『クルアーンのメッセージ』を1980年に刊行している］は、表現がきわめて漠然としているため、これは時代によってさまざまに解釈されてきたと指摘している。この一文には、女性がこうした着衣や社会的行為のしばりをゆるめることができる男性近親者のリストが続く。自分の夫、父親、義父をはじめとする血縁ないし姻戚の男性たちなどである。さらに第33章59節はムハンマドの妻たちについて語り、彼に直接こうよびかけている。「これ、預言者、お前の妻たちにも、娘たちにも、また一般信徒の女たちにも、

イスラーム法における女性たち

顔の装い ファッショナブルなヘッドスカーフを宣伝する広告板の前を歩く女性、クアラルンプール、マレーシア。モデルたちの髪を隠す明るい色と大胆なパターンが、スカーフと完全に両立している。ヴェールをまとうという慣習はムスリム世界各地で劇的に変わっており、その動機もまたしかりである。

（人前に出る時には）必ず長衣で（頭から足まで）すっぽり体を包みこんで行くよう申しつけよ。こうすれば、誰だかすぐわかって、しかも害されずにすむ」

　こうしたクルアーンの教えから明らかなのは、つつしみぶかい着衣が男女双方について定められているということである。ただ、女性たちの場合、この規定はより特殊なもので、頭や胸をおおわなければならなかった。顔自体についての言及はない。

イスラーム法における女性たち

　すでにくりかえし述べておいたように、クルアーンとハディースはイスラーム信仰の基盤であるが、本書第5章で指摘したように、ムスリム社会が自らを律する法は、後代の解釈や注釈に由来する。ムスリムの法学者たちはイスラー

第10章　女性たち

ム社会における女性たちの扱い方と行動にかんする規則をつくった。十分予想されることだが、その重要な場は家庭生活にあった。そこではまたひかえめな着衣の問題にも注意が向けられている（違法な性的関係に対してなされる処罰については、本書第5章141-143頁を参照されたい）。

　ごく最近まで、ムスリムの法学者たちはほとんどが男性だった。それゆえ、彼らは当初から男性としての経験や態度、そして男性心理のプリズムを通して、女性に対するクルアーンのメッセージを解釈してきた。むろん、こうした現象は、ムスリム社会にのみあてはまるわけではない。それはキリスト教やユダヤ教社会をふくむ前近代社会に広くみられた。そこでは男たちが聖典に根ざした法を解釈し、それに気づいていたかどうかはさておき、自分たちに有利なように法を解釈していた。ムスリムの法学者たちもクルアーンの霊的なメッセージが男女いずれにかかわらずを議論しないまま、女性たちの社会的地位にかんする見解をつくりあげて説明した。その結果、男たちには喜ばれたが、女性たちには不利益をもたらすイスラーム法を定めたのだ。

　これら法学者たちの個人的な考えにくわえて、土地の慣習もまた女性たちにはきびしいものだった。ムスリムが制圧した新しい領土の慣習法は、当然のことながら、そこに移り住んで先住民とまざりあったムスリムたちの日常生活に影響をあたえた。たとえばイスラーム化するはるか以前の中東では、都市の上流階級に属する女性たちはヴェールをまとい、社会から一歩身を引いていた。こうした慣行は、女性たちが家の外で働く必要がないことをしめす、いわば地位の象徴としてあった。前13世紀のアッシリアの法文献は高い地位の女性たちのヴェール着用について語っているが、この慣行はまたギリシアやローマでもみられた。聖パウロは新約聖書のなかでこう述べている。「女がみな、頭に何もかぶらずに祈ったり預言したりする時は、自分の頭を辱めることになります」[7]。ムスリム・アラブ人が大サーサーン帝国とビザンティウムの一部を征服したとき、彼らはそこで顔をヴェールでおおう慣習に出会い、やがてそれがムスリムの慣習となったのである[8]。

結婚と離婚

　この問題についてはすでに291-292頁少しとりあげておいたが、12世紀まで、イスラームの法学書は特定の問題を扱っていた。たとえばガザーリー（1058-1111）は『婚姻の書』を著し、そこできわめて重要なこととして、規範的な妻は敬虔で性格がよくなければならないとしている。ムスリムの男性と不信心の

女性の結婚は許されなかった[9]。しかし、彼がキリスト教徒ないしユダヤ教徒の女性をめとるのは認められていた。一般にムスリムの法学者たちは、逆にムスリムの女性が非ムスリムの男性と結婚するのを禁じていた。

　一方、離婚問題については、すでに指摘しておいたように、イスラーム法は夫婦間の対立を解消するため、あらゆる努力をしなければならないと進言している。離婚は夫婦いずれの側からも求めることができるが、離婚と子どもの監護権にかんする定めは夫側に有利なものとなっている。離婚を望む夫は、妻に対し、証人の前で一方的に「自分はお前を離縁する」と3度宣言すればよい。離婚に際しては、夫に特別の口実がなくてもよい。妻が離婚できるのは、定められているさまざまな事由を裁判官が同意した場合のみである。クルアーンは離婚理由についてさほど明確にふれていない。その代わりに、クルアーンの注釈者やムスリムの法律家たちが重要な役割をになってきた。クルアーンが夫から離婚を正当化する理由を求めていないため、夫はイスラームの法においていつでも好きなときに離婚できる。そうした特権は妻にまでは拡大されていない。離婚後に再婚しようとする妻は、自分が妊娠しているかどうかを確認できるまで待たなければならない。ただ、イスラーム法のもとでは、妻は子ども──男児は7歳まで、女児は9歳まで──の監護権をもつことができる。それ以後は、父親が子どもたちのめんどうをみる。

相続

　相続についていえば、イスラームの法はクルアーン第4章11節に従って、前イスラーム時代よりはるかに多くを女性にあたえている。つまり、男性の半分を女性が相続できるのである[10]。イスラーム法はまた、女性が自分の財産をもち、それを自ら差配する権利を認めている。この権利は、同時代のキリスト教ヨーロッパの女性たちには認められていなかった。彼女たちはまた物の売り買いや贈答、あるいはほどこしをする権利ももっていた。さらに、花婿は花嫁に対し、彼女が個人的に使うことができる婚資をあたえた。

　イスラーム法における女性の地位は、こうしてクルアーンやハディースにもとづいていた。後述するように、前近代のムスリム女性は、やがて家父長制社会のさまざまな束縛をゆるめる戦略を学ぶようになる。とはいえ、イスラームの社会工学が真の精神に向けて時代と場所を越えて発展してきたとするのは、あまりにも短兵急な誤解といえる。たしかにイスラームは男女を平等視しているが、それはあくまでも霊的な次元の話であり、実際、クルアーンはその女性

に対する規定の中で、男性を女性の上位に位置づけているのだ。この不平等はイスラームの啓示が登場した社会を反映するものとみることができる。一部のキリスト教徒たちは、こうした男女格差に着目し、聖パウロの使徒書簡にある文章［たとえば「コリントの人々への第一の手紙」7］にのっとってイスラームを批判している。

マリアとファーティマ ── とくに崇拝されるふたりの女性

　多くの非ムスリムは、ムスリムが何世紀にもわたって聖母マリアを崇敬してきたことに驚きをかくせない。事実、クルアーンは聖母を重要な人物として描き、その名［マルヤム］は新約聖書全体より頻出しているのである（本書第3章78-80頁参照）。スーフィーにとって、マリアはイエスの母だけでなく、生まれながらに霊感をそなえた人物とされている。民衆のレベルでも ── とくにコプト派とムスリムがしばしば祝祭や聖所を共有していたエジプトで ── 、マリアは好まれていた。たとえば1968年、エジプトのザイトゥーン［カイロ近郊。聖家族の避難地とされるマタレイア地区］で聖母が出現し、大勢のキリスト教徒やムスリムがこの地を訪れている。エジプトの代表的な新聞《アル=アフラム》もそれを記事として伝えた。

　一方、ムハンマドの娘ファーティマもまた、ムスリムの信仰では特別な地位をしめている。ムハンマドは彼女についてこう言ってたという。「ファーティマは私の分身である。彼女を喜ばすものは何であれ、私をも喜ばせ、彼女を怒らせるものは私をも怒らせる」[11]。「輝く者」として知られるファーティマは、イスラームの伝承では愛情深い優しい娘、妻、そして母として描かれている。ウフドの戦い［625年］のあと、彼女はムハンマドや夫アリーを世話し、戦死者たちの墓を詣で、彼らのために祈ったという。そして、父の葬儀では追悼の弁を述べ、その2カ月後［632年］に没して、マディーナに埋葬された。享年29だった。長男ハサン［シーア派第2代イマーム］、次男フサイン［同第3代イマーム］の母でもあった彼女は、「イマームたちの母」としても知られるようになり、シーア派の信仰では特権的な場をあたえられている[12]。強大なファーティマ朝（909-1171年）はその名を冠することで彼女をたたえた。

　こうしてマリアとファーティマは、その生涯と行動をとおして、女性がイスラームにいかにきわだった貢献ができるかを、時代を超えてムスリムの女性たちに示した。精神性は、男たちのための男たちだけの領分ではないということ

をである。

近代以前のムスリム女性たち

　中世のヨーロッパや中国と同様、前近代のムスリム社会の王族および上流階層の女性たちと貧民層の女性たちのあいだには、都市であれ村であれ、あるいは遊牧民の露営地であれ、生活レベルに著しい差があった。

王族・上流階層の女性たち
　後代の女性たちが記憶し、張りあうようなモデルとなった強いムスリム女性は、かなり早い時期からいた。ムハンマドの存命中ですら、そうしたきわだった女性はいた。たとえば彼の最初の妻であるハディージャである。独立心をそなえ、裕福でもあった彼女は、ムハンマドに自分をめとるよう求めたという。後妻のアーイシャ［614頃-678。632年にイスラームの初代正統カリフとなったアブー・バクルの娘］は、活発で決断力にすぐれ、アリーに反対する動きを指揮している［この確執は彼女の密通事件が発端］。ムハンマドが他界すると、彼女はラクダの戦い［656年。第4代カリフとなったアリーと戦い、敗れて政治から身を引いた］にくわわったとされる。戦いの呼称は、その際、彼女がラクダに乗っていたことに由来する。
　では、中世のムスリム女性たちは実際にどのようなことをおこなったか。イスラーム法や男性中心の法学者たちが女性たちに命じたものに反対したのだろうか。彼女たちは家事以外に多くのことをしなければならなかった。最上層の女性たちは王権代行者として活動したり、引見したり、布告に署名したり、さらにときには軍隊を指揮したりもした。また、自分の称号をきざんだ貨幣の鋳造もおこなった。これら女性たちの一部は、王家の血を引いていた。もともとは奴隷だったが、ハレム（後宮）から身を起こして実力者となった者もいた。王家の女性たちはしばしば敬虔で数多くの慈善行為をおこなった女性として描かれている。彼女たちはまたモスクや神学校、隊商宿、給水所、墓地、聖所などの建設に資金を提供し、これら建造物自体にその名が刻まれもした。ときには自分専用の護衛兵や予算もかかえ、法的な手続きを統括することもあった。
　だが、実際のところ、若い息子の摂政をつとめたことはあったものの、王妃がムスリムの地を単独で統治することはほとんどなかった[13]。カリフとなることも認められていなかった。さらにワズィール（大臣）をはじめとする行政

官たちは、王家の女性、とくに皇太后がしばしば国政に介入することに怒っていた。

資料から明らかなように、これら王族や上流階層の女性たちの一部は読み書きができた。宗教的・文化的な研究にかかわる女性たちもいた。クルアーンやハディースの教師で、イスラーム法を教える資格ももっていた。書記やカリグラファー、図書館員として働く女性もいた。11世紀のコルドバの知識人イブン・ハズム［994-1064。後ウマイヤ朝時代の神学者・法学者・詩人。代表作に恋愛論『鳩の首飾り』（黒田壽郎訳、岩波書店、1978年）などがある］は書いている。「女性たちは私にクルアーンを教えてくれた。数多くの詩を朗読し、カリグラフィーの手ほどきもしてくれた」

なかには科学者としての資質に恵まれた女性もいた。たとえば10世紀の天文学者で、アストロラーベ（天体観測器）を作ったことから、アストゥルラービーヤの異名をとったマリアム・アル゠イジュリヤーである［イスラーム世界で最初にこの観測器を製作したのは、ペルシア人の占星術師ファザーリー（775頃没）だったとされる］。人名録に名をつらねる重要な女性はほかにもいる。13世紀のバグダードの歴史家イブン・アル゠サーイーは、カリフやスルターンの妻や愛妾のような、顕著な女性たちの伝記を書いている。そこで彼があげたさまざまな証拠は、アッバース朝の宮廷女性たちが機知や教養をそなえ、詩や音楽の才もあったことを十全にしめしている。

貧しい女性たち

一方、民話や旅行記、詩、絵画など、都市や農村における他の社会階層を魅力的に描き出した証言類は、歌う少女や踊り手、奴隷、楽師、そして重労働をする農村や遊牧の女性たちなどが登場する、活気に満ちた世界をよみがえらせている。中世の民衆叙事詩にはまた、ビザンツ（東ローマ）帝国［や十字軍］との戦争で、ムスリム軍を率いて敗北した王女ザート・アル゠ヒンマのような、伝説的な女性戦士をうたったものもある[14]。一方、それとは対極的な世界では、1100年頃にできたと思われる物語が、不器用だが機転のきく奴隷の少女のことを語っている。ある日、少女は何かにつまずいて、燃えるように熱い皿［皿に盛った料理］を主人の頭に浴びせてしまった。少女はただちに主人が怒りをしずめるよう、そして自分を許してくれるよう哀願し、それからクルアーンの章句［原文は第30章128節となっているが、おそらく第2章43節（「本当の宗教心とは…とらわれの（奴隷）を購って（解放し）…」）の誤記］を引用した。

近代以前のムスリム女性たち

優雅な気風　1545年の幼い王子アクバルの割礼儀式に臨む皇帝フマーユーン。アブール・ファズル［1551－1602］著『アクバル・ナーマ』挿絵（部分）、ムガル、1604年頃。前近代の多くのムスリム宮廷、とくにムガル朝の宮廷では、女性の踊り子や楽師たちが、誕生や結婚、戦勝、使節団歓迎、各種接待などの式典でさまざまなパフォーマンスをおこなっていた。

それを聞いて、主人はすみやかに少女を解放したという。

　中世バグダードとカイロの社会を描いた雑多な話の集成であるいわゆる『千夜一夜物語』は、法学者たちによってつくられた女性像とはかなり異なる、注目すべき女性たちが数多く登場している。人をくったようなぬけめのない彼女たちは、夫をだしぬいてみせる。大胆かつ臨機応変、つまり世慣れしているのだ。そして、自由を大いに享受し、公然と夫以外の男たちにも会う。これらの話は中世のムスリム女性たちの生き生きとした日常生活を、いわば内側から語ってあまりある。こうした世界は、13世紀のアラブ絵画の中であざやかに生きかえる。そこでは女性たちが糸をつむいだり、ラクダを御したりといった伝統的な女性の仕事のみならず、説教者と議論したり、食堂で働いたり、夫と法廷

で争ったりするさまが描かれている。最新流行の服を自慢げに身につけたり、市場で値切りの交渉をする女性たちの姿もある。

とはいえ、むろん数々の制約はあった。ムスリム共同体が広大な帝国へと発展すると、都市化の波に洗われたムスリムたちは、かつてのビザンツ人やペルシア人のように、女性たちを社会的な活動から去らせるようになったのだ。都市の家屋は分割されて女性専用の部屋（ハレム）が設けられ、共同の部屋は取引や男性客の接待にもちいられた。一方、遊牧民の女性たちは、仕事のきつさこそ変わりなかったが、都市の女性たちより自由があった。遊牧生活が受け継いだ伝統に従って、ヴェールをかぶったりもしなかった。

しかし、中世のムスリム女性たちが、都市や村の家から遠く離れた地へどれほど旅ができたかどうかは不明とするほかない。こうした旅は、近親の男性が同行しないかぎり、通常はむずかしかった。トルコの王女たちがマッカへの巡礼をおこなう計画を立てたとの記述もあるが、中世の年代記はそれにはっきりと反対する考えをしめしている。可能なら、そうした「わがまま」な女性の男性親族がつかわされて、彼女を家につれ帰るということもあった[15]。

近代前期のムスリム女性たち

18世紀にヨーロッパ人の中東旅行が普及すると、オスマン帝国への関心が拡大し、音楽や文学、さらに造形芸術における「トルコ趣味」がしばらくのあいだ西欧世界を席巻する。そのトルコ趣味は、娼館ないし宦官たちに守られたハレム（ハーレム）に閉じこめられているムスリム女性という、現実ないし思いこみのイメージによって助長された。19世紀に入ると、そうした幻想は、ヨーロッパ列強による植民地化が、中東およびそれを越えた地域にまで及ぶとともに増幅していった。だが、ハレムにかんするヨーロッパ人のイメージは、彼らの空想でしかなかった[16]。ある面で、西欧の男たちは男女がいりまじった牢獄、つまりさまざまな民族が出入りする悪場所に閉じこめられた、ハレムのエキゾティックな女性というイメージに刺激されていたともいえる。その一方で、ハレムは専制的なムスリム世界の悪と思えるすべてを象徴しており[17]、閉じこめられたムスリムの女性たちが、そこから強大なヨーロッパの植民勢力によって救い出されなければならない、無抵抗の監獄を想起させるものでもあった[18]。

実際のところ、ハレムは単純なものではなかった。前述したように、当初そ

近代前期のムスリム女性たち

西欧市場における東洋　オリエンタリズムの勃興。ウジェーヌ・ドラクロワ［1798-1863］『居室にいるアルジェの女たち』、1834年［ルーヴル美術館蔵］。「ハレム」という語が喚起するくつろいだ雰囲気と楽天的なエロティシズムが、計算された色づかいや、16世紀のイタリア人画家ティツィアーノ［1487頃-1756］やペルシアの絵画からかりたフォルムとは、きわめて対照的なものとなっている。フランス・ロマン派の画家ドラクロワは、フランス政府使節団とともにモロッコとアルジェリアを訪れ、各地の社会のエキゾティシズムを堪能した。

れは「家庭空間の特別の部屋」を意味していたが、それから何世紀もたつと、さまざまなムスリム社会で多様なハレムが登場するようになる[19]。くりかえしになるが、一般的にこの語は近親以外の男性が入ることができなかった家の一部をさしていた。フランスの東洋画家ジャン゠レオン・ジェローム［1824-1904。東洋の情景画のほか、神話や歴史をモチーフとした作品で知られる］が描いたように[20]、「完璧かつ色白で美しい」女性たちが、「不格好で暗く、いびつな」黒人の宦官たちにゆだねられている情景とはほど遠く、ハレムは何世代にもわたってそこに住む女性たちの家内活動と家事の中心的な場であった。

　だが、近代が終わる頃には、そうした状況が一変する。19世紀のシリアやエジプト、さらにレバノンの女性たちが、男女双方の知識人が参加する文学サロンを主宰するようになるのだ[21]。たとえば、ベイルートに住んでいたマリヤナ・マッラーシュ［1848-1919。アレッポ出身の詩人・作家。女性としてシリア

初の詩集『思想の娘』（1893年）を上梓している。なお、ヨーロッパを旅して強い印象を受け、帰国後、夫とともに開いたサロンを催した］は、新聞に記事を書いた最初のアラブ女性である。サロンを開くとき、彼女は最新流行のヨーロッパ・ファッションに身をかため、招待客たちは水パイプをふかしていたという。もうひとりの重要な女性は、レバノン生まれの知識人で、アラブ・フェミニズムの先駆者だったザイナブ・ファウワーズ［1860頃-1914。詩人・小説家。処女作は『幸福な終わり』（1899年）］は、エジプトに移住して、数多くのエッセイや有名女性の伝記事典を出している。

同じ時期、オマーンとザンジバルの君主サイイド・サイド［ブーサイード朝第5代君主（在位1806-56）］のアラブ人王女、サルメ・ビント・サイード（1844-1924）が、ドイツ語で注目すべき自叙伝を著している[22]。その自叙伝はザンジバル、とくにハレムですごした日々のことが中心だが[23]、それによれば、彼女の父親には3人の正妻と70人近く（！）の内妻がいたという。21歳のとき、彼女は在ザンジバル・ドイツ領事館の下級役人だった、若いドイツ人のルドルフ・ハインリヒ・ルート［1839-70］と恋におちる。やがて彼女は妊娠するが、その家族、とくにスルターンとなっていた兄は彼女をやさしく扱った。通常なら、婚外の性的関係に対する処罰は死刑だった。しかし、サルメはアデンに逃れ、1866年12月に出産する。翌1867年5月、彼女はルートと結婚し、キリスト教に改宗する。それからふたりはドイツに移るが、3年後、夫と死別する。こうして未亡人となった彼女は、余生をドイツで送ることになる。ドイツでの長年にわたる孤独な亡命生活や改宗にもかかわらず、アラブ人妻の地位に対するヨーロッパ人の考え、彼女の言葉によれば「不正確で不合理な」考えを強く否定していた。そして、中東を旅する典型的なヨーロッパ人について、彼女はこう書いている。「彼は手綱を想像力の首にかけ、ギャロップで作り話の地に去って行く」[24]

19世紀および20世紀初頭

西欧諸国の女性たちは、この時期、顕著な変化を経験している。戦争が彼女たちにより大きな雇用の機会を開いたからである。彼女たちはまたよりカジュアルな服を着るようにもなった。同様の傾向はエジプトやシリア、ヨルダンといった中東諸国の都市でもみられた。ヴェールを脱ぎすて、西欧の質素な服をまとうようになったのである。トルコのケマル・アタテュルク（本書第7章参照）とイランのレザー・シャー・パフラヴィー［パフラヴィー朝イランの第2

代・最後の皇帝（在位1941-79）］は、国の近代化を進めるための証としてヴェールを追放する法を定めている。

　これらの指導者たちにとって、市民の着衣を変える試みは、たんなる変化以上のこと、とくに彼ら自身の考え方と同時に、彼らが追いつこうとしていたヨーロッパの先進国から見られる国家イメージを変革することを意味した。こうしてレザー・シャーは、有名な話だが、タブリーズのバザール（市場）を一掃し、女性たちの顔から強制的にヴェールをとりのぞいた。そして1936年、ついにヒジャーブ（ヘッドスカーフ）の禁止法を制定するまでになる。だが、多くのイラン女性は、ヴェールなしで人前に姿を見せるより、自発的に家にとじこもることを選んで、この法律に抵抗した。

今日の傑出したムスリム女性たち

　今日、世界各地には傑出したムスリム女性が数多くいる。彼女たちは多様な分野で活躍し、なかには同時に複数の分野で名をはせる（た）女性もいる。

政治家

　ムスリム女性のうち、すでに数人が国家元首となっている。たとえばパキスタンのベーナズィール・ブットー［第14代首相（在任1993-96）。イスラーム諸国家最初の女性首相だったが、政界復帰の選挙運動中に暗殺された］や、インドネシアのメガワティ・スティアワティ・スカルノプトゥリ［第5代大統領（在任2001-04）。初代大統領スカルノの娘］、トルコのタンス・チルレル［トルコ共和国初の女性首相（在任1993-95）］、バングラデシュのベグム・カレダ・ジア［初の女性首相（在任1991-96、2001-06）。国父ムジブル・ラフマンの未亡人］とシェイク・ハシナ・ワゼド［首相（在任1996-2001）。国父の長女で、ジアの政敵］などである。これらの国はいずれもムスリムが多数派をしめているが、北米やヨーロッパの政界でも成功したムスリム女性はいる。たとえば、ピッツバーグ大学出身のダリア・モガヘッド［1974-。元大統領補佐官］は、大統領専門委員会である「信仰にもとづく近隣パートナーシップ室長」の職務を、ヒジャーブを着てつとめた最初のムスリム女性である。

　一方、イギリスの公的生活で活動しているムスリム女性も多数いる。ここではバロネス・ワルシ［1971-］とバロネス・アフシャール［1944-］の名を忘れてはならない。前者はイギリス政府初のムスリム系女性閣僚となり［在任2012

-14。2014年、イスラエルのガザ侵攻に対するイギリス政府の姿勢に抗議して、キャメロン政権の無任所大臣を辞任した]、後者はシーア派のジェンダー研究者かつムスリム・フェミニズム活動家で、イギリス貴族院における男女格差問題について発言している。さらに2009年1月、モロッコ系フランス人で、サルコジ政権の司法大臣をつとめたラシダ・ダティ[1965-]は、6日前に娘を出産したばかりで職務に復帰し、騒ぎを引きおこしている[当初、彼女は娘の父親名を伏せていたが、翌年10月、リュシアン・バリエール社代表取締役のドミニク・デセーニュが認知した]。ドイツではトルコ系女性政治家のひとりであるエキン・デリギョズ[1971-。緑の党所属で、初当選は1998年]が、2013年のドイツ連邦選挙で当選している。

有名人

　ムスリム世界には有名な女性が数多くいる。わけても有名なのはエジプトの歌手で、「東洋の星」とたたえられたウム・クルスーム(1898-1975)である。その死後もなお、彼女は長きにわたって国家の宝としてあり、故国を越えて世界中の人々から愛されている。アラブ世界最大の歌手とされる彼女の葬列を見送ろうとしてカイロの通りにつめかけた人々の数は、ナーセル大統領のそれよ

国母　エジプトの伝説的なアルト歌手ウム・クルスームは、気が乗れば、ラブソング1曲が1時間半にもなるその大規模なコンサートで、聴衆の涙を誘った。1967年の6日戦争[イスラエルとエジプトをはじめとする中東アラブ諸国軍の戦争]でエジプトが敗北したのち、彼女の曲目は政治や内省、さらには悲劇的な音調を帯びるようになった。フランス大統領だったシャルル・ドゴールは、そんな彼女を「ザ・レディー」と呼んだ。彼女は政治家たちができなかったこと、すなわち中東全域のすべてのアラブ人を一体化させ、20世紀の文化的偶像となった。

り多かった［その数は400万（！）を超えたという］

　より最近では、イラン人の写真家・映像作家シリン・ネシャット［1957-。1999年のヴェネツィア・ビエンナーレなどで、数多くの国際賞を受賞している。現ニューヨーク在住］がいる。長年祖国からの亡命を余儀なくされていた彼女は、イランのイスラーム革命における女性闘士たちをみごとなまでに活写した、モノクロームの写真集『アッラーの女たち』［1993年］をはじめとする作品で、人々にさまざまなメッセージを送っている。そして、女性たちの顔や目、手、足を素材として書かれた女性たちによる革命詩の映像、単純な解釈を許さない映像を制作してきた。ムスリムの女性たちはまた、徐々に近年のオリンピックにも、標準的な競技ウェアで出場するようになっており、アルジェリアやモロッコの選手がメダルを獲得するまでになった。2012年のロンドン・オリンピックでは、サウジアラビアやカタール、ブルネイ、アフガニスタン、オマーンの代表選手がはじめて競技への参加を認められている。

革新的・女権拡張論的声

　アフロ・アメリカン系の女性ムスリム研究者のアミナ・ワドゥード（1952-）［元ヴァージニア・コモンウェルス大学イスラーム研究教授・フェミニズム活動家。父はメソジスト派の牧師。クルアーンの字義的解釈を退け、男女同権やムスリムの同性結婚などを唱えている］は、きわめて世界的な影響力を有する人物で、イスラームの「ジェンダー包括訳」的解釈について語っている[25]。そして2005年3月18日には、女性でありながらモスクで金曜礼拝を司式し、ニューヨークのアメリカ人ムスリム男女の混合集会で、金曜説教もおこなった。その礼拝の呼びかけ［アザーン］を担当したのも、ムスリム女性のスハイラー・エル＝アッタルだった。

　ワドゥードはこの出来事が大きな反響をまねくことに気づいていた。事実、それはメディアの注目を集め、マンハッタンでも話題になった（のちに彼女は、その礼拝のあいだでも自分自身の個人的な祈りに集中することができたと述懐してもいる）[26]。それはきわめて強力な象徴性をもった出来事だった。世界各地で脅され服従させられるという紋切り型のムスリム女性像に異議を申し立て、女性たちでもイスラームの宗教的なリーダーシップを引き受けることができるという可能性を示したのだ。ワドゥードはまた、クルアーンには女性の礼拝司式を禁じる文言はどこにもないという。そしてムスリムがクルアーンを読む際、そこでなにが強調され、なにが軽視されているかを自分自身で選ぶほ

第10章 女性たち

宣言された男女平等 アフロ・アメリカンのアミナ・ワドゥードは、2005年、ニューヨークのモスクで、男女の会衆のために金曜礼拝を司式した。それはイスラームが霊的な高潔さを失うことなく変化に適応できるという包容力をしめしている。2階席は女性専用だが、ここではだれもいない。また、会衆の多様な着衣にも注目されたい。

かに選択肢がないと主張してもいる。これはシャリーアの枠内で許された個人的な判断の実践である。

　もうひとつのムスリム女性にかかわるきわだった動きは、2007年、アメリカ合衆国で起きている。ラレ・バフティヤール［1938—。イラン系アメリカ人・作家・臨床心理士。邦訳書に『スーフィー——イスラームの神秘階梯』、竹下政孝訳、平凡社、1982年がある］が、アメリカのムスリム女性としてはじめてクルアーンを英訳したのである。さらにマレーシアには、有名なクルアーン女性歌手・朗唱家のシャリファ・ハシフがいる。彼女は2009年の国際クルアーン朗唱者大会で最年少の優勝者となり、世界各地から招待されている。

　ベーナズィール・ブットーがパキスタン大統領になったとき［1993年］、国内の一部の集団は「いまだかつて女性が治めたムスリム国家はなかった」との声明を出した[27]。これに対して、モロッコ人のファーティマ・メルニーシー（1949-）は『イスラームの忘れられた女王たち』（1993年）を著した［邦訳書としては、『イスラームの民主主義』、私市正年・ラトクリフ川政祥子訳、平凡社、1982年などがある］。そのなかで、彼女は自ら「ムスリム的女性嫌悪」とよぶ

ものを激しくかつ公然と非難し、インドやエジプト、イラン、モルディヴ、インドネシア、イエメンといったムスリム諸国を統治した15人の「女王たち」の伝記を、反証として提出している。さらに、ハディースを現代社会にとって権威のあるガイドラインとして考えられなければならないと決めつける、男性の特権についても異議を申したてた。

一方、エジプトにはフェミニズム活動家でもあるナワル・エル・サーダウィ（1931-）がいる。卓抜した行動力と断固たる信念、そして勇気の持ち主である彼女は、いくつかの分野で、しばしば同時に活躍してきた。精神科医やうむことを知らない運動家、そして作家としてである。その著書は42点にのぼるが、1981年、彼女は「国家反逆罪」［サーダート政権の内政・外交政策を批判したため］のかどで3カ月間投獄された。その獄中で、アイライナーとトイレット・ペーパーを使って、女子刑務所における生活にかんする著書を書いている［『女子刑務所 ── エジプト政治犯の獄中記』、鳥居千代訳、三一書房、1990年］。そして、現在も80代という高齢であるにもかかわらず、なおも活動家としての経歴を続け、ムバーラク大統領が失脚したときは、カイロ中心部のタハリール広場［2100年のエジプト革命時に反政府デモの中心地となった］に姿を見せている。サーダウィはまた、その全生涯をかけて、自ら7歳のときに受けたおぞましい女子割礼の廃止を求めて闘ってきた。

これにかんして強調しておくべきことは、誤解にもとづく通説とは異なり、女子割礼（FGM）がイスラームの本来的な慣習ではないという点である。きわめて不幸なことに、この蛮行はイスラームと結びつけられ、実際、世界各地のムスリム共同体、とくにサハラ以南のムスリムが数多いスーダンやエトルリア、エジプトといった国々でなおもおこなわれている［ユニセフの2005年の報告によれば、割礼を施された女性はアフリカとアジアの30カ国で2億人以上（！）いるという］。だが、その歴史はイスラームが登場するよりはるか以前の前2世紀までさかのぼるのだ。しかもそれは、WHOの報告が強く批判しているにもかかわらず、ヨーロッパ、たとえばイギリスやオランダのムスリム共同体でもみられるようになっている。

2002年初頭に開かれた世界ムスリム女性会議は、こうした女子割礼をイスラームを冒涜する行為だとして断罪している[28]。2008年にはエジプト政府も、前年に少女が施術中に死亡したことを受けて、女子割礼禁止法を制定した。2011年1月12日には、医師や法学者たちの後おしで、モーリタニアでも女子割礼に反対するファトワーが出されている。しかし、サーダウィは禁止令にも

かかわらず、エジプトではなお女性の約90パーセントが割礼を受けているとする。イギリスでは、2014年3月になってはじめて女子割礼が訴追されたが、かつて同国は、この施術に対する対応の仕方でフランスの後塵を拝しているとされてきた。後者はすでに100件以上の訴追に成功していたからである[29]。発展途上国の重要な問題であるこうした慣習は、最近の報告によれば、アメリカ合衆国の少女や成人女性たちをしだいにおびやかすようになっているという。同国には、昔からそれを禁止する法律が施行されているにもかかわらずである[30]。

現代社会のムスリム女性たち

このきわめて大きく複雑な問題は、現在進行中の状況の変化と広域的な多様性に連動している。以下では、とくに今日的な関心ないし論争の対象となっている問題を、いくつかとりあげて考察したい。

家庭生活

ムスリムたちは両親、とくに母親に対する敬意と愛情にかかわるムハンマドの有名なハディースを忘れたりはしない[31]。ムスリム社会において、家族はなおも鍵となる制度としてある。多くの非ムスリム同様、現代ムスリムの家族構成は昔どおりの古臭いものと思えるかもしれない。だが、ムスリムにとって、西欧社会は結婚を軽んじ、家族はさまざまな災いのもとになっているようにみえる。ムスリムが多数派を占める一部の国では、拡大家族の共住が伝統的な慣行となっており、家庭内での権威を年長の女性たちにゆだねる傾向がある。これらの女性たちは皮肉まじりに「内務大臣」と呼ばれたりするが、その役はとくに母親や家長の義母になっている。こうした共住形態は家族員同士のむすびつきをより強固なものとするが、同時にそこには若い夫婦のプライバシーを多少ともそこなう弊害もある。それゆえ、多くのムスリム多数国では、彼らは自分たちだけの家かアパートで暮らすようになっている。

一夫多妻婚は、ペルシア湾岸諸国でゆりもどしがみられるものの、全体としては減少傾向にある。今日では、一夫一婦婚がほとんどのムスリムの基準となっているのだ。現在、それが法制化されているのはチュニジアとトルコだけだが、ムスリム生活におけるこの重要な婚姻形態では、西欧の例と時代遅れという社会的なスティグマが、伝統的なムスリムの慣習に影響を及ぼしてきた。一

方、ムスリム世界の多くの地域では、見合い結婚がなおも広くおこなわれている。子どもにとってなにがよいかをもっともよく知っているのは親であり、それゆえムスリムの結婚は安定している。多くのムスリムは、そう信じているのである。西欧の場合と同様、結婚が破局して離婚となると、当事者たちは他のだれかと再婚しようとする。だが、多くの地では、女性たちにとって離婚はなおもスティグマとして残り、通常は彼女に問題があるとみなされる。したがって、女性が再婚することはむずかしく、しばしば実家にもどる以外にほとんど選択肢がないというのが実情である。

着衣

　これについてもすでに検討しておりたが、改めて用語の定義からみておこう。今日、世界各地のムスリム女性のかぶり物をさす語はいくつもある。しかし、こうした呼称はどこでも同じというわけではなく、それらがさすかぶり物もまた同じではない。ヒジャーブは頭部をゆったりないししっかりとおおうヘッドスカーフで、その色は多様である[32]。ブルカは顔をふくむ全身をおおい、目の部分は網状になっていて視界を確保する。ニカブは口と鼻だけをおおう。ジルバブやアバヤ、チャードルは頭から踵までの長衣である［ただし、ジルハブはインドネシアではスカーフをさす］。女性たちのなかには、ヘッドスカーフをさまざまな方法でまとう者や、顔を露出したままの者もいる。

　多くのムスリム女性は、彼女たちが思いどおりに着衣することを禁じられているとする、非ムスリムの見方に反論している。これは決して強制などではなく、ヒジャーブを着るか着ないかは、彼女たち自身が選んでいるというのである。たしかにある女性はそうだろうが、そうではない女性もいる。ある者はヒジャーブをすて、ある者は自発的にそれを身につけているのだ。ここから予想されるように、ヴェールをまとう理由はきわめて多岐にわたっている。ヴェールをかぶる一部の女性は、自分が住んでいる保守的な社会が求めるから、すなわち、公共の場で男たちに見つめられたりいやがらせを受けたりするのさけるためにそうするのだという。あるいは最新流行の服を求めずにもすむという経済的な理由から、あるいは生活信条として積極的にイスラームを選んできたということを人々にしめすため、そしてむろん、これらの理由のいくつかないしすべてから、あえてヴェールをもちいている女性たちもいる。

　しかし、ヴェールは外見的に活気のないくすんだ色や不快な色ばかりというわけではない。多くの女性にとっていわばそれは流行のアクセサリーであり、

彼女たちは色とデザインの異なるヴェールを何枚ももっていて、外出の目的に応じてなにを着るか選んでいるのだ。さらに、ムスリムの女性たちのために美しい——そして意味のある（！）——服を仕立てるファッション・デザイナーもいる。

たとえば今世紀はじめ、トルコ系のデザイナーであるメリー・ケルマンは、ファッションによって自分の信仰を表現しようと決意した。こうして彼は自らがデザインしたフード付きのジャケットに、次のような文言をおりこんだ。「ヒジャーブ、私の権利、私の選択、私の人生」。さらに彼とその妻が立ち上げたウェブサイトには、以下のメッセージがみられる。「ヘッドスカーフは女性たちを社会的な束縛から解放するためのシンボルである」。彼らのビジネスは今や世界的に評判をよんでいる。ちなみに、ブルキニとして知られる一種の水着が考案されたおかげで、ムスリム女性たちは肌を露出せずに泳ぐことができるようになっている［レバノン系オーストラリア人の女性デザイナーであるアヘダ・ザネッティが考案したこのブルキニ（ビキニとブルカの合成語）に対し、同国のムフティー（指導的法学者）であるシェイク・タージ・アルディン・アル＝ヒアリは、それがイスラーム法に逸脱していないとのファトワーを出している］。

各国の着衣

社会的な実践は、国が変われば大きく異なるものである。ヴェールの着用もまた多様なメッセージをもっており、かならずしも宗教性をになっていない。それはヴェール着用者がどこから来て、いかなる社会階層に属しているかを示す。なかには同じ国でさまざまなヴェールの着用法をもつ例もある。たとえばオマーンでは、ある女性たちはヴェールで髪だけをかくし、顔は露出させている。ほかに、上半身だけ、あるいは顔全体をヴェールでおおう女性や、頭から踵まで全身をおおう女性もいる。オマーンでは異なる共同体——スンナ派のバルチ系やイバディ系——が互いに接して共存しており、そこでは何を着るかが本人の帰属集団を物語る。ドーン・チャティ［社会人類学者・中東強制移住研究者。元オックスフォード大学教授］が指摘するように、「顔と頭をおおうことは、はるかに広い社会的な現実の一部にすぎない」のだ[33]。

一方、チュニスでは、若い女性たちが手をつなぎ、楽しそうに雑談しながら通りを闊歩している。ひとりはミニスカート、もうひとりはヴェールをまとっている。ベイルートやダマスカスでも、野外のカフェで友人や家族と一緒に水タバコを吸う若いムスリム女性たちの姿が見られる。さらに、ペルシア湾岸諸

現代社会のムスリム女性たち

左:アフガン・スタイルのヴェール着用　全身をおおうブルカを着ている4人の女性。アフガニスタン東部ジャララバード、2013年。顔の部分の網目にみられるように、配色は典型的なアフガン風である。他のムスリム世界では、通常ヴェールの色は黒である。

右:ムスリム・ファッションショーのランウェイ　イスラーム・ファッション・フェスティヴァルで、マレーシアのデザイナーであるトゥアン・ハスナーの新作を披露するモデル。クアラルンプール、2013年。こうしたコスチュームは、ファッションの主張と保守的なムスリムの慣習とを両立させようとするものである。

国やパキスタン、アフガニスタンでは、一般に黒いヴェールで目以外の全身をおおっている[34]。1979年のイラン・イスラーム革命後の熱狂的な時期には、ムスリムの規範を厳守するイスラーム革命防衛隊（パスダラン）が通りをそっと巡回し、ヘッドスカーフの下から髪毛がすこしでも外に出ている若い女性たちをつかまえていた。

しかし、今日のイランはすっかりさまがわりし、着衣規定を厳格に守らせようとする警吏たちに異議申し立てをおこなおうとする女性たちは、色つきないし透明のヴェールや髪毛がはみ出すような被り物をあえてもちいている。こうして髪を見せるという問題はなおも変化の途上にある。女性たちがたえずその限界を試みているのだ。

これに対し、インドネシアの女性着衣は大きな論争をまねいてきた。この国では、ジルバブを着用する女性がより道徳的かつ安定的な社会をつくるという信念にもとづいて、新しい法律が女性の着衣にさまざまな規制をくわえてきた。たとえばシャリーアが2001年から施行されているアチェ州[35]をはじめと

する一部の地域では、警察や軍隊、さらに他の男性組織が、ときに武力をもちいて、女性たちに着衣規定を守るよう強制している。他の地域もまたそれに続いた。2001年には、インドネシア・イスラーム大学［1947年創設の同国最古の私立大学］が、そのすべての女性職員や女子学生たちに、信仰とは無縁に一様にムスリム服の着衣を命じる学則を定めた。イランもまた外国人の女性観光客に同様の規制を課している。

ヨーロッパ

　ムスリム服を着ているムスリム女性の姿は、今日、移民者数が膨大になるにつれてヨーロッパ各地でしばしばみられるようになっている。彼女たちはヴェールの着用にかんするクルアーンの独自の解釈と独自の習慣をもちこんだ。こうした「他者性」の顕著な表現に対して、ヨーロッパ各国の政府は異なる対応をとった。たとえばフランス政府は公共の場でムスリム女性が全身をおおうヴェールを着用するのを禁じたが、他の国々ではより穏健な法的措置がとられた。さらにイタリアやスペイン、イギリスといった国では、しばしばイスラーム嫌悪や治安への恐れによって引き起こされた空気の中で、着衣問題に対処しようとする試みがなされている。

　とくに9・11同時多発テロ事件以来、この悲劇的な事件によって安全問題が重要視されるようになると、各国の政府は、空港や国境の出入国管理所でムスリム女性の顔を特定・確認すべきだと主張するようになった。その結果、ヴェールをつけているなしにかかわらず、彼女たちは公共の安全が問題視されている居住国の法に自ら進んで従わなければならない。そうした考えが基本的になっているようである（ただし、西欧諸国のムスリム女性たちが現代まで、とくにあらたまった席でヴェールをもちいてきたことは注目に値する）。

教育

　世界各地のムスリム女性に対する教育のレベル、とりわけ読み書きのレベルもまた、著しく異なっている[36]。たとえばパキスタンとイエメンの女性識字率は衝撃的なまでに低く、わずか28パーセントにすぎない。インドではムスリム女性の59パーセントが学校に通ったことがないとされる。これに対し、サウジアラビアとイランでは女性の識字率は70パーセント、ヨルダンとインドネシアでは85パーセントにまで達している。こうした数値は、女性の識字率が低い国々の男性識字率と較べればたしかに高いが、それでも感動的といえ

るほどではない。

　中東では、若い女性たちは立派な大学教育を受けることができ、多くがそうしている。ただ、これらの大学教育は学生たちがどこに住んでいるかで異なる。カイロやダマスカス、そしてベイルートでは、学部の女子学生たちがヒジャーブないしデザイナー・ジーンズを着て、自由に男子学生たちと交流している。サウジアラビアの場合、女子学生は完全に男子学生と切りはなされて教育を受けているが、女性教育には、国立の女子大と私立のカレッジを問わず、多額の投資がおこなわれており、そこではハーヴァードやオックスフォードといった西欧の名門大学、あるいはカイロやベイルート、アンマンなどで博士号を取得した女性教員が教鞭をとっている。サウジアラビアでは2009年、新しいそして先駆的な男女共学のキング・アブドゥッラーサイエンス＆テクノロジー大学が創設された。この大学では、女子学生が男子学生とともに学問に励んでおり、教室内でヴェールを着用することが義務づけられていない。

　これらアラブ系の大学における学術的な研究課題は西欧の大学とにかよっており、それゆえ卒業後の女子学生によりよい雇用の機会をもたらすだろう。イギリスでは高等教育を受けた上昇志向のあるムスリム女性たち —— 大部分が南アジア出身 —— が、法曹家や医師、歯科医、薬剤師などを職業とするようになっている。同様のことはアメリカ合衆国やカナダでもみられる。それはインドの一部におけるムスリム女性への教育システムときわだった対照をしめしている。たとえば、インドのなかでもっとも人口稠密な北部のウッタル・プラデーシュ州では、若いムスリム女性たちは男女別学のマドラサで教育を受けている。そこでは近くにやってきた男性は大声で自分の来訪を知らせ、それを聞いた女性たちはただちにヴェールをかぶらなければならない。しかもマドラサでの教育内容は、彼女たちが良き妻、良き母としての役割を演じるのに適した科目にかぎられているのだ。これらの科目にはクルアーンの解釈や洗練された話し方、個人的な清潔さの維持、さらにいかにして家庭内の責任を果たすかといったことなどもふくまれているという[37]。

フェミニズム

　今日、ムスリムのフェミニスト集団は数多くある。そのメンバーたちはクルアーンと真っ直ぐに向きあって、女性にかんするその表現にあらためて着目し、現代のムスリム女性のためにそれらを解釈している。イヴォンヌ・ハッダッド［ジョージタウン大学イスラーム史教授］が雄弁に指摘しているように、ムス

第10章　女性たち

リムのフェミニストたちは「全人類のための永遠の有効な手引きとされるクルアーンの有効性を問題視していないが、伝統的な社会に特有な父権的な解釈には制限を設けている」[(38)]という。彼女たちはイスラームの生活様式に対する自分たちの闘いを、「ジェンダー・ジハード」と呼ぶ。「口紅ジハード」とよぶ者もいる。そして、クルアーンやムハンマドの範例を独自に解釈し、それをもちいながら、女性たちにかんするクルアーンの父権的な読み方を否定するのだ。

この闘いにくわえて、彼女たちは何世紀にもわたってムスリム社会に浸透してきた厳格な規範を消極的に受けいれるより、むしろ自分たちの宗教の基本原則を熱心にたもとうとしてもいる。社会的なメディアやインターネットで助長されている、これら数多くのムスリム・フェミニストのネットワークのなかには、たとえばマレーシアの「シスターズ・イン・イスラーム（イスラームの姉妹たち）」や、ナイジェリアの「女性人権のためのバオバブ」（モットーは「あなたは過去を変えられないが、未来を変える試みはできる」）などがある。一方、国際組織である「ウーメン・リヴィング・アンダー・イスラーム・ローズ（イスラーム法のもとでの女性生活）」は、ムスリム国家の法を改革して、クルアーンの精神に合致したものにしようと集中的な努力をかたむけてきた。

ムスリム世界をめぐる女性たちの運動は、とくに結婚や離婚、相続の問題にかかわる家族法の改革を基本的に望んでいる。ただ、今日、イスラームは世界宗教となっており、イスラームの家族法がいかに実践されるかを一般化することはむずかしい。たとえばドイツやガンビア、パキスタン、あるいはインドネシアなど、さまざまな国がその対象となるからである。離婚や相続についてはすでに本章の前段でみておいたが、今日の重要な問題としては、世界的なDV（家庭内暴力）がある。これは長いあいだムスリム諸国ではふれてはならない主題だった。まさにそれは、非ムスリムのDV犠牲者たちが恐怖心や羞恥心からかくそうとする問題と同じである。

こうした暴力行為については、クルアーンの第4章34節［「アッラーはもともと男と（女）とのあいだには優劣をおつけになったのだし、また（生活に必要な）金は男が出すのだから、この点で男の方が女の上に立つべきもの」］がしばしば引きあいに出される。この章句はかなり議論をよぶものであり、ムスリムのフェミニストたちはその再解釈をしようとしている。同じ章句の後半部分はまた、夫に対して反抗的な態度をとる妻の扱い方についても語っているが［「反抗的になりそうな心配のある女はよく諭し、（それでも駄目なら）寝床に追いやって、打擲を加えるのもよい。だが、それでいうことをきくようなら、それ以上のことをし

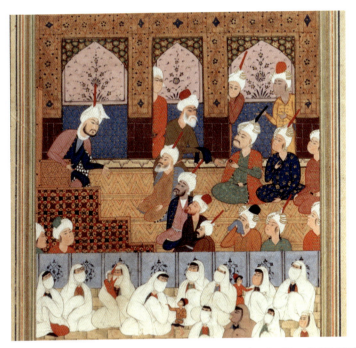

礼拝の分離 モスクで説教をするスーフィー。カマール・フサイン・ガーズルガヒー［1469頃没］作『恋人たちの集会』、シーラーズ、1552年版。この書はスーフィー指導者たちの伝記から構成されている。男たちは説教壇（ミンバル）のまわりに集まり、女性と子どもたちは垂れ幕のうしろ、見えないところに押しこまれている。ときには1本のロープないし階上階が、同じ目的のためにもちいられた。

ようとしてはならぬ」］、はたしてこの一文は夫が妻を荒々しく打擲するのを許しているのか、あるいは軽く、それともまったくなぐってはいけないとしているのか、読み方の分かれるところである。

　一方、モスクに女性たちが入ることは、伝統的に特別な場合にかぎられてきた。女性たちがモスクで礼拝する権利はムハンマドの死後、認められなくなった。ムハンマド自身は彼女たちの礼拝を認めていたにもかかわらず、である。第2代カリフのウマルはそれを禁じたが、第3代カリフのウスマーンはこの権利を回復させた。一部の地域では特定の場所での女性礼拝が認められ、他の地域では家にとどまるよういわれた。

　アメリカ合衆国ではこうしたことが時代の大きな問題となっており、ムスリム・フェミニストたちはそれに抗議してきた。たとえばウェストヴァージニア

第10章　女性たち

州のアスラ・ノマニ［1965-。ジャーナリスト・ジョージタウン大学教授。2003年、同州の男性だけのモスクではじめて女性として礼拝をおこなった］は、ムハンマドが女性たちをモスクの特定の場所にとじこめたりはしなかった以上、こうした今日の女性排除は認められるべきではないと主張している(39)。しかし現在、北米の一部のモスクは女性たちの入場を禁じ、その結果、あるモスクでは集団抗議礼拝が起きている。そうしたなかにあって、アメリカ合衆国には女性たちがメインの礼拝場に入り、モスク管理委員会のメンバーに加わることをみとめているモスクもある。

　2007年に発表された合衆国のある調査によれば、ムスリムの女性たちは男性と同等の権利を求め、家族からのプレッシャーなしに投票し、自分に資格がある職業につき、さらには政府の高官という地位につくことすら望んでいるという。同調査はまた、彼女たちが全体としてイスラームにきわめて忠実であり、この宗教が彼女たちにはっきりと権利と安全を保証してくれると信じているとも指摘している。彼女たちは同時にこうした願いを自分たちの信仰の枠内で実現したいと考えているともいう(40)。

　近年、状況はかなり好転しているとはいえ、ムスリム世界の一部では、女性たちが権利や社会的地位をえるまでの道のりにはなおかなり遠いものがある。「アラブ人間開発報告書──アラブ世界における女性たちの向上をめざして」と題された2005年の国連レポート──これがアラブ人研究者たちの手で書かれたということは強調されてよい──は、中東各国の政府が人口の半分を占める女性たちの能力と潜在的寄与を無視している現状を批判し、女性たちのさらなる地位向上を主張している(41)。そして今日、アメリカをはじめとする各国のムスリム・フェミニストたちは、利用可能な世界的規模でのソーシャル・メディア網を利用して、中東やインドネシア、アフリカなどにいる活動家たちを援助し、その勢力拡大をはかっている。おそらく状況はもはやあともどりしないところまできていると思われる。

イスラームへの改宗

　さまざまな転換が西欧諸国で起こっている。たとえばイギリスでは、女性たちのイスラーム改宗がすでに確固たる流れとしてある。2010年には、首相をつとめたトニー・ブレアの義妹ローラン・ブース［ジャーナリスト・ブロードキャスター。当時43歳］の改宗がメディアでとりあげられたが、その論調は嘲笑と侮蔑がまじったものだった。彼女は積極的にそれに反応し、それまでムスリムの

女性たちを「黒い衣をまとった小塊程度」と見下していた自分の態度を自己批判した。さらに、中東の現実生活では、「あらゆる世代の女性たちが、あらゆる種類のヴェールをかぶりながら、権力の座についている」とも指摘している(42)。

　イギリス人のイスラーム改宗者にかんする2013年の報告書によれば、増加傾向にある改宗者は男性より女性が多いという。では、今日、なぜ女性たちはイスラームに改宗するのか。彼女たちの一部は自分が新しい形の精神的生活を模索しているという。また、ヒジャーブを着用することで、結果的に自信と自己啓発への想いが増幅するという女性もいる。これは従来からの慣習に対する理解とはまったく相反するものといえる(43)。

「アラブの春」におけるムスリムの女性たち

　2011年に中東各地に広まった民主主義的な抗議運動、すなわち「アラブの春」の画期的な出来事において、ムスリムの女性たちはきわめて重要な役割を演じたが、その役割はなおも進行中で、この地域の人々に大きな変化をもたらしている。こうした彼女たちの貢献は、世界の他の地域でも、テレビやインターネットで世界中に発信される、デモや抗議の画像にその姿が写っていることからして明らかである。チュニジアであろうとエジプトやアルジェリアであろうと、アラブ世界のいたるところで、女性たちはしばしばデモの先頭に立ち、旗をふり、スローガンを叫んでいる。彼女たちは抗議し、ブログに書込み、ハンガーストライキをおこない、公然と発言する。

　たとえばチュニジアでは、モハメド・ブアジジの妹の、すべての人々に政治的権利を求める声がなおもメディアから聞こえてくる［モハメド・ブアジジは露天商だったが、2010年12月、賄賂を贈ることができなかったために常設店舗の設置を役所からこばまれ、それに抗議するため焼身自殺した。この自殺が反響を呼び、大統領が国外に逃亡するという「ジャスミン革命」の引き金となり、やがてそれが「アラブの春」を招くことになる］。これら戦う女性たちは、しかしときに重い代償をはらった。レイプやハラスメント、逮捕、男たちや警察による殺害などである。にもかかわらず、将来、彼女たちの国が進む道にはその姿がかならず大きく見えるようになるはずである。祖国の重要な一員となることをめざしている彼女たちは、すでに扉を開けており、ついには自らの手で明るい将来をまねきよせることだろう。

第10章 女性たち

行進する女性たち カイロのタハリール広場でのムバーラク政権に反対するデモ、2011年2月5日。同じ政治目的で結びついた熱狂的な一体性を前にして、服装規定はもはや意味をなさない。社会のあらゆる分野から集まった女性たちは、熟年と若年を問わず、通りに出て、ムバーラク体制を失墜させる上で中心的な役割を演じた。

●参考・関連文献

Ahmed, Leila : *Women and Gender in Islam. Historical Roots of a Modern Debate*, Yale University Press, New Haven, CT., 19991（レイラ・アフメド『女性たちとジェンダー——現代の論争のルーツ』）

Haddad, Yvonne, Jane I. Smith and Kathleen Moore : *Muslim Women in America. Gender, Islam, and Society*, Oxford University Press, New York, 2006（イヴォンヌ・ハダッド、ジェーン・I・スミス&キャサリーン・ムーア『アメリカのムスリム女性たち——ジェンダー、イスラーム、社会』）

Booth, Marilyn (ed.) : *Harem Histories. Envisioning Places and Living Space*, Duke University Press, Durham, NC., 2010（マリリン・ブース編『ハレムの歴史——想像の場と現実の空間』）

Keddie, Nikki R. & Beth Baron : *Women in Middle Eastern History. Shifting Boundaries in Sex and Gender*, Yale Uneversity Press, New Haven, CT., 1992（ニッキ・R・ケディ&ベス・バロン『中東の歴史における女性たち——性と

ジェンダーの変容』)

Wadud, Amina : *Qur'an and Woman. Rereading the Sacred Text from a Woman's Perspective*, Oxford University Press, New York, 1999（アミナ・ワドゥード『クルアーンと女性 —— 女性の視点からの聖典再読』）

第11章 | 明日

　ムスリムとキリスト教徒を合わせれば、世界人口の半数を上回る。これらふたつの宗教共同体のあいだに平和と正義がなければ、世界平和といってもなんら意味をもたないだろう。それゆえ世界の将来は、まさにムスリム・キリスト教徒間の平和しだいなのである（王立アール・アル゠バイト・イスラーム思想研究所、ヨルダン、2007年）[1]。

　将来をあれこれ予言する。洞察力という強烈な光をあてれば、それはおろかしいもしくは空虚なものとみえるだろう。したがって本章では予言をさけ、論争もさけることにしよう。その代わり、ここでは現在ムスリムが直面しているさまざまな問題に焦点をあてたい。われわれの世界の将来は、あきらかにこれらの問題にどう対処するかで影響されるだろう。それゆえ世界は、ときにその将来像を予測したりする。そうした問題のなかには、女性たちが社会でより重要な役割を演じることの必要性や、メディアにおいて広域的な尊敬を集めるムスリム・スポークスマンの欠如、イスラームの名によるテロリズム、ムスリム多数派諸国での政治と宗教の複合的な一触即発性、ソーシャル・メディアや若者たちの野心と理想といった社会的変化の影響、自由選挙によって表明された広範な民衆の支持を集める善良な政治の必要性、さらに信仰が近い将来に経験しそうなさまざまな変化などがふくまれる。

　これまでの章ではムスリム信仰の鍵となる特徴の起源と実践、そしてムスリムたちがその信仰を、ムハンマドの死後14世紀間の歴史的変化や発展にいかに適応させてきたかをさぐってきた。また、イスラームの基本的な信仰や教義、儀礼を明らかにしようともしてきた。たとえばクルアーンに記されているムハンマドへの神の啓示、世界中のムスリムを結びつける五行にもとづく堅固な土台、とくに毎年くりかえされるこの一体性のシンボルとしての巡礼、彼らが世界的な信者共同体に属していることを再確認する知識などである。いうまでもなくモスクは、こうしたイスラームを端的にしめすシンボルとしてあるが、イスラームはまた、他の宗教に対して寛容であったというきわだった伝統をもってもいる。

ムスリムの信仰には変わることのないものが数多くあるが、21世紀のグローバル化された世界におけるイスラームの解釈が、17世紀のアラビアにおけるそれと異なっていたとしても不思議ではない。その変化を、ある程度正確に跡づけることは不可能ではないが、将来イスラームがいかなる形をとり、ムスリムと非ムスリムの双方にとって、それがいかなる役割をになうかを明確に理解することはきわめてむずかしい。

　本章では、現在ムスリム社会がどのような状態にあり、さまざまな問題とどう取り組んでいるかを考えながら、宗教や文化、あるいは社会、さらにはこれら3者の合成体としてのイスラームに対する誤解や偏見、とくに西欧の非ムスリムのあいだに広まっているその一部を的確に指摘するつもりである。この作業はいくつかの理由から重要なものといえる。われわれの世界の将来は相互理解の度合いによって大きく影響されるだろうが、そうした人々の誤解や偏見と取り組めば、複雑な問題の性質を精査することができるはずだ。ただ、イスラームに対する無理解はすでに定番化しており、読者の多くは少なくともそれらの一部を本章でまのあたりにするだろう。その代表的な事例が、ムスリムと聞けば、ただちにテロリズムと結びつける条件反射的な反応である。ムスリムが一個の統一的な共同体をつくっているという無批判的な想定もある。もうひとつの事例としては、イスラームが他の社会や宗教以上に女性たちを抑圧・弾圧しているという提言があげられる。さらに、ある人々はシャリーアをあからさまに嫌悪し、ムスリム多数派の国々では窃盗には手足の切断、不倫には石打ちといった非難されてしかるべき処罰を、日常的におこなっていると信じて疑わない。はなはだしい誤解となると、イスラームを、アラブ人の数が世界のムスリム人口の5分の1にもみたないアラブ世界、とりわけ石油成金国家と同等をみなしている。

イスラームの多様な顔

　一個の統一されたムスリム世界は存在しない。しかし、この事実は、ムスリムが集団的にさまざまな信仰や実践、すなわちクルアーンの求心性や唯一神の信仰、預言者ムハンマドへの尊崇、五行の実践などを共有している、ということを否定するものではない。だが、モロッコからインドネシアまで、北欧からサハラ以南のアフリカまで広まっている信仰は、いうまでもなくきわめて多様な実践形態をとっているはずだ。土地土地の文化や慣習がおびただしい形でイ

スラームの実践に影響をあたえているからである(2)。したがって、慣習的な規定と教義上の規定をとりちがえないようにしなければならない。イスラームについて語っていると主張する者の多くは、じつはイスラーム内の彼らの共同体ないし集団についてのみ語っているにすぎないのである。

こうして彼らは、自らが代弁しようとする宗教ないし信仰そのものを誤って伝えるようになる。たとえば、女性のヴェール着用や名誉殺人、女性割礼、あるいは石打ち刑といった慣習を下支えして永続させるのは、クルアーンやムハンマドの言行録［ハディース］ないしその範例［スンナ］にもとづく教義ではなく、慣習にほかならないのだ。イスラームとはこういうものである、ムスリムはこういうことをしている、云々。メディアからはイスラームにかんするそうした語りがたえず聞こえてくるが、この種の大雑把な一般化による否定的な影響を一掃することはむずかしい。一神教徒で一体化したムスリムが存在しているという考えもまた、自らの政治的な理由によって世界全体にそれを伝えようとする、イスラーム内部の強硬主義者たちによって助長されている。

しかし、今日、中・近東や南・東南アジア、アフリカ、ヨーロッパ、そしてアメリカ大陸に、つまり地球上のいたるところに16億人近いムスリムがいることからすれば、イスラームに多様な顔があったとしても不思議ではない。これまでもつねにそうだったように、そこには守旧派や過激派、直解主義者、学識者、世界的な視野をもつ者、その視野が自分のなじみのある共同体内にとどまる者などがいる。

ヨーロッパ内のおもなムスリム共同体の言語的・民族的構成もじつに多様である。イギリスのムスリムは多くが南アジアを出自とし、フランスのムスリムは圧倒的に北アフリカ出身が多い。これに対し、ドイツのムスリムは大多数がトルコ系で、オランダのムスリムはインドネシア人を祖先とし、スウェーデンではソマリ人［ソマリアを中心とするアラブ人と黒人などの混血からなるハム系民族］である。また、2世代以上前からアメリカ合衆国に移住してきたムスリムの人口構成も、きわめて多岐わたっている。ヨーロッパではすでにムスリム移民の一般市民化へと力点が移っているが、ギリシアやイタリア、スペインといった国々では、ムスリム地域からの不法移民の流入をおさえようと苦慮している。

2011年初頭、ドイツのアンゲラ・メルケル首相は多文化主義が失敗したという演説をおこなった。この言葉は、結果的にムスリムの存在が自由な世俗国家に害をなすという考えを広め、実際に数人のヨーロッパの指導者たちは、キ

リスト教の伝統を、これらムスリム移民たちの影響から守らなければならないことを示唆した。一方、フランスの元大統領ジスカール・デスタン［第20代大統領（在任1974-81）］は、教会に行ったことはないが、ヨーロッパがキリスト教大陸であると信じていると語っている。これに対し、世俗主義的・反宗教的な思想家たちは、宗教的な所信や談話は公的生活や政治、さらに国費による活動からは除外されるべきだと主張している。ヨーロッパにはムスリム移民と結びついた多くの問題にかんしてじつに多様な意見があるが、おりしも当時は2004年のマドリード［死者191人、負傷者2000人以上を出した列車爆破テロ］や翌年のロンドン［前出］でのテロ攻撃のあとで、治安対策がことのほか意識されていた。

　したがって、ここまで多様な民族共同体を一般化することは、無用かつ誤解をまねくことになるだろう。こうした多様性についてはほかにも指摘すべきことがある。伝統や民族的出自、さらにアプローチまでもが渦をなすかのようにまざりあったイスラームを、いったいだれが代弁できるのかということである。今日熱い議論を呼んでいる問題に対するムスリムの受けとめ方について、はたしてだれに信頼できる意見を求めてよいのか、非ムスリムにはわからない。ムスリム世界は限定された信者層を越えて、より多くの人々に語りかけることができる宗教指導者を欠いているのだ。

　たとえばイランのアーヤットラー［高位ウラマー。字義は「神の徴」］でも、アーガー・ハーンがイスマーイール派のためだけに語っているのと同様に、十二イマーム派を超えてその権威が及ぶことはない。エルサレムの大ムフティーもまた、至高の称号とは裏腹に、影響力はパレスチナに限定されている。ムスリム世界最古の大学であるカイロのアル＝アズハル大学を代表するシャイフ［大イマーム］ですら、神学問題の傑出した専門家として広く認められているにもかかわらず、スンナ派イスラーム全体のスポークスマンとはみなされていない。

　おそらくこれからの新しい霊的指導者は、ヨーロッパやアメリカのムスリム共同体から輩出されるだろう。スンナ派の伝統はムハンマドの有名な「わが共同体はあやまちをおかすことがない」という言葉を奉じているが、この共同体を定義することすら容易でない。ムハンマドの時代、ものごとはより単純だった。それゆえ彼は、アラビア半島の平等主義をイスラームの原則とすることができた。しかし、超大国やネーション・ステート（国民国家）が存在する現代世界において、そうした原則は適用することはできない。

第11章　明日

　非ムスリムの観察者たちは問うだろう。なぜムスリムの指導者たちはイスラームの名でなされるテロ行為をより大声で断罪しないのかと。おそらくそれは正当な問いである。テロリズムに反対意見を述べるのをためらっているとみなされれば、とくにメディアからテロリズムを暗黙に承認しているとの批判をまぬがれえない。したがって、まさに今日の大きな問題は、ムスリム全体のために発言できる、いわばキリスト教の教皇にも匹敵しうる明確な人物が不在だということにつきる。マディーナやダマスカス、バグダード、カイロ、イスタンブールのいずれのカリフであれ、たしかにそうした発言はおこなってきた。だが、カリフ制が実質的に死滅してすでにひさしい。とすれば、今日、だれがイスラームを代弁できるのか。さらにいえば、たとえそれぞれの権威者がそうしたとしても、いったいだれがそれに耳をかたむけるのか。

　たしかにこのような多様性や中心的権威の欠落を批判するのはたやすい。しかしながら、地球上のいたるところに存在するキリスト教徒の共同体をひとつの声で語れるとは、だれもまた期待したりはしないだろう。たとえその語り手が教皇や、ギリシア正教会やイングランド聖公会の大主教だとしても、である。にもかかわらず、南部バプテスト派［アメリカ最大のプロテスタント派で、南部を発祥地とする。信者数1600万］や長老派教会、ローマ・カトリック、ギリシア正教会の信者たち、さらに中東の数百万にのぼるアラブ人キリスト教徒は、キリスト教という１本の、だが巨大な傘の下で生きているのだ。

　イスラームの多様性には、さらに注目に値する側面がある。世界のムスリムの約半数が、現在南アジアと東南アジアに住んでいるという事実である。しかもインド亜大陸や東南アジア、そしてとくに１億7000万人のムスリムを擁し、人口規模で世界最大のムスリム国家となっている、インドネシアの全体的な重要性は拡大しつつある。この国はまた、総人口２億4700万という世界第４位の人口最多国で、ロシアやブラジルといった次代のグローバル・パワーに仲間入りを望んでいる。それはまたムスリム世界においてインドネシアが占める地位への認識を高め、同国の文化や社会、政治に対するイスラームの役割をよりいっそう高く評価することにつながるだろう。

　しばしば西欧でいわれているように、たしかにイスラームをアラブ世界と同等視するわけにはとうていいかない。ただ、西欧の目からすれば、状況は石油が豊富ないくつかの国家の巨大な富のためにより悪化している。これらの地域は石油が水よりも安価なため、広範囲な嫉妬をかきたてているが、同時に、気候変動や大気汚染、さらに天然資源の減少に対する懸念を拡大させているとし

て、世界的な非難をあびてもいるのだ。まさにこうした反応が、それぞれがきわめて異なるムスリム諸国への一般の見方に影響をあたえている。

花が咲くこと自体不自然な砂漠で開花しているものは、持続可能な成長という現代の考えにそむき、荒涼たる未来に対処するため必要な計画をそこなうだろう。とすれば、砂漠にはゴルフコースを作るべきなのか。それはともかく、たしかにムスリム世界の一部には、極端なまでに華美な生活様式がみられる。西欧、いや西洋社会もまた昔から、そして今もなお富の誇示とは無縁でないが、じつはこれら豊富な石油産出国こそが、太陽光や風力、波エネルギーなどを利用する長期的な発電計画とともに、最終的に地球全体を救うことになる、淡水化プラントや保全・育成テクノロジーの発達にも、莫大な資金を提供しているのである。

宗教と政治

これから数世代のあいだに、ムスリム社会において宗教と政治の相互作用があるとすれば、はたしてそこからいかなる可能性が生まれるだろうか。伝統的にムスリム世界とみなされてきた地域、すなわち中東の多くは、政治的・社会的に急激かつ根本的な変化の時代を経験している。その影響はまちがいなく宗教の分野にも及ぶはずだが、とりわけ変化が著しいのは人口構成である。今日、中東では人口爆発がおさまることなく進行している。ムスリムが多数派をしめるいくつかの国では人口の半数が25歳以下で、たとえば2006年度のエジプトの国勢調査によれば、人口の半数が15歳以下だという。それゆえ、当然の結果として、若者たちが直面する失業問題は悲惨なものとなっている。

こうして現状に不満を抱き、無職で時間をもてあました若者たちと、彼らが自由に使える瞬時的なコミュニケーション手段が、近年エジプトや他の地域でみられるように、社会的な抗議のみならず、反乱や暴動の発火点ともなりうる。さらに、彼らの一部は宗教的に過激な道を選んでもいる。貧困と止まることを知らない人口増加。そのむすびつきにはきわめて危険なものがある。

2010年以降、アラブ世界で起きている革命運動をなんとよぶべきかについては、なおも意見が分かれている。アメリカ人やヨーロッパ人はこの事象を「アラブの春」と呼んでいるが、たといいかなる呼称がもちいられたとしても、なにかしら異常事態があきらかに進行しており、われわれは当該国でのその重大な段階を目撃しているのである。ただ、本書執筆時におけるシリアの不安定

第11章　明日

な状況にもかかわらず、状況が決定的に後もどりすることはないだろう。アラブ世界が独裁体制をこばむという動きが、すでに確固とした流れとなっているからである。はたしてそれは、ついには中東全域をまきこむような津波となるのだろうか。しかし、たとえ将来なにが起こるとしても、「アラブの春」が、たとえばエジプトとシリアの変革で軍隊が対照的な役割を演じたように、国ごとに異なる形をとって展開することは明らかである。

　一方、「アラブの春」の当該国で宗教がいかなる役割を演じたかは不明である。中東では、かなり以前から政治的・社会的な問題が宗教上の言葉で語られてきた。エジプトやチュニジア、リビア、シリア、イエメン、イラクといった、現在混乱状態にある国々でやがて誕生する新しい国家は、いわゆるイスラーム政府の名残りとみられることを選ぶのだろうか。だが、そうした結果となった場合、それは宗教と国家がかなり以前から分離されてきた今日の非宗教的な世界では、肯定的ないし建設的なものとはみなされないないだろう。アラブ世界の人々が独裁的な支配から正義と自由を勝ちとり、発言の自由と本来あるべき姿の民主主義（用語自体の適正さはさておき）が実現すれば、非宗教的・世俗的な政府が社会を統治し、あらゆる種類の宗教が市民個人の選択にゆだねられている、フランスのようなシステムが開花するはずである。

　おそらくアラブ世界の将来をしめす人物は、トルコの大統領レジェップ・タイイップ・エルドアン［在任2014-］だろう［ただし、政府に対する批判勢力の抑えこみやツイッターの規制など、強権的な施策が問題視されている］。良心と信仰の自由を国民に認める。それが彼のヴィジョンだからだ。その点にかんして興味深いのは、エジプトのコプト教徒たちである。彼らは庇護された少数派として、イスラームの到来以来、ムスリムの支配のもとで通常受けてきたものにまさる市民権をあたえられている。それについて、たとえばアメリカ在住のアブドゥラヒ・アハメド・アン＝ナイム［1946-。スーダンから亡命したイスラーム法学者で、「イスラーム異端者会議」のリーダー。著書に『イスラームと世俗国家』（2005年）などがある］は、イスラームが過激なまでに民主主義的なものだと主張している。彼の考えによれば、その理由は単純で、イスラーム世界が社会学的に保守的だからだという。そして彼は、さまざまな著作において、そうした鋳型をうちこわそうとし、異端は称賛されるべきだとして、こう力説する。「宗教の真正さを保つためには、だれかが異端として告発されるという危険を冒さなければならない」[3]。そして彼は、自分の自由なイスラーム解読は、神政主義者の解釈よりもイスラームのルーツに近いともしている。

テロリズムと暴力

　9・11事件として世界的に知られる2001年9月11日のおそろしいアメリカ同時多発テロ事件は、アメリカ史上最悪の犯罪とみなされており、その記憶はのちの世代にまで受け継がれるはずである。この凶悪な行動に走った実行犯たちは、世界中でイスラームとムスリムの評判にかなりのダメージをあたえた。ウサーマ・ビン・ラーディン（1957-2011）は殺害されたにもかかわらず、彼は墓からなおもその影を投げかけている。アルカーイダとよばれるテロ組織やそれをモデルとして結成された亜流集団は、モロッコやアルジェリア、マリからフィリピンにいたるまで、多くの国々になおも深刻な脅威をあたえているのだ。

　とりわけ9・11事件はムスリム世界全体に対する西欧主導の大きな怒りをさそった。だが、この種の怒りによる反発は無知と無理解からなるもので、それに起因する副産物は予測不能なほど莫大だった。仕事場やレジャー施設、博物館、さらに空港などで実施されるようなったセキュリティ・チェックと予防措置が、世界各地の一般市民の生活を、以前なら想像すらできなかったほどに侵食し、疲弊させたのである。その結果、ムスリムたちはいたるところで辛酸をなめることになった。西欧のほとんどの世論は過剰反応を起こしてすべてのムスリムを同罪とみなし、テロ行為がごく少数の過激派によるものであるにもかかわらず、ムスリム共同体全体とむすびつけようとしたのである。

　こうした広範に出まわっている不正確な紋切り型の考えをさける唯一の方法は、イスラームに対するより深い知識である。幸いこの知識——本書はささやかながらその普及に貢献しようとして編まれた——は、ゆっくりとだが、しかし確実に一般民衆のなかに浸透するようになっている。たとえばイギリスでは、イスラーム学者のティモシー・ジョン・ウィンターこと、アフドゥル・ハーキム・ムラド［1960-。スンナ派スーフィーのシャイフでもある］が、イスラームとテロ活動を明確に分け、ビン・ラーディンであれ、その側近のアイマン・アッ＝ザワーヒリー［本書第7章208頁参照］であれ、ムスリム本来の宗教的な資格をもっておらず、したがって彼らがファトワー（法的見解・勧告）を出したり、ジハードをよびかけたりすることはできないと強調している。ムラドの考えによれば、「西欧社会はパレスチナの悲劇の公平な解決を保証することによって、怒りの土壌からその怒りを排出しなければならない。だが、テロ

リストの逸脱を神学的にうちやぶるのは、ムスリム世界の責任である」[4]という。

　ワシントンD. C. のジョージタウン大学が2007年に実施した世論調査によれば、世界のムスリムのうち、93パーセントが宗教によって触発された暴力行為を非難しているという。より詳細なデータを知るには、ギャラップ社やピュー調査研究所が数度にわたっておこなった世論調査が利用できるが、これらのムスリムはサイレント・マジョリティとみなされている。確固とした声をもっていないからである。西欧のメディアはそんな彼らの声をしばしば無視している。聞こえてくるその声が英語以外の言語であり、たとえそれが理解できたとしても、西欧のメディアから報道する価値があるとは思えないというのだ。否定的なニュースは肯定的なニュースよりも「面白い」。これがメディアの特性といえる。

　前述したジョージタウン大学の調査にみられる7パーセントの多くは、おそらく過激化した原理主義者たちであり、彼らは9・11事件を正当化し、メディアのヘッドラインを利用して、たえずイスラームを擁護している[5]。それにしても、もしこの統計が正確なら、彼らはおよそ1億人（！）いることになる。だが、アメリカのムスリムたちは、今日のムスリム社会でもっとも嫌悪すべきなのはなにかと問われれば、そのリストの一番目に過激派とテロリズムをあげるだろう。ここでわれわれが注目すべきことは、メディアがわれわれに頻繁に信じるよううながしているとおり、ムスリムのテロリズムによる犠牲者の多くが西欧人ではなく、テロリストたちと同じムスリムだという事実である。

　では、過激化した1億ものムスリムに彼らが信じているものを信じさせ、おこなっていることをおこなわせるものとはいったいなにか。急進的ないし原理主義的イスラームとは正確にいえばなんなのか。もとよりこれはきわめてむずかしい命題であり、われわれに分かるのは、せいぜいその半分程度だが、これから半世紀もたてば、多くのことが現在以上に明確になるかもしれない。大多数のムスリムはこうした問題をどう考えているか。それについては利用できる数値はないものの、前述したように、彼らのほとんどが暴力を非難していると想定するのは不合理ではない。ともあれ、わずかなテロリストが宗教の仮面をかぶって、信心深いが、ふだんあまり感情を表に出さない何億人ものイスラーム信者をしのぎ、あるいは席巻してきた。このことは疑いえない事実である。たとえ西欧の世論が変わるとしても、こうした状況は好転しないだろう。

　ただ、過去20年間、いくつかのムスリム国で宗教的少数派に対する迫害、

すなわちムスリム世界が昔から誇ってきた、顕著な宗教的寛容の伝統に対する汚点ともいうべき迫害が急増したことからすれば、節度や穏健さ、そして寛容の声が聞こえなけれならない。そのかぎりにおいて、少数派の声が声高にはっきりと、さらにすみやかに自らを表現できるようにするのは、世界各地に存在するムスリム共同体の責任といえる。世界でもっともムスリム人口の多い国々、たとえばインドネシアやインド、パキスタン、バングラデシュ、ナイジェリアといった国々の指導者たちが堂々と意見を述べるようになれば、状況は好転しはじめるだろう。そしてそれは、ムスリム世界のこれら軽視されてきた国々のイメージも向上するはずである。

社会変容

　過去数十年のあいだに起きたさまざまな出来事は、政権交代や体制改革において、新しいコミュニケーション手段がいかに重要な役割を演じたかを強調するものとなった。とくにそれが重要な働きをしたのが、国家によって情報の流通が規制されていた国々だった。たとえば1979年、イランではアーヤットラー・ホメイニー（1902-89）の演説を録音したカセットテープが巷間にひそかに出まわり、シャーを引きずりおとす革命の重要な要因となった。同様なことは1989年から90年にかけての旧ソヴィエト連邦でも起きている。同国の共産党が瀕死の状態となり、外の世界との自由なコミュニケーションが大部分封鎖されると、ファックスが情報の共有に不可欠な手段となり、それが共産主義の瓦解と、ボリス・ニコラエヴィチ・エリツィン［1931-2007］の権力掌握に決定的な役割を果たした。

　こうした変化はソーシャル・メディアについてもいえる。携帯電話やfacebook、You Tube、Twitterといったメディアが、「アラブの春」を経験した国々において、世論を動員し、断固とした行動を起こさせるうえできわめて重要な役割を演じている。これからもさまざまな国が同様の変化を経験し、体制の変革を急ぐために同様の手段がもちいられるだろう。インターネットやメディア情報に精通したムスリムたちが、チュニジアやカイロのタハリール広場、あるいはリビアやイエメンで台頭している。かつて彼らが参加した革命は、イスラーム的要素を濃厚にもっていたが、彼らが利用している強力なソーシャル・メディアは、もはやイデオロギーを一顧だにしない。それらはイスラーム原理主義であれナショナリズムであれ、あるいは急進的左翼であれ、その

第11章 明日

普及に等しく力をかすのである。事実、インターネット上ではサラフィー主義者と十二イマームの論争が展開されている。ソーシャル・メディアはこうして共同体意識を助長する一方で、その不和や不一致を悪化させることもできるのだ。

「アラブの春」の数年間に起きたさまざまな出来事が、さらになにかをしめしているとすれば、それは、中東に住んでいる多くのムスリムが、自分たちの願いを実現するために武力をもちいてきた、イスラームの伝統的な道をもはや求めていないということだろう。今日、彼らは仕事やよりよいライフスタイルを求め、資源のより公平な分割や腐敗の終息を願い、安定、とくに社会正義を切望している。そして、人口爆発がさらに拡大するにつれて、こうした願望はより激しいものになっていくだろう。今のところ変化が起きるということは分かっている。それには時間がかかるが、そうした変化が生じるとすれば、それは草の根から立ちあがってくるはずであり、上から押しつけられたものではないだろう。ムスリム世界の外部ではなく、内部から生じるはずでもある。

ムスリム社会における女性問題と法の運用については、本書前段の関連する章で検討しておいたが、社会生活におけるこの両分野でも、まちがいなく変化が起きている。いうまでもなく、この変化の速度は国ごとに異なっている。たとえば、サウジアラビアの女性たちはようやく投票の準備がなされているにすぎないが［2015年12月の地方議会選挙で、はじめて女性たちの立候補と投票が実施された］、インドネシアやパキスタン、バングラデシュ、トルコではすでに女性が元首となっている。これは、女性の大統領でさえまだひとりも選ばれていないアメリカとは対照的である。

こうして多くのムスリム国では、女性政治家たちが大臣職についており、大学教員もまた、もはや男性だけの領分ではなくなっている（事実、サウジアラビアでは優秀な女子大が多数あり、最初の男女共学大学も創設されている）。さらに、ビジネスや商取引の世界でも、高位のポストについている女性の数は増加の一途をたどっている。農村部ではそうした変化の速度はかなり遅いが、そこですら教育の影響は確実にみられるようになっているのだ。だが、このことは、女性たちがなおもいたましい境遇におかれている地域が数多くある（農村部だけでなく）、という事実を否定するものではない。とはいえ、これらの女性たちをムスリム世界で進行中の変革から遠ざけるのは、しだいに困難になるだろう。同様に、信仰の面でも女性たちの存在がしだいに顕著になっており、前述したように、金曜礼拝を司式するまでになっている。たとえばそれは、20世紀後葉になされた女性聖職者の叙階にみられるように、ユダヤ教や

キリスト教における女性の指導的な役割が拡大したことと符合する。

　一方、多くのムスリム社会におけるイスラーム法の実践についていえば、ここでもまた法体系に世俗的な要素とシャリーアの要素とがまざりあっているものの、世俗法が支配的であり、その傾向がこれからも続くことを十分にしめす証拠がいくつもみられる。この世俗法はゼロからあみだされたものでは決してなく、多くを西欧の世俗法に負っている。シャリーアの法的権威がはるかに強い少数の国々でも、立法家たちがたえずふえつづける問題と向きあっている。幹細胞研究、遺伝子組み換え作物、コピー食品、体外受精といった問題だが、これらは類推［キヤース］のような、周到につくられたはずのイスラームの法技術をもちいてもとりくむことができない。こうした法技術を限定的ながらもちいた事例はじつはかなり以前にもあった。コーヒーの摂取や喫煙、あるいは気ばらし用の麻薬服用の合法性を決めたさいである。これらはイスラームの法体系に対する異議申し立てであり、その一部は近代初期になされた。

　くりかえし指摘しておいたが、シャリーアは伝統的にクルアーンおよびムハンマドの言葉と行動を根拠としている。しかし、すでにあきらかなように、それらは駐車規制から法人税にいたるまで、現代生活のこまごまとしたことに容易に適用できなくなっている。それは外の世界が直面しているさまざまな問題に、ムスリムが独自に対応する可能性を否定するものではない。ただ、こうした対応にはまとまりがなく、世界のムスリム社会ごとにかなり異なっているのだ。はたしてクルアーンの役割は、永久のというより、むしろ21世紀に生起する問題に対してどうあるべきか。議論はなおも一致をみていない。

　さらにいえば、ムスリム世界には、なおも鞭打ちや身体切除といった残酷刑がおこなわれている地域がある。しかし、それはきわめて例外的な地域であり、中世の法体系を墨守して化石化したムスリム社会という、人口に膾炙したあまりにも単純なイメージは、真実からはかなりかけはなれている。エジプトやイラクにおけるキリスト教徒迫害といった近年の事例をもって、イスラーム法に明記され、何世紀にもわたって、たとえばイエメンやイラン、さらに中央アジアなどの標準的なムスリムの慣習にみられた強い寛容の伝統、キリスト教が指摘する以上に誇り高い伝統をふきけしてはならない。

第 11 章　明日

ムスリムと非ムスリム

　ムスリムと非ムスリムの関係は、将来どうなるのだろうか。これは容易に解答の出ない厄介な疑問である。かつての植民地大国、とくにイギリスとフランスは、北アフリカ全域や中東の大部分、さらに東アジアと東南アジアにも曖昧な遺産を残した。イタリアのアフリカ侵攻やオランダのインドネシア支配も忘れてはならない。西欧諸国はまた、時期は遅きに失したが、バルカン半島でのムスリムの大量虐殺を止めるために介入しながら、イラクやアフガニスタンで戦っている。欧州諸国はサッダーム・フサイン（1937-2006）に武装させ［イラン・イラク戦争時］、ターリバーンやアルカーイダがアフガニスタンを占拠したソヴィエト軍と戦うのを支援してもいる。だが、最終的にこの両国は西側多国籍軍に侵略されることになる。アメリカとイランの関係は過去30年以上にわたって一触即発的な状況にあり、イランの核大国への歩みが将来に暗い影を投げかけている［2015年７月、イランは経済封鎖の解除と引きかえに、欧米６カ国と核開発の大幅な制限および国内軍事施設の査察受け入れに合意した］。

　しかし、アメリカにとってそれよりはるかに深刻な問題は、イスラエル・パレスチナ紛争への以前からの関与で、この問題は60年以上たってもなお解決をみていない。アラブ諸国間の行きつもどりつの外交やパワープレーがどうであれ、アラブの国民はパレスチナ人と強く連帯し、その世論のうねりが［イスラエル寄りの］アメリカに対する激しい対立感情をともなうまでになっている。それゆえ、アメリカの外交政策立案者たちは、こうした状況を考慮しなければならない状態にある。パレスチナ問題は、しかし容易には解決しそうにない。それは多くの穏健なムスリムを悩ませ、ムスリムの過激派集団の激しい反応をかきたてる可能性をもった問題として残るだろう。

　最後に強調しておくべきことは、イスラームのダイナミクス性である。イスラームは現在世界でもっともすみやかな発展をとげている宗教である。たとえばサハラ以南のアフリカでは、それはほとんどの地でキリスト教と対峙している。いや、アフリカだけでなく、イスラーム改宗者のなかには、意外にも高等教育を受けた頭脳明晰な西欧人も数多くおり、彼らは友人や家族による自分への期待を、イスラームに改宗させようとする説得に変えているのだ。

　ポストモダンの世俗的なこれらヨーロッパ市民たちは、この力強い自信に満ちた宗教に引かれており、こうしてイスラームはすみやかに新しい信者たちを

獲得するようになっている。ロンドンで発行されているある新聞の記事は、そんな彼らをこうよんでいる。「彼らはわれわれと似ているが、われわれではない。彼らはムスリムなのだ。日に5回礼拝し、ラマダーンには断食をし、生きているあいだにマッカへ巡礼することを願っている。彼らの携帯電話は《アッサーラーム・アライクム（あなたの上に平安を）》と応答する」[6]。こうしたヨーロッパ・ムスリムたちは、イスラームが民主主義や男女平等といった思想と両立することをしめす上で格好の立場にある。

　このたえず変化する図式には、きわめて象徴的な徴候がある。あらためて指摘するまでもなく、英語が新たに重要性をえるようになったことである。今日、われわれは拡大するボーダーレスの世界に生きるようになっているが、そこでは国際語として英語が選ばれているのだ。そして今では、ファトワー（法的見解・勧告）がアラビア語とともに英語でも出されるまでになっている。そこではまた、インターネットの役割が重要視されており、英語の利用がうながされている。クルアーンの翻訳やハディース、さらにはシャリーアの諸規程など、以前ならアラビア語やおもな図書館でしか手にとることができなかったすべてのテクストが、英語をもちいればアクセスできるからである。

　こうしてイスラームの基盤をなすテクストに膨大な量のアクセスがなされるによって、さまざまな情報にもとづくおびただしい数の議論が生まれ、GoogleやWikipediaがムスリムの行動や教義、信仰などにかんする大量の疑問に瞬時に答えるようになっている。だが、それでもイスラームに対する見方は安定しないだろう。1860年代以降、豊かな学識を駆使して昔からの定説となっていた「真理」にいどんだドイツ人神学者たちは、その聖書の史料批判によってキリスト教の理解を決定的に変えている、おそらくイスラームもまた同様の変化を受けるだろう。

　ところで、本書はイスラーム（ヒジュラ）暦の15世紀初頭に上梓されたことになる。いささか唐突な話だが、西暦15世紀のキリスト教がもっていた特徴は、今日のそれとはかなり異なっている。16世紀から17世紀にかけての宗教戦争以前、ヨーロッパは脆弱で、キリスト教も影響力を失っていたということは銘記すべき事実である。さらに後代——といってもそれからたかだか2世代後——、奴隷解放問題がアメリカ合衆国を麻痺させ、ついには終末的な南北戦争まで引きおこした。この戦争は今日イスラーム世界が置かれている状況とあきらかに異なっているとはいえ、それはまた激しい宗教論争も生んでいるのだ。とすれば、現在のムスリム世界が味わっている苦難は、西欧のキリス

第 11 章　明日

ト教世界が経験したそれとかなりにかよっているともいえる。そうした苦難がどこで終わるのかはだれにもわからない。いずれにしても、歴史を長期的に展望してみれば、西欧がこのような危機を裁く立場にないことはたしかである。

　では、イスラームはどのような道をたどって将来図を描くのか。その選択肢は困惑するほど多岐にわたる。一部のムスリムは、宗教が個人の精神的な問題だと考えている。他のムスリムは、イスラームがその多様性で公的・私的分野や職場の生活を律するべきだとする。過去数十年で、われわれは宗教が一層多元的になった世界に住んでいることが明らかになった。そこでは信者と非信者の別なく、必然的に他宗教に対する寛容な態度と排他主義の終焉が求められるはずだ。そうしたなかにあって、イスラームはその政治的・社会的・法的制度をほとんどうばわれ、世俗的で多元的な社会に従属する個人的な信仰システムになるのだろうか。ムスリムの大衆は最終的に奮起して、ふたたび軍事的紛争へと向かうのだろうか。それとも、イスラームが政治的・社会的力として現代世界に適応する、イスラーム的解決がみつかるのだろうか。いずれ時間がこうした疑問に答えを出すだろう。

原注

第1章　序文（13-19P）
1. M. K. Ghandi（ed. Anand A. T. Hingorani）: *All Religions Are True*, Bharatiya Vidya Bhavan, Bombay, 1962, p. 2

第2章　ムハンマド（20-59P）
1. 同様に、旧約聖書の『ヨシュア記』（6・3）では、神がイスラエルの子ら［兵士たち］に7日間、毎日エリコの町を1周し、7日目に7周するよう命じている。
2. エチオピアの旧称。
3. この出来事がいつ起きたか、正確な年代は不明である。わかっているのは、それがイスラーム（ヒジュラ）暦に入ってから起きたということだけである。なお、イスラーム暦は太陰暦で、1年は360日しかなく、したがってその1年は西暦年とずれがあり、イスラーム暦の1年が西暦の2年にまたがることがある。
4. Al-Azraqi: *Akhbar Makkah*, Beirut, n. d., p. 165.
5. Richard Bell: *The Qur'an Translated with a Critical Re-Arrangement of the Surah*, 2 vols., T. & T. Clark, Edinburg, 1937.
6. Robert Hoyland: *Seeing Islam as Others Saw it. Survey and Evaluation of Christian, Jewish and Zoroastrian Writings on Islam*, The Darwin Press, Princeton, NJ., 1997, pp. 124-131参照。
7. Ibid., p. 129.
8. Ibid., p. 413.
9. Daniel J. Sahas: *John of Damascus on Islam. The "Heresy of Ishmaelites"*, Brill, Leiden, 1972, pp. 142-149 & Hoyland, op. cit., p.485-486参照。
10. Michael Cook: *Muhammad*, Oxford University Press, Oxford and New York, 1981, p. 74.
11. この墓石は 'Abd al-Raman b. Khayrという人物のものである（Museum of Islamic Art, Cairo, object no. 1508 /20）。
12. 引用はAndrew Rippin: *Muslims. Their Religious Beliefs and Practices*, vol. 1, The Formative Periode, Routledge, London, 1990, p. 43.
13. たとえば、Paul Brians: "Notes on Salman Rushdie, The Satanic Verses (1988)", Home Page of Paul Brians, n. d. (http://public.wsu.edu/~brians/Anglophone/satanic_veses) のバランスのとれた解説を参照されたい。
14. Ian Richard Netton: *Text and Trauma. An East-West Primer*, Routledge, London, 1996, p. 22.
15. Shahab Ahmed: "Satanic Verses", in Jane Dammen McAuliffe (ed.): Encyclopedia of the Qur'an, Brill, Leiden, vol. 4, 2002, p. 531.
16. John L. Esposito and Dalia Mogahed: *Who Speaks for Islam? What A Billion Muslims Really Think*, Gallup Press, New York, 2008, p. 97.
17. The Times, February 2006.
18. Sahas, op. cit., p. 73.
19. Dante Alighieri: *Inferno*, Canto 28, verses 30-31（ダンテ『神曲・地獄篇』、原基晶訳、講談社、2014年）。

第3章　クルアーン（60-97P）
1. すべての引用は、とくに出典の明記がない場合はクルアーンからのものである。
2. Sahar El-Nadi: *Sandcastles and Snowmen. A Personal Search for Spirituality*, FB Publishing, San Clemente, CA., 2013, p. 54.
3. 教皇ピウス12世演説: "Divino Afflante Spiritu", 1943年9月30日（The Holy See, n. d., http://www.vaticava//holy_father/pius_xii//encyclicals/documents/hf_p-xii_enc_30091943_divino-afflante-spiritu_en.html）。
4. Rewリサーチ・センターの報告書では16億人。Drew DeSilver: "World's Muslim population more widespread than you might think", Rew Research Center (June 7, 2013).
5. Carl W. Ernst: *How to Read the Qur'an. A New Guide, with Select Translations*, Edinburgh University Press, Edinburgh, 2011, p. 38. エルンストはまた、聖パウロの書簡やユダヤ教のミシュナー（トーラー注解書）も同様にま

とめられていると指摘している。
6. この一文の翻訳は以下による。Marmaduke Pickthall：*The Meaning of the Glorious Koran*, Alle & Unwin, London, 1957, p. 659.
7. Ibid., p. 119.
8. A. J. Arberry：*The Koran Interpreted*, Oxford University Press, London, 1964, X.
9. クルアーン81・1-14参照。
10. この反復は同じ章で31回なされている。
11. John L. Esposito：*What Everyone Needs to Know about Islam*, Oxford University Press, Oxford & New York, 2011, p. 35.
12. クルアーンはnabi（預言者）とrasul（使徒ないし使者）の2語を、意味の違いを説明せずにもちいている。両語は互換性があり、同一人物に関して使われることもあるが、ムスリムのクルアーン注釈者たちはrasulが聖典を民衆にもたらした預言者（たとえばアブラハムやモーセ、イエス）を、nabiが預言者一般を指すとしている。
13. 西欧の一部のイスラーム学者は、前イスラーム的なhanifという概念を回顧的な自己投影とみなし、他の学者たちはそれをより確かなものとみている。詳細は以下を参照されたい。Urin Rabin："hanif", in MacAuliffe, op. cit., pp. 402-403.
14. クルアーン12：28.
15. Brannon Wheele：*Moses in the Qur'an and Islamic Exegesis*, Bloosbery Academic, London, 2002参照。
16. 『ヨハネによる福音書』には次のような一文がある。「モーセが、天からのパンをあなた方に与えたのではない。わたしの父があなた方にお与えになる。神のパンは、天から降ってきて、世に命を与えるものだからである」（6・32-33）。
17. マリアはむろん預言者ではないが、こうした純朴な救いの場面で言及されている。
18. クルアーンではイエスはたんにマリアの息子として語られている。現世に父親がいなかったからである（たとえば、アフマド・イブン・アリーはアリーの息子アフマドを意味する）。
19. クルアーン第3章では、マリアのもとに来たのは天使となっている（3・42-45）。
20. 立位での分娩は中東ではごく一般的におこなわれていた。
21. 「アル・マシーフ（聖油を塗られし者）」［メシアの意］という表現は、イエスを指すために11度使わている。リッピンはイエスと結びつけられたこの語が、固有名詞ないし称号として理解されていたと結論づけている。詳細はAndrew Rippin："Anointing", in McAuliffe, op. cit., vol. 1, pp. 102-103.
22. 同様の話は『トマスによる福音書』にもある。
23. Haleem, op. cit., p. 37, note b（中世の学者ラーズィーの引用文参照）。
24. 『ヨハネによる福音書』（1・1）と『ヨハネの黙示録』（19・13）には、次の言葉がある。「その名は《神の言葉》とよばれていた」。
25. こうした考えは、初期キリスト教宗団のキリスト仮現説信奉者たちにもみられた。
26. これにかんしては、「クルアーンのイエス点描」と題したみごとな論考がある（Tarif Khalidi："A Sketch of the Qur'anic Jesus", in *The Muslim Jesus*, Harvard University Press, Cambridge, MA., 2001, pp. 9-17）。
27. Imam al-Nawawi："Riyad as-Salihin (The Book of Virtues) Book 9, Hadith 16 ", in Sunnah. Com, n. d.(http//sunnaf.co./riyadussaliheen/9)
28. M. H. A. Mukhtar："Teaching the Qur'an in Prison", in *Saudi Government Concern for the Qur'an and Qur'anic Sciences*, Riyadh, 2000, pp. 34-39.
29. Iqra Satellite TV Channel, Dubai, "Horizons on the Air", October 19, 2003 ; *Journal of Qur'anic Studies*, 5/2, 2003, pp. 159-160.
30. Thomas Carlyle：*Heroes and Hero Worship*, part 2, FullBooks. Com, n. d. (http://www.Fullbooks. Com/Heroes-and-Hero-Worship2.html).
31. Al-Bukhari：*Fada'il al-Qur'an*, Bab 3.
32. AH (Anno Hegirae)──イスラーム（ヒジュラ）暦年──は、太陰暦にもとづいており、ムハンマドがマッカからマディーナにヒジュラ（聖遷）をおこなったAH元年は西暦622

年に相当する。

33. Gerhard Böwering : "Chronology and the Qur'an", in McAuliffe, op. cit., vol. 1, p. 331.
34. John Wansbrough : *Qur'anic Studies. Sources and Methods of Scriptural Interpretation*, Oxford University Press, Oxford & New York, 1978.
35. ナスル・ハーミド・アブー・ザイドにかんする詳細は、以下を参照されたい。Michael Cook : *The Koran. A very Short Introduction*, Oxford University Press, Oxford, 2000, pp. 45-47.
36. Arberry, op. cit., IX.
37. Pickthall, op. cit., VII.
38. Ibid.
39. クルアーンの翻訳についての学術的な議論については、以下を参照されたい。Hartmut Bobzin : "Translations of the Qur'an", in McAuliffe, op. cit., vol. 5, pp. 340-358.
40. Arberry, op. cit., VII.
41. George Sale : *The Koran Commonly Called the Alkoran of Mohammed*, Frederick Warne, London & Newyork, 1892. セイルのクルアーン訳は1734年に初版が出ているが、最初の英訳版はすでに1649年、アレグサンダー・ロスによって上梓されている。ただし、セイルはアラビア語がわからなかったため、1647年に刊行されたル・リエの仏訳版から重訳した。
42. Frithhof Schuon : *Understanding Islam*, Allen & Unwin, London, 1963, p. 61.
43. Pickthall, op. cit., VII.

第4章 信仰（98-126P）

1 Giles Whittell : "Allah came knocking at my Heart", in *The Times, January* 7, 2000.
2 イスラーム史の一時期、一部のムスリム学者たちはジハード（本書第9章参照）を五行（5本の柱）にくわえ、「六行（6本の柱）」とよんでいた。しかし、この重要な教義はさながら柱のように堅固であり、ムスリムの信仰心がゆらぐことはなかった。
3 Al-Ghazali : *Inner Dimensions of Islam Worship*, trans. by Muhtar Holland, The Islamic Foundation, Leicester, 1983, p. 82. この書はガザーリーの『宗教諸学の再興』を部分訳したものである。
4 イエスは『レビ記』（19・18）や『申命記』（6・5）を思い起こしながら、信仰の基本について簡潔にこう言う。「イエスは答えて仰せになった。《心を尽くし、精神を尽くし、思いを尽くして、あなたの神である主を愛しなさい》。これがいちばん重要な、第一の掟である。第二もこれに似ている。《隣人をあなた自身のように愛しなさい》。すべての律法と預言者は、この二つの掟に基づいている」（『マタイによる福音書』22・37-39）。
5 引用はW. Montgomery Watt : *Islamic Creeds*, Edinburgh University Press, Edinburgh, 1994, p. 73.
6 Ibid., p. 77.
7 Ibid., p. 95.
8 Ibid., p. 90.
9 他の身体的なけがれとしては、性交を伴わない射精や流血、死体との接触などがある。
10 『レビ記』（15・19-33）参照。
11 この最後の規定は、出産から40日たった女性を教会につれていくキリスト教の儀式を思い出させる。これは東西両キリスト教世界で通例化していた慣行で、順調な産後の肥立ちを神に感謝するためのものだった。おそらくそれはユダヤ人の慣行に由来するが、『レビ記』（12・2-8）には、［男児］を出産した産婦は40日間浄められなければならないとある。
12 クルアーン4・43および5・6。
13 W. M. Watt : *The Faith and Practice of al-Ghazali*, Allen & Unwin, London, 1953, p. 97およびAl-Ghazali : *Inner Dimensions* 参照。
14 これはイスラーム法のグレーゾーンで、法学派ごとに意見が分かれている。たとえばシーア派の法学派によれば、高齢の女性は金曜礼拝にあずかれるが、若年女性はそれが認められないという。男女が一緒に礼拝する場合は、成人男性は未成年男性の前に位置し、女性たちは後者の背後にひかえる。
15 モスクでの金曜礼拝における男性信者の定足数は、法学派によって40人から3人までさまざまである。

16. たとえばブハーリーは『真正集』でこう述べている。「アッラーの使徒は言った。《だれであれアッラーによって蓄財しながら、富のザカートをおこなわない者は、復活の日にはその富が目に2個の黒点をもつ禿頭の毒蛇のようになるだろう。この毒蛇は彼の首にまきつき、頬を噛んで言うだろう。私はお前の富だ。お前の宝物だと》」（Al-Bukhari：Al-Shahih, Book 24, no. 486）。
17. Heinz Halm：*Shi'ism*, trans. by Janet Watson and Marion Hill, Edinburgh University Press, Edinburgh, 2004, pp. 100-101, 115.
18. Al-Azhar Al-Sharif："Fatwa on Fasting in North Pole Regions", trans. by N. Saad, *Mission Al Noor*, November 21,2010 (http://mission-alnoor.org/Admin/asp/Mailed_details.asp?M_ID=821)
19. 水（泉）の出現については、『創世記』に次のような記述がある。「神がハガルの目を開かれたので、彼女は井戸を見つけ、そこに行って革袋に水を満たし、子供に飲ませた」（21・19）。
20. Al-Ghazali：Inner Dimensions, p. 109.
21. H. A. R. Gibb：*The Travel of Ibn Battuta A. D. 1325-1354*, Munshiram Manoharlal Publishers, vol. 1, New Delhi, 1999, p. 8.
22. S. Akhter："Words on the Street. 'How was your Experience with Hajj /Umrah like?'", Muslim Voice, n. d., quoted by Nahid Hiermandi (http://www. Azmuslimvoice.Info/indez.php?option=com_content&view=article&id=691:word-on-the-streethow-was-your-experience-with-haiiumrah-like&catid=37:community&Itemid=29）.

第5章 イスラーム法（127-154P）

1. 出典はMichael Gryboski："Kansas Anti-Sharia Bill Awaits Governer's Signature", *Christian Post*, May 17, 2012（http://www.Christianpost.com/news/Kansas-anti-sharia-bill-awaits-gvernors-signature-75136/)
2. Seyyed Hossein Nasr：*Ideals and Realities of Islam*, George Allen & Unwin, Boston, MA., revised edition, 1975, p.91.
3. たとえば『使徒言行録』（9・2）参照。
4. 『マタイによる福音書』（22・21）。
5. Wael B. Hallaq："Law and the Qur'an", in McAuliffe, op. cit., vol. 3, pp. 149-150.
6. 出典はJ. A. Williams：*Themes of Islamic Civilization*, University of California Press, Berkley & Los Angels, CA., 1971, p. 31.
7. 重要なハディース集成者としては、ほかに以下がいる。Abu Da'ud (817-889), al-Tirmidhi (824-892), al-Nasai (829頃-915), Ibn Majah (824-887).
8. Rippin, op. cit., p. 75.
9. Nizam al-Mulk：*The Book of Government or Rules for Kings*, trans. by Hubert Darke, Kegan Paul & Routledge, Boston, MA., & London, 1960, p. 13.
10. Edward William Lane：*An Arabic-English Lexicon*, part I, Librairie du Liban, Beirut, 1980, p. 2429.
11. A Kevin Reinhart："Islamic Law as Islamic Ethics", in *The Journal of Religious Ethics*, vol. II, no. 2, Fall, 1983, pp. 186-187.
12. Marshal G. S. Hodgson：*The Venture of Islam. Conscience and History in a World Civilization*, vol. I；The Classical Age of Islam, The University of Chicago Press, Chicago, IL., 1974, p. 252参照（Lane, op. cit., p. 1438）.
13. Ibn Khaldun：*The Muqaddimah*, vol. II, trans. by Franz Rosenthal, Princeton University Press, Princeton, NJ., 1980, pp. 436-438.
14. Majid Khadduri：*Al-Imam Muhammad Ibn Idris al-Shafi'i's al-Risala fi usul al-fiqh. Treatise on the Foundations of Islamic Jurisprudence*, trans. by Majid Khadduri, The Islamic Texts Society, Cambridge, 1997, pp. 35-37.
15. こうした合意についての定義はいろいろある。全ムスリム共同体の合意とする意見や法学・神学者たちの合意とする意見などだが、たとえばシャーフィイーはその著作でこの議論を展開している。それによれば、まず特定地域の少数の学者間で合意が生まれ、やがて全共同体の意見になるという。詳細は以下を参照

されたい。J. Schacht: *Origins of Muhammadan Jurisprudence*, Oxford University Press, Oxford, 1950, pp. 88 ; Khadduri, al-Risala, op. cit., p. 37.
16. たとえばクルアーン5章90節など。
17. これらの用語にかんするより詳細な分析は、以下を参照されたい。Reinhart, op. cit., p. 195 ; Wael B. Hallaq "Was the Gate of Ijtihad Closed ?", *International Journal of Middle East Studies*, 16/1, March 1984, pp. 3-41.
18. Hallaq: *The Origins and Evolution of Islamic Law*, Cambridge University Press, Cambridge, 2005, pp. 146-147を参照されたい。
19. Ibid., pp. 202-203.
20. Hallaq: *Shari'a. Theory, Practice, Transformations*, Cambridge University Press, Cambridge, 2009, p. 273.
21. Colin Imber: *Ebu's-Su'ud. The Islamic Legal Tradition*, Stanford University Press, Stanford, 1997, p. 38.
22. Carole Hillenbrand: "al-Mustansr", in P. Bearman et al. (eds.): *Encyclopaedia of Islam*, Brill Online, 2012 (http://referenceworks brillonline.com/entreis/encyclopaedia-of-islam-2/al-mustansir-SIM_5627?s.num=682&s.rows=100&s.start=600).
23. Thomas Raff: *An Anti-Mongol Fatwa of Ibn Taimiya*, Brill, Leiden, 1973.
24. Ralph S. Hattox: *Coffee and Coffeehouse. The Origins of a Social Beverage in the Medieval Near East*, University of Washington Press, Seattle, WA., 2000.
25. J. B. Hava: *Al-fara'id Arabic-English Dictionary*, Dar al-mashriq, Beirut, 1987, p. 113.
26. たとえば『レビ記』(20. 10-14, 27) 参照。
27. R. Peters: "zina or zina", in P. Bearman et al. (eds.): *Encyclopaedia of Islam*, Brill Online, 2012 (http://referenceworks brillonline.com/entreis/encyclopaedia-of-islam-2/zina-or-zina-SIM_8168?s.num=8&s.f.52_parent=s.f.cluster.Encyclopaedia+of+Islam&s.q=stoning+).
28. たとえば以下を参照されたい。Al-Bukhari, Book 56, hadith 829 ; Book 60, hadith 79 ; Book 78, hadith 629 ; Book 82, hadith 809 ; *Malik : Muwatta', Kitab al-hudud*, p. 349 (http://www.searchtruth. Com/search Hadith.php/).
29. Joseph Schacht: "zina", in M. Th. Houtma et al (eds.): *Encyclopedia of Islam*, first edition (1913-36) and online at *Encyclopedia of Islam*, Brill Online, 2012 (http://referenceworks.brillonline.com/entreis/encyclopaedia-of-islam-2/zina-or-zina-SIM_6097?s.num=2).
30. n. a.: Current Issues: "stoning", WISE Muslim Women, n. d. (http://www.wisemuslimwomen.org/currentissues/stoning).
31. イランの家族法専門家のジバ・ミール=ホセイニによれば、「政治的動揺の真っ只中にあったイランで、石打ち刑が増加したのは偶然ではない」という。出典は前項による。
32. Imber, op. cit., p. 272.
33. Ebrahim Moosa: "Colonialism ans Islamic Law", in Muhammad Khalid Masyd, Armando Salvatore, and Martin Bruinessen (eds.): *Islam and Modernity. Key Issues and Debates*, Edinburgh University Press, Edinburgh, 2009, p. 158.
34. Moosa, ibid., p. 166 ; Jörg Fisch: *Cheap Lives and Dear Limbs. The British Transformation of the Bengal Criminal Law, 1769-1817*, Franz Steiner, Wiesbaden, 1983, p. 53.
35. Malcolm H. Kerr: "Muhammad 'Abduh", in *Encyclopaedia Britanica Online*, 2014 (http://www.britanica.com/EBchecked/topic/892/Muhammad-Abduh).
36. Albert Hourani: *History of Arab Peoples*, Harvard University Press, Cambridge, MA., 1991, pp. 345-346.
37. John L. Esposito and John J. Donohue (eds.): *Islam in Transition. Muslim Perspectives*, Oxford University Press, New York, 1982, pp. 181-182.
38. Sobhi Mahmassani: "Muslims. Decadence and Renaissance. Adaptation of Islamic Jurisprudence to Modern Social Needs", in *The Muslim World* 44, 1954, p. 201.
39. Esposito and Donohue, op. cit., p. 182.
40. A.A.A. Fyzee: *A Modern Approach to Islam*,

Oxford University Press, Oxford & New York, 1963, p.112.
41. L. Ali Khan and Hisham M. Ramadan: *Contemporary Ijtihad. Limits and Controversies*, Edinburgh University Press, Edinburgh, 2011, pp. 65-67.
42. Maleiha Malik: *Minority Legal Orders in the UK*, British Academy, London, 2012, p. 10 ; Shaykh Muhammad Taqi Usmani: "Islamic Investiments. Shari'ah Principles Behind Them", in Islamic Mortgages, n.d. (http://www.islamicmortgages.co.uk/index.php?id=276).
43. Timur Kuran: *Islam and Mammon. The Economic Predicamets of Islamism*, Princeton University Press, Princeton, NJ., 2005, pp. 596-597.
44. Andrew Marr: *A History of Modern Britain*, Mcmillan, London, 2007, p. 601.
45. Center for Security Policy: *Shariah Law and American Courts. An Assessment of State Appelate Court Cases*, The Occasional Papers Series, Washington D. C., May 20, 2011,p. 8.,
46. Ibid., pp. 12-13.
47. Ibid., p.16.
48. Ibid., p. 17 ; Ketron: Senate Bill 1028, 2011 (www.capitol.th.gov/Bills/107/Bill/SB1028.pdf)
49. Rowan Williams, quoted in n. a.: "Sharia law in UK is 'unavoidable'", BBC News, February 7, 2008 (http://news.bbc.co.uk/go/pr/fr/-/I/hi/uk/7232661.stm).
50. Nick Tarry: "Religious courts already in use",. BBC News, February 7, 2008 (http://news.bbc.co.uk/go/pr/fr/-/I/hi/uk/7233040.stm).
51 Malik, op. cit.
52. Fazlur Rahman: *Islam*, Weindenfeld & Nicolson, London, 1966, p. 256.
53. Mohammed H. Kamali: "Shari'ah and the Challenge of Modernity", in *Islamic University Quarterly Academic Journal*, 211, January to March 1995, pp. 12-13.
54. たとえば以下を参照されたい。*The Kite Runner*, Bloomsbury Publishing, London, 2006 ; *A Thousand Splendid Suns*, ibid., 2007.
55. Najib Mahfuz: "Debate on the Application of the Shari'a in Egypt", Al-Ahram, May 17, 1977, trans. in Esposito and Donohue, op. cit., pp. 239-240.
56. Kamali, op. cit., p. 25.
57. Malik, op. cit., pp. 4-10.
58. Ibid., p. 51.
59. Khaled M. Abou El Fadl: "Dogs in the Islamic Tradition and Nature, in Bron Taylor (ed.): *Encyclopedia of Religion and Nature*, Continuum International, 2004 ; online at Scholar of the House, n. d. (http://www.scholarofhouse.org/dinistrandna, html).
60. Malik, op. cit., pp. 15-16.

第6章 多様性（155-191P）

1 シーア派はさらにレバノンやインド、パキスタン、タンザニア、イエメン、バーレーンにもかなりの数がいる。
2 シーア派とスンナ派の正確な人数は議論の対象となっているが、シーア派によれば、ムスリム人口の15パーセントをしめているという。
3 Andrew Rippin: *Muslims*. op. cit., p. 89.
4 シーア派を宗団として語ることは正しい。だが、今日、西欧で一般的にもちいられているShi'aという表記は不正確である。正確にはShi'itesないしShi'isと表記しなければならない。
5 H. M. Balyuzi: *Muhammad and the Course of Islam*, George Ronald, London, 1976, pp. 165-168 ; I. K. Poonawala and E. Kohlberg: "Ali b. Abi Taleb", in *Encyclopedia Iranica*, 1982 (http://www.iranicaonline.org/articles/ali-b-taleb).
6 Alfred Gullaume: *The Life of Muhammad*, Oxford University Press, Karachi, Pakistan, 1980, p. 114.
7 Halm, op. cit., pp. 12-13.
8 Shaykh al-Mufid: *Kitab al-irshad (The Book of Guidance)*, trans. by I. K. A. Howard, The Muhammadi Trust, 1981, p. 370.

9. Edward Gibbon: *The Decline and Fall of the Roman Empire*, vol. 5, T. Nelson & P. Brown, Edinburgh, 1832, pp. 391-392.（吉村忠典・後藤篤子訳『図説ローマ帝国衰亡史』、東京書籍、2004年）。
10. Meir Litvak: "Karbala", in *Encyclopedia Iranica, December* 15, 2010 (http://www.iranicaonline.org/articles/karbala).
11. 3大シーア派宗団に認められているシーア派最初のイマームは以下のとおりである。①アリー（661没）、②ハサン（669／70没）、③フサイン（680没）、④ザイヌルアービディーン（713没）。
12. Halm, op. cit., pp. 202-205.
13. Ibid., pp. 202-207.
14. Farhad Daftary: *A Short History of the Isma'ilis*, Edinburgh University Press, Edinburgh, 1998; Halm, op. cit., pp. 160-201.
15. ドゥルーズ派の呼称はイスマーイール派布教者のダラズィーに由来する。この宗団の歴史と信仰については以下を参照されたい。Sonia and Fuad I, Khuri: *Being a Druze*, Druze Heritage Foundation, London, 2004; Nissim Dana: *The Druze. A Religious Community in Transition*, Turledove Publishing, Jerusalem, 1980.
16. 彼らはまたムスタアリー派ともよばれていた。ボーホラーの呼称は「交易商」を意味する（Halm, op. cit., p. 192）。
17. A. S. Asani: *Ecstacy and Enlightment. The Ismaili Devotional Literature of South Asia*, I. B. Tauris, London & New York, 2002.
18. わかっているかぎりでいえば、ムハッラム月最初の10日間の宗教行列は、962年におこなわれている。
19. これについては以下を参照されたい。E. G. Browne: *A Literary History of Persia*, vol. 4, Cambridge University Press, Cambridge, 1924, pp. 172-177.
20. Quoted by Elaine Sciolino: *Persian Mirrors. The Elusive Face of Iran*, The Free Press, New York, 2000, p. 174.
21. Peter J. Chelkowski (ed.): *Ta'ziyeh. Rituals and Drama*, New York University Press, New York, 1979, pp. 88-94.
22. フサインの異母兄であるアッバスとその息子アリー・アクバルの墓もまたナジャフにある。
23. Shainool Jiwa博士からの私信による。
24. 1974年［1973年？］、レバノン・十二イマーム派指導者ムーサ・サドルは、アラウィー派を同派の共同体であるとするファトワーを出している。
25. これについては、以下を参照されたい。Yaron Freidman: *The Nasayri-'Alawis. An Introduction to the Religion, History and Identity of the Leading Minority in Syria*, Brill, Leiden, 2009; Halm, op. cit., pp. 156-158.
26. 2003年におけるトルコのアレヴィー派人口は、総人口7600万のうち、10～30パーセントと見積もられている。呼称こそ似ているものの、アラウィー派とアレヴィー派はあきらかに異なる。
27. David Shankland: *The Alevis in Modern Turkey. The Emergence of a Secular Islamic Tradition*, Routledge, Abingdon, Oxford, 2003.
28. Wilferd Madelung: *Arabic Texts concerning the History of the Zaydi Imams. Tabaristan, Daylaman and Gilan*, Franz Steiner, Wiesbaden, 1987参照。
29. A. K. Kazi: "Notes on the Development of Zaidi Law", in *Abr Nabrain* 2, 1960-61, pp. 36-40参照。
30. クルアーン4・24参照。以下も参照されたい。Nayer Honarvar: "Behind the Veil. Women's Rights in Islamic Society", in *Journal of Law and Religion*, 6, 1988, pp. 365-366; "Mutah. Comprehensive Guide", in *Answering Ansar*, no. 2, 2008.
31. Halm, op. cit., p. 136.
32. Ruhollah Khomeini: *Hukumat-i Islami*, Najah, 1971 (*Islamic Government. Governance of the Jurist*, trans. by H. Algar, Alhoda UK, Tehran, 2002)
33. Jeff Stein: "Can Tou Tell a Sunni from a Shiite ?, in *The New York Times*, October 17, 2006.

34. たとえば以下を参照されたい。L. N. Takim：*Shi'ism in America*, New York University Press, New Yorl, 2009.

第7章 思想（192-217P）

1. Al-Ijli：*Al-mawaqif fi'ilm al-kalam (Stations in the Knowledge of Kalan)*, Dar al-'ulum, Cairo, 1938. Cited by Abdel Wahab El-Affendi in "Islamic Theology", Muslim Philosophy, 1998 (http://www.muslimphilosophy.com/ip/rep/H009.htm).
2. Muhammed al- Ghazali："Tahaful Al-Falasifah (Incoherence of the Philosophers)", trans. by Sabih Ahmad Kamali, in *Intellectual Takeout*, n. d. (http://www. Intellectualtakeout.org/library/primary-Sources/al-ghazalis-tahafut-al-falasifah-incoherence-philosophers).
3. Sheik Salam al-Qadah："73 sects", in *Islam Today*, May 30, 2006 (http://en. Ialamtoday.net/artshow-438-3468,htm)..
4. たとえば、神が玉座に座したとするクルアーン32章4節参照。
5. イスラームにおける天使たちの呼称にかんする詳細は、以下を参照されたい。S. R. Burge：*Angels in Islam. Jihad al-Din al-Suyuti's al-Haba'ik fi akhbar al-mala'ik*, Routeledge, London & New York, 2012, pp. 31-51.
6. Al-Ash'ari：*Maqalat al-Islamiyyin* (ed. Hellmur Ritter), Matba'at al-Dawla, Istanbul, 1929, pp. 290-291.
7. Al-Ghazali：*Iljam al-'aqwamm'an 'ilm al-kalam* (ed. Muhammad al-Baghdadi), Dar al-Kitab al-'arabi, Beirut, 1985.
8. 20・8, 17・110, 59・24.
9. Al-Ghazali：*al-Maqsad al-asna*, trans. by R. C. Stade, Daystar, Ibadan, Nigeria, 1970.
10. W. Montgomery Watt：*Islamic Philosophy and Theology*, Edinburgh University Press, Edinburgh, 1985, p. 78.
11. Isaiah Goldfeld："The Illiterate Prophet", in *Der Islam* 57, 1980, pp. 58-67.
12. スーフィズム最大の主唱者とされるイブン・アラビーはまた、「プラトンの息子」（Ibn Aflatum）ともよばれた。
13. Bernard Lewis：*Islam from the Prophet Muhammad to the Capture of Constantinople*, vol 1, Oxford University Press, Oxford, 1974, p. 5.
14. Daniel Pipes；"The Caliphate", in *Middle East Forum*, December 12, 2005 (http://www.Danielpipes.org/blog/2005/12/the-caliphate).
15. アブドゥル＝ワッハーブの生涯と背景については、以下を参照されたい。John Obert Voll："Foundations for Renewal and Reform. Islamic Movements in the Eighteenth and Nineteenth Centuries", in John L. Esposit (ed.)：*The Oxford Dictionary of Islam*, Oxford Uneversity Press, New York, 2004, pp. 516-519.
16. Yvonne Haddad：*Contemporary Islam and the Challenge of History*, State University of New York Press, Albany, NY., 1982, p. 90.
17. Shaykh Ibn Baaz："Ten things which nullify one's Islam", in Fatwa Oneline, n. d.(http://www. Fatwa-oneline.com/FATWA/CREED/SHIRK/9991120_I.HTM)
18. Al-Afgani："Answer of Jamal al-Din to Renan", in *Journal des Débats*, le 18 Mai 1883, in N. R. Keddie：*An Islamic Response to Imperialism. Political and Religious Writings of Sayyid Jamal ad-Din al-Afghani*, University of California Press, Berkeley, CA., 1972.
19. Elma Harder："Muhammad 'Abduh", in *Center for Islamic Studies*, n. d. (http://www.cis-ca.org/voices/a/abduh.htm).
20. Muhammad Arkoun：*Rethinking Islam. Common Questions, Uncommon Answers*, Westview Press, Boulder, CO., 1994.

第8章 スーフィズム（218-253P）

1. Anand T. Hingorani and Ganga Anand Hingorani (eds.)：*The Encyclopaedia of Gandhian Thoughts*, All India Congress Committee, New Delhi, 1985, p. 182.
2. R. S. Elwood Jr.：*Mysticism and Religion*, Prentice Hall, Englewood Cliff, NJ., 1980.

3. "sufi"の語源にかんする説としては、ほかにこれをアラビア語の"safa"「清純（であること）」やギリシア語の"sophia"「知恵」「ないし"sophos「神智者」」からの派生語とするものなどがある。
4. A. J. Arberry：*Sufism. An Account of the Mystics of Islam*, Unwin, London, 1950, p. 33.
5. H. Ritter："Studien zur Geschichte der Islamischen Frömmigkeit", in *Islamica*, viv, 1925, p. 21.
6. これについてはとくに以下を参照されたい。Margaret Smith：*Studies in Early Mysticism in the Near and Middle East*, One World, Oxford, republished 1995.
7. たとえば、フランス人カトリックで優れたイスラーム史研究者の以下の書を参照されたい。Louis Massignon：*Essay on the Origins of the Technical Language of Islam*, University of Notre Dame Press, Notre Dame, IN., 1997.
8. クルアーン29：45、13：28。
9. 初期キリスト教の天上の梯子は、たとえばエジプトのシナイ山麓にある聖カタリナ修道院で発見された12世紀の聖画にみられるが、そこでは修道士たちがヨアンネス・クリマコスに導かれて、イエスをめざして霊的な梯子をのぼる姿が描かれている。
10. Martin Lings：*What is Sufism ?*. University of California Press, Berkeley & Los Angeles, CA., 1975, p. 101.
11. Farid al-Din Attar：*Muslim Saints and Mystics. Episodes from the Tadhkirat al-Auliya'* (*Memorial of the Saints*), trans. by A. J. Arberry, Persian Hertige Series no. 1, London, Boston, MA. & Henley, 1966, p. 46. ただし、この出会いは時代的に不可能である。ハサンが他界した728年当時、ラービアはまだ少女にすぎなかったからである。
12. Arrar, op. cit. p. 51.
13. Ibid. ラービアの生涯については以下を参照されたい。Ibn Khalikan：*Wafayat al-a'yan*, trans. by W. M. de Slane as *Ibn Khalikan's Biographical Dictionary*, vol. 3, Paris, 1843-71, p. 213 ; Farid al-Din Attar, op. cit., Luzac, London, 1907, p. 59.
14. ジュナイドの思想については以下を参照されたい。Ali Hassan Abdek-Kader：*The Life, Personality and Writings of al-Junayd*, Gibb Memorial Trust, London, 1976.
15. アッラーの99の美名のひとつ。
16. Julian Baldick：*Mystical Islam. An Introduction to Sufism*, I. B. Tauris, London, 1989, p. 36.
17. バスターミーの墓と霊廟施設はバングラデシュのチッタゴンにある。彼がこの地を訪れ、没したとする歴史的な証拠はないが、今もなおここを訪れる参詣者は多い。
18. 『ヨハネによる福音書』14・6。
19. とくに以下を参照されたい。Louis Massignon：*The Passion of Al-Hallaji. Mystic and Martyr of Islam*, trans. by H. Mason, Princeton University Press, Princeton, NJ., 1994.
20. Margaret Smith：*An Early Mystic of Bagdad. A Study of the Life and Teaching of Haruth B. Asad al-Muhasibi*, Sheldon Press, London, 1935, pp. 156-157.
21. Al-Ghazali：*Alchemy of Happiness (Kimiya al-sa'adat)*, trans. by Jay R. Crook, Great Books of the Islamic World, Chicago, IL., 2005..
22. これは今日的な意味での自叙伝ではない。いわば彼の宗教的な確信を模索する方向を示した霊的な自叙伝であり、中世キリスト教最大の教父聖アウグスティヌス（354-430）の有名な自叙伝『告白』に比定できる。
23. Richard J. MacCarthy：*Freedom and Fulfillment. An Annotated Translation of Al-Ghazali's al-Munqidh min al-dalal and Other Relevant Works*, Twayne Publishers, Boston, MA., 1980.
24. Ibi., p. 94.
25. Baldick, op. cit., p. 99など。
26. Phyllis G. Jestice (ed.)：*Holy People of the World. A Cross-Cultural Encyclopedia*, vol. I, ABC-CLIO Inc., Santa Barbara, CA., 2004, p. 713.
27. Al-Ghazali：*al-Munqidh min al-dalal (The Deliverer from Error)*, trans. by Richard J. MacCarthy, Twayne Publishers, Boston,

MA., 1980, p. 101.
28. Ali Hassan Abdek-Kader, op. cit., p. 90.
29. Ali b. 'Uthman al-Jullabi al- Hujiwiri：*The Kashf Al-Mahjub*.（*The Oldest Persian Treatise on Sufism*）, trans. by A. Nicholson, Luzac, London, 1976, p. viii.
30. G. Böwering：" erfan ", in *Encyclopedia Iranica*, December 15, 1998 (http://www.iranicaonline.org/article/erfan-1).
31. Claude Addas：*Quest for the Red Sulphur. The Life of Ibn 'Arabi*, trans.by Pieter Kingsley, Islamic Texts Society, Cambridge, 1993, p. 213.
32. Anne - Marie Schimmel：*Mystical Dimensions of Islam*, The Univerity of North Carolina Press, Chapel Hill. NC., 1973, p. 272.
33. A. J. Arberry：*Arabic Poetry. A Primer for Students*, Cambridge University Press, Cambridge, 1965, p. 126.
34. この有名な表現は数多くの書に引用されている。たとえば以下を参照されたい。Jawid Mojaddedi：*Beyond Dogma. Rumi's Teachings on Friendship with God and Early Sufi Theories*, Oxford University Press, Oxford, 2012, p. 63.
35. 出典はCyril Glassé："Jalal al-Din ar-Rumi", in *The New Encyclopedia of Islam*, Altamira Press, Walnut Creek, CA., 2003, p. 235.
36. これら指導者たちはアラビア語やペルシア語、トルコ語の話者によって、シャイフ、ピール、ババなどとよばれる。
37. こうした施設の呼称も多様で、リバートやザーウィヤ（アラビア語使用地）、さらにハーンカー（とくにエジプト、イラン、中央アジア）、テッケ（トルコ、バルカン半島）とよばれている。
38. Seyyed Hossein Nasr, op. cit., p.142.
39. DhDhu'l-Nun al-Misri, in Hujwiri：*Kashf*, op. cit., p. 204.
40. この論争の的となっている問題については、以下を参照されたい。Anne - Marie Schimmel："raks", in P. Bearman et al. (eds.)：*Encyclopaedia of Islam*, Brill Online, 2012 (http://referenceworks.brillonline.com/entreis/encyclopaedia-of-islam-2/raks-SIM_6205?s.num=o&s.f.52_parent=s.f.book.Encyclopaedia+of+Islam-2&s.q=raks).
41. 旋舞スーフィーたちの意味にかんするより詳細な分析については、以下を参照されたい。Flanklin Lewis：*Rumi. Past and Present, East and West. The Life, Teaching and Poetry of Jalal al-Din Rumi*, Oneworld, Oxford, 2000, pp. 3090313, 461-463.
42. John Renard：*Seven Doors to Islam. Spirituality and the Religious Life of Muslims*, University of California, Berkeley and Los Angeles, 1996, p. 180.
43. Ibid., p. 180.
44. Muneera Haeri：*The Chishtis. A Living Light*, Oxford University Press, Oxford, 2000；Carl W. Ernst and Bruce B. Lawrence：*Sufi Martyrs of Love. The Chishti Oder in South Asia and Beyond*, Palgave Macmillan, New York, 2002.
45. 南アジアの他の重要なタリーカとしては、カーディリー、スフラワルディー、ナクシュバンディーなどがある。
46. Martin van Bruinessen："Studies on Sufism and the Sufi Orders in Indonesia", *Die Welt des Islams*, 38, July 2, 1998, p. 204.
47. G. W. J. Drewes and L. F. Brakel (eds. & trans.)：*The Poems of Hamzeh Fansuri*, Fortis, Dordrecht, Holland & Cinnaminson, NJ, 1986；Anthony Johns："Sufism in Southeast Asia. Reflections and Reconsiderations", in *Journal of Asia Studies*, 19, April 1975, p. 45.
48. Julia Day Howell："Sufism and Indonesian Islamic Revival", *Journal of Asia Studies*, 60-3, August 2001, p.702.
49. Musa Muhaiyaddeen："Recite", in *Sufism*, 11. I, 2003, p. 7.
50. Seyyed Hossein Nasr, op. cit., p.124.

第9章　ジハード（254-286P）

1 ジハード研究の新境地については、以下を参照されたい。Asma Afsaruddin：*Striving in the Path of God. Jihad and Martyrdom in Islamic Thought*, Oxford University Press,

Oxford, 2013.
2. Margaret Smith, op. cit., p. 76.
3. Hujiwiri, op. cit., p. 200.
4. Afsaruddin, op. cit., p. 225.
5. D. A. Russtow, in V. J. Parry and M. E. Yapp (eds.): *War, Technology and Society in the Middle East*, Oxford University Press, Oxford, London, 1975, p. 386.
6. Esposito and Mogahed, op. cit., p. 225.
7. Afsaruddin, op. cit., p.225.
8. Mustansir Mir: "Jihad in Islam", in Hadia Dajani-Shakeel and Rnald Messier (eds.): *The Jihad and its Times*, University of Michigan Press, Ann Arbor, MI, 1991, p. 114.
9. クルアーン30：30も参照されたい。
10. Al-Bukhari: "Book 67 ; Hunting, Slaughtering", trans. by M. Muhsin Khan, in *Islamicity*, n. d. (http://www.islamicity.com/mosque/Sunnah/bukhari/067.sbt.html#007.067.44:17/67/441).
11. Wael B. Hallaq: *An Introduction to Islamic Law*, Cambridge University Press, Cambridge, 2009.
12. ムスリム・コンケストにかんするすぐれた研究としては以下がある。H. Kennedy: *The Great Arab Conquests*, Da Carpo Press, Philadelphia, PA., 2007.
13. Ibn Mubarak: "Abdallah", in N. Hammad (ed.): *Kitab al-jihad*, Al-Maktaba al-mu'asiriyya, Beirut, 1971.
14. Rudolph Peters: *Jihad in Medieval and Modern Islam*, Brill, Leiden, 1977, pp. 9–25.
15. Ibn Khaldun, op. cit., p. 224.
16. Etan Kohlberg: "The Development of the Imami Shi'i Doctorine of Jihad", in *Zeitschrift des Deutschen Morgenländischen Gesellschaft* 126, 1976, pp. 64–86.
17. Kohlerg, ibid., p. 66.
18. Robert Gleave: "Recent Research into the History of Early Shi'ism", in *History Compass*, 7/6, 2009, pp. 1593–1605.
19. Kohlberg, op. cit.
20. Amir Taheri: *Holy Terror. The Inside Story of Islamic Terrorism*, Sphere Books, London, 1987, p. 241.
21. Majid Khadduri: *The Law of War and Peace in Islam*, Luzac, London, 1940, p. 19.
22. Wilferd Madelung: "Kharijism. The 'Ajarida and the Ibadiyya", in *Religious Trends in Early Islam Iran*, Bibliotheca Persia, Albany, NY, 1988, pp. 54–55 ; Paul L. Heck: "Eschatological Scripturalism and the End of Community. The Case of the Early Kharijism", in *Archiv für Religionsgeschichte* 7, 2005, pp. 137–152.
23. Luke Treadwell: "The Account of the Samanid Dynasty in Ibn Zafir al-Azdi's Akhbar al-duwal al-munqati'a", in *Iran*, 43, 2005, pp. 135–137.
24. Narshakhi: *The History of Bukhara*, trans. by Richard N. Frye, The Medieval Academy of America, Cambridge, MA., 1954, p. 18 ; Sergei P. Tolstow: *Auf des Spuren der Altchoresmischen Kultur*, trans. by O. Mehlitz, Berlin, 1953, p. 267.
25. Ronald A. Messier: *Almoravids and the Meanings of Jihad*, Praeger, Santa Barbara, CA., 2010 ; Dierk Lange: "The Almoravid Expansion and the Downfall of Ghana", in *Der Islam* 73, 1996, pp. 122–159.
26. Andras Hamori: *The Composition of Mutanabbi's Panegyrics to Sayf al-Dawla*, Brill, Leiden, 1992 ; Carole Hillenbrand, in Tomas Madden, James L. Naus, and Vincent Ryan (eds.): *Crusades. Medieval Worlds in Conflict*, Proceedings of the Crusades Conference held at the University of Saint Louis, 2007, Ashgate, Aldershot, 2010, pp. 10–12.
27. Carole Hillenbrand: *The Crusades Islamic Perspectives*, Edinburgh University Press, Edinburgh, 1999, p. 102 ; ibid., Ephesians 6, pp. 6–10.
28. Hillenbrand, The Crusades, ibid p. 103.
29. Malcolm Cameron Lyons and D. E. P. Jackson: *Saladin. The Politics of the Holy War*, Cambridge University Press, Cambridge, 1982, p. 189.
30. Hillenbrand, The Crusades, op. cit., p. 166.
31. Ibn Jubayr: *Rihla* (ed. W. Wright), Brill, Leiden, 1907, pp. 28–31.

32. A. Morabia："Ibn Taymiyya, dernier grand Théoricien du Jihad médiéval", in *Bulletin d'Études orientales*, 30/2, 1978, pp. 85-99.
33. Denise Aigle："The Mongol Invasions of Bilad al-Sham by Ghazan Khan and Ibn Taymiyah's Three 'Anti-Mongol' Fatwas", in *Mamuluk Studies Review*, XI/2, 2007, pp. 89-120.
34. Aigle, ibid., ; Qamaruddin Khan：*The Political Thought of Ibn Taymiyah*, Islamabad, 1975, p. 20, note. 2.
35. Khan, ibid., p. 155.
36. Hillendrand：*Turkish Myth and Muslim Symbol. The Battle of Manzikert*, Edinburgh University Press, Edinburgh, 2007.
37. *The Kite Runner and A Thousand Splendid Suns*.
38. 1999年6月10日インタビュー："Usama Bin-Ladin, the Destruction of the Base", in *The Terrorist Research Center, n. d.* (http://web.Archive.org/web/2002111311503/ ; http://www.terrorism.c om/terrorism/BinLaden Transcipt.shtml)
39. Usama Bin-Ladin："World Islamic Front Statement", in *Federation of American Scientists*, February 23, 1998 (http://www.fas.org/irp/world/para/docs/980223- fatwa.htm)
40. Natana DeLong-Bas："al-Qaida", in *Oxford Bibliographies Online*, December 14, 2009 (http://www.oxforbibliographies.com/view/document/obo-9780195390155/obo-9780195390155-0065.xml?rskey=N3ltW7&result=121)
41. Faisal Devji：*Landscapes of Jihad. Militancy, Morality, Modernity*, Cornell University Press, Ithaca, NY., 2005.
42. Mir, op. cit., p. 113.
43. Alison Pargeter：*The New Frontiers of Jihad. Radical Islam in Europe*, I. B. Tauris, London, 2008.
44. Peters, op. cit.
45. Muhammad Qasim Zaman：*Modern Islamic Thought in a Radical Age. Religious Authority and Internal Criticism*, Cambridge Uneversity Press, Cambridge, 2012, pp. 71-72 273-281, 304-308.
46. Wahba Zuhayli："Islam and International Law", in *International Review of the Red Cross*, vol. 87, no. 858, June 2005, pp. 269-283.
47. Al-Buti：*Muhammad Sa'id (Jihad in Islam. How to Understand and Practice It)*, trans. by Munzer Adel Absi, Dal-al-Fikr Publishing House, Damascus, 1995.
48. Ibid.
49. R. A. Pape：*Dying to Win. The Strategic Logic of Suicide Terrorism*, Random House, New Yorl, 2006.
50. Niromi de Soyza："Sisters in Arms", in *Telegraph Magazine*, May 9, 2009, p. 35.
51. R. Baer：*The Sunday Times*, September 3, 2006.
52. Khaled M. Abou El Fadl："Islam and the Theology of Power", in *Middle East Report* 221, Winter 2001, p. 31.
53. Gary Bunt：*i Muslim. Rewiring the House of Islam*, University of North Carolina Press, Chapl Hill, Nc., 2009.

第10章 女性たち（287-319P）

1. Joan Smith：*The Independent*, September 22, 2013.
2. Nawal El Saadawi, quoted in Robert Marquand："Arab women. This time, the revolution won't leave us behind", in *The Christian Science Monitor*, March 8, 2011 (http://www.csmonitor.com)
3. Kate Zerbiri："The Redeployment of Orientalist Themes in Contemporary Islamophobia", in *Studies in Contemporary Islam 10*, 2008, p. 5.
4. Ibid., p. 36.
5. Ibid., p.9.
6. Muhammad Asad：*The Message of the Qur'an*, no. 37, The Book Foundation, London, 2003, p. 600.
7. 『コリントの人々への第一の手紙』11章16節
8. Nikki R. Keddie and Beth Baron：*Women in Middle Eastern History. Shifting Boubdaries*

in Sex and Gender, Yale University Press, New Haven, CT, 1992.
9 クルアーン2：221。
10. John L. Esposito and Natana J. Delong-Bas： *Women in Muslim Family Law*, Syracuse University Press, Syracuse, NY., 2001.
11. n. a. "Fatima bint Muhammad", *Guide to Salvation*, n.d. (http://www.guideosalvation.com/Website/fatima_bint_muhammad.htm).
12. Jean Calmard：" Fatema" . *Encyclopedia Iranica*, December 15, 1999 (http://www.iranicaonline.org/articles/fatema).
13. これまで知られている事例としては、12世紀のイエメン・スライヒド王国の歴代女王と、数ヶ月間だけマムルーク朝エジプトを統治したテュルク系の女性スルターン（スルターナ）がいただけである。
14. Remke Kruk：*The Warrior Women of Islam. Female Empowerment in Arabic Popular Culture*, I. B. Tauris, London, 2013.
15. Hillenbrand："Women in the Seljuq Period", in G. Nashat and L. Beck (eds.)：*Women in Iran from the Rise of Islam to 1800*, University of Illinois Press, Urbana, IL., pp. 103-120 ; Gavin Hambly：*Women in the Medieval Islamic World. Power, Patronage, and Piety*, MacMillian, Basingstoke, 1998.
16. Leslie Pierce： *The Imperial Harem. Women and Sovereignty in the Ottoman Empire*, Oxford University Press, Oxford, 1993.
17. Leila Ahmed： *Women and Gender in Islam. Historical Roots of a Modern Debate*, Yale University Press, Newhaven, CT., 1999, p. 75 ; Sumbul Ali-Karamali： *The Muslim Next Door. The Qur'an, the Media, and The Veil Thing*, White Claud Press, Ashland, OR., 2008, p. 153.
18. Marilyn Booth："Introduction", in Booth (ed.) ： *Harem Histories. Envisioning Places and Living Spaces*, Duke University Press, Durham, NC., 2010, p. 18.
19. Ibid., p. 13.
20. Jatten Lad："Panoptic Bodies . Black Eunuchs as Guardians of the Topkapi Harem", in *Harem Histories,* ibid., pp. 136-176.
21. Heghnar Zeiulian Watenpaugh："The Harem as Biography. Domestic Architecture, Gender and Nostalgia in Modern Syria", in *Harem Histories*, p. 227.
22. Emily Said-Ruete： *Memoirs of an Arabian Princess* (ed. G. S. P. Freeman-Grenville), East-West, London & The Hague, 1994.
23. Ibid., p. viii.
24. Ibid., pp. 97-98.
25. Amina Wadud： *Qur'an and Women. Rereading the Sacred Text from a Woman's Perspective*, Oxford University Press, Oxford & New York, 1999 ; BBC News, October 27, 2008.
26. Amina Wadud： *Inside the Gender-Jihad. Women's Reform in Islam*, One World Publications, Oxford, 2006.
27. Fatima Mernissi： *The Forgetten Queens of Islam*, Polity Press, Boston, MA. & Cambridge, 1994.
28. *Islamic Horizons*, 142/2002, p. 16, in Ali-Karamali, op. cit., p. 113.
29. n.a. :"FGM. UK's first female genital mutilation prosecutions announced",BBC News, March 21, 2014 (http://www.bbc.co.uk/news/uk-26681364).
30. n. a. :" On International Women's Day, Sanctuary calls for an end to FGM and Vacation Cutting", in *Sanctuary for Families*, May 8, 2013 (http://www.sanctuaryforfamilies.org/index.php?option=content & task=view&id=618)..
31. n. a. :"Saying of the Prophet. On Parent", *The Islamic Bulletin,* 16, August /September, 1998 (http://www. Islamic bulletin.org / newsletters/issue_16/@rophet.aspx)
32. Sera Silvestri：*Unveiled issues. Europe's Muslim Women's Potential, Problems and Aspirations*, King Badouin Foundation, Brussels, 2009.
33. Dawn Chatty："Veiling in Oman", in *Middle East in London*, 8/1, October-November 2011, p. 11.
34. 日に5回の礼拝と巡礼（男女が一緒におこな

う）のあいだ、女性たちは顔と手を出したままにしておかなければならない。

35. Islamic Sharia-base Law no. 18/2001.
36. John Esposito: "Muslim Women reclaiming their rights", *Institute for Social Policy and Understanding*, July 22, 2009 (http://www.ispu.org/content/Muslim_Women_Reclaiming_Their_Rights).
37. Patricia Jerrery: *Frogs in a Well. Indian Women in Punjab*, Lawrence Hill, London, 1979.
38. Yvonne Haddad, Jane I. Smith, and Kathleen Moore: *Muslim Women in America.Gender, Islam, and Society*, Oxford University Press, New York, 2006.
39. Islamic Social Services Associations and Women in Islam, Inc.: "Women Friendly Mosques and Community Centers. Working Together to Reclaim Our Heritage", in *Islamic Awareness*, n. d., (http:/www. islamawareness.net/Mosque/Women And Mosques Booklet.pdf).
40. Esposito and Mogahed, op. cit.
41. United Nations Development Programme: "Towards the Rise of Women in the Arab World", in *Arab Human Development Report*, 2005 (http://www.arab-hdr.org/publications/contents/2005/exesummary-e.pdf).
42. Booth, op. cit.
43. Yasir Suleiman: *Narratives of Conversion to Islam. Female Perspectives*, Prince Alwaleed Bin Talal Centre of Islamic Studies, Univrsity of Cambridge, in association with the New Muslims Project, Cambridge and Markfield, 2013.

第11章 明日（320-333P）

1. n.a.: "The ACW Letter", *A Common World*, 2007 (http://www.acommonworld.com/the-acw-document/)
2. 第6章参照。
3. "From harsh terrain", *The Economist*, August 6, 2009.
4. Tim Winter: "Bin Laden's violence is a heresy", in *The Daily Telegraph*, October 15, 2001(http://beta.radicalmiddleway.co.uk/articles.php?id=6&art=II).
5. Esposito and Mogahed, op. cit., p. 69.
6. Giles Whitell, in *The Times*, January 7, 2000.

用語解説

(ここではまずもっとも一般的にもちいられている鍵となる用語、ついでイスラームの歴史と発展における重要人物の名前をとりあげる。人物名は358-364頁に列挙されている。太字は見出し語があることをしめす。ただし、イスラーム、クルアーン、ムハンマド、ムスリムは除く)

[事項]
ア行

アサッシン(Assassins) Hashishiyyun (ハシーシュ常用者)とも。中世の**スンナ派**ムスリムが、ついで十字軍が、**シーア派イスマーイール派**から分かれたニザール派につけた、一般的ではあるが侮蔑的な呼称。この呼称はハシーシュに由来するものの、実際に彼らが麻薬を常用していたとは思えない。

アザーン(adhan) 礼拝へのよびかけ。

アーシューラー('Ashura) **シーア派**最大の祝祭で、イスラーム(ヒジュラ)暦で毎年ムッハラム月(第1月)の10日に営まれる(アーシューラーとはアラビア語で「10」の意)。この祝祭は、**フサイン**の殉教を追悼する10日間の頂点にあたる。

アニミスト(animist) 事物——樹木、植物、石、動物——に、個別的な霊が宿ると信じる者。

アッバース朝('Abbasids) イスラーム帝国の第2王朝(750-1258年)。

アッラー(Allah) 字義は「唯一神」。

アバヤ(abaya) ムスリム女性たちが着る長い外衣。

アブ=イ=トゥルバット(ab-i turbat) カルバラーの土をまぜた水。塵水とも。薬効があると信じられている。

アフル・アル=バイト(ahl al-bayt) 字義は「家の人々」。預言者ムハンマドの子孫や、娘ファーティマとその夫、またムハンマドの従弟**アリー・イブン・アビー・ターリブ**をさす。

アフワール(ahwal) 神秘的な精神状態。**スーフィー**たちが神への霊魂の旅において達する。

アーヤトッラー(ayatollah) 字義は「神の徴」。

アラウィー派('Alawis) ヌサイリー(Nusayris)派とも。おもにシリアとレバノンにおける秘教的な少数派シーア派。現在のシリアを統治する一族は同派に属している。

「アラブの春」(Arab Spring) 2011年からアラブ世界で勃発した一連の民衆蜂起。アラブ人たちはそれを「アラブの覚醒」と呼んでいる。

アル=アタバート=アル・ムカッダサ(al-'atabat al-muqaddasa) 字義は「聖なる門口」。イラクのナジャフや**カルバラー**、カーズィマイン、サーマッラーなどにある**シーア派**の霊廟。

アル=インサーン・アル=カーミル(al-insan al-kamil) 字義は「完全人間」。偉大な**スーフィー**だったイブン・アラビーが唱えたこの神智学的な概念は、霊的なムハンマドを人類の原型にみたてる。神が手段としての彼をとおして世界を知り、顕現するという。

アルカーイダ(al-Qa'ida, Al Qaeda) 字義は「座、基地」。イスラームの名のもとでテロ行動や自爆テロをおこなっている世界的規模の過激派集団。2011年9月11日のアメリカ同時多発テロも彼らによる。

アルカン・アッディーン(arkan al-din) 字義は「イスラームのささえ」。全ムスリムに宗教的な義務として課されるイスラームの五行(5本の柱)。これを実践することが彼らの信仰を強め、共同体への帰属意識を高める。

アル=ナビー・アル=ウンミ(al-nabi al-ummi) 「無筆の預言者」の意。クルアーンが啓示されたムハンマドの異名。イスラーム的奇跡を強調するため、ムスリムの学者たちは、預言者が読み書きできないと信じるようになった。

アレヴィー派(Alevis) 現代トルコの重要な少数派宗団。信仰は**シーア派**だが、**スーフィズム**やキリスト教、シャーマニズムの影響を受けている。

イェニチェリ(yeniçeri/Janissaries) オスマン朝の常備歩兵軍団。

イジュティハード(ijtihad) 字義は「努力」。法学者による決定に向けての独立した類推の行使。

イジュマー(ijma') 字義は「合意」。**スンナ派**の法学者たちがある特定の時代に法のある点に

ついて合意した法的判断。シャリーアの体系化のため、法学者たちが根拠とした4要素のひとつ。

イシュラキヤー（照明）学派（ishraqiyya）　スーフィーのスフラワルディーがギリシアやペルシア、さらにイスラーム的な要素を融合して立ちあげた思想。最初の絶対的な光のエッセンスである神が、たえず照明をあたえるとする。万物はこの光から派生し、神の被造物にとっての救いは、その照明に到達することによってえられるという。いかなるものも神との近さは、この照明の度合いによるとも説く。

イジャーズ（I'jaz）　クルアーンが模倣できるものではないとする教義。

イスマーイール派（Isma'ilis）　第7代イマームのイスマーイールにちなんで、七イマーム派ともよばれる。ムハンマドの子孫である生存中のイマームを信じている。ファーティマ朝は969年、エジプトにイスマーイール派の**カリフ制国家を建設し、約2世紀間、地中海地方を支配した。やがて1094年に分派運動が起こり、ニザール派**が派生した。今日、このニザール派はかなりの評判を集め、世界中に定着したムスリム社会に入りこんでいる。彼らは指導者のアーガー・ハーンを教義的に無謬の存在とみなしている。イスマーイール派のもうひとつの分派は**ボーホラー派**である。彼らはインドに拠点をおいているが、その存在はさほど知られておらず、政治的な活動もおこなっていない。

イスライーリーヤット（isra'iliyyat）　字義は「イスラエルの物語」。中東全域で知られる伝承で、ユダヤ教やキリスト教、さらに古代中東のフォークロアに由来する。

イスラフ（islah）　真のイスラームとみなされているものの再建ないし復元。

イスラーム（Islam）　クルアーンのメッセージに従って、神にすべてをゆだねること。

一神教徒（monotheist）　唯一神のみを信ずる人々。

イード・アル＝アドハー（'id al-adha）　字義は「犠牲の日」。巡礼月（ズー・アル＝ヒッジャ）の10日。この日、ムスリム世界全体で盛大な犠牲祭が営まれる。

イード・アル＝フィトル（'id al-fitr）　字義は「断食あけの祝宴」。ラマダーン月の終わりに営まれる楽しい祝祭。この日、ムスリムは晴れ着をまとい、贈り物を交換する。そして、モスクを訪れ、家族や友人たちと特別な食事をする。

イバーダート（'ibadat）　ムスリムに課された神に対する崇拝の義務。

イバード派（Ibadis）　ハワーリジュ派の流れを汲む穏健な宗団。今日、その大多数はオマーン、少数派はザンジバルやアルジェリアの一部にいる。彼らは**スンナ派にもシーア派にも属していない**が、他のムスリムとは共存している。

イマーマ（imama）　シーア派の**イマーム**ないし**スンナ派のカリフの役割にかんする中心的な考えないし教義**［およびイマームの地位］。

イマーム（imam／Imam）　字義は「模範」。前者は金曜日のモスクでの集団礼拝司式者（導師）。シーア派では、Imamは彼らを指導するため、神に選ばれたムハンマドの子孫をさす。これに対し、**イスマーイール派と十二イマーム派**では、Imamは教義において無謬だとする。スンナ派では、imamの称号はしばしばカリフと同義であり、**ガザーリー**のような偉大な学者をたたえるときにももちいられる。

イフラーム（ihram）　巡礼者がハッジないしウムラをおこなうために入る特別な清浄状態。

イルファーン（'irfan）　スーフィズムの神秘的哲学。

ヴェラーヤテ・ファキーフ（velayat-i faqif）　字義は「法学者の統治」。アーヤトッラー・ルーホッラー・ホメイニー（1989没）が唱えたもので、ムスリムの法学者たちは宗教的権威のみならず、政治的な権威をももっているとする。ムスリムは神への服従の表現として、つねに彼らに従わなければならないという。この教えは、イラン・イスラーム共和国の基盤となった。

ウドゥー（wudu'）　小浄。正式な礼拝をおこなう際、自分を正しい状態にたもつうえで不可欠な行為。

ウマイヤ朝（Umayyad）　ダマスカスを都とするイスラーム史上初の世襲王朝（661-750年）。滅亡後の756年には、イベリア半島で再興して後ウマイヤ朝となり、1031年まで存続した。

ウムラ（'umra）　小巡礼。ハッジの簡略形態。

ウラマー（'ulama'）　イスラーム諸学を修めた学者・知識人。

ウルフ（'urf）　慣習法・慣行

ウンマ（umma）　ムハンマドによって創設されたムスリム共同体。のちに世界的な規模でのイスラーム共同体となる。

オスマン朝（Ottomans）　トルコのスンナ派王朝。1342年から1924年まで中東や北アフリカ、バルカン半島を支配した。

カ行

カアバ（Ka'ba）　マッカにある立方体の建物。礼拝はそこに納められている神聖な黒石に向かって捧げられ、巡礼者たちはその周囲を歩いてまわる。ムスリムはこの建物がイブラーヒーム（アブラハム）とその息子イスマーイール（イシュマエル）によって建てられたと信じている。

ガイバ（ghayba）　字義は「不在」。「幽隠」と訳される。十二イマーム派の中核的な教義で、それによれば、小ガイバは第12代イマームが874年に姿を消したが、世界のどこかで隠れている時期だという。941年からこの教義は大ガイバへと変わり、12代イマームが終末にもどってくるまで、世界とのあらゆるつながりを断ちきったと信じられた。今日もなお十二イマーム派は第12代イマームの再臨を待ち望んでいる。⇒サフィール

カウワーリー（qawwali）　スーフィーのチシュティー教団による讃歌とインド音楽がまぜあわさった宗教歌謡。

カージャール朝（Qajars）　トルクメン人の王朝で、1779年から1925年までイランを中心に支配した王朝。

ガズナ朝（Ghaznavids）　イラン東部とアフガニスタン、のちにはインド北部も支配するようになるテュルク系王朝（961-1186年）。

カダル派（Qadariyya）　8世紀に登場したイスラーム神学者集団。人間が自由意志をもっているということを主張した。人間が自ら望むことをおこなう決断ができないとすれば、神は人間たちに高潔な行動をするよう義務づけたりはしないだろう。彼らはそう考えてもいた。

カーディ（qadi）　シャリーアの裁判官。

カーヌーン（qanun）　世俗法。

カーフィル（kafir）　神に従うことをこばむ不信心者。

ガブリエル（Gabriel）　クルアーンではジブリール（Jibril）として登場する。啓示をもたらす天使。

カラーム（kalam）　字義は「言葉」。転じて神学を意味する。

カリフ（caliph, khalifa）　ムハンマドの「後継者」。のちに、スンナ派信者共同体の宗教的・法的指導者をさすようになる。

カルバラー（Karbala'）　現在のイラクにあるフサインの殉教地。今もなおシーア派の信者たちが数多くその霊廟に詣でている。

キブラ（Qibla）　モスクのミフラーブがしめす礼拝方向。

キヤース（qiyas）　イスラーム法における「類推」。定法を新しい状況に適用するためにもちいる。

キャラバンサライ（caravansary）　ハーンとも。隊商宿。旅人や隊商が家畜や商品とともに一夜をすごす施設。

教友（sahaba）　ムハンマドの最側近たち。

苦行者（ascetics）　多くの宗教で、独住生活を送りながら極端なまでにきびしい修行や瞑想、祈り、断食、自己否定（無私）を実践する男女の聖者。

グスル（Ghusl）　「大浄化」。礼拝前の不可欠な行為として、儀礼的な清浄さをたもつためにおこなう全身の浄め。

グノーシス（霊知）主義（Gnosticism）　ギリシア時代末期と初期キリスト教時代の二元論的な宗教的・哲学的運動。その宗団は数多いが、いずれもが彼らだけに示される霊知をとおして救いをえることができるとする。

クライシュ族（Quraysh）　ムハンマドの出自部

族。**スンナ派**の歴代カリフはこの部族出身。

グラート（ghulat）　アリーを神格化する**シーア派**の極端派。

クルアーン（Qur'an）　字義は「読誦（されるもの）」。アラビア語でムハンマドに伝えられ、彼の**教友**たちによって記録された啓示の全体。

君主の鏡（Mirrors for Princes）　支配者たちに善政を説いた一連の書。

五イマーム派（Fivers）⇒ザイド派

サ行

ザイド派（Zaydis）　五イマーム派とも。今日まで存続している**シーア派**最古の宗団で、呼称はムンマハドの玄孫で、アリーの曾孫、フサインの孫となるザイド・イブン・アリー（740没）にちなむ。イスラーム時代初期、同派は真の**イマーム**がムハンマドの末裔であり、剣によってイスラーム共同体を受けつぐと考えていた。このイマームはまた宗教的な知をあたえられているが、**イスマーイール派**ないし**十二イマーム派**とは異なり、イマームは教義の問題で無謬ではないとする。このザイド派はイエメンでは1962年まで存続した。

サウム（sawm）　断食。イスラームの第4の行。

ザカート（zakat）　喜捨。字義は「浄化」。義務的な贈与で、イスラームの第3の行。

サーサーン朝（Sasanians）　224年から651年までイラクやイラン、中央アジアの一部をふくむ広大な領土を支配した前イスラーム時代のペルシア系王朝。国教はゾロアスター教。

サダカ（sadaqa）　自発的な贈与。

サファヴィー朝（Safavids）　1501年から1722年までペルシアを統治したテュルク系王朝。十二イマーム派の教えを国教とした。

サフィール　十二イマーム派の用語で、隠れたイマームが小ガイバ（幽隠）のあいだにそのメッセージを託す、イマームの4人の代理ないし使者をさす。

サマーウ（sama'）　字義は「聞くこと」。**スーフィー**が忘我状態に入るために音楽や舞踊をもちいる修行法。

サーマーン朝（Samanids）　873年から999年までイラン東部や中央アジアを支配したペルシアの王朝。**スンナ派**の正統神学を強力にささえた。

ザムザム（Zamzam）　マッカのカアバ近郊にある泉の呼称。その水を飲むことが、巡礼のひとつの儀式となっている。

サラート（salat）　宗規にかなった、もしくは儀礼的な日に5回の礼拝。イスラームの第2の行。

サラート・アル＝タラーウィーフ（salat al-tarawih）　ラマダーン期間中にかぎって、夕方の礼拝後、そして宗規に従っての朝の礼拝前の払暁の前に20ラクアないし32ラクア、あるいは40ラクアおこなわれる自発的な礼拝。

シーア派（Shi'tes）　ムスリム第2の多数派宗団で、ムスリム共同体の統治と教義の解釈が預言者ムハンマドのカリスマ性をもった系累によってなされるべきだと考えている。

ジェメヴィ（cem evi）　字義は「集会の家」。アレヴィー派の重要な儀礼サマーウ（セマー）が、礼拝指導者のデデの司式で営まれる場所。

ジナーン（ginan）　イマームをたたえる十二イマーム派の詩ないし歌。当初は口伝だったが、のちにシンド語やグジャラート語、ヒンディー語、パンジャブ語といった、インドのさまざまな言語で書きとめられ、約800篇が記録されている。しばしば神秘的な内容のこれらジナーンは、信者たちに倫理的な教えをしめす。

ジハード（jihad）　字義は神の道での「奮闘・努力」。ムスリム法学者はこれを2通りに分類している。大ジハードは、男女を問わず個人がそのいやしい本能や不純な性向を浄めるための闘い、小ジハードはイスラームの血を守り、あるいは拡大するための戦いを意味する。

ジャアファル学派（Ja'fari）　十二イマーム派の第6代イマームだった、ジャアファル・サーディク（765没）の言葉や判断が、同派法学の多くの基礎となっているところから、しばしば十二イマーム法学派とよばれる。

シャイフ（shaykh）　多義的にもちいられる語で、高徳な長老や部族の長、スーフィーの師など

をさす。

シャハーダ（shahada）ムスリムの信仰告白。イスラームの第1の行。

シャーフィイー法学派（Shafi'i）ムハンマド・イブン・イドリース・アッ゠シャーフィイー（767–820）を名祖とする法学派。

シャヒード（shahid）字義は「証人・証言」。転じて、神の道で没した者、すなわち殉教者。
→殉教

ジャブル派（Jabriyya）初期のムスリム神学派。活動は8世紀の短期間だけで、人間は自分の行動を選べないと唱えた。

ジャマーアト・ハーナ（Jam'at Khana）字義は「集会場」。イスマーイール派の金曜礼拝がおこなわれる特別な施設。

シャーマニズム（Shamanism）部族社会にしばしばみられる信仰・実践で、霊的世界と交流できる異能をもつと信じられているシャーマンを中心とする。

シャリーア（Shari'a）字義は「水への道」。イスラームの宗教法。

十字軍（Crusaders）ムスリムからの聖地奪回を目的として編成された西欧のキリスト教徒軍。1099年から1291年にかけて中東に駐留した。

十二イマーム派（Twelvers）世界でもっとも数多く、もっともめだつシーア派宗団。

殉教（istishhad）信仰に殉ずる行為ないしそれを求めること。

シルク（shirk）唯一神だけがもつものに、なんらかの実体ないし人物があやかると主張すること。その最大の罪はイスラームに対する違犯とされる。

ジルバブ（jilbab）両手、顔、頭以外を覆うムスリム女性用のヴェール。頭部はスカーフで隠す。インドネシアでは、ジルバブはヘッドスカーフをさす。

神政政治（theocracy）神を統治者とする政体。

神智学（theosophy）字義は「神の知」。神とその神秘を理解しようとする秘教的な哲学。ムッラー・サドラー（1640没）をはじめとするペルシアのスーフィー思想家たちによってとりいれられたアプローチで、霊的な忘我や直観、あるいは特殊な個人的関係によって神智に到達するという。

審判の日（Day of Judgment）ないし最後の日（Last Day）決算の日、復活の日とも。すべての者が神の裁きを受ける世界の終末。

新プラトン主義（Neoplatonism）プロティノス（205–270）によって最終的に形づくられた古典期ギリシア最後の思潮。エジプト出身の哲学者である彼のもっとも重要な著作としては、『エンネアデス』がある。この思潮は神がある特定の時に世界を創造したとする考えをとらず、代わりに、神によるたえざる「流出」という考えを提唱し、この流出によって、神の下にいくつもの階層が創造されたとした。

ズィクル（dhikr）字義は「言及」。神の想起とその名を連稱するスーフィーの儀礼。個人ないし集団で営まれる。

ズィクル・アッラー（dhikr Allah）「神の想起」。スーフィーがクレッシェンドで神の名を唱える礼拝形式。

ズィヤーラ（ziyara）マディーナにあるムハンマドや他の聖者たちの霊廟参詣。この語はまたシーア派イマームやスーフィーの霊廟への参詣も意味する。

スィーラ（sira）字義は「行跡」。この語はイブン・イスハーク（767没）によって書かれ、イブン・ヒシャーム（833没）によって改訂された、ムハンマドの伝記の題名にもちいられている。

スーフィー（Sufi）ムスリムの神秘主義者。

スブハ（subha）数珠。ミスバハやタスビーフともよばれる。アッラーの99の美名に符合する99個の玉からなる。

スーラ（sura）クルアーンの「章」。

スルターン（sultan）字義は「権威」。スンナ派のカリフが軍事的な指導者に自らの権力を正当化するためにあたえた称号。この称号は多くのムスリム支配者によってもちいられている［東南アジアはスルタン］。

スンナ（sunna）慣行・慣習。

スンナ（Sunna）ムハンマドの規範的な行動モデルで、宗規にのっとった言行録（ハディース）

スンナ（スンニー）派（Sunna /Sunnis） ムスリムの主流宗団。シーア派や他の宗団、たとえばイバード派などと対立している。

セマー（sema） サマーウのトルコ語表現。

セム人（Semitic /Semite） 呼称はノアの長男であるシェムに由来する。ユダヤ人やアラブ人、エチオピア人をふくむ。セム語としてはアッカド語やフェニキア語、アムハラ語、アラム語（イエスが話していた言語）、シリア語、ヘブライ語、アラビア語がある。

セルジューク朝（Seljuqs） 現在のイランやイラク、シリアの一部、パレスチナ、アナトリア（トルコ）、さらに中央アジアを征服したテュルク系王朝。1038年から1194年までの統治期間中、数多くのスンナ派モスクやマドラサを建てた。

旋舞ダルヴィーシュ派（Whirling Dervishes） ⇒ メヴレヴィー教団

ゾロアスター教（Zroastrianism） イスラーム以前のイランの主要宗教で、ザラスシュトラ（ゾロアスター）を開祖とする。今もなお同国の僻遠の地に存続しているほか、インドのパールシー共同体のうちでも勢力をたもちつづけている。教徒たちは至高の善神アフラ・マズダーを信じ、対立神の悪霊アンラ・マンユのあいだに宇宙的な戦いが起こるとする。サーサーン朝の国教。

ゾロアスター教徒（Zoroastrians） マジュース（majus）とも。神官・聖職者はマギ（magi）［magicの語源］とよばれる。

タ行

タアズィヤ（ta'ziya） フサイン殺害を追悼するシーア派のアーシューラー祭時に営まれる、殉教詩劇。

タウヒード（tawhid） 神の唯一性。イスラームの基本的な教義。

タウワーブーン（tawwabun） 字義は「告解者たち」。680年にイラクのカルバラーにおける残虐なフサイン暗殺を許したクーファのシーア派信者たち。フサインの切断された頭部をまのあたりにした彼らは、殉教者を見殺しにしたことを悔み、自ら胸をたたいてなげき悲しんだ。この重大な出来事から、シーア派の哀悼と贖罪が始まった。

タキーヤ（taqiyya） スンナ派の信者たちが、その少数意見ゆえに迫害をさけるため、他宗を信仰しているようにみせかける意図的な偽装。

タクビール（takbir）「アッラーフ・アクバル（神は偉大なり）」という唱言。

タサウウフ（tasawwuf） 字義は「スーフィーになること」。イスラームの神秘主義的特徴。

タジュウィード（tajiwid） 字義は「飾り」。クルアーンの文字や音節を完全かつスムーズに、そして流暢に発音するための技法。

多神教（polytheism） 1柱以上の神を信じる宗教。

タハラ（tahara） 礼拝の前におこなう儀礼的な浄め。

タリーカ（tariqa） スーフィズムにおける霊的な「道」。スーフィー教団もさす。

ターリバーン（Taliban） 字義は「学生」。1994年にムハンマド・オマルが組織し、アルカーイダと結びついたムスリム過激派。

ダール・アル＝アフド（Dar al-'ahd） 字義は「協約の家」⇒ダール・アッ＝スルフ

ダール・アル＝イスラーム（Dar al-Islam） 字義は「イスラームの家」。イスラーム共同体全体。イスラーム法が適用されるムスリム地域をさす。

ダール・アッ＝スルフ（dar al-sulh） 字義は「和平の家」。ムスリム勢力と和平条約をむすんだ友好的な非ムスリムの地。

ダール・アル＝ハルブ（Dar al-harb） 字義は「戦争の家」。イスラームの支配下に入っていないが、ムスリムと和平協定をむすんだ地域。

ダール・アル＝ヒクマ（Dar al-hikma） 字義は「知恵の館」。1005年にファーティマ朝カリフのハーキムがカイロに創設した教育機関。

タルビヤ（talbiyya） ズー・アルヒッジャ月の9日に、ムスリムの巡礼者たちがアラファト山で唱える、「御意のままに、アッラーよ、御意のままに」という言葉。

チシュティー教団（Chishtiyya） ムイーヌッディ

ーン・チシュティー（1236没）を名祖とするスーフィー宗団。インドで人気をはくした。

チャードル（chador） 顔の上半分を除いて全身を覆う女性用の長いヴェール。とくにイランで着用されている。

デデ（Dede） サマーウ儀礼のアレヴィー派司式者。

天使（angel） 神の使者で、神と人間のあいだを仲介する霊的存在。

天使論（angelology） 天使についての学問。

ドゥアー（du'a'） 日に5回の儀礼的な礼拝のほかにおこなう個人的な礼拝。

ドゥルーズ派（Druze） シーア派イスマーイール派の分派。ファーティマ朝第6代カリフのハーキムが1021年に失踪したのち、彼を神格化した。現在、信者はおもにレバノンに居住しており、イスラエルにも少数いる

ナ行

ナクシュバンディー教団（Naqshbandyya） バハー・アッディーン・ナクシュバンド（1389没）によって創設されたスーフィー教団。

ナッス（nass） シーア派イマームの継承者を指名する資格があるとされる権威（者）。

ナビー（nabi） 人間に神のメッセージを伝えるため、神に選ばれた預言者のこと。

ニカーブ（niqab） ムスリム女性がもちいる顔と鼻だけをかくすヴェール。

ニサーブ（nisab） ザカート（喜捨）をしなければならない最低限の財産。

ニザール派（Nizaris） 十二イマーム派の有名な分派。1094年頃からまもなくして、カイロのファーティマ朝主流から分かれ、イラン北部ダイラム地方のアラムート要塞に拠点をおいた。⇒十二イマーム派

ヌサイリー（Nusayris）**派** ⇒アラウィー派

ハ行

バイア（bay'a）字義は「売買契約の締結」、転じて「臣従の誓約」。軍事的指導者や法学者、行政官たちが、新たなスンナ派のカリフに対しておこなう。

バイト・アル=ヒクマ（bayt al-hikma） 字義は「知恵の館」。830年にカリフのマアムーンが設立した教育機関で、ここで外国の学術書がアラビア語に翻訳された。

ハク=イ・カルバラー（Khak-i Karbala'）「カルバラーの土」。水と混ぜて小型のレンガを作る。アブ=イ・トゥルバット（塵水）とも。病人や瀕死の患者を助ける薬効があると信じられている。

バザリス（bazaris） 商店主階層のこと。1979年のイスラーム革命時、シーア派十二イマーム派の政権掌握に貢献した。.

ハッジ（hajj） 毎年おこなわれる儀礼的な巡礼。イスラームの五行のひとつ。すべてのムスリムは、経済的・身体的な問題がなければ、生涯に1度、イスラーム暦第12月のズー・アル=ヒッジャ（巡礼月）にマッカ巡礼をしなければならない。

ハディース（Hadith） 預言者ムハンマドの言行録。そこにもりこまれた預言者の言葉と行動は、教友たちによって伝えられたとされる。

ハナフィー派（Hanafi） アブー・ハニーファ（767没）のを名祖とする法学派（マズハブ）。

ハニーフ（hanif） 字義は「真の宗教の信徒」。クルアーンがイスラーム以前に唯一神を信仰していた真の信者をさすためにもちいた語。とくにアブラハムについて使われている。

ハーフィズ（hafiz） クルアーン全体を暗記した者。

ハムダーン朝（Hamdanids） 906年から1004年までシリア北部を支配した、シーア派系アラブ王朝。

ハラカー（halakha） 字義は「道」。ユダヤ法。

ハラム（haram） 字義は「禁じられた」。シャリーアによって禁じられた人間の行為。

ハラール（halal） 字義は「許された」。とくにシャリーアの定めにのっとって解体処理された肉に対してもちいられる語。

ハワーリジュ派（Khawarij） ハーリジー（Kharijites）派とも。イスラームの初期宗団。もっとも高潔・高徳な人物がムスリム共同体を指導し、その人物はムハンマドの子孫ないし全共同体から選ばれた者でなければならないとする。これに同意しない者はだれであれ

ムスリムではなく、殺害されるべきだとも主張した。

ハレム（harem）ムスリムの家の女性専用区域。

汎イスラーム主義（Pan-Islamism）唯一の統一的なイスラーム国家のもとでのムスリムの一体化を目的とする政治的運動。1920年代からは世界的な**カリフ**制の復活という考えとむすびついた。

ハンバル派（Hanbali）アフマド・イブン・ハンバルを名祖とする法学派。

ビザンツ帝国（Byzantine Empire）350年頃-1453年。地中海東部におけるローマ帝国の後継者。ビザンツ人は原則として東方教会（ギリシア正教）に属していた。

ヒジャーブ（hijab）一般的には女性の頭と顔を除く全身を覆う服。ヘッドスカーフを意味することもある。

ヒジュラ（hijra）662年のムハンマドとその最初の信奉者たちによる、マッカからマディーナへの移住（聖遷）。この年がイスラーム（ヒジュラ）暦の元年となっている。

ヒヤル（hiyal）「潜脱手段、計略」。ムスリムの法律家たちがむずかしい問題をたくみに回避ないしだしぬくためにもちいる策略。

ビラー・カイファ（bila kayfa）「いかに・問うことなく」、「いかにを理解しようとすることなく」の意。アフマド・イブン・ハンバルが提唱したアプローチで、彼は信者たちが人智を超えた信仰問題を問うてはならないと唱えた。

ファキーフ（faqih）イスラームの法体系（フィクフ）に精通している学者。

ファティハ（fatiha）クルアーン第1章の「開扉・開端」。

ファトワー（fatwa）ある行動がシャリーアに適っているか禁じられているかについて、ムフティー（ムスリム学者）が定めた法的見解ないし告知。

ファナー（fana'）「神の中での自己の消滅」。スーフィーが神秘の道の最終段階に到達すると、神との合一ないし融合がなって、完全に自己が消滅すること。

ファルド（fard）シーア派が義務として分類している人間の行為。

フィクフ（fiqh）「理解」。古典期のイスラーム法学。

フカハー（fuqaha'）イスラーム法学者。

フクム（hukm）法判断・法規則。

フドゥード（hudud）字義は「限界」。シャリーアに規定された罰則。広義には「神が人間の自由に対して設定した限界」と定義される。

フトバ（khutba）金曜日とイスラームの2大祝祭時に、**イマーム**（礼拝導師）がおこなう説教。

フムス（khums）十二イマーム派に課せられた税。収入［ないし純益］の5分の1を納める。

ブルカ（burqa）ムスリム女性が身につけるゆったりとしたヴェール。全身をおおい、目だけは網状の面紗でみえるようにしてある。

ベクタシー教団（Bektashiyya）スーフィー教団。呼称は創設者であるハジュ・ベクタシュ（1270頃没）の名前に由来する。

ホウゼ（hawze）十二イマーム派の神学校。学生たちにイスラーム法を教える。

ボーホラー派（Bohras）シーア派イスマーイール派の分派で、1171年にイエメンに移り、その後、インドに定着した。

マ行

マウラー（mawla）モッラー（molla）とも。多義的な語で、主人や領主、庇護者などを意味する［イスラーム知識人に対する尊称でもある］。

マガージーの書（maghazi books）ムハンマドの軍事遠征（マガージー）を記録した書。

マカーム（maqam）字義は「立場・地位」。スーフィーの神の道における神秘階梯・行為規範。

マクルーフ（makruh）「忌避」。シャリーアによって非難されるべきとして分類された人間の行為。

マザーリム（mazalim）統治者によって設けられた不正・苦情などを扱う裁判所。

マスジド・アル=ハラム（al-masjid al-haram）マッカにある大モスク。

マズハブ（madhhab）字義は「従うべき道」。法学派のこと。**スンナ派**には4法学派があり、いずれもひとしい合法性をもつと認められて

いる。シーア派もまた独自の法学派をもっている。

マスラハ（maslaha）　字義は「利益」。公共の利益のために法的な判断をくだすこと。

マッカ（Mecca）　メッカとも。預言者ムハンマドが生まれ、教えを説きはじめたアラビア半島の都市で、ハッジの目的地。

マディーナ（Madina）　メディナとも。マディーナ・アン＝ナビー（預言者の町）ないしマディーナ・アッ＝ラスール（使徒の町）の略称。古称はヤスリブ。622年、ムハンマドがマディーナへのヒジュラ（聖遷）を敢行し、ウンマ（ムスリム共同体）を立ちあげた地。

マディーナ憲章（Constitution of Madina）　マディーナ時代の2ないし3年目までさかのぼる基本資料。マッカやマディーナの信者共同体（**ウンマ**）について語っているが、そこにはまたユダヤ教徒やキリスト教徒などの異教徒たちをどう扱うかも言及されている。

マドラサ（madrasa）　学生たちが所属する**マズハブ**の法を学ぶ施設。そこでの教育内容にはアラビア語文法やイスラームの宗教諸学などもふくまれる。

マニ教（Manichaeism）　マニ（216-276頃）が創唱した二元論的宗教。善（神）と悪（悪魔）の対立原理が永遠に共存すると唱えた。

マフディー（Mahdi）　字義は「正しく導く者（救世主）」。最後の審判と復活の日に先だって、世界全体に正義をもたらすために神に選ばれた人物。十二イマーム派はマフディーをこの世に再臨する第12代イマームとしている。

マムルーク朝（Mamluks）　エジプトの拠点から広大な帝国を建設したトルコ系王朝（1250-1517）。

マラージー（maraji'）　中東における十二イマーム派の最高権威。非ムスリムが多数派を占める遠い土地で、信者たちがどう生きるべきかの指針を出している［marja'の複数形］。

マルジャア・アッ＝タクリード（marja'al-taqlid）　字義は「習従の源泉、模倣の鏡」。イスラーム法の最高有識者。この称号は19世紀に新しい10人の法学エリートたちにあたえられたもので、彼らは十二イマーム派信者たちの日常生活を導くことができる、最高の有資格者と認められていた。

マーリク学派（Maliki）　スンナ派の正統法学派のひとつ。マーリク・イブン・アナス（801没）を名祖とする。

マンドゥーブ（mandub）　シャリーアによって推奨された行為。

ミナレット（minaret）　モスクに付随する塔。そこから礼拝のよびかけ（アザーン）がおこなわれる。

ミフナ（mihna）　字義は「試験、試み」、転じて「異端審問」。833年に**スンナ派**のアッバース朝カリフだったマアムーンが、クルアーン創造説を唱えるムウタズィラ学派の教えを王朝の公式見解にしようとして、法学者や役人たちにその受け入れを迫るために設けた。しかし、これは神学を毛ぎらいする保守的な法学者たち、たとえば**アフマド・イブン・ハンバル**（855没）らから激しい反対にあい、失敗した。

ミフラーブ（mihrab）　モスクのマッカ側内壁の壁龕ないしアーチの窪み。礼拝の方向（キブラ）をしめす。

ミーラージュ（mi'raj）　ムハンマドによるマッカからエルサレムへの夜の旅（ヒジュラ6年目頃）と、そこからの昇天。この昇天で、彼はかつての預言者たちと出会い、神の姿をまのあたりにしたとされる。

ムアッズィン（mu'adhdhin）　モスクのミナレットから礼拝をよびかける人物。

ムアーマラート（mu'amalat）　法律書に定義されているように、ムスリムの人間関係にかかわる法的規範。

ムウタズィラ学派（Mu'tazila）　字義は「身を引く人々」。8世紀前葉にバスラで設立されムスリムの神学派で、「正義とタウヒード（神の絶対唯一性に対する信仰）の者たち」を自称していた。とくにクルアーン創造説を教義にとりいれたことで知られる。

ムガル朝（Mughals）　インドの王朝（1526-1858年）。

ムジャーヒド（mujahid）　神の道で闘う者。ジハード戦士。

ムジュタヒド（mujtahid）自らの法的判断をおこなう学者。

ムスリム（Muslim）イスラームの神に帰依する者。

ムスリム同胞団（The Muslim Brotherhood）ハサン・アル＝バンナー（1949没）が1928年にエジプトで創設した組織。クルアーンとハディースの原理原則に回帰し、新しい真のイスラーム社会を構築することを主張している。

ムトア婚（mut'a）シーア派で認められている一時婚。

ムハージルーン（Muhajirun）622年にムハンマドに従ってマッカからマディーナに移住（ヒジュラ）した人々。彼らはマディーナにおけるムスリム共同体の中心となった。

ムバーフ（mubah）シャリーアが許可したとして分類される人間の行為。

ムフティー（mufti）法的見解・指示（ファトワー）を出すことができるムスリム法学者。

メヴレヴィー教団（Mevlevis）旋舞教団として知られる。トルコのコンヤで、ジャラールッディーン・ルーミー（1273没）によって組織された。

ムラービト朝（Almoravids）字義は「要塞を拠点とする者たち」（al-Murabitun）。1056年から11467年まで北アフリカ、さらにイスパニアを支配したベルベル人の王朝。

モスク（mosque／masjid）字義は「平伏する場所」。通常、儀礼的な礼拝がおこなわれる。金曜モスク［マスジト・アル＝ジュマア］では、金曜礼拝が厳守に営まれ、説教壇（ミンバール）からイマーム（導師）による金曜説教（フトバ）がおこなわれる。

ヤ行

預言者たちの封印（Seal of Prophets）ムスリムが審判の日までの最後の預言者と信じているムハンマドの称号。神が彼に対して示した啓示もまた最後のものとされる。

ラ行

ライラ・アル＝カドル（Layla al-qadr）字義は「力の夜」。「定めの夜」などとも。イスラーム暦でもっとも神聖な夜で、毎年ラマダーン月の26-27日に営まれる。この夜、クルアーンがムハンマドの心におりたと信じられている。

ラクア（rak'a）ムスリムの礼拝単位で、朗唱、跪拝、伏位をふくむ一連の所作。

ラマダーン（Ramadan）ムスリムの断食月。イスラーム太陰暦の第9月。

ラスール・アッラー（rasul Allah）「神の使徒」。ムハンマドにあたえられた尊称。

リバート（ribats）字義は「修道所」。転じて、イスラーム世界の国境で戦うジハード戦士のための施設（砦）。彼ら戦士たちは、中央アジアの国境地域でイスラームを守り、異教徒のテュルク系住民たちを改宗させるために宣教活動もおこなった。

リファーイー教団（Rifa'iyya）「吼えるデルヴィーシュ派」ともよばれる。スーフィーの異端宗団で、リファーイー（1182／83没）を名祖とし、現在はおもにエジプトとシリアにいる。

ロウゼ（rouzehs）字義はアラビア語で「庭園」。フサインの生涯と死を追悼するシーア派の儀礼。

ワ行

ワスル（wasl）字義は「到達」。神に近づいた神秘的な状態を慎重にしめすため、スーフィーがもちいた語。

ワッハーブ派（Wahhabiyya／Wahhabis）ムスリムの政治・宗教的集団。呼称は創設者のムハンマド・イブン・アブドゥル＝ワッハーブ（1792没）にちなむ。厳格なハンバル派の法解釈に由来するこの集団は、1744年からサウジアラビアで実権を掌握したサウド家と密接にむすびつくようになる。

ワリー（wali）守護者、聖者、「神の友、親しい友人」（クルアーン）など、多義的用語。

［人物］

ア行

アーイシャ（'A'isha）614頃-678年。ムハンマド

の愛妻とされる。アブー・バクルの娘。

アーガー・ハーン4世、カリーム（Aga Khan IV, Karim）1936年生。第49代カリフで、**イスマーイール派**から分かれた**ニザール派**の霊的指導者。

アスカリ、アル=ハサン（al-Askari, al-Hasan）846頃-874年。十二イマーム派の第11代イマーム。埋葬地はイラクのサーマッラー。

アシュアリー、アブー・アル・ハサン（al-Ash'ari, Abu'l-Hasan）873／4-936年。**スンナ派**の神学者。合理的な方法で伝統的な信仰の真理を証明しようとした。

アタテュルク、ムスタファ・ケマル（Atatürk, Mustafa Kemal）1881-1938年。1923年、トルコ共和国を樹立し、初代大統領となった。

アフガーニー、サイイド・ジャマールッディーン（al-Afgani, Sayyid Jamal al-Din）1838／39-97年。近代主義の改革者で、政治論争活動家。

アブー・バクル、アブドゥッラー（Abu Bakr, 'Abd Allah）570頃-634年。ムハンマドの義父で、イスラーム共同体最初の**カリフ**（632-634年）。

アブー・ハニーファ（Abu Hanifa）700-767年。初期法学者で、**ハナフィー派**の創始者とされる。

アブラハム／イブラーヒーム（Abraham／Ibrahim）聖書とクルアーンに登場する。クルアーンでは「ハリール・アッラー（神の友）」として知られる。ムハンマドから一神教の開祖および**マッカ**の**カアバ神殿**の創設者とみられた。

アリー・イブン・アビー・ターリブ（'Ali ibn Abi Talib）600頃-661年。ムハンマドの従弟・義理の息子で、イスラームの第4代カリフだったが、661年に暗殺された。

アルクーン、ムハンマド（Arkoun, Muhammad）1928-2010年。アルジェリアのムスリム近代主義者。

アル=ブシリ（al-Busiri）1212頃-94年頃。エジプトのスーフィー詩人。アラビア語でもっとも愛された彼の詩「外套の詩」は、ムハンマドの生誕とミーラージュ（昇天）、さらにジハードをたたえているが、それはまた特別な力をもっているとされ、葬儀や他の宗教的儀礼の際に読まれている。

イエス（Jesus）クルアーンではイサ・イブン・マルヤム（マリアの子イエス）と記されている。ムスリムはイエスを神のきわめて重要な預言者とみなす。クルアーンには処女懐胎についての言及もある。

イシュマエル（イスマーイール）聖書とクルアーンに登場する**アブラハム**と**ハガル**の息子。父が**カアバ神殿**を建立するのを手伝った。ほとんど注釈者たちによれば、彼はアブラハムの初子奉献であやうく犠牲にされかかった息子だったという。このイシュマエルはアラブ人の祖と考えられている。

イブン・アブドゥル=ワッハーブ、ムハンマド（Ibn 'Abd al-Wahhab, Muhammad）1701-87年。アラビア半島で起こり、イスラームの純化を目的とする**ワッハーブ派**の指導者。スーフィズムやシーア派と対立し、クルアーンの権威とムハンマドの道に帰ることを唱えた。

イブン・アラビー、ムヒッディーン（Ibn al-'Arabi, Muhyi al-Din／Muhyiddin）1165—1240年。スーフィーのもっとも著名な神智学者。とくに論争を呼んだ思想「存在の一体性」で知られる。

イブン・アル=ファリード、ウマル（Ibn al-Farid, 'Umar）1118-1235年。エジプトのスーフィー詩人。

イブン・イスハーク、ムハンマド・イブン・ヤサール（Ibn Ishaq, Muhammad ibn Yasar）704頃-767年。ムハンマドの伝記（**スィーラ**）編纂者。この伝記はのちに**イブン・ヒシャーム**によって改訂された。

イブン・スィーナ、アブー・アリ（Ibn Sina, Abu 'Ali）980-1037年。ラテン語名アヴィケンナ。ムスリムの哲学者・科学者・医師として、中世ヨーロッパでも高名だった。

イブン・タイミーヤ（Ibn Taymiyya）1158／63-1328年。シリアのハンバル派法学者で、**ワッハーブ派**から高く評価された先駆的な著作家。

イブン・バーズ、アブドゥル=アズィーズ・イブン・アブドッラー（Ibn Baz, 'Abd al-' Aziz ibn 'Abdallah）（1910-99）サウジアラビアのワッハーブ派法学者で、ムフティーをつとめた。

イブン・バットゥータ（Ibn Battuta）1368／77年没。中世最大のムスリム旅行家。その旅行記はモロッコから極東にいたるまでの旅を描いている。

イブン・ハルドゥーン、アブドゥッラフマーン（Ibn Khaldun, 'Abd al-Rahman）1332-1406年。チュニジア出身で、ときに「社会学の父」と称される。数多くの旅をかさねた法学者で、ムスリム世界各地で王朝に仕えた。有名な先駆的史書である『歴史序説』は、法と歴史パターンを対象としている。

イブン・ハンバル、アフマド・イブン・ムハンマド（Ibn Hanbal, Ahmad ibn Muhammad）780-855年。ハンバル法学派の創設者とされる。彼はアッバース朝カリフのマームーンが、833年のミフナにおいてイスラーム世界全体に課そうとした、ムウタズィラ派によるクルアーン創造説の受け入れをこばんだ。それにより、投獄されたが、のちに釈放された。

イブン・ヒシャーム、アブー・ムハンマド（Ibn Hisham, Abu Muhammad）833年没。イブン・イスハークが以前に著したムハンマドの伝記（スィーラ）の改訂者。

イブン・ルシュド、アブー・アル=ワリード・ムハンマド・イブン・アフマド（Ibn Rushd, Abu al-Walid Muhammad ibn Ahmad）1126-98年。中世のヨーロッパでアヴェロエスとして知られた彼は、スペインのコルドバ出身。著書『矛盾の矛盾』で名をはせた。

ウサーマ・ビン・ラーディン（Usama bin Laden）1957-2011年。2001年9月11日のアメリカ同時多発テロを主導したアルカーイダの創設者。2011年にパキスタンで殺害された。

ウスマン・ダン・フォディオ（Usman dan Fodio）1754頃-1817年。ナイジェリア北部、ハウサ諸国ソコト王国の都市国家ゴビルに生まれた宗教学者・改革運動家。1804年にソコト・カリフ帝国を建国している。

ウマル、ムッラー・ムハンマド（'Umar, Mullah Muhammad）1959生。ムハンマド・オマルとも訳す。ターリバーンの創設者・精神的指導者。

ウム・クルスーム（Umm Kulthum）1898-1975年。アラブ史上最高のエジプト人女性歌手で、「東洋の星」とたたえられた。

エブッスウード・エフェンディ（Ebü'ss'ud Efendi）1490-1574年。オスマン朝のハナフィー派法学者。

エル・サーダウィ、ナワル（El-Saadawi, Nawal）1931年生。エジプト人作家でフェミニズム活動家。

カ行

ガザーリー、アブー・ハーミド・ムハンマド（al-Ghazali, Abu Hamid Muhammad）1058-1111年。中世のヨーロッパでガゼルとして知られていた多作のイラン人ムスリム学者。

カラダーウィー、ユースフ（al-Qaradawi, Yusuf）1926生。おそらく今日の世界でもっとも権威のあるエジプト・スンナ派の神学者・説教者。カタールの衛星放送局アルジャジーラの彼の番組は、よく知られている。

カリード・アブ・エル=ファドル（Khaled Abou El-Fadl）1963年生。クウェート出身。イスラーム法の権威で、人権問題の分野における専門家。アメリカ在住。

クトゥブ、サイイド（Qutb, Sayyid）1906-66年。しばしば「近代イスラーム原理主義の父」と称される。急進的イスラーム主義・ムスリム同胞団の中心的理論家だったが、第2代エジプト大統領ガマール・アブドゥル・ナーセルの政治に反対して処刑された。

クライニー、ムハンマド・イブン・ヤークブ（al-Kulayni, Muhammad ibn Ya'qub）864-940年。ペルシアのシーア派神学者で、シーア派の伝承をふくむ1万6000ものハディース集成書の編者。

サ行

ザイド・イブン・アリー（Zayd ibn 'Ali）695-740年。ムンマハドの玄孫。ウマイヤ朝カリ

フに対する反乱を指導し、クーファで戦死した。五イマーム派としても知られるザイド・シーア派の第5代イマーム。

サイフ・アッダウラ、アリー・イブン・アブール＝ハイジャ・アブダッラー（Sayf al-Dawla, 'Ali ibn Abu'l-Hayja 'Abdallah）916-967年。サイフッダウラとも。シーア派ハムダーン朝君主

サッダーム・フサイン（フセイン）、アブドゥル＝マジード・アッ＝ティクリーティー（Saddam Husayn, 'Abud al-Majid al-Tikriti）1937-2006年。1979年からイラクの第5代大統領をつとめたのち、処刑された。

サドラー、ムッラ（Sadra, Mulla）1572—1640年。ペルシアのスーフィー神学者。

サラディン（Saladin）ムスリム世界ではサラーフッディーン・ユースフ・イブン・アイユーブ（1138-93）として知られる。十字軍に対するクルド人ムスリムの英雄で、1187年にエルサレムを再制圧し、ヨーロッパでもその勇猛さと寛大さで有名だった。

サルメ、ビント・サイード（Salme, Bint Said）1844-1924年。オマーンとザンジバルの君主サイド・サイードのアラブ人王女。若いドイツ人のルドルフ・ハインリヒ・ルートと結婚し、ヨーロッパにのがれて、自叙伝を著した。

サンフーリー、アブドゥル・ラッザーク・アフマド（al-Sanhuri, 'Abd al-Razzaq Ahmad）1895-1971年。フランス民法典をモデルとし、エジプトの既存の法やシャリーアの一部を参照して、新しいエジプト民法典を草したアラブ世界の重要人物。

シリン・エバディ（Shirin Ebadi）1947生。イランの弁護士・人権活動家で、2003年にイラン初のノーベル賞受賞者となるが、政府と対立した。

ジャアファル・サーディク（Ja'far al-Sadiq）699／702-765年。イスマーイール派と十二イマーム派の第6代イマーム。ハディースの重要な伝承者。

シャーフィイー（アッ＝）、ムハンマド・イブン・イドリース（al-Shafi'i, Muhammad ibn Idris）767-820年。シャーフィイー法学派の創始者・名祖。

ジュナイド、イブン・ムハンマド・アブー・アル＝カーシム（Junayd, ibn Muhammad ab al-Qasim）830-910年。初期スーフィー。バグダードで活躍し、スンナ派の正統派に組みこまれたスーフィズムに対して、慎重なアプローチをとるよう唱えた。

ジーラーニー（アル＝）、アブドゥルカーディル（al-Jilani, 'Abd al-Qadir）1077-1166年。ペルシア出身の高名なスーフィーで、カーディリー派の創始者。

ズハイリ、ワフバ（Zuhayli, Wahba）1932-2015。シリアのイスラーム法学者・説教者・ジハード解釈者。非ムスリムたちをイスラームに強制的に改宗させるために戦争をおこなってはならないと主張した。

スフラワルディー、シャハーブッディーン（Suhrawardi, Shihab al-Din）1155-91年。照明学派のスーフィー著作家。スフラワルディー教団の名祖。異端を攻撃し、アレッポの獄舎で処刑されたことから、しばしば「アル＝マクトゥル（殺された者）」よばれる。

タ行

ダマスコ／ダマスカスの聖イオアン／聖ヨハネ／聖ヨアンネス（John of Damascus）676頃-749年。キリスト教の修道士・神学者。一時期、ダマスカスのウマイヤ朝カリフ宮廷で徴税官［？］をつとめていた。『キリスト教徒とサラセン人の神学論争』などの著作がある。

ナ行

ナクシュバンド・ブハリ、バハー・アッディーン（Naqshband Bukhari, Baha'al-Din）1318-89年。ナクシュバンディー教団の名祖。

ニザーム・アル＝ムルク（Nizam al-Mulki）1017／18-92年。本名はハサン・ブン・アリー・トゥースィー。セルジューク朝の2代のスルターン、すなわちアルプ・アルスラーンとマリクシャー1世に仕えたペルシア人宰相。

ヌールッディーン、マフムード・イブン・ザンギー（Nur al-Din, Mahmud ibn Zangi）1118-

74年。ザンギー朝第2代君主。軍事的指導者としてトルコとシリアを支配した。十字軍を迎え撃ち、**サラディン**のための道を開いた。

ネシャット、シリン（Neshat, Shirin）1957年生。イラン人の写真家・映像作家。30年以上イランから追放されていた。

ハ行

ハガル（Hagar）旧約聖書とクルアーンの登場人物。アブラハムの女奴隷で、のちに妻。**イシュマエル**の母。

ハサン（Hasan）625-670年。ムハンマドの孫で、**ファーティマとアリー**の長男。シーア派の第2代イマーム。

バスターミー、アブー・ヤズィード（Bastami, Abu Yazid）804-874／77／78年。神秘体験で有名なペルシアのスーフィー。

バスリ、ハサン（al-Basri, Hasan）642-728年。初期イスラームの苦行者・裁判官・説教者。

ハッラージュ、マンスール・アブー＝ムギース（al-Hallaj, Mansur Abu'-l-Mughith）857-922年。ペルシア人スーフィーで、922年、バグダードで磔刑死。スーフィズムを一般民衆に理解させたが、**スンナ派**の学者エリートたちからは安定した信仰に対する脅威とみなされた。

ハディージャ（Khadija）554頃-619年。ムハンマドの最初の妻。生存中、彼女は唯一の妻だった。

パリンバニ、アブドゥル＝サマド（al-Palimbani, 'Abd al-Samad）1704-90年頃。ガザーリーやイブン・アラビーの著作に影響を受けたスマトラ島南部出身のスーフィー。

ハーン、サイイド・アフマド（Khan, Sayyid Ahmad）1817-98年。インドのムスリム社会改革者。インドにおけるイギリスの統治をいかに考えるか、そして植民地化された祖国でムスリムはどこに位置すべきかという問題にとりくんだ。また、近代社会の要請にこたえるため、イスラーム法の自由化を求めた

ヒッリー、アル＝ハサン・イブン・ユースフ・アル＝アッラーマ（al-Hilli, ai-Hasan ibn Yusuf al-'Allama）1250-1325年。アーヤットラー［字義は「アッラーの徴」］の称号を、十二イマーム派の学者としてはじめてあたえられた人物。個人的な判断（イジュティハード）の原則を有効なものとし、それを同派の法学に導入した。

ヒッリー、アル＝ムハッキク・ジャアファル・イブン・アル＝ハサン（al-Hilli, al-Muhaqqiq Ja'far ibn al-Hasan）1205／06-77年。イラク中部ヒッリー出身の**シーア派**十二イマーム派の法学者。現在までもちいられている十二イマーム派の法学書を編集している。

ファーティマ（Fatima）633年没。ムハンマドの娘で、**アリーの妻、そしてハサンとフサイン**の母。「アル＝ザフラー（輝く者）」という称号が冠された。

ファーラービー、アブー・ナスル（al-Farabi, Abu Nasr）870頃-950年。イスラーム初期の哲学者。トルキスタン出身。

フィゼー、アサフ・アリー＝アスガル（Fyzee, Asaf 'Ali -Asghar）1899-1981年。インドのムスリムで、イスマーイール派から分かれた**ボーホラー派**の法学者。主著『ムハンマド法の輪郭』は、シャリーアに対する彼の急進的かつ近代主義的アプローチをしめしている。

フサイン（Husayn）620-680年。ムハンマドの孫で、**ファーティマとアリー**の次男。シーア派の第3代イマームだった彼は、**カリフ**のヤズィードが派遣したウマイヤ朝の軍隊によって、**カルバラー**で**殉教**した。シーア派が営んでいるムハッラム祭は、彼の殉教を追悼するものである。

フジュウィーリー、アブー＝ハサン・アリー（Hujwiri, Abu' al-Hasan 'Ali）990頃-1077年。最初かつもっとも有名なスーフィズム論のペルシア人著者。

ブーティー、サイイド・ムハンマド・ラマダーン（al-Buti, Muhammad Sa'id Ramadan）1926-2013年。シリアの**スンナ派**聖職者。その著『イスラームのジハード。いかにしてそれを理解・実践するか』において、大ジハードを力説したが、ダマスカスのモスクに対する自爆テロの犠牲となった。

ブハーリー、ムハンマド（al-Bukhari,

Muhammad ibn Isma'il）810-870年。ハディース集成で、もっとも権威があるとされる2書のうちの1書『サヒーフ・アル＝ブハーリー』の編者。

ホメイニー、アーヤトッラー・サイイド・ルーホッラー（Khomeini, Ayatollah Sayyid Ruhollah）1902-89年。イラン革命の指導者で、1979年、イラン・イスラーム共和国を樹立した。

マ行

マアムーン、アブー・アル＝アッバース・アブドゥッラー（al-Ma'mum, Abu al-'Abbas 'Abdallah）アッバース朝第7代カリフ。広闊な学識と神学的な関心をもち、有名な翻訳センターである「知恵の館」を創設した。

マウドゥーディー、サイイド・アブルアラー（Mawdudi, Sayyid Abu'l-'Ala）1903-79年。パキスタンの思想家・ジャーナリスト。1941年に政党のジャマー（ア）テ・イスラーミー（イスラーム協会）を創設し、47年には分離独立したパキスタンに移り、独自のイスラーム主義的思想を伝えつづけた。

マッキー、アブー・ターリブ（al-Makki, Abu Talib）996没。シーア派の法学者でスーフィー。その著作がガザーリーに貴重な影響をあたえた。

マフマッサーニ、ソビ（Mahmassani, Sobhi）1909-86年。レバノンの法学者。変革を唱え、イスラーム法が現代社会の諸条件に適応すべきだと主張した。

マッラーシュ、マリヤナ（Marrash, Mariyana）1848-1919年。新聞に記事を寄稿した最初のアラブ人女性。シリアのアレッポでサロンを主宰し、つねに最新のヨーロッパ・ファッションをまとった。

マリア（Mary）18頃-41年［?］。クルアーンのマリア（マルヤム）の章［第19章］には、受胎告知やイエスの生誕のことが書かれている。

マーリク・イブン・アナス、アブー・アブダッラー（Malik ibn Anas, Abu 'Abdallah）708／16-795年。マーリク学派の創始者。

ムカッダシー、ムハンマド・イブン・アフマド・アッディーン（al-Muqaddasi, Muhammad ibn Ahmad al-Din）945／46-991年。ムスリム世界各国の地誌を書き記したアラブ・ムスリムの旅行家。

ムカーティル・イブン・スライマーン（Muqatil ibn Sulayman）767年没。初期のクルアーン注釈者。

ムスタンシル、アブー・ジャアファル（al-Mustansir, Abu Ja'far）1192-1242年。アッバース朝の第36代カリフで、1232年、バグダードにスンナ派の4大法学派のためのムスタンシリーヤ・マドラサを設けた。

ムスリム、アブー・アル＝フサイン（Muslim, Abu'l-Husayn）816-873年。もっとも権威があるとされるハディース集成書2冊のうちの一方の編者。

ムタナッビー、アブー・アル＝タイーブ・アフマド（al-Mutanabbi, Abu'l-Tayyib Ahmad）915-965年。もっとも愛されたアラブ古典期の詩人。

ムハースィビー、アブー・アブダッラー・アル＝ハーリス（al-Muhasibi, Abu 'Abdallah al-Harith）781-857年。バグダードのスーフィー。著作をとおしてスーフィズムをスンナ派の枠内においた。

ムハンマド（Muhammad）570頃-632年。クルアーンが啓示されたイスラームの預言者。ムスリムからは「預言者たちの封印」、すなわち最後の預言者とみなされている。

ムハンマド・アブドゥー（Muhammad 'Abduh）1849-1905年。エジプトの近代主義改革者で、イスラーム世界全体に大きな影響をあたえた。

メルニーシー、ファーティマ（Mernissi, Fatima）1940生。有名なモロッコ人社会学者で、フェミニズム運動の著作家。

モーセ（Moses）ユダヤの宗教的指導者で、クルアーンではムーサーと記されている。イスラエルの民をエジプトから紅海を越えて約束された地へと導き、途中、シナイ山で神から十戒を授かったとされる［『出エジプト記』］。荒野で40年間彷徨したのち、約束された地を思

い描きながら幕屋で没する。モーセはイスラームでも重要な預言者とされる。

ヤ行

ユースフ・イブン・ターシュフィーン（Yusuf ibn Tashfin）ベルベル系ムラービト朝の第2代君主（在位1061-1106／07）。北アフリカの広大な地を支配して、モロッコに新しい都マラケシュを建設し、スペイン・ムスリムを攻撃した。

ラ行

ラービア・アダウィーヤ（Rabi'a Adawiyya）715頃-801年。イラクの聖者視された女性スーフィー。最初は砂漠、のちにはバスラで隠遁・独住生活を送り、やがて弟子たちがそのまわりに集まった。

リダー、ムハンマド・ラシード（Rida, Muhammad Rashid）1865-1935年。シリアのムスリム改革運動家。アタテュルクによって廃止される直前のカリフ制にかんする論考がある。

ラシュディ、サルマン（Rushdie, Salman）1947生。インド系イギリス人作家。1988年に彼が上梓した『悪魔の詩』に対し、ホメイニーがファトワーを発している。

ルーミー、ジャラールッディーン（Rumi, Jalal al-Din）1207-73年。アフガニスタンのバルフに生まれ、トルコのコンヤに定住したペルシア最大のスーフィー詩人。

レザー・シャー・パフラヴィー（Reza Shah Pahlavi）1878-1935年。1925年から41年の強制退位まで、イランを統治した。

ワ行

ワズィール（wazir）近代以前におけるムスリム政府の宰相。

ワドゥード、アミナ（Wadud, Amina）1952年生。アフロ・アメリカン系の女性ムスリム研究者で、イスラームの「ジェンダー包括訳」的解釈の提唱者。2005年、ニューヨークで金曜礼拝を司式し、説教をおこなっている。

参考文献

Andaya, B. W. and L. Y. Andaya : *A History of Malaysia*, University of Hawaii Press, Honolulu, 2001（B・W・アンダヤ&L・Y・アンダヤ『マレーシアの歴史』）

Arberry, A. J. : *Sufism. An Account of the Mystics of Islam*, Haper & Row, New York, 1970（A・J・アーベリー『スーフィズム――イスラーム・神秘主義者たちにかんする報告』）

Asad, Muhammad : *The Message of the Qur'an*, The Book Foundation, London, 2003（ムハンマド・アサド『クルアーンのメッセージ』）

Aslan, Reza : *No God Bud God. The Origins, Evolution, and Future of Islam*, Random House, New York, 2006（レザー・アスラン『変わるイスラーム――源流・進展・未来』、白須英子訳、藤原書店、2009年）

Attar, Farid al-Din : *Muslim Saints and Mystics*, trand. By A. J. Arberry, Routeledge and Kegan Paul, London, 1979（ファリード・ウッディーン・アッタール『イスラーム神秘主義聖者列伝』、藤井守男訳、国書刊行会、1998年）

Ayoob, Mohammed : *The Many Faces of Political Islam. Religion and Politics in the Muslim World*, University of Michigan Press, Ann Arbor, MI., 2007（アユーブ・モハメド『政治的イスラームの多面性――ムスリム世界の宗教と政治』）

Bearman P., R. Peters and F. E. Vogel (eds.) : *The Islamic School of Law. Evolution, Devolution, and Progress*, Harvard University Press, Cambridge, MA., 2006（P・ベアマン、R・ピーターズ&F・E・ヴォーゲル編『イスラーム法学派――その進化・推移・発展』）

Black, Anthony : *The History of Islamic Political Thought from the Prophet to the Present*, Edinburgh University Press, Edinburgh, 2001（アンソニー・ブラック『預言者ムハンマドから現在までのイスラーム政治思想史』）

Bloom, Jonathan and Sheila Blair : *A Thousand Years of Faith and Power*, Yale University Press, New haven, CT., 2002（ジョナサン・ブルーム&シーラ・ブレア『信仰と力の1000年』）

Boland, B. J. : *The Struggle of Islam in Modern Indonesia*, Nijhoff, The Hague, 1971（B・J・ボーランド『近代インドネシアにおけるイスラームの戦い』）

Bonner, Michael : *Jihad in Islamic History. Doctorines and Practices*, Princeton University Press, Princeton, NJ. 2006（マイケル・ボナー『イスラーム史におけるジハード――教義と実践』）

Bukhari : *Sahih al-Bukhari*, trans. by M. Muhsin Khan, Kazi Publications, Chicago, IL., 1979（ブハーリー『真正集』）

Bunt, Gary : *Islam in the Digital Age. E-Jihad, Online Fatwas and Cyber Islamic Environments*, Pluto Press, London, 2003（ギャリー・ブント『デジタル時代のイスラーム――E・ジハード、オンライン・ファトワー、サイバー・イスラム環境』）

Burke, Jason : *Al-Qaeda. Casting a Shadow of Terror*, I. B. Tauris, London, 2003（ジェイソン・バーク『アルカーイダと恐怖の影』）

Calmard, Jean : "Fatima", in *Encyclopedia Iranica*, http://www.iranicaonline.org/articles/fatema（ジャン・カルマール「ファーティマ」、『エンサイクロペディア・イラニカ（イラン百科事典）所収』）

Cole, J. : *Sacred Space and Holy War. The Politics, Culture and History of Shi'ite Islam*, I. B/Tauris, London 2002（J・コール『神聖空間と聖戦――シーア派イスラームの政治・文化・歴史』）

Cooke, Miriam and Bruce B. Lawrence (eds.) : *Muslim Networks from Hajj to Hiphop*, University of North Carolina, Chapel Hill, NC., 2005（ミリアム・クーク&ブルース・B・ローレンス編『ハッジからヒップホップまでのムスリム・ネットワーク』）

Cortese, D. and S. Calderini : *Women and the Fatimids on the World of Islam*, Edinburgh

University Press, Edinburgh, 2006（D・コルテーゼ＆S・カルデリーニ『イスラーム世界の女性たちとファーティマ朝』）

Denny, Fred : *An Introduction to Islam*, Macmillan, New York, 2006（フレッド・デニー『イスラーム入門』）

Doorn-Harder, P.van : *Women Shaping Islam. Indonesian Women Reading the Qur'an*, University of Illinois, Urbana, IL, 2006（P・ファン・ドーン＝ハーダー『イスラームを形作る女性たち──クルアーンを読むインドネシアの女性たち』）

Elias, Jamal J.: *Islam*, Taylor & Francis, Abingdon, Oxford, 2004（ジャマール・J・エリアス『イスラーム』、小滝透訳、春秋社、2004年）

Ernst, Carl : *Following Muhammad. Rethinking Islam in the Contemporary World*, Edinburgh University Press, Edinburgh, 2004（カール・エルンスト『ムハンマドに従って──現代世界のイスラーム再考』）

Esposito, John L. and Dalia Mogahed : *Who Speaks for Islam? What a Billion Muslims Really Think*, Gallup Press, New York, 2008（ジョン・L・エスポジト＆ダリア・モガヘッド『イスラームの代弁者はだれか？──10億のムスリムたちは実際に何を考えているか』）

Esposito, John L. (ed.) : *The Oxford Dictionary of Islam*, Oxford University Press, New York, 1999（ジョン・L・エスポジト編『オックスフォード版イスラーム事典』）

Ess, J. van : *The Flowering of Muslim Theology*, trans. by J. M. Todd, Harvard University Press, Cambridge, MA., 2006（J・ファン・エス『ムスリム神学の開花』）

Ewing, Katherine P.(ed.) : *Being and Belonging. Muslims in the United States since 9 /11*, Russell Sage, New York, 2008（キャサリン・P・イーウィング『いることと属していること──9・11後のアメリカのムスリムたち』）

Fireston, Reuven : *Jihad. The Origins of Holy War in Islam*, Oxford University Press, New York, 1999（ルーヴァン・ファイアストーン『ジハード──イスラームにおける聖戦の起源』）

Fletcher, J. : *Studies on Chinese and Islamic Inner Asia*, ed. B. F. Manz, Variorum, Aldershot, 1995（J・フレッチャー『中国およびイスラーム内陸アジアの研究』）

Ghaneabassiri, Kamran : *A History of Islam in America*, Cambridge University Press, New York, 2010（カムラン・ガニーバシーリ『アメリカにおけるイスラームの歴史』）

Goodman, L. E. : *Avicenna*, Routledge, London, 1992（L・E・グッドマン『アヴィケンナ』）

Goody, J. : *Islam in Europe*, Cambridge University Press, Cambridge, 2004（J・グッディ『ヨーロッパのイスラーム』）

Haeri, Shaykh Fadhlalla (ed. & trans.) : *The Sayings and Wisdom of Imam Ali*, Muhammadi Trust of Great Britain and Nothern Ireland, London, 1999（シャイフ・ファズァッラー・フェアリ編訳『イマーム・アリーの言葉と知恵』）

Hambly, Gavin : *Women in the Middle Islamic World. Power, Patronage, and Piety*, Macmillan, Basingstoke, 1998（ギャヴィン・ハンブリー『中世イスラーム世界の女性たち──力・庇護・信仰』）

Hodgson, Marshall G. S. : *The Venture of Islam. Conscience and History in the World Civilization*, 3 vols., University of Chicago Press, Chicago, IL., 1974（マーシャル・G・S・ホジソン『イスラームの冒険──世界文明における良心と歴史』3巻）

Holyland, Robert : *Seeing Islam as Others saw It. A Survey and Evaluation of Christian, Jewish, and Zoroastrian Writings on Islam*, The Darwin Press, Princeton, NJ., 1997（ロバート・ホリーランド『他人が見たようにイスラームを見ること──キリスト教徒、ユダヤ教徒、ゾロアスター教徒によるイスラーム関連著作の研究と評価』）

Huda, Qamarul : *The Diversity of Muslims in the United States. Views as Americans*, United States Institute, Washington DC., 2006（カマ

ルル・フダ『アメリカ合衆国のムスリムの多様性——アメリカ人としての見方』)

Ibn Ishaq : *The Life of Muhammad (Sirat Rasul Allah)*, trans. by A. Guillaum, Oxford University Press, London, 1955（イブン・イスハーク『ムハンマド伝』）

Ibn Khaldun : *The Muqaddimah. An Introduction to History*, trans. by F. Rosenthal, abrid. by N. J. Dawood, Princeton University Press, Princeton, NJ., 1969（イブン・ハルドゥーン『歴史序説』、森本公誠訳、全4巻、岩波文庫、2001年）

Jeffrey, Patricia : *Frogs in the Well. Indian Women in Purdah*, Zed Press, London, 1979（パトリシア・ジェフリー『井の中の蛙——ヴェールにかくれたインド人女性たち』）

Joseph, Suad (ed.) : *Encyclopedia of Women and Islamic Culture*, Brill, Leiden, 2003（シュアド・ジョーゼフ『女性・イスラーム文化百科事典』）

Kepel, Gilles and Jean-Pierre Milleli (eds.) : *Al-Qaeda in its Own Words*, Belknap Press, Cambridge & London, 2008（ジル・ケペル＆ジャン＝ピエール・ミレリ編『アルカーイダとその言葉』）

Khomeini, R. M. : *Islam and Revolution, Writings and Declarations of Imam Khomeini*, trans. by H. Algar, Mizan Press, Berkley, CA., 1981（R・M・ホメイニー『イスラームと革命——イマーム・ホメイニーの著作と宣言』）

Kruk, Remke : *The Worrior Women of Islam. Female Empowerment in Arabic Popular Culture*, I. B. Tauris, London, 2013（リムク・クラック『イスラームの女性兵士たち——アラブの民衆文化における女性の台頭』）

Lawrence, Bruce (ed.) : *Messages to the World. The Satements of Osama Bin Laden*, trans. by James Howarth, Verso, London, 2005（ブルース・ローレンス編『世界へのメッセージ——ウサーマ・ビン・ラーディンの発言』）

Lewis, Franklin : *Rumi. Past and Present, East and West. The Life, Teaching and Poetry of Jalat al-Din Rumi*, Oneworld, Oxford, 2000（フランクリン・ルイス『ルーミー——過去と現在、東洋と西洋。ジャラールッディーン・ルーミーの生涯・教え・詩』）

Lewis, P. : *Islamic Britain. Religion, Politics, and Identity among British Muslims*, Palgrave, London, 2002（P・ルイス『イスラームのイギリス——イギリス・ムスリムたちの宗教・政治・アイデンティティ』）

Long, David E. : *The Hajj Today*, State University of New York Press, Albany, NY., 1979（デーヴィッド・E・ロング『今日のハッジ』）

Makdisi, George : *The Rise of Colleges. Institutions of Learning in Islam and the West*, Edinburgh University Press, Edinburgh, 1981（ジョージ・マクディスィ『カレッジの台頭——イスラームの学習機関と西欧』）

Martin, R. C., M. R. Woodward and D. S. Atmaja : *Defenders of Reason in Islam. Mut'azilism from Medieval School to Modern Symbol*, Oneworld, Oxford, 1997（R・C・マーティン、M・R・ウッドワード＆D・S・アトマジャ『イスラームの理性擁護者たち——中世学派から近代信条までのムウタズィラ学派』）

McAuliffe, Jane Dammen (ed.) : *Encyclopedia of the Qur'an*, Brille, Leiden, 2002（ジェーン・ダメン・マッコーリフ編『クルアーン百科』）

Melchert, C. : *The Formation of the Sunni Schools of Law, 9th-10th Centuries C. E.*, Brill, Leiden, 2002（C・メルチャート『スンナ派法学派の形成、9-10世紀』）

Mernissi, Fatima : *The Forgotten Queens of Islam*, Polity Press, London, 1991（ファーティマ・メルニーシー『イスラームの忘れられた女王たち』）

Mottahedeh, Roy : *The Mantle of the Prophet*, Penguin Books, Harmondsworth, 1987（ロィ・モッタヘデー『預言者の衣鉢』）

Motzki, Herald (ed.) : *The Biography of Muhammad. The Issue of the Sources*, Brill, leiden, 2000（ヘラルド・モトヰ編『ムハンマド伝——資料問題』）

Nashat, G. and L. Beck (eds.): *Women in Iran from the Rise of Islam to 1800*, University of Illinois, Urbana, IL., 2003（G・ナシャット&L・ベック編『イスラーム勃興期から1800年までのイランの女性たち』）

Nasr, Seyyed Hossein: *Islam. Religion, History and Civilization*, HarperOne, San Francisco, CA., 2002（サイイド・ホセイン・ナスル『イスラーム──宗教・歴史・文明』）

Netton, Ian Richard: *Text and Trauma. An East-West Primer*, Routledge, London, 1996（イアン・リチャード・ネットン『テクストとトラウマ──東西の初等読本』）

Nielsen, Jorgen: *Muslims in Western Europe*, Edinburgh University Press, Edinburgh, 2005（ヨルゲン・ニールセン『西欧のムスリムたち』）

Pierce, Leslie: *The Imperial Harem. Women and Sovereignty in the Ottoman Empire*, Oxford University Press, Oxford, 1993（レスリー・ピアース『後宮──オスマン帝国の女性たちと君主制』）

Qaradawi, Yusuf: *The Lawful and Prohibited in Islam*, American Trust Publications, Indianapolis, IN., n. d.（ユースフ・カラダーウィー『イスラームにおける合法的なるものと禁じられたもの』）

Rahman, Fazlur: *Major Themes of the Qur'an*, Bibliotheca Islamica, Indianapolis, IN., 1980（ファズラー・ラーマン『クルアーンの重要主題』）

Renard, John: *Seven Doors of Islam. Spirituality and the Religious Life of Muslims*, University of California, Berkeley, CA., 1996（ジョン・レナード『イスラームの7つの扉──ムスリムの精神性と宗教生活』）

Rippin, Andrew (ed.): *The Blackwell Companion to the Qur'an*, Blackwell, Malden, MA., 2006（アンドルー・リッピン編『ブラックウェル版クルアーンの手引き』）

Ibid.: *The Qur'an and its Interpretative Tradition*, Ashgate, Aldershot, 2001（同『クルアーンとその伝統的解釈』）

Rizvi, S. H.: "Mysticism and Philospphy. Ibn 'Arabi and Mulla Sadra", in R. Taylor and P. Adamson (eds.): *The Cambridge Companion to Arabic Philosophy*, Cambridge University Press, Cambridge, 2005, pp.224-246（S・H・リズヴィ「神秘主義と哲学──イブン・アラビーとムッラー・サドラー」、R・タイラー&P・アダムソン編『ケンブリッジ版アラブ哲学入門』所収論文）

Robinson, Francis (ed.): *The Cambridge Illustrated History of the Islamic World*, Cambridge University Press, Cambridge, 1996（フランシス・ロビンソン編『ケンブリッジ版図解イスラーム世界史』）

Safi, Omid (ed.): *Progressive Muslims. On Gender, Justice and Pluralism*, Oneworld, Oxford, 2003（オーミッド・サーフィー編『発展するムスリム──ジェンダー、正義、多元主義について』）

Sahas, Daniel J.: *John of Damascus on Islam. The "Heresy of the Ishmaelites"*, Brille, Leiden, 1972（ダニエル・J・サハス『ダマスコの聖イオアーン──「イシュマエル族の異端」』）

Said-Ruete, Emily: *Memoirs of an Arabian Princess*, ed. by G. S. P. Freeman-Grenville, East-West, London & Hague, 1994（エミリー・サイド=ルート『あるアラブ王女の回想録』）

Sajoo, Amyn: *Muslim Ethics. Emerging Vistas*, I. B. Tauris, London, 2004（アミン・サジュー『ムスリム道徳──新たな展望』）

Shepard, William: *Introducing Islam*, Routledge, Abingdon, Oxford, 2009（ウィリアム・シェパード『イスラーム入門』）

Silvestri, Sara: *Unveiled Issues. Europe's Muslim Women. Potential, Aspiration and Challenges*, King Badouin Foundation, Brussels, 2009（サラ・シルヴェストリ『ヴェールをはがれた諸問題──ヨーロッパのムスリム女性たち。可能性・渇望・挑戦』）

Smith, Jane I.: Islam in America, Columbia University Press, New York, 1999（ジェー

ン・I・スミス『アメリカのイスラーム』)

Smith, Margaret : *Readings from the Mystics of Islam*, Luzac, London, 1972(マーガレット・スミス『イスラーム神秘主義読本』)

Suleiman, Yasir : *Narratives of Conversion to Islam. Female Perspectives*, Markfield, Prince Alwaleed Bin Talai Centre of Islamic Studies, University of Cambridge, in association with the New Muslims Project, Cambridge, 2013(ヤシル・スレイマン『イスラーム改宗の語り —— 女性の見方』)

Taji-Farouki, Suha (ed.) : *Modern Muslim Intellectuals and the Qur'an*, Oxford University Press, London, 2004(スーハ・タジ゠ファルーキ編『近代のムスリム知識人とクルアーン』)

The Koran Interpreted, trans. by A. J. Arberry, Allen & Unwin, London, 1980(『解釈クルアーン』)

Trimingham, J. S. : *The Sufi Orders in Islam*, Clarendon Press, Oxford, 1971(J・S・トリミンガム『イスラームのスーフィー教団』)

Tucker, Judith : Women, Family, and Gender in Islamic Law, Cambridge University Press, Cambridge, 2008(ジューディス・タッカー『イスラーム法における女性・家族・ジェンダー』)

Turner, Colin : *Islam*, Routledge, London, 2005(コリン・ターナー『イスラーム』)

Turner, Richard Brent : *Islam in the African-American Experience*, Indiana University Press, Bloomington, IN, 2003(リチャードソン・ブレント・ターナー『アフロ゠アメリカ人の経験におけるイスラーム』)

Wadud, Amina : *Inside the Gender Jihad. Women's Reform in Islam*, Oneworld, Oxford, 2006(アミナ・ワドゥード『ジェンダー・ジハードの内側 —— イスラームにおける女性たちの改革』)

Woodward, Mark R. (ed.) : *Toward a New Paradigm. Recent Development in Indonesian Islamic Thought*, Arizona State University Program for Southeast Asian Studies, Tempe, AZ., 1996(マーク・R・ウッドワード編『新たなパラダイムに向けて —— インドネシアのイスラーム思想における近年の発展』)

Zubaida, Sami : *Law and Power in the Islamic World*, I. B. Tauris, London & New York, 2003(サミ・ズバイダ『イスラーム世界の法と権力』)

訳者あとがき

　本書『図説イスラーム百科』は、エディンバラ大学名誉教授で、セント・アンドルーズ大学のイスラーム史教授でもある、キャロル・ヒレンブランド『イスラーム──新歴史入門』（Carole Hillenbrand：Islam. A New Historical Introduction, Thames & Hudson, London, 2015）の全訳である。

　1943年にロンドン郊外のサウスベリーに生まれた著者は、ケンブリッジやオックスフォード、さらにエディンバラの各大学で、中世・近代語や東洋学、中世イスラーム史を学び、1979年から2008年まで母校エディンバラ大学で教鞭をとった。その間、同大学のイスラーム・中東学部の学部長をつとめ（2期）、アメリカ合衆国のダートマス大学やオランダのフローニンゲン大学、さらにアラブ各国の大学でも客員教授や招聘講師として講壇に立っている。

　一方、彼女は1983年からエディンバラ大学出版局のイスラーム関係編集顧問となり、99年からはルートレッジ社を書肆とする「ペルシア・トルコ史研究」叢書の編集を手がけた。2003年からはイギリス中東研究学会の副会長や難民救済委員会の委員などを歴任し、2005年には、非ムスリムとしてはじめてキング・ファイサル国際賞のイスラーム研究部門賞を授与され、2007年には、それまでのエディンバラ王立学会や王立歴史学会にくわえて、大英学士院会員に選ばれている。

　イギリスにおけるイスラーム研究の泰斗でありながら、なぜかこれまで邦訳がなかったが、ヒレンブランドのおもな著作としては以下がある。

単著：

1989年　『ウマイヤ・カリフ朝の衰退』（*The Waning of the Umayyad Caliphate*, State University of New York Press, Albany, 273 pp.）

1990年　『十字軍時代のムスリム君主国──初期アルトゥク朝』（*The Principality in Crusader Times : the Early Artuqid State*, The Netherlands Historical and Archaeological Institute for the Near East in Istanbul, Leiden, 266 pp.）

1999年　『十字軍──イスラームの見方』（*The Crusedes, Islamic Perspectives*, Edinburgh University Press, Edinburgh, 647 pp）［ロシア語版（2008年）・トルコ語版（2015年）］

2007年　『トルコの神話とムスリムの象徴──マンジケルトの戦い』（*Turkish Myth and Muslim Symbol : The Battle of Manzikert*, Edinburgh University

Press, Edinburgh, 320 pp.）
2105年　『イスラーム入門――歴史的展望における信仰と実践』（*Introduction to Islam. Beliefs and Practices in Historical Perspective*, Thames and Hudson, New York & London）［本書初版］

編著：
1984年　『カージャール朝イラン――政治的・社会的・文化的変容、1800-1925年』（*Qajar Iran. Political, Social and Cultural Change, 1800-1925*, Edinburgh University Press, Edinburgh, 414 pp.）
1999年　『スルターンの小塔――ペルシア・トルコ文化研究』（エドマンド・ボスウォース教授記念論集）（*The Sultan's Turret. Studies in Persian and Turkish Culture in honour of Professor Edmund Bosworth*, Brill, Leiden, 544 pp.）

* * *

　あらためて指摘するまでもなく、パレスチナや内戦、さらに過激派による自爆テロや差別・移民・難民問題をふくむイスラーム関連記事が、連日のようにマスメディアにとりあげられるようになってすでにひさしいが、おそらく一般の日本人にとって、ムスリムやイスラーム問題はかならずしも身近なものではなかった。しかし、そうした無関心さは、2001年2月のターリバーンによるバーミヤーン磨崖仏の破壊や、同年9月11日の過激派によるアメリカ同時多発テロによって一気にくつがえされ、さらに2004年10月にアルカーイダ、2015年1月と2月にISによって同胞が殺害されるにいたって、国民的な関心を引きおこすようになった。しかし、そこから生まれたわれわれのイスラーム像がはたして偏見や誤解をどこまで払拭しているかは、各地にムスリム共同体やモスクないし礼拝所がつくられ、ハラール食品の店までみられるようになっているにもかかわらず、なおも疑わしいものがある。個別的な「事件」をもって全体を推断する。そうした換喩的な異文化・異民族の「理解」が、ステレオタイプ化した形で定着しているようでもある。
　著者が「はじめに」で指摘しているように、本書は大学生や一般読者を対象として書かれたものである。それゆえ、たとえばわが国が誇るイスラーム学の世界的権威だった井筒俊彦氏の『イスラーム思想史』のような重厚さはないが、それでもクルアーンやハディースを丹念にひもときながら、イスラームの誕生時から今日のイスラーム情勢、さらにはフェミニズム運動や着衣までも展望するその視野の広さは刮目に値する。たとえばジハードといえば、すべてが武力をもちいての「聖戦」と

されるが、そこでは本来的なジハードである神の道における自分との闘い、すなわち大ジハードのことが看過されている。

　さらにいえば、デンマークの保守的な高級紙「ユランズ・ポステン」（2007年8月）や、風刺月刊誌「Hara-Kiri」を見習ったパリの週刊誌「シャルリー・エブド」（2015年1月）に、ムハンマドの風刺画が掲載され、世界中の16億人近くのムスリムの心を傷つけたことは、記憶に新しいところである。後者はムスリム過激集団の白昼テロによって、多くの犠牲者を出した。そのこと自体、決して許されるものではないが、いずれの場合も、掲載者たちはムスリム（にかぎったことではないが）からの激しい攻撃に対し、「表現の自由」を唱えて抗している。この自由もまた、人類が長い闘争をへて勝ちとった重要かつ至高の権利である。

　周知のように、ダンテは『神曲』の地獄篇第28曲で、不和や分離をはかった罰として体を切りきざまれた、ムハンマドとアリーを登場させている。おそらくこれは問題となっている一連の戯画の先駆ともいえるが、しかし、こうして表現の自由を主張する人々のうち、なぜムスリムたちがイエスや聖母マリアの風刺画を描いて反撃しないのか、それを理解しているのはどれほどいるだろうか。ありていにいえば、彼らはしないのではない。自らの信仰を守るなら、それをしてはならないのである。クルアーンにはイエスやマリアが崇敬すべき対象として描かれているからだ。そうした存在を揶揄することは、クルアーンとムハンマド自身をも揶揄することになる。本書を読んでいただければ、このような問題も理解できるはずである。

　今から30年以上前、訳者は1年余をプラント工場の通訳としてアルジェリアで送った。それ以前、留学先のパリで少なからぬムスリムの友人の知己をえていたが、イスラーム社会での生活体験はこれが最初である。そのせまい個人的な経験からすれば、ムスリムといっても、じつに多様であり、たとえばラマダーンのすごし方ひとつをとっても、これを厳格に遵守する者（原理主義者ではない）や、頻繁に顔を洗ってそっと水を飲みこむ者など、その対応は千差万別だった。なかには、ムスリムでありながら、フランス人女性と結婚している者（プラント工場長）や、アルジェリア・アラビア語を理解できない現地人（課長）すらいた。訳者が住んでいた東部のスキクダでは、カフェや映画館に女性の姿は皆無だったが、ベルベル人が多数派を占める西部のオラン——かつて聖アウグスティヌスが司教をつとめていたヒッポ・レギウス（現アンナバ）近郊に生まれた、アルベール・カミュの代表作『異邦人』の舞台——では、ようすはまったく異なっていた（アルジェリアのイスラーム文化については、アーネスト・ゲルナー『イスラム社会』、宮沢美江子ほか訳、紀伊國屋書店、1991年を参照されたい）。

訳者あとがき

　また、湾岸戦争直前の1989年、パキスタン西部クエッタ近郊のカンバラーニ村でおこなったムハンマド生誕記念祭では、地元の名士が遠くイスラマバードやラホールからもやってきた、ムスリム男女数百人をテント張りの広場で起居させ、食費をふくむ一切の費用を私費でまかなっていた。これもザカート（喜捨）の行為とは主宰者アブー・バクル氏の弁ではあったが、神学生をふくむムスリムたちが男女に分かれて広場で一斉に礼拝する風景は、モスクのそれとは異なるインパクトがあった。そして、礼拝後の共食と歌舞の興奮。そこにはアルジェリアで見聞きしたものとは明らかに異なるもうひとつのイスラームがあった。

　こうした多様性もまた、本書で著者がくりかえし指摘しているところである（とくに第6章）。フランスの月刊誌《シアンス・ユメーヌ》の特集号「イスラームの偉大な歴史」（2015年11・12月）において、編集主幹のローラン・テソは、イスラームが近代的か民主的か、多元的かという画一的な問をおろかしいものとして、こう述べている。「イスラームとは全世界で15億人以上の信者を誇る宗教である。そうした宗教であってみれば、その解釈は実践者たちひとりひとりに託されている。スーフィズムから厳格なサラフィー主義まで、社会の世俗化から原理主義的な理念の爆発まで、今日のイスラームはその教義や実践、思想において際限のない多様性をしめしているのだ」。そのかぎりにおいていえば、イスラームといい、ムスリムといい、どれほど言葉をつくしても十全に説明することは不可能に近い。たとえさまざまな局面で、一体性が標榜ないし志向されているとしてもである。むろん同様のことは、同じ世界宗教である仏教やキリスト教についても過不足なくあてはまるはずだが、本書が原題名にあえて「入門」という語をつけた理由は、おそらくここにある。

　しかし、こうした多様化をたんに信仰とそれに付随する現象にのみ帰してはならないだろう。そこにはつねに社会自体の変容があるからだ。著者もくりかえし述べているように、破滅的な活動をくりかえす一部過激派をのぞいて、ムスリムもまた当該社会に適合しようとしている。その典型的な事例が、2016年5月に実施されたロンドン市長選挙である。本書にもあるように、2005年7月7日、イスラーム過激派の自爆テロで多くの犠牲者を出したそのロンドンで、パキスタン系移民の父をもつ人権派弁護士のサディク・カーン氏（45歳）──EU残留派──が、労働党から出馬して当選したのである。当選後のインタビューで、氏は「ロンドン市民が恐怖ではなく希望を、分断ではなく融合を選んだことを誇りに思う」と語ったという。この言葉からみえてくるのは、イスラームに対する差別や偏見をのりこえたのが、ひとりカーン氏だけではなく、彼を選んだロンドン市民もまた確実にそれを凌駕したということである。それはイスラームが内なる一体化をめざしてコミュノータリスム（共同

訳者あとがき

体主義)に走るのではなく、社会と一体化しうる可能性を端的にしめすものといえる。イギリス市民(エディンバラ在住)としてのキャロル・ヒレンブランドもまた、おそらく想いは同じだろう。

　最後に、あらためてイスラームいついて考える貴重な機会をあたえてくれた原書房第1編集部長の寿田英洋氏と、例によってていねいな編集をしてくれた同編集部の廣井洋子氏に対し、深甚なる謝意を表したい。さらに、自制心に欠けた訳者を諦めずに支えてくれている多摩北部医療センター院長の上田哲郎先生や都立多摩総合医療センター総合内科部長の西田賢司先生、そして吉岡篤史先生にも感謝の念を捧げなければならない。

2016年6月　訳者識

図版出典

Zahur Ramji/AKDN 175 ; akg-images/Hervé Champollion 304 ; akg-images/Gerard Degeorge 171 ; Luis Dafos/Alamy 140 ; dbimages/Alamy 249 ; imageBROKER/Alamy 138 ; Halil Ibrahim Kurucan/Alamy 106下 ; Photos 12/Alamy 131 ; Stillman Rogers/Alamy 106上 ; Travelscape Images/Alamy 48 ; Ivan Vdovin/Alamy 263 ; Patricia White/Alamy 210 ; Bosiljka Zutich/Alamy 103 ; Art Archive/Bodleian Libraries, The University of Oxford 315 ; Art Archive/Gianni Dagli Orti 237 ; Art Archive/DeA Picture Library 135 ; Art Archive/Mondadori Portfolio/Electa 66 ; Art Archive/Jane Taylor 23 ; Art Archive/Topkapi Museum, Istanbul/Gianni Dagli Orti 203下 ; National Library, Cairo 75 ; Harvard Art Museums/Arthur M. Sackler Museum, Grace Nichols Strong, Francis H. Burrand Friends of the Fogg Art Museum Funds. Photo Imaging Department, President and Fellows of Harvard College, Cambridge, MA 225 ; National Museum of Denmark, Copenhagen 167 ; Zainal Abd Halim/Reuters/Corbis 311右 ; Fayaz Aziz/Reuters/Corbis 92 ; Baci/Corbis 212 ; Bettmann/Corbis 187 ; Angelo Cavalli/Robert Harding World Imagery/Corbis 21 ; Jeff Christensen/Reuters/Corbis 306 ; Marc Deville/Corbis 264 ; epa/Corbis 178 ; Michael Freeman/Corbis 240 ; Yves Gellie/Corbis 194 ; Jens Kalaene/dpa/Corbis 94 ; Philippe Lissac/Godong/Corbis 250 ; Kazuyoshi Nomachi/Corbis 104, 121 ; Richard T. Nowitz/Corbis 279 ; Christine Osborne/Corbis 124 ; Franco Pagetti/VII/Corbis 318 ; Christopher Pillitz/In Pictures/Corbis 144 ; Sigrid Schütze-Rodemann/Arcaid/Corbis 2 ; Murad Sezer/Reuters/Corbis 163 ; Shamsahrin Shamsudin/epa/Corbis 293 ; Ali Abu Shish/Reuters/Corbis 166 ; Chester Beatty Library, Dublin 61 ; Edinburgh University Library, Special Collections Department 73, 79, 268 ; AFP/Getty Images 244, 288, 311左 ; Gamma-Rapho via Getty Images 279 ; Nasser D. Khalili Collection of Islamic Art 192 ; British Library, London 24, 37, 119, 299 ; British Museum, London 68, 197 ; Patrimonio Nacional, Madrid 272 ; Metropolitan Museum of Art, New York 63, 196 ; Sally Nicholls 137 ; Bibliothèque Nationale de France, Paris 109, 118, 273 ; Musée du Louvre, Paris 301 ; Ovidio Salazar 30 ; Metropolitan Museum of Art, New York/Scala 241 ; Osterreichische Nationalbibliothek, Vienna 136 ; Freer Gallery of Art, Smithsonian Institution, Washington, D.C. 203上, 248 ; The Art and History Collection, courtesy the Arthur M. Sackler Gallery, Smithsonian Institution, Washington, D.C. 115 ; Drazen Tomic 12, 25, 158, 162.

索引

＊イタリック体は図版ページ。ページに付した(c)は図版キャプションに記載がある（なお、イスラームの単独語彙は多数ゆえ割愛）。
→は参照項目をしめす

ア行

アーイシャ　57, 164, 224, 297
アヴィケンナ　→イブン・スィーナ
アヴェロエス　→イブン・ルシュド
アウス族　31
アーガー・ハーン　184
アーガー・ハーン4世（第49代イマーム）　174, *175*, 323
アクィナス、トマス　200, 206
アクバル（ムガル皇帝）　247, *299*
アサッシン（暗殺教団）　172
アサド、バッシャール（シリア大統領）　181
アサド、ハーフィズ（シリア大統領）　181
アサド、ムハンマド　155, 292

アザーン（礼拝のよびかけ）　105
アシュアリー、197-200, 201
アーシューラー（シーア派祝祭）　177-80, *178*, 188
アスカリ（第11代イマーム）　176
アズハル（ル＝）、シャイフ　323
アタテュルク　1146, 162, 208, 246, 302
アタバート（アル＝）アル・ムカッダサ（「聖なる門口」）　180-1
アッラー　23　→神
アッラート（女神）　23, 33, 51, 99
アニミズム（アニミスト　23, 159, 209
アバヤ（長衣）　309
アビシニア　25, 29, 35
アブ＝イ＝トゥルバット（塵水）　180
アフガーニー　213, 214, 215
アフガニスタン　150, 214, 267, 282, 284, 305：イスマイール派　180, 女性たち　304-5, 310, スーフィズム　235-6, ターリバーン　211, *212*, 267, 277, 278, 289, 332
アフシャール、バロネス　303
アフサルーディン：『神の道での闘い』　256
アブー・スフヤーン　33
アブー・ターリブ　27, 29, 30, 164
アブデル・ハリーム：クルアーン新訳　91
アブドゥッラー　27
アブドゥル＝マリク（カリフ）　207
アブドゥル＝ムッタリブ　27
アブドゥル＝ワッハーブ　213
アブー・バクル（初代カリフ）　30-1, 57, 86, 161, 165, 206
アブー・ハニーファ　133
アフマド、シャハブ　51
アフラーキー　238

375

アブー・ラハブ 30
アブラハム 24, 26, 32, 36, 40, 44, 54, 55, 58,74, 76, 95, 117, 120, 201, 257
アフリカ 15, 209, 239, 251, 332：イスマイール派 171, 172, 173, 174, 175．シーア派 155．ジハード 276．女性たち 308, 316．スーフィー 216,222, 250-1, 252．法学派 133-5．ムラービト朝 268-9．ラマダーン 116（→特定国）
アフル・アル＝バイト（預言者の一族・「お家の人々」）183
アフワール（神秘的状態）231
アブルファズル：『アクバル・ナーマ』 *299*
アーベリー、アーサー 65, 88：『解釈されたクルアーン』 89
アミーナ 27, 43
アメリカ（合衆国）15, 212, 237(c),263, 276, 278, 281, 284, 285, 322, 323, 326, 333：イスラエル・パレスチナ戦争 212, 332．シーア派 155, 174．シャリーア 149,151．スーフィズム 251．ムスリム女性たち 303, 304-5, 306,312-3, 314-6 →9・11
アーヤ（節）63
アーヤットラー 185, 188
アラウィー派（ヌサイリー派）*159*, 181, 189
アラウィー教団 252
「アラブの春」149, 153, 157, 190, 211, 317, 325-6, 329-30
アラビア 20-2：信仰と宗教 23-5, 74．政府と社会 22-3, 96．ユダヤ教徒（人）とキリスト教徒 25-6
アラファト（サウジアラビア）117, 122
アラブ人 22, 24, 26, 35, 40, 86, 93, 326
アラムート要塞（イラン）172

アリー・イブン・アビー・ターリブ 27,30, 105, 163-6, 163, 170, 177, 181, 182, 188, 245, 262．霊廟 →ナジャフ
アリー・ザイヌルアービディーン 168, 177
アリストテレス 193, 200, 202, *203*, 204, 205：『アリストテレスの神学』 204
アル・インサーン・アル＝カーミル（完全人間）235
アルカーイダ 189, 208, 279(c), 280-1, 282, 285, 327, 332
アルカン・アッディーン →イスラームの五行
アルキメデス 202
アルクーン、ムハンマド 157, 216
アルコール 91, 131, 132, 147, 182, *241*
アルジェリア 101, 160, 251, *301*, 305, 317, 327
アル＝ナビー・アル＝ウンミ（無筆の預言者）47, 201
アルハンブラ宮殿（スペイン）[口絵]
アル＝マジムーア・ル＝カビル（大集成）184
アル＝マナール（定期刊行物）215
アル＝ムタナッビー 270
アル＝ムタワッキル（カリフ）197
アル＝ムハジルーン（過激派集団）150
アレヴィー派 *159*, 181, 182-3
アーロン 74, 165
アンサール（援助者）31,174
アン・ナイム 326
41, 127, 202, 228：「イエススの祈り」222．磔刑 52, 55, 70, 82．ムスリム（クルアーンのイエス観）55, 73, 74, 78-9, 80-3, 95-6, 100, 200, 220, 226．ムハンマド 35-6,

42-5, 46-7, 56, 57-8, 81,112-3, 257
イェニチェリ軍団 245
イエメン 87, 170, 173, 326, 329, 331：ザイド派 170．女性たち 306,313．スーフィー 234, 242
イギリス（人）214, 284, 332：アラウィー教団 252．イスラーム改宗 98, 316-7．犬 152．法と少数派 150, 151．ムスリム 50, 170, 282, 322, 327．ムスリム女性たち 303, 307, 312, 313, 316
イサク 74, 76
石打ち（刑）142-3, 151, 321
イージー（アル＝）192, 200
イジャーズ 201
移住者（ムハージルーン）31, 57
イジュティハード（個人的判断）133, 146,185, 260
イジュマー（合意）132, 183, 260
イシュマエル（イスマーイール）24, 32,74, 118, 122
イシュラキヤー（照明学派）205, 233-4
イジュリヤー（アル＝）298
イスタンブール（トルコ）スレイマニエ・モスク複合施設 *144*．トゥナフン・モスク *106*．ニュー・モスク *103* →コンスタンティノポリス →コンスタンティノポリス
イスファハーン（イラン）205：殉教劇 178,179
イスマーイール（第7代イマーム）171
イスマーイール派（七イマーム派）*159*,171-6, 189,323：「聖なる門口」180-1．法体系 183, 184．マウリド祭 47．歴代イマーム 170-1, 172, 173-4, 175, 176,183-5 →ボーホラー派、ドゥルーズ

派、ニザール派
イスマーイール（サファヴィー朝君主）226
イスラー（真のイスラームの再生・復活）209-10
イスライリーヤット 72
イスラエル 56, 77, 213, *263*, 277, 284, 332
イスラーム神学 15, 193-202
イスラーム哲学 15, 192, 202-5
「イスラームの家」（ダール・アル＝イスラーム）260, 273
イスラームの五行（アルカン・アッディーン）98, 125, 139, 158, 229, 230, 255, 320, 321：サウム（断食）112-6, 158、ザカート（喜捨）109-12, 158、サラート（礼拝）102-9, 158、シャハダー（信仰告白）99-102, 158, 207 (c)、ハッジ（巡礼）116-25
イスラーム4UK（過激派）150
一神教 25, 35, 42, 74, 95, 99, 102 →タウヒード
一夫多妻 289, 291, 292, 308
イード・アル＝アドハ（犠牲祭）122, 123
イード・アル＝フィトル（断食期間終了の祝宴）109, 115
犬 152
イバダート（崇拝義務）98, 139
イバード派 *159*, 160
イフラーム 120
イブン・アブドゥル＝ワッハーブ 211, 276：『イスラームを無効にする10の問題点』213、『神的一性の書』211
イブン・アラビー 225 (c), 234-6, 250, 251：『叡智の台座』235、『マッカ啓示』235
イブン・アル＝サーイー 298
イブン・アル＝ジャウズィ

239
イブン・アルバッワーブ：開扉（開端）*61*
イブン・アル＝ファーリド 236
イブン・イスハーク、ムハンマド・イブン・ヤサール 31, 34, 39, 44, 51
イブン・ジュバイル 271
イブン・スィーナ（アヴィケンナ）143, 192, 204：『医学典範』204、『治療の書』204
イブン・タシュフィン、ユースフ 269
イブン・ヌバタ 270
イブン・ハウカル 267
イブン・バーズ 213
イブン・ハズム 298
イブン・バットゥータ 123, 135
イブン・バーバワイヒ 184, 262
イブン・ハルドゥーン 261, 266, 283
イブン・ハンバル 129, 133, 197
イブン・ヒシャーム：『神の使徒の生涯』39, 164, 206
イブン・ミスカワイヒ 204：『アッバース朝カリフ制の失墜』204、『道徳の修練』204
イブン・ムバーラク：『ジハードの書』260
イブン・ヤーシーン 268
イブン・ルシュド（アヴェロエス）192, 205：『矛盾の矛盾』205
イマーマ（imama）156, 163, 165
イマーム（imam）106-7, *106*, 108, 114：イスマーイール派 171, 172, 173-4, 175, 176, 184、シーア派 156, 166-8, 169-72、十二イマーム派 176-7
イラク 146, 155, 169, 175, 179,

277, 284, 326 →バグダード
イラン 50, 170, 172, 267, 331, 332：アリー像 188、革命（1979年）186, 305, 311, 329、シャリーア 151、十二イマーム派 156, 169, 175, 177, 178, 179, 185, 186-9、女性たち 301-3, 307, 310, 312, 313、スーフィズムとスーフィー詩 236-8、ムハンマド像 53
イラン＝イラク戦争（1980年）264, 284
イルファーン（スーフィズムの神秘的哲学）205, 233
インターネット 153, 188, 190, 209, 213, 281, 285, 314, 317, 329, 333
インド 0, 94, 144-5, 159, 214, 324, 329：イスマーイール派 172-3, 174-5、ガズナ朝 267、十二イマーム派 169-70, 178-9、女性たち 307, 313、スーフィズム 228, 235, 244, 247-50、ムガル朝 177 →デリー
インドネシア 84, 123, 134, 156, 159, 322, 324, 329：アニミズム 209、クルアーン 83、女性たち 303, 307, 312, 313, 314, 317, 330、スーフィズム 219, 228, 244, 249-50, 252
インバー、コリン 134
ウィリアムズ、ローワン（カンタベリー大主教）149
ウィンター、ティモシー（アブドゥル＝ハーキム・ムラド）327
ウェイグル、スーザン 127
ヴェラーヤテ・ファキーフ（特定法学者の神的監督権）187-8
ヴェールの着用 287, 289, 294, 302-3, 309, 311, *311*, 312
ウォンズブラ、ジョン 87

ウスマーン（第3代カリフ） 86, 165, 315
ウスマン・ダン・フォディオ 276
ウサーマ・ビン・ラーディン 208, 267, 278, *279*, 280, 327
ウッザ（アル＝）（女神） 23, 33, 51, 99
ウードゥー（小浄） 103
ウバイダッラー・イブン・ズィヤード（クーファ総督） 168
ウバイドゥッラー・アル＝マフディー（ファーティマ朝初代カリフ） 172
ウフドの戦い（625年） 33, 46, 164, 291, 296
ウマイヤ朝 54, 66(c), 129, 130, 137, 162, 167, 168, 170, 182, 194, 220：ディナール金貨 *207*
ウマル（第2代カリフ） 161, 165, 315
ウマル2世（カリフ） 220
ウマル、ムッラー・ムハンマド 277
ウム・クルスーム 304, *304*
ウムラ（小巡礼） 34, 122
「ウーメン・リヴィング・アンダー・イスラム・ローズ（イスラーム法のもとでの女性生活）」 314
ウラマー（法学者） 129, 132, 123, 162, 220
ウルフ（慣習法・慣行） 133
ウンマ（イスラーム共同体） 31, 32, 34-5, 55, 56, 153, 164
HSBC投信 148
エウクレイデス 202
エジプト 177, 204, 208, 215, 276, 325, 326：クルアーン朗唱者 83-4. コプト教徒 326. 女性たち 301, 303-5, *304*, 306. スーフィズム 238, 246, 250, 251. 聖母マリア 296. 法 145, 146, 149, 151. ムスリム同胞団 208-9, 211 →カイロ
エスポジト、ジョン 70
エバディ、シリン 143
エブッスウード 134
エリア 44
エル＝アッタル、スハイラー 305
エル＝サアダウィ、ナワル 287, 307
エルサレム 43-4, 230, 270, 271, 274, 280：アクサ・モスク *279*, 280. 岩のドーム 87, 106(c), *263*, 264, *279*. 聖墳墓教会 172. 大ムフティー 323. ハラム（アル＝）・アル＝シャリーフ *279*
エルサレムの日 *263*, 264
エルドアン、レジェップ（トルコ大統領） 326
エル＝ナディ、サハル 60
エル・ファドル 152, 156, 282
エルンスト、カール 63
オスマン帝国（トルコ） 90, 93, 134, 141, 145, 146, 162, 177, 178-9, 208, 215, 219, 263, 275, 300
オマーン 21, 160, 302, 305, 310
オランダ 307, 322

カ行

カアバ（カーバ） 23-4, 26, 29, 32, 35, 51, 74, 99, 104, 117, 120, 121, *121*, 122, 158, 235
悔悟者 →タウワーブーン
解釈学 223
「外套の詩」（アル＝ブシリ） 48
カイヌカ族 31, 34
ガイバ（幽隠） 176
カイロ（エジプト） 162, 172, 173, 208, 299, 307, 313, *318*：アル＝アズハル大学 323. コーヒー・ハウス 140. マドラサ 139. マウリド祭 47

カウワーリー音楽 247, 249
過激主義（過激派） 150-1, 256, 282-3
ガザーリー（ガゼル） 49, 98, 101, 104, 120, 143, 192, 200, 205, 228-30, 231, 235, 236, 250：『誤りからの救うもの』 230. 『婚姻の書』 294. 『哲学者の矛盾』 205. 『光の壁龕』 233. 『神学と大衆の切り離し』 200. 『宗教諸学の再興』 229, 255
ガーザーン（イル・ハーン国第7代ハーン） 141
カジャール朝 263
ガーズィー 267
カーズィマイン（イラク）イマームの墓 180
カスヴァン（イラン）シャフザダ霊廟 *210*
カズウィーニー：『被造物の奇事と存在物の珍事』 199
ガズナ朝 267-8
カタール 148, 305
ガゼル →ガザーリー
カダル派 196
カーディ（裁判官） 135, 197
カーディー・ヌウマーン 184
カーディリー教団 243, 251
カナダ 174, 313, 316
カーヌーン（世俗法） 130
カマリ、ムハンマド 150, 151
神 29, 42-5, 46-7, 49, 68-71：名前 200-1, *250*(c) →タウヒード
カヒン（予言者） 23
ガブリエル 29, *30*(c), 43, 44, 62, 64, 78, 83, 118, 198, *199*
カーライル、トーマス 85
カラダウィ 255, 282：『ジハード法』 282-3
カラーム（神学） 193
カリグラフィー 165, *196*, 277, 298
カリパラー *240*
カリフ（制） 54, 128, 129, 136,

138, 138, 153, 156, 160, 161-2, 177, 206-9, 260, 297, 324：イスマーイール派 171-3, 神学者と宮廷 192, 195. 正しく導かれた（正統）4 カリフ 50, 57, 86, 161, 164, 165, 168, 182, 208-9

カルバラー戦い（680年） 168, 178(c), 180, 182. フサイン霊廟 169, 178, 179. ホウゼ 186

ガレノス 202

ガンディー、マハトマ 13, 218

喜捨（ザカート） →イスラームの五行

儀式的な浄め（タハーラ） 67, 84, 91, 95, 102-4：巡礼 119, 120

キタール（戦闘） 256

キブラ 32, 105

ギボン、エドワード 169

キヤース（類推） 132, 183, 260, 331

旧約聖書 →聖書

教友 13, 36, 38, 39, 85, 128, 129, 161, 220, 254

キリスト教（徒） 52, 127, 130, 157, 180, 183, 200, 209, 324：アラビア半島 25, 26, 64, 112. 隠修士 113. クルアーン 68, 72-4, 95-6. 修道院 221-2, 239. 巡礼 117, 122-4, 180. 女性たち 330. 神秘主義者 218. スーフィズム 238, 240. 聖三位一体の教義 47, 55, 69, 81, 95, 99, 200. ムスリム哲学者たち 204. ムスリムとの論争 193-5. ムハンマド 34, 40, 41, 42-4, 49, 53-6, 57-8 →聖書、十字軍、イエス、マリア、聖母

キャラバンサライ 256

「協約の家」（ダール・アル＝アフド） 261

浄め 102-4, *103*

9・11（アメリカ同時多発テロ事件） 150, 254, *279*, 280(c), 282, 285, 312, 327, 328

キンディ（アル＝） 178

金融 147-8

金曜礼拝 106-7, 108, 133, 305, 330：イスマーイール派 173-5. スーフィー 242

禁欲主義・苦行者 219-21

クウェート 112, 146

クシャイリー 231

グスル（大浄化） 103

クスロー、アミール 247

クック、マイケル 87

クトゥブ 211, 212, 276：『クルアーンの影』 212

グノーシス主義 73, 173, 181

クーファ 161, 168, 170, 178(c)：モスク 164, 166, 法学派 129

クーフィー体 *38*, 86

クライザ族 31, 34

クライシュ族 22, 23, 27, 43, 45

クライニー 184：『カーフィーの書』 184

グラート（シーア派過激派） 181

クラン、ティムール 148

クルアーン 13-4, 18, 36-7, 47, 58, 60-2, *63*, 157, *196*, 200-2, 321, 331：イスラームの五行について 100-1, 107-8, 110-1, 112-3, 114, 116-8. おもな主題 68-72. 「玉座の節」 94, 97. 禁忌 91, 132. クルアーンと聖書の物語 26, 72-83, 96-8. 語法 65-8. サタン 51. ジハード 256, 258, 259, 260, 271-2, 275, 276. 女性たち 289-93, 295-6, 305-6, 311-2, 313-6. 神聖な性 91-3, 96. スーフィズム 222-3, 233, 235-6, 254-5. スーラ 63. 性質と構造 62-5. 創造説と非創造説 86, 196-7, 198, 202. 天使について 198. 読誦 85. 「光の詩」 67, 223. ファティハ 60-1, 61, 63, 107. 文書としてのクルアーン 84-9. 法 128, 130-1, 132, 139, 142, 143, 147-8, 150, 151-2, 161, 183. 翻訳 88-91. マッカの章 33-4, 42, 43, 56, 63, 64, 67, 257. マディーナの章 32, 45, 56, 63, 64, 67, 77, 113. ムハンマド伝 36-8, 47. 朗誦 83-5, 306

クルド人 182, 271

クローン、パトリシア 87

『君主の鏡』 206

クンム（ゴム、イラン） 184, 188：イマームの霊廟 178. ハウザ（ホウゼ） 186. マドラサ 185

結婚・婚姻 56-7, 91, 131, 147, 291-2, 294-5, 308-9, 314：強制婚 149, 289. 見合い婚 309. ムトア婚 186 →一夫多妻

ケットンのロバート 89

ケルマン、メリー 310

原理主義 209-13, 328

五イマーム派 →ザイド派

高利貸し 147

国連：報告書「アラブ人間開発報告書：アラブ世界における女性たちの向上を目指して」 316

コーヒー摂取（コーヒーハウス） *140*, 141, 242, 331

コミュニケーション 329-30：→インターネット

暦 31, 32, 41, 47, 109, 116, 168, 177, 189

コルドバ（スペイン）殉教者 49. 大モスク *48*, 106

コンスタンティノポリス 265, 275：→イスタンブール

コンヤ（トルコ） 244：ルーミーの墓 *237*, 246

サ行

サアディ:『果樹園』 *75*
サアド・アッディーン:『歴史の王冠』 275
サアド・ビン・ムアド 34
サイイド・サイード (オマーン君主) 302
最後の日 →裁きの日
財産 (法) 131, 282, 288, 295
ザイド・イブン・アリー (イマーム) 170, 184
ザイド・イブン・サービト 86
ザイド派 (5イマーム派) *159*, 169–70, 176, 189:法体系 183–4
ザイヌルアービディーン (第4代イマーム) 4, 168 169 177
サイフ・アッダウラ 269–70
サウジアラビア 84, 120, 123, 151, 159, 213, 278, 280:ザカート (喜捨) 111–2. 女性たち 305, 313, 330. スーフィズム 246–7 →マッカ、マディーナ、ミナー
サウム (断食) →イスラームの五行
ザカート (喜捨) →イスラームの五行
ザカリーヤー 78
サーサーン朝 *25*, 26, 35, 298
サーダ (イエメン) 170
サダカ (自発的贈与) 109
「定めの夜」 →ライラ・アル＝カドル
サタン (悪魔) 50, 51, 70, 122, 132, 148, 200:「巨大な悪魔」 263
サッラージュ 231
ザート・アル＝ヒンマ (王女) 298
サドラー、ムッラ 205
サナア (イエメン) 大モスク 87
サヌースィー教団 276
サヌーシー 101

サバ人 20
ザーヒル (アル＝) 234
サーファ (丘) 118, 121–2
サファヴィー朝 177–8, 262
サフィール (使者) 176
サブク・ティギーン 267
サーマッラ (イマームの霊廟) 180, 181
サマリヤ人 26
サーマーン朝 266–7
サマーウ →セマ
ザムザムの水 (マッカ) 118, 122
サムード族 70
サラ 118
サラディン 172, 264, 271, 272, 274
サラート (礼拝) →イスラームの五行
サラート・アル＝タラーウィーフ (ラマダーン期間中の特別な礼拝) 114
サラフィー 251, 330
サーリフ 70, 74
サルメ、ビント・サイド 302
ザワーヒリー 208, 327
塹壕の戦い (626年) 34, 46
サンフーリー 146
三位一体 (聖) →キリスト教 (徒)
ジア、カレダ 303
シーア派 (教徒) 155–6, 158, *159*, 189–90:『悪魔の詩』 51. アリー 163–6. イマーマの教義 156, 165. 原理主義的敵対 209–11. 殉教 283. スンナ派との分裂 18, 156, 160, 189, 190. スンナ派のジハード 140. 造形表現 *163*, *167*. ハサンのカリフ座 168. フサインの殉教 168–9, 189 →フサイン、ハディース集成 37. 法 183–4. 礼拝 105. 霊廟 165–6, *166*, 169 →アラウィー派、アレヴィー派、イスマーイール派、十二イマーム派、ザイド派ジェームズ1世 214, *214*
ジェメヴィ (集会場) 182
ジェローム、ジャン＝レオン 301
自死 (自爆テロ) 282, 283–5, 317
ジスカール・デスタン 323
七イマーム派 →イスマーイール派
シッディキ、モナ 157
ジナーン (イスマーイール派の詩) 175
ジハード 39–40, 141, 210, 254:イスラーム法のジハード 258–9. 近代以前のジハード 265–75. クルアーンに記されたジハード 256, 257. 19–21世紀のジハード 276–86. 十二イマーム派のジハード観 262–5. 小ジハード 133, 210, 254, 255–6. 大ジハード 254–5. ハディースに記されたジハード 258–9. ムハンマドの生涯におけるジハード 32, 46, 255, 256–7
『ジハード論』 263
シャハダー (信仰告白) →イスラームの五行
ジャアファル (法学派) 184
ジャアファル・サーディク (第6代イマーム) 171, 174, 182, 184, 262
シャーズィリー教団 (スーフィー教団) 242, 251
シャハーダ (信仰告白) →イスラームの五行
ジャハンギール (ムガル皇帝) 247, *248*
シャーフィイー 132, 133
シャーフィイー法学派 133, 134, 246
シャヒード (殉教) 269
ジャブル派 195

ジャマー（ア）テ・イスラーミー（イスラーム主義政党） 213, 277
ジャマーアト・ハーナ（集会場） 174
シャーマニズム 23, 182
ジャララバード *311*
シャリーア 127-8, 129, 132, 141, 156, 219：行為の分類 133. シーア派 186, 188. スーフィズム 218, 227, 233, 235, 251-2. スンナ派カリフによる適用 136-8, 140, 156, 207. 20‐21世紀 145-7, 149-53. 罰則 140, 141-2, 151, 152. ヨーロッパによる植民地化 143-4, 145
シャルトゥート、アフマード 90
十字軍 49, 54, 172, 270-2, 280
十二イマーム派 *159*, 169, 170, 174, 175, 181, 189, 323, 330：アーシューラー祭 177-8, 188. ジハード 262-5. 税 111-2.「聖なる門口」180. 法 183, 184-6. ムトア婚 186. 歴史と教義 176-7
シュオン、フリートホフ 96
数珠 200, 240, 241, *250*
ジュナイド 222, 225, 227-232
ジュワイニー 199
殉教 283-5
巡礼 178, 320→イスラームの五行
照明学派 →イシュラキヤー
食の規制 38, 91, 147
女子割礼 307-8, 322
女児虐殺 96, 291
女性たち（ムスリムの）*210*：アレヴィー派 182. イスラーム改宗者 316-7. 家庭内暴力 314. 教育 312-3, 330-1. 金曜礼拝 106, *306*. 月経 103, 120. 現代の学者たち 157. 現代の女性政治家たち 303-4, 316. 18-20世紀 300-3. 崇拝される女性たち →ファーティマ、マリア、スーフィズム 224, 240, 245, *315*. スポーツ 305. 西欧の女性観 287-9. 制約と権利 137, 149, 179, 294-6, 314-6, 317. 闘う女性たち 317. 着衣（ヴェール） 120, 151, 188, 287, *288*, 289, 292-4, *293*, 302-3, 309-12, *311*, 317. 中世 297-300. 有名人 304-5, *304* →離婚、フェミニズム、結婚ジーラーニー 210
シリア 25, 26(c), 134, 194, 208, 326：アラウィー派 181, 189. ウマイヤ朝 167, 194. キリスト教徒 92(c), 113, 222. シーア派 155. 十字軍 270-2. 女性たち 239, 301, 310, 313. スーフィズム 238, 246. ドゥルーズ派 172. 法学者たち 145. ムハンマド 26-7, 33-4, 35-6, 43-4. モンゴル軍の侵攻 141. モスク・ランプ 68 →ダマスカス、サイフ・アッダウラ
シルク 99, 226
ジルバブ（長衣） 309
神智学（スーフィー） 233-6
審判の日（復活の日、最後の日、最後の審判） 29, 44, 49, 56, 64, 65-7, 68, 70, 71-2, 95, 107, 148, 165, 176, 199, 219, 220, 224, 229, 262, 291
新プラトン主義 173, 204, 206, 234
神秘主義 218-9, 220, 232
新約聖書 →聖書
ズー・アル＝ヒッジャ 109, 117, 121, 122, 123
ズィクル（スーフィー儀礼） 202, *240*, 241, *241*(c), 242, 243-4, 249
ズィクル・アッラー（神の想起） 222
スィッフィーンの戦い（657年） 164
スィーラ 36, 37, 39, 42, 43-4, 45
スィンディー 226
ズィヤーラ 162
スウェーデン：ソマリ人 322
スカルノプトゥリ、メガワティ 303
『ズクニン年代記』 40
スタイン、ジェフ 189
スーダン 276, 280, 307
ズー・ヌワース 26
ズハイリ、ワフバ 282
スーフィー（スーフィズム 96, 205, 209, 218-9, 220-2, 223：アレヴィー派 181, 182-3. イルファーン 205, 233. 音楽 242-3, 245, 246-7, 249. 祈祷文 *221*, クルアーン 222-3, 231. 原理主義的敵対 209-10. 詩と散文 236-7, 251. 主要概念とシンボル 231-6. 中世 225-30, 234-6. 宣教（者） 219. 大ジハード 254-5. タリーカ（同胞団） 238-46, 247-50（東南アジア）, 251（アフリカ）, 251-2（欧米）, 231-6, ハサン・アル＝バスリ 220.「光の節」への愛着 67, 223. マウリド祭 47. マリア 296. ムハンマド 44, 222-3 →シャリーア
《スーフィズム》（雑誌） 251
スフラワルディ 205, 233-4
スペイン（イスパニア） 49, 123, 134, 192, 202, 205, 266, 283 312, 322：ムラービト朝 268-9. スーフィズム 235, 251→グラナダ、コルドバ、トレド
スミス、ジョーン 287
スーラ（クルアーンの章） 63, 107-8
ズライハ *75*, 76
スライマーン 223

381

スレイマン（スルターン）134, *144*(c)
スンナ（慣習・慣行）37, 132, 140, 142, 150, 152, 161
スンナ（ムハンマドの規範的言行）132, 198
スンナ（スンニ）派 47, 86, 156, 157-8, 159-61, *159*：アシュアリーの信条 198, ガズナ朝 267-8, カリフ制 136, 156, 161-2, 172, 176, 182, 206-9, 261, クルアーン 86, 196-7, ザカート（喜捨）111, シーア派との分裂 →シーア派, ジハード 260, 261, 281-3, 殉教 383-4, 哲学 204-5, ハディース集成 38 →ハディース, 法学派 110, 133-5, 136-9, 法体系／法 127-54, 136-7 →シャリーア, →ムガル朝, オスマン帝国
ズーン＝ヌーン・ミスリー 242
税 111-2
政治思想 192, 205-6
『政治の書』（ニザーム・アルムルク）130
聖書 43, 62, 88, 91, 92：旧約聖書 26, 67, 72, 73, 76, 77, 111, 142, 257 →モーセ, クルアーン, クルアーン 72-4, 94-6, 新約聖書 26, 43-4, 70, 72, 73, 79, 95 →福音書, イエス, マリア
性的交渉（関係）103, 186, 288, 291-2：逸脱 264, 姦通・不倫 131, 142, 143, 151, 153, 289, 294, 302, 321, 禁欲 114, 120
聖母マリア 35, 43, 73, 76, 78-80, 81, 95, 224, 296：受胎告知 78, *79*, 80,
世界大戦：第1次大戦 275, 第2次大戦 276
世界ムスリム女性会議 307
窃盗 131, 142, 151, 153, 321
セマー（スーフィー儀式）182

セール、ジョージ：クルアーン英訳 90
セルジューク朝 130, *131*(c), 134, 230
『千夜一夜物語』299
洗礼者ヨハネ 44, 73
相続法 91, 131, 134, 140, 147, 295-6, 314
「戦争の家」（ダール・アル＝ハルブ）260
ソコト・カリフ帝国 276
ソマリア 251, 322
ゾロアスター教（徒）26, 35, 40, 160, 194, 200, 260
ソロモン王 56, 74, 199, 291

タ行

タウヒード（神の唯一性）68-9, 100-1, 157, 196, 200, 226
タウワーブーン（悔悟・告解者）169
タキーヤ（信仰隠避）173, 177
タクビール 108
タサウウフ →スーフィー（スーフィズム）
タジキスタン（イスマーイール派）180
タジュウィード 84
タズィーヤ（シーア派の悔悟・追悼祭）178
ダティ、ラシダ 304
タハーラ →儀礼的な浄め
タバリー 39, 51
ダビデ王 55, 74
タフタザーニー 200
ダマスカス（シリア）161, 195, 230, 235, 310, 313：大モスク *66*, *194*, 法学派 129
ダマスカスの聖イオアン（ヨハネ、ヨアンネス）41, 54, 195：『あるキリスト教徒とサラセン人の論争』195
タミールの虎（「タミール＝イーラム解放の虎」）283
ダラズィ（宣教者）172

タリーカ（道・教団）219 →スーフィー
ターリバーン 151, 211, 267, 277, 278, 289, 332
ダール・アッ＝アフド →「協約の家」
ダール・アル＝イスラーム →「イスラームの家」
ダール・アル＝スルフ →「和平の家」
ダール・アル＝ハルブ →「戦争の家」
ダール・アル＝ヒクマ →「知恵の館」
《タルジュマン・アル＝クルアーン》（雑誌）213
断食（サウム）182, 223 →イスラームの五行, ラマダーン
ダンテ：『神曲』54
ダルヴィーシュ（デルヴィーシュ）の旋舞 →メヴレヴィー
タルビヤ 122
チシュティ、シャイフ・フサイン 247, *248*
チシュティー、ムイーヌッディーン 247
チシュティ教団 247, 249
チャティ、ドーン 310
チャードル（長衣）309
チュニジア 146, 308, 317, 326
チルレル、タンス 303
罪と罰 130, 141-3, 151, 321
ディオスコリデス 202：『医術』*203*
ティジャーニー 251
ティジャーニー教団 *250*, 251
ティマテアオス（テモテ）（総主教）195
デデ（礼拝司式者・導師）182
テヘラン（イラン）311-2：戦没者墓地 264-5, *264*, 284
デリー（インド）クッワト・アル・イスラーム・モスク *94*, ニザームッディーン・アウリヤーの霊廟 249, *249*

デリギョズ、エキン 304
テロ（リズム） →過激派
デンマークの戯画 52-3
天使 69, 198, 234, 235 →ガブリエル、ミカエル
ドイツ 314, 322, 333：アレヴィー派 182-3. 東洋学者 87. トルコ人 275, 310, 322
ドゥアー（個人的な祈り） 102
ドゥルーズ派 *159*, 172
ドバイ：監獄でのクルアーン学習 84
トーラー 62
トルコ（人） 146, 162, 182, 208：アレヴィー派 182-3. 女性たち 301-2, 303, 308-9, 330. スーフィズム 235-6, 247 →イスタンブール、オスマン帝国、ドイツ
トレド（スペイン） 192, 269

ナ行

ナイジェリア 151, 159, 276, 289, 329：バオバブ 314
ナクシュバンディー教団 243
ナクシュバンド・ブハリ 243
ナジャフ（イラク） 165, 180：ハウザ 186, マドラサ 185. アリー霊廟 165-6, *166*, 178, 179, ワディ・アル＝サラーム 180
ナッス（シーア派の継承者指名・叙任）174
ナスル、セイイッド・ホセイン 127, 235, 241
ナーセル（エジプト大統領） 212, 304
ナディール族 31, 33
ニカーブ（ヴェール） 309：→ヴェールの着用
ニサーブ（ザカートをしなければならない最低限の財産） 110
ニザーミー：『ハムサ』 *119*
ニザーム・アル＝ムルク *131*(c)：『政治の書』 130

ニザームッディーン・アウリヤー（デリーにある霊廟） 249, *249*
ニザール派 *159*, 172-3, 174
ニューヨーク・タイムズ 189
ヌクラシ 211
ヌサイリー派 →アラウィー派
ヌールッディーン 271
ネシャット、シリン 305
ノア 74, 201
ノマニ、アスラ 316

ハ行

バイア（臣従の誓約） 161
ハイバル 21, 25, 33, 34. の戦い（629年） 34, 164
バイバルス（ムスリム・スルターン） 208, 271
ハウザ（ホウゼ）（神学校） 186
パウロ、聖 294, 296
ハガル 118, 122
ハク＝イ＝カルバラー（カルバラーの土） 180
パキスタン 50, 146, 213, 268, 284, 289, 329：イスマーイール派 172-3, 174-5, 180. 喜捨 110. 女性たち 303, 306-7, 310-1. ターリバーン 267. マドラサ 277, 278, 280
バーキッラーニー 201
ハーキム（第6代ファーティマ朝カリフ） 172
バグダード（バグダッド） 130, 161-2, 172, 178, 195, 204, 207, 208, 227, 273：十二イマーム派共同体 184-5. スーフィズム 238. 知恵の館 202, *203*(c), ムスタンシリーヤ・マドラサ 138-9
バザリス（商店主階層） 186
ハサネ・サッバーフ 173
ハサン（第2代イマーム） 27, 163, 168, 170, 296
ハシナ、シェイク・ワゼド 303

ハシフ、シャリファ 306
ハーシム家 27
バスターミー 226-7
パスダラン（ムスリムの規範を厳守するイスラーム革命防衛隊） 311
ハスナー、トゥアン：デザイナー *311*
バスラ（イラク）法学派 129
ハスラジ族 31
バスリ 220, 224, 228-9
ハダッド、イヴォンヌ 313
ハッジ（巡礼） 36, 109, 165 →イスラームの五行
ハージュ 124
ハッラージュ 227
ハディージャ 27, 29, 30, 56, 113, 297
ハディース 37, 38-9, 45, 56, 128-9, 161, 223：シーア派 183, 184, 185, 189. ジハード 258-9. ザカート（喜捨） 109-10, 111-2, 法体系 129, 132-3, 139, 141-2. ユダヤ人 195
バドル（イマーム） 170
バドルの戦い（624年） 33, 46, 47, 164
ハナフィー法学派 *103*(c), 133, 134, 137, 146, 184
ハニーフ（真の信徒） 26, 74, 117
バヒラ 43
ハーフィズ：『ディワン』 115
ハーフィズ（クルアーン暗記者） 84
バフティヤール、ラレー 306
バーミヤン（磨崖仏） 278
ハムダーン朝 269-70
ハーメネイー、アーヤトッラー 188
バラカ（祝福の呪力） 91
バラーズリー 39
ハラム（禁じられた） 90, 132
ハラム（神域） 23
ハラール（許された） 90

383

ハリディー、ターリフ：『ムスリム・イエス』 55
ハリーファ（後継者） →カリフ
ハリーリー：『マカーマート（集会）』 *109, 118, 135, 136, 273*
バリンバニ 250
ハールート（天使） 198
パレスチナ 40, 270, 271, 282, 284, 285, 323, 332
ハレム 297, 300, 301-2
バーレーン 112, 148, 155
ハワーリジュ派 *159*, 160, 266, 280 汎イスラーム主義 187
バングラデシュ 303, 329, 330
ハーン、L・アリー＆ラマダーン、ヒシャム：『現代のイジュティハード』 148
ハーン、サイイド・アフマド 145, 213, 214
バンスリ、ハムザ 250
バンナー 211
ハンバル法学派 133, 134, 141, 243
ピウス12世（教皇） 60
秘教 172
ピクトホール、マーマデューク 89, 96
ビザンツ帝国（ビザンティウム 25, *25*, 26, 35, *63*(c), *106*(c), *163*(c), 275, 298：対ムスリム戦争 267, 269, 294, 298
ヒジャーブ（着衣、ヘッドスカーフ） 188, 292, 293-4, *293*, 303, 309, 317
ヒジュラ（聖遷） 31, 41, 57, 63, 64, 161
ヒズブ・タハリール（解放党） 208
ビチットゥル：『スーフィーに本を贈るジャハンギール』 248, *248*
ヒッラ（イラク） 185
ヒッリー、アッラーマ 185

ヒッリー、ムハッキク 185
ビフザード：『果樹園』（サアディ）*75*, スーフィー集会図 *241*
ヒヤル（潜脱手段、計略） 148
ビラー・カイファ（「いかにを問うことなく」） 197
ヒラー洞窟 29, 44, 64, 221
ヒルカ（スーフィー着衣） 240
フィクフ（法体系） 188
ビールーニ：『古代民族年代記』 74
プロティノス 179：『エンネアデス』 179
ヒンドゥー教（徒） 142, 183, 187, 189, 196, 206, 215, 231, 238
ファウワーズ、ザイナブ 260
ブアジジ、モハメド 272
ファキーフ（法学派） 166
ファティハ →クルアーン
ファーティマ 27, 163, 164, 168, 224, 296
ファーティマ朝 171-3, 296
ファトワー 50, 116, 136, 140-1, 185, 188, 213, 263, 274, 307, 333
ファナー（神のなかでの自己消滅） 232-3
ファーミダ、ムハンマド 284
ファーラービー／アル＝ファラビウス／アヴェナサル 204, 205-6：『有徳都市の住民がもつべき諸見解の原理』 205
ファルサファ（哲学） →哲学
ファルド（義務） 132
フィゼー 147
フィリピン 280, 327
ブヴァリンク、ゲアハルト 80
フェミニズム（フェミニスト） 142, 287, 302, 305-7, 313-6
フカハー（法学者） 133, 136
福音書 43, 47, 62, 73, 80, 82：ヤコブ *79*(c)、ヨハネ 81
フクム（法規定・法規則） 131

フサイン（第3代イマーム） 156, 163, 170, 296：殉教 168-9, 174, 177-9, 182, 189, 262, 284 →カルバラー霊廟
フサイン、サッダーム 181, 277, 332
フジュウィーリー 232, 254-5
ブシリ（アル＝）：『外套の詩』 48
ブース、ローレン 316
フダイビーヤ和議（628年）
仏教（徒） *79*, 159, 209, 222, 226, 239, 260
ブットー、ベーナズィール 303, 306
ブーティー、ムハンマド・サイード：『イスラームのジハード』 283
フード 74
フドゥード（固定刑） 141, 151, 153
フトバ（説教） 108, *109*
プトレマイオス 202
フナインの戦い（630年） 35, 164
ブハーリー：ハディース 129
フバル神 23
フマユーン（ムガル朝皇帝） *299*
フムス（税） 111
ブラーク 44
ブラジル 15, 324
プラトン 202, 204, 234：『共和国』 205 →新プラトン主義
フランス 157, 308, 312, 322, 326, 332
ブルカ 309, *311*
ブレア、トニー 149, 316
ブワイフ朝 178, 185
ベイルート（レバノン）ムスリム女性たち 310-1, 31
ベクタシー教団 245
ベクタシュ、ハジュ 182, 245
ヘースティングズ、ウォーレン 145

ペシャワール（パキスタン）スネリ・マスジット（ゴールデン・モスク）　*92*(c)
ヘッドスカーフ　→ヒジャーブ
別離の巡礼（632年）　36,165
ベドウィン　21,22-3,26,265
ペトラ（ヨルダン）石像女神　*23*
ヘブリディーズ諸島　15
ベルヘェム、マックス・ファン　87
吼えるダルヴィーシュ（デルヴィーシュ）　→リファーイー教団
法学派　*103*(c),120,133-5,136-8,141,145,184,243,246,269
ホセイニ、カレド　151,278
ポティファル　76
ボーホラー派　*159*,173
ホメイニー　50,180,186-8,*187*,263-5,284
ホーラーニー、アルバート　146

マ行

マウィラー（主人）　165
マウドゥーディー　213,277：『イスラームのジハード』　277
マウラウィー教団　→メヴレヴィー
マウリド祭　47
『マガージーの書』　41,46
マカーム（スーフィズムの神秘階梯）　231
マキャベッリ：『君主論』　206
マクルーフ（忌避）　132
マザーリム（裁判所）　130
マシュハド（イラン：イマーム霊廟）　178。ハウザ　186
マスジド（アル＝）・アル・ハラーム（マッカの大モスク）　117,*121*
マズハブ（法学派）　129,133,138
マスラハー（公共の利益のための決定）　133,145
マッカ（人）　22,24,29-35,40,45,46-7,56,57,164：クライシュ族　22,23。スーフィズム　238。ムハンマドの啓示　29,43-5　→クルアーン　→カアバ、ミナー
マッキー　228-9,230：『心の糧』　229
マッラーシュ、マリヤナ　301
マディーナ　21,24,177：移住者　31,56。憲章　31。法学派　129　→ヒジュラ、ムハンマド、ムハンマドの戦い　32-3　→バドル、フナイン、ハイバル、塹壕、ウフド、ムハンマドの啓示　→クルアーン、ユダヤ人　31,32,33,35,64,95
マディーナ憲章　→マディーナ
マドラサ　94,*131*(c),138,*138*,185,313
マナート（女神）　23,51,99
マニ教　194,200
マフディー（救世主）、ムハンマド（第12代イマーム）　176
マフフーズ、ナギーブ　151
マフマッサーニ、ソビ　146
マフマル（巡礼者用の輿）　*118*
マフムード（ガズナ朝君主）　267-8
マムルーク朝（トルコ）　134,139,162,208,271,274：モスク・ランプ　68
マームーン（カリフ）　86,197,202,*203*(c)
マラケシュ（モロッコ）　269：ブン・ユースフ・マドラサ（学院）　*137*
マラージー（十二イマーム派の最高権威）　190
マーリク、マレイハ：報告書　148,151
マーリク・イブン・アナス　133

マーリク法学派　133,134-5,268
マーリクシャー（スルターン）　130
マーリブ（イエメンの灌漑システム）　20
マルジャア・アッ＝タクリード（模倣・服従の鏡・源泉）　177
マールート（堕天使）　198
マルワ（丘）　118,121-2
マレーシア　123,148,229,306,*311*(c)：「イスラームの姉妹たち」　314
マーワルディー　261
マンドゥーブ（推奨）　132
ミカエル（天使）　198
ミナー　117,122,164：投石儀礼　122
南アフリカ　252,283
ミナレット　105
ミフナ（試験・異端審問）　197
ミフラーブ　94,105,*106*,107
ミーラージュ（昇天）　43-4,*75*(c),222
ミンバル（説教壇）　*109*
ムアーウィヤ（シリア君主）　168
ムーアマラート（人間関係にかんする法的規範）　139
ムイッズ（ファーティマ朝第4代カリフ）　172
ムウタズィラ学派　196,197,198
ムカッダシー　267,270
ムカーティル・イブン・スライマーン　223
ムガル朝　177,247,*299*
ムジャーヒド（ムジャーヒディーン、ジハード戦士）　255,265,267,268,284
ムジュタヒド（自らの法的判断を行う法学者）　185
ムスタンシル（アッバース朝カリフ）　138,139
ムスリム　16,17-9,29,70　→

385

イスラーム
ムスリム同胞団　208, 211, 277
ムズダリファ（サウジアラビア）　117, 122
ムトア婚（一時婚）　186
ムバシシール：『金言集』　203
ムハージルーン　→移住者
ムハースィビー　228, 230, 254
ムバーフ（許された行為）　132
ムバーラク（エジプト大統領）　307, 318(c)
ムハンマド（預言者）　14, 18, 20, 22, 25, 27-9：イエス　→イエス、ウンマ　31, 32, 34-5, 42, 55、偶像破壊　23(c), 35、啓示　29, 32, 43, 58, 83, 86　→クルアーン、結婚　56-7、言行　→ハディース、死　35, 160, 164、指導者・戦士としてのムハンマド　45-7, 58, 160-1、ジハード　254, 255, 256-7、巡礼　34, 86, 118、昇天　44-5, 222、生誕　27, 29, 43, 47-8、説教　26, 29, 28、戦い　32　→バドル、フナイン、ハイバル、塹壕、ウフド、「定めの夜」　113, 121(c)、伝記　31, 36-42, 82, 83、墓　210、迫害　29-30, 42、晩年　35、ヒジュラ　31, 41, 57, 63, 64, 161、ムハンマド観　47-9, 54-8, 158, 220、ムハンマド像　52-3、マディーナ時代　31-3, 35-6, 38, 45, 55-6, 58, 77, 113, 129, 160-1、幼少年期　27, 29, 42-4、預言者　42-5, 47, 73, 99, 201、「預言者たちの封印」　20, 53, 82, 194, 201, 235、「夜の旅」　43, 45, 83
ムハンマド・アブドゥー　145, 215：『マナール注解』　215
ムハンマド・アフマド　276
ムヒッディーン・イブン・アラビー協会（オックスフォード）　252
ムフィード、シャイフ　169,

185, 262
ムフティー（ファトワーを出す資格のある法学者）　140, 213, 215, 323
ムラード、アフドゥル・ハーキム　327
ムラービト朝　268-9
ムワッヒド朝の戦旗　272
名誉の殺人　149, 287, 322
メヴレヴィー教団　243, 244, 244-5, 246
『メッセージ』（映画）　53
メフメト2世（オスマン帝国カリフ）　275
メルケル、アンゲラ　322
メルニーシー、ファーティマ：『イスラームの忘れられた女王たち』　306
モガヘッド、ダリア　303
モスク　48, 66, 87, 92(c), 94, 100, 104, 105, 106, 106, 117, 121, 144, 164, 166, 194, 279, 280, 297, 315-6, 320
モーセ　26, 44, 46, 55, 57, 74, 77-8, 113, 165：モーセの律法　45, 67, 100
もっとも偉大なシャイフ（長老）　→イブン・アラビー
モロッコ　135, 146, 156, 305, 306, 327　→マラケシュ
モンゴル人（軍）　139, 141, 162, 173, 207, 237, 273, 274

ヤ行
ヤコブ　74, 76：ヤコブの梯子　44, 222
ヤスリブ　22, 25, 30　→マディーナ
ヤズィード（ウマイヤ朝君主）　168
幽隠　→ガイバ
ユスフ・アサール　26
ユダヤ教徒（人）　52, 54, 67, 68, 72, 193：アラビア（半島）　24-6、石打ち刑　142、宗派　195、巡礼　122-3、女性た

ち　330、タルムード　73、トーラー　62, 80、法　127, 150、マディーナ　31, 32, 33, 34, 63-4、ミドラシュ　73、ムハンマド観　53-4、ムハンマドの伝承源　40, 41-2、預言者　42-3、ヨム・キプール　113　→聖書
預言者　26, 42, 43-5, 47, 58, 64, 72-5, 101, 142, 201, 256　→イエス、モーセ
「預言者の封印」　→ムハンマド
ヨシュア　46, 55
ヨセフ（旧約聖書）　66, 74-7, 75
ヨセフ（大工）　43, 80
ヨナ　74
ヨブ　74
ヨルダン　36, 112, 153, 302, 312, 320

ラ行
ライラ・アル＝カドル（「定めの夜」）　113, 121(c)
ラクア（礼拝単位）　107, 114
楽園（天国）　[口絵](c), 21(c), 66, 66(c), 71, 72, 229, 289-90：ジハード　258-9, 264-5, 266-7, 272, 272(c), 284-5
ラクダの戦い（626年）　164, 297
ラシッド・アッディーン：『集史』　73
ラシュディ、サルマン：『悪魔の詩』　50-1, 188
ラスール・アッラー　99
ラディ、シャリフ：『ナフジュル・バラーガ（雄弁の道）』　165
ラビーア・アダウィーヤ　24, 231
ラマダーン　3, 84, 109, 112-6, 264
ラーマン、ファズルール　150
離婚　91, 131, 140, 146, 150, 291, 294-5, 309, 314

リダー、ムハンマド・ラシード 215：『カリフ制あるいは最高イマーム職』 208
リバート 239, 267, 268, 269
リファーイー（リファーイー教団） 245-6
類推 →キヤース
ルクソール：巡礼者の家 *124*
ルクマン 74
ルナン、エルネスト 215
ルート、ハインリヒ 302
ルーミー 237-8, *244*(c), 246, 251：『精神的マスナヴィー』 237．墓 *237*, 246
礼拝（サラート） 44, 222 →イスラームの五行
レイン、エドワード 47-8
レザー・シャー・パフラヴィー 302-3
レバノン 172, 181, 284：喜捨 112．女性たち 301
ロウゼ（フサイン追悼祭） 179
ロンドン・オリンピック（2012年） 116, 305

ワ行
ワシティ 184
ワディ・バニ・ハリッド（オマーン） *21*
ワスル（「到達」） 226
ワット、モンゴメリー：『ムハンマド、預言者と政治家』 55-6
ワドゥード、アミナ 157, 305, *306*
ワッハーブ主義（派） 135, 211, 274, 276
「和平の家」（ダール・アッ＝スルフ）261
ワーリー（守護者） 165
ワリー・ウッラー 211, 276
ワルシ、バロネス 303

◆著者◆

キャロル・ヒレンブランド（Carole Hillenbrand）
エディンバラ大学名誉教授で、セント・アンドルーズ大学のイスラーム史教授。1943年、ロンドン郊外のサウスベリーに生まれ、ケンブリッジやオックスフォード、さらにエディンバラの各大学で、中世・近代語や東洋学、中世イスラーム史を学び、1979年から2008年まで母校エディンバラ大学で教鞭をとった。その間、同大学のイスラーム・中東学部の学部長（2期）をつとめ、アメリカのダートマス大学やオランダのフローニンゲン大学、さらにアラブ各国の大学でも客員教授や招聘講師として講壇に立っている。1983年からエディンバラ大学出版局のイスラーム関係編集顧問となり、99年からはルートレッジ社を書肆とする「ペルシア・トルコ史研究」叢書の編集を手がけ、2003年からはイギリス中東研究学会の副会長や難民救済委員会の委員などを歴任し、2005年には、非ムスリムとしてはじめてキング・ファイサル国際賞のイスラーム研究部門賞を授与され、2007年には、それまでのエディンバラ王立学会や王立歴史学会にくわえて、大英学士院会員に選ばれている。おもな著書に、『ウマイヤ・カリフ朝の衰退』『十字軍時代のムスリム君主国──初期アルトゥク朝』『十字軍──イスラームの見方』『トルコの神話とムスリムの象徴──マンジケルトの戦い』『イスラーム入門──歴史的展望における信仰と実践』（本書初版）、おもな編著に、『カージャール朝イラン──政治的・社会的・文化的変容、1800―1925年』『スルターンの小塔──ペルシア・トルコ文化研究』（エドマンド・ボスワース教授記念論集）がある。

◆訳者◆

蔵持不三也（くらもち・ふみや）
1946年、栃木県今市市（現日光市）生まれ。早稲田大学第一文学部卒。パリ第4大学（ソルボンヌ校）修士課程・社会科学高等研究院博士課程修了。早稲田大学人間科学学術院教授。博士（人間科学）。モンペリエ第3大学客員教授（1999-2000年）。おもな著書・共編著に、『異貌の中世──ヨーロッパの聖と俗』（弘文堂）、『ワインの民族誌』（筑摩書房）、『ペストの文化誌──ヨーロッパの民衆文化と疫病』（朝日新聞社）、『ヨーロッパの祝祭』（河出書房新社）、『神話・象徴・イメージ』（原書房）、『シャルラタン──歴史と諧謔の仕掛け人たち』、『英雄の表徴』（以上新評論）、『エコ・イマジネール──文化の生態系と人類学的眺望』、『医食の文化学』、『ヨーロッパ民衆文化の想像力』（以上言叢社）ほか、おもな訳・監訳書に、ニコル・ルメートルほか『図説キリスト教文化事典』、バリー・カンリフ『図説ケルト文化誌』、フェルナン・コント『ラルース世界の神々神話百科』（以上原書房）、ル・ロワ・ラデュリ『南仏ロマンの謝肉祭──叛乱の想像力』（新評論）、ラッセル・キング編『図説人類の起源と移住の歴史──旧石器時代から現代まで』、マーティン・ライアンズ『本の歴史文化図鑑』、ダイアナ・ニューオール『世界の文様歴史文化図鑑』、パトリシア・リーフ・アナワルト『世界の民族衣装文化図鑑I・II』、ジョン・ヘイウッド『世界の民族・国家興亡歴史地図年表』（以上柊風舎）、アンリ・タンクほか『ラルース世界宗教大図鑑』（原書房）がある。

ISLAM: A New Historical Introduction
by Carole Hillenbrand
Published by arrangement with Thames and Hudson, London
throuth Tuttle-Mori Agency, Inc., Tokyo
Islam: A New Historical Introduction © 2015 Thames & Hudson Ltd., London
This edition first published in Japan in 2016 by Harashobo, Tokyo
Japanese edition © 2016 Harashobo Ltd., Tokyo

図説(ずせつ)
イスラーム百科(ひゃっか)

2016年 10月 15日 第 1 刷

著者………キャロル・ヒレンブランド
訳者………蔵持不三也(くらもちふみや)
装幀………スタジオ・ギブ(川島進)
本文組版・印刷………株式会社ディグ
カバー印刷………株式会社明光社
製本………東京美術紙工協業組合

発行者………成瀬雅人
発行所………株式会社原書房
〒160-0022 東京都新宿区新宿1-25-13
電話・代表 03(3354)0685
http://www.harashobo.co.jp
振替・00150-6-151594
ISBN978-4-562-05307-0

©2016 Fumiya Kuramochi Printed in Japan